她唇角微甜

[上册]

沈南肆 著

青岛出版社
QINGDAO PUBLISHING HOUSE

图书在版编目（C I P）数据

她唇角微甜 / 沈南肆著. --青岛：青岛出版社，2018.6

ISBN 978-7-5552-6662-4

Ⅰ. ①她… Ⅱ. ①沈… Ⅲ. ①长篇小说－中国－当代 Ⅳ. ①I247.5

中国版本图书馆CIP数据核字(2018)第012600号

书　　名　她唇角微甜
著　　者　沈南肆
出版发行　青岛出版社
社　　址　青岛市海尔路182号（266061）
本社网址　http://www.qdpub.com
邮购电话　010-85787680-8015　13335059110
　　　　　　0532-85814750（传真）　0532-68068026
责任编辑　郭林祥
责任校对　耿道川
特约编辑　崔　悦　倪　静
装帧设计　46
照　　排　梁　霞
印　　刷　三河市鹏远艺兴印务有限公司
出版日期　2018年6月第1版　2019年3月第2次印刷
开　　本　32开（880mm×1230mm）
印　　张　17
字　　数　350千
书　　号　ISBN 978-7-5552-6662-4
定　　价　55.00元

编校印装质量、盗版监督服务电话　4006532017　0532-68068638

建议陈列类别：畅销・青春文学

她唇角微甜

目录

[上册]

她唇角微甜

目录［下册］

第一章
曙光初现

日光透过落地窗细碎地落在餐台上，晕染出些许微光。

餐台前站着的，是个极妙曼的人儿，身材姣好，脸蛋精致。

沈温欢盯着烤箱，百般无聊地把玩着头发，发丝掠过脸颊，有几分瘙痒。她打了个喷嚏，揉揉鼻子，听烤箱叮咚一声，便戴上手套将刚做好的甜品取出。

就在此时，一人破门而入，往沈温欢大腿上一拍："小祖宗，赶快收拾收拾去试镜！"

沈温欢吓得一激灵，回头见是经纪人林婧，便吐了口气："有戏接了？"

林婧把沈温欢摁在座位上，跑到卧室去翻她的衣柜："高成本高水准警匪电视连续剧，你去试个女警，有几个单独镜头的路人甲。"

沈温欢瞬间泄了半分气，拿起叉子对着小蛋糕："听起来不错，那我还用化妆吗？"

"淡妆吧，根据角色需要来。"林婧边说边小跑过来扔给她一套衣服，见她准备吃蛋糕，吓得立刻把蛋糕放入冰箱，"你放松了几个月难道连女艺人的职业操守都扔掉了吗？”

“原来女艺人的职业操守在蛋糕里？”

林婧将叉子从沈温欢手中抽出：“别废话了，赶紧办事，我在楼下等你。”

沈温欢叹气，抱起衣服去卧室换好，又化了个淡妆，蹬上小白鞋就跑去楼下找林婧了。

在去公司的路上，林婧边开车边给沈温欢科普这次要试镜的角色和背景。

《致命追踪》是由业内大头景盛影视集团投资的电视连续剧，警匪题材，请来的都是娱乐圈身居前线的明星。

“这部剧的感情线偏平淡，男主由影帝蒋远昭出演，未婚妻女主由当红小花旦柳棠出演。”林婧又补充一句，“而你，只是个炮灰路人甲。”

沈温欢佯装苦恼的模样：“柳棠啊，她还是我的后辈呢……”

“你还好意思说人家是你的后辈！”林婧一脸的悲痛欲绝，咬牙切齿道，“你瞧瞧人家怎么混的，这么快就红了，你混了这么长时间反而弄出个‘国民妖精’的称号！”

“我有纯天然无后期加工的颜值优势啊……”沈温欢低声嘟囔了一句，最终却也没了话。

说起来，她真的不知道自己为什么会被冠上“国民妖精”这称号。虽然自己以前只演龙套配角，但她绝对演技在线，然而只因她肤白貌美大长腿，便沦为花瓶三线女星，公司吉祥物一般的存在。

“人家柳棠有金主撑腰，你呢？”

“我美啊。”

林婧沉了口气：“你最好祈祷一会儿试镜能通过，这是个好机会。”

到公司后，沈温欢赶到试镜现场，目测试镜人数，估计还要等一会儿。林婧去放车了，她便乖乖找个位置坐下，谁知还没坐稳当，就有一个留着大波浪长发的窈窕美人在她身边坐下。

柳棠那熟悉的绵羊音传来：“小沈姐，你也来试镜啦？”

沈温欢摘下口罩，皮笑肉不笑：“真巧，我来试一个龙套女警。”

“小沈姐，女警可是有武打镜头的，很容易在拍摄过程中受伤哦，这个角色真的适合你？”

沈温欢对她笑：“没事，我皮糙肉厚的，颜值也能补拙。”

柳棠被呛了一口，半晌笑道：“好，那先祝你试镜通过吧。”

沈温欢正欲开口，林婧就催她去试镜，于是她起身对柳棠笑了笑，昂首挺胸走进房间。

林婧在门外祈祷沈温欢这次也能凭借脸蛋通过试镜，毕竟沈温欢的星运向来极差，都是靠脸来力挽狂澜。

不一会儿沈温欢就出来了，冲林婧比了个大拇指：“基本过了，等消息吧。”

“好，我在现场等消息，要不你先回去？”

“我在这儿陪你吧，时间也不长。”沈温欢摆摆手，“刚才紧张，我去趟厕所。”

林婧给她指了指厕所的方向，沈温欢就步伐欢快地去了。

见沈温欢的背影彻底消失在视野中，林婧才瞥向坐在旁边的柳棠，眉头轻蹙。

沈温欢不分东南西北的路痴属性又犯了，去趟厕所问了好几个工作人员都问不清。

她气得跺脚，站在原地却发现自己连回去的路都找不到了。

蒋远昭正要去试镜处，余光却瞥到一个美人，目光自然而然便停在她身上。

那美人肤白貌美，即使是模糊的侧脸也教人称赞，白色短款上衣配上黑色休闲热裤，姣好妙曼的身姿尽显。

他挑眉，迈步走向她：“小姐，需要我帮忙吗？”

“谢谢，方便问一下厕所在哪里吗？”沈温欢听到有人这么说，忙回头去问，却在看清来人后瞬间蒙了，“咦，是蒋前辈吗？”

“沈小姐？”蒋远昭微怔，“你怎么在这儿？”

“您居然知道我？”沈温欢讪笑，“我是来试镜的，跟前辈你一个剧组，不过我试的只是个龙套角色。”

“那真是缘分。”蒋远昭唇角微勾，笑着指向一个方向，“厕所在东边，你过去就是了。”

只见沈温欢顺着他所指之处望去，久久凝视那个方向，沉默半晌。

就在蒋远昭蹙眉准备询问时，沈温欢尴尬开口：“蒋前辈，我……我不分东南西北，能麻烦您说左右吗？”

蒋远昭闻言一愣，旋即轻笑出声：“好吧，顺着走廊的方向走，前面第二个通道就是。”

“好，谢谢蒋前辈！”沈温欢顿时喜笑颜开，对蒋远昭道谢后便小跑去了目的地。

蒋远昭有些意犹未尽地望着她的背影，只觉那双线条精致的美腿当真是无比诱人。

他低头看了眼腕表，走向试镜处。

当蒋远昭推门而入时，看到桌旁站着个女人，而导演看着手中照片模样的东西，似乎很纠结。

见他来了，导演忙唤他：“远昭，你过来帮我看看，她们哪个比较好？”

“如果我没认错，你是沈小姐的经纪人？”蒋远昭走过去，对桌旁的女人微微一笑。

林婧蹙眉，有些疑惑为什么影帝会认识自家艺人，但还是回答：“是的，蒋先生好。”

蒋远昭微微颔首，随即看向导演手中的照片，一个是方才见过面的沈温欢，另一个则有些眼生。

“这个女警的角色是可改动的，如果有必要也许后期会改成女二。”导演叹了口气，颇为苦恼，“远昭，你定吧。”

话音未落，蒋远昭就含笑开口：“我觉得沈温欢就挺适合的。”

话一出口，毫不犹豫。

导演和林婧都看向他，似乎都觉得这是个突然但又在预料之内的答案。

蒋远昭一本正经说瞎话：“我刚才见过沈温欢了，她的造型和气质都很符合女警这个人设，就她吧。”

刚从厕所出来的沈温欢，完全想不到自己捡到了这么个大便宜。

她接到了林婧的报喜电话，就得意扬扬地下楼去找林婧会合，一起回宾馆。

一上车沈温欢就乐得不行：“看吧，我就说可以的。”

林婧颇有感触，感慨道：“是啊，没想到你去个厕所都能偶遇影帝。”

“什么？”

“是蒋远昭从导演那儿把你定下来的，不然你可能还会被刷下去。”

沈温欢傻眼了：“我只是问他厕所在哪里啊。”

林婧拍拍她的肩膀，一脸欣慰：“这是你的脸和身材用处最大的一次。”

“那咱们今晚去吃大餐吧？”沈温欢想了想，“毕竟我回归荧幕后就不能吃肉了。”

“只能吃海鲜，别想着大鱼大肉了。”林婧在这方面依旧高要求，她一转方向盘，“吃完就送你回宾馆，这次公司安排给你的是豪华宾馆，你沾了同组大牌的光。”

吃完饭已经入夜，林婧将沈温欢送到宾馆房间时天已经完全黑了，她嘱咐沈温欢早睡之后就驾车离开了。

沈温欢躺在柔软舒适的大床上有些受宠若惊，毕竟她从未享受过这待遇，虽然是沾光，但她也是滋润了一次。

沈温欢简单冲了个澡，由于明天要早起去剧组，她也没再玩手机，敷上面膜后就睡了。

半夜，沈温欢隐约听到敲门声，她半梦半醒间下床去开门，冷风一吹才清醒过来。

她揉了揉眼睛，不可置信地盯着眼前的人：“蒋、蒋前辈？”

蒋远昭显然没料到住这个房间的人是沈温欢，他紧蹙着眉，突然将额头靠在她肩上。

耳边传来男人压抑的喘息，沈温欢顿时困意尽失。她手忙脚乱地将他扶到床上，忙问：“蒋前辈，你身体不舒服？”

“胃疼。”蒋远昭一开口便觉得胃里的痛楚翻涌而来，他蹙眉，强撑着道，“手机没电了，你方便帮忙打个电话吗？”

见沈温欢点头，他便哑着嗓子告诉她一串号码，沈温欢立即打了过去，通知了他的经纪人周焕。

沈温欢试了试蒋远昭的额头："前辈的额头滚烫，你发烧了，今晚喝酒了？"

"没喝太多。"

"应该是急性胃肠炎，忍一忍，你的经纪人很快就到了。"

蒋远昭扶额苦笑，道："真是缘分。"

"就当还了您帮我拿下角色的人情吧。"

沈温欢话音未落，周焕就带着医生来救场了。

见房主是沈温欢这种三线小星，周焕有些疑惑，但还是向她道了谢，随即带人火速离开现场。

沈温欢揉了揉头发，大半夜神志不清，关上门后倒头就睡了。

次日一大早，沉醉于梦乡的沈温欢就被林婧从被窝里掀起来了。

"快起床！睡那么死是不是连昨晚住你对门的影帝进了医院都不知道？"

沈温欢用枕头蒙上脑袋，不为所动："就是我把他送进去的……"

林婧掀被子的手猛地僵住，而后将被子盖在沈温欢身上，温柔地整理了一番，温声软语道："温欢啊，我觉得，你要把握这个机会。"

沈温欢抬起脑袋，强行转移话题："他住院了，还去什么剧组？"

"你以为影帝是吃素的？打了针就去拍摄现场了，估计现在正在休息。"

"身子铁打的啊。"沈温欢嘟囔道，"折腾得我昨晚都没睡好。"

林婧微愣："你这话……有歧义。"

沈温欢沉默了几秒："你下楼等我，我马上就收拾好。"

待沈温欢收拾好一切来到剧组时，工作人员已经在准备拍摄工作了。

导演见她来了，便跟她打了声招呼："小沈来了？一会儿有场打戏，你去找教练熟悉动作。"

沈温欢应声，结果找了一圈也没找到什么教练，她只得翻翻剧本上的动作描述，心里大概有了底，便也没再去找。

"温欢，过来坐着。"不远处的林婧唤她。

沈温欢抱着剧本跑过去，却见林婧旁边的沙发上正坐着蒋远昭。

他低头看着剧本，手中把玩着道具枪，见来人是她，便对她笑了笑。

沈温欢觉得心脏莫名中了一枪。

果然，这笑容在荧幕里看到和在现实中看到，效果就是不一样。

她接过林婧递来的衣服，坐在旁边的沙发上：“蒋前辈，身体怎么样？”

“如你所说，急性胃肠炎引起发烧。”蒋远昭放下剧本，“现在没什么事了。”

“蒋前辈真是敬业。”

“过奖。你一会儿有动作戏，不去找教练吗？”

沈温欢苦笑，抓了抓头发：“没找到，不过我有武术功底，动作什么的摸索摸索就会了。”

蒋远昭微怔：“有点出人意料。”

“不能只看我的花瓶外表啊，都没人愿意了解我的内在。”她打趣，指了指他手中的道具枪道，“前辈你有持枪戏份？”

蒋远昭将枪丢给她，唇角微勾：“待会儿有我从你手中夺枪的剧情，我在这儿是为了约你对戏。”

沈温欢手忙脚乱地接住枪，却不知怎么握，她瞅了眼身旁，却发现林婧早不知跑到何处去了。

她有些尴尬：“蒋前辈……我去找教练学姿势，麻烦等我几分钟。”

蒋远昭抬眸扫她一眼，突然叹了口气：“沈小姐，你真该学会适时向前辈求助。”

话音未落，不等沈温欢说什么，蒋远昭已坐到她身边，抬起她握枪的手，力道轻柔地纠正她。

肌肤相碰的那一瞬，她身子竟酥了几分。

他身上总有股异香，清淡却叫人沉醉，如今这香气遍布沈温欢周身，她却混乱得根本想不出是什么香水。

蒋远昭耐心地给她讲解动作，说了半天却没听见怀中人儿的回音，他蹙眉看她，却见她面颊泛红，一脸窘迫。

这就害羞了？

他无声轻笑，突然将她半揽入怀中，指尖自她掌心缓缓游移到她手腕处，在她耳边低声道：“沈小姐，别这么紧张。”

沈温欢似是察觉到他的小恶意，当即站了起来，准确无误地抢过蒋远昭手中的枪：“蒋前辈，我学会了！”

蒋远昭怔了怔，突然抚额笑出声来：“你真是……”

太可爱了。

“是我从你手里抢，你只需学会握枪的姿势就好。”他起身拍了拍身上并不存在的灰尘，“既然你已经会了，就去换衣服吧，待会儿见。”

沈温欢轻蹙眉，认真握枪找了找感觉，随后便将枪丢回蒋远昭怀中，语气僵硬道：“麻烦蒋前辈了。”

话音未落，她拎着衣服就去更衣室了，脚步生风，似乎有些怒气。

蒋远昭看着她离去的背影，突然张开手，拢了拢手指。

方才他怀中的那具温香软玉，似乎真能令人上了瘾。

多年不见，她还是如此惹人心动。

只是……她似乎不记得他了。

他坐回沙发，拿起剧本颇为无奈地笑叹一声：“唉，玩脱了。”

沈温欢换好衣服后，林婧就偷摸来到她身边，不怀好意地问：“和蒋远昭情况如何？”

“对戏体验极差。”她撇嘴，明显不太自在，“男星都喜欢亲密的身体接触？”

“还没到你演吻戏的时候呢小祖宗。”

沈温欢整理着衣服，冷不丁发问：“对了林姐，你见教练了吗？我没找到他。”

林婧闻言，蹙眉低声道：“你昨天是不是得罪柳棠了？”

沈温欢不敢置信地看向她：“哈？”

“刚才柳棠一直缠着教练，现在可能除你以外，该学的人都学会了。”

“时间不够，我看看剧本有个大概印象就行。”沈温欢看了眼时间，耸耸肩，一副事不关己的模样。

“有个大概印象就行？！”林婧瞬间跳脚，拉着她就要去找教练，“绝对不行，这可是你几个月来的第一部戏！”

话音未落，就有工作人员来叫人：“沈温欢来了吗？”

林婧瞬间石化，沈温欢倒轻松，对她比了个大拇指：“相信我，没问题。”

语罢，她乖乖跑去拍戏了。

经过柳棠时，柳棠对她温温软软地笑了笑：“小沈姐，动作戏要加油噢。”

沈温欢有些苦恼地抓了抓头发：“有点紧张呢，没找到教练，肯定会NG（重拍）的。”

“真是可惜，但尽量走心就好了，我会在拍摄现场看着你的。”

沈温欢沉默几秒，对她笑：“好啊，那就多谢关照啦。”

由于拍摄背景是一片残垣断壁，是外景，因此满地碎石和矮墙对演员的体力和平衡性是个不小的挑战。

沈温欢饰演的女警，要持枪追逐男主百米开外，其间还要翻过矮墙，躲过碎石，最终堵住男主去路。随后追击者赶到，男主夺枪射杀他，救下女警后就离开了。男主在现场遗落了手链，被女警找到。

蒋远昭已准备就绪，见她拿着道具枪走过来，挑眉笑问：“这段拍摄有些难度，练习得如何？”

“教练都被人抢了还练什么？”沈温欢吐槽道，不待蒋远昭有所反应，便走到自己的位置上。

蒋远昭见她如此态度不禁失笑，却也不再多言，紧跟着就位了。

开拍后，众人看沈温欢飞奔追逐，单手翻过矮墙，滑铲躲过碎石，整套动作下来如行云流水干脆利落，看得拍摄人员都呆住了。

柳棠瞠目结舌，紧紧盯着沈温欢的身影，不知为何起了层冷汗。

“这个女演员好像没来找过我。”动作教练不可置信道，“居然这么熟练！”

“这么好的苗子居然现在才发现！”导演也啧啧感叹，眸中流露出赞许之情，“演技也不错，挺有前途的。”

柳棠闻言浑身一震，经纪人在一旁叹了口气，在她耳边小声道：“提防着点沈温欢，别让她翻身。”

柳棠闷声应下，有些不悦。

她好不容易才把沈温欢给压下去，怎可能轻易就让她东山再起？

“停下！”

沈温欢一个骤停挡在蒋远昭身前，举枪对准他，丝毫没有初次拍动作戏的紧张失措。

蒋远昭蹙眉，余光瞥到赶来的追击者，突然冲上前一把将她摁在墙上，追击者射杀未遂，当即就要翻墙赶来。

蒋远昭搂着沈温欢的腰将她抵在墙上，单手轻扣她的手腕，沈温欢手一软，枪就到了他手中，他利索地扣下扳机，追击者随即倒地。

“别乱跑，保护好自己。”蒋远昭低声道，将枪扔给她后，便跃下这块废墟，离开了。

方才和蒋远昭的距离如此接近，沈温欢一时出神，幸好她反应快，闻言条件反射去伸手想要抓住什么，恰好演出了剧中男主离开时女警怅然的表现。

最后一幕，沈温欢轻蹙眉，蹲下身捡起地上遗落的手链，眸色深沉地望着他离去的方向。

“OK，过了！”导演异常欢喜，没想到第一天开拍就如此高质量，“沈温欢表现不错啊！继续努力！”

“谢谢导演！”沈温欢兴高采烈地对导演挥手回应，接过林婧给她的毛巾擦了擦薄汗。

她开心得很，对林婧粲然笑道：“林姐你看，我就说我可以吧。”

沈温欢的小虎牙在日光下被缀上一层光晕，她眸中隐了几分璀璨，美得林婧都呆住，脑中第一个反应就是：

沈温欢，真是个妖精。

“拍得不错，没想到你真有点实力。”就在此时，蒋远昭带着周焕走上前来，他递给沈温欢矿泉水，笑容清浅，“看得我都想去了解你的内在了。”

沈温欢拧开瓶盖喝水，闻言爽朗笑道：“蒋前辈还是把我当‘国民妖精’吧，我的外貌要比我的内在美很多。”

“来日方长，也许我会喜欢你的内在胜过你的外貌。”蒋远昭调侃她，却被周焕不悦地喊了名字。

沈温欢听了这话也觉得有些臊，便蹙了眉。

蒋远昭唇角微勾，话锋一转突然谈起了公事：“今天《致命追踪》的宣传视频就要全网公开了，也许会有你的无剪辑版现场录制视频。”

沈温欢想了想，毕竟她的公众形象是花瓶，这次居然拍动作片这么溜，肯定也会给剧组带点话题。

"挺好的，说不定我还能借此一夜走红呢。"沈温欢伸了个懒腰，晃晃手中的矿泉水，有些俏皮地冲他笑，"谢谢蒋前辈的水，今天合作十分愉快，明天见。"

语罢，不待林婧说什么，沈温欢就拉着她走了。

蒋远昭长眉微蹙，站在原地思忖。

难道是他的态度过于暧昧，让她想逃了？

周焕却在此时不悦道："远昭，你要和女星保持适当的距离，刚才的话过分了。"

"我看也是。"他叹了口气，疲倦地捏了捏眉骨，"看来不能操之过急。"

周焕："……"

操之过急？保持距离不闹绯闻与操之过急有关系吗？

果然如蒋远昭所说，当天《致命追踪》官博就放出了宣传视频，后面紧接着单发了一条沈温欢的未剪辑版现场录制视频。

宣传视频一经放出，反响最热烈的就是沈温欢的动作戏。沈温欢虽是三线小星，但凭借"国民妖精"的称号也有不少粉丝，再加上平时有事没事就直播做甜点，姑且也算半个网红。

出人意料的是，放出的宣传视频中，警匪CP（情侣档）居然比官方CP更火热，不过兴许是后者的互动少，剧组也就留了这份心。

沈温欢拍戏休息之余刷微博，发现关于自己的话题好像有点儿火的迹象，于是就随手转发了自己的动作戏视频：

"迷人反派妖精欢V：看来瞒不住了，其实我学过七年散打。"

这么一折腾，沈温欢半天时间就涨粉两万多，这个数字的确是意料之外。签约沈温欢的亦文影视集团也稍微重视起来了，以前都把沈温欢当公司吉祥物一样放着，看来现在有点儿火的苗头了。

与此同时，沈温欢以前出演过的剧也被人翻出，发现大多是反派高颜值女配角。沈温欢自己都没注意过她演的角色，这么一看果然基本都是反派角色。

最初，有粉丝提出新外号"迷人可爱的反派欢"，但大伙儿都觉得太长了，于是沈温欢的另一个外号被传开了——"迷人反派欢"。

沈温欢看着私信里粉丝们一口一个“迷人反派欢”，她突然觉得，这好像没什么毛病。

当晚，《致命追踪》剧组召开紧急会议，讨论是否给沈温欢饰演的女警角色加戏改成女二。

亦文影视集团自然力挺这个建议，而且表示会加大投资力度。编剧也表示可以适当更改感情线，但不可做大改动。

蒋远昭本着公事公办的态度：“人设方面，警匪CP不太现实。柳棠不能被顶下去，不如增加男主和女警的感情线，最后给女警一个开放式结局，主感情线不变，这样人物形象也丰满了不少。”

“这种设定的确不错，节奏紧张的警匪片里偶尔有感情线调剂也可以舒缓一下，毕竟要抓住时下热点，我能接受这种改法。”编剧思忖半晌，点点头同意他的意见。

会议结束后，蒋远昭便乘周焕的车回宾馆。见周焕明摆在脸上的不悦，他想忽略都难，便道：“还她一个人情而已。”

睁眼说瞎话，他哪里欠她人情了？

“这人情还得未免过于盛大。”周焕长叹一声，语气软了几分，“远昭，我不是不让你跟女星来往，但沈温欢的公众形象摆在那里，你们传绯闻的话对你无利，你不必为了《致命追踪》剧组付出这么多。”

蒋远昭却找到了重点：“等等，你以为我这么做是为了帮剧组炒作？”

“难道不是？”

蒋远昭默默否认：“不，是的，你太聪明了，事实就是这样。”

第一次，他突然庆幸自己有个低情商的经纪人。

于是沈温欢饰演的女警就这么成了女二，次日得知这个消息的沈温欢简直怀疑人生。

林婧兴奋地抱紧了沈温欢，突然有种欣慰到想流泪的冲动：“我们家温欢终于熬到出头日了，太好了！”

沈温欢的神志持续掉线，她现在只有一个想法：

她这是……要开始走大运了？

另一边，柳棠的经纪人告诉柳棠增加女二的事时，柳棠正吃着早饭，听到这个消息她没什么反应，只随便问了一句“谁演的”。

听到经纪人口中那沉重的“沈温欢”三个字，她蓦地僵在座位上，随即勃然大怒，一把将早餐尽数扫落在地。

经纪人蹙眉："你先冷静一下。"

柳棠也知自己失态，她简单平复了气息，不可置信道："怎么可能是沈温欢？！"

她千辛万苦才当上了女主，她沈温欢进组一天就能让编剧把剧本都改了，那以后岂不是要翻身踹了她女主的位置？

"昨晚剧组放出宣传视频后反响热烈，但令我意想不到的是，沈温欢的动作戏也传上去让她火了一把，热度就带起来了。"经纪人也颇为苦恼，坐在座位上揉着太阳穴，"然后我去看宣传视频下的评论，发现站警匪CP的人比站官方CP的多一些，虽然微乎其微，但也值得注意。"

柳棠听自家经纪人这么说，更烦躁了："那我该怎么办啊？再这样下去恐怕我的位置都要不保了。"

"趁现在局势还能扭转，要是可以的话就把导演约出来吃顿饭，你再吹一吹枕边风，稳固一下位置，绝对不能给沈温欢踩着你上位的机会。"

"好，今晚帮我约一下导演。"柳棠吐了口气，难得的好心情尽数消散，"真丧，今天这状态还怎么拍戏！"

"拍戏重要，你最近记得在剧组多拉拢蒋远昭，我听说改剧本这件事蒋远昭也帮了沈温欢一把，估计是看她家背景对自己有利。"

柳棠重重点头："好，听你的。"

沈温欢到达剧组后便收到不少人的祝贺。她去问了今天的戏份，得知她今天需要吊威亚，有个镜头是她从楼顶跳到下面的阳台，跳跃高度足足有六米。

沈温欢还真没接触过威亚，所以这次就找到教练，跟着学了一下吊威亚，她以为自己会恐高，却没想到威亚吊起来还挺刺激的。

柳棠是后来才到现场的，见沈温欢和周围的人谈笑风生，不禁有些烦躁。

换了剧服出来，她正准备去找导演示好，走近却见导演正与沈温欢有说有笑地谈论着什么，她心底的烦躁更浓重几分。

突然，她听导演笑道："早知道你这么有实力，就让你当女一号了。”

沈温欢闻言连忙摆手：“欸，我只是这次动作戏拍得好而已，可能放到别的剧情里我还是花瓶。”

柳棠心头无名火起，她下意识握紧双拳，想起沈温欢今天有场威亚戏，似乎还有一定高度。

她转身看向道具组，脑子里突然出现一个疯狂的想法。

沈温欢和导演聊了会儿就去化妆了，从化妆室出来时却发现柳棠跟在蒋远昭身侧，二人氛围轻松愉悦。

看来他们两个关系挺不错的。

沈温欢这么想着，被林婧意味深长地拍拍肩膀：“看着难受吗？”

沈温欢一脸蒙，林婧却当她是被猜中了小心思，叹了口气道：“没事，现在发觉也为时不晚，毕竟他们在剧中是官方CP，多少也要做做样子。”

“林姐你想太多了。”沈温欢无奈耸肩，看向柳棠，“我不会走她那条路的，毕竟我就算失业了也能去当甜点师嘛，不用这么拼。”

“是是是，你很厉害。”林婧敷衍了一句，然后她观望四周，突然低下声来严肃道，“对了，你最近提防着点柳棠，她看你不顺眼，今天知道你成了女二肯定更烦你了。”

沈温欢倒也心里有数，正要说什么，有工作人员喊她去拍威亚戏，林婧嘱咐了她一句注意安全，沈温欢就跑去拍戏了。

早上的练习让沈温欢对威亚不再生疏，但多少还是有些紧张的。沈温欢准备好后，对导演比了个OK的手势，正式开拍。

她先是自楼梯跃下，随后冲到楼顶边缘，单手撑地，飞身下了楼顶。威亚轻微响了一声，她没在意，单脚点在支撑物上，动作十分标准地落了下去。

林婧突然咦一声。

怎么感觉不太对……

就在此时，剧组有人指着楼顶惊声尖叫，众人纷纷望去，却见沈温欢的威亚突然断裂，她惊呼一声，极速下落。而刚准备好威亚的蒋远昭早就察觉到不对，在她的威亚断裂前便已跃下楼顶。

幸好沈温欢的威压和他的距离不远，她只猛坠了几米便被蒋远昭拉入怀中，吓得她连大气都不敢喘。

蒋远昭没能落在距离最近的阳台上，他蹙眉啧了一声，搂着沈温欢，踹开楼道的一扇窗户，二人这才滚落进去。

整个过程瞬间发生，若不是蒋远昭反应迅速，后果不堪设想。

整个剧组都乱套了，林婧和周焕一同冲入楼内，导演回过神来，也急忙带人去楼上应急。

沈温欢睁开双眼，心跳声震得耳膜发痛，她猛地松了口气，稍微缓过神来，喘着气，浑身没力。

刚才她落下来时，是蒋远昭抱住了她？

沈温欢怔了怔，才发觉自己在蒋远昭身上趴着，也顾不得想他是如何做到落地前把她护在上方了，急忙起身察看他的伤势："蒋远昭你没事吧？"

蒋远昭直起身来，活动了一下手腕，冷不丁听到沈温欢这么问，他眸光微动，似笑非笑地看向她："你说什么？"

沈温欢瞬间领会了他的意思，当即冷静改口道："蒋前辈，谢谢您救了我，但在检查人员来之前您最好别乱动。"

蒋远昭自知无趣便也不再逼她。此时一大帮人慌慌张张赶了过来，沈温欢表示自己没任何问题，医护人员就赶紧去检查蒋远昭了。

林婧冲上前来就对她各种摸各种担忧，紧张得不行："小祖宗你真的没事吗？千万别逞强啊！有哪里不舒服就告诉我！"

"真的没问题，落地前蒋远昭在下面，我一点事都没有，倒是他可能会有擦伤什么的。"沈温欢无奈地轻推开林婧，蹙眉看向蒋远昭，"不过我就怕他的手腕……"

话还没说完，蒋远昭突然侧首，目光越过众人稳稳落在她身上，他看着她，一副饶有兴趣的模样。

二人的目光交会了一瞬。

沈温欢未说出口的话，瞬间就忘干净了。

她突然乱了手脚，忙拉着不明就里的林婧离开了现场。

蒋远昭看着她仓皇离开的背影，唇角没来由地上扬。

他起身，随口将医生支走，直到只剩他和周焕二人。

蒋远昭这才侧首，对周焕笑眯眯道：

“查出来这是谁办的好事，弄死他。”

《致命追踪》剧组出了如此重大的安全事故，虽无人员伤亡，但毕竟是业内大头投资的电视剧，再加上蒋远昭手腕扭伤的事曝光，微博热搜前三又是这个剧组。

热搜第一是“影帝舍命救女演”。沈温欢已经做好了被蒋远昭的粉丝围攻的准备，谁知点开评论区一看，喷她的居然也不算多，更多的是指责剧组安全措施不到位。

正巧，当天拍摄现场有记者拍下的蒋远昭救沈温欢的视频，上传到微博后引起轩然大波。

评论区除了一群为蒋远昭疯狂的迷妹，还有站队“＃警匪情侣档＃”的，虽然不知是不是剧组工作人员炒起来的，但的确引起了部分人的注意。

“＃警匪情侣档＃”话题热度上升，自然也有粉丝喷剧组借演员受伤炒作的，不过影响不大就是了。

如此一来，沈温欢成了最大受益人，不仅粉丝多了，剧中角色的人气也上去了。

面对此情此景，林婧自然是大喜，沈温欢却有些闷闷不乐。

林婧知道她的心思，给公司打完电话后对她说：“担心的话就去看他嘛，反正你也知道他住哪里。”

由于资金问题，沈温欢在星级宾馆住了一夜后就换宾馆了，不过她的确是记得蒋远昭的房间号，只是在犹豫该不该去。

“林姐，我真的要去吗？”沈温欢对此颇为苦恼，“万一被狗仔拍到怎么办？对谁都没好处。”

“小祖宗，你以为为什么大牌都住星级宾馆？不就为了保护隐私。”林婧点点她的额头，忍不住发笑，“别找理由劝自己了，这点小事有什么好纠结的？”

林婧说的也不无道理。

沈温欢也不知自己乱纠结什么，人家救了自己一命，去探望一下怎么了？

想罢，她猛地起身，冲进卧室换了身衣服，戴上帽子和口罩甩下一句

“我出门了”，就离开了。

动作快得出奇，似乎还挺急的。

林婧笑着摇摇头，低头点开手机，拨出一个电话。

沈温欢买了一篮水果后就火速赶到蒋远昭的住处，站在门前却又开始踌躇。

不知是不是她的错觉，蒋远昭似乎对她有些关照过头。

若沈温欢清楚他的目的也就罢了，但她绞尽脑汁也想不出他究竟想做什么。

她一甩脑袋，视死如归般敲了敲门，等待回应。

却没人回应。

沈温欢正怀疑他是不是去工作了，刚想走，门开了。

于是沈温欢一脸蒙圈地看着身穿黑色浴袍的同样一脸蒙圈的蒋远昭。

他发丝还滴着水，戴着一副无框眼镜，眼中水雾未散，浴袍微敞，显然是临时穿上的。沈温欢只看了眼那线条流畅精致的锁骨，便没脸再向下看。

原来他刚才是在洗澡啊……

“蒋前辈，打扰了，我是来探病的！”沈温欢说着，却是看向别处，两颊飘着可疑的红晕。

蒋远昭哑然失笑，他拢了拢领口，侧身让沈温欢进来：“先进来吧。”

沈温欢异常拘谨，脚步僵硬地走进屋内，站在原地不敢乱动。

“稍等，我去换身衣服。”

她乖巧点头，眼看着蒋远昭进了房间。没一会儿，从那房间里溜出一只白色的毛绒物体，屁颠屁颠就冲着她过来，用脑袋蹭她的腿。

沈温欢定睛一看，发现是只萨摩耶。

她好像记得蒋远昭有只网红狗，名字好像是某种食物……

“海苔？”沈温欢试探着唤它，它却没反应。

难不成是米饭？

她思忖半晌，又唤：“寿司？”

这次它有反应了，开心地扒拉几下她的腿，疑似求抱抱的动作让沈温欢蹲下身来，果不其然，被它舔了一脸。

沈温欢不禁笑出声来，觉得这小家伙还挺可爱的，就揉揉它的脑袋，发现手感极佳，就揉上瘾了。

谁知一人一狗正玩得开心，周焕从方才那个房间内走了出来，看沈温欢的眼神极为复杂。

蒋远昭换了身居家休闲装，送走了周焕，似乎不愿让他多待。周焕眼睁睁看着自家艺人将自己逐出门。

蒋远昭本来阴沉的脸自他开门见到沈温欢后就变得晴空万里。

方才回房的蒋远昭进屋就唤来寿司，蹲下身宠溺地揉揉它的脑袋，笑："乖寿司，去找你妈妈。"

然后寿司拱开门，准确无误地扑向了——沈温欢。

屋内，蒋远昭见沈温欢和寿司玩得正起兴，便道："今天周焕刚送过来的。"

"我知道，它叫寿司嘛，我以前在网上看过照片。"沈温欢对它爱不释手，欢喜之情溢于言表，"不过它对我怎么这么亲近啊？"

蒋远昭胡诌了一个理由："它自来熟，对谁都这样。"

沈温欢信了，抱着寿司乱揉一通："真可爱。"

蒋远昭却蹙了眉："沈小姐，你关心它胜过关心我了吗？"

"啊，不好意思。"她这才想起来正事，忙起身将水果放在桌上，"这是对昨日之事的一点心意。"

沈温欢见蒋远昭单手擦着头发，另一只手的手腕则缠着绷带，便问："蒋前辈，手腕怎么样？"

"轻微扭伤而已，不是什么大事。"蒋远昭说着坐到沙发上，指了指身边，"沈小姐，请坐。"

"好的。"沈温欢自然没坐在他身边，而是坐在旁边的小沙发上，一副正襟危坐的模样。

蒋远昭见她这般如坐针毡只觉有些好笑，撑着下巴似笑非笑地打量她："沈小姐，虽然不能当自己家一样，但也不至于这么拘谨吧，我又不会对你做什么。"

孤男寡女共处一室，你还经常给我暧昧暗示，你让我怎么能不拘谨？

沈温欢强忍住内心的吐槽，抬眸看了他一眼，恰好对上蒋远昭打量的视线。

他见被发现，倒也不做贼心虚，反而偏了偏头，对她笑："沈小姐今天真是漂亮。"

沈温欢觉得，这个男人一对她笑，她就忘词。

来之前她准备了那么足的内心戏，连见面后的台词都想好了，现在他这么一笑，她直接就蒙了。

蒋远昭夸她漂亮，难不成她要再夸回去?

沈温欢纠结几秒，最终憋出来一句："……谢谢蒋前辈。"

不能把她逼得太紧，不然就真的玩完了。

蒋远昭想罢，倒也见好就收，没再做或说什么。

"那个……今天我过来其实就是为了道谢。"沈温欢突然轻咳一声，"谢谢蒋前辈昨天救了我，不然我也许今天就不能坐在这儿了。"

"举手之劳而已。"

沈温欢闻言，为了显得更有诚意，随口补充了一句："蒋前辈若有什么需要我帮忙的，我一定在所不辞。"

话音未落，她就见蒋远昭眸光微动，不知怎的，她居然有种不好的预感。

只听蒋远昭不急不慢道："那么沈小姐，我一只手不方便，能帮我把头发吹干吗？"

沈温欢觉得她对摸影帝脑袋这件事并不是非常感兴趣，正欲拒绝，蒋远昭却悠悠然道："如此小事，想必沈小姐肯定是在所不辞吧。"

沈温欢："……"

那句话只是意思意思而已啊!

不得已，她拿过一旁桌上的吹风机，通电后闭上眼就一通乱揉。

蒋远昭沉默半晌。

这吹头发的手法，是把他当寿司了?

不过算了，知足常乐，她能答应就已经很不错了。

沈温欢就这么帮他吹干了头发，倒也没什么别的事，她就准备告辞了。

蒋远昭送沈温欢时，寿司对她恋恋不舍，她俯身揉揉它，却听蒋远昭语气平淡地问了她一句：

“沈小姐，你觉得昨天的事是意外吗？”

沈温欢陡然一惊，抬头看他：

“什么意思？”

沈温欢回到宾馆后，有些无精打采。

林婧虽然有些好奇，但也没有过问，只是坐到她身边，提醒她：“温欢，最近离柳棠远点，昨天的事可能是她搞的鬼。”

沈温欢烦躁地吐出一口气，抓抓头发，道：“以前是她，现在也是她，她怎么这么莫名其妙？”

“你不害人不代表别人就不害你。”林婧叹了口气，轻轻拍了拍她，“既然这么跟你说了，你长点心就好，你现在算是上升期了，千万别因为人际关系分神。”

“林姐，你看到她对我的威亚动手脚了？”

林婧摇头：“没有，我打电话问了，但是剧组相关人员拒绝透露录像，也许是被人封了口。”

沈温欢想起方才蒋远昭给她看的道具组录像，分明拍到了柳棠偷偷破坏了她的威亚。

封口也是她干的吧，只不过蒋远昭有权有势，想拿到这录像自然是轻而易举。

沈温欢看了录像片段后久久陷入沉默，虽然惊讶，但好像也并不是很出乎意料。

“这段录像是个大筹码，稍微一推就能让柳棠再也混不下去。”蒋远昭当时这么对她说，似乎是在征询她的意见。

沈温欢想了想，道：“谢谢蒋前辈帮我调查这件事，录像麻烦您发给我经纪人吧，我自会处理。”

蒋远昭遵从她的意见，这事便不了了之。

沈温欢正回想着，听到短信铃声响起，她下意识摸手机，却发现是林婧的手机发出的声音。

林婧看了一眼短信，先是蹙眉，过了一会儿就变了脸色，沈温欢一看就知道是蒋远昭的短信到了。

林婧冷静了一下：“温欢，你想怎么处理？”

沈温欢撑着下巴望天花板："发出去吧，该咋办咋办。"

林婧点头，却还是久久凝视她，表情狐疑。

沈温欢摸摸脸："我脸上有东西？"

"沈温欢！"

"是！"她条件反射道，"怎么了？"

林婧一脸严肃地看着她，沉下声音："你老老实实告诉我，你是不是跟蒋远昭玩地下恋？"

还以为是什么事。

沈温欢瞬间泄了气，捏捏眉骨："我对恋爱不感兴趣，你又不是不知道，我只想发财不想恋爱。"

"难道蒋远昭已经到倒贴的地步了吗？"林婧转而一脸多愁善感地说，"心疼他。"

"人家周围美女云集，心疼什么？"沈温欢只觉得有些好笑，起身准备去冲个澡。

因为昨天的安全事故，剧组被迫停了一天，所以她今天没事做，悠闲得很。

就在此时，林婧突然唤了她一声，语气难得有几分踌躇："沈家人……给我打电话问你的情况。"

沈温欢的背影似乎僵了一瞬，但那个小变化几乎令人捕捉不到，很快她就恢复如常，挥挥手走向浴室："随意应付就好，反正他们只是做做样子。"

林婧见她这样不禁叹了口气，心里滋生出几分不自在的心酸。

在沈温欢十四岁那年，林婧发现了这个小美人，刚开始是让她当模特、代言，让沈温欢在圈内火了一把。

而沈温欢的性子也讨人喜欢，因此人际关系方面林婧完全不用操心。摊上这么一个吸金还听话的主子，林婧一直引以为荣。

她问过沈温欢的家庭情况，沈温欢却闭口不提，于是她开始暗中调查沈温欢，最终得知她的家庭情况，却是无话可说。

想罢，林婧摇摇头，毕竟当事人都不愿谈起，那她也不再多想，处理起了近期通告。

与此同时，柳棠的住所。

“昨晚怎么没帮我约导演啊？”柳棠涂着指甲油，语气不悦地对经纪人道。

“你还好意思说？！”经纪人还在气头上，没好气道，“要不是你脑子一热捅了这么个娄子，我还用得着今天到处跑给你善后吗？！”

“无所谓吧，反正沈温欢没死也没受伤，销毁录像不就好了？”

“你这丫头说得倒是轻松！”经纪人闻言被气笑了，“要不是这次我帮你，你看如果这事被捅出来了你会怎样！”

“好啦，姐我知错啦。”柳棠嘟起嘴，抱着经纪人的手臂撒娇，“再也不会有下次了，原谅我吧。”

经纪人见此，长叹一声，也不知该说什么才好。

次日，剧组恢复拍摄，所幸事情顺利解决，大家工作的劲头也足。

林婧却突然把沈温欢拉到一个角落，对她宣布了一个沉重的消息：

“温欢，道具组的视频刚上传就被人从网上全面封杀了。”

沈温欢微怔，蓦地想起柳棠的签约公司，随即顿住。

难不成……

似乎是明了沈温欢的心思，林婧踌躇着开口：“似乎，是沈夫人干的。”

果然是那个女人。

沈温欢敛眸，却没表态，只对她笑：“知道了，反正她是我后妈嘛，后妈什么的你懂，巴不得我出事。”

那是豪门夫人，位高权重，她惹不起，也躲不起，姑且只能生生受着，咽下这口恶气。

准备上妆时，沈温欢得知有个化妆师请假了，现在只剩一个专业的和一个实习的了。

而这仅剩的专业化妆师，此时正被柳棠强行占用，化好妆了说不满意，气得化妆师眸中都含着泪光，但毕竟敢怒不敢言，只得从头再来。

柳棠这种小儿科行为根本没入沈温欢的眼，她只是看没时间了有些急躁，正打算自己化妆，蒋远昭来了。

他看着拿出化妆箱的沈温欢，又看了一眼自我感觉良好的柳棠，长眉微蹙：“怎么回事？”

“远昭怎么来了？”柳棠应声，对他笑道，“唉，小沈姐来得太晚了，我先化的妆，现在时间不够了，她就想自己来。”

好一个来晚了，她都等柳小祖宗快两个小时了！

就在此时，沈温欢却听蒋远昭淡声道：“闭嘴，我没问你。”

突然被打脸，柳棠面色一僵，震惊得说不出话来。

沈温欢强忍住笑意，发现蒋远昭在看她，便正色道：“那个……大概情况就是我没化妆师了。”

蒋远昭微微颔首，对自己身后的人说了什么，那人点头，随即朝沈温欢走来。

等等，沈温欢突然反应过来。

这走过来的人怎么这么眼熟？啊，他不是蒋远昭的私人造型师吗？

“时间紧迫，也许做不到太精致，沈小姐见谅。”造型师将她按在座位上，就利索地开始给她上妆。

一旁的柳棠鼻子都要给气歪了。见自己的妆好了，她冷哼一声，起身就向棚外走：“这化妆师技术怎么这么差！”

化妆师一脸茫然地站在原地，不知道自己今天究竟是怎么得罪这个祖宗了。

化好妆后正好轮到沈温欢拍戏，她忙起身对造型师道谢，经过蒋远昭身边时又郑重致谢。

蒋远昭表示：“举手之劳，不足挂齿。”

一瞬间沈温欢就觉得，蒋远昭举个手，还真帮了她不少忙。

“不过，遇到这种事你就不会想想办法吗？”蒋远昭对于今天的事还是有些芥蒂，他蹙眉道，“你是这么好脾气的人吗？”

“我脾气可差得没谱儿。”沈温欢苦笑，“不过我只是个三线小星，能有什么好办法？”

“好办法有很多，只是你不愿去想。”他垂眸看她，淡淡道：

“比如，求助于我。”

当晚剧组饭局，沈温欢受邀。

她却满脑子都是蒋远昭那句轻描淡写的“比如，求助于我”，整个人恍惚了一天，一想到参加饭局有蒋远昭，她就纠结。

然而沈温欢纠结也是无用功，林婧硬是拖着她去服装店买了一款上档次的礼裙，又找店里的专业造型师把她打扮了一番，最后才美滋滋地带她上了车。

林婧通过后视镜看到沈温欢神色复杂地望着窗外发呆，她便估计这小妮子是要沦陷在蒋远昭的攻势之下了。

“林姐，你说蒋远昭他是不是看上我了？”踌躇再三，沈温欢终于认清了这个事实，“难不成他是那天发烧，还没缓过劲来？”

“你是想说蒋远昭脑子有包吗？”

“我只是说得委婉了点儿。”

“不，他没毛病，只是你们的相处模式有毛病。”林婧正色道，“不过你终于察觉到他的心思了，这是个很大的进步，继续加油。”

加油？加什么油？

沈温欢蹙眉，有些疑惑不解：“那你说我们的相处模式有什么毛病？”

林婧翻白眼，一语道破天机：“‘有着疑似交往的暧昧气氛实则连朋友都不是’的相处模式。”

沈温欢：“……”

她想了想，发现真的是这么回事。

到场后，沈温欢一拂长发，施施然下车，立即有服务员来迎接。

她问好了房间，正准备跟服务员进店，余光却瞥见一辆黑色路虎在门口缓缓停住。

沈温欢微怔，鬼使神差竟停了脚步。

只见从那车中迈出两条长腿，黑色西裤搭配暗色牛津鞋，视线上移，深黑色商务西装包裹着线条流畅的腰身，领口处一丝不苟地扣齐了衣扣，竟平添几分禁欲之感。

天色渐沉，蒋远昭逆光而来，余晖衬得他精致的眉眼越发俊气。沈温欢淡淡呼吸，似要把这一幕刻于她脑海深处。

那一瞬沈温欢突然觉得，不愧是蒋远昭啊，生来便揽了世间一切美好。

“正考虑要不要叫住你，谁知你会停下等我。”她出神间，蒋远昭便已来到她身边，看着她似笑非笑道，“沈小姐真是给我面子。”

“帮了我这么多忙，这点面子还是要给的。”沈温欢敛眸轻笑，抬脚欲走，却被蒋远昭极为自然地牵起了手。

她浑身一僵，条件反射就想抽手，却被他警告般加大了些许力度。

沈温欢蹙眉看他。

蒋远昭却难得不看她，而是给服务员使了个眼色，服务员立即意会，找了个理由便转身离开。

随后，蒋远昭俯首对她笑了笑："我知道房间，正好带你过去。"

这般人畜无害的模样，仿佛刚才他并没有握紧她的手。

她便笑道："那还真是麻烦蒋前辈了。"

二人进房间后，恰好只剩了挨着的两个位子，沈温欢自觉空出导演身边的位子，走向旁边的。

蒋远昭见此便先将沈温欢的座位向后拉出，待她坐下了，他才慢条斯理地落座。

沈温欢颔首致谢，他轻轻摆手示意不必。

同样坐在导演身边的柳棠见此情此景有些难以置信。

她沈温欢最近是怎么了？为什么所有人都向她靠拢？

"远昭真是有绅士风度啊。"导演调侃了一句，"是不是见小沈太漂亮了，终于动心了？"

蒋远昭垂眸，意味深长地低笑一声："是啊，看她今晚这么漂亮，想不动心都难。"

沈温欢抬眼瞥他，却见他神色自若，似乎只是随口一说。

他语气揶揄，周围人也就将他这话当成玩笑，继续有说有笑地展开了其他话题。

聊工作，聊剧组，聊生活，沈温欢全程附和下来倒也轻松。

毕竟都是老生常谈的东西，不用费丝毫心思。

又一杯酒下肚，许多女演员已经不支，柳棠软绵绵地靠在导演肩上。蒋远昭不着痕迹地看了一眼沈温欢，不想她一脸平淡，眼神清明，没有分毫醉酒的模样。

类比柳棠和导演那边，他心里突然有些复杂。

蒋远昭第一次觉得，沈温欢酒量好也是个缺点。

他可是清清楚楚看着沈温欢从饭局开始就没停过酒，也没拒绝过任何人的敬酒，甚至还有敬别人的时候，永远都是一口干。

两个小时下来，沈温欢的脸色都不带变的。

蒋远昭蹙眉，微微眯眼打量她，在确定她真的不是装清醒后，他的内心更复杂了。

“蒋前辈看我做什么？”沈温欢侧首看他，微微一笑，“继续喝，不用顾及我。”

语气间有几分俏皮的小得意，似乎是在嘲笑他不能喝了。

这丫头，真以为能喝过他?

蒋远昭哑然失笑，和她对了对酒杯，唇角微勾：“哪里哪里，沈小姐说是顾及真是谬赞。”

话音落下，有个酒量好的男工作人员感叹道：“小沈姐和蒋先生的酒量真是不相上下啊，简直是千杯不醉。”

“一般般。”沈温欢见蒋远昭一口干了杯中酒，便也将自己杯中的一饮而尽。

蒋远昭不置可否，却在聊天过程中一杯接一杯地喝酒，沈温欢也不示弱，敬酒喝酒的次数明显增多。

如此显而易见的较劲，明眼人都能瞧出来。

最终还是喝倒了一大批人，许多男演员都醉倒了，导演也微醺，蒋远昭却依旧神色自若，步履稳重。

沈温欢却是有些醉了，脚底发软，强撑着身子在店门口又和人聊了会儿，最后总算是同蒋远昭送走了剩下的人。

导演、柳棠还有一名二线男星在一辆车上，据说他们三人住同一家宾馆，但谁知道是不是找人当挡箭牌。

沈温欢也懒得想那么多，她站在原地让冷风吹，想清醒清醒头脑。

她的裙子是露肩的，刚开始吹风还好，时间一长她就忍不住打了个喷嚏。

谁知喷嚏声的尾音还没落下，肩上就被人披了件衣服，整个人瞬间温暖起来，困意也随之涌来。

沈温欢揉揉鼻子，回头见是只穿着单薄衬衫的蒋远昭。她的酒劲有点上头，看东西有些模糊，便笑道：“蒋前辈，看来拼酒我还是拼不过你。”

“足够应酬就好。”蒋远昭为她整了整肩头的外套，低声轻笑，“沈小姐，我和你顺路，可否赏脸共车？”

“被狗仔偷拍怎么办？”

“就当遂了剧组炒热度的愿。”蒋远昭默认她是同意了，牵起她的手便走向不远处的黑色路虎，“放心，若有什么影响你的刊文，我会让人封住。”

二人却未注意暗处，当真有闪光灯一闪而过。

次日，果然头条换成了“影帝与同组女演员疑似因戏生情”“蒋远昭沈温欢深夜同车，披衣细节疑交往”。

微博突然爆炸，沈温欢的热度直线上升，但是捆绑炒作的名号却也无声地挂在她头上。

林婧一大早就给她打电话：“我的小欢欢啊，你终于开窍了，原来你昨晚没让我接你就是为了炒作啊！”

她昨晚也只是随口一说会被偷拍，哪知道一语成谶啊！

“我不是，我没有……”沈温欢哭笑不得，却发现自己好像也没什么可解释的，便不再开口。

“就算是炒作，他蒋远昭的面子可比你的大，温欢啊，长点儿心吧。”林婧看着沈温欢的微博粉丝数，颇为欣慰，“你现在算是火了，微博那边你先别回复，我去给你接几个代言广告什么的，助推一下。”

沈温欢用手指卷着头发，闻言应了一声：“好，我记得下午我还有场戏，到时候来接我吧。”

林婧应了下来，随即挂断电话。

沈温欢看了眼微博，评论和私信依旧火热，林婧不让她回复，她只得关了信息提示音，去翻话题下的图文。

蒋远昭目前还没有澄清绯闻，沈温欢也按兵不动，周焕却急了。

“远昭，你这是做什么？”周焕扶额，只觉苦恼至极，“我就知道昨晚你让我帮忙送沈温欢就没好事。”

“剧组热度上去了，沈温欢也被带起来了，这不是一举两得吗？”蒋远昭用指尖撑起墨镜，似笑非笑道，“沈温欢才貌兼备，是个值得培养的演员，我帮她一把也是在帮我自己。”

周焕对此将信将疑：“真的？只要你不是动私心就好。”

蒋远昭微笑回应，周焕却没发现他并没有对“说的话是真的且没有动私心”这个问题做出肯定回答。

果然，经纪人还是要情商低的才好。

另一边，《致命追踪》剧组拍摄现场，柳棠翻看着微博，心中的危机感从未如此强烈。

沈温欢这样难道真是要东山再起了？

她咬唇，对自己的未来感到担忧。

无论是从官方角度还是私人角度，沈温欢饰演的女二绝对不能火过女主，不然推CP话题就艰难了，甚至微博还易引战。

柳棠关上手机，接过经纪人给她递来的热奶茶喝了几口，有事无事地玩起了自己的指甲。

经纪人看了她一眼，翻翻剧本问道："小棠，下午你有一场雨中戏，会淋一身水，需要替身吗？"

"肯定要啊。"柳棠蹙眉敷衍她，随口问了句，"和谁的戏？"

"沈温欢。"

柳棠的手一顿，半晌，她低笑一声，改口道："不找替身了，我亲自上。"

经纪人不温不火地看着她，也不制止她："适可而止，教训一下就好。"

"我心里有数。"柳棠语罢又开始玩自己的指甲了，神情却是比方才开心多了。

下午，沈温欢为了赶戏份，提前到了现场。

由于她拍完这场戏后还有个珠宝代言广告，为了节省时间，便来剧组提前拍她的戏份。

这场雨中戏，大体安排就是柳棠撑伞站在雨中，与被淋成落汤鸡的沈温欢进行一组对话。

几句话的事，再配上表情，也就不过几分钟的时间，却硬是被柳棠拖了半个小时。

在此期间，柳棠一直各种NG。她撑着伞还好，沈温欢却已经浑身湿透，再加上还是空调房，她不争气地打了个喷嚏。

沈温欢蹙眉看向导演，却见导演神色自若，完全没有要阻止的意思。

看来昨晚，柳棠和导演果然发生了什么。

沈温欢默默翻了个白眼，又耐着性子重拍了几场。

一旁的林婧已经恨不得冲上去揍人了。

什么鬼东西！她家宝贝艺人哪能这么给人来折腾？！

她怒火中烧，正要上前却被人轻轻按住肩膀。

林婧回头去看，却发现是刚到场的蒋远昭，他对她轻轻摇头，而后放下了手。

林婧会意便没有再上去，毕竟现在干涉这件事对谁都没好处，她只能干等。

倒是蒋远昭轻蹙眉，似乎很是不悦，林婧站在他身边都能感受到明显的低压。

中途沈温欢衣服湿透了，她去换干衣服，经过柳棠身边时，对她冷道："柳棠，我脾气不好又会散打，你一会儿最好小心点。"

话音落下，沈温欢便笑着拍了拍柳棠的肩膀："不好意思，今天我不在状态。"

语罢，她便转身去了更衣室。

这两下把柳棠疼得不轻，想必沈温欢定是下了劲，让她整条手臂都麻了。

这个混账！

柳棠咬牙切齿地盯着沈温欢的背影，疼得冷汗都冒了出来。

林婧正打算去找导演谈谈，蒋远昭就已经先一步过去了。

"导演，我一会儿还有个专访，这场戏能利索点吗？不行就换替身。"蒋远昭淡声道，又扫了一眼柳棠，"我不想让演员间的私人恩怨耽误我的工作效率。"

导演有点难做，最终还是选择将柳棠叫过来，道："小柳啊，这次走点心，争取一遍过吧，你蒋前辈需要赶场子。"

柳棠噘了噘嘴，虽然有些不甘但还是点头应了下来。

然而就在此时，蒋远昭突然轻笑，语气清淡："导演真是偏爱柳小姐啊，重拍那么多次都不舍得骂一句，我可是记得我刚出道时都挨过不少训。"

一直在偷听他们对话的林婧险些要跳起来为蒋远昭鼓掌欢呼了。

太棒了！她要为蒋影帝疯狂鼓掌！

闻言，导演脸色微僵，只得象征性地把柳棠骂了一顿。

柳棠又惹了一肚子气，她咬唇稳了稳心神，笑着看向蒋远昭：“蒋前辈，您这么维护沈温欢，难不成是有别的心思？”

“是啊。”蒋远昭似笑非笑道，迈步走近，就在柳棠困惑他要做什么时，他突然俯身，在她耳边一字一句道：

“沈温欢，我宠的。”

沈温欢只是给柳棠示了个威，换了身衣服回来，就见导演一副欲言又止的模样，林婧则在旁边偷笑。

而蒋远昭不知是何时来的，他正坐在沙发上看她，唇角微弯。

似乎也是个好心情。

沈温欢面对这个局面有点不明所以。

于是她做好了再拍半小时的准备，却没想到这次居然一遍过。

这柳棠……不应该受了气会变本加厉吗？

“停！”导演话音落下，她有些受宠若惊，站在原地没反应过来。

柳棠恶狠狠瞪了她一眼，甩手走向自家经纪人。

林婧急忙上前来给沈温欢披件衣服：“赶紧过来，要不是蒋远昭帮你解围，你就算淋到发烧也没人喊停。”

语罢，林婧叹息一声，便去打电话推迟珠宝广告的拍摄了。

沈温欢早就料到这个结果了，于是她走向蒋远昭，弯腰致谢：“又麻烦蒋前辈了，真的十分感谢。”

蒋远昭没理会她，而是伸出手，摸了摸她的脸颊，动作极其温柔。

他指尖所及之处，半分酥麻。

沈温欢怔住，他却已收手，淡淡道：“好凉，喝点热水暖暖身子。”

说着，他拿过一旁凉了半晌的保温杯，试了试水温，这才递给沈温欢。

他这是早就给她准备好了？

沈温欢接过保温杯，小声道了谢。她喝了几口，身子果然开始逐渐回温。她的脸颊有些发烫，也不知是水热得还是其他原因。

林婧打完电话，回头就撞见二人这粉红的气氛，不禁弯了唇角。

什么嘛，看来他们相处得不错啊。

喝了热水总归是暖和了些，但沈温欢估计这次是要感冒了。

她将保温杯放在桌上，对蒋远昭笑了笑："蒋前辈这么照顾我，我都不知欠了多少人情了。"

"的确如此。"蒋远昭侧首看她，唇角微弯，"那我们交换电话号码吧，以后有还人情的机会我也方便通知你。"

说着，他拿出手机，解开锁屏后递给了沈温欢。

林婧："……"

这是索要联系方式的新套路？这番百转千回难不成就为了要她一个手机号？

林婧不知怎的，又开始心疼蒋远昭了。

沈温欢闻言一怔，而后点头，接过手机输入号码，然后给自己拨了过来，顺手也就存了他的。

"蒋前辈，给你。"她将手机还回，笑容不改，"那我先走了，还有个广告要拍，下次再聊。"

他颔首应允，沈温欢便跟着林婧去车库了。

蒋远昭坐在沙发上，垂眸看着他方才触碰她的那只手，她的脸颊温软细腻的触感令人记忆犹新。

没能趁她刚才发呆多摸一会儿，真是可惜了。

他唇角微弯，解锁手机，看着那串电话号码，沈温欢老实巴交地给备注了，就是她的名字。

蒋远昭思忖半晌，点开输入栏，更改了备注：

"A小可爱"。

车内，沈温欢盯着手机一脸纠结："蒋远昭难道真的想睡我？"

林婧倒着车："不想睡你还想干吗？"

"睡跟谈恋爱不是一个概念吧？"

林婧震惊："你还想着谈恋爱？！"

沈温欢默默将手机收起来，叹了口气："所以说啊，让我跟影帝谈恋爱这种事发生的概率就很小了，更别说让他睡我了。"

她对这种事儿向来就不感兴趣，这娱乐圈她能混起来最好，混不起来她也有别的选择。

没必要把自己赔进去，她不做亏本生意。

“你倒是看得开啊。”林婧瞥了她一眼，劝她都劝累了，“你自己看着来吧，反正不耽误工作怎么都好。”

话音落下，二人也到了目的地。

沈温欢进楼后便有工作人员带她去了工作室，她大概了解地形后，便去了更衣室。

到更衣室后立刻有人上前来给她选礼服，最终给她换了身淡紫色长裙，裙摆是纱制的，颇有一番仙味。

换好衣服后就是佩戴首饰，沈温欢也不多事，本本分分地任造型师摆布，顺便了解了一下这个珠宝牌子。

Lifetime是珠宝界大牌，简称LT，主打钻戒，这次沈温欢代言的是LT love系列，走的是高雅浪漫风格。

沈温欢不知道自己是怎么拿到这个代言的，就算是靠颜值也太幸运了。

天价代言从天降，不过如此。

林婧看着正在拍摄广告的沈温欢，灯光下的她妆容精致，肤如凝脂，一身淡紫色仙裙衬得她如同天仙，似有繁星揉碎在她周身，耀着灼灼光辉。

林婧不得不再次感叹：沈温欢，她就是个妖精。

她生得好，也惹人喜，只可惜半生坎坷，再无归宿。

林婧看着手中的广告签约合同，投资方姓名赫然印着三个大字：

沈靳恒。

柳棠终于拍完了今天的戏份。

她去休息室喝水时，经纪人走到她身边，蹙眉问她：“沈温欢那场戏出什么岔子了？”

“别提了。”柳棠一想起这事就怒从心头起，她狠狠捏着矿泉水瓶冷道，“蒋远昭居然倒打一耙帮了沈温欢，还让导演把我给骂了一顿，他到底在想什么？”

“看来是我们懈怠了，这沈温欢还真不是个简单角色。”经纪人啧啧道，虽心下烦躁但还是拍了拍柳棠的肩膀，“总之，我来想办法，你尽量先让局势向好的方面发展，别再干上次破坏威亚那种事，千万不能被人抓住把柄！”

柳棠依旧气血难平，喝了口冰水勉强点头应了下来，却还是心里堵得难受。

她思忖半晌，对经纪人道：“不对啊，沈温欢如果是沈总的女儿，又怎会落魄成三线小星？”

经纪人被她这么一提，也发现了这个疑点：“也对，而且她从未提起过家里的事，网上关于她的信息也极少，难不成这其中有什么秘密？”

柳棠冷笑，拿出化妆盒边补妆边低声吩咐经纪人：“既然如此，你就去给我把沈温欢的老底查出来，最好是有黑料，我得想办法让她身败名裂！”

经纪人颔首答应下来，立刻出去打电话找人去调查此事。

柳棠看着镜中的自己，眸微眯，唇角笑意渐深。

沈温欢啊沈温欢，让我看看这么多年来你究竟藏着什么秘密！

阿嚏！

沈温欢刚拍好广告就不争气地打了个喷嚏，她委屈巴巴地撇嘴，拿过纸巾轻轻擤了擤鼻涕。

现在应该只是轻度感冒，晚上吃点药就能好了。

她身体素质一向很好，几乎是从不生病，偶尔有小感冒多喝热水就能好。

“投资方没来吗？”沈温欢突然疑惑发声。她刚到现场就开始困惑了，谁知这广告都拍完了，投资方却还没来。

林婧身子微僵，正想着该如何解释，一旁的摄像大哥就笑眯眯道：“投资方今晚正好有个会议就没来，不好意思啊沈小姐。”

林婧心下松了口气，估计这摄像大哥早就准备好台词了。

不然若是沈温欢和沈靳恒父女俩见了面，这工作室非得翻天不可。

毕竟沈温欢想走，十个大汉都拦不住，这点林婧深有体会。

“不用道歉，我只是好奇罢了。”沈温欢微笑着摆摆手，“另外，今天工作辛苦了。”

“不辛苦。”摄像大哥失笑，边整理器材边道，“沈小姐真是平易近人，像您这样的女星可真难寻。”

她不置可否，去更衣室卸了妆，摘下首饰，又换回自己的衣服，一身清爽后才出门。

林婧早就在车里等她了，见沈温欢进车落座，她便道：“今晚随便吃点熟食吧，回去好吃药。”

沈温欢点头，鼻子又有些发痒，她强忍住打喷嚏的冲动，深呼吸几口。

柳棠这个造孽的，要不是沈温欢要面子，按她这暴脾气早就一拳头揍上去了。

不过算了，多一事不如少一事。

沈温欢到宾馆后，让林婧帮忙叫了个外卖，吃完后又去冲了个热水澡，美滋滋地走出浴室，上床睡觉前才吃感冒药。

她看了看时间，已经快十一点了，便想着最后看一眼手机信息。

她随便刷了刷微博，又点进微信，却发现不知何时多了条好友申请。

沈温欢蹙眉，点进去一看，发现申请人备注是“蒋远昭”。

他难不成是搜她手机号了？

想罢，她一个手抖就同意了。理了理思绪，她假装高冷地发了一句：“蒋前辈，晚上好。”

就这样，沈温欢纠结了几分钟后，蒋远昭发来了一条语音。

一条语音？！

她难以置信地点开，却听见话筒中传来清清淡淡二字：

晚安。

沈温欢怔住。

不得不说，蒋远昭的声音真是百般挠人，如高山雪般清远，又似刹那玉珠落盘，揉碎一腔温柔百转，清清落落，绕人耳边。

好听得都让沈温欢想犯罪了。

察觉到自己心境的转变，沈温欢不禁有些慌神，也回了句晚安便关机裹在被窝中，怔怔望着窗外夜空，轻咬着唇。

糟了……

脸怎么开始发烫了啊？

沈温欢第二天挂着一对黑眼圈下楼，把林婧吓得不轻。

“沈温欢你昨晚是做什么了？”林婧忙把她按在车里，拿出来遮瑕液就往沈温欢脸上抹，“一会儿在车里休息休息，今天可是有重要戏份的。”

沈温欢一副六神无主的模样，掠过林婧呆望着车窗外。

昨晚她听完蒋远昭的声音后就睡不着了，在床上翻来覆去，最后好不容易睡着了，还做噩梦了。

她梦到自己被系上蝴蝶结扔到蒋远昭的床上，蒋远昭裸着上身将她压在床上，然后凑近她耳边，嗓音低沉地说了一句：

“晚安。”

沈温欢被吓醒了，她觉得自己近期是不能听“晚安”二字了。

“做了个噩梦。”她终于回神，打了个哈欠，“你刚才说什么？”

林婧把沈温欢脸上的黑眼圈遮住后总算放心了些，就坐到驾驶座上：“我说你睡会儿，今天你有场戏很重要。”

沈温欢闻言，乖巧地跑到车后座躺下，随口问道：“什么戏这么重要啊？”

“你忘了吗？今天有你和蒋远昭的吻戏啊。”林婧边锁车门边道。她摸出车钥匙正要插到钥匙孔里，就听后座砰一声巨响，吓得她手一抖，连钥匙都插歪了。

怎么这么突然？！

林婧做了个深呼吸，难以置信地回头看向沈温欢，却见她紧捂着脑袋，表情吃痛。

“这么惊讶吗？”林婧蹙眉，插好车钥匙启动车，“你如果不想真亲就借位嘛。”

沈温欢揉了揉脑袋，也觉得自己反应过大。她没吭声，重新躺了回去，突然觉得自己该好好收拾收拾情绪了，再这样下去估计工作都静不下心了。

“还是借位吧，我觉得假戏真做的话我反而演不好。”她闭上眼，对林婧道，“到剧组后帮我跟导演说一声，要问为什么就说我演技受限。”

林婧默默翻了个白眼，却还是应声，开车载着沈温欢去拍摄现场。

到现场后，沈温欢正好睡醒，却没去剧组的打算，还有大概两个小时才开机，她便让林婧先去剧组告知导演吻戏借位拍，自己则躺在车里翻剧本。

今天的戏是前段时间编剧将女警改成女二时加的戏份——男主从敌方基地逃出生天，最后同前来围剿的警察在天台会合，趁警察进入基地开始行动时，男主拥住喜极而泣的女警，忘情深吻。

沈温欢代入情绪，发现心情比方才平静多了，看来果然是早晨火气大。

想罢，沈温欢一个鲤鱼打挺起来，拔了钥匙下车，锁完车就屁颠屁颠跑去找林婧了。

她找到林婧的时候发现蒋远昭还没到，于是导演、林婧和周焕三人便讨论今天这场吻戏适不适合用借位。

导演："我觉得这段感情比较深刻，正好也是沈温欢的荧幕初吻，可以推热度。"

林婧："可是真亲的话不利于我们家温欢飙演技。"

周焕："我支持林小姐的建议，而且也不能再给蒋远昭机会了。"

导演、林婧："……"

机会？什么机会？

沈温欢在旁边听他们讨论，直至听到三人总算决定用借位，她才安心。

林婧过来拍了她一下，比了个成功的手势："如你所愿，借位。"

"我家林姐姐就是能干！"她吐了句俏皮话，笑着揽住林婧，"那我就放心飙演技啦！"

"吻戏有什么好飙演技的，我觉得假装深吻比真亲都尴尬。"

沈温欢："……"

好像，真是这么回事。

就在她纠结间，蒋远昭来了，穿着灰色薄衫搭上一条黑色修身裤，身形颀长标致，标准的男模身材。

他走向他们，摘下墨镜，眉眼间是清浅笑意。

沈温欢见此微怔，总觉得他今天心情很好的样子。

难道是因为今天的吻戏？不可能啊。

很快，她放弃了揣测蒋远昭的想法，微笑着打了声招呼："蒋前辈，早上好。"

蒋远昭唇角微勾，对她颔首："早上好。"

简单问候过后，沈温欢便去更衣室换剧服了。今天难得没动作戏份，她终于能好好化一次妆了，其间新来的实习化妆师跑来找她要签名，弄得沈温欢受宠若惊。

签好名后，实习化妆师小心翼翼地收好本子，看了看四周，凑到沈温欢耳边低声问道："小沈姐，你和蒋影帝真的因戏生情了吗？"

沈温欢愣怔半晌，立即否认道："没有，怎么可能！"

"是吗？"实习化妆师失望之余似乎还有些困惑，"可我刚才跟蒋影帝说今天有跟你的吻戏，蒋影帝就很开心呢。"

所以说蒋远昭心情那么好是因为吻戏的事？！

沈温欢怀着复杂的心情走出更衣室，一出门就见蒋远昭沉着脸色坐在沙发上翻剧本，颇为烦躁，根本不像认真看的样子。

周焕坐在他旁边的沙发上，面无表情地翻看着文件。

"怎么了这是？"沈温欢走向林婧，凑近问她。

林婧翻了个白眼，苦笑道："蒋大影帝不开心了，因为听说和你的吻戏要用借位。"

沈温欢："……"

"都是成年人了，接个吻的事而已，为什么这么计较啊？"她蹙眉道，殊不知这句话放在她身上亦是如此。

林婧又翻了个白眼："你还真敢说啊，你自己想想你说的这句话有没有道理？"

沈温欢再次沉默，不吱声了，跑去一旁等拍戏。

不一会儿就轮到她和蒋远昭了，这次蒋远昭连招呼都没跟她打，沈温欢觉得他可能是真的有点烦了。

毕竟像她这种给机会潜都不愿意被潜的女星，他应该很少遇见吧，耐心肯定也已经消磨殆尽了。

沈温欢垂眸，默默就位。

很奇怪，她一想到也许以后身边就没蒋远昭了，就莫名地感到不适。

果然是魔怔了。

剧情进展异常顺利，直到蒋远昭将沈温欢搂入怀中的那一刻，他放在她腰上的手别有用意地用了几分力道，沈温欢僵住，抬首却见他眸色深沉，紧接着他俯首就要吻下来——

就在此时，沈温欢十分煞风景地推开了他，整张脸爆红。

蒋远昭似乎早就料到这个结果，没什么表情，只是侧首去看导演。

只有周焕看到了他微勾的唇角。

然而又拍了几次，沈温欢频频重拍，最终导演都不耐烦了，举着喇叭喊：“沈温欢！怎么回事？”

沈温欢咬唇，也有些急了，蒋远昭却没什么感情波动，依旧公事公办地好好演戏。

只是他的手总是有意无意地放在她腰窝处，她本就敏感，这么一来完全不能集中精力。

她有些恼，却还是耐着性子道：“那个……蒋前辈，能不能不要把手放在我腰上？”

蒋远昭似笑非笑地看她，随后他的手自她腰窝缓缓上移：“那这样呢？”

沈温欢瞬间就软了。她咬牙切齿地盯着蒋远昭，从未觉得他的笑容如此恶劣。

还拍什么戏，这都是性骚扰了好吗？

这家伙绝对是故意的！

沈温欢抿唇，突然揪住他的衣领迫使他低头，而后一字一句道：

“蒋前辈，我早就说过我的外貌要比我的内在美很多。”

她神情严肃，手劲也是动了真格。

蒋远昭唇角微弯，却是俯身越发贴近她，在她耳畔轻吹了口气，低笑：“可我觉得，你怎样都可爱。”

沈温欢只觉从耳朵开始全身酥麻了一遍，她瞬间就蔫了，低头闷声闷气地开口：“还是放原来的位置吧。”

于是乎蒋远昭满意地看着怀中略有憋屈的沈温欢，对导演比了个手势，重拍一遍。

这次沈温欢调整好了心态，吻戏借位就一遍过了，但导演显然不是特别满意，不过沈温欢就当没看见。

然而就在此时，蒋远昭突然开口：“抱歉导演，这段我失误了，本该是男主和女二破镜重圆的情景，但是我觉得我没有成功演绎出来，所以能再来一遍吗？”

听到蒋远昭再拍一次的请求，沈温欢难以置信地回头看他，只听导演爽朗应下，蒋远昭眸中有光芒闪过，她那不祥的预感又自心底油然而生。

奇怪，只是重来一次而已，反正剧情和动作都一样，她有什么好紧张的？

沈温欢本来提心吊胆的，却发现拍戏过程中蒋远昭表现如常，她也就放下了戒备心。

到了最后的吻戏时，蒋远昭突然单手将她揽入怀中，轻扣住她的后脑勺，俯首直接深吻下去。

唇上温热的触感极其陌生，刹那间，唇齿间便染上几分不清不楚的清香，三分清冽，七分醉人。

沈温欢全身石化，双唇相触的那一瞬她脑子里只余空白，她条件反射地将手抵在他胸前，而在镜头中却是巧妙地营造出了欲拒还迎的感觉。

蒋远昭当真是想把这戏演好，因此导演喊“停”后，他立即毫不留恋地结束了这个吻。

倒是沈温欢，在他抬首的那一瞬，突然觉得有些不适。

场外，有组内的迷妹小声惊叫出来，林婧看着此情此景更是吓得手中的杯子都掉了。

该怎么说呢……

果然，这蒋远昭不是个轻易罢休的善茬啊。

想罢，她似是突然想起什么，强行忍笑看向身边的周焕，果不其然，这位经纪人早已黑了脸。

摊上这么个不听话的主子，这周焕也是不容易。

结束戏份后，沈温欢失神地坐在休息室，摸着嘴唇沉默不语。

林婧坐过来，默默拍了拍她的背，却没任何安慰的意味：“没事，你被蒋远昭亲了也算是占便宜了，看开点，有多少妹子都希望和他演吻戏呢。”

“我不是看不开。”沈温欢面无表情道，“我只是觉得，我现在全身上下最值钱的部位，是我的嘴。”

林婧：“……”

导演看着拍摄下来的片断，显然比方才借位时满意多了：“还是实打实亲上去效果好。你看，小沈这不是也在飙演技嘛，情感和反应都不错。”

一旁的蒋远昭笑而不语。

大概只有他知道，其实那番表现完全是沈温欢的本色出演。

想罢，他侧首看向沈温欢，却见她慢悠悠起身，被林婧带离拍摄现场。

蒋远昭望着她的背影，长眉轻蹙。

本以为他今天操之过急了，但这么一看，她似乎也没有反应过激。

看来偶尔逼她一次，也能收到意想不到的效果。

蒋远昭的指尖轻覆上唇角，不知怎的，突然回忆起方才拍戏时，他垂眸望见她的唇，色泽鲜妍，唇形流畅优美，竟令他一时愣神。

只是看着，就会有想吻下去的冲动了。

像沈温欢这样的女明星着实稀少，远看惊艳，近看着迷。

她生得当真是好，好到让人初次见她时，能忽略她的为人，先为她的外貌所沉醉。

所幸沈温欢为人也不错，因此即使缺少机会，也能在圈内有个小的立足点。

他正想着，周焕却在此时走到他身边，满面严肃道：“远昭，我已经不是第一次提醒你了，不用对沈温欢这么照顾，她若真有本事，以后的路肯定也好走。”

蒋远昭慢条斯理地脱下外套，对周焕道：“一个人即使有真本事，没有机会也是无用的。现在好不容易发掘出了沈温欢，尽我所能多给她创造点机会，也未尝不可。”

“唉，如果你真的这么想就好。”

周焕对他的话显然已经不敢全信了，只得半信半疑地再度开口：“远昭啊，现在是你的事业上升期，你一定要收好多余心思。”

“我自有分寸。”

周焕闻言，长吁一口气，拍拍胸脯失笑：“我本来都做好了跟你吵架的准备，没想到你在这方面如此理性，真是太好了。”

蒋远昭睨了他一眼，有些疲惫地捏着眉骨：“不，我的意思是，关于沈温欢的事你不用管，我有分寸。”

周焕：“……”

蒋远昭看了眼时间，突然想起什么，侧首问他：“寿司送过去了吗？”

“送过去了。”周焕回答得有气无力。

他颔首，拿出手机打开联系人列表，第一位就是“A小可爱”，他想了想，决定还是打电话通知她一下。

由于今天的戏份结束后林婧没给她安排其他通告，于是沈温欢便直接回宾馆休息了。到了宾馆后，前台服务人员告知她，说有人来找过她。

沈温欢便跑去前台，身子还没站稳，就被一只萨摩耶扑了个满怀。

她失声轻呼，趔趄了几步迅速稳住身形，抱住它低头去看，却发现原来是寿司。

寿司怎么会在这里？

前台小姐见她有些疑惑，便耐心解释道：“周先生早上把它送了过来，说等你回宾馆后直接交给你暂养。”

周先生？

沈温欢轻蹙眉：“周先生……是叫周焕吗？”

“抱歉，这个我们就不清楚了。”

她道谢后便带着寿司上了电梯，准备回房。

寿司倒十分听话，一声不吭地跟在沈温欢身后，这点有些出乎她的意料。

关上房门，沈温欢先命令寿司蹲在沙发旁，见它真的乖巧照办了才打开手机，却发现有个未接来电，她点开，蒋远昭三字映入眼帘。

未接来电就在几分钟前，她那时在车上，手机因为拍戏开了静音忘记调回来，看来是错过他的电话了。

沈温欢想罢便拨了回去，没响几声就被人接起。

话筒中传来慵懒低沉的男声：“沈小姐。”

沈温欢本来心如止水，一听到他的声音就又想起今天的那个吻，当即狠敲脑袋，强迫自己冷静下来：“那个……蒋前辈，我刚才有事没接你的电话，你是不是想说寿司的事？”

蒋远昭唇角微弯：“嗯，不好意思打扰了你，但我因为工作要出国参加一场时装展，寿司不能跟着去。我在国内没什么能放心的人，就只好交给你了。”

言下之意是他放心她？

沈温欢抿唇，脸颊有些微烫，她急忙接话道：“不打扰的，我本来也很喜欢狗，但是没时间养，这次能过把瘾也不错啦。”

“那我就放心了。”

“嗯，蒋前辈还有其他事吗？”她实在找不到话题，便随口问道。

话一出口她才反应过来，这句话不就是催他挂电话的意思吗？

蒋远昭失笑道：“这么着急挂电话吗？”

“没有的事！”

“这么说来，我的确还有一件事想跟你说。”他语气平淡道。

沈温欢应了一声，便听蒋远昭不急不慢道：“是关于今天吻戏假戏真做的事。”

一听到“吻戏”二字，沈温欢就炸了。

她惊得险些将手机都扔出去，握紧手机紧张到语无伦次：“吻、吻戏啊，我觉得挺好的，没什么啊。”

蒋远昭听她如此紧张不禁哑然失笑，不疾不徐地开口：“挺好的？那就好，我还以为沈小姐会因为我擅自改戏而生气呢。”

他有意打趣，分明知道她窘迫，却还有意无意地提起来扰乱她的心神。

沈温欢扶额，默默叹了口气。

她要冷静！

“惊讶的确有，不过毕竟蒋前辈是为了剧情需要，想让工作完成质量更好吧？”沈温欢轻笑，表现得十分善解人意，“蒋前辈这么敬业，若是这剧火了，我也算是跟着沾了您的光。”

“沈小姐能这么想真是出乎我的意料。”

他这话的意思……就算是默认了他亲她完全就是因为工作吧？

沈温欢想罢，心情有些复杂，却还是强撑起笑容，迎合道：“蒋前辈的工作态度真是值得我学习。”

“话虽如此，你真的没有在期待其他什么吗？”蒋远昭突然话锋一转，语气平淡，“期待我临时改戏，是有其他原因？”

沈温欢愣住，下意识开口：“没啊……”

话音落下，听筒中陷入死寂。

就在沈温欢怀疑自己是否说错话的时候，蒋远昭却扑哧笑出声来。

她第一次听到蒋远昭这么真心实意的笑声，传入耳中酥酥麻麻的，好听得很。

她出神之际，蒋远昭再度开口，言语中不乏无奈的笑意："沈温欢，让你说实话真是太难了。"

沈温欢宛如被雷击。

继方才蒋远昭的嗓音攻击后，沈温欢又被击垮了。

明明是连她自己都觉得平淡无奇的名字，自他口中道出，竟然有了几分缠绵悱恻的宠溺，听得她心都软了半分。

"什、什么？"沈温欢的脑子一时陷入空白，她单手捂住眼睛，妄想靠视觉的黑暗来冷静下来。

"我说，沈小姐。"蒋远昭似乎是嫌她还不够混乱，继续道，"改吻戏，完全是我的私心驱使。"

他什么意思？难不成就是在变相说想亲她？

沈温欢这次彻底蒙了："啊？"

"还要我说得更明确些吗？"蒋远昭唇角微勾，对着话筒逐字逐句道：

"我对你的私欲，大于我的理智。"

话音未落，只听嘀一声，电话突然挂断了。

听着听筒中传来的忙音，蒋远昭微怔，随即便有些忍俊不禁，难得的好心情又涌上心头。

没办法，他总是控制不住想调戏她的欲望。

另一边，沈温欢盯着手机通话中断的屏幕，面色复杂。

她刚才手抖，就不小心给挂断了……

不过幸好她挂断了，不然再出丑就没脸见蒋远昭了。

虽然说现在也没脸见了！

沈温欢抿唇，极为纠结地抓抓头发，蹲在原地不知所措。

为什么这家伙总是来扰乱她的心神？

这小鹿乱撞的感觉……

糟糕透了。

第二章

心动计划

寿司过来拱了拱沈温欢的手，温顺地蹭蹭她的脸颊。

沈温欢不知怎的就静下心来了，她伸手揉了揉寿司的脑袋，无奈地笑叹：“寿司呀，你爸到底在想什么？你跟他生活了这么多年，能读懂他的心思吗？”

寿司吐着舌头，闻言脑袋一歪，卖了个萌。

难道是“不知道”的意思吗？

沈温欢被逗笑了：“你这么可爱，难以想象你是蒋远昭的宠物啊。”

寿司茫然了，便低头去舔她的手。

沈温欢笑着抱了抱它。寿司毛茸茸的，还散发出一股薰衣草的清香，想必蒋远昭平日里定是对它爱护有加。

冬天里抱着寿司睡觉一定很暖和吧。

不知怎的，沈温欢突然有了这种想法。

她跟寿司玩了会儿，觉得有些无聊，便重新摸出手机，打开了许久未登录的微博。

她的粉丝从最初她接戏开始，截至今日已经涨了快一百万了，当真是个不容小觑的数字。

沈温欢简单一翻，发现她和蒋远昭那晚的绯闻热度已经渐退，便也安下心来。

从现在开始，她要远离蒋远昭，将所有心思投入到她的演艺事业中！

沈温欢下定决心后，点进蒋远昭的微博逛了一圈，没发现什么东西，便准备退出来。

她无意中扫了一眼二人的关注状况，吓得她擦擦眼睛，凑近又看了一遍。

居然是互相关注？！

《致命追踪》刚开拍时，沈温欢就关注了蒋远昭，但一直都是单向关注，怎么今天一看就双向了？

她纠结半晌，最终在微信里问他："蒋前辈，你的微博被盗号了？"

蒋远昭秒回，却是发了语音："没有，怎么了？"

沈温欢沉默几秒，随后啪啪打字："那个……微博关注是怎么回事？"

"我刚刚关注了你的微博，以前没注意到，不好意思。"蒋远昭这次发了文字。

沈温欢仔细琢磨半天，回他："哦哦，谢谢蒋前辈关照。"

这次，蒋远昭没有立刻回她。

沈温欢趁这空隙便去看他的微博关注人，却发现只有两个账号，一个是他的签约公司，一个是她。

沈温欢突然觉得，这下子她和蒋远昭又要上热搜了。

就在此时，林婧来电话了，她接通后还未开口，只听林婧极其兴奋道："沈温欢你今年绝对是事业运桃花运爆棚！"

沈温欢讪笑："你是不是看到蒋远昭微博关注我了？"

"没错！"林婧险些感动得一把鼻涕一把泪，"蒋远昭的微博一向缺少个人感情，这次冷不丁多了个你，你肯定会火的！"

"可我这就是黑红了啊！"

"没事，让公司多写几篇通稿就行了。"林婧冷静下来，一本正经地嘱咐沈温欢，"不管你想不想睡蒋远昭或者被他睡，你都要抓住这个机会！"

沈温欢："……"

她正思忖该如何回复林婧，便见蒋远昭给她回了微信。

沈温欢找到了理由，便挂断电话点了进去，就见蒋远昭发了句话：“我在一个采访节目的后台，不方便打字，给你语音吧。”

沈温欢便乖巧地等语音，没一会儿，蒋远昭就发来了语音消息，她点开，听筒中传来他的声音：“事到如今别叫前辈了，虽然不指望你直接叫我远昭，但直呼姓名总可以吧？毕竟我们现在算是荧幕情侣档，叫得太生疏也不好。”

沈温欢想了想，还是回他：“这不好吧……我不过是个沾前辈您的光才红起来的三线小星，更何况您的确是我的前辈。”

“就当还个人情？”

这也太草率了吧！

沈温欢翻了个白眼，正想着怎么回复，就见蒋远昭又发来一条语音。

她听他言中带笑道：“因为我觉得你叫我‘蒋远昭’时，是你声音最动听的时候。”

沈温欢一直以为，蒋远昭蒋影帝，是个认真、敬业、事不多、长得还帅的男人。

现在，她依旧这么觉得。

只是该给他加个撩妹狂魔的标签，满脑子情话简直令人咂舌。

至少沈温欢是拜倒在他的攻势下了，闷声发给他一条语音：“好吧，蒋远昭。”

自从上次拍吻戏时，她示威不成反被调戏后，她就不敢在他蒋远昭面前逞威风了。

说句不好听的实话，就是她脸皮比较薄，说不出也做不了那些撩人的事儿。

蒋远昭终于满意，打字回复她：“乖，我去录节目了，回见。”

沈温欢发现自从蒋远昭加她为微信好友后，她就开始学会抠字眼了。

所以说那个“乖”字到底是他顺手还是有意啊？

这蒋远昭真是会吊人胃口，总是暧昧得恰到好处，偶尔紧逼却瞬间退回原位，从来不急躁，游刃有余地在她心上撒下了星星点点。

一团乱麻。

沈温欢混乱得揉了揉头发，长叹一声，倒沙发上就想小憩一会儿冷静冷静。

寿司方才听到主子的声音，便一直全神贯注地盯着沈温欢的手机，此时见她收起手机准备睡觉了，便乖乖走到沙发前趴下，也要睡。

沈温欢盖上空调毯，摸了摸它，便躺回去闭目养神，酝酿睡意。

与此同时，蒋远昭的采访节目也拉开序幕，这是他第一次参加个人访谈节目，因此备受重视。

经过烦琐且不必要的开场介绍与唠嗑后，节目便正式进入了提问环节。

接下来主持人会提问五个问题，前四个问题是节目制作组与艺人商量好的，最后一个是突击问题，对艺人保密。

因此，看这个节目的观众大多只听最后一个问题的回答，毕竟只有最后一个问题的答案才是可信度最高的。

首先，主持人请蒋远昭坐到沙发上，自己则与他相对而坐，面上挂着得体的微笑，问他："蒋先生，您的微博总是缺少一些个人色彩，也不曾曝光过恋情，那么我就在这里替您的广大粉丝问一下您理想中的女友是什么类型？"

蒋远昭思忖几秒，而后笑答："外形方面，最好是长发，走成熟路线的。性格的话，我比较喜欢那种不常撒娇的女孩子，能够独立，也有小鸟依人的一面。"

"哇哦，这样的女孩子似乎很难找呢，不知是不是蒋先生心里有了原型呢？"主持人打趣道，问出第二个问题，"第二个问题也是有关您的恋爱生活，这也是网友们所好奇的，您如果要找女朋友，是打算在圈内找还是圈外呢？"

"她是否身处娱乐圈并不在我的考虑范围内，只要喜欢，我就会追。"

"想不到蒋先生居然是个真性情的人啊。"主持人不禁感叹一声，清了清嗓子。

"接下来一个问题，请问蒋先生，您进入娱乐圈的初心是什么？"

蒋远昭唇角微弯，双手轻扣，不疾不徐地答道："我进入娱乐圈，只是单纯地因为'喜欢'罢了。"

主持人颔首："第四个问题，您最近有在追什么剧吗？"

"正在追的没有，正在重温的倒是有一部，叫《子衿传》。"

"哦——"主持人闻言却意味深长地笑了笑，"据我所知，《子衿传》的女二号由沈温欢小姐出演，不知道蒋先生重温这部电视剧是否与她有关呢？这也是我们最后一个突击问题所要问的。"

蒋远昭微笑示意："请便。"

"请您正面回应一下，关于最近您和沈小姐的绯闻不断，究竟是不是因戏生情，还是说另有隐情？"

蒋远昭挑眉轻笑，拿起话筒慢条斯理地开口："我和沈小姐目前只是合作关系，并无其他，只是我们两个人共同话题比较多，所以在镜头前就显得比较亲密。"

"原来如此，看来广大少女的心并没有碎一地呢。"主持人说着，便进行了最后的总结。

毕竟只是个人访谈节目，不需要太长时间，只是问些官方性的问题罢了。

结束后蒋远昭要赶飞机，便匆匆离开了现场，周焕直接接他去机场候机。

蒋远昭戴上口罩和帽子，却还是被粉丝认了出来，好不容易脱身后，他才在百忙中腾出一点时间来看微信中沈温欢是否回复了他。

然而事实证明并没有。他不禁轻叹一声，关闭微信，坐在座位上闭目养神。

他凌晨就起来准备节目录制的相关事宜，准备好后便一刻不停地去拍戏，随后又参加了个人专访，现在又到机场候机。

这么算下来，他基本上是一天没休息过，甚至连饭还没吃，已经有些疲累了。

蒋远昭捏了捏眉骨，却听手机叮咚一声，他蹙眉点开，是沈温欢发来一条微信："蒋前辈，休息休息。"

蒋远昭怔住。

许久，他收起手机，修长的指尖搭在帽檐上，他缓缓低下了头，细不可闻地笑出声来。

无论何时何地，无论如何疲惫，只要她在，他就好似身披晨光。

为她，披星戴月而来。

所以说，她沈温欢就是他的小欢喜。

沈温欢那边刚发出去消息就收到了蒋远昭的回复，他只回了简简单单一个“好”字便再无下文。

也许是真的在忙吧。

沈温欢不再打扰他，见天色渐晚，便早早吃了晚饭，上床睡觉。

临睡前她看了看蒋远昭今日录制的个人专访节目，但她觉得他的回答都太不走心，便没有继续看。

次日再去剧组时，沈温欢让林婧捎上了寿司。看它蹲在门口可怜巴巴的模样着实惹人怜惜，林婧心软，便答应下来。

得知这是蒋远昭的宠物后，林婧无言以对。

蒋远昭的意思都这么明显了，沈温欢却还是在那儿装傻充愣，她已然是气到没脾气。

到剧组后，寿司一路紧跟沈温欢，简直比保镖还保镖。

柳棠迎面走来，冷哼着狠狠撞了沈温欢的肩膀，疼得她倒抽一口冷气。

“你这丫头真是……”沈温欢蹙眉咬牙，谁知话音未落，寿司就已经恶狠狠地冲着柳棠叫嚣，犬牙示威般露出，一副随时都会扑上去咬她的模样。

“啊！”柳棠惊声尖叫，霎时吓得花容失色，连连后退几步，惊恐地指着寿司，“沈温欢你居然带狗来剧组，也不知你这狗脏不脏，万一有细菌传染给我，你可担不起这责任！”

“它比你干净。”沈温欢冷笑，完全不想理会她，径直走向林婧，“看吧，寿司对我就是好。”

林婧点点头：“嗯，就跟把你当蒋远昭老婆似的维护着。”

沈温欢：“……”

由于蒋远昭受邀出国去参加国际时装展了，因此《致命追踪》剧组便把他的戏份单独排开，拍摄剩余的戏份。

截至目前，《致命追踪》的拍摄已进入尾声，剧情线已经走完，只剩感情线了。

沈温欢的戏份也快结束了，今天是她和柳棠的对手戏，有一个场景是沈温欢被柳棠撞下高台阶，还要稳稳落地。

林婧听到这剧情安排撸起袖子想上去理论，却被沈温欢拦了下来。

毕竟柳棠这小身板，就算拍动作戏也难为不了她。

拍戏前，沈温欢是这么想的。

拍戏时，沈温欢满脑子只有把柳棠痛揍一顿的想法。

“咔！重新再来！”导演不知第几次这么喊了，围观群众大致也明白这个形势，但没人敢作声。

柳棠拍这段戏十分轻松，不过是跑几步，然后撞一下沈温欢即可。她跑步倒是跑得标致，可她撞人的时候，不是用力过猛就是大手大脚。

沈温欢就这么平白无故地从半人高的台阶上摔下来数次，现下她的膝盖已浮现瘀青，浑身关节都在发酸发痛，磨得她大汗淋漓。

沈温欢接过林婧递来的水，做了个深呼吸。

林婧有些咬牙切齿：“说真的，要不然就不拍了，咱没必要受这么大委屈。”

沈温欢轻轻摇头，将瓶盖拧好：“她会后悔知道这件事的。”

林婧困惑：“知道什么？”

“知道……我从来不是什么好人。”她说着，云淡风轻地笑了笑，却让林婧起了一身鸡皮疙瘩。

林婧记得上次看到沈温欢这个笑容，是在沈温欢和她同父异母的哥哥沈放大打出手的时候。

后来，沈放进医院了，再也没敢找过沈温欢的碴儿。

林婧不知道假好人动真格是什么后果，但她清楚，沈温欢动真格的后果。

所以，她在心底默默为柳棠点了根蜡。

一旁休息的柳棠神色得意，慢条斯理地抿了口美容花茶，从容不迫的模样毫不心虚。

“记得适可而止，不然传出去对你的公众形象不好。”经纪人蹙眉提醒她，却被她恶狠狠地瞪了回来。

“这有什么好担心的？”柳棠满不在乎地摊手，红唇微勾，笑容恶劣，“整个剧组都是我的人了，我怕她一个小跑龙套的？”

经纪人叹息一声，不再多言，而是盯着某处出神，不知在想什么。

柳棠却突然出声：“对了，沈温欢的底你查出来了吗？”

见经纪人摇头，她不禁气得骂了句没用，而后听到导演召集演员，便放下茶，施施然起身走了过去。

所有演员就位，沈温欢也站好了位置，对导演比了个OK的手势，笑容如常。

“开始！”随着导演话音落下，人群拥挤，将柳棠向后推。

柳棠惊声尖叫，沈温欢上前将她护住，剧情进展一切如常。

然而到了柳棠撞倒沈温欢的时候，有工作人员早已料到结局，都不忍去看。

柳棠心底暗笑，随即狠狠撞向沈温欢。

她撞过去的同时，听到沈温欢冷笑一声，她狐疑地抬首，见沈温欢唇角微勾，笑意意味深远。

沈温欢轻按下话筒，对她笑：“我去！你当我好欺负？”

柳棠撞到她了，却是虚的，只因沈温欢不着痕迹地退了半步。

柳棠当即慌了，心底警铃大作，然而却为时已晚。

沈温欢侧身做出被她撞到的假动作，脚却先一步绊倒柳棠，让她顺着群演拥挤的方向，径直摔下了台阶。

柳棠毫无准备地摔了下去，脸朝下摔了个狗啃泥。

由于沈温欢做的是假动作，因此她安然无恙地待在台阶上方，难以置信地盯着台阶下的柳棠。

难以置信当然是她装的，不过她的膝盖已经不能过分承重却是真的。她脾气本就不好，只是惯性压制，一旦被激，就容易原形毕露。

这次该让柳棠知道，她沈温欢不是她想象中的好人。

全场寂静，直到柳棠的痛哭声响彻整个剧组：“你们快过来啊！我的腿好痛，起不来了！”

剧组的人这才反应过来，纷纷上前去帮忙，轻手轻脚地将柳棠抬到沙发上，却引来她的大声哭叫。

最后检查出来是脚腕崴伤，肿起一大块。柳棠细皮嫩肉得很，医生给她上药时，她哭叫连连，似乎碰她一下她都痛之入骨。

林婧默默给沈温欢点了个赞，终于解气一回。

沈温欢心情颇好，她的膝盖只是由于过度磨损造成表面微微瘀青发肿，冰敷后就好了许多。

给柳棠包扎好脚腕后，医生立即略带嫌弃地起身，似乎一秒都不想在她身边多待，看来是被她的哭声聒得不轻。

都包扎处理好了，柳棠却还柔弱地抽泣，吓得沈温欢都在担心她会不会抽着抽着就一口气上不来了。

不过显然柳棠对于哭泣非常拿手，可怜巴巴的，硬是让导演调刚才的拍摄视频，声称是沈温欢故意推她下去的。

剧组群演与工作人员面面相觑。其实大家内心的想法都差不多，只是没人说罢了。

毕竟大家都觉得，沈温欢报复她是应该的，不报复她是大度。

导演拗不过她，只得专门去调了刚才的拍摄视频，二人拍的是近景，若沈温欢真是有意的，那肯定一眼就能看出来。

然而视频中清清楚楚地显示，沈温欢完全是尽职尽责地进行拍摄，反而是柳棠，明眼人都能看出来她故意去撞了沈温欢，沈温欢倒了下去，她却因为收力不及时而从台阶上掉了下去。

看完视频后，所有人都陷入了沉默。

柳棠看得脸都白了。

她忘了，剧本规定沈温欢是需要背对着镜头的，而她又压下了话筒，因此她所有的小动作和她说的那句话，都是不为人所知的！

柳棠难以置信地看向沈温欢，一时失语。

沈温欢看着她，神情坦然。

她没必要心虚，不过是让柳棠崴了脚，和她以前所受的莫名其妙的欺压相比，这简直不值一提。

很明显柳棠也清楚这点，因此她反而有些心虚。

而这心虚无限扩大，周围人那不信任的沉默令她恐慌不安，她脑子一热，喊出声来："不是的，我没有说谎！她沈温欢就是故意害我摔下台阶，你们为什么不信我？我才是当红的人，她只不过是个龙套罢了！"

经纪人啧了一声，立即冲上前去制止她："柳棠，够了，不要再说了。"

"闭嘴，我是受害人，我凭什么不能说？！"柳棠却一把推开她，怒目而视，指着沈温欢道，“沈温欢她就是个心机女，她借位挡住你们的视线，骂了我还让我摔下台阶，你……”

“柳棠你给我闭嘴！”

柳棠话还没说完，就被导演的怒斥声强硬地打断。

沈温欢微怔，此情此景出乎她的意料，令她有些讶异。

林婧也蒙了，她本以为最不可能发声的人，此时却何止是发了声，还发了怒。

“导、导演？”柳棠眼泪汪汪的，这才回过神来，陷入了沉默。

“把她带回宾馆休养，近期没她的戏份，什么时候脚好了什么时候让她回来。”导演黑着脸，对柳棠的经纪人道，显然已耐心尽失。

最后，柳棠失魂落魄地被经纪人带走了，正好今天的戏份也结束了，众人便不欢而散。

送沈温欢回宾馆时，林婧突然开口：“我还以为你会把那个威亚的录像给抖出来呢。”

沈温欢揉着膝盖，闻言淡声道：“那样的话，我就又欠蒋远昭一个大人情了。况且，我这么记仇的人，要给就给肢体报复。”

林婧笑叹一声，拍拍她的肩膀：“心头大患暂时没了，那就好好工作。”

沈温欢颔首，靠上车座开始小憩。

累了一天，终于能休息了。

与此同时，远在海外的周焕收到了通知，便对蒋远昭道：“剧组出事了，柳棠脚腕崴伤诬蔑沈温欢，最后导致今天暂时停工。”

蒋远昭闻言微怔，半晌失笑道：“诬蔑？有意思。”

到底是诬蔑呢，还是某人真的被逼急了呢？

他唇角微弯，笑意意味深长。

巴黎时装展是一年一度的国际时尚盛宴，每年都会邀请圈内各大当红巨星看秀，国际服装设计师与界内知名CEO（首席执行官）也会到场。

这是上流人士的盛会，众星云集，美女如云，钱财更是挥霍如土。

此时，正有官方人员直播。

只见豪车依次从入口经过，走来一对对惹人艳羡的搭档，眉眼精致，在镜头前是他们最为高贵端庄的时刻。

就在此时，一辆黑色科尼赛克出现于镜头视野中，缓缓停下。

官方记者立即兴奋道：“时隔一年，终于又见到了蒋先生！”

这辆科尼赛克十分具有代表性，因为它是蒋远昭的爱车。

只见蒋远昭不急不慢地从车上迈下，紧了紧西装领口，对镜头微微一笑。

这笑容在暗夜中被无限幻化，蛊惑人心，令时光都为之放缓。

正在看直播的沈温欢愣住，心跳莫名加快几分。

蒋远昭今夜的发型是干练的背头，凤眸狭长，鼻梁高挺，眉眼含着清浅笑意。他的眸中似有揉碎的满天星辰，温柔汇聚于眼底，粲然夺目。

他身穿简约深黑色修身西装，白色内衬一丝不苟地扣齐在锁骨处，探不到半分慵懒。

蒋远昭正了正领带，衣服随着动作而微微收紧，恰到好处地勾勒出那线条流畅的精瘦腰身，禁欲却又撩人的腰部轮廓尽数暴露在观众眼前，叫人血脉偾张。

能将禁欲与撩人如此完美地糅合在一起的，大概也只有他蒋远昭了。

与千万网友一同观看巴黎时装展直播的沈温欢，此时却是愣住了。

这个男人，太耀眼了。

蒋远昭迈步走上红毯，却有人惊呼出声。

是了，他成为今夜唯一一位没有带女伴入场的男嘉宾。

可他从容不迫的模样比任何一对搭档都耀眼，无数闪光灯将他包围，万千星光都在此刻降落下来，绕他周身。

蒋远昭，美好得就像是全世界的宠儿。

这是沈温欢的直观感受。

但她也从未如此清晰地感受到，他们之间的距离。

她垂眸，心里突然有些复杂，便退出了直播间。

林婧开着车，从后视镜看了眼望着窗外出神的沈温欢，不禁叹了口气。

这小妮子，估计又在多想了。

其实蒋远昭很早就收到巴黎时装展的邀请了，第一时间就想来找沈温欢，然而……

沈靳恒也会参展。

得知这个消息的蒋远昭果断放弃找她了，林婧却没想到，他放弃了一个沈温欢，就放弃了所有选择。

林婧念及此不由发笑，倒是不为他们二人的感情而担心什么。

顺其自然就好，他那么用心，希望温欢也能尽快察觉到。

蒋远昭进入大厅后，设计师友人Lewis便上前同他交谈。

二人本就是旧识，彼此忙于工作一年未见，自是有不少话要说。

简单洽谈后，Lewis便被合作伙伴唤走，蒋远昭也不多做停留，去酒台前想取一杯红酒。

就在此时，他背后冷不防传来一男子的声音，浑厚稳重："远昭，好久不见。"

蒋远昭听音识人，他无声挑眉，回身礼貌性地笑了笑："沈总，您好。"

来人是个中年男子，剑眉星目，虽眼角已现皱纹，但威严仍存，轻易便能给人施加压迫感。

沈靳恒颔首，从台上拿起两杯红酒，递给他一杯："怎么没带女伴？"

蒋远昭接过酒杯，轻描淡写道："没合适的。"

"身边那么多优秀人选，是真没合适的，还是说你在顾及什么？"沈靳恒微笑看他，眸色深沉。

意有所指。

"沈总。"蒋远昭似笑非笑，眸光冰冷，"不妨开门见山，您来找我，不就是为了沈温欢吗？"

"哦？你这语气……"沈靳恒轻拢眉，却无半分动怒的征兆，"看来提起沈温欢，你对我的怨气不小？"

"哪里，只是好奇为什么您不公开她的身份，却还要插手她的人生。"

"也没什么，就是父亲为了和叛逆女儿好好相处的最好方式罢了，竖子难驯。"沈靳恒叹息，似乎当真是为人父的无奈。

叛逆？竖子难驯？

这词用得着实有趣，甚至可笑。

蒋远昭可以想象到，这位不称职的父亲对自己的女儿到底有多疏于了解。

他淡淡开口，嗓音清冷：“您未曾给过她父爱，又何谈好好相处？”

沈靳恒闻言淡了笑意，眸光微冷：“看来你了解她比我了解得要多，这六年来对她真是费了不少心思。”

“正因如此，”蒋远昭唇角微勾，突然将杯中红酒一饮而尽，神情略微戏谑地用空杯碰了碰沈靳恒的酒杯，道，“我深知她的过往与痛苦，所以才不会带她过来。”

沈靳恒彻底失了笑，阴沉着脸正欲开口，却被通知嘉宾入场的广播打断。

他冷冷看着蒋远昭，眸中是难以抑制的怒意。

蒋远昭却是丝毫不惧，直视他道：“沈温欢，有我。”

语罢，他放下酒杯，似笑非笑地看向脸色极差的沈靳恒：“到点了，走吧，沈总？”

自时装展开始到结束，即使蒋远昭和沈靳恒是邻座，也是再无半句话。

事已至此，双方立场如此明显，就没什么可谈的了。

时装展结束后，由于和Lewis的工作室顺路，而航班时间还早，于是蒋远昭便同Lewis去他的工作室参观。

周焕送他们到目的地后便在车内候着，蒋远昭则随Lewis下车，走进了他的工作室展厅。

展厅并不算太大，主要是为了方便展览当季新款，Lewis前不久刚更新了几款，特意邀请蒋远昭前来参观。

蒋远昭踏入这豪华展厅，首先入目的，便是一个水晶展柜。

那展柜中挂着一件宝蓝色连衣裙，肩膀处巧妙地用轻纱和蕾丝勾勒出蝴蝶结的形状，点上些许碎钻，使得这纯净中添了几分星芒。

这件裙子的裙摆是百褶式，外面有层薄纱，看起来质感轻盈，总体给人的感觉便是梦幻一般。

只一眼，蒋远昭便想让沈温欢穿上这条裙子。

他真是魔怔了。

蒋远昭心下不由苦笑，现在看到什么好东西，第一个联想到的都是沈温欢。

毕竟于他而言，这世间一切美好的事物，都是用以修饰她的。

“这条裙子我可以带走吗？”蒋远昭突然指了指展柜，一本正经地问Lewis。

正因他知道Lewis放在展柜中的衣服从不售卖，他才会如此认真地询问他。

Lewis早就发现他盯着那裙子，不禁蹙眉道：“能衬出它的人很少，你想送的人是谁？”

蒋远昭不答，只是拿出手机，解开锁屏后调到桌面，唇角的笑意温柔至极，Lewis从未见过他如此神情。

他忙过去看蒋远昭的手机壁纸，只一眼，便脱口而出：“好！”

好一个妙人儿，竟令人满目惊艳。

Lewis正欲细看那女子，蒋远昭闻声后立即关屏，似乎给别人多看一秒都是罪过。

这么珍惜这照片？

Lewis叹息一声，还是心服口服地将裙子小心翼翼叠好，放入一个礼盒中，递给他：“把她当宝贝了？”

蒋远昭接过礼盒，低声轻笑：“何止是宝贝，都当小祖宗哄着。”

Lewis将他送到门外，闻言不禁揶揄他：“你们交往多久了？”

“没交往，我单方面暗恋她。”蒋远昭风轻云淡道，似乎是嫌这重磅消息不够劲，便道，“时间不长，也就六年而已。”

Lewis：“……”

听周焕在催了，蒋远昭便挥手告辞，转身上了车。

直到那车彻底消失在视野中，Lewis才猛然回神，难以置信地重复了一遍：

“六年……而已？”

沈温欢本来正做着噩梦，却在睡梦中被寿司舔醒了。

她猛地睁开双眼，条件反射地抱住寿司，妄图寻找一丝安全感。寿司任她抱着，也不出声，等待她缓过神来。

沈温欢起得太急，一口气没上来，猛地咳嗽出声。

她居然……梦到自己的童年了。

阴暗冰冷，充斥着打骂声与哭泣，还有那个自称“父亲”的男人。

沈温欢拂去额上的冷汗，蜷起身子抱住膝盖，身子还有些发抖。

她做了个深呼吸，打开手机一看都凌晨两点多了。

她蹙眉看向寿司，却见寿司屁颠屁颠地跑到窗前，回头看着她。

它这是在叫她过去看窗外吗?

沈温欢搓了搓有些冰冷的手，走到窗前，她探出脑袋低头瞅了眼楼下，却见有抹熟悉的身影站在一辆车前，看着某个方向不知在思忖什么。

听到开窗户的声音，他抬首去望，准确无误地锁定了沈温欢。

他对她笑了笑，在夜色中，这笑容似乎被无限温柔化，软了周身凛冽的风，碎了漫天灿烂的光，令时光都为之放慢。

蒋远昭。

沈温欢瞬间困意尽失，连方才的惶恐也尽数消散。她赶紧关上窗户，随便披了一件外套就穿着拖鞋跑出宾馆，连电梯都不等了，直接跑楼梯。

寿司在她前面，率先钻到了主人车内，乖乖趴着。

沈温欢跑到门口，膝盖上的伤还没好，此时正泛着针扎般的刺痛感，她却无暇顾及。

遥遥望见蒋远昭的那一瞬，沈温欢的脚步鬼使神差地放慢了。

他还穿着那身西装，发型也没变，这是一下飞机就来找她了吗?

想到这儿，突然有种奇怪而陌生的情愫涌上她心头，是欣喜，是感动，是百感交集的柔情，激得她气喘吁吁，冷不防便酸了眼眶。

啊，好奇怪。

明明只是一天不见而已，她为什么见到他后，反应会如此之大呢?

是膝上的痛楚在作祟吗？还是因为在剧组受的委屈？又或者是因为方才的噩梦?

不，都不是。

由于方才小跑，此刻沈温欢有些喘。她怔怔望着蒋远昭，夜色中的他神色温柔，笑意清浅，似是在等待深夜归家的爱人。

沈温欢突然意识到了什么。

她之所以反应如此之大，只是单纯地因为——

思念他，想要见到他，仅此而已。

心里有什么破土而出，拂去她心头多年的阴雨，撑起一片晴空，柔软得令她鼻酸。

怪只怪他出现得太及时，挑她最脆弱的时候冒出来，趁机在她心里攻城略地。

蒋远昭上前，俯首看她，摸了摸她的头，嗓音温柔地问她：“脸色不太好，做噩梦了？”

头顶传来的温热与她浑身的冰冷形成鲜明对比，沈温欢轻咳一声：“的确做了个不太好的梦，但是已经缓过来了，没关系。”

蒋远昭似乎这才放心，伸手替她紧了紧披在肩上的外套，见她如此出神地望着自己，有些忍俊不禁：“怎么，不认识我了吗？”

话音未落，他又似笑非笑地补充了一句：“还是说太想我了，以至于都不知道该有什么反应？”

沈温欢立即回神，没好气喊道：“蒋前……”

嘘。

她的“辈”字音还未出口，唇便被蒋远昭的食指轻轻抵住。

她愣住，只听他淡声道：“蒋远昭。”

说着，他移开了手指。

沈温欢望着他，鬼使神差地开口轻唤：“蒋远昭。”

蒋远昭唇角微弯，再次摸了摸她的头：“乖。”

一声“乖”字落下，沈温欢突然捂住脸蹲下身子，发出一串极为混乱的呜噜声，整个人纠结极了。

乖什么乖啊！

蒋远昭却难得没想到她蹲下身的缘由，便单膝跪下，略带疑惑地问她：“温欢，怎么了？”

他说这话时，尾音有些许得意地上扬，被沈温欢捕捉到。

还温欢？！他肯定是故意的！

沈温欢气鼓鼓的，整张脸滚烫得不行，哪敢抬头怼他。

蒋远昭本来在飞机上一夜未眠，出了机场后立即疲劳驾驶来找沈温欢，其实最初只是单纯想见她一面，却不想竟然收到了如此效果。

见沈温欢别扭脸红的模样，他的心都软了半分，疲惫与心烦被尽数丢于脑后。

他的世界，在遇到她的那一瞬，便已坠入爱河。

其余的，都不重要了。

沈温欢揉了揉脸，闷声问他："你是不是刚下飞机就过来找我了啊？"

蒋远昭调侃她："如果我说我是来接寿司的呢？"

沈温欢当即抬起头，难以置信道："什么？！"

下一秒，她反应过来，正打算重新缩回去，却被蒋远昭轻轻捧住了双颊。

她的娇羞模样就这样落入他眸中。

沈温欢见蒋远昭眸色微沉，她也不管自己是否在害羞了，撇嘴道："你又套路我，果然是来接寿司的吧，赶紧……"

"不是。"她未说完的话被蒋远昭打断，他淡了笑容，捧着她的脸，一本正经地与她对视。

而后，他逐字逐句道："我这么急着赶来，只是为了见你一面，为了看看你拍戏有没有受伤，还有……"

沈温欢与他对视，望见他眸底映上满天星辰，怔怔问他："还有什么？"

话音未落，蒋远昭便松开放在她两颊的手，转而将她拥入怀中。

力道轻柔，小心翼翼。

"还有，"他在她耳边沉声道，嗓音略有几分沙哑，"为了这样，紧紧抱住你。"

沈温欢觉得自己大概是快沦陷了。

她还想着什么珍爱工作远离蒋远昭，如今看来，她是逃都逃不掉了。

就在此时，不远处传来女子的惊呼："天哪，你们居然有一腿？！"

这声音听着十分熟悉，很像某个先前扔下她跑去度蜜月的家伙。

沈温欢吓得赶紧松手起身。

蒋远昭啧了声，对来人不悦道："你怎么回来了？"

阮曼舒颇为不满，冲上前就理直气壮地回他："我再不回来你就要把我家温欢抢走了！"

蒋远昭扫她一眼："那你来晚了。"

语罢，他回身从车后座拿出个精致的礼盒递给沈温欢："这是我一个国外设计师朋友送我的，我没有要送的人，就给你吧。"

阮曼舒不语，眼神暧昧地飘忽着。

沈温欢接过礼盒，打开后入目的便是折叠整齐的宝蓝色连衣裙，款式精美。

沈温欢不知这裙子质感如何，但她知道这裙子卖了肯定比她值钱。

想罢，沈温欢便拒绝了这份礼物，直接还给蒋远昭："算了，我受不起。"

蒋远昭长眉轻蹙，见她执意如此便也不强求，将礼盒放回车内原位。

"吃瘪了吧！叫你乱撩！"阮曼舒美滋滋道，揽住沈温欢。

沈温欢搂住她："你们认识？"

"他跟我老公是朋友。"阮曼舒指了指不远处走向他们的男子，"我本想给你个惊喜，结果就看到你和蒋远昭卿卿我我。"

"那是误会。"沈温欢扒开她的手，"倒是你，一声不吭扔下我去度蜜月，赶紧滚。"

阮曼舒不听，挂在沈温欢身上像只树懒："阔别一个月，我对你的爱更深了。"

蒋远昭见她们打得火热，不禁轻叹一声，侧首看向身旁的男子："怎么突然结婚了？"

"没办法，看到她就有结婚的冲动。"季风朗看着他，意味深长道，"你不也是吗？"

蒋远昭轻笑："是啊，所以我现在想把你们扔回去。"

"还惦记着刚才没完成的撩妹大计呢？"季风朗拍了拍他的肩膀，叹息一声，"我看你们进度挺慢的，也不差这一次，慢慢来吧。"

蒋远昭气笑了，但的确是这个理。

也不差这一次，他们来日方长。

阮曼舒，当红一线女星，沈温欢的挚友，季风朗的妻子。

季风朗，圈内著名投资人、导演，蒋远昭的挚友，阮曼舒的丈夫。

二人一个月前完成闪婚和蜜月两件大事，震惊娱乐圈后便跑去私人岛屿度蜜月去了。

现如今，二人度完蜜月闪电回国，却误打误撞打破了沈温欢与蒋远昭的好气氛。

宾馆房间中，沈温欢打着哈欠，与蒋远昭坐在沙发上，寿司在旁边蹲着。

二人一狗对面，阮曼舒和季风朗坐在另一张沙发上，她靠在他肩上，百无聊赖地玩着手指。

“所以说，都这么晚了，你们这些有钱人干吗霸占我的小宾馆不走？”沈温欢率先开口，用指关节叩响桌子，“赶紧散了，明天都有工作。”

“大晚上了开车也不方便，不如我们三个就睡你这儿吧？”季风朗笑着看向她，语气平淡地提出一个建议。

“也不是不可以。”一直未开口的蒋远昭突然道，单手撑着下巴，“我一天没睡了，再开车回去就太累了。”

阮曼舒表示赞成。

沈温欢看了看时间，都三点多了，再让他们回去的确不太现实。

“好吧，两个大沙发你们随意安排，客厅东南角有个榻榻米可以拿出来用。”沈温欢起身，活动几下脖子，将盘好的长发散下，“阮曼舒，你跟我睡一张床也行，反正是双人的。”

蒋远昭抬眸扫她一眼，并未多言。

沈温欢却接收到他的眼神，蹙眉道：“蒋远昭你就不用想了，自己睡或者和季老师睡。”

“季风朗，直呼我姓名便可。”季风朗温馨提示她，“反正年龄相差不大，你又是曼舒的好友，不必这么生疏。”

“我跟季风朗一起睡吧。”蒋远昭起身，慢条斯理地脱下西装外套，“避免他们两个造成什么不必要的碰撞。”

季风朗眼神凉凉地看向他，他却自动屏蔽。

阮曼舒捂脸怒道：“蒋远昭你个老流氓！”

沈温欢十分赞同。

蒋远昭解开衬衫的几颗扣子，闻言似笑非笑道：“我又不对你耍流氓，担心什么？”

说着，他对沈温欢微微一笑："晚安。"

阮曼舒被打脸，不禁扔个白眼给他，然后跟着沈温欢去卧室了。

听卧室的门关上，蒋远昭便起身去关灯，却听季风朗悠悠叹了口气，似乎有些不悦："我说，你是不是在报复我和曼舒刚才在楼下坏了你的好事？"

"是啊。"蒋远昭坦荡承认，让寿司去地板上趴着睡觉，他便关了灯，拿出手机看信息。

季风朗似是突然想起什么，一把抢过他的手机就按了主页键。

蒋远昭懒得抢回来，倒也不怕他看。

果不其然，季风朗看到他手机桌面的那一瞬，满面震惊。

蒋远昭移开视线，去看窗外的繁星。

许久，季风朗关上手机，心情复杂地拍了拍蒋远昭，将手机递回给他，语气纠结："远昭啊……这就是你从来不给我看你手机的原因吗？"

蒋远昭接过手机，坦然回答他："以前是，后来我不在意了，你也不问了。"

"没想到你居然已经倒贴至此。"季风朗扶额叹息，突然开始心疼自己这个兄弟，"六年啊，她知道你暗恋她六年，还是不理你？"

"她当年喝醉了，怎么可能还记得？"蒋远昭语气凉凉道，他忽感疲倦，捏了捏眉骨，"其实，她知不知道也不是很重要。"

"你真的分得清自己对她是习惯还是喜欢吗？"季风朗意味深长道，"毕竟喜欢久了，就成了习惯，因此有时即使喜欢淡了，习惯却永远留着错觉。"

"再次遇见她之前，我每天都在想这个问题。"他的语气毫无波澜，黑暗中，他的表情看不分明，"但再次遇见她后我悲哀地发现，我对她的喜欢，永远都只增不减。"

比昨天多一点，比明天少一点。

季风朗闻言，陷入沉默之中。

许久，他沙哑着嗓子发声："祝你好运，睡吧。"

蒋远昭没回音，闭目酝酿睡意。

他突然回想起六年前，他与沈温欢的初遇。

那是场家庭聚会，几个比较熟的家庭在一起聚餐。

蒋远昭当时刚走红，上乘的外貌与优异的演技使他在娱乐圈内迅速火了起来，也招揽了不少粉丝。

沈温欢便是众多粉丝中的一个。

他那时正为家里人的阻挠而苦恼不已。蒋家三代从商，到了他这一代却对娱乐圈颇感兴趣，因此家里异常反对。

起初，他并没有注意到角落里那个独自灌酒的少女。

直到后来他去倒酒才注意到她，第一眼就被她姣好的外貌惊艳到，目光都无法移开。

于是他记住了她的名字，沈温欢。

温欢，一个融在唇齿间便缠绵悱恻的名字。

他十分惊讶地发现，沈温欢虽然是女孩子，酒量却出奇好，一直在旁边喝酒，从未停过。

后来蒋远昭回想此处时，觉得她大概不是嗜酒，只是单纯想壮胆而已。

但当时的他以为她有烦心事，便走到她身边，关切地问她："你心情不好吗？"

沈温欢已微醺，她闻声，醉眼蒙眬地抬头打量他，半晌一拍额头："我是在做梦啊！"

嗯？

蒋远昭微怔。

"或者是我喝醉了吧，喝醉了才敢跟你说话吧？"沈温欢放下酒杯，双颊酡红，步履有些不稳地靠近他。

少女温香软玉的躯体混杂着香甜的酒精味，席卷入他的脑海。

彼时蒋远昭终究是年轻气盛，一时受不住这感官冲击，出于礼貌便轻轻扶住她："沈小姐，你醉了。"

"是吗？终于醉了。"沈温欢不满地嘟起嘴，葱白指尖顺着他的手臂下移，最终虚虚握住他的手。

蒋远昭稍稍眯眸，却也不挣开她。

美人示好，任哪个男人都不会轻易拒绝。

"蒋远昭我告诉你……"沈温欢冲他一本正经地摇头，"你绝对不能退出娱乐圈！"

“我可是你的头号粉丝！我告诉你，闪光灯下的你，是最闪耀的！”不等蒋远昭有所反应，她继续口齿不清地絮絮叨叨，“因为你的眼里有星星啊，站在舞台上的时候……你一定，非常喜欢这个圈子吧？”

蒋远昭沉默半晌，开口道：“沈小姐，我……”

“既然那么喜欢，就不要放弃啊。”不待他说完，沈温欢突然一歪身子栽入他怀中，喃喃道，“我可是因为你……才发现这世上的美好所在的啊。”

蒋远昭闻言，浑身巨震。

一种从未有过的情愫自他心底涌现，刹那间奔涌而出，不可抑制。

他似乎从未被人如此需要过，尽管沈温欢说的是酒后之言，他亦无从考证她这番言语的真实性。

但是不知怎的，她最后一句话，偏偏就柔柔地击中了蒋远昭心里的某个位置，从此生根发芽，扩散出柔情百转的一席之地。

尽管他后来再没见过她，但他如她所愿进入娱乐圈，打拼出自己的一番天地，让曾反对过他的人哑口无言。

蒋远昭也一直没有放弃打听沈温欢的消息，只可惜沈家隐瞒了她的存在。沈温欢这个人，再也没有出现在他的世界中，以至于他缺席了太多她的过去。

直到那天下午，她站在熹微日光中对着他，笑容粲然。

她从某种意义上拯救了他，他便铭记于心。

寿司是他养大的，几乎不见外人，至于为什么对沈温欢如此亲近——

只因他蒋远昭自那次聚会后，每日都将手机壁纸放在它眼前，一本正经地对它说：

“她是沈温欢，你未来的女主人。”

日光透过窗户折射入卧室，斑驳在墙壁上，徒增几分暖调。

沈温欢抱着被子懒洋洋地抬起头，却被阳光刺得睁不开眼。她轻轻眯眼，下床拉上窗帘，往床上一看，却没看到阮曼舒。

她抓抓头发，打了个哈欠，走过去就发现床头柜上有张小纸条，上面写着“我和风朗先走啦，不打扰你们俩”。

落款人是“你的仙女曼舒”。

沈温欢随手将纸条放在桌上，摸过手机看了眼时间，却发现自己比平时早起了至少一个小时。

她叹了口气，打开卧室门径直走向洗手间，想洗把脸清醒清醒。路过沙发时，却没看到蒋远昭。

沈温欢蹙眉盯着沙发，随手打开洗手间的门，只听洗手间内传来平开门滑动的声音，她当即正过脑袋去看，却吓得握住门把的手都落了下来。

洗手间很大，分为里外两部分，外面是洗漱柜和马桶，里面则是浴室，两部分由一扇平开门隔开。

而现在，平开门被拉开，蒋远昭只围着浴巾就走了出来，他擦着湿发，微低头，暂时没有发现沈温欢。

沈温欢很不争气地承认了。

她每次看到蒋远昭穿得一丝不苟、斯斯文文的时候，就有种想看他把衣服脱下来的想法。

让禁欲变得“欲”起来，此等光景，定是叫人血脉偾张。

于是她看到了——

诱人锁骨，宽肩窄腰，腹肌……

沈温欢正儿八经地数了数，八块。

八块？！

公狗腰八块腹肌的设定明明这么色气，为什么蒋远昭却是禁欲系影帝？

沈温欢实在没脸看了，赶紧掉头就走，偏偏此刻蒋远昭抬起头，无意中对上她的视线，不禁怔了一下。

沈温欢瞬间陷入尴尬两难的境地，脑子里疯狂闪过各种转移话题的方法。

“起这么早？”出乎她的意料，蒋远昭只是随手将擦头发的毛巾挂在架子上，神色自若。

沈温欢窘迫：“提前醒了，来洗把脸。”

蒋远昭颔首，单手将额前湿发撩上去，道：“帮我从门口拿浴衣来，谢了。”

沈温欢有如得了赦令般，立即冲出去帮他从衣架上扯了一件浴衣，从洗手间门缝里扔给他。

这么拘谨?

蒋远昭无奈轻笑，穿好浴衣后便拉开了洗手间的门，也不管沈温欢正把着门框。

沈温欢正放着力，这门冷不防被拉开，她一个收力不及时便被带入蒋远昭怀中。

“对不起我手滑！”沈温欢当即直起身子为自己辩解，抬眸却见他似笑非笑的神情，这才反应过来，“蒋远昭，你故意的?”

蒋远昭正欲开口，余光却瞥见大门被人刷开，只见林婧换上拖鞋，拎着几个袋子道：“今天早餐不小心买多了，温欢你……”

她话还没说完，就看到沈温欢和蒋远昭的暧昧姿势。

“你们俩想干什么啊?”林婧手忙脚乱地捂住眼睛，“难道昨晚不够今早再来一次吗?”

沈温欢一愣，瞬间反应过来：“来什么来啊！林姐你在想什么?！”

最后，林婧多买的早餐，正正好好平分了。

沈温欢边吃饭边给林婧解释来龙去脉，自然而然省略了遇见阮曼舒之前的事，惹得蒋远昭不禁弯了唇角，饶有兴趣地看着她。

沈温欢察觉到他的目光，面不改色，继续胡诌。

“难怪昨晚周焕给我打电话呢。”林婧眼神凉凉地扫视他们二人，“那你们昨晚没发生什么?”

“什么都没发生。”这次却是蒋远昭回答的，他喝了口水，淡声道，“我不是那么不择手段的人。”

林婧面色复杂地点点头，不知怎的，总觉得蒋影帝的怨气有点儿大。

“吃完饭就去剧组吧，今天最后一场了，马上完工。”林婧公事公办地嘱咐二人。

沈温欢便不再说话，专心致志地吃起了早饭。

与此同时，柳棠住所。

柳棠的脚裹了一整天药草，已经痊愈。经过了上次大闹剧组的事，柳棠一直提心吊胆的，时常回想起导演那一声吼。

经纪人也生气了，她现在临近崩溃，只因沈温欢这个女人。

柳棠恨得牙痒痒，打开电视想转移注意力，发现是LT珠宝广告，全是当季新款。

她却在看清代言人的那一瞬，浑身冰冷。

只见沈温欢款款进入她的视野，身穿华裙，珠宝衬得她更鲜妍靓丽。

不知怎的，柳棠突然失去了所有信心。

她颓然坐在床上，耳边是嗡嗡回响。她本以为自己会气愤，会怨恨，但她的脑子此时却是一团乱麻，什么想法都没有。

她只无声坚定了一件事：

她要毁了沈温欢。

就在此时，经纪人突然开门走进来，见柳棠正盯着电视机上的LT珠宝广告发呆，不禁蹙眉，拿过遥控器关上电视。

柳棠回神，冷冷对她说：“今天有戏？”

“今天是最后一场，你也没必要忍着沈温欢了。”经纪人说着从包中拿出几份资料，扔到柳棠面前，“沈温欢的老底查出来了，真是令人惊喜。”

柳棠当即来了兴致，拿起资料翻阅起来，每看一页，她面上的欣喜就多几分。

最后一页，柳棠蹙眉问道：“这是什么人？怎么出车祸死了？”

“这是沈温欢生母的死亡证明。”经纪人说着，笑容阴冷，“如果我们找个替罪羊把这些资料抖搂出去，沈温欢就身败名裂了！”

“原来她是个私生女。”柳棠冷笑着握紧了拳头，眸中恨意滔天，“沈温欢，等着吧！”

阿嚏！

沈温欢在剧组打了个喷嚏，蹙眉道：“奇怪，着凉了？”

蒋远昭试了试她额头的温度，又试了试自己的：“没什么事，回去吃点感冒药。”

沈温欢点点头，便见柳棠不急不慢地到场了，笑容可掬，似乎很是愉悦。

沈温欢有那么一瞬怀疑柳棠被她气坏了脑子。

今天剧组杀青，沈温欢饰演的角色要死在一场爆炸中，大概就是为了给本剧所谓的“开放式结局”。

各演员去外景就位，爆破声响，沈温欢狂奔向蒋远昭，电光石火之间，她伸手，妄想握住他的手，却最终缓缓落下。

摄像机中，沈温欢的身影逐渐淡去。

“停！”导演站了起来，一副喜笑颜开的模样，“小沈飙演技啊！太棒了！”

沈温欢一个鲤鱼打挺从地上起来，笑眯眯谦虚道：“一般般，就几个表情而已。”

总算拍完最后一幕戏，以蒋远昭的背影虚化做结束，众人都长吁一口气。

沈温欢伸了个懒腰，去跟导演和工作人员打了声招呼。

“难得拍一次这么高效率的剧，可惜这么晚才把你挖掘出来，以后有戏还找你。”导演拍了拍她的肩膀，和颜悦色道。

“如果有动作戏，拉我当女主也可以啊。”她开了句玩笑，一旁的蒋远昭却一本正经地附和，“是啊导演，温欢有外形优势，演技好，也有粉丝基础，你的确可以考虑。”

导演有些忍俊不禁：“看来这个剧拍下来，你们俩的感情倒是亲近了不少。”

柳棠收拾好衣服，见一群人聊得火热，便也想过去凑个热闹，却怎么插话都无人理会，尤其是导演，都不曾正眼看她。

柳棠的危机意识从未如此强烈过。她低头咬牙，心头无名火起，理智即将消耗殆尽。

散场时，林婧带着沈温欢离开，谁知柳棠却在此时紧抓住她的手腕，对她冷笑道：“沈温欢，你有什么好得意的？”

沈温欢蹙眉，耐心尽失：“柳棠，我欠你什么？”

柳棠面色阴冷地看着她，却是答非所问：

“沈温欢，我知道你的把柄。”

不知何时，群演和工作人员都停下脚步，看向沈温欢和柳棠。

二人气氛紧张，似有硝烟升起。

“你什么意思？”沈温欢微微眯眼，难得有了几分正形，“把柄？你觉得我有那东西？”

“谁知道呢，等我曝光了你再说有没有吧。”柳棠唇角微勾，眸光泛着冷意。

到底是什么？

沈温欢被吊胃口吊得有些烦，便道："上次威亚的事，我如果把道具组的录像放出去，你肯定摔得比我惨吧？"

道具组的录像？！

柳棠瞬间变了脸色，急忙问道："你怎么会有？我明明销毁了！"

沈温欢笑而不语，盯着她一字一句道："关你屁事！"

柳棠怔住，半晌，她狠狠咬牙："这就是你的真面目！"

"我的真面目比这恶劣多了，柳小姐。"沈温欢挑眉看她，后退一步道，"柳小姐可千万别碰我的底线，不然我可能会揍你。"

如此恶劣的话语，偏偏是从她沈温欢口中道出的，虽然颠覆了沈温欢给柳棠的第一印象，柳棠却更为兴奋。

她已经迫不及待地想看到，沈温欢惊慌失措的表情了。

柳棠怒极反笑，突然提高了声音："沈温欢，你不过就是个私生女而已！"

随着她的话音落下，剧组的人都瞠目结舌，不敢置信地盯着沈温欢。

林婧拿着盛满水的塑料纸杯，因受惊手抖而摔了杯子。

私生女？

柳棠怎么会知道这件事？！

蒋远昭眸光微冷，看向沈温欢，不知是在思忖什么。

在场众人屏息凝神，就等沈温欢反驳。

而沈温欢低垂着头，表情看不分明，唯有她微微颤抖的双拳让旁人清晰地知道——

沈温欢，是个私生女。

沈温欢并不言语，也不反驳，似是无话可说。

"说啊，怎么不说了？刚才威胁我时不挺厉害吗？"柳棠笑得肆意，眸中锋芒乍现，"难怪沈靳恒对外公开沈家只有一子，原来你沈温欢是有这么个见不得人的身份！"

此话一出，震惊四座。

沈靳恒是何许人也，金融界大头，出身豪门，年轻时独身闯出一番事业，建立起自己的经济帝国，现下虽已近知命之年，却仍是宝刀未老。

他膝下仅有一子，名为沈放，在娱乐圈也算有名。沈靳恒为人正派，从未有过丑闻，不承想沈温欢是他的私生女。

众人的第一反应自然是不信，却见柳棠从包中翻出张纸，对围观的人甩了甩：“这就是他们的DNA检测结果！”

场面再次陷入沉默中，所有人都盯着沈温欢，有人偷笑，有人期待。

沈温欢抬头，面色如常，嗓音略微沙哑：“那又如何？”

她这是承认了？

“那又如何？”柳棠唇角微勾，难得见她吃瘪不禁欣喜若狂，便也管不住嘴了，“不怎样，只能说明你沈温欢不过是个没名没分的野女人生的！”

她刻意将“野女人”三字咬重，挑衅般睨着沈温欢，等待她接下来的动作。

反正她柳棠今日注定不会再有好果，她也不祈望能有什么转机出现，她只想让沈温欢身败名裂！

“你说话给我过过脑子！”沈温欢冷道，表情从未如此正经。她脸色阴沉，似乎已到忍耐的边缘，“现在告诉我，你刚才说什么？”

柳棠要的就是这效果。她笑容恶劣，故意激起沈温欢的火，口不择言道：“我说的有错吗？有其母必有其女，长得狐媚还生性浪荡，不是野女人是什么？”

话音未落，沈温欢一拳便已招呼过来，幸好有人察觉到她的想法，忙冲上前拦住她，对柳棠说：“小棠，你这话说得过分了！”

柳棠却僵在原地，动也未动。

方才那凛冽的拳风自她脸颊掠过，刮得她生疼。想必沈温欢是动了真格，若不是有人拦她，那拳头落在柳棠脸上，后果简直不堪设想。

“给我放手！”沈温欢面色阴冷，撸起袖子，似乎真打算当众修理人。

见情况不对，两个工作人员急忙上去拦下她，轮番进行劝说。

而沈温欢越是如此，柳棠便越是用激将法激她。

“沈温欢身为沈家私生女，其生母是豪门弃妇！”她放声大笑，略微狰狞地看着沈温欢，逐字逐句道，“最后弃妇因车祸身亡，却被沈家所唾弃，这个头条好不好？”

“好个屁！”

“揍她！”

话音未落，便有两个人异口同声道，与此同时，砰的一声拳头与面骨相触的闷响，令人闻之抖三抖。

那个“好个屁”是出自沈温欢之口，这已经令人大跌眼镜，而那声“揍她”，居然是——

众人目瞪口呆地看向声音的出处。

居然是——蒋远昭？！

“出言不逊欠教训。”只见蒋远昭迈步上前，长眉轻蹙，望着柳棠的眼神直泛冷意，“沈温欢，打，进了医院算我的！”

不知盛怒中的沈温欢是否听清他的话，但下一瞬，柳棠便被沈温欢揍倒在地，她痛呼，沈温欢却不给她反应的机会，单手揪起她的衣领狠狠一个过肩摔！

围观群众惊得下巴都收不回来了。

任谁也想不到，声称学过七年散打的沈美人儿，打起人来当真是毫不含糊。

柳棠的经纪人此时也是吓得六神无主，完全不知该做何反应。

柳棠吃痛地叫唤着，却是半句话也不敢再说，她扶着腰不敢置信地仰视沈温欢，内心的恐惧从未如此放大过。

沈温欢双手抄兜，神色冰冷，那眸中竟是半分情感色彩都没有，整个人都散发着戾气，强烈的压迫感几乎令人窒息。

沈温欢睨她，慢条斯理道：

“我说过吧，别碰我的底线，不然揍死你。”

说着，沈温欢便单手拎起她，对她微微一笑：“你不是想知道我的真面目吗？我让你见识见识。”

柳棠已然被吓蒙，浑身发抖，只觉浑身都散架般的痛，对着沈温欢此般模样，她却连逃跑的欲望都被吓没了。

“不要啊！”在沈温欢即将揍下去的那一刻，柳棠惊声惨呼，紧接着，沈温欢的拳头便被人喝止住：

“温欢！”

沈温欢微怔，侧首便见阮曼舒惊慌失措地跑过来，一把抱住她，眸中有泪花闪烁：“刚才外面有记者被我抓包了，已经把SD卡销毁了，怎么回事？”

来了个一线巨星？！

场面一度非常混乱，没人敢多作声，导演也被惊得不知该如何是好。

“她诋毁我妈。”沈温欢说着狠狠甩开手中的柳棠，咬牙道，“居然还引我出手找记者偷拍，真以为我是软柿子？”

“诋毁？！”阮曼舒变了脸色，蹙眉看向倒在地上失魂落魄的柳棠，“这个混账……蒋远昭过来，关门揍死！”

“算了。”沈温欢面色阴沉地收手，淡淡道，“牙都断了，假鼻子也毁了，够惨了。”

话音落下，这才有人去打量柳棠，虽然看不见她的牙，但她的确是紧紧捂住鼻子泣不成声，浑身颤抖不止。

几分钟前还是个靓丽美人，现在竟落得如此境地，着实凄惨。

但更颠覆三观的却是沈温欢，一个温软的小姑娘，众人只知她会武，却不知她动了真格如此骇人。

“封锁消息，所有手机和摄像机麻烦检查后再带走。”蒋远昭面色如常地指挥道，无人敢应，“把柳棠带去医院，销毁她包里所有资料。”

话音落下，在场所有人心里便都有了底——

从今日起，柳棠这个名字，就再也不会出现在娱乐圈了。

待手机和摄像机都检查得万无一失后，众人无声散去。

柳棠被人抬去医院，她的经纪人也失魂落魄地跟了过去，门口她叫来的记者都已经被遣走，SD卡也都尽数销毁。

柳棠千辛万苦激怒沈温欢动手，最后却不仅白挨了一顿揍，还把自己的脸给赔了进去。

柳棠一伙人，在这短短几分钟内，彻底崩盘。

“蒋远昭！”周焕却在此时怒火中烧，几步上前对蒋远昭怒目而视，“你瞧瞧，你今天这是做了什么事？！”

蒋远昭长眉轻蹙，并不言语。

林婧急忙上前劝阻他，拍拍他的背，语重心长道：“周先生，远昭他也是一时冲动，这不也没酿成大祸嘛，你先消消气。”

“我知道，可是他怎么能冒着这么大的风险去帮别人，未免太小孩子气了！”周焕还是被气得不轻，粗喘着气，“他身为公众人物做事好歹要三思而后行，怎么这次跟突然失去理智似的？”

不待林婧继续劝说，沈温欢忍不住开口道：“抱歉，责任在我……”

“吵什么吵！”阮曼舒突然喊道，眼神不善地盯着周焕，“你情商怎么这么低？男人在自己心爱的女人面前还理智个屁啊，难道要注定孤独一生？！”

蒋远昭闻言微怔，沈温欢也傻眼了。

林婧看着蒙在原地的周焕，一时没忍住，扑哧笑了出来。

沈温欢蹙眉看向阮曼舒：“心爱的女人是什么……”

“话的确是这么说。”她话未说完便被蒋远昭打断，不敢置信地盯着他。

他这句话什么意思？难不成是默认了阮曼舒所说的“心爱的女人”？

蒋远昭似笑非笑地看她，而后耸肩，无奈地对周焕道：“这次是我考虑不周，抱歉。”

周焕见他态度如此诚恳，反倒生不起来气了，只得长叹一声，掩面闷声道：“下不为例。我先走了，这件事你们自己处理吧。”语罢，他便头也不回地转身离去。

林婧狐疑：“他还是生气了？”

“他这样就是消气，大概是去泄愤了，明天就好了。”蒋远昭摆摆手不甚在意，反倒是蹙眉看向沈温欢，“柳棠那事，你想怎么处理？”

“至少得让柳棠滚出娱乐圈吧。”阮曼舒闻言也来了兴致，急忙跳过来加入话题讨论，“反正你看她口无遮拦的模样，日后迟早被人从背后阴死。”

“见机行事吧，其实我更好奇是谁把我的资料给她的。”沈温欢疲惫地捏了捏眉骨，啧了声，“我可不记得我的资料有多好查，沈靳恒又不会主动曝光这事，幕后黑手另有其人。”

林婧见他们正儿八经谈起今天的事了，便悄无声息地离开了拍摄场地。

“这件事交给我处理，我去医院的时候顺便套她的话。”蒋远昭淡声道，指关节轻叩白墙，“我亲自找人将道具组的录像放出去，避免被有心人封锁消息，然后叫人写几篇通稿，正式封杀柳棠。”

阮曼舒嘟着嘴凑过来：“这招不错，热度起来了也能顺利除掉敌人！”

“谢谢。”沈温欢向他道谢，毕恭毕敬道，“我总是惹事，每次都是你帮我处理残局，麻烦你了。”

“说什么谢谢！”蒋远昭看着她这般正经模样不禁失笑，叹息道，“没有外人，不必说这种客套话。”

沈温欢颔首：“你不惊讶吗？我是沈靳恒的私生女。”

“这有什么好惊讶的？”他眸色淡了几分，安慰似的摸摸她的头，“你也别太在意，不会有消息流露出去的。”

感受到头顶传来的温热，沈温欢不禁一怔，唇角随即不自觉地微弯。

她本来心情烦躁得很，柳棠这么闹也勾起了她不好的回忆，躁得她思绪一片混杂。

但不知怎的，只要蒋远昭在她身边，她心里便充满了勇气，再无所畏惧。

拍摄场地门口，季风朗接了电话后便匆忙赶来，臂弯处挂着外套，白衬衫的衣扣也略微凌乱，一副风尘仆仆的模样。

“我听说，沈温欢把人给揍了。”季风朗挑眉道，“说实话，我接到来电时都震惊了。”

“送医院去了，揍得太惨了。”不等沈温欢和蒋远昭回答，阮曼舒便自觉扑到他怀中如猫儿般蹭了蹭，“我家温欢超厉害，演技也一流，你以后有片约就找她，千万别让她跟这种小人在一个剧组了。”

季风朗眉眼含笑，轻揉她的脑袋：“好，你说什么就是什么。”

突然被秀恩爱，沈温欢被噎了一口，不禁撇嘴看向别处，心情却好了些许。

她这个小动作被蒋远昭捕捉到，他不禁唇角微勾，轻拍她的肩膀：“别想太多，柳棠的事我会给你个满意的答复。”

“谢谢你。”沈温欢迟疑半晌，有些别扭地开口，“……蒋远昭。”

蒋远昭闻声微怔，他颔首看着她，蓦地轻笑出声。

这沈温欢，怎么越看越可爱？

“继续努力，争取下次能直接叫我的名。”他语气揶揄道。

沈温欢翻了个白眼，不是很想理会他。

几日后，突然有知情者爆出前段时间《致命追踪》剧组的安全事故真相，同时附上一段录像，竟然是当红小花旦柳棠做了手脚。

这是个猛料，当即在网上传开了。霎时间，柳棠的各种黑料也随之涌出，微博粉丝数直线下滑，微博下的黑粉与谩骂者倒是日益增多。

“绿茶女星”“潜规则上位”等标签死死扣在她脑门上。后来，柳棠的签约公司发布微博，宣布柳棠已与公司正式解约。

从始至终，柳棠未说过一句话，也未曾反驳过什么，她只是待在医院病房中不愿出去，不愿被世人所见。

鼻子的假体彻底毁了，极难修复，门牙被沈温欢给揍断了，补起来丑至极致，向来光鲜靓丽的柳棠根本不能忍受眼下这般悲惨境地。

经纪人弃她而去，家里人也不打算给她资助，她现在只靠自己的钱住院，已经是众叛亲离。

柳棠不清楚，她究竟为什么会走到这一步？

那天下午，柳棠戴着口罩，依旧望着窗外发呆，不知在思忖什么。

就在此时，有人推门而入，她本以为是护士，便不耐烦地进行驱赶，侧首却发现来人是蒋远昭。

柳棠吓得立即变了脸色，将被子盖满全身，却还是止不住地发抖。兴许是那日沈温欢真的给她造成心理阴影了。

蒋远昭也不想多管，毕竟是她咎由自取，到头来谁也帮不了她。

蒋远昭将从路上随手买的水果放到桌上，姑且算是意思意思。他神色清淡，问道：“是谁向你透露沈温欢的个人资料的？”

柳棠紧抿唇不作声，似乎执意要与他对抗到底。

蒋远昭长眉轻挑，倒也不急着继续逼问她，而是拿起水壶，向一个空的玻璃杯中缓缓倒水。

水声响起，缓缓落入一层又一层的水波中，那沥沥声落在耳边，划过心头，却是扎人得很，随时能将人逼疯。

“够了够了！”柳棠再也无法忍受，捂住双耳崩溃道，“我不知道他是谁，是一个男人，声称是你的旧识！”

蒋远昭稳住拿着电水壶的手，声线清冷：“他姓什么？”

“姓……江。”

蒋远昭脸色微变，他放下水壶，抬脚就离开了病房，他边走边拿出手机拨电话给周焕，心里没来由地焦虑。

电话接通的那一瞬，他还未开口，周焕便语气沉重地说：

“远昭，江一铭出狱了。”

柳棠的事告一段落，沈温欢支开林婧，独身前往墓园。

蒋远昭自那天后便没在她面前出现过，不知在忙什么。

沈温欢看着手机中她前些天从微博扒出来的一张照片。

照片是官网放出来的，在巴黎时装展上，蒋远昭和沈靳恒谈话的照片，二人神色坦荡，沈温欢却能从中提取出不一样的味道。

直觉告诉她，关于她的身世，蒋远昭是知道什么的。

至于他究竟知道多少，又是如何知道的，沈温欢不得而知。

而沈温欢已然不想多问，她觉得唯有自己被蒙在鼓里。此时的心情是不悦，是愤懑，又或是其他，她都只觉满身疲惫。

反正身边的人从来都是带有明确目的地靠近她，蒋远昭大概也算是其中一个吧。

沈温欢思忖着，从车中拿出包背上，看向不远处那座青山。

她要去的墓园坐落在这座山上，那儿云雾缭绕，山清水秀，是她母亲生前最向往之处。

沈温欢曾与母亲来此地游览，上山后母亲说了句“要是能住在这儿就好了”，她便暗记于心。

如今她已然有了条件，却是用另一种方式，让母亲住在了这座山上。

如此一算，她忙于工作，忙于反抗命运，竟已太久不曾来过了。

沈温欢念及此不禁轻轻摇头，垂眸苦笑。

真是不孝啊，不孝。

她正了正背包，便抬脚踏上那湿润的泥土地，触感绵软，踩上去甚至有细微水声。

走惯了瓷砖和木地板，沈温欢竟还有些不适。

她一步步走，绕过树丛，经过巨树，每一步都似踩于心上般沉重。也不知走了多久，沈温欢总算是踩上最后一级台阶，凛冽的狂风刮过她的脸颊，有几分疼痛。

沈温欢有些乏，抬手将长发盘起，这才慢悠悠走向墓园。从她这个方向看，天色有些阴沉，兴许是要下雨。

这种风寒雨冷之处，为什么她会喜欢呢?

沈温欢走入墓园，准确无误地寻到那墓碑。她站定，却直直望着墓碑所向。

是了，此地坐朝北方，风寒雨冷，纵然有大好风光，却也是弊大于利。

但是，这里却是最能看清楚她归来的地方。

沈温欢蹲下身，看着碑前的杂草，她低声苦笑，伸手将那些草一根根拔去。

万般酸涩，哽在喉中。

待杂草除净，她拭了拭手上的泥土，大大咧咧坐在碑旁，从背包中翻出两瓶酒。

她起开酒塞正要喝，却见有人气喘吁吁地迈上台阶。

“曼舒？”沈温欢微怔，“你怎么来了？”

抬头看见沈温欢，阮曼舒愣了愣：“我来看看阿姨，没想到你也在这儿。”她轻轻喘气，显然太久没锻炼了，她走到沈温欢身边坐下，长吁一口气。

沈温欢垂眸不语，灌了口酒，对阮曼舒示意般晃了晃，阮曼舒便接过酒瓶也喝了口。

二人不言语，却丝毫未感尴尬。

待沈温欢半瓶酒下去了，阮曼舒抢过她手中的酒瓶，不满道：“够多了，阿姨本来就不乐意你喝酒。”

“我比较惆怅。”沈温欢无奈耸肩，苦笑道，“难不成是我忍了太久，突然暴露本性让我的脑子没缓过来？”

“得了吧你。”阮曼舒翻白眼，直接对瓶吹，“这么心心念念，你是想跟谁作对？”

“自己气自己，人不都这样吗？”沈温欢笑出声来，有些自嘲，“反正都是累。”

阮曼舒放下酒瓶，拍拍她的肩膀，叹道：“怎么过都是一辈子，按自己的想法来。”

沈温欢没应声，盯着天空出神。

“喂。”阮曼舒却在此时再度发声，“你和蒋远昭怎么了？”

“没什么啊，怎么突然提他？”

“总感觉怪怪的。”她皱皱鼻子，“你不会以为蒋远昭是沈靳恒的人吧？”

巧了，她现在真这么觉得。

见沈温欢不吭声了，阮曼舒大惊失色，扑上去就握住她的双肩，不敢置信道：“小祖宗，你怎么能这么想？蒋远昭对你这么正儿八经你都看不出来？”

“他没给过我了解他的机会，我怎么知道？”沈温欢蹙眉，有些烦躁地抓抓头发，“算了，我不想考虑这些东西。”

“这种事还是你们自己来吧，我不多嘴了。”阮曼舒说着从包中拿出花，摆在墓碑前，“阿姨喜欢花，我就给她买了些，闻着也舒心。”

沈温欢缓缓起身，望着墓碑，眼神有几分迷离：“她在那边会开心的吧？”

带着些许潮湿花香的风呼啸而过，吹散了沈温欢的头发，柔柔地穿过发间，带走些许暖意。

她微垂着头，面上的神情看不分明，阮曼舒却能看到她唇角那温柔至极的笑意。

她笑起来真好看啊，阿姨见了一定会开心吧。

“她一定会很开心的。”阮曼舒收回视线，无声轻笑，“一定会的。”

沈温欢淡了笑意，弯腰拎起背包，回首对阮曼舒道：“起风了，回家吧。”

阮曼舒喜笑颜开地抱住她的手臂，嬉笑道：“嗯，回家。”

与此同时，某商务咖啡店单间。

“一出狱就把我招待过来，我可真是受宠若惊。”

嘲讽的话语传入耳中，蒋远昭抬眸，不咸不淡地扫了一眼对面的男子。

那人眉眼清俊，留着三七分背头，身穿黑灰色衬衣。

此时，他正饶有兴趣地盯着蒋远昭，眸角略微上挑，带几分邪肆。

“沈温欢那事，是你干的吧。”蒋远昭抿了口咖啡，声线清冷，情绪不明。

这句话是陈述语气，完全就是在逼问他。

“对啊，我动不了你，动你的女人还是可以的。”男子察觉到蒋远昭的怒气，却还是欣然承认，笑眯眯道，“反正也没抖搂出去啊，怎么，这就心疼了？”

蒋远昭放下咖啡杯，杯底与瓷盘相触的脆响显得格外突兀。

他与他对视，似笑非笑道：“江一铭，我既然把你送入过牢房，我就有把你再送进去的能力。”

江一铭闻言终于变了脸色，唇角笑容微僵：“你什么意思？”

“给你十个胆子你都不敢动沈温欢。”蒋远昭轻笑，却给人以莫名的压迫感，“敢动沈温欢的，无非就那几个人，所以你告诉我，是沈放那个混账小子还是沈夫人？”

江一铭闻言微怔，不敢置信地看了会儿蒋远昭，突然笑出声来：“我去，还真是什么都瞒不过你蒋远昭！”

“肯定是沈放啊，当年在沈温欢生母的葬礼上，沈温欢当着那么多人的面把他按地上揍，他可是一直记恨在心。”江一铭笑出了眼泪，唇角微弯，“哈，真好玩儿。沈家的事那么乱你居然都敢插手，这是被女人给洗脑了吗？”

“新仇旧怨一起报而已。”指节轻叩桌面，蒋远昭不急不慢道，“反正迟早都要弄死他。”

“你彻底整死了柳棠，又要对沈放下手？”江一铭挑眉，眸色有些深沉，“蒋远昭，你这么护着沈温欢，不就相当于把自己的软肋给暴露出来了吗？”

“那也是我唯一的软肋。”蒋远昭似乎不愿多谈，起身拎起挂在椅子上的外套，“别人惹不得，也碰不得。”

说罢，他迈步走向房门，在开门的那一瞬，身后的江一铭开口道：“蒋远昭，你当真不怕我对她下手？”

他语气半分戏谑半分正经，也不知他说这句话到底是什么意思。

“如果你能成功，随便你尝试。”蒋远昭淡声道，不为所动，他径自开门，走出了这个房间。

他的背影逐渐消失在江一铭的视野中。江一铭微眯眸，半晌，从衣袋中摸出张照片。

他看着照片上那眉清目秀的美人儿，唇角笑意渐深。

刚开始沈放找他干这活儿，要不是钱多，他才不想招惹蒋远昭这个狠角色。

只是如今一看，事情好像变得有趣多了。

他低笑，喃喃道：“沈温欢……是吧。”

他记住了。

自从《致命追踪》播出后，加上以前炒热度和最近柳棠在剧组动手脚的事，沈温欢的微博粉丝数量便是一路飙升，已经是小有名气。

每日都排满了通告和代言，林婧自然是大喜过望，又给沈温欢炒了些话题，算是加了把火。

倒是蒋远昭，有时在微信上找沈温欢闲聊，她却是不温不火的态度，让他陷入进退两难的境地。

蒋远昭难得烦躁，他最近也忙得厉害，不与沈温欢在同一工作场合就完全说不上话。

他趁着休息时间，从微信给沈温欢发了条消息：“有空吗？一起吃顿饭？”

过了一会儿，沈温欢回复他：“不好意思，今晚去拍广告。”

蒋远昭将手机关闭，长眉轻蹙，有些疲倦地捏了捏眉骨，心里突然有些乱。

季风朗刚同工作人员沟通好公事，拿着合同正准备打道回府，余光却瞥见蒋远昭坐在不远处，似乎很疲乏的模样。

见蒋远昭如此，他心里也有数，迈步走向他，慢条斯理地坐在他身旁：“怎么了，被感情所困？”

蒋远昭却是答非所问：“你说，是不是对于上进型女性来说，工作的重要性远大于感情？”

季风朗挑眉：“都说是上进型了，那你以为呢？”

蒋远昭沉默半晌，道："你最近有什么新戏约吗？只要你叫上沈温欢，我就来给你捧场。"

季风朗吓得手里的合同都掉地上了，满面震惊地盯着蒋远昭，竟是半句话都说不出口。

因为他拍的戏大多是爱情片，所以以往他无论怎么邀请蒋远昭，蒋远昭都不愿意来，谁知这次……

"疯了。"季风朗摇摇头，仍不敢相信自己方才所听到的，"沈小姑娘真是厉害。"

蒋远昭微抿唇，双手交叠撑在膝上，指节处略微紧绷，显得手好看且修长。

他向来是敢追的，只是他怕逼得太紧，反而会起到反作用，最后让她萌生退意就不好了。

沈温欢向来是他的心头患、绕指柔，让他倒贴他不怕，怕的就是他倒贴了沈温欢都不理会他。

季风朗见他此般纠结模样，不禁叹了口气，悠悠然道了句："蒋远昭，你的确很会把握节奏，但你没你自己想象中的那么毫无纰漏。"

蒋远昭蹙眉看他，并不言语。

"你只一味地去关心她、了解她，让她对你心动，可那也只是止于心动。"说着，季风朗扫了他一眼，神色未改，"想去喜欢一个人，是要主动去了解的，可你从来不给沈温欢了解你的机会，也从不向她说什么，你这样让她如何能喜欢你？"

语罢，他意味深长地补充了一句："即使她怀疑自己喜欢你，也会被她自己掐灭。你还是好好想想吧。"

话音落下，不待蒋远昭开口，他便弯腰捡起合同，起身伸了个懒腰，冲他挥挥手就离开了。

蒋远昭盯着自己的手有些出神，脑中品味着季风朗方才说的话，发现其中也不无道理。

他的蓄谋已久中，的确有个致命漏洞——

他或许比沈温欢还要了解她自己，可沈温欢却从未知晓他。

这样一来，结合先前剧组要求捆绑情侣档炒作，他的所有行为在沈温欢眼里，都可能只是炒作关系了。

他对工作上的事都没如此步步缜密，操心至此。

念及此，他更加头疼，不禁扶额苦笑。

没办法，毕竟这天下辽阔，却也就她沈温欢一人能让他操碎了心。

“远昭，待会儿有场饭局，准备一下。”周焕过来提醒了他一句，便拉他去场外。

初秋的风夹杂着凉意扑面袭来，竟使人全身都凉了一番。

周焕倒抽一口气，搓搓胳膊：“唉，天气转凉了，小心别感冒啊。”

蒋远昭轻蹙起眉，也觉得这天的确是有些转凉了，方才突然起风，倒真让他觉得有些发冷。

他走向一方人群，准备去饭店参加饭局。

与此同时，季风朗去阮曼舒的公司接她，顺便把寿司放到了车后座，替蒋远昭看管。

“来啦？”阮曼舒拢了拢外套，笑嘻嘻坐副驾驶上，照着季风朗的脸亲了口。

“今天给你买了奶黄包，在后座放着，回家趁热吃。”季风朗笑着揉揉她的脑袋，便驾车准备回家。

阮曼舒应了一声，回头笑着对寿司打了个手势：“寿司小宝贝可千万不要偷吃哦，上面有塑料纸，你会噎到的！”

季风朗挑眉：“它不会偷吃的，放心吧。”

“对啊，寿司最乖了。”阮曼舒笑眯眯摸着寿司毛茸茸的脑袋，紧接着便回神同季风朗说话。

二人没有注意到，饿了一天的寿司对着香喷喷的奶黄包，显得有些纠结。

沈温欢赶了一天的场，饭都没怎么吃，半夜才回到宾馆，冲了个澡就躺下发呆。

困劲儿过去了，她便拿出手机玩了会儿，打开锁屏后，却翻到了与蒋远昭的微信对话界面。

沈温欢微怔，看到“蒋远昭”三个字时，她的情绪突然复杂起来。

有段时间没见面了，他们的联系也在逐渐减少。

沈温欢有意控制自己远离蒋远昭，如今她做到了，却没有达到预想的效果，反而更纠结了。

她居然很可悲地开始想念蒋远昭了。

明明这家伙又是瞒她又是撩她的，莫名其妙插手她的生活，最后又莫名其妙逐渐淡出，到头来却弄得她纠结不已。

都乱套了。

沈温欢有些头疼，扶额长叹一声便把手机屏幕给锁上了，正准备上床睡觉，却冷不防来了个电话。

她吓得一哆嗦，拿起手机却发现是阮曼舒打来的。

这么晚了，能有什么事？

沈温欢蹙眉，接起电话："喂……"

"温欢！"阮曼舒略带哭腔的嗓音自听筒中传来，"你快来宠物附属医院，寿司出事了！"

啪嗒一声，沈温欢的手机掉落于木地板上，在空荡的房间中传递着回响。

寿司……

得赶快过去！

她这才回神，匆忙换了身衣服，连头发也不扎就打车去了宠物附属医院。到医院门口后，她付了钱就跑到前台，正要问寿司在哪，却猛然想起自己根本没问阮曼舒。

于是她想给阮曼舒打电话，却想起手机方才掉在宾馆的地板上，她没有拾起来。

怎么一堆子事儿？

沈温欢急了，前台服务人员却问她："请问……您是在找一只萨摩耶吗？刚送过来的，在三楼东南角。"

"谢谢！"沈温欢道了谢便匆忙赶到了手术室，只见季风朗和阮曼舒坐在长椅上，忧心忡忡。

见沈温欢来了，阮曼舒站起来，自责道："都怪我没把奶黄包拿走，寿司连塑料纸一起吃掉了，现在还在抢救。"

沈温欢抱了抱她，低声安慰她没关系，见她已有了黑眼圈，便道："你们先回去吧，这里我等着。"

"可是……"

“你明天不是还有早戏拍吗？要好好休息，有情况我通知你。”

季风朗走过来，看了她一眼，道：“没联系上蒋远昭，我只好给他发了短信。”

沈温欢吐出一口气，颔首：“麻烦了，我在这里等着。”

“拜托你了。”季风朗点点头，就拉着阮曼舒走了。

反正一会儿蒋远昭就过来了，他们还是不在场为宜。

他们二人前脚刚走，医生后脚就从手术室出来了。

沈温欢当即跑过去抓住他，焦急问道：“怎么样了？！”

待蒋远昭赶到医院时，已经是事发一小时后了。

他问好地址便赶了过去，到手术室门前却发现寿司乖巧地趴在沈温欢腿上小憩。

沈温欢略微颔首，长发披肩，有几缕垂在耳边。她轻抚着寿司的脑袋，唇角笑意温柔。

灯光落下，在她周身泛起点点光晕，柔和得不像话，直融到人心坎里去。

蒋远昭怔住，心跳没来由地慢了半拍。

寿司发现了主人，猛地跳下椅子奔向他，像大难过后的欢喜至极。

沈温欢似是察觉到什么，她抬首看向蒋远昭，轻笑：“你来了？”

她抬首的那一瞬，光辉散落，只怕是日月星辉都为之黯然失色。

蒋远昭怔了怔，半晌他哑然失笑，应声道：

“嗯，我来了。”

第三章 心跳怦怦

夜色如水，有昆虫的窸窣声在这片寂静中响起，岁月娴静，融化了寒风。

沈温欢与蒋远昭并肩走在花园小径上，寿司慢悠悠跟在后面，时而扒一扒花花草草。

脚踩上石板地，有轻声叩响，平添几分乐趣。

“寿司误食了塑料纸，幸好送得及时，让它吐出来了。”沈温欢背着手，漫步在花丛间，“幸好没什么大事，我本来都准备睡了，一听这消息根本就不困了。”

蒋远昭松了松领带，轻笑：“真是麻烦你了，我今晚有剧组饭局，就没接到电话。”

“没关系，我好歹也养过寿司几天，多少还是有感情的。”沈温欢摇摇头，一副满不在乎的模样，“对了，阮曼舒明天有早戏，我就让季风朗先把她送回去了，所以你才没见到他们。”

蒋远昭颔首：“我以为你是在等我。”

沈温欢脚步微顿，她狐疑地抬首去打量他的神色，却发现无异。

难不成只是他随口一说，并没有其他的意思吗？

沈温欢总觉得自己离沉沦不远了，连蒋远昭随口一句话都能惹得她脑补半天。

她稳了稳心神，便也随口道：“是在等你啊，没什么不对。”

这次轮到蒋远昭愣住了，他侧首看沈温欢，见她长发微垂，散落在脸颊两侧，掩住了她的神情。

倒是那玉颈，在青丝间若隐若现，于月光照耀下泛着荧荧光晕，美不胜收。

蒋远昭微微眯眸打量她，并不发话，心里却是没来由地有些躁动。

沈温欢，国民妖精。

当真是如此。

“嗯？”沈温欢见他不搭腔，便有些疑惑地看向他，“怎么了？”

“没什么，想了一些事。”蒋远昭神色自若，突然咳嗽了一声，嗓音有些沙哑，“刚喝完酒，有些醉。”

“你着凉了吧。”沈温欢蹙眉用陈述语气道，将他从头到脚扫视一个遍，“今天大幅度降温，你是不是只顾去赶场，都没来得及添衣服？”

蒋远昭闻言微怔，听她这么说，这才隐约想起白天时吹了冷风后便一直有些发冷，如此看来的确是受了凉。

于是他稍稍颔首，对她道：“没错，我今天一天都不太舒服。”

“嗓子都哑了，说话也有点鼻音，赶紧回家吃药吧。”沈温欢抬眸看他，似乎颇为不悦，“满脑子工作都不管身体了。”

“你很关心吗？”蒋远昭唇角微勾，突然这么问她。

沈温欢闻声浑身巨震，冷汗都要出来了。

糟糕，她有些得意忘形了。

知道蒋远昭这么不照顾他自己，她心里不禁有些窝火，脑子一热，便仗着他对她好，开始教训起了他。

不妙！她现在到底在做什么？

说好的远离他再也不有任何牵扯呢？

沈温欢的手紧了紧，半晌她无谓地笑了笑，满不在乎道：“你是前辈，关心你是应该的，但你的粉丝会更在乎你的吧。”

“那你呢？”蒋远昭不急不慢地开口，似乎真想逼她说出来她的真实想法，“你真的对我只是对前辈的感情？”

节奏又被他带跑了。

沈温欢无意识地抿紧了唇，背在身后的双手有些小纠结，她一时不知该作何回答，当即乱了手脚。

“沈温欢。”蒋远昭轻声唤她姓名，嗓音低沉，略微沙哑，却有着蛊惑人心的作用，“说说看，你究竟是如何看待我的？”

“我根本不了解你。”沈温欢脱口而出，她一愣，根本没想到自己会说出来，便低下头，轻轻咬牙，手心因紧张都出了些汗。

话音落下，蒋远昭眸色一沉。

他隐约记起季风朗今天说的话——

“想去喜欢一个人，是要主动去了解的，可你从来不给沈温欢了解你的机会，也从不向她说什么，你这样让她如何能喜欢你？”

看来的确如此。

果然，他并没有自己想象中那么精明能干。

蒋远昭低笑，而后似笑非笑地看她：“你想了解我吗？”

沈温欢乱了阵脚，眼神也不敢和他的对上，只漫无目的地看着四周：“我、我不知道啊……”

月色下，她的容貌姣好精致，弯月眉，桃花眸，长得极为标致。她眸中映着温山软水、漫天星光，竟是美至极致。

清冷的月辉晕染在她周身，连凛冽的风都为之动容，柔软了几分。风穿堂而过，卷走不知名的清香，醉在那片柔和的景致中。

蒋远昭稍稍眯眼，从未如此认真地打量过她，却是越看越惊艳。

方才被压下的酒意又有些翻涌，逐步侵蚀着他的理智。

他微启唇，迈步走到她面前，俯首看她，沈温欢此时也正好抬头，怔怔撞入他的眼中，深沉一片。

从蒋远昭这个角度，刚好可以看见沈温欢那色泽鲜妍的唇，唇形流畅，恰好是撩人的弧度，泛着清浅光泽。

轻易便让人萌生吻下去的冲动。

“沈温欢。”蒋远昭突然开口，嗓音低沉，情绪不明，“我说过，我刚才喝酒了。”

“嗯，所以？”沈温欢摸不着头脑，正想继续问，下颌却被蒋远昭轻轻抬起。

她怔住，突然有种奇妙的预感。

下一瞬，蒋远昭便俯下身，吻上了她，封锁住她一切言语，以及她的思绪。

他的吻缠绵不已，深情款款，唇齿间有醉人酒香氤氲开来，令沈温欢失了神，思绪逐渐缥缈。

唇齿相依的前一刻，沈温欢清晰地听他道：

“我喝醉了，别介意。”

深夜重回宾馆时，沈温欢始终在打喷嚏。

奇怪，就这么一会儿，难不成就着凉了？

沈温欢躺倒在床上，脑袋嗡嗡作响，一团乱麻。

现在她满脑子都是方才蒋远昭的那个吻。她蒙上被子，拼命洗脑自己要睡觉，这才重新燃起几分困意。

但是怎么觉得……身体有点沉重呢？

沈温欢没多想，便蒙蒙睡去。

也不知过了多久，意识模糊的她隐约听到林婧的抱怨声：

“我的天啊小祖宗，你怎么穿着衣服睡觉？”

沈温欢想回答她，却连睁眼的力气都没有。

“我的妈，三十九度！”林婧又是一声吼，急忙把她抬起来，“赶紧去医院。你到底经历了什么？”

沈温欢不应声，在她清醒仅存的前一刻，她脑中浮现一个念头：

蒋远昭，是病原体。

林婧忙活大半天，将沈温欢送入病房打上点滴后，见沈温欢半梦半醒的模样，终于叹了口气，起身去病房外给合作商打电话推迟拍摄。

谁知她刚打完电话，就见一名身穿黑色棒球服，头戴深黑鸭舌帽的男子向她走来。

这人的身形十分眼熟，林婧难以置信地揉了揉眼睛，试探着开口：“蒋……远昭？”

蒋远昭在她面前站定，冲她礼貌颔首：“林姐，你也受凉了？”

“不是我，是沈温欢那小妮子。”林婧笑着叹了口气，“也不知这丫头昨晚干吗去了，今早发烧三十九度，休息着呢。”

蒋远昭微怔，显然有些意外。

大概是昨晚不小心传染给她了。

他轻蹙长眉，扶住帽檐，嗓音清淡道：“我可以进去看看她吗？”

“去吧，正好我要走了。”林婧也没多想，对他挥挥手便背包离去。

蒋远昭走进病房，反手关上门，摘下帽子挂在一旁。

他走向病床，见沈温欢醒了，便坐在床边上，一言不发地看着她。

沈温欢刚醒来，就看到蒋远昭坐在她身边，面上没什么表情，她眼神下移，却见他手背上有创可贴。

她指了指他的手，哑着嗓子问：“怎么回事？”

蒋远昭垂眸，无奈地笑了笑：“不巧，我也感冒了。”

沈温欢面颊泛红，神情木讷，似乎烧还没退。她闻言蹙眉，有些委屈巴巴地问他：“是因为我吗？”

蒋远昭正给她小心翼翼地掖被角，冷不防听她用这种语气说话，不禁动作一滞。

许久，他轻轻摇头：“不是。”

语罢，蒋远昭见沈温欢脸上有发丝遮挡，便伸手温柔地替她将碎发顺至耳后。

谁知沈温欢立即变了脸，孩子气地一拍被子，对他愤愤道：“那就都怪你！谁让你昨晚亲我，这下传染给我了吧！”

蒋远昭再次怔住，停在她耳边的指尖微顿，他有些讶异地看向她，却见她面色仍有些病态，估计还没退烧。

半晌，他眉眼柔和起来，指尖顺着她耳郭滑向她的脸颊，轻轻摩挲着。

温软的触感自手下传来，一种莫名的情愫在心底散开，柔软得不像话。

蒋远昭无声轻笑，唇角微勾，含笑开口道：

“嗯，都怪我。”

他对她的宠溺，明目张胆。

沈温欢蒙蒙的，突然牵住他的手，凝视着他，哑着嗓子逐字逐句地问道：

“蒋远昭，你是不是，真的喜欢我啊？”

病房内温存一片，似乎背景都冒出了粉红泡泡。

“蒋远昭，你是不是，真的喜欢我啊？”

沈温欢声音落下，震得蒋远昭心头轻颤。

她眸中蒙眬一片，神情也是片刻的认真，种种迹象都在清清楚楚地告诉蒋远昭——

她只是发烧了，在说胡话罢了。

蒋远昭扶额苦笑，喃喃道：“沈温欢啊沈温欢……”

他该拿她怎么办才好？

明知道她说的是胡话，他却还是难以抑制地欣喜不已，那好容易才被他压制的浓烈感情，又要涌上心头。

“沈温欢，我喜欢你啊。”

他薄唇轻启，俯身轻吻她的额头，从未如此认真地倾诉心声：“六年前，我就喜欢你喜欢得不能自拔了。”

蒋远昭俯身吻上沈温欢的那一瞬，空气中的暧昧极速爆炸，温柔至极，甜到人心里。

林婧将视线从窗口收回，捂着嘴靠在门上，强行压制住自己放肆大笑的冲动，满面兴奋。

所以说沈温欢从来都很注重保暖，就是因为她一旦生病发烧就会性情大变，事后完全断片。

林婧一直觉得这是个萌点，没想到今天就被蒋远昭光荣见证了。

幸好她假装离开又偷偷回来了，不然错过这么一出好戏，就太遗憾了。

林婧拍了拍胸脯，莫名觉得少女心被满足了，这才背着包脚步轻快地离开了医院。

病房内，沈温欢怔了一会儿，直到蒋远昭的唇离开她的额头，她才软绵绵推了他一把：“你又亲我，别以为你喜欢我就可以胡作非为！”

话虽这么说着，她的手却是半分力气也没有。蒋远昭握住她的手，正要说什么，却是蓦地顿住。

只因沈温欢似乎不甘于被抓，反过来握住他的手。

随后，十指相扣。

沈温欢得意扬扬地看他，似乎并没有念及其他什么，只是纯粹想在某种意义上赢过他。

蒋远昭突然失笑，用另一只手揉揉她的脑袋，难得的好心情："沈温欢，你怎么这么可爱？"

这是他的小姑娘，无论何时，她都是最好的。

"你这家伙，特——别没有良心！"沈温欢却在此时气鼓鼓出声，指着他道，"成天就知道撩啊撩，我哪知道你是公事还是私心啊？我又不了解你！"

"对，我的错。"蒋远昭轻笑，眸中的宠溺都快要溢出来。

"你就是个臭流氓……"

"嗯，我是臭流氓。"

"你不要脸……"

"是，我不要脸。"

"你……"沈温欢一本正经地戳戳他的脑袋，耷拉下眉角，失落道，"你刚才肯定是撒谎，你根本不喜欢我……"

这次，蒋远昭没有附和她。

沈温欢疑惑地看他，谁知他却淡淡道："把眼闭上。"

沈温欢鬼使神差地闭上了眼睛，下一瞬，唇上蜻蜓点水般掠过一抹温热。她睁眼，却见蒋远昭面色如常。

他道："这话你说错了，还真没人能比我更喜欢你了。"

沈温欢怔怔看着他，二人的视线交会于一处，有什么莫名的情愫正氤氲而起。

下一瞬，沈温欢煞风景道："我困了。"

蒋远昭："……"

所以说，她难道一点都不关心，刚才她闭眼时发生了什么吗？

蒋远昭不禁默默苦笑，却也想让沈温欢好好休息，便哄她躺好，待她熟睡后才起身轻手轻脚地离去。

他离开后，门口观望了许久的江一铭推门而入，大摇大摆地走了进来。

他走到病床前，垂眸饶有兴趣地打量着熟睡中的沈温欢，眸色深沉。

黛眉杏目，睫毛纤长浓密，五官精致，这沈温欢的确是个美人坯子。

而有趣的是，方才蒋远昭面对这个女人时，那般柔软的表情可是他见所未见的。

就是不知道蒋老爷若是知道了这事，会作何感想呢？

念及此，江一铭唇角微弯，最后看了一眼沈温欢，便转身施施然离去。

不过他还是希望这小丫头，不会被沈靳恒折磨得太惨。

沈温欢出院当天，林婧二话不说便给她放了一天的假。

沈温欢住院两天，脑子便锈了两天，其间发生了什么更是全然不记得。

林婧一本正经地告诉她，她一直在睡觉，睡了整整两天。

沈温欢信了。

但是为什么……她总有些模糊的片段式记忆，她好像被人亲了，还说了一堆胡话？

大概是做梦吧。

沈温欢是这么想的。

当天下午，她正窝在宾馆刷番剧，就发现有人打来电话。

她咽下口中的薯片，退出视频页面，却在看清联系人的那一瞬狠狠呛了一口。

沈温欢剧烈地咳嗽起来，捶捶胸忙顺过来气，便接起电话，语气复杂道："李姨？"

李姨正在切菜，听见沈温欢的声音吓得手一抖，险些就切到手指，急忙拿起电话："沈小姐，我是李姨。"

"你的电话我一直都存着。"

"沈小姐……"李姨有些感动，叹了口气道，"你已经很久没回来了，今天……也不行吗？"

沈温欢的声音听起来分不清喜怒："不好意思，我最近工作很忙，暂时回不去了。"

"小姐，老爷他天天惦记你，他已经在逐渐变好了，你真的不考虑考虑吗？"

沈温欢无声蹙眉，没来由地觉得有些烦躁。

自母亲故去后，沈温欢便去了沈家，无论是下人还是沈家亲属，都对她恶语相向，只有这李姨对她好些，会在她饿肚子时偷偷给她塞好吃的，尽她所能地帮忙。

此等恩情，沈温欢还是记得的。

但是回沈家这件事，的确是……

沈温欢扶额，对李姨道："好吧，我一会儿就回去。"

李姨一怔，旋即大喜，忙点头应声道："好，我给你们准备大餐！"

沈温欢并没有在那儿吃饭的想法。她正欲拒绝，听李姨明显上扬的声音，却及时住了嘴。

半晌，她改口道："好，麻烦您了，我先挂了。"

听到李姨的回应，她便挂断了电话。

外面天色阴沉，还偶尔有几声惊雷响起，只怕今晚会有场大雨。

沈温欢换了身休闲装，戴上帽子和口罩，便驾车去了沈家别墅。

毕竟是别墅区，沈温欢还不想被人认出来，只得东拐西拐，最后才缓缓入了庄园内部。

她将车停在车库内，把帽子、口罩等遮挡物放在车内，拔下钥匙后便下车走出车库，上了电梯，直通沈家别墅的花园。

出了电梯，沈温欢就看见李姨在门口候着，见她来了，当即激动地挥挥手："小姐，这里！"

沈温欢颔首微笑，而后快步走上前去："李姨，好久不见。"

"是啊，都三年了……"李姨有些感慨，牵起她的手，"话不多说，来，正好该开饭了，老爷、夫人和少爷都在里面等着你呢。"

居然这三个人都在场?

沈温欢有些头大，却还是笑着应声，跟着李姨走进餐厅，入了座。

沈靳恒坐在最中间的位置，正百无聊赖地轻叩着桌面，见她来了，便笑："终于舍得回家了？"

家?

沈温欢在心里冷笑，面上却是没什么表情："回来吃顿饭。"

沈放抬眸扫了她一眼，并不言语。

他身旁的沈夫人，却是嫌弃地盯着她："沈家把你养大，你红了就忘本了，三年不回来还这态度？"

沈温欢蹙眉看向她："忘本？你们沈家给我本了吗？"

沈夫人冷笑："你就是个白眼狼，你爸真是白把你养这么大！"

"好好好，你们沈家是豪门，是老大，把我供成了白眼狼二世祖。"沈温欢淡淡道，嗤笑一声，"喊，觉得我恶心还挑我事，闭嘴吧您哪。"

"小小年纪嘴巴怎么这么不干净？！"沈夫人恼了，一拍桌子指着她的鼻子，气得手都有些发抖。

沈温欢笑而不语，盯着她的眼神却是冰冷万分："你又不是我妈，我做什么干你屁事！"

沈夫人闻言当即勃然大怒，正欲开口，沈靳恒却先一步喝道："沈温欢！你怎么一来就这么多事？"

倒打一耙?

也不看是谁先惹事的。

沈温欢给气笑了："我就知道我不该来。"

"你就孝顺点不行吗？这是你妈！"沈靳恒气得不轻，扶额叹息，"怎么越大越不像话？"

"我就一个妈！"沈温欢起身冷笑，"你毁了我童年害死了我妈，还给我谈什么狗屁孝顺?！走了，我脏你们的眼。"

话音未落，她便迈步走出餐厅，吓了李姨一跳，不等李姨问什么，沈温欢就绕过她，离开了沈家。

沈温欢气冲冲出了别墅，刚想去取车，却发现车钥匙落别墅里了。

她怒极反笑，喃喃骂道："该死，几分钟就惹了一肚子气。"

大不了她自己顺着街道走去打车，反正天也快黑了，没人能认出来她。

想罢，沈温欢便双手抄兜，不急不慢地顺着来路走回。

然而直到天完全黑了下来，沈温欢也没见到一辆车，反而越走越偏僻了。

她长叹一口气，颓然坐在地上，累极倦极。

就在此时，天边轰然一声惊雷，一道闪电乍现在沈温欢眼前，紧接着，便是瓢泼大雨尽数落下。

她扑哧笑出声来，只得起身漫无目的地走。

天色阴沉得可怕，万籁俱寂，只余那沥沥雨声作响，打在地上，是清脆而凌乱的响声。

扰人心烦。

冰冷的雨滴接踵而至，砸在沈温欢的脸上、肩上、身上，起先还有些发痛发冷，她却是狠了心要这么对自己，就这么硬撑着一路走了下来。

她这是在跟谁较劲呢?

谁知道!

怪只怪她还是天真，信了李姨的话，当真以为这个家会有所改变，以为那个男人会收敛他的狂妄。

这沈家，真是让她彻底凉了心。

沈温欢觉得心里十分压抑，她想哭出来泄愤，然而泪点作祟，她怎么都哭不出来。

沈温欢当真是没脾气了。

她淋着雨，漫无目的地顺着小道往下，也无所谓生不生病了，打算这次好好把自己淋清醒再回去。

回去，回宾馆去。

沈温欢念及此突然怔住，没来由地心酸。她禁不住发笑，抓了抓早已湿透的头发，牵起唇角已是万分勉强。

以前母亲在的时候，她觉得，有母亲在的地方哪里都是家。

可现在她身边再无一人可带她回家。

“真是……孤家寡人。”沈温欢扶额自嘲道，脚步逐渐放慢。

她累得有些发喘，莫大的疲倦混杂着刺骨的冰冷席卷入她的脑海，妄想吞没她残存的理智。

撑不住了，倒下吧。

没人能看见她，没人会嘲笑她。

沈温欢眼神逐渐空洞，她正想着，脚下突然被石头绊住，还未反应过来，整个人便已扑向地面。

她绝望地闭眼，心想真是天要她亡。

然而就在下一瞬，沈温欢跌入了一个温暖的怀抱，突如其来的暖意令她打了个激灵，鼻间散开的尽是那男子熟悉的清香。

她微微怔住，尚未启唇，蒋远昭的声音便在头顶响起：

“沈温欢，你怎么弄成这副样子，不想活了？”

语气愤懑，但疼惜更多。

沈温欢回神，正想抬头却被他一把摁在怀中，动作从未如此霸道无礼，看来他是真的动了怒。

沈温欢不知怎的，第一个反应竟然是：她这是第一次，见蒋远昭动怒。

她发声，却是喑哑得骇人：“你来干吗？”

蒋远昭怒气未消，闻言反而又添了火气，冷道：“来接我的小朋友回家。”

“你的小朋友现在不用你接。”沈温欢瓮声瓮气道，“放手，我难受。”

“哪难受？”

“你勒得我……”

“我让你说实话。”

沈温欢陷入了沉默，半晌，她启唇：“蒋远昭，我哪儿都难受。”

蒋远昭长眉轻蹙，拥着她的手纹丝不动：“那就哭。”

“不要。”

蒋远昭却一声轻叹，抬手轻拍了拍她的脑袋，俯首对她温言软语道：“没人会看到你哭，没人会对你冷嘲热讽，难受就哭出来，乖。”

一声“乖”落下，沈温欢的鼻子蓦地就酸了。

又是那温柔至极的语气，又是那意味不明的安慰。

又是……他准确道出了她的恐惧。

“蒋远昭。”她喃喃开口，嗓音沙哑。

“嗯。”

“蒋远昭。”

“我在。”

“蒋远昭……”

念到这里，沈温欢嗓音里已含了哭腔，泪水刷地就下来了。她攥紧他的衣襟，拼命抑制着哭声，却是徒劳：“怎么办？我什么都没有了……”

她啊，从来都是一无所有。

唯一的精神支柱早已坍塌，她行尸走肉般过了这么多年，却还是忘不掉那心魔。

蒋远昭一语不发，只替她遮风挡雨，耐心地听她放声大哭。

哭出这些年来的心酸与疲惫，哭出那个家庭给她带来的深重压力。

“沈靳恒他就是个没脑子的浑蛋！”沈温欢哭喊着，哭哑了嗓子，形象尽毁她也不在乎，“凭什么我妈这么好的人就被他毁了一辈子？他又凭什么再来干涉我？！”

“我只是想随我妈的意，好好生活而已！”她哭道，泪水不要钱似的奔涌不停，从未如此痛快淋漓地发泄过。

她突然想起，那天母亲进手术室前，握紧了她的手，即便身处血泊之中，母亲也一如既往地展露出温柔笑容。

母亲轻抚她的脸颊，道：“温欢，别怕，有妈妈在，你就不用怕。”

那颊边温柔易碎的美好啊，此去经年，再也不复。

她在手术室门口等了一天一夜，眼圈通红，最后却等来了母亲的遗体。

所有温柔尽数破碎，成为可笑的过往，将她的心扎得千疮百孔，血都要流干。

她握着母亲冰冷的手，唤她起床，未果，便喃喃道：“一定是睡着了。”

她紧握着那手，拼命想焐热它，却连自己的体温都被冰冻，最终她焐着焐着，眼泪便毫无征兆地滴到了手背上。

眼泪竟也是冷的。

她终于崩溃，在母亲遗体前放声大哭，连医生都不忍让她认清真相。

母亲的梦想是环游世界，她对母亲说过等她有钱了，万水千山，随便去看。

可如今她能实现这承诺了，大好河山醉人美景，却是再无人与她同享。

过往痛苦与心酸尽数涌上心头，激得沈温欢有千言万语哽在喉间，酸涩无比。

妈……你说只要有你在，我就不用怕。

可是你不在了，我真的，好害怕。

她在蒋远昭怀中哭得畅快，感受着那难得的温暖，他像是黑夜中披星戴月而来，只为赐她光明的摆渡人。

蒋远昭细不可闻地叹了口气，摸了摸她的头，轻声道：

“温欢，我们回家。”

由于这雨越下越大，蒋远昭的私人住所是最近的，因此二人优先选择去了蒋远昭的家。

房内整体都是暖色调，颇有一番温暖的味道，当真像个家一般。

寿司趴在毛绒毯上睡得迷迷糊糊，也没注意究竟是谁来了。

沈温欢被蒋远昭强行要求去洗澡，理由是怕她感冒发烧。

她看了看自己的衣服，已经湿透，的确是不能再穿了，便乖乖去冲了个热水澡。

她洗完澡才蓦地想起，内衣可以将就着穿，但是衣服怎么办?

沈温欢念及此，只得心情复杂地对蒋远昭喊：“我衣服不能穿了，你这儿有什么能换的吗？”

蒋远昭回她：“放在门口了，自己拿吧。”

沈温欢喜忧参半，犹豫着从浴室中探出脑袋，胡乱一摸门口的衣架，便将那衣服拿了进来。

于是乎，沈温欢在看到那件男士白衬衣的那一瞬，陷入沉默。

她怎么总感觉……自己被套路了?

“蒋远昭，你认真的？”

“怎么？”蒋远昭淡声回她，从沙发上起身，迈步不急不慢地走向浴室，“难道太小了？”

听见那逐渐逼近的脚步声，她吓得赶紧锁上门：“你干什么？！”

“难不成是你不小心烫伤了？”蒋远昭佯装惊讶，伸手拧门把手却发现拧不开，便道，“门打不开吗？我有备用钥匙。”

什么？！

沈温欢赶紧换上他的衬衫，宽宽大大恰好能盖住臀部，勉强可以穿出去。

听着门把手被扣下的声音，沈温欢实在忍无可忍，一把拉开门就冲蒋远昭喊：“你故意的吧！”

蒋远昭本来只是想逗她，没想真的开门，突然与沈温欢面对面，他不禁有些愣神。

由于刚沐浴过，沈温欢两颊浮上些红晕，一双美目中水汽未散，波光滢滢，那唇也是极为水嫩，泛着诱人光泽。

引得人想轻咬一口。

蒋远昭眸色渐沉，视线下移到那具温香软玉的美好躯体。

衬衫着实宽大，领口处松散着，隐约露出精致锁骨，湿发恰到好处地掩住胸前风光，只是那白皙美腿，便无可遮掩了。

蒋远昭似乎这才发现，自己是个隐形外貌协会。

他喉结微动，突然轻笑道："是，我就是故意的。"

沈温欢还未反应过来，便见蒋远昭单手拿过衣架上的毛巾，直接盖在她脑袋上，将她的湿发裹了起来。

"裹好。"他嗓音低沉，似乎在克制什么。

沈温欢条件反射听了他的话，当真就双手上举裹好头发，正中蒋远昭下怀，他便径自将她打横抱起，迈步走向卧室。

她因双手上举不便挣扎，便慌张道："你是公众人物，注意形象！"

"形象哪有你重要？"

话音未落，蒋远昭便将沈温欢扔到床上，然后——

用被子盖住了她。

沈温欢："……"

这人怎么不按常理出牌？！

"好好捂着，别受凉了。"蒋远昭俯首看她，眸中情绪复杂，"待在这儿别动，我去给你煮姜汤。"

语罢，他便回身抬脚就要去厨房。

沈温欢却在此时狐疑道："蒋远昭，你在紧张吗？"

蒋远昭脚步一顿，半晌，他侧首似笑非笑地看她："不是紧张，是克制。"

没个正形！

沈温欢瞬间就懂了，赶紧用被子包紧自己，瞪了他一眼。

不知怎的，她联想起以往他对她的好，还有方才那番拥抱，她竟有了些想法。

拖了这么久，是该问出口了。

沈温欢深吸一口气，鼓起勇气对蒋远昭道："你想做什么？为什么对我这么好？"

他似乎没想到她会这么问，闻言怔了怔，旋即回身走到床前，她的眼前。

“看来我有必要正式说明我的立场了。”蒋远昭淡声道，然后轻俯下身，唇角微弯，却是一本正经对她道，“沈温欢，我只是在追你而已。”

沈温欢怔住，便听蒋远昭认真问她：

“所以你愿意委屈一下，做我女朋友吗？”

沈温欢目瞪口呆。

“委屈一下，栽到我手里。”蒋远昭轻声道，嗓音温柔至极，他俯身凝视她，唇角微勾，“怎么样？”

沈温欢的脸颊再次泛起红晕，她没想到自己鼓起勇气问出口后，竟会引蒋远昭坦白心意。

心跳声如擂鼓，咚咚咚撞着她的耳朵，又咚咚咚落回胸腔。

一种从未有过的柔软情愫蓦地涌现而出，滔天翻涌，吞没她所有理智与悸动，她脑海中只余蒋远昭那句“委屈一下，栽到我手里”。

嗓音温柔得不像话，像是在哄骗她。

糟了，话题又被蒋远昭带走了。

“我……我不知道……”沈温欢一时乱了手脚，便扯过被子捂住脸，闷声道，“不过，可以试试……”

她根本不了解蒋远昭，认清的也不过是荧幕上的他，他究竟是怎样一个人，她根本不得而知。

可以试试？

蒋远昭挑眉轻笑，对这个答案已经很满意。他揉揉她的脑袋：“好，从现在起，我就把你当蒋太太宠着，最后要不要真正成为蒋太太，我希望你能尽快给我答复。”

“蒋太太？”沈温欢吓得一哆嗦，捂住脸的被子都从手中掉落了，“不要这么草率啊，我只是说试试啊！”

“话别说这么早，万一你体验久了，就喜欢上这个身份了呢？”蒋远昭低笑，单手轻抚她的脸颊，指尖在细嫩肌肤上暧昧地摩挲，“我对此十分期待。”

话音未落，他俯下身轻吻她的额头，深情而克制，似是融化了太多言语。

有种跨越多年岁月，终能尘埃落定的欣慰。

沈温欢怔住，额间柔软的触感落于她心头，温软潮湿，缠绵悱恻，就好比男子给予深爱的妻子的晚安吻——

使人安心，沉醉其中。

蒋远昭在她耳边低声道："我等你答复，所以在此期间，麻烦你好好享受我的宠爱。"

他总算是坦白了心思，终于可以开始光明正大地撩她了。

他垂眸，见她娇羞可人的模样，不禁有些得意。

暧昧的气息无限蔓延，使得沈温欢有些燥热，她局促地抿了抿唇，突然有些不甘被压制。

节奏再次完全被蒋远昭带走，这家伙到底是该有多威风？

他天天占她便宜，她却只是躲，才让他如此得寸进尺。

反正现在都坦白心意了……

沈温欢念及此，也不管三七二十一了，猛地抬头看蒋远昭，伸手揪过他的衣领迫使他低头，凑过去就吻上了他。

唇齿相触的那一瞬，蒋远昭愣住，随即便反应过来这小姑娘是不甘心了，便有些忍俊不禁。

明明落在唇上的是那青涩吻技，他却觉得十分受用。

毕竟是她第一次主动，虽说是被逼出来的，姑且也当她是进步了。

就在此时，他下嘴唇被她轻咬一口，蕴意无穷，勾得他的心异常难耐。

沈温欢示威后，正打算功成身退，却不想被蒋远昭扣住了后脑勺，强行加深了这个吻。

与此同时，他搂住她的腰，将她托起锢在怀中，随后便抵在床上。

吻毕，沈温欢有些缓不过劲来，不知怎的竟浑身酥软，她轻喘着气，勉强撑住蒋远昭妄图探近的身子："不行，不能继续了。"

"沈小姐。"蒋远昭突然如此戏谑地唤她，眸色深沉道，"这可是你惹的我。"

"你要再继续就是犯法了啊，别乱来！"

"这种事也算是蒋太太的特权吧？"他低声道，腾出一只手握住她的手腕，有些强硬地禁锢在她耳侧。

随后他俯身，唇便游移于她的锁骨处。这感觉奇妙得很，似舔舐似轻吻，沈温欢也不确定。

她只有种大祸临头的感觉，当即就沙哑着嗓子唤他：“蒋远昭！”

蒋远昭恰到好处地停止了他的动作，随即慢条斯理地从她身上起来，对她微笑：“知道撩人的后果了吗？下次我就会把这件事办完了。”

什么禁欲影帝，明明就是个老流氓!

沈温欢蒙上被子，险些羞愧死：“闭嘴，煮你的姜汤去！”

蒋远昭似乎心情颇好，径自下床去了厨房，当真是去准备姜汤了。

沈温欢窝在被窝中，臊得脸通红。她完全不能理解刚才自己怎么会头脑发热亲上去。

她难道……真的喜欢上蒋远昭了？

沈温欢想罢，忙拍拍脸清醒了一下，毕竟对于这种感觉，她也不清不楚的。

她现在只是想……了解他。

她想认真处理这段感情，认真对待他。

沈温欢吐出一口气，下床后穿上棉拖鞋啪嗒啪嗒小跑出卧室，却被寿司一把扑倒，对着她的脸狂舔不止。

她被逗得咯咯笑，先前从沈家出来时的那些阴霾也已散去。她抱住寿司的脑袋蹭了蹭，笑意粲然。

蒋远昭靠在厨房门框上，抱臂看着沈温欢与寿司玩得不亦乐乎，不禁有些欣慰。

看来她的心情开始好转了。

念及此，蒋远昭便有些忍俊不禁，望着沈温欢的笑靥，他的唇角也无意识地上扬。

沈温欢同寿司玩闹间不经意抬首，便撞进蒋远昭眼底，她见他眉眼带笑，眸中那毫不遮掩的宠溺竟让空气都甜了几分。

她微怔，突然明白为什么旁人都训她装傻充愣了。

是啊。

蒋远昭对她的宠爱，未免太过于明目张胆。

沈温欢的情绪有些复杂，她敛眸，却听蒋远昭轻描淡写道：“有了我们三个，这里就像家一样。”

沈温欢顿了顿，半晌才对他展露笑颜，小虎牙在昏暗灯光下轻闪："是啊。"

这个房子不大不小，刷着暖色调的漆，装修温暖简洁。她脚下铺着毛茸茸的毯子，踩上去犹如走在云端。

从头到脚，都是暖和的。

沈温欢自母亲故去后便再也没有体会过的这种家的感觉，在她心头柔软地铺散开来。

她正出神，便见蒋远昭回身走进厨房，不一会儿便端着个精致瓷碗走了出来。

寿司立即屁颠屁颠去迎接他，在他身边转来转去好不欢乐。

"沈温欢。"他随口唤她，"姜汤好了，趁热喝。"

她条件反射地应了声，正要起身，却被他轻轻压下："坐毯子上就行，每周都有专人打扫，很干净。"

沈温欢便乖巧地坐好，挑眉问他："每周都有专人打扫？为什么？你又不常年住这里。"

"以前是不打扫，因为是给未来伴侣准备的，所以才设计成这样。"蒋远昭一面答她一面轻吹着碗中的姜汤，神色清浅，"不过遇到你之后，我就开始找人打扫了，毕竟一直都想让你过来。"

给未来伴侣准备的？一直想让她过来？

沈温欢的脸颊又烫了起来，蒋远昭却不甚在意，试了试姜汤的温度，便舀了一小勺送到她唇边："喝。"

沈温欢照做了被他喂了一口汤，却听蒋远昭淡淡道："其实，我是希望这个房子房产证上是你的名字。"

闻言，沈温欢吓得险些喷出来。

她猛地咳嗽几声，难以置信地看他："蒋远昭你谈过多少次恋爱才会这么熟练？！"

蒋远昭撑着下巴打量她，闻言对她轻笑："你是我的初恋，让我无师自通。"

寿司在旁边看着二人，歪歪脑袋似乎有些不解。

沈温欢沉默半晌，突然一把抢过瓷碗，径自将姜汤一口干掉，随后她十分僵硬地转移话题："那……那寿司跟了你几年了？"

蒋远昭也不再把话题转过来，便顺着她道：“七八年了吧，我把它从小看大的。”

语罢他探手，寿司立即会意，跑到他手边温顺地趴下。

“七八年？！”沈温欢微怔，“你一直养着它？”

蒋远昭颔首，唇角浮上一抹苦笑，他揉揉寿司的脑袋：“当年我因进娱乐圈的事，名义上与蒋家断绝了关系，自己一人在外打拼，没有朋友没有亲人，便养了它。”

“后来我父母坚持阻止我，我与蒋家谈崩，便彻底成了孤家寡人，也是只有寿司陪着我。”他垂眸，表情分不清喜怒，“我现在还未与蒋家恢复关系，不过也不重要了。”

这是蒋远昭第一次对她说起他的事。

沈温欢欲言又止，最终她抿了抿唇，有些迟疑地开口：“你这是……让我了解你？”

蒋远昭闻言，似笑非笑地看她：“我只是想让你多知道些别人查不到的。你要了解一个人是需要主动的，就像我如此了解你，你也需要主动接近我。”

沈温欢指尖温热，细细摩挲着瓷碗边缘，似乎是有些紧张。

许久，她似下定决心般道：“我会努力了解你的！”

“好，就听你这句话。”他唇角微弯，俯身逼近她，略有戏谑地问她，“温欢，你有考虑过追星吗？”

“追……追星？”她向后躲，眼神因紧张而有些飘忽。

“追星，最基本的就是全面了解这个明星。”蒋远昭笑意渐深，颇有一番不怀好意的味道，让沈温欢心下一紧。

下一瞬，蒋远昭不急不慢地开口：

“那你要不要试试，来追我？”

翌日，沈温欢从床上醒了。

昨夜她受了寒，因此喝了姜汤体温回升，困意袭来，就早早睡下了。

沈温欢打了个哈欠，摸过手机看时间，才七点多，也不知今天有没有工作。

她起身，看了看身上，突然开始为自己的衣服而发愁。

她轻手轻脚走到客厅，却见蒋远昭早已醒来，站在落地窗前不知是在同谁通电话。

沈温欢扫了一眼沙发上的薄被，发现蒋远昭昨晚当真是老老实实地睡了沙发。

难得没有占她便宜。

沈温欢走来时，蒋远昭刚好挂了电话，侧首见她睡眼蒙眬的模样有些忍俊不禁。

“早安。”他迈步走到她面前，宠溺地揉了揉她的脑袋，“换好衣服，一会儿有剧组的发布会。”

“衣服？”沈温欢蹙眉，见蒋远昭从一旁拿出上次那个礼盒，突然明白了什么。

她求证般接过那礼盒，打开一看果然是上次他没送成的那条裙子，心下便了然一片：“你昨晚故意给我穿你的衬衫？”

不过……就算给她裙子，她也不能穿着睡觉。

念及此，沈温欢便悲哀地发现，自己总能识破蒋远昭的套路，却总不能驳回去。

“毕竟是今天要穿的，睡觉时皱了就不好了。”蒋远昭风轻云淡道，而后唇角微弯，“再说了，你最迷人的模样，我希望只有我见过。”

这个人情话说得这么溜，真的是初恋？

沈温欢抱着裙子灰溜溜小跑去卫生间，飞速反锁上门，背靠在门框上深呼吸。

不妙，太不妙了。

这种小鹿乱撞的感觉是怎么回事，都快把她撞晕了。

清醒，冷静！

沈温欢冲到洗漱台前猛泼自己冷水，清空脑袋，利索地收拾起来。

客厅内，蒋远昭透过落地窗，清晰地看到楼下灌木丛后的狗仔，偷偷摸摸，四下观望着。

他眸光微动，唇角笑意渐深，意味深长。

待沈温欢换好衣裙出来时，蒋远昭已在门口好整以暇地等她了，他闻声看向她，怔住了。

她长发微绾，肤如凝脂，清雅恣意，那裙子穿在她身上清丽动人。

沈温欢被他打量得有些不自在，便垂眸道：“还……挺好看的，谢谢你。”

“不用谢，我反而要谢谢你。”蒋远昭迈步走到她面前，颔首轻笑，“是你让天价的衣服美成了无价。”

这人脑子里安了本情话大全吗？

“走吧，刚才林姐给我打电话催我们。”沈温欢正无措，冷不防被蒋远昭牵起了手领着，走向门口玄关处。

沈温欢走过去，坐在椅子上正要换鞋，却突然想起什么：“不行，我穿来的是运动鞋啊，怎么办？”

蒋远昭没应声，只是从旁边拿出一个盒子，从中拎出一双崭新的高跟鞋。

高跟鞋是水蓝色的，设计简单婉约，只有碎钻点饰，却是精致闪耀，同她身上穿的裙子十分搭配。

沈温欢微怔，迟疑地看向他：“这也是给我的？”

蒋远昭头也不抬，神色清浅道：“今天发布会结束后你再还给我也可以，反正等你成为蒋太太之后也是你的。”他在她面前单膝跪下，轻抬起她的脚。

脚上突然覆上一抹温热，若有若无的感觉挠得沈温欢心痒。

沈温欢吓得打了一个激灵。她最敏感的部位便是腰和脚，偏偏还都是被蒋远昭挑战过的。

“我自己来就行……”她有些尴尬地轻咳几声，正欲弯腰，却被他一个眼神打回。

蒋远昭力道温柔地为她穿好鞋，嗓音清淡，听不出来什么情绪：“以后还会有比这更亲密的，趁现在习惯一下吧。”

这句话把沈温欢堵得哑口无言，她只得讪笑撇开这个话题，乖乖跟着蒋远昭出门。

出门前，她对着蹲在门口可怜巴巴的寿司，弯腰一本正经地嘱咐它：“不许乱吃东西，好好在家待着，你爸很快就回来。”

蒋远昭见她如此，有些忍俊不禁，却缄默不语，带着她坐电梯出了楼。

路过灌木丛时，他不着痕迹地瞥了一眼。

嗯，狗仔还在，很好。

想罢，蒋远昭微弯唇角，突然伸手揽住沈温欢的肩膀，惹来沈温欢白眼相对：“我说你啊，虽然我说试试看，但没让你动手动脚的。”

“我说过，要把你当蒋太太宠着，自然是要光明正大的。”蒋远昭俯首对她微笑，眸中带着几分宠溺的戏谑，“秀恩爱这种事，还是男人来比较好。”

“对对对，禁欲系男神蒋影帝。”沈温欢默默啐了一口，“明明就是个老流氓，偶像光环美化太严重了吧？”

“因为我只对你耍流氓啊，宝贝。”他唇角微弯，难得有些顽劣，“再说了，从昨晚开始，我就是你的偶像了。”

沈温欢闻言，当即便想起蒋远昭昨夜那番话——

“考虑过追星吗？”

“那你要不要试试，来追我？”

这人脸皮是有多厚啊？！

沈温欢想罢，愁得不禁捏了捏眉骨。她的确是仰慕闪光灯下的他，但是否有其他感情，她还真没细心窥探过。

而她昨晚太急于给他一个回复便答应了下来，于是乎，她就成了蒋远昭的头牌粉丝兼——

待位的蒋太太？

不过，被自家偶像强行逼迫着追星的粉丝，也就只有她一个人了。

沈温欢念及此，不禁笑叹道：“真是孽缘……我记得我几年前真的追过你，虽然后来不了了之了。”

蒋远昭闻言，眸光微动，却还是笑了笑，道：“是吗？那你更应该重拾当年的感情了。”

沈温欢翻了个白眼，并不言语，也没有注意到那极其微弱的闪光灯。

林婧在临海大道等着二人，他们俩收拾得倒是快，打完电话没多久就到了。

“周焕有事，我直接带你们过去。”她抬了抬墨镜，意味深长地扫视二人，“你们俩，确认关系了？”

“我表白了，她说试试看，还是不能放松警惕。”不待沈温欢开口，蒋远昭便坦然开口，神色自若。

林婧满意地点点头：“她就是傲娇，多追几天就好了。”

沈温欢：“……”

真是胳膊肘往外拐啊！

上了林婧的车，三人便赶去发布会现场，路上林婧透过后视镜打量他们俩，蹙眉狐疑道：“你们……就这么毫无遮掩地出来了？”

沈温欢指了指蒋远昭：“他说这个是私人住宅，附近没狗仔。”

“是吗……”林婧的眉头松了松，却还是觉得不太放心，但终究也没再说什么。她扫了一眼沈温欢的裙子，突然吓得险些将方向盘甩出去。

林婧难以置信地看向蒋远昭，又用眼神示意沈温欢的裙子，他却是将食指抵在唇角笑了笑，示意她不要说出来。

林婧内心复杂无比，之后她再也没说过一句话。

连国际大牌设计师Lewis的衣服都送她了，这蒋远昭难不成是对沈温欢动了真心？

林婧突然也有些看不透他了，便放弃思忖。

反正她知道蒋远昭是个隐形外貌协会，还始终如一，而这两样都用于沈温欢身上，她也就不用太担心了。

林婧只是一心想吃他们俩的狗粮而已。

他们到了举行发布会的酒店。此时正是全网直播，微博上万千粉丝全都注视着这一幕。

就见那英姿飒爽的蒋远昭与盛装出席的国民妖精沈温欢一同登场，俊男靓女，异常养眼。

蒋远昭的唇角噙着清浅笑意，让正在看直播的迷妹们炸开了。

“蒋远昭的第一夫人：等等，这才多久不上直播，怎么这么好看了？”

“疯狂打call：虽然好看，但是这恋爱般的甜蜜笑容是什么情况？”

“永远上不了热评：所以只有我觉得沈温欢很漂亮？”

“众网友：不，我们早就这么觉得了。”

……

蒋、沈二人姗姗来迟，却是从容不迫。

柳棠身为女主，戏份已遭到大幅度删减，彻底被封杀，因此沈温欢便成了史上第一个比女主戏多的女配。

也算是她第一次演了个女主。

念及此，沈温欢还是颇为欣慰的。面对记者采访，来时她已经打好了腹稿，便一一笑答，尽是些官方语言。

然而就在此时，有人大声喊："有人拍到你们今早是从蒋影帝的私人住宅一起出来的，请问能解释一下吗？"

现场顿时炸开了锅，一发不可收拾。

微博也炸了，纷纷扒出来那条新发布的娱乐新闻，所附图片清晰得很，图中蒋远昭搂着沈温欢的肩膀，二人有说有笑，好不甜蜜。

全网沸腾，开始刷屏质问情况。

身处现场的沈温欢却是乱了手脚，不知该作何回答，只得缄默不语，任记者围攻。

然而就在此时，蒋远昭伸手将她护入怀中，对着镜头淡声道："没什么好解释的，我在追沈温欢，而且快追到了。"

全场陷入一片死寂。

微博刷屏也停止了。

几分钟后，微博热搜更新成了——

"蒋远昭老流氓"。

微博炸开了花，不到半个小时，热搜前三就都被蒋远昭和沈温欢给占据了，且有发展壮大的趋势。

二人的迷弟迷妹们一脸茫然，还未反应过来，蒋远昭说的那句"我在追沈温欢"便全网疯传。

论坛也有人讨论起来，楼层越来越高，点击率飞速增长。

"蒋夫人：我不听我不看，我是正牌！"

"蒋远昭粉丝后援会V：我去？！什么情况，这才几分钟发生了什么？！"

"细思恐极：远昭老公和国民妖精都是我的菜啊！"

"为我昭打call：其实我觉得……先不说他们俩颜值巅峰，单单说互动也挺萌的！"

……

于是蒋沈情侣档居然就这么神奇地在小范围立起了大旗，傲然飘扬。

正在看现场直播的阮曼舒嗑着瓜子，对一旁的季风朗啧啧道：“铁树开花了，看他怎么把妹儿吧。”

季风朗扫了一眼屏幕，唇角笑意渐深：“不愧是他蒋远昭，要把妹就把得人尽皆知。”

《致命追踪》发布会现场，一片嘈杂拥挤，挤了个水泄不通，特警拼命维持秩序。

沈温欢被蒋远昭护在怀中，镜头转不过去，她是绝对安全的。

沈温欢总觉得自己被他这样护着不太好，便想抬头，却被他轻轻压下。

于是所有话锋便都转移到蒋远昭身上，在场记者都异常兴奋，纷纷拥挤着上前提问——

“蒋影帝，这是不是就说明你们真的是因戏生情？”

他坦然面对镜头：“算是吧，我也不知道我是否更早就动心了。”

“蒋影帝，请问你们为什么今天会一起出门，是发生了什么吗？”

“没有，昨夜温欢淋了雨，便来我家借住一晚，我们什么都没有发生，希望大家不要做出无谓的猜想。”

“那么，您为什么会喜欢上沈小姐呢？因为她才貌过人吗？”

蒋远昭听闻这个问题，难得沉默半晌，在场众人便屏息凝神，以为他会吐出什么惊人的话语。

下一瞬，他慢条斯理道：“可以说，我进娱乐圈就是因为沈温欢。”

话音未落，他便清晰地感受到怀中人儿猛地一震，似乎颇为难以置信。

有记者发问，凑到他面前，将话筒挤过去：“可是前段时间您刚参加了个人访谈节目，您不是说您进入娱乐圈的初心是‘喜欢’吗？”

“是啊，这句话似乎没什么问题。”蒋远昭风轻云淡道，似笑非笑地看着镜头。

他轻启唇，不温不火地撂下一句话：

“喜欢是她，有什么不对的吗？”

沈温欢一口气没上来险些把自己给呛死。

蒋远昭他刚才说什么？

记者："……"

似乎，真的没什么不对。

"沈温欢是我的欢喜，也是我的喜欢，我这个回答足够正面了吗？"蒋远昭唇角微弯，垂眸看向沈温欢，眉眼尽是慵懒宠溺，"有什么就问我，是我追她。"

微博炸成烟花，阮曼舒也吓得手抖扔了平板。

"这个真的是蒋远昭？"她赶紧塞了口薯片压惊，啧啧感叹道，"禁欲系高冷影帝，可以可以。"

"当你喜欢上一个人，所有情话技能都无师自通。"季风朗搂着她，瞥了一眼屏幕，唇角笑意清浅，"毕竟，我们都想把世上最好听的话说给那个人听。"

是啊。

想把这世上一切美好都给那个人。

阮曼舒闻言，不禁哑然失笑。她侧首亲了亲季风朗的脸颊，重新拾起平板，在微博上分享了这个直播。

"季家仙女舒V：蒋老流氓加油，有情侣档活动一定请蒋沈，他们俩暧昧期比热恋期都甜。"

不一会儿，季风朗转发了她的这条分享。

"阮家金主V：在此祝他们幸福，长长久久。"

各自发完，二人同时退出微博，相视而笑。

他们俩只能帮到这里了，剩下的，就看蒋远昭了。

阮曼舒和季风朗关上微博后，便看起了直播，轻松自在得很。

微博却是闹得天翻地覆，尤其是前段时间震惊整个娱乐圈的季阮夫妇也为他们发声。季阮夫妇二人都是蒋、沈的好友，这其中的情况到底如何，越发令人期待。

"真是年度大戏啊……"林婧坐在车内，跷着二郎腿，用手机翻看着微博，"周焕估计该被气死了吧。"

不过……网友的反响居然意外地还不错。

有戏，看来这是全世界都在助攻蒋远昭了。

念及此，林婧有些忍俊不禁，一想到沈温欢这妖精终于该被收走了，她就开心。

沈温欢这小妮子在世态炎凉中走了二十余遭，希望这次是她触碰幸福、封锁过往的机会。

林婧决定这段时间让沈温欢轻松点儿，省得蒋远昭又没机会了。

她唇角微弯，心满意足地收起手机，发动引擎，驾车绝尘而去。

发布会接近尾声，却仍旧嘈杂一片，沈温欢实在不想这么躲着，便默默抬头，看了一眼镜头。

瞬间有记者见缝插针，冲上前言语激动地问她："请问沈小姐，你对于蒋影帝公开追你的事作何感想？请正面回答！"

蒋远昭长眉轻蹙，垂眸看她，眸色复杂。

沈温欢却是看都不看他，对着话筒一本正经道："这是相互的，毕竟我也在追他啊。"

蒋远昭怔住，竟被她堵得半句话都说不出来。

因为她说的……似乎真没什么毛病。

在场记者："……"

直播间聊天室："……"

下一瞬，沈温欢不急不慢地开口补充了两个字："追星。"

记者突然沉默下来，一时不知该如何写下来她这个回答，面面相觑，场面一度非常尴尬。

难不成，蒋远昭追沈温欢，沈温欢却把蒋远昭当偶像？

太虐了吧！

"噗……哈哈哈！厉害了我的欢！"阮曼舒抱着平板笑弯了腰，揽过季风朗，唇角仍是止不住的笑意，"蒋远昭这是各方面都倒贴到极致了啊，为了追妹子也是煞费苦心，这种借口都找！"

"看来追个沈温欢，要废了他半辈子的套路。"季风朗闻言，惋惜地摇了摇头，叹道，"浪了十几年，最后一栽到她手里就是栽六年。"

阮曼舒却有些狐疑，她嘟了嘟嘴道："其实我觉得，温欢目前还不知道蒋远昭暗恋她的事情。"

"何以见得？"

"因为按温欢的性子啊，她肯定会追问暗恋的原因，可如果追溯到当年温欢醉酒表白的事……"阮曼舒想罢，便猛地摇头，再度笑出声来，"简直不敢想象，温欢会有多尴尬。"

尴尬？

季风朗无声挑眉，却也不问原因。

有时候，不挑明反而是最清楚的方式。

盯着屏幕上光鲜靓丽的沈温欢，阮曼舒唇角微弯，笑容欣慰。

毕竟，类似于“曾一度绝望悲观自从追了星就重新爱上这个世界”这种事，如果被人重新唤醒，一定会勾起温欢不好的回忆吧。

虽然最后沈温欢放弃了蒋远昭，但却一直在默默关注。

其实就是两个人都不挑明，一个假装清楚，一个真的装傻。

他们两个人能在一起，能够彼此救赎，互相促进，有着这种美好的爱情氛围，真是太好了。

沈温欢的回答无疑又丢了个重磅头条，二人的关系越来越神秘。蒋远昭却在此时低笑出声，轻揽住沈温欢的肩头。

“我是她的偶像，也是她的头号迷弟。”他看着镜头，似笑非笑道，“这次不是捆绑情侣档炒作，希望我能早日抱得美人归。以上，是我所有能回答的问题。”

语罢，不待记者们反应过来，蒋远昭便单手搂住沈温欢，退到特警后面，牵住她的手就走向快捷通道。

“等等！”这时有人大喊出声，语气震惊，“沈小姐穿的不是Lewis刚设计的当季非卖款吗？”

“什么？！蒋远昭居然能送给她？！”

果然是个大佬设计的衣服啊……

以上是沈温欢的第一反应。

沈温欢跟着蒋远昭，随着嘈杂的声音逐渐远去，她失笑道：“就这么爽快地走了，真的好吗？”

“他们愿意炒，也顺了我的意，难道不是皆大欢喜？”蒋远昭唇角微弯，极其自然地牵着她的手，十指相扣。

掌心相贴，沈温欢心跳没来由地慢了半拍，有种血液倒流的感觉。

她思忖半晌，觉得自己此时就算抽手也抽不回来，便心安理得地由着蒋远昭来了。

“那你很开心了啊？”她佯装发怒，实则不然，眉眼也是含着笑意的。

“是啊。”蒋远昭见她没有生气，说话便也有些稍欠控制，随口说道：

“幸好今天早上从家里出来时，我没告诉你有狗仔偷拍。”

话音未落，他脚步一顿，突然意识到自己方才说了什么。

唇角笑意微僵，蒋远昭缓缓回首，在看见沈温欢那皮笑肉不笑的表情后，他想——

糟了，又玩完了。

“啊……没想到会顺嘴说出来了，她居然这么生气。”

车内，蒋远昭抱臂坐在车后座，苦笑着望向窗外，长叹一声。

没揍你就是好的。

驾驶席上，季风朗这么想着，默默翻了个白眼，却是缄默不语。

副驾驶席上坐着的阮曼舒全程幸灾乐祸，一个劲儿嘲讽蒋远昭：“让你撩妹，玩完了吧老流氓？”

“玩完了。”蒋远昭蹙眉，捏了捏眉骨，笑容苦涩，“好不容易把她讨好了，这回倒好，功亏一篑。”

希望沈温欢没那么生气，不然他可就遭殃了。

蒋远昭蹙眉轻叹一声，眸色复杂。

好端端的来什么口误，这下好了，尴尬了。

就在此时，蒋远昭突然来了电话，他快速拿出手机，却在看清来电显示后面色复杂。

明眼人一看，就知道不是沈温欢打过来的电话。

阮曼舒正要偷笑，却听蒋远昭接起来电，风轻云淡地唤了声：“妈。”

我去！

阮曼舒吓得强行把笑给憋回去，打了个嗝。

她急忙捂住嘴，同季风朗对视一眼，二人眸中皆是大写的难以置信。

多少年不曾联络过的蒋家人，怎么会突然想起来给蒋远昭打电话了？

不安好心。

“远昭，最近过得怎么样？”听筒里传来母亲的声音，温柔婉转，却有几分陌生。

蒋远昭眸色微沉："挺好的，有什么事？"

"欸，急什么，也不陪妈多聊聊？"

"您若是想聊，我自然是陪着的。"蒋远昭嗓音含笑，那笑意却是未入眼底，"只是每次您给我打电话，都是为了劝我，让我不得不开门见山。"

电话中母亲语气无奈："这么多年了，你还放不下那丫头？"

"我什么时候有过放下她的打算？"蒋远昭望着窗外，神色清浅道，"她是我爱的人，或许我运气好的话，她还将会成为我的爱人。"

"她身份特殊……如果哪天曝光了，对你也有害。"

蒋远昭微抿唇，面上看不出任何喜怒。

多少年以前，蒋家也是用一个类似的理由，将他的道路堵死。

六年前，他踌躇满志少年心性，蒋家人却对他说："你身份特殊，娱乐圈鱼龙混杂，对你有害。"

六年后，他事业有成心智成熟，蒋家人还对他说："她身份特殊，如果哪天曝光了，对你有害。"

蒋家人从来都是毫不过问就否认他的决定。

"请您不要再随意轻视我的选择。"蒋远昭一本正经道，眉间轻拢，"再者，您何时这么关心我的感情生活了？"

不待母亲开口，他便说了句"有急事"，挂了电话。

"怎么样？"季风朗透过后视镜看他，挑眉问。

"劝我远离沈温欢。"他淡淡道，收起手机不再多言。

阮曼舒闻言却是气得一拍车窗，难以置信道："六年前蒋家阻止你进入娱乐圈，六年后又来？"

蒋远昭眉眼间浮上些许疲倦，缄默不语。

"反正你也不会听蒋家人的话。"阮曼舒见他有些蔫了，便好心提醒他道，"那个，其实吧，你也不用愁，沈温欢就是傲娇，她生气顶多半天，你多哄哄就好了。"

蒋远昭扫她一眼，并不言语。

阮曼舒突然有些心软，便踌躇着看向手机屏幕，正是和沈温欢的聊天页面。

半晌，她迟疑着开口："要不然……我把她给叫过来？"

大概半个时辰后，沈温欢从公寓里小跑出来，凑到副驾驶的窗户前，叩了叩。

阮曼舒稍微把车窗降下些，对她晃了晃手："上车吧，晚上带你吃东西去。"

"好，正好今晚林姐不过来。"沈温欢扯了扯口罩，对她颔首道，而后便径自拉开车后门，直接坐了进去。

下一瞬，沈温欢摘下口罩和帽子，习惯性想放在身旁，却被人稳稳接过。

她条件反射道："谢谢……"

慢着。

居然还有第四个人？！

沈温欢突然有种极为不好的预感，她连旁边的人是谁都不看了，飞速伸手握住车门把就要摁下！

然而蒋远昭却先一步伸手越过她，锁上了车门，沈温欢浑身僵住，就这么被他禁锢在怀中。

阮曼舒始终盯着后视镜，看了看季风朗，又看了看镜像。

这霸道独裁……原来才是蒋远昭的真面目？

"干吗？我要避免绯闻！"沈温欢翻了个白眼，向角落缩了缩，偏着头不看他，"你身为公众人物，行为要得体。"

还是在生气嘛。

蒋远昭无奈笑叹，轻俯下身凑近她，好声好气道："我错了，好不好，原谅我一次吧？"

从来就没示弱过的糙爷们儿，居然会这么拉下脸来！

季风朗不争气地笑出声来，却被阮曼舒捂住了嘴。

沈温欢愣了愣，其实她早就消气了，早上的绯闻也没闹出什么大事，而此时蒋远昭如此诚心诚意地道歉，她还是很受用的。

"就这一次，下次再给我耍心眼我就跟你动手了啊。"她没好气地警告他，随即便正了正身子，"以后想干什么，记得跟我商量，我又不是不同意你曝光什么……"

说到最后一句时，她的声音明显弱了些许，却还是很理直气壮。

蒋远昭笑意粲然："好，都听你的。"

阮曼舒本来想制止季风朗偷笑，结果她也有些忍不住了，强行憋笑憋得肩膀都有些抖。

什么嘛，蒋远昭从头到脚就是个忠犬啊，这两个人也太有爱了吧。

"大概什么时候能到，我有点累，想睡会儿。"沈温欢的脑袋凑过来，正好就在阮曼舒耳侧。

阮曼舒看了看时间："那里比较远，大概一个多小时，你睡吧，到了叫你。"

沈温欢点点头，当真就靠在车座上闭目养神，没一会儿就睡着了，只是她长时间靠在车座上，颈椎难免不适，那秀气的眉便轻蹙着。

季风朗和阮曼舒对视一眼，阮曼舒便回过头给蒋远昭使了个眼神，示意他把沈温欢搂怀里去。

蒋远昭轻轻摇头，似乎是为了表明自己不是乘人之危的人。

阮曼舒冷哼相对，便也没再管他们俩。

直到沈温欢半睡半醒间不舒服地动了动脑袋，蒋远昭终于忍不住了，坐过去轻轻揽住她的肩头，轻叹了口气。

他的小姑娘，真是傲娇得很。

"宝贝。"

沈温欢正沉睡，却听耳边有人轻唤，嗓音低沉动听，很是温润，绕在耳边挥之不去，酥得她耳根都软了。

她豁然睁眼，睡眼蒙胧地盯着正上方的面孔。

"宝贝，醒醒。"看着沈温欢难得睡眼蒙眬的模样，蒋远昭有些忍俊不禁，轻轻捏了捏她的脸颊，"快到了，准备下车。"

沈温欢尚未回神，嘟囔了一句"你叫谁宝贝"，揉了揉眼睛。

季风朗边开车边通过后视镜观察二人，心下复杂一片。

当事人兴许没觉出什么，但当蒋远昭看向沈温欢时，他眸中的宠溺都快要溢出来了。

他宠她宠得明目张胆，人尽皆知。

季风朗正想着，思绪却被后座传来的巨响打断。

沈温欢起身的动作太大，撞到了车顶，她揉着脑袋，眉头紧蹙："我记得我靠在车窗上睡的，怎么就到你腿上了？"

蒋远昭似笑非笑："其实我本来是想让你到我怀里的。"

沈温欢："……"

"撞疼了？"他突然一把将她拉到怀中，半圈起她，指尖小心翼翼地抚上她的额头，"发红了，以后注意点。"

他的气息扫过她的脸颊，一种异样的情愫自她心底油然而生。面对突如其来的近距离接触，沈温欢浑身紧绷，条件反射地伸手就要推开他。

没推动，她的手却被蒋远昭握在胸前。

"放手，说了别动手动脚。"沈温欢哭笑不得。今天发生了这么多事，她脑袋本就混乱不堪，这蒋远昭却还要让她更乱。

她揉了揉太阳穴，迟疑着问他："你今天这么大张声势，到底是为了什么？"

难不成，这也有炒作的元素？

毕竟《致命追踪》刚刚杀青……

沈温欢向来便缺乏安全感，此时不禁胡乱猜测着蒋远昭的真实目的。

"沈温欢。"蒋远昭却握着她的手，与她对视，启唇吐出三字。

她的名字从他口中唤出时，似乎永远都带着融化不开的缠绵情意。

他神情格外认真，是她见所未见的。

沈温欢自顾自地强行稳下心神，讪笑道："别闹……"

"我很认真。"他唇角微勾，将她的手放在唇边轻吻，定定望着她，"沈温欢，我要让你知道，我一直都在很认真地追你。如果你缺乏安全感，那我就给你百分百的安心。"

随着他话音落下，沈温欢终于不得不承认——

她，慌了。

下一瞬，她仿佛被看透了心事似的，随即低下头闷声道："……知道了。"

蒋远昭太过懂她，每每他开口，都是一语中的，让沈温欢无话可说，只得乖乖照做。

蒋远昭轻笑，揉揉她的脑袋，万分宠溺。

"这两个人秀起来也真是不要命啊。"阮曼舒瞥了一眼后方，叹息道，"比我们都甜，啧啧。"

“你最甜。”季风朗唇角微弯，对她笑道，“见到你的每分每秒，我们都是甜的。”

阮曼舒一脸受用地凑过去亲了他一口，与此同时，车缓缓停下，四人终于到达了目的地。

“到了，下车吧。”季风朗替阮曼舒解开安全带，侧首对后座的二人道，“今晚是我电影的杀青宴，你们跟过来就算是蹭一顿饭，顺便给我捧捧场吧。”

“好的，谢谢款待！”沈温欢听见到目的地了，当即拉着阮曼舒蹦下车去，脚步慌张，险些绊倒。

情况不太妙。

季风朗看着她们二人，突然蹙了蹙眉，侧首对身旁的蒋远昭一本正经道：“我说，你别操之过急了，总要有个循序渐进的过程吧。”

蒋远昭缄默不语，望着沈温欢渐行渐远的身影，眸色深沉。

半晌，他开口，嗓音略微沙哑：“可是你也知道吧，一见到她，自控力就成了附属品。这种感觉很糟糕，却容易让人上瘾。”

季风朗闻言，当真有些无言以对，忍俊不禁道：“我不清楚沈温欢的过去，那你们就好好谈谈吧，按你说的，让她安心。”

蒋远昭颔首，随即便迈步进入酒店，季风朗自然是知道，他肯定找沈温欢去了。

身为制片人的季风朗去谈公事了，暂时不能与他们三人会合。

与此同时，沈温欢正和阮曼舒在餐桌前畅饮，就见迎面走来一个西装革履的男子。

沈温欢抬眸，握着高脚杯的手微微一颤。

居然是……沈放？

“你怎么会在这里？”她出神时，沈放已经满面不悦地走到她面前，止步看她，“跟谁混进来的？”

混进来的？他把她当什么了？

沈温欢蹙眉，还未开口，一旁的阮曼舒便已不忿地怼了回去：“跟着我，不行？”

“阮前辈，我沈家的事你最好不要插手。”沈放对她微笑，却是彬彬有礼道，“不然对你我都不好，希望你清楚。”

阮曼舒被堵住，正要反驳，却被沈温欢轻轻拦下。

沈温欢挑眉，直视着沈放，一副满不在乎的模样，不急不慢地将杯中红酒一饮而尽，放在桌上，对他冷道：

“老子凭资格走进来的，你管老子？”

沈温欢突如其来的“老子”让阮曼舒险些被口水呛到，她咳嗽几声，强行憋笑。

刚走过来的蒋远昭闻声蒙了半晌，看到面色阴沉的沈放后，他心下便了然一片。

他慢条斯理地走向他们，脚步从容不迫：“这么热闹，都在这儿谈什么呢？”

“蒋前辈。”沈放道，人前俨然是一副成熟温雅的形象。

沈温欢看了一眼蒋远昭，没吭声，眸色复杂。

“如果我没记错，你是风朗新作里的男一饰演者吧。”蒋远昭对沈放笑了笑，声线清冷，“年纪轻轻，势头倒不小。”

沈放仍旧笑得官方化，很是从容：“蒋前辈谬赞了，我还是要多向您学习的。”

“多向我学习？”蒋远昭闻言挑眉，唇角笑意渐深，“那好，向我学习学习该怎么跟沈温欢说话吧。”

沈放微怔，随即失笑：“蒋前辈真会开玩笑……”

“如果你觉得我真有开玩笑的心情，你可以这么认为。”蒋远昭淡淡道，神色清浅，唇角噙着一抹笑意，眼底却是冰冷无比。

哪有半分开玩笑的模样，分明就是在发火。

沈温欢眸光微颤，抬首怔怔望着蒋远昭，半晌，失笑出声。

这家伙真是……

太无条件护短了。

阮曼舒也是全程憋笑，看着沈放略微僵硬的表情只觉大快人心。

沈放本想舒缓舒缓气氛，见蒋远昭皮笑肉不笑的模样，他反倒不知该说什么好，便尴尬在原地。

这蒋远昭究竟怎么回事，难不成是中了邪，居然如此光明正大地袒护沈温欢？

然而就在此时，沈放的经纪人突然来叫他去换桌，沈放有如得了赦令，当即逃离这片低压区。

“换哪桌？”沈放正了正领带，轻咳一声，问经纪人。

“一会儿去季导演那一桌。”经纪人四下观望了一圈，便低声对他道，“叫你过来是为了一件事。今天早上你赶通告就不知道，蒋远昭公开追求沈温欢了，所以不管你和沈温欢有什么仇什么怨，目前先稳住，别把蒋远昭给惹怒。”

“什么？！”沈放难以置信道，这个消息显然完全颠覆了他的三观，“怎么回事？”

“唉，说来话长，回去后再给你细说情况吧。”经纪人叹了口气，似乎也是有些为难，扯了扯他的衣袖道，“总之我们现在先去季导演那桌敬酒，你记得调整好情绪。”

沈放做了个深呼吸，暂时忘却方才的不快，跟着经纪人走向另一个房间。

“你们俩聊啊，我去找……找风朗玩儿！”阮曼舒的眼神暧昧地飘忽在二人之间，想着给他们俩制造点儿私人空间，便随口诌了个理由离场了。

沈温欢仍有些局促，抬眸看蒋远昭：“刚才谢谢你了。”

“又说谢谢？”蒋远昭长眉轻蹙，指尖轻点她的额头道，“我说过多少次了，不用这么客气，怎么又回来了？”

沈温欢似乎是在迟疑着什么，眸光闪烁，动人不已。

她在认真思忖一件事的时候，眼睛里是有星光的。

蒋远昭眸色微沉，似笑非笑地看她：“对了温欢，我说过吧，如果你想了解我，就要主动接近我。”

沈温欢突然有种被看透了小心思的窘迫。她轻咳一声，终于下定决心同他说出心里话：“我只是觉得……关于你喜欢我这件事，很不真实。”

果然如此。

蒋远昭垂眸，半晌他开口，回答她：“真实不真实，是要用心去感受的，你下意识去否定它，又如何能感受它？”

沈温欢顿了顿，低声道：“我已经赌怕了。”

她已经害怕那种感觉了。

那种好不容易全身心投入却又被人抛下的感觉。

“但是温欢，我不奢望你能为我赌什么，我只是希望你能静下心来，平等地对待我。”蒋远昭神色一本正经，望着沈温欢一字一句道，“我只是，你的一个追求者而已。”

沈温欢在蒋远昭的柔情攻势下快要缴械投降了。

自母亲离世后，她便一直谨言慎行，极冷静地处理人际关系，不过是因为她那少得可怜的安全感。

害怕被人抛弃，害怕有趣的人总是来了又走。

而蒋远昭，他从一开始给她的感觉便不同，像极了深沉夜色中的月光，温温柔柔，铺成了海洋。

“喝几杯？”蒋远昭示意桌上美酒，似笑非笑地看她，修长圆润的指尖似有若无地摩挲着高脚杯，意味深长。

沈温欢却笑了，正儿八经地对他道：“能灌醉我算你赢。”

蒋远昭微怔，随即他低笑，揉揉她的脑袋：“那就试试。”

于是乎，二人便相对而坐开始拼酒，其酒量令人叹为观止，路过的人都瞪着眼看他们。

蒋远昭几杯酒下肚却仍是面色不改，反倒是沈温欢，当真是越来越不支。

最终，沈温欢如蒋远昭所愿喝醉了，而且是醉倒在他怀中。

蒋远昭在沈温欢发烧时就期待这一刻了，不过，似乎她醉酒后只是睡觉罢了。

他有点小失落，不过不碍事。

蒋远昭神色自若，怀中拥着醉酒的美人也不为所动，只是看着沈温欢打死都要紧握在手中的红酒瓶，长眉轻蹙。

这时，趁空闲时间偷跑出来休息的季风朗，无意中经过二人的房间，便狐疑地问他：“沈温欢……喝醉了？”

不用想就知道，肯定是他灌的。

蒋远昭颔首，一个公主抱就将沈温欢抱了起来：“对，我带她先回去。”

“不用，这个酒店楼上自备包间。”季风朗言罢，意味深长地看向他，补充了一句，“控制自己，别太过火。”

也不知蒋远昭听没听进去，总之，最终蒋远昭是抱着沈温欢上楼去开包间了。

他们俩……应该不会出什么问题吧？

季风朗对于蒋远昭的自控力，还是颇有自信的。

然而他忘了，方才蒋远昭下车时就说了：

“一见到她，自控力就成了附属品。”

蒋远昭带着沈温欢上楼，随便找了个人让他帮忙去开个包间。

那路人难以置信地盯着他，又看了看醉得不省人事的沈温欢，似乎意识到了什么，当即瞠目结舌。

啧，真是麻烦。

蒋远昭眸微眯，腾出一只手来摸出钱包递给那人：“自己拿，麻烦不要把我和她的行踪透露出去。”

路人接过钱包，忙不迭点头答应，便替他去前台开包间了。

蒋远昭拿到房卡后，直接抱着沈温欢上了电梯，来到相应楼层。

这层楼正巧过往来人稀少，蒋远昭倒也不必担心被人认出身份。

他怀中的沈温欢面色潮红，呢喃着虚缈破碎的话语，手中紧攥着那刚起开的酒瓶。

她启唇，嗓音软糯：“远昭……”

声音婉约动人，含着醉酒后的蒙胧痴嗔，蒋远昭竟突然觉得沈温欢的嗓音是如此惹人心动。

他巨震，薄唇微抿，垂眸看沈温欢。

黛眉下是她半掩的双眸，纤长细密的睫毛在眼睑处打上了一层淡淡阴影，难得的娴静模样。

沈温欢的皮肤很白，偏是这白更衬得她的唇色有几分诱惑，在酒光下色泽鲜妍，格外诱人，让他心底萌生几分难以抑制的躁动。

蒋远昭的目光落在她的唇上，他稍稍眯眸，喉结不可遏制地动了动。

活色生香，当真如此。

沈温欢半睁开眼，便见蒋远昭与自己近在咫尺。

她柳眉轻蹙，突然伸出那葱白玉指，点了点他色泽异样的唇，笑意粲然道：“你嘴上是阿玛尼503色号，我的同款唇釉。”

蒋远昭微怔，半晌，他低笑："好吧，味道不错，那我再吃一点。"

语罢，他就要再度俯身吻上她，却被沈温欢懒洋洋地打断："不给你吃豆腐，你个老流氓。"

蒋远昭哑然失笑，吻了吻她的额头便带她进了房间，反身带上了门。

包间内，落地窗外夜色如水，寂寥无比。

月光倾泻而下，在地板之上，荡漾起层层涟漪，美不胜收。

沈温欢躺倒在质地柔软的床上，这才悠悠醒来。她脑中一片混沌，酒劲上了头，让她晕晕乎乎的，飘飘欲仙。

喝醉的感觉就是好。

沈温欢念及此，美滋滋地翻了个身，身子却硌到一个东西，她试探着摸了摸那东西，发现是酒瓶，晃了晃，里面还有酒。

沈温欢便起身，醉眼蒙眬地揽过酒瓶，直接对瓶吹，咕咚咕咚几口就下去了三分之一的酒。

酒香四溢，醇而浓郁，简直可以称为人间美味。

她喝完，满面狐疑地看着酒瓶："这酒……怎么这么好喝？"

"就算我吃了你的口红，你也不能这么铺张浪费吧？"不待她思忖什么，身穿深黑浴袍的蒋远昭便从浴室中走出，擦了擦半干的发丝，抬眸对她道。

这瓶拉菲是季风朗的珍品，难得舍得拿出来放桌上，还被这小妮子给顺来了，他若是知道这酒被沈温欢喝了，不知会被气成什么样。

不过……沈温欢喝醉后，可比她发烧时有趣多了。

"欸，这瓶酒很贵吗？"沈温欢抱着枕头乐呵呵道。眸中混沌不已，她整个人看起来十分水嫩，憨态可掬的模样让人想伸手捏一捏。

可爱得要命。

"是啊，比你的口红贵多了。"蒋远昭似笑非笑道，迈步走向她，步履稳重。

沈温欢定定望着他，神色正经，却是处于迷醉状态。

她此时完全不清楚蒋远昭走近她的目的，歪歪脑袋看他，突然笑眯眯道："你过来要做什么坏事吗？"

"谁知道呢，有些事保密才好玩。"蒋远昭于她面前站定，俯身凑近她耳边，轻吹了口气，略微戏谑道，“宝贝儿，现在孤男寡女，你可别做出像上次那晚的事。”

沈温欢的耳朵瞬间酥了几分，眼睛有些沉重，便打了个哈欠揽过他，唇角微勾：“宝贝儿，你骚话说得不错嘛，这是在警告我？”

哎。

蒋远昭无声轻笑，将下颌抵在她锁骨处，含笑开口：“哪敢，我只是想问你，什么时候把酒还给我？”

他的嗓音有几分蛊惑人心的味道，萦绕于耳边，很是醉人。

“还你？”沈温欢闻言，慵懒地笑了笑，眸光泛着酒意潋滟开来，颇有一番风情。

沈温欢，她就是个妖精。

蒋远昭正欲开口，沈温欢便低声打断他道：“现在就还你。”她一把拿过酒瓶，饮下一口酒，意义不明。

随即，她不待蒋远昭反应过来，便单手扯住他的浴袍领口将他拉过来，蒋远昭收力不及时，竟被沈温欢压倒在床上。

他长眉轻蹙，正困惑着，谁知下一瞬，唇上覆了一抹温软。

蒋远昭平生第一次，有种撩妹不成反被撩的尴尬。

紧接着，醇浓酒香便在唇齿间弥散开来，含着醉人的芳香，令人想要再深一步品尝。

而他却不知是想品尝这酒，还是身上这女子的唇。

与此同时，沈温欢的双手不安分地摸到了他的浴袍领口，万分轻佻地挑开，那细嫩小手便无声覆于他胸前。

她手移动的每一寸，对蒋远昭来说都是至深煎熬，火烧火燎。

这沈温欢真是……

沈温欢的意图未免过于明显，蒋远昭轻喘着气，有些自控不能，便翻身将她压下，扣住她的手腕。

他眸色深沉，嗓音是难抑的沙哑：“沈温欢，你当真是放心我。”

沈温欢不言语，也不抵抗，躺在他身下就这么直视着他，眸中有动人星光闪耀，令他一时出了神。

蒋远昭发现，他已经乱了手脚，在沈温欢的醉酒攻势下，他当真是招架无能。

以后绝对不能让她喝酒！

蒋远昭不禁咬牙，身下有如此美人儿却要硬生生忍着，真不是什么好受的事。

他深知，自己向来不是什么正人君子。

不乘人之危，只因对方是她。

沈温欢歪着脑袋瞅他，满面的天真无邪，她笑眯眯揽住他的脖颈，糯糯道："小哥哥，来玩儿呀。"

蒋远昭："……"

几秒后，他很不合时宜地轻笑出声，那笑容在夜色中显得格外美好，粲然夺目，却转瞬即逝。

"你笑了。"沈温欢一本正经对他道。

"我没有。"蒋远昭神色如常，当即否认她。

"你笑了。"语气更加坚定。

"没有。"

沈温欢有些赌气，气鼓鼓地盯着他，颇为不悦。

蒋远昭毫不心虚地与她对视，从容不迫，居高临下。

就在此时，沈温欢突然软绵绵地攀上了他的腰，她抬首，对他笑得娇俏。

她红唇轻启，一字一句道：

"蒋远昭，我喜欢你哦。六年前，我喜欢你喜欢得不行。"

话音落下，蒋远昭怔住，下一瞬他便快速起身，以手背微挡住脸，从沈温欢的角度，看不清他的神色。

沈温欢微嘟着嘴，有些不明就里地看着蒋远昭，仍是一副纯天然无公害的天真模样。

蒋远昭却难得一次不看她，只是垂着头，薄唇微抿。

脸，分明是有些发烫的。

"糟了……"他垂眸苦笑，心下也不知是欣喜还是悲哀。

他突然有种大祸临头的感觉。

他预感，自己这一辈子，都会栽在沈温欢的坑里了。

蒋远昭稳了稳心神，重新整理好被沈温欢残忍洗礼过的浴袍，似笑非笑地看向她，问道："那现在呢，还喜欢吗？"

沈温欢沉默半晌，突然笑得顽劣至极，对他张开双手："想知道呀，那抱抱我再告诉你哦。"

这丫头……喝醉酒之后就会变成这副样子吗？

蒋远昭叹了口气，也不知是该喜还是该忧，他便伸手将她揽入怀中，抱了抱她。

"现在能告诉……"蒋远昭话未出口，便被沈温欢给惊住了。

只见沈温欢被他拥住后，狡黠一笑，凑过来蜻蜓点水般亲了下他的脸颊，旋即便计谋得逞般笑道："耶，反撩成功！"

温柔软糯的触感转瞬即逝，挠得人心痒。

蒋远昭已经被沈温欢给撩得方寸大乱了，他淡了呼吸，内心从未如此悸动。

沈温欢突然伸手，轻挑起他的下颌，眸底是温柔笑意，璀璨万千。

"说到做到，我告诉你答案。"她对他笑，不急不慢地开口道，"我现在啊，比任何时候，都要更喜欢你呢。"

随着她话音落下，天边突然绽放开来漫天烟花，斑驳光影落在二人周身，美不胜收。

蒋远昭闻言微怔，半晌他唇角微弯，清浅开口道：

"嗯，我也是。"

第四章

满分溺爱

“我说出来啦！喝酒就是壮胆！”沈温欢对蒋远昭笑眯眯道，眸中蒙眬不清。

她俯身凑过去戳戳他，一本正经道：“我跟你说哦，酒后吐真言，所以我说我喜欢你，你绝对要相信哦！”

蒋远昭真是庆幸今天把她灌醉了，终于得到这小妮子的实话了。

“相信，怎么可能不信！”

蒋远昭无声轻笑，心下柔软得不像话，他伸手揉了揉她的脑袋，眸中是显而易见的宠溺。

他啊，都巴不得她骗他说喜欢，又何曾奢望过她当真如此？

享受着蒋远昭的温柔，沈温欢如猫儿般慵懒，她微眯着眸，一副十分受用的模样。

他看着她，唇角微弯，突然清清落落地道出一个问题：“你的心意我知道了，那需要我给你答复吗？”

沈温欢鼓了鼓腮帮，似乎有些不悦：“不要，你天天说场面话，肯定满嘴谎言！”

他有些忍俊不禁，却还是耐着性子，软下声音对她道：“我的所有真实与情话，都是为了展现给你才存在的。”

沈温欢怔怔看他，半晌，她笑着拍了拍他的头，一副夸赞小孩般的口吻："骚话说得很溜嘛，小伙子。"

"在你面前，无师自通。"蒋远昭握住她的手腕，直视她道，没有丝毫虚伪。

他眸中有微光，有星火，也有对她的款款深情。

沈温欢微怔，突然红了脸颊，忙不迭低下头来推他："你、你说什么呢？"

蒋远昭垂眸，突然伸手拿过一旁那酒瓶，将剩余的酒一饮而尽。

沈温欢不明就里地看着他，随即见他随手将空酒瓶扔于一侧，唇角微勾对她道："好了，现在我也醉了，你问我吧。"

沈温欢当即会意，她因醉酒本就有些口齿不清，现在一紧张干脆连话都说不好了："问、问你什么啊？我不知道！"

你，喜欢我吗？

"真的不知道吗？"蒋远昭饶有兴趣地打量她，却是仍不放开她的手腕，偏了偏头对她轻笑，嗓音低沉蛊惑，"别闹了，快问，正好报了你被我灌醉的仇。"

问什么问啊，这个人真是的！

喜欢这种东西干吗要一直说啦？！

沈温欢彻底红透了脸，忙低头埋下脸，根本不敢抬头看蒋远昭，结结巴巴道："不、不、不知道你在说什么！"

"欸，真的不问吗？"他难得起了坏心，便低下头凑到她耳边，温言软语地劝，却是极其戏谑的。

"闭嘴，不问！"

"宝贝，问嘛。"

"吵死了！我知道你超级喜欢我啊！"

蒋远昭微怔，望着耳根泛红的沈温欢，见她憋屈得团成一个团，可爱得不行。

只和她一个照面，万般柔情，刹那间，涌上心头。

他低声轻笑，突然温柔至极地揉揉她的脑袋，低声道："错了，不是超级喜欢你，是喜欢你喜欢得都快疯了。"

满脑子都是她，见到她就想和她牵手，和她拥抱，和她亲热，让她的一切都属于自己，这该死的占有欲从未如此强烈过。

可不就是快疯了?

沈温欢特别傲娇地哼了一声，却是尾音上翘，明显的好心情。

可爱至极。

难得她喝醉一次，这百年难遇的机会摆在眼前，他不好好利用怎么对得起自己和季风朗珍藏多年的那瓶酒?

念及此，蒋远昭唇角微弯，突然想起前不久看到的一个套路，便伸手抬起沈温欢的下颌，对她一本正经道："对了温欢，你会嘟嘴吗? 听说只有可爱的女生才会这个动作。"

沈温欢沉默半晌，却是鼓了鼓腮，一脸蠢萌："这样? "

"不是，是嘟嘴，类似于卖萌的那种动作。"

"这样? "

"不是……"蒋远昭苦笑，叹了口气，"你刚才生我气，不就嘟嘴了吗? "

沈温欢柳眉轻蹙，双手一拍被子，看着他不悦道："什么啊，我忘记了，你给我做个示范不就好了? "

蒋远昭无奈之下只得象征性地给她做了个示范，谁知下一瞬，沈温欢便借机凑了过来，握住他的双肩，对准他的嘴就是吧唧一口。

然而仅仅是蜻蜓点水般的一个吻，却成功惹得蒋远昭的内心波澜万丈。

"我就知道你想套路我，傻眼了吧，我才不嘟嘴给你亲呢！"沈温欢颇为开心地伸了个懒腰，麻溜儿地钻进被窝中偷笑，"嘻嘻，睡啦睡啦，老流氓晚安。"

蒋远昭怔在床上，心情复杂地摸了摸自己的唇，心里不知是喜悦还是伤感。

但是，偶尔被沈温欢反套路一次……也挺爽的。

看来，以后逮住机会就得让她喝点儿酒，就当是陶冶情操了。

念及此，蒋远昭哑然失笑，伸手轻拍了拍裹在被窝中的沈温欢，道："早点睡，希望明天早上起来你不会断片。"

他希望自己这句话不是一语成谶。

沈温欢却是酒意上头，瞌睡虫绕着她转，稀里糊涂地嘟囔了一句：

“那么羞耻，我会强迫自己忘掉的啦……”

“喂，起来，再说一遍你喜欢我，我要录音为证。”

“闭嘴，我要睡觉了。”

蒋远昭无奈只得收手，叹了口气，幽幽道：“算了，反正你迟早都会成为我的人，不差这一时半会儿。”

他这么安慰自己，心里还是比较好受的。

沈温欢不出声了，蒋远昭只能听见她平稳安逸的呼吸声，当真是安稳下来了。

他也有些乏了，便俯身吻了吻她的额头，温声细语道了句：

“晚安，小可爱。”

深沉的夜色中，他并没有望见沈温欢那微扬的嘴角。

饭局终于结束，阮曼舒陪着季风朗从房间中走出来，四处观望着，似乎在寻找什么。

最终未果，她便蹙了蹙眉，轻叹一声，眉眼间忧心忡忡。

季风朗侧首看她，挑眉问道：“在找沈温欢和蒋远昭？”

“是啊，怎么没人了？难不成提前回去了？居然也没跟我说一声。”阮曼舒颔首，有些疑惑地打量着快散场完毕的酒店，“唉，要不我给温欢打个电话吧？”

说着，阮曼舒从包包中摸出手机，准备给沈温欢打电话，却被季风朗轻轻按住。

她困惑不解地望向他，却见他一脸神秘地指了指楼上，对她比了个手势：“嘘，他们开包间去了。”

“什么？！”

阮曼舒闻言吓得手机都险些摔了，周围有人为之侧目，她这才意识到自己声音太大，忙不迭放低声音，凑过去问季风朗：“什么情况？蒋远昭喝醉了？”

“让蒋远昭喝醉？”季风朗冷笑，“喝死一头牛他蒋远昭都喝不醉。”

“我去，温欢的酒量也好得惊人啊，居然……”阮曼舒面色复杂，似喜悦似担忧，“蒋远昭不会那么禽兽吧，我怎么感觉他这么像？”

季风朗沉默半晌，拍了拍她的肩膀，语重心长道："放心，蒋远昭对沈温欢是忠犬，宁愿自己憋着也不可能动她的。"

"那就好，那咱们就走吧！"阮曼舒闻言便安下心来，极为自然地牵起季风朗的手准备离开，却听他疑惑出声——

"不对，我好不容易才舍得拿出来的那瓶拉菲，怎么放桌子上不见了？"

"那么好的酒你放桌子上？！"阮曼舒挑眉，难以置信道，"早被人拿走了吧，可惜了，那瓶拉菲是我好不容易托朋友从拉菲庄带过来的。"

季风朗明显对此感到肉疼，他蹙眉不甘心地又找了一遍，当真是没有了："还真没了，本来还想跟蒋远昭一起喝的。"

"还有下次嘛，有机会我们亲自去拉菲庄不就好了嘛。"阮曼舒笑眯眯道，抱住他的手臂，带着他走向门口，"等过段时间有空了，我们一起去度假！"

季风朗有些忍俊不禁，伸手揽住她的腰身："好，听你的。"

二人的身影渐行渐远，沈放双手抄兜，面色阴鸷地收回视线，对身旁的江一铭冷道："沈温欢那事，到底什么情况？"

"还能有什么情况？"江一铭半靠在酒桌上，笑容戏谑地扯了扯领带，慢条斯理道，"蒋远昭看上她了，现在公开追求，让这小妮子大火了一次。"

"他疯了才会这么做。"沈放冷笑，眉宇间尽是不悦，他烦躁地捏了捏眉骨，侧首看江一铭，"先回去再说。"

"你为什么总是这么针对沈温欢？"说着，江一铭看了看四周，见没人了这才慢条斯理地点了根烟，抽了一口，"讨厌？还是说……嫉妒？"

嫉妒沈温欢，嫉妒她明明有着见不得人的身份，却还能被沈靳恒重视。

最后一个词缓缓落下，似是砸在沈放心头，他蓦地握拳，迈步走向门口："别废话，走了！"

江一铭眯眸，徐徐上升的烟遮住些许视线，也遮住他唇角意味深长的笑。

有趣。

近期，有官网放出消息，声称最火爆的娱乐节目《我们在一起》将回归，会请当红情侣档前来参与节目录制。

《我们在一起》是一档国际性综艺节目，经营多年，火热度不退。主要是邀请三到四对当下火热的搭档来参加，每期节目录制地点都不同，随机而定，而每期的活动和任务也不同，根据艺人情况量身定做，因此颇受欢迎。

该节目的导演是综艺界资深人士江澄蔓。她监督拍摄的节目，从来都是在收视榜名列前茅，尤其是《我们在一起》，初映便创收视新高。

前不久，因为江澄蔓去休产假了，所以《我们在一起》暂时停止录制，现下她回归，自然是全网沸腾。

江澄蔓在官方微博放出投票帖，要求网友们选出自己心仪的情侣档，节目组会酌情考虑邀请他们参加录制。

微博顿时掀起一场腥风血雨，评论区接连被炸。

“阮甜软：＃季阮CP＃蔓姐别说了，想发糖就请我大季阮！”

“永远抢不上热门：＃蒋沈CP＃不管不管，力挺我蒋沈！”

“沈放家娇妻：＃沈袁＃＃蒋沈＃呃……嗯，高举两个本命CP大旗。”

……

最终排名出来了，季阮排名第一，蒋沈仅以几票之差位居第二，沈袁紧跟其后排名第三，也是势不可挡。

江澄蔓看着微博投票数据，显然有些意外，她摸了摸下巴，喃喃道：“我不就去生了个孩子嘛……怎么这些臭小子就都有伴了？”

“是啊。”一旁的助理本在忙于翻看合同，闻言她轻拭了拭额前薄汗，抬首笑叹道，“季阮夫妇闪婚，蒋远昭前些天公开追求沈温欢，沈袁情侣档也是热度飙升。”

“季阮这对好说话，先去约个档期，沟通交涉由我来，沈袁那边交给你，他们俩最好请来。”

江澄蔓有条不紊地吩咐着，从口袋中摸出手机翻看通信录，翻出了蒋远昭的电话号码，蹙了蹙眉，道：“蒋远昭那边……沈温欢倒是好请，我认识林婧，只是这蒋远昭，向来不参加这类节目，较难解决。”

“如果蒋远昭不是为了给《致命追踪》炒热度的话，那肯定是能请过来的。”助理挑眉微笑，一脸的蕴意深长，“毕竟和女神在同一屋檐下相处半个多月，任谁都是巴不得的。”

“也是，那我直接给他打电话吧，多少也该卖我这个老前辈一个面子。”

说着，江澄蔓便给蒋远昭打电话，过了一会儿，电话被人接起。

她尚未开口，听筒中便传来对方低沉悦耳的嗓音：“江老师，怎么想起来给我打电话了？”

江澄蔓却是极为敏感地蹙了眉。

这蒋远昭，不对劲！

《我们在一起》重出江湖的消息这么火爆，他绝对不可能不知道，再者，他也知道自己公开追求沈温欢引来了多少话题。

如今，她身为《我们在一起》的导演，亲自给他打电话，就算她不开口，想必他蒋远昭肯定也是知道她的意思的。

蒋远昭向来不是这种拐弯抹角的人，可他现在，居然装不知道，还反过来问她？

“不对劲……”江澄蔓低声道，对蒋远昭持怀疑态度。

“什么不对劲？”

江澄蔓踌躇半晌，终于犹豫着开口问道：“你真的是蒋远昭？没换电话号码吧？”

蒋远昭：“……”

蒋远昭沉默半晌，这才慢条斯理地开口，声线清冷：“如果不是因为沈温欢，我可就不卖老师您这个面子了。”

这茅坑石头终于开窍了？！

简直百年难遇！

“好好好就这么说定了！你要是定下来的话三天之后准时开机！”一听蒋远昭都答应了，江澄蔓不禁激动得险些摔了手机，她平复些许情感，感叹道，“终于有个小可爱能来收走你了，不容易！”

“我倒想被她收走呢，她又不收。”蒋远昭笑了，调侃道，“追妹子这种事，任重道远吧。”

“节目录制完毕后，你们要是没在一起，就算我金牌导演的名号是花钱砸上来的。”

“好，就听您这句话了。”

江澄蔓正欲开口，就听助理从不远处喊：“阮曼舒直接同意，沈放和袁语姗也确定好了，就差沈温欢和蒋远昭了！”

她应了声，开口嘱咐道：“蒋远昭确认了，帮我给……”

话未出口，便被蒋远昭冷静打断：“慢着。”

江澄蔓怔住：“啊？”

“不用麻烦前辈你给林姐打电话了，我直接通知沈温欢，默认她参加就好，这次有几对？”

“嗯……三对，是谁暂时保密，开拍那天再揭晓，老规矩了。”

蒋远昭没什么情绪波动，只淡淡道：“好，那前辈您挂电话吧，我去通知沈温欢。”

江澄蔓应声便挂了电话，开始正儿八经安排节目任务和拍摄档期。

另一边，蒋远昭慢条斯理地锁上手机屏幕，好整以暇地看着周焕，并不多言。

蒋远昭似乎在等待什么，却是不急不慢。

周焕也看着他，二人对视许久，他认输般地叹了口气，捏捏眉骨。

不知怎的，他突然有种从小看大的猪终于要去拱白菜了的既视感。

周焕无奈叹道：“要追就好好追，别半途而废，不然对谁都没好处，想清楚了？”

“《致命追踪》开拍前我就想清楚了。”蒋远昭唇角微弯，得到应允后便心情颇好地给沈温欢打了个电话。

嘟嘟嘟，很快就被人接起。

听筒中传来女子温软动听的声音：“蒋远昭？”

“嗯，是我。”他言语含笑，似是询问日常般道，“这几天工作处理好了吗？”

“还行，往后几天就轻松了，干吗去？”

干吗去？

听着沈温欢毫无自省的语气，蒋远昭哑然失笑。

敢情这小妮子都习惯他约她了？

“陪我参加个节目怎么样？”他似笑非笑道，手中百无聊赖地把玩着签字笔，“既能促进我们的关系，又能让你名声大噪，何乐而不为？”

“我考虑……”

蒋远昭不急不慢地打断她：“别忘了上次你喝醉亲口说的，你会尽你所能去了解我。”

沈温欢叹了口气：“好吧，《我们在一起》是吧，刚才林姐给我打电话通知了。”

“那三天后正式直播开拍，到时你等我电话就好。”

“那个……”就在此时，沈温欢突然异常纠结，轻咳一声，问他，“那天晚上我喝醉断片了……我有没有说什么多余的话？”

“你只是说想要了解我，然后就睡过去了。”蒋远昭一本正经对她扯谎，“难不成，你是有什么话想借醉酒对我说？”

“没有，你想太多了！”沈温欢忙否认道，心下总算是松了口气，“那我收拾行李吧，等你给我电话，大概几点起床？”

蒋远昭继续一本正经地撒谎：“看剧组安排，当天通知。”

沈温欢信以为真，询问了几句便挂了电话。

从来不怎么看综艺节目的她，并不知道《我们在一起》历来便有个老规矩——

由搭档其中一方，在没有任何通知的情况下亲自登门拜访，叫醒熟睡中的另一方。

与此同时，刚接到通知的沈放对经纪人道：“这次节目录制我一个人去就好，你暂时休息吧。”

“别乱惹事，好好拍节目。”虽然公司上层已经同意这个决定，经纪人还是难免有些不放心，嘱咐道，“别因为沈温欢就乱了手脚，有什么需要商量的记得打电话，别意气用事。”

“知道，我也不是第一次参加这种节目了。”

沈放神色清淡，看不出什么情绪来。他用指节轻叩书桌，声声闷响，眸色深沉，却听房门被人敲开。

“沈放，你看我录制那天穿这身裙子怎么样呀？”

人未到声先到，沈放调整好表情，微笑看向那身姿妙曼的女子，打量她半晌，不禁颔首称赞道：“乖，你穿什么都好看。”

袁语姗身穿紫色轻纱连衣裙，长发披肩，素面朝天却也难掩美色，她眉眼温柔，竟颇有一番不食人间烟火的风韵。

袁语姗，当红小花旦之一，今年力夺视后，是个有姿色没绯闻的美人儿，在圈内评价普遍较高。

现下，正与当红小鲜肉沈放热恋中。

她笑得娇俏，凑到他身边轻啄他的脸颊："沈放最好啦！"

"那也只是因为对方是你。"沈放垂眸轻笑，吻了吻她的额头，万分宠溺。

跟在袁语姗身后前来的江一铭，见此情此景不禁有些一言难尽，便默默折了回去。

这半个多月的时间，会闹出怎样的乱子呢？

江一铭眸色复杂，也不知心下是期待还是平静。

算了，谁知道呢！

蒋远昭居然同意参加真人秀节目了！

蒋远昭同意参加《我们在一起》节目录制的消息不胫而走，瞬间在全网掀起波澜，也成功把《我们在一起》送上了热搜。

毕竟蒋远昭出道六年多，却是向来不参加任何真人秀节目，顶多偶尔接受个人专访，更别说像《我们在一起》这种捆绑情侣档性质的节目了。

不论是蒋远昭的经纪公司的官博，还是《我们在一起》的官博，此时都是炸开了锅。

"永远抢不上热门：自从蒋沈CP出来后，我就一直在热门，所以蒋沈一生推！"

"蒋远昭粉丝后援会V：呃……嗯，难道我昭真的要追国民妖精了吗？虽然的确很养眼……"

"少女大佬：不管，为迷人反派欢打call，要颜值有颜值要演技有演技，还有男友力up！"

"专业路人十余年：热评第三说得我都快路转粉了，反正不祝长长久久，看《我们在一起》他们表现如何吧。"

"时忘：谁知道是不是沈温欢那边捆绑炒作，毕竟我家蒋远昭还没发声呢？"

就在此时，蒋远昭突然更新了微博——

“蒋远昭V：#蒋沈CP##我们在一起#我们来日方长。@迷人反派妖精欢”

评论区缓冲了会儿，便是满目的“哈哈哈哈哈”“打脸啪啪啪”“我去，来真的”，甚至还有人帮忙@沈温欢，都在期待沈温欢的回复。

几分钟后，沈温欢转发了这条微博——

“迷人反派妖精欢V：我居然被偶像艾特了，我大概是迷妹的巅峰了//蒋远昭V：#蒋沈CP##我们在一起#我们来日方长。@迷人反派妖精欢”

……

众网友：他们相处得这么溜，是不是一直都在逗我们，其实他们俩早就在一起了？

林婧百无聊赖地翻看着微博，看到蒋远昭和沈温欢的微博互动，不禁唇角微弯，在微博给蒋远昭发私信：“一会儿有空就来我公司，给你个宝贝。”

林婧摸着下巴笑得意味深长，她敢打赌，蒋远昭若是拿到了这东西，感谢她一辈子都不为过。

半晌，蒋远昭回她：“到了林姐，后门路虎。”

林婧挑眉，显然没想到他会这么快，便从包中摸出个东西，跑下楼去了。

三日后，《我们在一起》准时全网直播。

大伙儿都起了个大早，一个个都或握着手机或抱着电脑，先行进入直播间。

毕竟看自家偶像起床的机会，不是年年都有的。

直播开始，首先入镜的便是蒋远昭的背影，摄像师跟在他身后，不急不慢地直播录制。

蒋远昭身形颀长，身穿深黑色衬衫，搭配深色修身裤，休闲而时尚。他拎着行李箱，单手抄兜，步履稳重。

一行人是准备去沈温欢的住所，由蒋远昭去接她。

只见蒋远昭驾轻就熟地刷卡进了小区，径直走向指定居民楼，同摄像人员乘电梯来到相应楼层，走到沈温欢门前站定。

就在摄像大哥准备开口让蒋远昭敲门叫沈温欢起床，就连网友都以为他要敲门或者按门铃时——

蒋远昭不急不慢地从口袋中摸出个钥匙。

众人一脸蒙。

然而更惊人的还在后面——

他将钥匙插在钥匙孔中，手腕轻轻巧巧地一转，门便无声开启。

“我去！啊啊啊啊！！”

“他们这是同居了吗？他们肯定有一腿吧？”

……

直播间的聊天屏已然被刷爆，网友纷纷质疑蒋远昭和沈温欢的关系，关于二人话题的微博转发量火速飞升。

面对摄像人员的蒙圈脸，蒋远昭笑而不语。

是了，这便是林婧那天给他的“宝贝”。

沈温欢的家门钥匙。

他敛眸，就这么明目张胆地走进了沈温欢的家门。

入目的便是性冷淡风格装饰，巨大的落地窗被素纹窗帘半掩着。黑白家具零零星星地摆着，格调清冷，哪里有半分女孩闺房的气息。

进了房间，却很少有人会在意房间的设计风格，都只念着事态发展了，哪里会在意这些小细节。

唯有蒋远昭不着痕迹地蹙了蹙眉，心绪蓦地有些复杂。

如此疏于温暖的生活环境，难以想象沈温欢这么多年是如何走过来的。

蒋远昭简单环顾四周，目光锁定一个像极了卧室的房间，不急不慢地走了过去。

蒋远昭悄无声息地推开门，果然是卧室，设计风格类似于客厅，只是多了些人情味儿。

大床上，沈温欢盖着素色空调被，只露出半个脑袋。她本在熟睡中，闻声迅速醒来，迷糊地揉揉眼睛，意识到有人来了。

她向来睡不安稳，有一点动静都会醒来。

蒋远昭坐在床边俯视她，见她醒了便伸手，指尖温柔地替她拨开颊边的碎发。

温柔至极。

沈温欢一副半梦半醒的模样，有些狐疑地盯着他："我在做梦啊。"

她睡眼蒙眬的模样被众人尽收眼底，都被萌得一脸血。

"今天节目录制，忘了吗？"蒋远昭轻笑，指尖摩挲着她的脸颊，竟是万分宠溺。

他俯身轻吻她的额头，笑意清浅道："宝贝，早安。"

刹那间，直播间便被"嘤嘤嘤"刷屏，满眼都是萌花和少女粉。

真的，太能宠了。

"嗯，早安。"沈温欢终于反应过来，揉了揉惺忪的睡眼，打了个小哈欠，萌萌的小虎牙在镜头前一闪而过，"抱歉啊，忘定闹钟了，还让你来叫我。"

蒋远昭揉揉她的脑袋，对她笑："起来收拾一下，稍后集合吃个早饭，我们就去机场。"

二人的相处模式如此温馨，让人很难想象蒋远昭是在追求沈温欢。

这氛围明明都是热恋期了好吗？

于是乎，沈温欢便慢悠悠从床上爬起来，穿着她那件拖着长长尾巴的皮卡丘睡衣，走向洗漱间。

于是摄像人员便开始休息，将摄像机摆在客厅一角，从观众的角度正好能看清整个房间。

"蒋远昭，帮我从衣柜里找件衣服，我昨晚赶完通告不小心睡着了，忘准备了。"洗漱间传来沈温欢口齿不清的声音，蒋远昭应了声，便当真去她的卧室找衣服了。

众人再次大跌眼镜。

衣柜？！

衣柜里肯定有贴身衣物吧，就这么放心自然地让蒋远昭去找？

他们私下里果然有一腿！

然而匆忙赶时间的沈温欢哪里想到这么多，她忙拿了蒋远昭给她的衣服，在洗漱间换好，随便化了淡妆，扎个丸子头就出来了。

镜头中终于再次出现沈温欢的身影，却是令人为之一震。

只见她以清爽造型登场，丸子头，白衬衫，黑色修身裤，白色运动鞋……

漂亮得很，惊艳得很。

可是为什么跟蒋远昭站一起就成了情侣装？

摄像大哥终于忍不住吐槽了一句："影帝好套路……"

直播间弹幕群表示：摄像大哥真的懂。

沈温欢这才发现问题所在，她打量着好整以暇的蒋远昭，又看了看自己，面色复杂。

蒋远昭可真是……

有心机。

蒋远昭唇角微弯，一副人畜无害的模样："我们赶时间，既然收拾好了，那就走吧？"

摄像大哥颔首："对，这边比较赶时间，出门后，直播就切到另外两对情侣，我们先去集合地。"

"好的，那我去拿……"沈温欢听摄像大哥都这么说了，只得放弃换身衣服的想法，她正要去拿行李箱，却被蒋远昭打断。

"你的行李箱在我这儿，我帮你拿了。"他淡淡道，示意手中的拉杆箱，"走吧。"

沈温欢忙不迭点头："谢了……"

摄像大哥也拿起摄像机，不急不慢地跟在二人身后，接着录制。

只见蒋远昭一手一个行李箱好不忙碌，直播间也有人吐槽。沈温欢明显不太好意思，便侧首对他道："要不把行李箱给我吧，我帮你分担一下？"

蒋远昭意味不明地看她一眼，随后他唇角微弯，将行李箱集于一只手上，另一只手则伸向她。

不等众人反应过来，他便望着沈温欢，似笑非笑地开口道：

"好啊，那你帮我分担一下我的手吧。"

"啊啊啊啊啊啊我的蒋远昭不会这么撩啊！"

"他不是我的偶像，假的！都是假的！"

众网友恨不得炸成漫天烟花，纷纷吐槽爱情的力量是伟大的。

沈温欢闻言愣了愣，随即颔首轻咳一声，唇角不自觉地微扬，便默默把手交给他。

蒋远昭轻笑，随即便极为自然地握紧她的手，十指相扣。

摄像大哥特别懂地给了二人牵手一个特写，看着一旁显示屏中密密麻麻的弹幕，心里凄凉无比。

这一对……

太会撒狗粮了。

直播定格在蒋远昭与沈温欢十指相扣的那一刻。

缓冲了一会儿，直播画面便转到季风朗和阮曼舒了，二人正在沙发上，季风朗低头看着资料，阮曼舒躺在他腿上睡得正酣。

见剧组人员来了，季风朗便慢条斯理地摘下眼镜，对镜头做了个嘘的手势，随后便温言软语地唤阮曼舒醒来。

温柔得不像话。

又吃一碗狗粮的滋味，摄像师一言难尽。不知怎的，他觉得这一期也许会创下《我们在一起》的收视新高。

先不谈蒋远昭破例参加真人秀节目，这一对比一对甜的，肯定是全网沸腾。

“这么早哇……”阮曼舒半睁开眼，小伸了个懒腰，翻身抱住季风朗的胳膊，微嘟起嘴，“风朗，给我抱抱，早安的抱抱。”

季风朗有些忍俊不禁，全然不在意这是众目睽睽之下，便俯身吻了吻她：“早安的抱抱没有，只有亲亲。”

甜得人心都软了。

“温欢和蒋远昭出发了吗？”阮曼舒坐起身来，揉揉眼睛，问摄像师，“我们没晚吧？”

摄像师老实回答：“他们俩已经去集合地了，我们是第二组，还不急。”

“这么快呀，那我也赶紧起来。”

阮曼舒闻言，忙起身去找行李箱。她和季风朗起得早，因此衣服和行李是早就收拾好的，便待在家里等《我们在一起》的录制人员前来拜访。

季风朗不急不慢地起身，默默帮着阮曼舒准备好一切东西，将她要穿的鞋子放在门口，拎好了行李箱等她。

细水长流的爱情，大抵是如此。

“我的妈！我老季太宠老婆！”

“这对儿也齁甜啊！”

“看了上一对想谈恋爱，看了这一对想结婚……”

弹幕自动变粉，又是新一波萌花。

阮曼舒迅速把自己收拾好，小跑出洗漱间，换好鞋子后便起身牵起季风朗的手：“好啦好啦，走吧！”

季风朗垂眸看她，二人相视一笑。

他们相握的手，彼此的无名指上都有星芒闪过。

直播页面缓缓切到最后一对情侣——沈放和袁语姗。

二人已在车内了。袁语姗躺在沈放怀中玩手机，沈放颔首看她，眸光温柔，时不时指点她一下。

然而袁语姗却是有些跟不上节奏，总是输得一塌糊涂，后来索性把手机放腿上不玩了，气鼓鼓道：“哼不玩了，欺负我手残呀！”

袁语姗出现在公众视野中的那一刻，直播间的反响空前火热。

“语姗语姗！我的小可爱啊啊啊！恋爱的样子比以前更好看了！”

“为我语姗疯狂打call！”

“我去！打个王者都能秀恩爱？我玩的大概是个假王者。”

二人显然还没意识到直播镜头已然转了过来，仍旧是毫无防备。

“乖，别气了，我帮你打好不好？”沈放无奈地亲了亲她的脸颊，万分宠溺。

说着，他便拿起她的手机玩给她看，边帮她玩边不急不慢地解释道：“这个英雄适合走中单，你前期发育，后期跟在后面收人头就好……”

“我不会啦，还是你厉害。”袁语姗兴致勃勃地盯着手机屏幕，“大神带我上分嘛。”

就在此时，工作人员发声问道：“二位是在玩王者荣耀？”

“是呀。”袁语姗这才反应过来已经开始直播了，有些羞涩地顺了顺头发，“哎呀，刚才那么闹腾居然被拍下来了，不好意思。”

“没关系，网友反应很好呢。”工作人员轻笑，看向埋头迅速结束游戏的沈放，“哇，沈放似乎是个大神。”

沈放关上手机，抬首对镜头微微一笑：“还好吧，运气而已。”

“嘿嘿，他超级厉害的，天天带我上分，我稳赢啦。”袁语姗不满他的谦虚，揽住他的手臂，对镜头笑眯眯道，“有机会的话，我就微博直播给你们看打团哦。”

“好的好的，求大佬公开秀技术！”

“约约约，都被你萌死了还玩什么玩？”

弹幕迅速做出回应。

这袁语姗现下显然是炙手可热，粉丝基数极其庞大。

最终，三对情侣总算是到了集合地点，阮曼舒率先拉着季风朗下车去找沈温欢，却不想下车就见对面车内不急不慢地走下一男一女。

她面色微僵，沈放正同袁语姗说着话，似乎还没发现她。

“怎么了？”季风朗敏感地察觉出阮曼舒的异常，便蹙眉问道。

“没什么……”

阮曼舒迟疑着回答他，话音未落，最后一辆车便被人拉开了门。

蒋远昭先下车，而后随意地将手伸向车内，沈温欢便握住他的手，从车中走出。

蒋远昭带上车门，牵着沈温欢正要走近集合地，脚步却蓦地顿住。

“干吗？”沈温欢抬首狐疑地看他，顺着他的视线望过去，果然也是怔住。

我去……

沈温欢险些爆粗，又硬生生咽了回去。

沈放居然也来参加了？！

沈放在看到沈温欢和蒋远昭的那一瞬，也是面露惊讶，但很快便被他掩去。

袁语姗有些纳闷，却也不敢出声问，只得疑惑地来回看他们三人，纤美白皙的脖颈似要不堪重负。

最后还是沈放先笑着打了声招呼：“蒋前辈，沈小姐，又见面了。”

阮曼舒在旁边看着都觉得尴尬。

要知道，沈温欢和沈放向来都能在公共场合准确避开彼此，只是这一次，却是栽大发了。

没避开也就算了，居然还要在同一屋檐下相处半个多月……简直难以想象。

他们不会又打起来吧？

然而阮曼舒的担忧似乎是多余的，只见沈温欢对沈放微微一笑，旋即便语气清淡道：“原来是沈先生和语姗姐，你们好。”

感受到手上沈温欢无意识收紧的力道，蒋远昭无声轻笑，饶有兴趣地盯着她。

这小妮子果然还是心里没底，明显底气不足。

沈温欢正强行撑场，却听蒋远昭淡声道：“我和温欢初次参加真人秀，不过毕竟我是前辈，那就替温欢请多指教了。”

这满满的护短和宣布主权的既视感是怎么回事？

摄像人员陷入短暂的蒙圈，正在观看直播的观众也察觉出几分不对，但都是摸不着头脑。

袁语姗开口应道：“那是当然啦，未来半个月我们就要住在同一屋檐下了，都客气什么呀！”笑眯眯的模样惹人喜爱，然后她上前揽住沈放的臂弯，抬首对他微笑，“沈放，你说是吧？”

沈放似乎这才回神，终于将眼神从沈温欢身上移开，他颔首，淡淡道：“前辈，那还请多多指教了。”

蒋远昭看着他，笑而不语，那笑意却未达眼底。

沈温欢瞥他，低声道：“算了，还要录节目，别开头就把关系弄僵。”

他闻言低头看她，这才缓和了神色。

季风朗虽不知沈温欢和沈放有何渊源，却也多少能提取出些许信息来。

阮曼舒不言语，袁语姗更是全然不知情，正站在沈放身边尴尬着。

他心下默默叹息，正欲开口圆场，便有一洪亮女声响起，铿锵落于耳边：“都收拾好了吗，朋友们？”

江澄蔓边喊着边骑着摩托风风火火地来了，轻松打破这僵局，却还不自知。

“速速上车，车里有吃的，直接赶去机场，今天还有任务，都麻利儿的！”江澄蔓依旧是雷厉风行，即便当了妈也是半分未改。

她单手甩下头盔，迎风撩起碎发，指了指旁边的商务车，道：“众人上这辆车，其余的就麻烦你们几个开走了，摄像师跟紧！”

众人立即忙碌起来，蒋远昭有些忍俊不禁，便对沈温欢道：“江姐还是这么雷厉风行。”

沈温欢挑眉看他：“我觉得江老师这种类型挺帅的啊。”

扬眉热烈的女子，向来是她所艳羡却模仿不来的。

江澄蔓耳尖，当即蹙眉看向蒋远昭：“臭小子别给小新人说我坏话啊，我可听着呢。”

蒋远昭似笑非笑道：“哪敢啊，这次节目就靠你助攻了。”虽然不过是他的无心之言，但江澄蔓见沈温欢轻咳一声，唇角不禁微弯，只觉这对儿似乎挺有趣的。

她念及此，便朗声笑道：“拜托，现在明明是全世界都在助攻你好吧？”

阮曼舒在一旁默默来了句：“就是全世界助攻，他也还没追上啊……”

季风朗看了她一眼，没忍住，扑哧笑出声来。

蒋远昭苦笑不语。

的确，虽说是来日方长，但也不能太拖拉。

他垂眸，不着痕迹地扫了一眼沈温欢，心下便有几分躁动。

看来，是该加紧攻势了。

商务车缓缓行驶在临海大道上，清爽潮湿的海风通过微敞的车窗迎面拂来，叫人神清气爽。

车内包含正副驾驶席共有四排座，江澄蔓口中叼着三明治，坐在驾驶席开车，副驾驶席则是负责随时跟拍的摄像大哥。

其余三排，从前到后依次是沈袁、季阮，最后一排则是蒋远昭和沈温欢。

此时刚分好早餐，各人领了各人的份，便吃了起来。

摄像机就放在车前继续直播，观众便看着自家偶像吃饭的模样，难得地接地气。

沈温欢起得晚，出门前也就没来得及吃东西垫肚子，此刻总算得到了食物，便毫不客气地大吃特吃起来。

蒋远昭向来早上没什么食欲，只吃了个烤面包，便解锁手机不知在玩什么。

沈温欢不小心呛了一口，他便将早已替她拧开瓶盖的矿泉水递过去，沈温欢也很自然地接过矿泉水，直接打开就喝。

沈温欢见自己袋子里有个草莓布丁，蒋远昭的袋子中却没有，便打开盖浅品一口，当即两眼放光。

身为甜食控的她已经太久没有买过甜品，更别说自己做了，今天难得尝了一次，居然还那么好吃！

她舀了一小勺布丁，特别欣喜地将布丁送到蒋远昭唇边："蒋远昭你尝尝，这个布丁超好吃！"

"嗯？"蒋远昭尾音微扬，稍稍侧首，薄唇微启，"给我尝尝。"

话音刚落，沈温欢便将布丁送入他口中，笑意粲然地看他，似乎还有些小期待。

她只想着同他分享美食，哪里还顾及什么亲不亲密的问题。

布丁入口，是草莓混杂着牛奶的醇香，香软丝滑，入口即化。

一腔甜蜜，如糖如蜜。

蒋远昭顿了顿，侧首看她，唇角微弯："是很甜，不过还是你更甜一些。"

沈温欢吃了甜食心情好，便随口回了他一句："得了吧，你吃的都是我的口红。"

随着沈温欢话音落下，全车突然陷入死寂，都难以置信地回头盯着这两个人。

我去！他们刚才是在听什么神仙对话？！

这几句对话的信息量也太大了吧？！

阮曼舒瞠目结舌，她得缓冲缓冲。

没你甜……

吃的都是口红?

你们俩私下里到底都做了什么羞耻的事啊?

阮曼舒都没耳听了，季风朗也是一脸欲言又止的纠结表情。

袁语姗有点蒙，她只知道蒋远昭是在追沈温欢，可听他们这对话……这是已经在交往了?

沈放扶额，捏了捏眉骨，望着窗外并不作声。

江澄蔓意味深长地笑了笑，她轻飘飘地瞥了一眼直播间弹幕，放眼望去整个屏幕都是粉红色字体。

“啊啊啊啊啊啊！这什么劲爆的料啊？！”

“口红好吃？甜？我昭这么老流氓吗？！”

“我算是看清楚他们俩了……请务必要在一起发狗粮，谢谢！”

弹幕先粉为敬，齐刷刷都是发小萌花，快要淹没整个屏幕。

“你的口红都挺好吃的。”蒋远昭撑着下巴，挑眉看着她道，“不过我觉得，你亲手做的甜点应该才是最好吃的。”

这是在暗示他想尝尝她的招牌了?

“啊，这么一说你的确没吃过我做的甜品。”沈温欢这才反应过来，蓦地一拍拳，笑眯眯看他，“等有空了一定做给你吃，绝对让你上瘾。”

他闻言，似笑非笑道：“可是，没什么能比你还让我上瘾了。”

季风朗听完这句话，手中的矿泉水瓶都给吓掉了，他眉间轻拢，回头有些狐疑地打量起蒋远昭和沈温欢。

蒋远昭他今天早上……怎么怪怪的?

情商突然上线。

“别成天满嘴情话的。”沈温欢白了他一眼，却是唇角微弯，“话说，你是怎么知道我会做甜点的？我记得我只在微博直播过啊，而且还是在好久以前了。”

蒋远昭的指尖划过下巴，轻掠过唇角，意味深长。

他开口，声音不大不小，却是所有人都能听得清清楚楚：“因为，你一直是我的悄悄关注。”

悄悄……关注?

我去！原来他早就物色上她了？！

沈温欢怔住，半晌，她猝不及防红了脸，急忙缩到车窗旁吹风，给自己降降温。

“蒋远昭粉丝后援会V：我去！把我炸出来了，什么情况？！”

“永远抢不上热门：后援会大佬都出来了，看来我蒋沈情侣档站稳了，百年不动摇！”

“少女大佬：呃……嗯，他们是不是在哄我们玩儿，其实是在地下恋？”

弹幕开始新一轮的吐槽，不断地刷起话题，又给直播间带来一波热度。

“你们俩在一起吧！”阮曼舒一个没忍住就回首吐槽他们，成功道出百万网友的心里话，“比正儿八经谈恋爱的人都甜，真是够了啊！”

“真是恩爱啊……照这么看来，蒋前辈不用很费劲就能追到小温欢啦。”袁语姗打趣道，笑得甜美，丝毫没有虚假的意味，“嘻嘻，希望这次节目结束后你们能在一起哦，那我就在这里提前祝你们长长久久啦。”

“早该长长久久了。”季风朗默默翻了个白眼，无奈地叹了口气，幽幽道，“双向明恋这东西真是磨人。”

双向明恋?

没错，这个词大概就是沈温欢和蒋远昭的相处模式了。

阮曼舒拍拍他的肩头，对他竖了个大拇指，一副了然于心的模样。

只有沈放一人不声不响，干坐在座位上，望着窗外不知在看什么看得出神。

袁语姗睁着一双杏目，看着难得沉默寡言的沈放不禁感到有些疑惑。

虽然沈放一直是个安稳性子，但是他却也不是那种善于冷场的人，平日里成熟稳重，与他聊天基本不会有尴尬的场面。

怎么今天上了节目，反而话比从前更少了?

后面两排正打得热闹，袁语姗便悄无声息地将脑袋探过去，狐疑地问他道：“沈放，心情不太好吗？怎么了？”

耳边突然传来袁语姗的声音，着实让沈放顿了一顿。

他显然没料到袁语姗会察觉出他的不对劲，便有些僵硬地开口：“没什么，就是老毛病，胃有些不舒服，休息一下就好了。”

原来如此。

袁语姗闻言，顿时万分心疼地揽住他，无奈地撇了撇唇角，道：“这样啊，我正觉得你的胃病好不容易缓和了呢，又开始疼啦？”

沈放的胃病总是不好，自从上次他替袁语姗挡酒后，这病根就算落下了。

当时他刚从另一场刚结束的饭局过来，本已经不能继续喝酒，但眼看着袁语姗被人有意灌酒，便替她挡了一局，谁知当晚就进医院了。

不过也正是因为这个机会，袁语姗和沈放才得以在一起。

“没什么大碍，你放心吧。”沈放对她笑了笑，似乎是为了安慰她，揉揉袁语姗的脑袋，温柔无比。

“那你好好休息吧，到机场了我叫你噢。”袁语姗唇角的笑意更浓几分，她亲了沈放的脸颊一口，便一本正经地拍了下他的额头让他闭上眼睛稍作休息。

正合了沈放的意，他本就不想看见沈温欢，处在如此尴尬的境地，他都不知该做些什么。

袁语姗让他休息，他便休息吧，正好也算是个沉默的理由。

念及此，沈放便合上了双眼，闭目养神，姑且当是小憩。

众人一路上聊着，不知不觉便到了机场，江澄蔓稳稳停车，回首对众人道：“到机场了，都收拾好行李，我们一会儿就坐飞机去一个比较偏僻的岛屿，热带风光包你们满意。”

“好的江姐！”阮曼舒率先举手应声，揽住季风朗的肩膀，对着摄像机笑了笑，“嘿，那大家稍后见啦。”

江澄蔓有些忍俊不禁，却还是公事公办地凑到镜头前，对正在观看直播的观众一本正经道：“好了，正在观看直播的大家，本次直播已进入尾声，我们要坐飞机去神秘岛屿进行任务了，下次直播是到达岛屿后，时间在今天下午三点钟左右，请大家准时观看直播哦。”

解释完一大长串，江澄蔓露出官方微笑，对观众说了句“下午见”便停止了直播。

她总算是松了口气，伸懒腰放松会儿，看了看身后，见沈放也醒了，大伙儿也都准备好行李随时可以下车了，便慢条斯理地拉开门走下车。

她对车内几人勾了勾手，示意他们跟上，而后风风火火地跑去服务台不知办什么事去了。

江澄蔓的助理行事也是雷厉风行，迅速解决好了排队和舱位的问题后，便让几个人在停车场做好全副武装，确认不会有人认出来之后，这才带他们从后门溜进去。

一行人由于身份特殊，光明正大地站在机场这种公共场合难免会引发骚乱，因此有工作人员带他们走快捷通道去后勤室等候。

江澄蔓的效率果然极高，不一会儿便拿着机票过来了，人手一份，随后便安排登机。

几人从到达机场后便始终都在忙碌状态，脚步停也未停，其间还要避开偶遇的粉丝，更是忙上添忙。

好不容易上了飞机，大伙儿都是如释重负，摘口罩的摘口罩，喝水的喝水，总算是贪得短暂的安逸。

“光是躲粉丝就耗费了大半体力啊……”沈温欢轻叹了口气，赖在座位上不想动弹，小腿有些酸麻，“老了老了，身体都快承受不住了。”

“是啊，好久没锻炼，体力都跟不上了。”袁语姗拭了拭额前薄汗，也是苦笑道。

一旁的阮曼舒也有些累，平时她爬个山都能半死不活的，此时身心俱疲更是不用说。

她接过季风朗递来的水，咕咚咕咚几口下肚，已经是半句话都懒得说出口。

“不论如何，总算是上飞机了，到达目的地后就不会这么累了。”沈放淡声道，姑且算是缓和了气氛。

“好嘞，各位看过来，我先说一下任务啊。”

江澄蔓拿着一份写满了字的清单，拍了拍手道：“午饭在飞机上解决，下午到达岛屿后先去山间别墅分房间安放行李，然后就是情侣活动了哦，自己动手丰衣足食，我们这次要自己动手找食材！”

“自己动手？”沈温欢疑惑地问道，“难不成是下地拔菜？”

江澄蔓闻言笑了，对她摇了摇手指头，唇角的笑容有几分得意扬扬，“不，是一起去下河摸鱼。”

众人听到最后二字，纷纷停下手中的动作，都目瞪口呆地望着江澄蔓。

蒋远昭正喝着矿泉水，闻言冷不防被呛了一口：“咳……摸鱼？”

江澄蔓唇角微弯，笑容神秘，抱臂靠在座位旁，笑道：“没错，自己摸鱼，自己烤！”

江澄蔓下达完简单任务后，便要求几个人在位置上休息会儿，下午有体力劳动，要养足精神。

经过一上午的长途跋涉，众人都是疲惫不堪，当真就在飞机内睡着了。

江澄蔓看了看这三对搭档，并无什么异常，便舒了口气，也想坐下休息会儿。

她浅酌一口饮料，正想拿出手机看看，余光却冷不防瞥到蒋远昭那边的情况。

她微怔，随即挑眉，无声失笑。

只见沈温欢靠在蒋远昭的肩头睡得正好，蒋远昭也是闭目养神，手轻揽着她，防止她熟睡了身子歪下去。

她不禁唇角微弯，莫名有些欣慰。

江澄蔓身为娱乐圈老一辈的人，都是要奔四的大龄导演了，可以说，这么多年来，娱乐圈内的风风雨雨她都是见证过的。

正因如此，她才觉得蒋远昭对沈温欢的这份心是如何的难能可贵。

江澄蔓曾多次和蒋远昭合作，起初只是因为蒋家，她想笼络一下这位蒋家少爷。后来她发现这位小少爷竟与蒋家断了关系，而且见他是个有颜有演技的可塑之才，便走心培养起了他。

可以说蒋远昭的星途，有三分之一是她江澄蔓铺垫出来的，关于这点江澄蔓还是颇为自豪的。

直到后来，蒋远昭被金牌经纪人周焕签下，从此星途坦荡，一夜走红。

江澄蔓似是想起什么，秀眉轻蹙，摸了摸下巴，在思忖什么。

只是……六年前蒋远昭明明自己都准备放弃进入娱乐圈了，却不知发生了什么，突然让他坚定了信念，居然只身一人闯入娱乐圈这泥潭。

发生了什么呢？

江澄蔓念及此，悠悠然瞥向熟睡中的沈温欢，见她娴静安好，眉眼精致温和，却是有几分傲气在。

好嘛，反正肯定跟这个小姑娘有关系吧。

她笑了笑，伸了个懒腰便对摄像人员道："我也去休息会儿，老了老了，精力不如从前了。"

摄像人员老老实实地掉头应声："好的江姐，快到了我叫你。"

"麻烦你了。"

江澄蔓说着，随便找了个位置，调好了座椅后便坐上去闭目养神。

到达小岛时已然是下午两点多了。中午在飞机上一行人也算是睡得舒坦，一下飞机便拖着行李浩浩荡荡走出了机场。

所幸这是个偏僻岛屿，没什么追星的人，众人便也不用全副武装，径直大摇大摆地走了出去。

"我在这儿就算是你们的导游啦。"江澄蔓晃晃手中的路线图，对摄像大哥道，"那几个到了吗？到了的话用对讲机通知他们开飞行摄像机，过来直播。"

摄像大哥颔首，拿出对讲机通知所有嘉宾就位。不一会儿，沈温欢便见天边似乎有几个小东西飞了过来，想必是飞行摄像机了。

江澄蔓满意地点点头："好，准备就绪的话这边也开始直播。"

摄像大哥比了个OK的手势，抬好摄像机连上网络，便开始了新一轮的直播。

众网友早在直播间内等得心焦，见终于开始直播了，便纷纷刷起了弹幕墙。

"嘿大家好，我们又见面了。"江澄蔓对镜头挥手示意，笑眯眯指了指旁边的三对搭档道，"我们终于到达了目的地，现在终于要开始情侣们的合作之旅啦。接下来我们要爬山去别墅，考验他们身体素质的时刻到了！"

说着，江澄蔓便带领一行人来到山脚下。

沈温欢抬首看那完全不可丈量其高度的山，面色微僵。

江姐她……认真的?

蒋远昭倒是没什么表情，似乎没太当回事，单手拎着两个行李箱还轻松得很。

阮曼舒有点儿脚软，扶住季风朗，不禁有些欲哭无泪。

袁语姗和沈放对视一眼，纷纷从对方眼底看到了不可置信。

“这未免有点儿太高了吧江姐……”袁语姗苦笑，抬手将长发扎成马尾，“唉，上去之后可要好好准备大餐犒劳我们啊。”

“大餐？”

江澄蔓笑得意味深长，慢条斯理地摇了摇手指头，淡淡道：“上去只是为了分房间放行李而已，至于大餐……可就要靠你们六个人合作啦。”

“六个人合作？”沈温欢蹙眉，“不是搭档任务吗？什么意思？”

“毕竟两个人工作量较大，所以这次由捉到鱼的数量决胜负，最后统一将鱼收集在一起。”江澄蔓耐心解释着，努了努嘴，示意不远处的养殖河区，“摸鱼。”

场面陷入一片死寂。

“哈哈哈哈哈哈！我去，摸鱼？！”

“社会我江姐人狠点子多，摸鱼什么鬼啦！哈哈哈，好期待！”

“摸鱼然后自己烤？哇，期待，赶紧爬上去放行李，然后开始任务！”

弹幕却都是在幸灾乐祸，毕竟摸鱼这种接地气的事情居然会让高高在上的明星们来做，想想就刺激。

“看看，你们的迷弟迷妹们都说了，赶紧开始任务。”江澄蔓唇角微勾，将直播间屏幕转向他们，得意扬扬道，“好了，开始行动，上山！”

话音落下，蒋远昭和沈温欢便率先踏上了山路，季风朗和阮曼舒紧跟其后，最后是沈放和袁语姗。

众人一路走一路聊着，倒也没怎么感觉太累。

虽然沈温欢和沈放的关系僵持，但二人只要不打照面，当陌生人聊天还是无所谓的。

然而这上山路刚开始还好，越往后走，便越坎坷，尽是在消磨众人的体力，连聊天的力气都要没了。

沈温欢因为以前常年习武，身体素质是摆在那里的，因此并不是很累。蒋远昭的身体素质更是强悍，这么一路下来竟是连汗都没怎么出，让沈温欢叹为观止。

“你体力这么好啊？”沈温欢说着，扶住他的手臂翻上一个高台阶，额前已有了层薄汗。

蒋远昭闻言却是低笑，意有所指地对她道：“真正体现我体力好的时候，可不是在这里。”

我去！

沈温欢吓得差点摔回去，忙扶住身侧的石头稳住身形，暗自回头看了一眼阮曼舒他们，见没人听见蒋远昭说的话，不禁松了口气。

“真是……什么禁欲影帝！”沈温欢脸颊微红，撇嘴没好气道，“就是个老流氓嘛。”

“你能听懂也是你的能耐啊，小可爱。”蒋远昭似笑非笑地看她，眸色深沉，“我体力究竟好到什么程度，随时欢迎你来探究。”

在床上探究吗？！

“我一点都不感兴趣！”沈温欢觉得自己的脸更烫了，咳嗽几声便狠狠拽过他，愤愤道，“废什么话，走啦走啦！”

蒋远昭不急不慢地跟在她身后，饶有兴趣地打量着沈温欢。

“你的脸为什么这么红，是太热了？”

“……”

“累的话要不然我抱着你？反正我体力好。”

“……”

“温欢……”

“给我闭嘴！”沈温欢头也不回地打断他道，有些傲娇地赌气，背影看上去气呼呼的，煞是可爱，“没看到我害羞了吗？害羞了！”

蒋远昭闻言脚步微顿。

旋即，他唇角不可抑制地微微上扬。

他真是，太喜欢逗她了。

待一行人好容易爬到山上，都舒了口气。

“呼……温欢体力真好啊，听说你学过散打，有底子的人就是不一样啊。”袁语姗轻喘着气，拿出纸巾拭了拭额前的汗，对她笑道。

沈温欢笑着摆摆手，显然不是很累：“还好啦，再高一点儿我也要撑不住了。”

“这别墅这么好啊……”阮曼舒喃喃道，成功将众人的视线吸引过去。

只见那山间别墅坐落在眼前，是豪华的欧式风格，有整整四层，可当真是奢华得很。

难以想象，这种地方居然会有如此完美的别墅。

“好了，既然都爬上来了，那就进来分配房间吧。”乘直升机上山的江澄蔓倒是轻快，安排六人进入别墅后便给每组都发了一份小型地图。

她有条不紊地解释着接下来需要做的事：“楼层是分好的，因为这别墅确实大，所以一楼空出来当餐厅用，往上每层一组，别墅内设有电梯，行动方便。”

“二楼沈放和袁语姗，三楼蒋远昭和沈温欢，四楼就是季风朗和阮曼舒，一会儿你们可以去认房间。”

江澄蔓说着从包包中掏出一个模型给他们看：“这个，是你们所居住的房间上都会有的烫金贴，所以不用担心一会儿上去找不到房间。好了，现在就去放行李吧！”

六人便去了与自己相对应的楼层。

沈温欢在跟着蒋远昭走向电梯时突然想起什么，回头问江澄蔓：“江姐，房间的床是怎么安排的？”

江澄蔓闻言抬眸看她，笑得坦然：“一张床哦。”

沈温欢如同石化。

蒋远昭侧首扫了她一眼，便牵起她的手拉她走进电梯，轻描淡写地道了句：

“不用想了，你今晚跟我睡。”

蒋远昭拎着行李箱，牵着沈温欢来到了三楼。

蒋远昭环视四周寻找房间，沈温欢跟在他身后纠结得很。

同居也就算了，但是同床……

实在不敢想象啊好吗？！

“那个……蒋远昭，要不我睡沙发吧？”她讪笑，拍拍他的肩膀，“你看我前段时间还发高烧住院了，万一我感冒还没好传染给你了怎么办啊？你这是第一次参加真人秀节目，万一生个病什么的多不好啊……”

她慌不择言，完全没有逻辑性。

“我又不会对你做什么，有必要这么紧张吗？”蒋远昭叹了口气，有些忍俊不禁地回首看她，淡淡开口道，“在你允许之前，我不碰你。”

“……”沈温欢欲言又止，最终还是选择缄默不语。

她当然知道他蒋远昭不是那种人，但是……

他蒋远昭也绝对不是那种放着机会不做点事的人。

所以说碰她归碰她，就算不做到那一步也可以有很多亲密行为啊老哥！

沈温欢心跳声如擂鼓，她做了个深呼吸，最终视死如归地揽住他：“不管了，反正我觉得你可信！”

蒋远昭闻言微怔，侧首眸色复杂地看向她，半晌他低笑一声，带着她走向房间。

“沈温欢，你还真是放心我。”他唇角微弯，将手放在她腰间，意味不明道，“不过，我很开心你会相信我。”

沈温欢不吱声了，有些窘迫地垂下头，跟着他进了房间。

一踏入房间，沈温欢就微怔了怔，眸中有光芒闪过。

房间装潢是温馨风格，墙壁粉刷成了天蓝色，看起来颇为舒服，正对面有一扇落地窗，被浅蓝色蕾丝边的窗帘所掩。

蒋远昭走上前去拉开窗帘，映入眼帘的便是那碧海蓝天，景色甚好，海鸥栖于树梢，海浪声若隐若现，令人看了便心情舒畅。

满目都是蓝色。

沈温欢最喜欢的蓝色。

“果然这样才有些人情味。”蒋远昭含笑开口道，似乎只是无心之言，却让沈温欢察觉到什么别的意味。

沈温欢双手抄兜走过去，言语间没什么情绪：“你是说我家里吗？”

他不着痕迹地扫了她一眼，见她似乎心情愉悦，便唇角微弯，回答她道："是啊，所以你要尽快跟我生活在一起，多添些人情味，别做你那不食人间烟火的小仙女了。"

"可我还是觉得做个仙女会比较好。"

"嗯……那就只做我一个人的吧，做我的小朋友，也做我的小仙女。"

沈温欢扑哧笑出声来，戳戳他，忍俊不禁道："什么话题都能给你说变味，你这人真是有趣。"

"其实你可以察觉到。"蒋远昭垂眸看她，笑意坦然，"在别人面前，我依旧是个没趣禁欲的工作狂。我本身就无趣，只是为了你，我愿意变得有趣。"

话音落下，沈温欢愕然抬首，便撞进他眸中，深邃悠远，似有暗芒潜伏。

蒋远昭这人，有毒。

半晌，她轻笑："那还真是谢谢你了，把我的生活变得有趣。"

"反正以后都是一家人，客气什么。"蒋远昭揉揉她的脑袋，便拖着行李箱走向卧室，"过来收拾收拾吧，一会儿还有任务，你可以先休息会儿。"

沈温欢忙不迭小跑跟上前去，帮忙收拾房间和行李："不用，这才多半天，我以前比这累多了。"

比这累多了？

蒋远昭稍稍眯眸，心下蓦地生出几分猜测，却是不敢轻易问出口，便没应声。

沈温欢发觉他的异常，边收拾衣物边对他道："你想问什么就问，反正你该知道的不该知道的都清楚了。"

蒋远昭头一次有种措手不及的无奈感，他欲言又止，最终还是小心翼翼地问她："沈家以前……对你不好吗？"

这问题问得如此隐讳，话一出口别说沈温欢，连他自己都愣了愣。

曾几何时，他居然会如此小心谨慎地说话，生怕触动别人的心。

如此柔情，只因为她罢了。

"我母亲故去后，我便寄人篱下，在沈家过着不见天日的生活，后来住校被林姐发现了，便开始做模特什么的，前些年才踏入娱乐圈，有了独立的经济来源。”沈温欢淡淡道，说起沉重的事来却是半分情绪都没有，她将衣服叠好放在一旁，随即盘腿坐在地毯上。

“蒋远昭，虽然我不知道你为什么会这么了解我，但我还是希望，你要了解就了解得透彻点儿。”

蒋远昭微怔，正要开口，却听楼道广播中传来江澄蔓那中气十足的声音——

“都下来集合，捉鱼去啦！”

蒋远昭的脸瞬间就黑了。

沈温欢不知为何，觉得此情此景万分喜感，便忍着笑拉起他，轻咳一声，道：“好了，我们赶紧下去集合吧，有什么事晚上再说。”

“好。”蒋远昭挑眉，“晚上再说。”

沈温欢：“我不是那个意思。”

“我也不是那个意思。”

“你说哪个意思？”

“你说的那个意思。”

浑蛋！所以说到底什么意思啊这个老流氓？！

沈温欢默默啐了口，不说话了，扯着蒋远昭就往楼下跑。

蒋远昭看着自己被她紧握着的手，唇角笑意渐深。

这小妮子可算是开始主动了，真是不容易。

集合后，剧组工作人员给六人分发了塑料外套，防止被泥弄脏了衣服，沈温欢却觉得即使套上了塑料外套，也没什么用。

众人来到养殖河区，河区主人是位老当益壮的大爷，亲身给他们示范如何捉鱼。

几个人聚精会神地盯着，只见那老大爷在下游排水沟处撒下渔网，去旁边捡了根木棍，又跑去上游对河面一阵拍打，没一会儿，渔网中便有了鱼。

老大爷得意扬扬地看着众人惊讶的表情，弯腰扯了扯渔网，将鱼重新放了回去，用英语跟江澄蔓交流了几句，便颔首离去了。

“哇，捉鱼这活儿也是厉害了。”阮曼舒掩唇惊叹，啧啧感叹道，“真好玩，风朗我们赶紧开始做任务吧！”

“急什么，给你们鱼叉，那位大爷借给你们的。”江澄蔓说着便叫人去指定位置抱了一堆捉鱼工具，摆在众人面前。

沈温欢盯着这些工具脸色复杂，当真是有种接地气的感觉。

分好工具后，六人便两两组合，去河边寻找有利地形，沈温欢不清楚怎么弄，便随便挑了个地方。

她看着水面有鱼儿翻涌，不禁来了兴致，撸起袖子挽起裤腿就下河去抓，耿直的行为惊得摄像大哥都抖了抖。

“哈哈哈哈哈不要怂就是干，我欢太糙了吧？”

“这什么操作？直接就颠覆女神形象了嘛。”

“会打架还会捉鱼，居家必备我温欢！哈哈哈哈！”

弹幕都在发笑，也有人在期待蒋远昭的反应，不知他会是上前帮着一起捉鱼，还是如何。

沈温欢捉了半天，却只摸到好几次鱼尾巴，不禁蹙眉叹了口气。于是乎，就在众人的期待中，蒋远昭慢条斯理地整理好衣服，也下河帮忙了。

“捉鱼不是这样随便摸出来的。”蒋远昭轻轻按住沈温欢，“如果不介意的话，我来试试？”

沈温欢撇了撇嘴，往旁边撤了撤，道：“反正我也捉不到，那就你来吧。”

蒋远昭颔首应声，弯腰将手放入水中，停驻了半晌。

就在沈温欢想出声问他情况的时候，只见蒋远昭以迅雷不及掩耳之势，蓦地收手扣住了什么东西。

下一瞬，他手中多了条肥美的大鱼。

“啥？我家远昭居然会捉鱼？！”

“这是全能的节奏吗？全场最佳！”

直播间炸裂开来，摄像大哥也忍不住拍手叫好，沈温欢却是怔怔看着蒋远昭手中的鱼。

不，应该说是蒋远昭的手。

他的手修长白皙，煞是干净，指骨线条精致流畅，如同昂首仙鹤。他手上的水滴在日光下折射出耀眼的光辉，更衬得那手惊艳满目。

这么好看的手……

居然用来捉鱼，真是可惜了。

沈温欢念及此，眸色复杂地转移开视线，伸手抱过那条大鱼，颠颠跑过去放在岸边，又小跑了回来："你怎么这么专业啊，练过？"

"没有，刚才看了大爷的示范才学会的。"蒋远昭说着便接收到沈温欢诧异的目光，他略思忖几秒，随后便对她笑道，"大概是因为，我比较聪明吧。"

"自夸起来不要脸，自黑起来不要命。"沈温欢翻了个白眼，却笑道，"我也来试试，就不信捉不到了。"

说着，她便准备下去捉鱼，袖子却在此时滑落下来，她不禁蹙眉，正准备再撸上去，蒋远昭却弯下了腰，从她背后绕过她，不急不慢地为她挽好了袖子。

她整个人便被他拢在怀中，怔怔被他抬着手臂，一时没回过神来。

背后挽袖子？！

沈温欢感受着耳边男子那温热的呼吸，整个人都酥麻了几分。

她的脸瞬间红透。

这动作……

也太暧昧了吧？！

阮曼舒一直在暗中观察沈温欢和蒋远昭。

季风朗正儿八经地在一旁捉鱼，冷不防听阮曼舒一声惊呼："我去！"

"嘘，这是公共场合。"他无奈苦笑，将食指抵在唇角，示意她将音量放小。

阮曼舒火急火燎地小跑过来，扳过他的肩膀，忙指着一个方向："不是，你看蒋远昭他们！"

蒋远昭他们又怎么了？

季风朗蹙眉，目光顺着阮曼舒指尖所向，不禁顿了顿。

只见那处水波荡漾，河面映着蓝天白云，波光粼粼。

水中央站了两个人，一个是蒋远昭，一个是沈温欢。沈温欢背对着蒋远昭，他从她身后抱住她，微微俯身替她挽起袖子，温柔得一塌糊涂。

“我去……”季风朗咋舌，难以置信地摇了摇头，叹道，“这两个家伙，真是无药可救了。”

“他们俩肯定有一腿。”阮曼舒柳眉轻蹙，摩挲着下巴，意味深长道，“风朗，我怀疑他们俩其实是在拍拖，关系到位但感情不到位，所以蒋远昭还在追我家小欢欢。”

“你真懂。”

阮曼舒得意扬扬道：“那是当然了，此事事关重大，我必须暗中观察。”她正哼哼笑着，弯腰随手一摸河水，却蓦地一顿。

她手底下的东西怎么滑溜溜的？有情况！

念及此，她飞速蹲下身抱住那自投罗网的大鱼，喜滋滋看向季风朗：“风朗风朗，你看我运气多好！”

“这么棒！”季风朗面露喜色，忙接过鱼将其放在岸边，他对阮曼舒微弯唇角道，“不愧是我家仙女曼舒，加油。”

“好嘞！”阮曼舒闻言，也来了势头，撸起袖子就蹲下身去捉鱼了，一时忘记了暗中观察蒋远昭和沈温欢的事。

待蒋远昭帮沈温欢挽好袖子，她已经臊得不行了，抿着唇红着脸，自顾自蹲下身去漫无目的地摸鱼，却是摸了许久也未果。

蒋远昭微眯眸，突然同她一起蹲下，握住了她的手，吓得沈温欢一震：“哇，你干什么？”

“别动，教你捉鱼。”他长眉轻蹙，神色无比认真，聚精会神地盯着水面，他这副模样让沈温欢对他的话信以为真，于是便也集中精神，随时准备逮鱼。

蒋远昭却是唇角微弯，不着痕迹地扫了她一眼，心下不禁暗笑这小丫头的天真。

他不过只是单纯地想牵牵她的手，顺便抱抱她罢了。

一日不揩沈温欢的油，他蒋远昭就浑身不舒服。

没一会儿，就连沈温欢都开始怀疑时间是否在流动了，便觉手边似有波纹流转。

她刚意识到有鱼来了，蒋远昭便已率先按下沈温欢的双手，她条件反射地一扣，当真就扣住了一条鱼。

“我捉到鱼了！”沈温欢抱着好容易才亲手捉到的鱼，喜形于色，笑嘻嘻道，“哇，蒋远昭谢谢你啦，你怎么什么都会啊？”

蒋远昭挑眉轻笑，抬起指尖轻拂去下巴上的晶莹水滴：“是啊，我这么全能，你还不考虑把我变成私有物吗？”

“那你怎么不考虑收买贿赂我？”沈温欢边放鱼入筐边道，对他的言语调戏已经基本免疫，“快，趁热打铁，你继续捉几条上来，加油啊！”

敢情这是把他当捕鱼达人了？

蒋远昭笑叹一声，却也是乖乖听了她的话，当真去捉鱼了。

沈放和袁语姗那边也捉了一条了。二人正商量着该如何撒网捉鱼，毕竟都是新手，虽然方才见那老大爷亲手示范了，真做起来却还是有些勉强。

“我撒网试试吧，看看能不能运气好捞上来一两条。”沈放说着便张手撒网，袁语姗在旁边观察水面波动，随时都准备唤他撤网。

等了半晌却没什么反应，袁语姗不禁有些气鼓鼓。她起身小跑到上游，弯下腰伸手在水中赶鱼，一路赶到沈放那边，憨态可掬的模样可把众人给逗笑了。

“笑什么笑嘛，我这不是为了捉鱼吗？”袁语姗有些生气地嘟起嘴，却也只是做做样子，对沈放兴奋道，“欸沈放，你撤网看看有没有！”

“好好好，听你的。”沈放有些忍俊不禁，当真就撤了网，却是一怔。

不是吧……

“耶！两条！”

袁语姗惊喜的欢呼声直传入众人耳中，吓得沈温欢手一抖，手中的鱼儿便跑了。

“我去！”她一声惊呼，忙弯腰重新捉回，这才舒了口气，“幸好我反应快，这是第几条了？”

蒋远昭盯着不远处的筐子稍稍眯眸，半晌答道：“第四条了。”

“你近视吗，怎么会眯着眼睛看东西？”沈温欢将鱼放入筐中，有些疑惑地看着他。

她记得，很久以前她去拜访蒋远昭的时候，他似乎就是戴着眼镜的。

“稍微有一点吧，平时戴不戴眼镜没什么差别。”蒋远昭活动了一下手腕，抬眸看她，“怎么突然想起来问这个了？”

沈温欢摇摇头：“没什么，就是突然想起来之前我见你戴过眼镜。”

“对我戴眼镜的样子印象这么深刻，我戴眼镜很好看吗？”蒋远昭调笑着，俯身去捉鱼，本没指望沈温欢会说什么，却听她思忖半晌，一本正经对他道，“其实我觉得，你怎么样都好看啊。”

吓得蒋远昭那一瞬间都不会捉鱼了，双手停留在水中，不知该作何反应。

沈温欢察觉出他的不对劲，走上前去狐疑地拍拍他的肩膀：“怎么了？”

“没什么，继续捉鱼吧。”

“呃……嗯，你在害羞吗？”

蒋远昭的脸瞬间就黑了，他直起身来似笑非笑地看着她，不急不慢地开口道：“沈温欢，要不然我让你体验一下什么是真的害羞？”

沈温欢当即退避三舍，她强忍着笑忙对他挥手拒绝：“不用了不用了，我㞞，害怕。”

蒋远昭正欲开口，就在此时，海风冷不防吹散了云，层云流转，太阳便毫无征兆地显露出来。

日光尽数倾泻，在河面上泛着些许波澜。波光粼粼中夹杂着剔透，映入沈温欢眸中，璀璨耀人。

她逆光对他，整个人似乎都被镀了一层清浅光晕。她笑意粲然，竟让璀璨日光都为之暗淡。

她真好看。

以上四个字是蒋远昭的全部想法。

就在此时，江澄蔓突然吹响哨声，宣布任务时间结束，命令众人带着捉的鱼过来集合。

沈温欢忙不迭跑上岸去收拾鱼筐，蒋远昭回神，便不急不慢地跟在她身后。

上岸时，阮曼舒暗自凑到沈温欢旁边，小声问她：“温欢，你是不是已经和蒋远昭在一起了？”

这个问题显然问得沈温欢猝不及防，她怔了怔，便低声对阮曼舒道：“我只是说试试，现在我们的关系很迷……”

“唉，结果还是暧昧期啊？”阮曼舒闻言，不禁一声长叹，“你们俩怎么这么拖啊？”

江澄蔓的声音打断了二人：“请把各组的鱼筐拿过来，现在要开始计数了。”

沈温欢示意一会儿再聊，阮曼舒颔首答应，便去找季风朗了。

最后统计结果出来，蒋沈组四条鱼，季阮组三条鱼外加一个螃蟹，沈袁组三条鱼。

最后，蒋沈组在第一轮中光荣胜出，记下了光辉一笔。

《我们在一起》节目中的任务环节是计输赢的，因为最后结束录制时会根据每组的获胜次数来挑选出最佳情侣，给予神秘奖励。

这奖励每年都不同，因此今年也是一如既往令人期待。

众人这么折腾了一下午，不知不觉都到了傍晚，接下来便要回山间别墅去集体烤鱼了。

不过这次江澄蔓良心发现，带着他们绕到某山洞口，眼前出现一个观光电梯。

她笑着示意：“这个直通别墅门口，都上去吧！”

众人皆是一脸土色。

所以说……为什么明明有电梯却还让他们爬上山去？

江澄蔓似是明白他们的困惑，便讪笑着抓了抓头发：“我给忘了……”

摊上这样大条的导演也是没谁了。

一行人乘电梯回到别墅后，进入一楼便开始各自准备食材，所幸这里设置的厨房器具多，能让每组情侣都大显身手。

沈温欢多少还是会做饭的，便撸起袖子着手准备，蒋远昭则在一旁有条不紊地处理着鱼，处理好后，他便洗干净手，安静地在旁边看着沈温欢。

沈温欢正切着辣椒，她略一低头，他便望见她脸颊上不知何时蹭上一块淤泥，虽然很小，但附着在那白皙嫩肤上却是格外显眼。

蒋远昭长眉轻蹙，便走过去抬起她的下颌：“脸上有点脏东西，洗一下。”

“欸？”沈温欢应声，弯下腰正准备洗，却突然想起来自己刚切了辣椒。

她正为难，却见蒋远昭俯身拧开水龙头，他单手握住她的肩膀，另一只手则接了捧水，对她淡声道：“闭眼。”

沈温欢条件反射地闭上双眼，待脸颊覆上一抹清凉，那人用指尖轻柔地替她擦拭着颊上污物，她才反应过来：

蒋远昭——居然在给她洗脸？

蒋远昭托着沈温欢的下颌，神色正经，为她拭去脸颊上的污渍，力道温柔。

沈温欢趁机睁开双眼看他，却见他的确是在盯着她，却没有与她对视，似乎并无异心。

“再闭一次眼。”

沈温欢得令，当即乖巧地闭上眼睛，握着辣椒的手停在空中，有些不知所措的迷茫。

蒋远昭又细心地替她洗了一遍，这才从一旁拿过毛巾，不急不慢地给她擦干净脸上的水滴。

沈温欢只觉得两耳除了心跳声，什么都听不到了。她能感受到自己与蒋远昭近在咫尺，柔软的毛巾覆在面上轻轻摩挲，竟也让她的心柔软下来。

摄像大哥本正在拍摄沈袁情侣，冷不丁看到蒋远昭和沈温欢那边有了进展，便悄无声息地将镜头掉转过去。

二人暧昧的氛围便全然落于观众眼中，粉红泡泡漫天，萌花飞舞。

“少女大佬：啊啊啊啊！我的妈，我认输我认输！他们俩太甜了啊啊啊啊！”

“可爱至极：为什么还没追到手？！老蒋不是老流氓吗？”

“永远抢不上热门：请务必在一起好吗？给我一个出份子钱的机会啊啊啊！！”

……

“蒋远昭粉丝后援会V：这大概即将成为我唯一认证的情侣。”

突然出现的官方人士让评论区停顿了几秒，紧接着，便掀起了轩然大波。

“永远抢不上热门：官方大佬都出面认证了？！为我迷人反派欢疯狂呐喊！”

“Amor：本来一直在观望，看来蒋沈这对情侣档我要站稳了。”

“祝蒋沈长长久久：欢迎新的小可爱们投奔蒋沈情侣档的狗粮生产场，一对一，私家生产，高品质管饱！”

江澄蔓始终在一旁坐着看直播间的反应情况，她看到此时的直播不禁愣了愣，都没发现蒋远昭和沈温欢有这么亲密的行为。

她眉间轻拢，不禁开始怀疑蒋远昭和沈温欢真正的关系。

阮曼舒和季风朗配合极佳。阮曼舒在旁边做饭，季风朗便在一旁打下手。几乎她一伸手，他就知道她需要什么，给她递过去。

二人全程没有过多交流，但却是有着羡煞旁人的默契。

细水长流的爱情，大抵只是会在细节中体现出来罢了。

相比之下，沈放和袁语姗那边显然更多的就是语言交流了，毕竟是前不久刚确认关系的小情侣，默契度还没上来，自然是比不上阮曼舒和季风朗。

“沈放，帮我拿一下盐，半勺。”袁语姗一边炖鱼一边对他有条不紊地吩咐着，沈放倒也配合，二人总体来说还是很顺畅的。

而蒋远昭那边……

沈温欢全程插不上手，在一旁靠着桌子抱臂而立，难以置信地盯着蒋远昭。

镜头缓缓递进，只见蒋远昭手法熟稔地切菜炖鱼，调料时也是拿捏精准。他先用事先切好的葱姜蒜炸锅，又撒了些许花椒粉，铺开后便熬了一会儿。

他掐好了时间，到点后便分秒不差地将食材放入锅中，一套动作下来如行云流水，看得人一愣一愣的。

江澄蔓险些被惊掉下巴，摄像大哥也是备受震撼，惊得连镜头都忘记调换过来。

“你还真是全能啊……”沈温欢面色复杂地摇了摇头，啧啧感叹道，“怎么，常年自己下厨？”

蒋远昭调了些醋料倒入锅中烹着，而后又调了调火候，淡淡回应道：“毕竟有挺长一段时间是独居，要是无聊了就研究研究菜谱，换着花样来。”

“挺长一段时间？”沈温欢挑眉，随口问他，“多长时间啊？”

“三四年吧，自己一个人住。”

沈温欢下意识便脱口而出：“不孤单？”

蒋远昭没什么情绪变化，声线平稳：“还行吧，习惯了也就那样。”

沈温欢闻言微怔，沉默半晌，她淡了神色，将视线瞥到别处，清清落落地来了句：“要是你早点遇见我就好了。”

两个同样孤单的人，如果早些遇见，就好了。

蒋远昭抬眸看她，却是不语。

他独居的那段时间，正是沈温欢母亲去世且被沈家软禁的日子，至于后来那么漫长的时间内都没遇见她，大抵是因为她成天把学校宿舍当家。

所以，即便他很早以前就听闻过她，他们还是无法过早相见。

但是这番话，蒋远昭并没有告诉她，他只是对她笑了笑，道：“是啊，如果早点遇到你就好了。”

“不过我们应该遇不见吧，毕竟我那时可能还没独立出来呢。”沈温欢摸了摸下巴，眉梢微垂，带几分无奈道，“唉，管它呢，反正现在遇见了也不晚。”

“是啊，迟早都是一家人，晚点遇见也无所谓。”蒋远昭调侃她，说着将锅盖移开几寸，看了看菜色，便调成小火。

“谁跟你一家人啊，好话说这么早。”沈温欢笑道，却没怎么表态，只将注意力集中在那锅中的鱼上。

她早已隐约嗅到鱼的香味，蒋远昭这么一开锅盖，那浓郁的肉香便肆无忌惮地扑面而来，引得她饥肠辘辘，想克制都克制不住。

蒋远昭余光瞥见沈温欢那般嘴馋的模样，不禁哑然失笑，侧首对她不急不慢道：“怎么，这就饿了？”

“中午没吃饱嘛，下午还这么累。”沈温欢抱臂站在一旁，撇了撇嘴，“还没好吗？”

“好了。”蒋远昭话音未落便关了火，把鱼在锅中　了会儿，随后盛了出来放在盘中，又随手缀了些菜。

色香味俱全，沈温欢当真是动了心。

与此同时，另外两组也陆续做好了菜，都端上了餐桌。袁语姗不太会做鱼，就炖了个鱼汤，也是鲜美至极。

餐桌上是六菜一汤，两道是鱼，一道是阮曼舒蒸的螃蟹，其余三道便是附近的海产品，附赠几份小菜，也算是颇为丰盛。

众人早已是饥肠辘辘，上好菜后便纷纷开吃。江澄蔓去向观众宣布明天的直播时间，顺便结束了直播，伸了个懒腰也跑过来吃饭了，餐桌上一片欢声笑语。

蒋远昭饭量小，吃了一点就饱了，便开始不急不慢地给沈温欢挑鱼肉，拔好了刺确认没有问题后才默默放入沈温欢盘中。

沈温欢只顾着聊天，竟也没察觉到什么，只是好奇为什么自己盘中的鱼肉接连不断，而且都还是没刺的。

直到大伙儿吃好了饭准备各自回房休息时，沈温欢蹙眉看向蒋远昭方才坐的位置问道：“这么多鱼刺，你吃了多少啊？”

蒋远昭沉默半晌，长叹了口气，幽幽道：“没什么，饿了。”

这小姑娘真是……

算了，一言难尽。

待二人回到房间时，已经八点半了，蒋远昭走进卧室，沈温欢一身疲惫，脱了鞋就往沙发上扑过去，发出一声喟叹：“哇，舒服！”

蒋远昭的声音从卧室内传来：“累了的话就洗个澡睡觉吧，明天还要累一天，记得养好精神。”

沈温欢应了声，便强打精神坐起身来，穿着拖鞋小跑到卧室内，准备拿睡衣去洗澡。

谁知她一进门便见蒋远昭裸着上身，指尖搭在半解的腰带上，略微讶异地看着她，似乎是没想到她会突然进来。

就算她早已见识过蒋远昭的好身材，但此时也忍不住觉得血脉偾张。

“对不起，我不知道你在换衣服，我这就出去！”沈温欢忙闭上眼道，手忙脚乱地就要出门，却听蒋远昭淡声道：

“我又没脱裤子，怕什么？”

沈温欢：“……”

她竟无言以对。

她面如土色地睁开眼，强作镇定地不去看他，径自走到衣柜前，抱起换洗的衣服就向浴室走去。

这个房间里安排了两个浴室，一个在主卧，一个在卫生间。沈温欢为了不显得尴尬，就准备去卫生间的浴室。

沈温欢离开前悄悄回头，却见蒋远昭不急不慢地坐在床边，准备脱裤子。

我去！

“结果你还是脱裤子了啊！”沈温欢按捺不住了，忙不迭捂住眼睛，摸着墙走出卧室。

蒋远昭倒是理直气壮：“你一直在这里耽搁，难不成我还不换衣服了？”

这个老流氓！

沈温欢暗自咬牙，只得愤愤道：“谁管你，我去洗澡了！”

蒋远昭有些忍俊不禁，他唇角微弯，这才真正将裤子给换了下来。

待沈温欢一身舒爽地从浴室中走出来时，蒋远昭已经沐浴过后靠在床头上玩手机了。

沈温欢在卧室门口徘徊许久，始终在纠结即将和蒋远昭同床共枕这件事。

不管了，睡觉就睡觉！

最终她一狠心，一咬牙，就大跨步走进卧室。

沈温欢站在门口，便望见那昏暗温柔的暗黄色灯光，如轻纱般笼罩了蒋远昭，映得他眉眼柔和精致，似在等待他那中意的枕边人。

沈温欢的脚步蓦地顿住。蒋远昭闻声看向她，对她笑了笑，拍拍身旁的位置，不急不慢地开口道：

“宝贝，过来睡觉。”

第五章
予你情深

沈温欢暗自爬进被窝，恨不得直接睡在床边上。

蒋远昭不禁有些好笑，便伸手将她揽入怀中，惊得沈温欢一震，慌乱道：“你你你你干吗？”

“什么干吗？睡觉。”蒋远昭理所当然地回答她，唇角笑意有几分恶劣，摆明了戏谑的态度。

这家伙……

沈温欢气结，正欲开口，却听闻蒋远昭的手机响起，打破了这逐渐暧昧的气氛。

沈温欢趁着蒋远昭接电话的间隙，从他怀中脱身，坦坦荡荡躺在一旁闭目养神，一副美滋滋的模样。

蒋远昭见她如此，唇角微弯，但对于这电话还是颇为不友好的。

他扫了一眼来电显示，发现居然是周焕，不禁长眉轻蹙，接起电话便沉下声来：“什么事？”

周焕的声音听起来没什么情绪：“远昭，季风朗过段时间准备开拍的《青史》开始选角了，公司推荐了你，对男主的角色势在必得。”

蒋远昭并不表态，只问他：“所以？”

“为了你的公众形象和捆绑情侣档问题。”周焕深吸一口气，似乎不太情愿道，“公司方面，希望你能尽快公开和沈温欢的关系，去和《青史》的预定女主侯悦晗……呃，打好关系。”

虽然周焕说得隐讳，但蒋远昭却清清楚楚地明白了他的意思。

不过又是为了公司盈利，提前进行的情侣档预热。

只是现在箭在弦上，蒋远昭在这个节骨眼儿上居然公开追求沈温欢，给人来了个措手不及，以至于现在场面不好收拾了。

那就不收拾好了。

蒋远昭念及此，问周焕：“你觉得，这事有可能？”

周焕显然处于万分纠结之中，沉默半晌，叹了口气，幽幽道：“远昭，这是个很好的机会，《青史》的版权大有向海外发展的趋势，你若是演好了，准会名声大噪。

“这件事非同小可，我在此就不发表意见了，你务必要谨慎考虑好，尽快回复我。”

蒋远昭陷入沉默。他垂眸扫了一眼身旁装睡的某人，薄唇微抿，最终还是淡声道：“这侯悦晗，什么来路？”

他只觉这名字有几分耳熟，却是说不清道不明的感觉，因此肯定不是圈内什么颇有名气的女星。

但她既然能成为《青史》的预定女主，想必是来头不小了。

果不其然，正如蒋远昭所料想的，周焕语气沉重地答道：“侯悦晗，是袁语姗的表妹，二人关系向来不错，所以换角这件事，可能性不大。”

居然是袁语姗的亲戚？

这下难办了。

蒋远昭长眉轻蹙，有些疲倦地捏了捏眉骨：“……我考虑考虑再说，挂了吧。”

周焕应了一声，随即挂断了电话。

场面一度陷入死寂。

沈温欢似乎是坚持装睡，愣是憋着一口气不吭声。

蒋远昭却是比她还从容，居然挂了电话后玩起了手机。

无人开口，却都心里有数。

沈温欢眉间轻拢，无声睁开双目，心绪复杂不已。

许久，她开口，声音低沉：“蒋远昭，你怎么想的？”

“你希望我怎样我就怎样。”他淡淡道，声音在这片浓重夜色中有些模糊虚缈，听起来不分喜怒。

他等了许久，却听她闷声回答他——

“那就，听你们公司的吧。”

话音未落，蒋远昭突然将手机关机，随手放在床头柜上。

金属与木制品相触，传出一声闷响，不轻不重，却像是敲在了沈温欢心头。

她分明能察觉到，蒋远昭的怒意。

果不其然，下一瞬，蒋远昭冷冷开口，对她道：“沈温欢，你知道这将意味什么吗？”

“……我知道啊。”

“你不知道，你要是知道你就不会让我去。”蒋远昭的声音冷得可怕。

他细数接下来会发生什么：“首先，我的公司为了让我摆脱你，会让人出通稿黑你，给你扣上莫须有的罪名，让你的公众形象迅速恶化，从而制造出我迫不得已放弃你的假象。

“然后呢，粉丝和人气大跌的你能做什么？无非离开娱乐圈，去一个没人认识你的地方度过此生。”

语罢，蒋远昭做了个深呼吸，似乎是为了平息怒火。他嗓音略微沙哑，道：“不提这些虚伪的大道理，沈温欢你也不想想，事已至此，你让我怎么能轻易放下你？”

沈温欢一时词穷，她的确没想那么多，经蒋远昭这么一说，也不禁有些心虚。

“沈温欢，你可以不接受我，可以抗拒我，但请你不要把我推给别人。”蒋远昭的声音逐渐淡下，似是累极倦极：

“我不希望，你成为那么自私的人。”

他话音落下，沈温欢怔住，随即她紧紧闭上双眼，生怕自己会轻易流露出半分感情，心底莫名有种被人一语中的的慌张无措。

是啊……

她就是个自私至极的人。

害怕被别人窥探心事，害怕被别人示好，于是便将别人的心弃如敝屣，只为了保全自己，不让自己的软肋轻易为人所发现。

所以，她真的……是这样吗？

她真的准备好，把自己的心敞开了吗？

沈温欢扪心自问，却也不得结果。她抿紧了唇，决定再也不开口。

伤害自己，更伤害别人。

蒋远昭似乎轻叹一声，他缓缓躺了下来，轻声对她道："你说的话我就当没听到，《青史》这部电影我接不接，我会自己考虑，时间不早了，睡吧。"

没有晚安，没有多余的话语。

他生气了，悄无声息，却让她明白得清清楚楚。

清冷寂静，却是让沈温欢连心跳声都听不到了。

沈温欢睁开双眼，复又重新合上，掩住眸中那片复杂易碎的风起云涌。

他们背对着背，同床异梦，滋味苦涩。

蒋远昭从未觉得夜晚如此漫长过。

翌日清晨，众人准时被铃声叫醒，收拾好之后便纷纷下楼集合。

一大早的任务就是做早饭，不过所幸昨天晚上已经配合过一次，这次行动起来也不会那么生疏了。

阮曼舒却全程紧盯着沈温欢那边，眉紧蹙着，似乎颇为疑惑。

明明今天也是蒋远昭主厨，沈温欢在一旁观战，但阮曼舒就是能感觉到，沈温欢和蒋远昭之间，出问题了。

而且，这问题还不小。

先不谈沈温欢的表情今天难得的冷漠，蒋远昭也是一副没什么情绪的样子，两个人站在一起，摆明就是吵架了。

所以说昨晚难道是因为蒋远昭想跟沈温欢睡一张床这个问题，两个人吵起来了？

阮曼舒揉了揉太阳穴，当即扔开了这个想法。

算了，如果是他们的话，这点小事肯定能处理好的吧。

想罢，她便也不再多心，专心致志地同季风朗合伙做起了早饭。

而江澄蔓也察觉到蒋沈二人间的低温氛围，她摸了摸下巴，啧了声。

这两个人居然也会闹矛盾?

难以置信。

一同吃早饭的时候，沈温欢和蒋远昭也基本没什么互动，全程冷漠脸，搞得整个餐桌都沉默了下来。

因为直播一般是中午开始，所以早上便是些清闲任务。今天的任务是，众人去不远处的果园帮果农伯伯摘果子，然后帮忙提伯伯亲自酿的葡萄酒。

这么好的福利众人当然是兴致勃勃，蒋远昭却是帮完忙后便悠然自得地坐在一旁的藤蔓木椅上，不知在思忖什么。

沈温欢在果园角落里默默摘果子，正发着呆，却见果农伯伯走向她，用英语提醒了她一句打果汁的地方。

也许是见她太无聊了吧。

沈温欢忙不迭道了谢，拎着苹果就跑去打果汁了，谁知刚出了果园后门，便撞上一个小孩子。

小孩子是个亚洲人，六七岁的年纪，脖子上挂着个小摄像机，手中拿着个木杆挥舞着，一时没看见沈温欢，那木杆便直接撞上她的迎面骨，疼得她倒抽一口气。

腿瞬间就红肿起来，骨头都在微微作痛。

这儿都能碰上熊孩子，怎么这么背?

沈温欢弯下腰去揉腿，强忍住揍熊孩子的冲动，却见这熊孩子不仅不道歉，反而变本加厉地对她做了个鬼脸，拎起苹果篮就跑。

沈温欢蹙眉，怒从心头起，恶向胆边生，伸手就拎起那熊孩子的衣领，对准他的脑袋就是一巴掌。

她没下重手，却惹来孩子一阵痛哭，瞬间就引来了他的家长，兴许是孩子的母亲，上来就质问她怎么回事。

沈温欢用英语好声好气地给她解释了一遍，谁知那熊孩子越哭越凶，居然控诉起了沈温欢。

沈温欢给弄得心烦意乱，昨晚本就没睡好，心事重重，现在还有熊孩子捣乱，她那暴躁脾气又要作祟了。

那家属对她一通教训，沈温欢稀里糊涂的，只听懂一句“他还只是个孩子”。

她一听这种话就烦，便没好气地回了句：“尊老爱幼他尊老了？不懂礼貌难道不该教训？”

话音未落，她便被那位家长狠狠推了一把，趔趄了好几步才勉强稳住身形。

沈温欢骂了一声，抬首却见这女子居然还举手准备扇她巴掌，便反应迅速地紧握住她的手腕。

要不是她反应快，现在脸上早就多了个五指山了。

沈温欢这回彻底被激怒，也不听那家长在骂什么了，上去揪住她的衣领——

就招呼了一拳头。

蒋远昭正百无聊赖地刷着微博，冷不丁有人跑过来，满面焦急地对他道：

“先生，你的朋友跟人打起来了！”

话音未落，只听咚一声闷响。

蒋远昭的手机掉落在地。

沈温欢回房时，正肉疼地呼着手。

白嫩的手破了皮，有鲜血自伤口溢出，看起来触目惊心。而她脸上也挂了彩，唇角肿了，脸颊也红了一道。

方才那熊孩子的家长主动来挑事，她本就耐性不好，心平气和地给她解释了前因后果，那家长却频频打断她，惹得她心烦意乱。

她本想就此脱身，天知道对方居然会突然动手。她本就心情差得很，急需找一个发泄之处，这节骨眼儿上还有人来挑战她的耐性，她那暴脾气瞬间就上了头。

于是乎，二人最后便大打出手，还引来一个男的劝架。沈温欢念及是公共场合，将那女子镇住了才回来处理伤口。

解气吗？解气。

难得处理了一次熊孩子和熊孩子的家长，又借此机会宣泄了心底的怨气，怎能不解气？

其实，沈温欢深知年少的自己嚣张跋扈，在人群中叛逆得耀眼，于是她选择收敛过往那一身桀骜张扬，本本分分做个老实人，姑且算是积德。

不过事实证明，人再怎么变，也不会脱离自己的本性。

比如，她的脾性。

再比如，蒋远昭的痞性。

就像现在，蒋远昭将她拉进屋内，单手带上门，将她抵在墙上。

沈温欢抬头，见他眸色深沉，长眉轻蹙，两人之间没来由地形成一种低温氛围。

不知怎的，沈温欢见他这般模样，蓦地回想起他昨晚所说的那番话，心里的憋屈又重新涌了出来。

是啊，她就是自私，那就别管她好了。

她这么别扭的一个人，谁会有那耐心去慢慢接纳她啊？

沈温欢紧抿着唇正出神，耳边却突然响起他的声音："不打算告诉我发生了什么？"

言语间尽是波澜不惊的清冷，摆明了他们之间还有隔阂存在。

她愣了愣，猛地推开他，冷道："不用你管。"

话音未落，她就被再次按了回去，与此同时，一抹温热抚上她微肿的唇角，令她浑身一僵。

"我也不想管。"蒋远昭淡声道，微眯眸，指尖放在她唇角轻轻摩挲，"可担心这东西，我只对你控制不住。"

沈温欢突然觉得，蒋远昭这满肚子坏水的玩意儿比她还别扭。

不是都冷落她了吗，怎么现在又跑过来对她示好？

沈温欢的思绪简直一团乱麻，心里更是憋屈得不能行。

"只是和一个熊孩子的家长起争执了而已。"她稳下心神，匆忙躲开他的手，看到一旁桌上的医药箱便伸手去拿，"我没什么大事，你先走吧，别让节目组的人发现了什么。"

触碰到医药箱沈温欢才发现自己的手已经脱力，根本拿不起东西。她正尴尬着，蒋远昭便已伸手越过她，拿出医药箱中的消毒器具。

她便这么被他圈在怀中，动弹不得，而蒋远昭不急不慢的，更是令她心焦。

沈温欢额头起了层薄汗，她抬眸偷摸扫了他一眼，却见他眉头轻蹙，分明含了几分怒意。

他气什么？

她有些发虚，此时蒋远昭已经用棉签蘸好了消毒液，一言不发地抬起她的下颌，给她脸颊上的伤口消毒。

突如其来的疼痛激得她倒抽一口气，但看他脸色微冷，沈温欢也就没敢多言，只问：“蒋远昭，你不回去节目组那边录制吗？”

“你是说我多管闲事？”

“不……只是没见你这么好心过。”

蒋远昭的手顿了顿，只那一瞬，他淡声道：“我的确没那么好心，再加上你昨晚那样对我，如此看来你受伤也与我无关，我大可不必帮你。”

沈温欢眨眨眼：“是吧……”

话音未落，他却再度开口，眸中晦暗不明：“但看到你这副模样，我突然就想把那些伤害你的人都给找出来，亲自动手狠狠修理一顿。”

沈温欢不吱声了：“……”

“珍重的事物被人有意破坏，这种感觉糟得令我烦躁。”说着，他给她的伤口贴上创可贴，冷冷开口，“所以我现在心情很不好，你最好也别再说那些惹彼此都不高兴的话，不然我也不知道我一冲动会做出什么坏事。”

坏事倒是没有……就是说的话比平时多了一堆。

沈温欢如是想着。她抿唇，垂眸盯着地面，却是半句话都说不出口。

于是二人就这么沉默着。蒋远昭不一会儿便给她处理好了伤口，一言不发地收拾着药品。

他提起医药箱，准备离去。

场面依旧寂静。

沈温欢轻吐了口气，突然累极倦极，等回过神来竟伸手扯住他的衣角，将额头轻轻抵在他背上。

砰一声轻响，医药箱重新落回桌上。

难得，她居然能把蒋远昭给吓到。

沈温欢感受到蒋远昭的身体蓦地僵住，不禁觉得好笑。

但她太累了，连开口的力气都没有，就这么靠在他背上。

蒋远昭背部僵直，沈温欢从未有过的亲近令他心下一紧，不知过了多久，他忽觉背上有什么湿润开来。

他怔住。

又一次，他见识到了她的眼泪。她所有的脆弱，他似乎都有参与过。

算了，她一定是很累了。

“我认为你现在需要的是怀抱，而不是后背。”蒋远昭突然淡声道，似乎只是提出了一个平淡无奇的建议。

沈温欢嗤笑一声，正要拒绝，身前的人却径自转身，不容拒绝地将她锢在怀中。

她顿了顿，笑：“你是不是以为，我说过的话从来都不像话？”

“不。”蒋远昭抱着她，认真否认道，“只是你违心话太多，我要从中领悟你真正想表达的意思。”

话音落下，沈温欢蓦地顿住。

泪水不可遏制地自眼眶涌出，她再说不出半句话，紧抓着他的衣襟，哭出声来。

罪魁祸首突然对她这么温柔，能叫她有什么反应？

她对爱情诚惶诚恐，陌生、恐惧却又期待着，总有种一步步走向衰亡的幻觉，再加上昨晚那通电话，让她清楚地察觉到自己与蒋远昭的距离是如此之大。

她开始自我怀疑，开始不自信，明明想变得更好待在他身边，却不能给他带来更多的好处，反而让他处处为难。

冷战后，为了分散她过度的心慌，她将自己投入节目录制中，却也不得安宁，仿佛所有的霉运，都到她头上来了。

打完架就完了，沈温欢带着伤回房，不过一如既往地孤身一人，可蒋远昭偏要插手她的情绪，一番话说得她心都软化了。

许久的隐忍与现下的委屈混杂在一起，竟生生逼她红了眼眶。

“蒋远昭你就是个傻子！比我还傻！”沈温欢哭道，狠狠揪着他胸前的衣襟，“什么狗屁自私！我不过是担心我们因为身份差距太大，最后也终究会分开，你心里就一点数都没有吗？”

蒋远昭微怔，突然反应过来自己昨晚太生气，似乎真的没考虑过身份和地位的差距问题。

如此看来，昨天他说的话，着实有些过分了。

他一时无言以对，只能将唇轻抿。

“你也不想想，万一最后你站在顶峰俯瞰众生，我不过是群星中渺小的一颗，我们还有可能在一起吗？”沈温欢说到这儿，怨气格外大，愤愤道，“到时候如果我们分开了，那你是不是又要来说我自私？”

“我承认我是喜欢你！但是我也很慌啊！我能怎么办？”

沈温欢话音落下，蒋远昭怔住。

一种名为惊喜的情愫自心底油然而生，温温柔柔地，悄无声息地，便溢满他整个胸腔，柔软得不像话。

他垂眸，无声轻笑，突然俯首对她道：“巧了，我也喜欢你，无论如何都不打算放开你，所以我收回昨晚的话。”

沈温欢气结，伸手就打算推开他：“浑蛋，你说收回就收回？！”

“我不管，我家温欢宝贝是世上最宽宏大量的人。”

沈温欢给气笑了，道：“你觉得我这么好哄……”

话在喉间尚未出口，蒋远昭便俯身，轻轻柔柔地吻上了她。

那吻落在唇上是缠绵而细腻的，平复了沈温欢满心的躁动，带着他独有的清冽，在唇齿间暧昧地氤氲开来。

沈温欢微怔，不知怎的，她突然觉得蒋远昭这么哄她……

她，还挺受用的。

但是昨晚还白白浪费了她的眼泪，这个仇她必须报回来！

念及此，沈温欢便愤愤轻咬一口他的下唇，却引来蒋远昭轻声低笑。

他依偎在她唇边，暧昧至极，嗓音低沉道：“乖，别气了，我用美色补偿你好不好？”

话音未落，他便重新吻了上去，而且加深了这个吻。

沈温欢靠在桌上，被他搂在怀中，享受着与他唇齿相依，心底的怒气莫名就散去了。

唇齿间似有若无地传来一声喟叹，不知是谁的。

昨夜心结，以吻封缄。

沈温欢和蒋远昭回到《我们在一起》拍摄现场后，众人便惊异地发现，他们两个不知何时和好了。

阮曼舒远远看着二人逐渐靠近的身影，不禁啧啧感叹着。

她虽然早就预料到蒋远昭和沈温欢迟早会和好，但却没想到会这么快。

然而待他们二人走近了，阮曼舒却傻眼了，众人也都一脸疑惑。

季风朗挑了挑眉，显然对此情此景感到些许惊讶。

在场所有目光都不约而同落在沈温欢的脸上，只见那清丽漂亮的脸蛋上贴了创可贴，唇角微微红肿，在白皙的肤色映衬下，显得格外触目惊心。

难道他们打架去了？

“天哪，到底发生什么了……”袁语姗轻掩着唇，单是看着沈温欢的脸都觉得肉疼，她不禁蹙眉，无意识疼惜道。

沈放正从果园后门前来，在看到沈温欢那张挂了彩的脸时，他微微怔住，第一反应居然不是幸灾乐祸，而是心头涌上另一种复杂的情绪。

奇怪，他什么时候这么多管闲事了？

“哎哟我的小祖宗欸！”最快反应过来的是江澄蔓，看到那张漂亮小脸蛋受了伤，她觉得格外心疼，忙不迭上前去握住她的双肩上下打量她，眸中的担忧显而易见。

沈温欢便把前因后果给她耐心地解释了一遍，最后讪笑着摸了摸头，低声向她道歉：“不好意思啊江姐……耽误节目录制了。”

在场众人都一副了然的模样。

江澄蔓了解情况后，当即一拍拳头，长叹了口气，悠悠然道：“虽然说是添了些麻烦，但你也受伤了，而且熊孩子也必须是要教训的。”

语罢，她便蹙眉问工作人员：“找到那小孩和家长了吗？得封了他们的口，不然影响不好。”

“我已经解决好了。”沈放却在此时出声，神情淡然，双手抄兜向他们迈步而来，“我给了封口费，也检查了电子产品，确认没有任何痕迹。”

我去！

阮曼舒和沈温欢同时一个激灵，都难以置信地盯着沈放，一副看神经病的模样。

就算是路人帮了沈温欢，也不可能是他沈放帮的吧？

毕竟这两个人当年可是大打出手过的。

阮曼舒念及此，有些疑惑不解地看向沈温欢，却见沈温欢也是满面惊愕，不过她迅速反应过来，对沈放僵硬地道了谢：“谢谢沈先生……麻烦你了。”

沈放没什么表情：“不用。”

袁语姗一脸蒙圈地看着他们俩，柳眉轻蹙，不知在思忖什么。

江澄蔓听沈放说处理好了，不禁长吁了口气，上前笑眯眯拍了拍他的肩膀：“真是麻烦沈放了，你赶过去的时候是不是还在打着呢？”

“不麻烦。”沈放轻轻摇头，对江澄蔓笑了笑，解释道，“我之所以知道打起来了，是因为后来有个人跑过来通知我，我过去的时候沈小姐已经不在那里了，我才处理好了这件事。”

江澄蔓恍然大悟地点头，显然对此感到万分满意。

有趣。

蒋远昭却是意味不明地看向沈放，唇角微弯。

沈放蹙眉与他对视，竟也是丝毫不惧。

蒋远昭低笑一声，率先收回视线，转移到沈温欢身上，关心起她的伤势。

真实情况究竟如何，只怕是身为当事人的沈放才心知肚明了。

不过令人意外的是，沈放这小子，并没有蒋远昭想象中那么幼稚。

念及此，蒋远昭不着痕迹地扫了他一眼，却见他正在盯着某处沉思。

沈放望着与果园相对着的海滩，碧海蓝天，清风拂面，他却蓦地回想起方才，那人来唤他的时候。

那名工作人员气喘吁吁地跑过来，上气不接下气对他道：“先生，您的亲戚跟别人起纠纷了！”

沈放第一个反应居然是困惑不解，他心想自己哪来的亲戚，便耐着性子问他：“那个，你是不是搞错了？我是来这里录制节目的，在本地并没有什么亲戚。”

“欸？”工作人员微怔，蹙眉狐疑地打量着他，抓了抓头发，“难道是我没看好？但是我真的觉得您和那位小姐长得有些相像……”

沈温欢。

他话音未落，沈放脑中瞬间便浮现出这三个大字。

沈放长眉轻蹙，兀自冷静下来，向工作人员打探道：“请问你说的那位小姐，是不是身高在一米六七左右，长卷发，穿着白衬衫牛仔热裤？”

话一出口，他自己都愣了愣，奇怪自己怎么把沈温欢的外貌记得这样清楚。

工作人员略略思忖半晌，而后肯定道："是的，就是她！"

这丫头怎么成天喜欢用蛮力解决问题？

沈放啧了声，当即起身赶去工作人员所说的地方，没来由地焦急。他到达现场后却见那熊孩子鼻青脸肿地坐在地上哭，他身边有个疑似家长的人脸上也挂了彩，表情极为难看。

沈温欢哪儿去了？

他心底突然萌生几分烦躁，便上前没好气地问道："那个揍你们的女人呢？"

"那个神经病早不知道跑哪去了！"女子安慰着孩子，怒气冲冲地骂道，"简直是个疯子，我孩子不就打了她一下吗，让让孩子怎么了？"

"要是让我逮住机会，一定把这女的给曝光出来！"

她话音落下，沈放却是微微眯眸，半晌饶有兴趣道："别啊，给你封口费还不成？"

于是后面的事便用钱顺利解决了，临走时，沈放收起钱包，对女子笑了笑，慢条斯理地开口道：

"若是换成我，您孩子现在可就在海里了。"

他说完，便不再理会那女子猛然沉下的脸色，回了果园，谁知刚好就遇到了包扎完伤口的沈温欢。

于是他这才反应过来，自己刚才到底多管了多少沈温欢的闲事。

沈放现在郁闷得很，完全搞不清楚自己在想什么。

他和沈温欢，年少时曾因发生口角而当众拳脚相对，最终没打出个胜负，就被沈家人给拉开了。

那时的沈温欢，空降沈家，算是沈靳恒的手中宝，轻易便得到他渴望的父爱，却还不知珍惜。

至于后来沈靳恒和沈温欢闹僵，则是因为沈温欢生母因意外事故去世的事。

那时的沈温欢浑浑噩噩，酗酒打架无恶不欢，沈放一直都很厌恶她，直到那天深夜他起床喝水，无意中撞见她抱着她母亲的照片，蹲在门口无声地哭。

从那之后，沈放对她就不再那么厌恶了，却也对这个同父异母的妹妹无感。这么多年来，二人就如陌生人般相处。

难不成是他良心觉醒？

乱七八糟。

沈放狠狠蹙眉，想抽根烟冷静冷静，却又顾及是公共场合。

一旁的袁语姗细心地察觉出他的不对劲，小心翼翼地凑过去问他：“沈放，你是不是和小温欢认识啊？”

沈放闻言微怔，轻摇了摇头：“以前有过交集吧，算是不太熟的朋友。”

“哦……我还以为你们两个关系不好呢，总感觉很低压哇，看来是我想多啦。”袁语姗嘿嘿一笑，摸了摸脑袋，便也当真没再多想。

午饭过后，是新一轮的任务，三对情侣要进入专设的小黑屋中，寻找各自的隐藏礼物，礼物上有按钮，最快按下者胜出。

开始直播后，观众便望见沈温欢脸上那创可贴，纷纷开始关心是怎么回事。

沈温欢的伤并不算重，唇角已经消了肿，她便对镜头笑了笑，解释道：“不好意思啊，今天早上没注意，不小心被刮了一下，有些肿，没什么大事，谢谢大家关心。”

网友们都关心了一个遍，节目这才开始正式直播。

这次直播分了三个直播间，由于是三对情侣，因此设有三个小黑屋迷宫，观众只能挑自己喜欢的情侣观看，其余的便要等后期看重播了。

任务开始，三对情侣各自进了木屋，摄像师紧跟其后进行拍摄。

直播间人数瞬间分散开来，三个房间内的观众数不相上下。

屋内漆黑一片，沈温欢条件反射地顿了顿，却还是硬着头皮进去了。

蒋远昭饶有兴趣地看她，没来由地起了坏心，竟也不牵她的手，就跟在她旁边走。

摄像大哥开着夜视录制着，观众便清楚地看着沈温欢在前面小心翼翼地走，蒋远昭则不急不慢地跟着，似乎有什么预谋。

果然，下一瞬他侧首，似有若无地瞥了眼摄像大哥，唇角微弯。

好看归好看，但是不知怎的，怎么这么不怀好意？

果不其然，下一瞬蒋远昭便开始放开步子走，左拐右拐地让摄像大哥慌了手脚。

几分钟后，观众和摄像大哥看着漆黑的空无一人的拐角，蒙了。

居然……跟丢了？！

与此同时，沈温欢四下摸索着，想赶紧找到那礼物，好尽快脱身。

她倒也不是很怕黑，就是这种未知感让她受不了，令她安全感缺失。

话说……蒋远昭呢？

沈温欢念及此蹙眉，正要回头找他，却听有脚步声传来，不急不慢，逐渐逼近。

熟悉得很。

“干吗呢，偷偷摸摸的？”她对他笑叹一声，正要回身，却冷不防被蒋远昭从背后轻轻抱住。

他将下颌靠在她锁骨处，温热的呼吸近在咫尺，暧昧的气氛氤氲开来，引得她浑身一僵。

下一瞬，蒋远昭低声轻笑，嗓音在房间中清浅回荡——

“当然是，偷香了。”

男子的呼吸在颈间似有若无，蒋远昭略微抬起下颌，薄唇靠在她耳畔，戏谑地轻吹了口气。

沈温欢一个激灵，浑身瞬间就酥了一半。

他们的身高差刚刚好，他从她背后抱住她，也不需过分弯腰，轻轻松松便微俯下身来，揽住了她的腰。

暧昧至极。

偷偷摸摸的，做什么？

当然是，偷香了。

沈温欢回想方才他那理所当然的回答，她的脸又浮上两抹红晕，心下从未如此悸动。

越发加快的心跳，咚咚咚地撞在沈温欢耳边，如雷鸣，如鼓声，震得她心生仓皇。

伸手不见五指的漆黑中，蒋远昭应该没察觉出她的紧张无措。

然而，沈温欢耳边清晰地传来蒋远昭意味不明的低笑声，同时又在清清楚楚地告诉她——

她此时所有细腻纠结的小心思，他蒋远昭心里都有数。

“偷……什么偷香啊，你吓我一跳。”沈温欢紧张得有些结巴，她忙不迭伸手握住他环在她腰间的手臂，兀自冷静下来道，“快松手，你也不怕被摄像师给拍下来啊？”

“他早就被我甩开了，估计现在还在找人呢。”他靠在她耳侧，轻笑，“有人跟着，做什么都不方便。”

所以说你到底想做什么啊？

沈温欢闻言不禁叹了口气，正欲开口，却听蒋远昭不急不慢地补充了一句：“再说，被拍下来了又如何，我们又不需要避嫌。”

沈温欢理直气壮地回他：“你的经纪公司不是早就要求过你，不能擅自跟别人传绯闻吗？”

蒋远昭理不直气也壮，直接一句话把她给堵得哑口无言：“我都没把你当别人，你还把自己当别人？”

所以说她完全怼不过他啊……

“好吧，我不是别人，那你也要把手放开啊，我们还得做任务呢。”沈温欢无奈了，只得叹息道。

蒋远昭嗯了声，尾音略微轻佻，意味深长。

下一瞬，他果真松开了手，对她似笑非笑道：“亲我一口，我就把礼物给你变出来。”

“你这么快就找到了？！”沈温欢面露喜色，欢欢喜喜地回身看他，黑暗中，她的双眸中有微光闪过。

蒋远昭唇角微弯，拿过方才他放在身侧台子上的任务礼盒。

他那句话本就是个玩笑，他正欲直接将礼盒给沈温欢，沈温欢却先一步凑过来，在他脸颊上吧唧一口，随即喜滋滋地抱过了礼盒。

蒋远昭微怔，指尖无意识地抚上她方才亲吻过的地方，似乎还残留着她那香软的余温。

这小姑娘……

居然真亲啊！

他缓过神来，垂眸看向沈温欢。

光线昏暗，她面上的神情看不分明，但那尚不自知的欣喜，却是溢于言表，即便是在这如墨漆黑中，也能光彩熠熠。

蒋远昭沉默半晌，无声地弯了弯唇角，有些忍俊不禁。

黑暗中，应该没人察觉。

“这个盒子怎么打开啊？我怎么不会玩儿？”沈温欢抱着那礼盒摆弄了半天却不得要领，不禁蹙眉问他。

蒋远昭拿过礼盒，对她耐心解释道：“这个是指纹解锁的，提前录入了我们的指纹。”

“还是高科技啊？”沈温欢摸了摸下巴，饶有兴趣道，而后凑过去看盒子，“哪有什么指纹识别的地方啊？”

“这里。”他指了指盒盖上的心形小液晶屏，唇角微弯，“没想到还专门设计成了心形，江姐真是有心了。”

原来是这个小东西。

沈温欢想着赶紧结束任务，便一把握住蒋远昭的手，对了一下大拇指便点了点头，摁了下去。

嘀嗒一声，礼盒打开了。

入目的是一条项链，银白色的链条，挂着一枚做工精致的黑色小指环，安安稳稳地躺在天鹅绒上，散发着幽暗的光芒。

暗黑风格项链，看上去价格不菲，只是……

沈温欢蹙眉道：“不对吧，为什么只有一条？”她小心翼翼地拎起那条项链，拿出手机，借着光好生打量着它。

突然，她咦了一声，似乎有些惊异。

蒋远昭闻声，也微俯下身凑到她身边，去观察项链有什么不对劲之处，谁知这一看，他也愣了愣。

那指环内侧，赫然刻印着他的名字缩写，笔画流畅，甚是分明。

沈温欢坦然道：“刻着你的名字，看来是给你的。”虽然她挺喜欢它，却还是将它物归原主，塞到蒋远昭手中，“喏，给你了，戴着吧。”

蒋远昭敛眸，却是若有所思地把玩着手中的项链，蓦地对她道：“转过身去。”

沈温欢一脸蒙：“哈？”

怎么这么突然？他又想做什么？

“听话，不然亲你。”

话音未落，沈温欢立即乖乖背过身去，她有些不甘地摸了摸刘海，小声嘟囔了一句：“毫无威慑力，我又不是怕你亲我……”

蒋远昭微怔，半晌他低笑出声，却是悄无声息地走近她，轻手轻脚地将项链为她戴上：“只要是刻着我蒋远昭名字的东西，那就是属于你的东西。”

温热的触感似有若无地拂扫过沈温欢的后颈，惹起一片战栗，顺着脖颈一路向下，直蔓延到了心里。

怦怦怦，心脏跳得飞快，心动也扩散得飞快。

落在耳边，脆生生地响。

蒋远昭细心地替她整理好项链，唇角微弯，将她的碎发捋至耳后。

“谢谢了，我很喜欢这条项链。”沈温欢敛眸，轻声对他道，心下突然柔软不已。

“哦？”蒋远昭挑眉，饶有兴趣地问她，“你喜欢这种风格？”

柔润白皙的指尖搭上银链，她唇角无声上扬，不经意间便将那心里话道出：“一般般吧，我喜欢它只是因为这条项链上，有你的名字啊。”

一句话，落在他心湖上便是声声脆响，令他无限心动。

他对她用情至深，将六年不遇的思念苦熬成此间长情，如今终于得以灌溉出他最心爱的玫瑰。

随着沈温欢话音落下，蒋远昭的目光突然无限柔和，他哑然失笑，伸手揉了揉她的脑袋，嗓音温润低沉：

“好，四舍五入就是你喜欢我了。”

哪有这么个四舍五入的法子？

沈温欢默默翻了个白眼，不由暗想着，却没有吭声。

蒋远昭的手极为巧妙地遮住了她的视线，因此沈温欢并没有望见他面上的欣慰之情。

“乖，回去了，我们赢了。”他开口，言语间尽含笑意，自然而然地牵过她的手，十指相扣，领着她走出这片黑暗。

与此同时，江澄蔓正满面愁苦地盯着沈温欢和蒋远昭那边直播间的黑屏，观众也是一脸蒙，纷纷揣测蒋远昭甩掉摄像大哥的动机。

江澄蔓本来没怎么注意弹幕区，但余光随意一瞥，便望见了条大红色弹幕：“蒋流氓不会玩偷袭，然后不怀好意吧？”

江澄蔓：“……”

怎么办？她看见这条弹幕后好像更担心沈温欢了。

然而就在此时，电脑自动蹦出一条温馨提示，显示蒋沈组已率先打开礼盒，取得了游戏胜利。

“吓我一跳，原来他们还是老老实实在做任务啊。”江澄蔓这才松了口气，拍拍胸脯感叹道，“不过他们俩居然能这么快就找到礼盒了，看来咱节目组这次不能这么小儿科了。”

一旁的助理深以为然，正点头应和着江澄蔓导演，便见黑屏许久的直播间突然出现了两位主角，当即将电脑屏幕转到江澄蔓面前。

“哇哦，气氛似乎不错，我们蒋流氓做了什么呢？”江澄蔓看着屏幕中牵手而来的二人，戏谑地吹了声口哨，唇角微弯道，“可以啊蒋远昭，我不过是随便刻印了他的名字字母缩写，没想到他居然就给沈温欢戴上了。”

直播间内的观众显然也看到了二人，瞬间有人发评论：“呀呀呀，怎么还十指相扣呢？”

众人经过提醒，忙不迭去看二人紧紧相握的手，发现还当真是十指相扣。

“呃……嗯，大概他们俩只差无名指上的对戒了。”

“算了，不就那十块钱嘛，给你们了，赶紧结婚去吧谢谢。”

“天天发狗粮还不公开关系，这不就是耍流氓吗？哼！”

“楼上的，毕竟我昭是老流氓。”

弹幕真是欢乐极了。

江澄蔓有些忍俊不禁。

另外两组情侣也迅速找到并打开了礼盒，相继完成了任务，从小黑屋中走出。

蒋远昭和沈温欢早就在小黑屋门口候着了，见都完成任务了，蒋远昭这才不急不慢地牵着沈温欢走了出来，冲几人挥了挥手，心情似乎十分愉悦：“任务都完成了，恭喜恭喜。”

“你们又是第一名啊。”阮曼舒没好气道，撇了撇嘴，却见蒋远昭挑眉轻笑，手握成拳，沈温欢立即会意，随便抬手和他对了个拳。

蒋远昭笑得粲然，对众人道：“没办法，队友是女神，必须给力。”

阮曼舒和季风朗对视一眼，不约而同啧啧感叹一声，心下达成共识——

蒋远昭，不仅是个老流氓，还是个妻奴晚期。

任务结束，便是悠闲的海边烧烤。

于是，好端端的情侣恩爱节目，就成了有香味的美食节目。

节目组架起烧烤架，摆上提前买好的串，就这么光明正大地在全网观众面前玩起了烧烤，不断吊着人的胃口。

袁语姗和沈放站在一旁帮忙。由于节目组要求轻装上阵，于是几人商量了一下，决定干脆穿海滩装出来，外面套个短衬就好了。

袁语姗穿着一身粉色的蝴蝶结波点比基尼，外面套了件轻纱罩衫，姣好身材尽显。她身侧的沈放也是身形颀长匀称，在镜头下，那衬衫后若隐若现的线条令人心动不已。

不一会儿，阮曼舒和季风朗也牵手登场了，二人身穿情侣装，橙白搭配，彼此无名指上的戒指在日光下光彩熠熠。这对俊男靓女在沙滩上，也是一道好风景。

然而身为颜值担当的蒋沈情侣却还没到场，就在节目组相关工作人员准备去询问情况时，这二人才不急不慢地出现在众人视野中。

二人的服装皆是同一色系，蒋远昭身穿黑白简约沙滩裤，上身只随意套了件白衬衫，袖口微挽至臂弯，衬衫衣扣尽敞，那惹人血脉偾张的好身材便生生暴露在镜头之下。

沈温欢则是穿着纯白色的蛋糕连衣短裙，肩上虚虚罩了件配套的雪纺薄纱，在脖颈处以小蝴蝶结固定，长发轻绾，颇有一番仙味儿。

“不愧是颜值担当。”江澄蔓攥着手机，仍是忍不住啧啧感叹道，“真是的，基因这么好，他们家将来的孩子不是要沾大光了？”

助理手撑下巴，蓦地感到些许忧伤：“好看的人就该和好看的人在一起啊。”

助理定睛一看，蒋远昭和沈温欢二人似乎在讨论什么，都是一本正经的模样。

沈温欢柳眉轻蹙，非要抓着这个问题问蒋远昭，微微嘟唇有几分不悦道："关于《青史》的拍摄和选角问题你究竟怎么想的啊？我承认我当时错了，但是你就不能给我透露一下你的想法吗？"

"我当时就说过了，这件事由我自己来决定，就算我跟你说了，你也不可能干涉，所以与其让你如此纠结，还不如不说。"蒋远昭倒是不紧不慢的，言之有理得简直让人无言以对，瞬间就把沈温欢给堵了个哑口无言。

"所以就是不听我的话嘛。"沈温欢闻言，也早已做好心理准备，因此并没有太惊讶，只得对蒋远昭道，"反正……随你吧。"

"其实我也不是不可以听你的话。"

沈温欢微怔："嗯？"

蒋远昭瞥她，一本正经道："只要你不让我为了《青史》去炒作，我就听你的话。"

沈温欢没说话，但蒋远昭清清楚楚地看见，她笑了。

大抵就是一切尽在不言中了。

"温欢温欢，过来玩儿啦！"不远处的阮曼舒对她招手，双手做喇叭状放在唇边，眉眼含笑，双眸在水波与日光的照映下粲然发亮。

季风朗也对蒋远昭挥挥手，算是示意。

"来啦！"沈温欢也回了她一声，心情甚好，脚步轻快地小跑过去。

蒋远昭见她如此，不禁唇角微弯，他垂眸轻叹了口气，复而迈步跟上前去。

然而就在此时海风拂过，吹得叶子沙沙作响，惊起一片海鸥，夹杂着清爽的香气扑面而来，令人神清气爽。

蒋远昭的白衬衫就这么被风悄无声息地掀起，那精瘦的腰身和完美的身材便猝不及防地撞入镜头中，惊得直播间的观众都忘记了刷屏。

场面一度十分寂静。

蒋远昭显然没意识到什么，只随意拢了拢衬衫，便走到沈温欢身侧，与季风朗和阮曼舒二人谈笑风生，眉眼温柔，被日光映得精致至极。

"嗷嗷嗷嗷，远昭美腰，舔舔舔！别拦着我！！"

"腹肌我的！我的！啊啊啊！原来你是这样的，蒋远昭！"

“先黄为敬！谁说禁欲影帝的？！身材这么色气你跟我说禁欲？！”

“公狗腰，我昭未来的老婆一定很幸福。”

“等等，刚才那个说幸福的，哪个xing？”

弹幕群炸了，反目颜色不约而同尽数变成了黄色，方才的截图在微博、贴吧等各大社交平台被疯狂转发，不一会儿，微博热搜首位就更新成了“蒋远昭公狗腰”。

禁欲的人难得一次“欲”了起来，这效果还真是不同凡响啊。

江澄蔓顺利截屏，直接把蒋远昭方才展露在直播界面的好身材给保存到了相册，不禁啧啧感叹道：“唉，这家伙平日里都走禁欲路线，能看见锁骨就不错了，怎么现在开始追女人了，反而放纵起来了？”

“不过这身材也的确是不错啊……”助理有些怔神儿，反应过来后不禁有些意犹未尽，摸了摸手指，叹道，“八块腹肌公狗腰，我的妈，大饱眼福了。”

“又是一波热度，小蒋第一次参加真人秀节目就这么给力，看来以后得多找他参加。”江澄蔓倒是还算淡定，起身伸了个懒腰，见烧烤快好了，便忙不迭催促节目组工作人员，“来来来宝贝儿们，收工了，吃饭喽！”

摄像大哥当即喜笑颜开：“好的老大！”

“观众朋友们，明天的直播依旧是中午开始，提前剧透一波哦，明天的任务是海上任务，想看偶像的比基尼以及劲爆身材的小可爱们，请务必守在直播间哦。”

江澄蔓对镜头露出意味深长的微笑，旋即比了个一级棒的手势，道出最后一句话：“现在我们要吃烧烤啦，那么，明天见。”

话音落下，直播准时中断。

“吃饭啦！”江澄蔓瞬间大喊，显然对她来说最大的诱惑只有美食。

她舔了舔唇，暗自跑到烧烤摊去蹭吃蹭喝，挑好了串就撒料开吃，边吃还边感叹：“海边的食物就是鲜美啊……怀孕期间什么都不能吃，还是这样过得舒坦！”

袁语姗忙完烧烤，慢条斯理地摆好了盘子，沈放便将饮料箱给搬了过来。袁语姗看了一眼江澄蔓，便弯腰捞出一瓶可乐，笑眯眯递给她："江姐这么急着吃呀，饮料还没分呢，先给你拿着，别噎到了哈。"

"不愧是语姗小天使，就是贴心暖宝宝。"江澄蔓毫不吝啬地夸赞她道，接过可乐拧开瓶盖，便豪爽地喝了一大口。兴许是看今天的节目效果异常好，她有些喜形于色。

"嘿嘿，谢谢江姐夸奖啦。"袁语姗有些调皮地眨了眨眼，旋即坐到了木椅上，冲不远处忙活的几人喊道，"亲爱的们，开饭啦，快过来！"

"马上就来啦！"

沈温欢举手回应她，收拾好了碗筷便放在了长桌上，蒋远昭慢条斯理地摆好了椅子，阮曼舒和季风朗则将桌布整齐铺好，一丝不苟。

田园风格的小餐桌就这样简单装饰出来了。上菜了，各种新鲜的海产品散发着迷人香味，令人垂涎欲滴，居然还有沈温欢最喜欢的烤饼，的确是她没料到的。

由于烤饼只有烤炉烤出来的才好吃，而且算是含油量高的食物，一直是林婧禁止沈温欢吃的。这次参加《我们在一起》居然能吃一次，也是幸运极了。

"这烤饼可是蒋远昭特意让我从国内捎过来的。"江澄蔓笑眯眯地晃了晃啤酒罐，意味深长地看着沈温欢，"他真是很了解你嘛，还这么注重细节，所以说小温欢啊，直接嫁了不就好了？"

"对啊温欢，我看远昭对你很上心呢，刚开始我还以为你们两个已经在一起啦。"袁语姗也调侃她，眉眼溢满了笑意，一旁的沈放闻言只是扫了眼沈温欢，并不多表态，却也没什么情绪流露。

阮曼舒闻言也是笑出声来，慢条斯理地晃着手中的烤鱿鱼须，美滋滋道："他们俩啊，暧昧期比我们的热恋期都甜蜜，还担心什么啊？"

"对啊，天天撒的狗粮比谁都多。"季风朗轻笑，举起酒杯与蒋远昭的碰了碰，有些忍俊不禁，"是吧，我们的老流氓蒋远昭？"

"事到如今就别拿这个外号调侃我了吧。"蒋远昭唇角微弯，伸手举杯与季风朗的酒杯相触，二人将杯中酒一饮而尽，他这才不急不慢道，"快成功了，多亏你们的各种助攻。"

众人便意味深长地看向沈温欢。

沈温欢却是脸不红心不跳，跟蒋远昭相处的这段时间里，她面对他这种骚话当真是越来越淡定了，因此她只是笑道："把妹尚未成功，偶像仍需努力。"

"哈哈哈，心疼蒋流氓一秒！"

阮曼舒言罢，没忍住便扑哧笑出声，她举杯对众人示意道："来来来，干杯，祝大家都恩恩爱爱的哈！"

"干杯。"

在场诸位应和，举杯饮酒。

蒋远昭的余光，悄无声息地瞥向了沈温欢。

觥筹交错，华光初落，落在她笑意清浅的眉眼间，惊艳得光彩熠熠。

他垂眸，无声轻笑。

此时此刻，心上人在侧，圈中友相伴，已经足够。

吃过晚饭已是深夜，大伙儿都喝了不少酒，也都是聊了个尽兴，畅快不已。

收拾好餐桌上乱七八糟的东西，简单打扫了一下卫生，眼瞧着大家都累得昏昏欲睡了，江澄蔓便让众人各回各的房间休息去了。

沈温欢今晚难得吃得痛快，再加上还喝了酒，觉得困意袭来，不禁哈欠连天。

蒋远昭看了看沈温欢，见她这般轻飘飘的混沌模样，有些忍俊不禁，便伸手轻揉了揉她的脑袋，道："回去洗洗就睡吧，明天还要继续忙，养好精神。"

"嗯，好，你也早点休息。"沈温欢忙不迭回过神来，强打精神揉揉眼睛，仍避免不了一番睡意蒙眬，"你今天喝得不多吧，别明天早上起来有后遗症。"

蒋远昭摇了摇头，轻笑道："不用担心我，我的酒量是练过的，除非喝醉，不然第二天一般都不会有什么反应。"

"我说你怎么千杯不醉，原来是练家子。"沈温欢调侃道，她打了个哈欠，眼睛还未完全睁开，唇角笑意清浅，"难怪我喝不过你。"

他云淡风轻地瞥了她一眼，唇角微弯："你的酒量不是也不错吗？难道不是练过？"

"谁闲着没事练这个？"沈温欢没好气地吐槽回去，嘟嘴气呼呼道，

“不就是因为经常心情不好，处于低迷期嘛，不喝酒泄愤还能怎么办？刚开始是为了喝醉，后来酒量上去了都喝不醉了……”

蒋远昭顿了顿，半晌他拍拍她的肩膀，道：“那以后心情不好了，我就陪你喝吧。”

沈温欢蹙眉看他，总觉得他有话没说完。

果不其然，下一瞬蒋远昭便慢条斯理地开口：“毕竟我觉得，你喝醉之后，真的挺可爱的。”

这话说得沈温欢都好奇自己喝醉时究竟是什么模样了。

“我记得我只在你面前醉过一次吧？”沈温欢的困意没方才那么浓烈了，便双手背于身后，跟在蒋远昭身侧，慢悠悠道，“什么模样，说来听听？”

二人一同迈上了台阶，不急不慢地走向电梯。

蒋远昭唇角微弯，语气难辨真假：“也没怎么样，就是很普通的喝醉之后常有的反应，昏昏欲睡，想要耍赖的话就拉都拉不起来。”

沈温欢根据他说的话，不由自主地联想了一下那个场景，不禁撇了撇唇角，道：“那不就是借酒撒泼吗，有什么可爱的？”

就在沈温欢以为蒋远昭会说出什么类似于“对于我来说你的每个样子都很可爱”这种话时，蒋远昭却垂眸低笑，似乎是想起了什么有趣的事情。

沈温欢的兴趣一下子就上来了，忙追着问他：“快说啊，别吊人胃口了，我喝醉后到底做了什么惊人的事情啊？”

你喝醉后不仅反套路成功了，还喜欢抱着人深情表白最后猛亲一顿。

蒋远昭心里这么想着，却没尽数说出，只挑拣了最重要的部分对沈温欢道：“如果我说，你喝醉之后抱着我不停地说喜欢我，你会相信吗？”

沈温欢微怔，满面难以置信地盯着他。

我……去！那她会不会把所有心里话都说出来了？

虽然蒋远昭只说她疯狂表白，但是为什么她总觉得自己做的那些羞耻之事绝对不止这个？

“那个……你确定你没有对我保留什么吗？”

蒋远昭一本正经地回答她：“没有，不过我真的觉得你喝醉断片这个设定很不好。”

“啊？”沈温欢一脸茫然地看他，“什么意思？”

“毕竟如果按你喝醉后向我表白的次数和程度，估计我们早在几年前就在一起了。”

沈温欢敏感地捕捉到他话中的“几年前”，似乎这才想起什么重要的事，当即驱散了瞌睡虫，忙抓住他的手臂，问道：“对了，你之前说你是因为我才进入娱乐圈，这句话究竟是什么意思？”

话音落下，蒋远昭突然站定，眸色复杂地盯着沈温欢，沉默不语。

半晌，他似是做出了决定，淡淡道：“也对，这么长时间过去了，也该让你想起当年的事了。”

“当年？”沈温欢蹙眉，显然有些惊讶，“我们以前认识？”

“六年前沈家举办过一场家族聚会，不知道你还记不记得。”蒋远昭叹了口气，将真相缓缓道来，“那时蒋家不让我出道，你是我的粉丝，喝醉后借着酒劲抱着我对我深情告白，求我不要退出娱乐圈。不过那时你真喝醉了，所以现在想必是不记得了。”

沈温欢目瞪口呆，半晌才缓过神来，结结巴巴道：“什、什么鬼！我年轻时做过这么羞耻的事？”

她的确追过蒋远昭，也曾为他痴迷过，虽然后来她放弃了，但多少还是有些印象的。

她也隐约回想起六年前沈家是办过一场家庭聚会，可她只记得自己喝醉了，完全没想过自己竟然闹出了这种幺蛾子。

“这种小事可能在旁人眼里是不足挂齿的，但是……”蒋远昭说到这里顿了顿，随即唇角微弯道，“你的这番话，对于当时正处在迷茫期的我来说，就是指路明灯般的存在吧。”

“所以这六年来，我从来没有忘记你，因为一直在默默打探，所以才会这么了解你。”他神色温柔清浅，声线平稳柔润，“只是后来沈家隐藏了你的存在，我就失去了你的消息，此后也一直没机会找你，直到那天下午我遇到了来试镜的你。天知道，我有多开心。”

随着他话音落下，沈温欢彻底傻眼。

所以说，她还真是蒋远昭进入娱乐圈的初心？

这期间还跨越了六年岁月？

原来他蒋远昭对她的宠爱，蓄谋已久。

他哪里是老流氓，明明是闷骚。

沈温欢念及此，不禁有些忍俊不禁，得知这个真相虽说超出她的预料，但也不是很让她惊讶。

六年如此漫长，她当年把他当偶像时也不过只坚持了一年有余，相比之下……

算了，简直不能比。

“我说我怎么感觉你那么熟悉我呢，原来你暗恋了我六年？”沈温欢没来由的好心情，脚步也轻快了起来，“想不到啊想不到，你居然是这种人。”

“所以啊。”蒋远昭颔首看她，眸光微动，“我把我漫长的六年都给你了，作为回报，你就不能正式答应做我的准蒋太太吗？”

“你想得倒是挺美啊。看我心情，说不定哪天就答应了呢。”

他点点头，理直气壮道：“择日不如撞日，撞日不如今日。”

“你就贫嘴吧。”沈温欢翻了个白眼，却是笑着的。

二人谈笑间已然回了房间，时辰已经不早了，沈温欢便匆忙洗了个热水澡，舒舒服服地睡下了。

蒋远昭不急不慢地收拾好了明天要准备的东西，这才去洗漱间冲了个澡，有条不紊地刷牙洗脸一套下来，从容不迫。

他躺到床上时，沈温欢已经睡着了，平稳的呼吸声在这片安谧中格外柔和。

蒋远昭放轻了动作，为她整理好被子，这才拿出手机，临睡前清一次消息。

周焕在下午时给他发了条微信：虽然我已经知道答案了，但以防万一我再确认一遍，你考虑好了？

蒋远昭想了想，回他：袁语姗的亲戚后台硬，不需要我亲自上场也能有名气，所以，我拒绝炒作。

发出消息后他又等了一会儿，周焕没有回复，想必是先睡了。

蒋远昭便去微博逛了逛，却见他那张海边秀身材的直播截图被传开了，他自己都没注意到。

他无奈地摇了摇头，见评论区一群疯狂@沈温欢的人，便突然来了想法。

有了想法就去实践，蒋远昭向来是这种雷厉风行的人。

因此，他打开了暗黄色的床头灯，云淡风轻地松了松浴袍领口，露出个大概，随后便半靠在床头上，调出相机找好角度就拍了张自拍。

拍好后，他满意地看着右下角沈温欢熟睡的脸庞，随后，传上了微博——

“蒋远昭V：晚安，我的小可爱@迷人反派妖精欢”

随后他便退出微博，开了手机静音，心安理得地关上床头灯躺进了被窝，俯身轻吻沈温欢的额头，算是今天的晚安吻。

他吻罢，在她耳边温柔低语道：“晚安，好梦。”

他正准备睡觉，却听沈温欢支吾了一声。

下一瞬，不待蒋远昭反应过来，沈温欢便如八爪鱼般抱住了他，靠在他手臂上用脸颊蹭了蹭。

确认抱着的人是蒋远昭后，沈温欢这才满意地吧唧吧唧嘴，安稳入睡。

蒋远昭还没反应过来这小姑娘突如其来的亲昵，她便重新入睡，让他有些哭笑不得。

算了，枕边人是心上人，他已经不再奢求其他了。

他蒋远昭，现在也只想让她沈温欢开心幸福。

别的，都不重要了。

翌日清晨，各大社交网络平台都疯传一张图片，来源是蒋远昭蒋影帝昨天在微博发的深夜福利图——

一张床照。

对，一张床照。

床照中的蒋远昭显然是刚沐浴完毕，浴袍微敞，半靠在床头，眉眼在昏暗灯光下温柔至极。

而令众网友反应如此激烈的却不是他，而是照片中右下角露出的半个毛茸茸的脑袋。

有网友怀疑自己眼瞎，便特意截了高清图传上了微博，并扬言不能让自己一个人瞎。

于是乎……大家伙儿都瞎了。

因为那张床照中，角落处似有若无露出来的，赫然就是熟睡中的沈温欢，她睡相娴静安谧，惹人心动。

所以说，重点是为什么这蒋远昭前脚说他要追沈温欢，后脚他们就同床共枕了？

而且深夜发这种图，还特意露出了沈温欢，蒋远昭真的敢说自己不是故意的？

套路王啊！

然而这张照片只是今日头条的其一，另一个火爆消息，却也与这二人有关——

《我们在一起》节目组，出事了。

官方微博早上放出了消息，紧接着就传遍了各大平台。

“《我们在一起》官方产粮基地V：很抱歉大清早就带给观众朋友们坏消息，但是官博君在此宣布——《我们在一起》暂时停播一天，因为有嘉宾身体不适，故明日再恢复直播，在此特地向观众朋友们致歉。”

微博一出，评论区瞬间就有了回应。

“仙女教母的ID：我赌一包卫龙，如果昨晚剧组吃烧烤又喝酒了，那这个身体不适的嘉宾绝对是蒋远昭！”

“阮甜软：老蒋的胃病一直都是个问题。哈哈哈哈，让他半夜秀恩爱！不过还是默默关心一下，点根蜡烛。”

“蒋远昭粉丝后援会V：公布一下……剧组方面已经确认，的确是我昭胃病又犯了，心疼一波，希望温欢天使照顾好他！”

“为我昭打call：温欢美人儿，我把我大老公交给你了，好好对他！嘤嘤嘤！”

网上火爆一片，而身在海外岛屿的《我们在一起》节目组成员们，却是都悠闲得很。

由于蒋远昭的身体不适，节目被迫停录一天，于是江澄蔓和其他工作人员就去海边玩了，阮曼舒拉着季风朗去海边晒太阳，沈放和袁语姗则在房间里休息，都是难得轻快。

虽然说这份轻快可苦了蒋远昭，但毕竟沈温欢会在旁边伺候着他，所以估计这小子也是心里美滋滋。

阮曼舒念及此，不禁叹了口气，她躺在沙滩椅上，翻身对身侧的季风朗慢悠悠道："你说啊，蒋远昭会不会好好珍惜这次独处的机会？"

"我估计他该着急了，节奏太慢，早就该确定关系了。"季风朗抬了抬墨镜，淡淡道，伸手拿过桌上的饮料浅酌一口，"沈温欢现在是大火的趋势，等他们两个事业稳定后，就直接订婚结婚好了。"

"对啊，难得命里有彼此嘛。"阮曼舒笑道，懒洋洋地伸了个懒腰，突然想起什么，问季风朗，"对了，你那个《青史》不是开始筹备了吗，主角怎么安排的？"

季风朗闻言长眉轻蹙，也是才念起这件事："我最近正愁着这个，《青史》的女主有个预定人选，是袁语姗的亲戚，条件什么的也都挺好，蒋远昭已经确定出演男主，只有女主这边还待定。"

"袁语姗的亲戚？"阮曼舒微怔，抿了抿唇道，"那蒋远昭怎么想的？"

眼下情况的确不太好办，毕竟袁语姗也算是他们二人的圈内朋友，平时关系不错，这个面子的确是该给。

但是，沈温欢那边……

"蒋远昭也希望把角色给沈温欢，但是我怕这样也会引起什么不好的舆论，毕竟我们的关系都摆在这里。"

季风朗说着，叹了口气，无奈地耸了耸肩，道："无论如何，等节目结束回国再说吧，到时候开会时统一投票决定，总之我的票和蒋远昭的票都归沈温欢，其他的……就靠她自己加油了。"

"这样也好，毕竟名正言顺的。"阮曼舒颔首应声，重新躺了回去，双腿交叠，好不悠闲，"不谈这些了，先好好享受再说！"

季风朗唇角微弯，便也不再多谈，余光却悄无声息地瞥向了别墅……

某两个人，此时正在做什么呢？

房间内，蒋远昭靠在床头，手握瓷杯，慢条斯理地酌了口温水。

沈温欢坐在床边，瞪眼瞧着他的手。

那手干净修长，线条精致流畅，骨骼分明，白皙柔润的指尖搭在杯口，似与瓷白杯壁浑然一体，泛着荧荧玉辉。

好看得不像话。

蒋远昭喝完水，不急不慢地放下水杯，和沈温欢对视，唇角笑意清澈无辜。

沈温欢跟他大眼瞪小眼，谁也不说话。

半晌，她先败下阵来，对他冷道："蒋远昭，你给我吃药。"

蒋远昭明明脸色还不太好，却还是笑得理直气壮："不吃，我从来不吃药只打针。"

是了，蒋远昭由于昨晚吃了烧烤又喝了冰啤，老毛病又犯了，一大早就胃疼得不行，只得请假在房间里休息。

由于是在小岛上，因此设施并不算齐全，只有药，没有针。而蒋远昭又是个有着从来不吃药的奇怪习惯的主，可把沈温欢给折腾坏了，好说歹说就是不愿意吃。

沈温欢狠狠一咬牙，站起身来气冲冲揪过他的衣领，有些崩溃道："我已经求了你一早上了，赶紧给我吃！不然我直接灌！"

"这么凶，就为了逼我吃药？"他没什么反应，仍是似笑非笑地扫了她一眼，拍拍她揪着他衣领的手，不疾不徐道，"我多喝热水就好，不用吃药。"

"不管了！"

沈温欢啧了声，突然伸手扣住蒋远昭的下颌，似乎当真打算灌他吃药。

蒋远昭长眉轻蹙，却也不恼，只是半真半假地调笑她道："让我吃药可以啊，除非你喂我，用特殊方法的那种。"

所以说"特殊方法"究竟是什么鬼？

沈温欢心里有数，知道他在说什么，当即冷笑一声："想得真美，你爱吃不吃，难受了别表现出来就好。"

他无奈笑叹："表现出来都不行？"

“当然不能表现出来，你有种别让我心疼啊。”沈温欢蹙眉冷道，终究还是放不下喂他吃药的心思，“喂，你就真不能听一次话？”

蒋远昭眨眨眼，唇角微弯：“你都不敢喂我，我怎么敢挑战吃药？”

沈温欢做了个深呼吸，似乎是在遏制怒火，半晌她还是给气笑了，指尖轻轻摩挲他的下巴，低声道：“老蒋，你把套路玩得真溜。”

蒋远昭正欲开口，便见沈温欢单手抄过了桌上盛着汤药的瓷碗，咕咚喝了一大口，随即毅然决然地抬起他的下颌，俯下身去当真是如他所愿“喂”他吃药。

双唇相触，唇齿间却瞬间涌来了陌生而苦涩的汤药味道，他条件反射地蹙了眉，却终究还是在心底默叹一声，平静地接受了这个并不温柔的吻。

喂完这口，沈温欢放开他的下颌，脸不红心不跳地递给他剩下的药，没好气道：“满意了吧，赶紧的！”

蒋远昭乖巧地接过碗，却是对她意味深长地笑了笑：“喝药可以，你先过来。”

“又怎么了？”

沈温欢叹息，俯身凑近他，却不想正中他下怀，被他抓住机会便偷亲了一口。

沈温欢蒙了。

“果然还是得来点开胃菜。”蒋远昭低笑，舌尖似有若无地掠过唇角，难得起了坏心。

“你这家伙真是……”沈温欢摸了摸嘴，有些咬牙，“满脑子都是揩油吧！”

他倒也说到做到，偷香成功后便乖乖将碗中剩余的汤药一饮而尽，其间始终蹙着眉，似乎真是不喜欢药的味道。

喝完药，他又喝水清了清味道，却仍是不太自在，便看向沈温欢，对她微微一笑，道：“太苦了，我想吃糖，所以你能不能再让我亲一口？”

沈温欢对于他终于肯乖乖吃药感到十分欣慰，她闻言顿了顿，却没有拒绝，而是轻咳一声默默坐在床边上，低声对他道：

“亲啊……这种事你想做还问我……”

蒋远昭一怔，不知怎的，胃突然不疼了。

他心下微动，突然单手揽过沈温欢，抬起她的下颌凝视她，神情是从未有过的认真："沈温欢，你是不是该给我个最终答复了？"

沈温欢有些局促地抿了抿唇，最终她一闭眼，鼓足勇气道：

"蒋远昭我喜欢你，做我男朋友吧！"

话音落下，蒋远昭眸色微沉。

这句话，他等了多少年？

蒋远昭唇角微弯，眸光柔和下来，他俯身在她唇边低声道了句"求之不得"，便迫不及待地吻上了她。

落在唇上的吻辗转不休，缠绵悱恻，含着满满的深情，融于她唇齿，软于她心头，温柔至极，令沈温欢上了瘾。

是迷途多年，尘埃落定终得归宿的欣然。

来路是归途，沈温欢迷惘了漫长的岁月，终于寻得了——

她的归处。

偌大的落地窗被素色窗帘半遮半掩，日光便几分昏沉地晕染在地板上，温和地荡漾开来，潋滟醉人。

卧室内，蒋远昭靠在床头，单手将沈温欢揽入怀中，抬起她的下颌，俯首轻吻上她，在她唇齿间辗转流连，不愿休止。

他的手悄无声息地探入她的衣衫，抚上了她的纤腰，指尖在她腰窝处意味深长地轻画着圈，暧昧不已。

蒋远昭的指尖略带些许冰凉，轻轻落落地覆上沈温欢细嫩温热的肌肤，瞬间带来一阵酥麻，直让她软了身子。

蒋远昭却似乎还不知足，那放在她腰间的手竟顺着她后背游移而上，大有做出下一步动作的意图。

与此同时，沈温欢的唇终于得以解放，她被吻得七荤八素的，半睁着眼，眸光蒙胧不清，酥软的力道推了推他，却是徒劳。

蒋远昭翻身将她压于身下，薄唇微抿，揽过她的腰让她紧贴自己，旋即俯首再度落下那温柔到令人理智尽失的吻，一寸寸侵蚀掉沈温欢的清醒。

沈温欢浑身酥软，一种从未有过的奇妙感觉自心底无声涌现。

然而当她腰间一凉，衣衫被撩起时，她瞬间清醒了几分，忙强打起精神，伸手制止了蒋远昭："停，适可而止！"

"适可而止？"

蒋远昭声线清淡地重复了一遍。他本埋首于她的锁骨处，闻言慵懒地抬眸扫了她一眼，便继续我行我素地轻吻她的脖颈，嗓音略微沙哑："好啊，我想公开关系。"

温热的呼吸蓦地逼近，沈温欢快撑不住了，有些崩溃地推着他，道："蒋远昭，你这家伙真是……！"

"怎么了？反正我就是个老流氓嘛，你知道的。"他淡淡道，唇角微弯，饶有兴趣地打量她，"所以考虑一下吧，不然就办了你。"

这家伙还好意思把这种话说出口？！

沈温欢气结，做了个深呼吸，以绝对强硬的姿态面对蒋远昭，一字一句道："不行，一定要等事业稳定后再……"

然而她话音未落，蒋远昭便已自顾自屏蔽她所说的话，双唇轻覆上她的锁骨，落下几个细密的吻。

沈温欢一颤，双手忙不迭撑在他双肩前，发力想要推开他，却是徒劳。

他边吻边一本正经对她道："好啊，那就生米煮成熟饭，防止你把我甩掉吧。"

生米煮成熟饭？！

"蒋远昭！"沈温欢蹙眉，伸手握住他的双肩，强行让他看着自己，道，"我认真的，我不会甩了你，也不会怎么样，只是我觉得，我们现在身份差异还比较大，所以……给我一点努力的时间。"

"我想站在你身边，而不是你身后。"

随着她话音落下，场面归于平寂。

蒋远昭眸色微沉，终是叹了口气，有些失落地躺在一边，道："好吧，看在你难得袒露心意的分上，放你一马。"

"一定不能曝光啊，别套路我。"沈温欢整了整衣衫道，余光瞥见蒋远昭委屈巴巴的失落模样，不禁有些心软。

沈温欢想了想，便凑过去戳戳蒋远昭，蹙眉劝他道："喂，别生闷气啦，委屈什么？"

"我没生气啊，我气什么，我家宝贝儿这么有进取心，我高兴还来不及。”

语气都这么明显的低沉了，明眼人都知道你是在生气好吗？

沈温欢笑叹一声，见劝的不行，便垂眸看他，半晌，她俯身，在他唇间轻啄一口。

不过是蜻蜓点水般的一吻，沈温欢亲完，便直起身来道貌岸然地摸摸蒋远昭的头：“行了吧，都给你亲亲了，别生气了嘛。”

蒋远昭顿了顿，旋即哑然失笑，蓦地感觉来了兴致。

这小姑娘，越来越会哄他了。

“其实我也没有很生气，就是觉得不太甘心吧。”蒋远昭轻叹了口气，缓缓直起身来，对她不急不慢地解释道，“我也懂你的不安与顾忌，我也可以理解，但是……”

“我只是……迫不及待地想要让全世界都知道我属于你了，仅此而已。”

他凝视着她，一字一句悠然落下，言语间深情满满，寻不见半分虚情假意。

沈温欢闻言微怔，唇角微弯，倾身凑到他怀中，搂住他的脖颈，一副美滋滋的模样，道：“我都知道的，所以我才超级喜欢你啊，蒋远昭。”

她当然，知道了。

他是如此喜欢她，她何尝感受不到，何尝不是同样真心相付？

正因如此，她才想用心去对待他，努力成为人上人的愿望从未如此强烈——

她想要名正言顺地站在他身边，心安理得地将他对她的爱昭告天下。

她啊，真的好喜欢他。

沈温欢难得真情流露，投怀送抱，蒋远昭自是不能轻易错过。

他单手揽住她腰身，俯首深深吻上她，与她唇齿相依，不愿休止。

此时此刻，那般深重情意，终于迎来了拨云而来的日光，得以绽放。

完成了余下几天的任务，《我们在一起》节目正式结束。

最终，各组成绩如下——

蒋远昭和沈温欢：获胜两局。

季风朗和阮曼舒：获胜一局。

沈放和袁语姗：获胜一局。

而经过全网投票后的最佳情侣得主，由蒋沈获得。

虽然网上对他们二人的关系众说纷纭，有人怀疑是炒作，有人觉得是真心，但无论如何，蒋沈这日益增长的热度都是真真实实的。

最终奖品到手，是沈温欢上次从礼盒中拿出的那条项链的情侣款，戒指内壁刻印着沈温欢的名字缩写，这条项链归属于蒋远昭。

还有一份附赠奖品，则是江澄蔓接下来备受瞩目的接档综艺节目——《Fall in love》的头号嘉宾邀请函。

《Fall in love》译为坠入爱河，但这个“爱”却有多重含义。节目组会邀请当下热播剧男女主演，也会邀请圈内知名情侣档，也许是备受观众喜爱的偶像，因此并不是一如既往的情侣恩爱节目。

《Fall in love》也设有活动环节，最后的突击问题环节由全网观众在线提问，选出得票数最多的问题，对指定偶像进行提问。这档综艺节目秉承江澄蔓出人意料的风格，因此节目预告一出，便备受关注。

蒋沈二人作为第一期嘉宾，自然也是极好的，然而——

《我们在一起》节目结束录制，众人回国后，蒋远昭和沈温欢的热度却是直线下降。

由于沈温欢越来越红，彻底成了当红小花旦，因此通告和代言也日益增多，她整日忙于广告代言和电视剧拍摄，微博粉丝疯涨的同时，有关她和蒋远昭的消息却越来越少。

蒋远昭也迎来了事业上升期，忙于各大剧组间，连日常都是少有的。

最终，蒋沈情侣档逐渐销声匿迹。

然而身为当事人的沈温欢却没察觉出什么，只一心投入工作之中，似乎全然忘记了自己还有个刚上任的男朋友。

于是乎，蒋远昭首先按捺不住了。刚拍完今日的戏份，他坐在休息室的沙发上，蹙眉看着手机微信中那三天没得到回复的消息。

沈温欢，好样的，居然能忙工作忙到一个月都对他不冷不热，真是个有上进心让他骄傲的称职女朋友。

蒋远昭做了个深呼吸，将周焕支开，只身去角落里给某人打了通电话。

嘟嘟嘟，电话很快便被人接起，他正欲开口，话筒里便传来那人熟悉却含了几分疲倦的嗓音："远昭？"

蒋远昭听着沈温欢这般疲惫的声音，心头的火气瞬间就没了，全都不争气地成了心疼与怜惜。

他终是叹了口气，将声音尽量放柔和，对她道："宝贝，我想你了，今晚一起回去吧？"

这低三下四的商量语气，他这辈子所有孬劲都放在她沈温欢身上了。

"好啊，正好我的工作也结束了，你给我微信定位，我去找你。"

听沈温欢欣然答应，蒋远昭唇角微弯，从微信里给她戳了定位，又告知她后门小道的位置。

半小时后，沈温欢偷偷摸摸地来到了休息室。她戴着黑色鸭舌帽黑色口罩，身穿黑色棒球服运动裤，全身上下严谨到她自己都快认不出自己了。

蒋远昭见她全副武装的模样不禁沉默半晌，最终还是不忍吐槽她，便迈步走过去。

"嘿，好久没……"沈温欢摘下口罩，笑眯眯挥了挥手，话未说完便被蒋远昭一把抵在墙上。

她微怔，下一瞬，他便俯首深吻她，肆无忌惮地攻城略地，占有欲从未如此清晰如此强烈过。

准备收工回去的狗仔伸了个懒腰，正感叹今天没新闻，就见门微敞的休息室里，有两人在忘情热吻……

狗仔目瞪口呆地盯着热吻中的二人。

我、我去！

于是乎几分钟后，某圈内大V号从微博上传了一段视频，虽然视频中的女子恰好被遮挡，但也成功震惊全网——

【惊！当红影帝蒋远昭正牌女友登场，二人热吻视频曝光！】

【惊！当红影帝蒋远昭正牌女友登场，二人热吻视频曝光！】

大V号这微博和视频一经放出，在网络上掀起的波澜甚至比前段时间蒋远昭公开追求沈温欢还要更猛烈。

视频只有短短一分钟，明显是有人慌乱中偷拍的猛料，由于镜头有些颤抖，画质有几分模糊。

视频中有一对男女，男方很主动，二人紧拥着彼此，明眼人一看就知道两个人这是在忘情热吻。

男子背对着镜头，恰好极为巧妙地遮挡住身下女子的容貌和身形，再加上那女子还戴着帽子，众网友便只能隐约看清女子是身穿黑色棒球服的，连身高、体形都估摸不出来。

这视频中的男主角倒是一眼就能看出是谁，那是众人熟悉到不能再熟悉的背影，毫无疑问，就是蒋远昭本人。

那么问题来了——沈温欢和蒋远昭疑似只是为了剧组炒热度而兴起的情侣档，现在这两个人似乎已经撇清了关系，也没有了关注度，而这个突然空降热搜的女子，又是什么神秘人物?

网上就此问题，掀起了讨论的热潮，然而众说纷纭，仍没有一个确切的说法。

甚至有人猜测，既然这视频是在蒋远昭的剧组现场偷拍的，那会不会是同剧组的女星，或者是地下恋的圈外女友?

目前来说，最有可能的莫过于圈外女友这个说法了。

蒋远昭和他的经纪人周焕的微博已经爆炸，然而诸位苦等许久，都没等来当事人的回应，于是便有人不甘心地跑去问沈温欢，结果也是音讯全无。

这下子场面彻底尴尬了，惹得众网友一脸蒙圈。

与此同时，正躺在季风朗怀中刷微博的阮曼舒，也发现了这个头条新闻。

阮曼舒吓得一屁股坐了起来，话都说不好了，忙不迭拍着桌子道："这什么鬼？蒋远昭出轨了？"

"出轨又不是什么……"季风朗正拿着iPad翻看电子合同，闻言便蹙眉，条件反射地重复了一次，然而剩余的话还哽在喉间尚未出口，他便反应过来，侧首难以置信地盯着阮曼舒的手机屏幕，"你说谁出轨了？"

蒋远昭?

出轨？！

这是什么新梗吗?

"你看看啊！"阮曼舒的声音都带哭腔了，她把视频重新调出来，从头播放给季风朗看，"这个女人是谁啊？挡这么严实我都认不出来！"

“会不会就是沈温欢本人？”

季风朗猜测道，凑过去打量视频中的女子，奈何这角度当真是绝妙，真是完全看不出来这女人究竟是谁：“……算了，打电话问问吧。”

阮曼舒点头，季风朗便拿出手机给蒋远昭打电话，然而却是无人接听。他蹙眉看向同样给沈温欢打着电话的阮曼舒，等待她的结果。

半晌，阮曼舒却也是叹了口气，放下手机摇了摇头：“不行，干脆关机了。”

“这两个家伙搞什么呢，吵架了还是真的闹掰了？”季风朗啧了一声，捏了捏眉骨，不禁面露愁容。

阮曼舒也全然没了玩的心思，当即浑身紧绷地关注着微博动态。

此时此刻，身为这场动乱的始作俑者，却坐在车中商量着一会儿去吃什么。

二人驾车直奔蒋远昭的私人住所，正考虑着是叫外卖解决晚餐问题还是其他的。

沈温欢的手机没电自动关机了，她便果断放弃了订外卖的想法。

“我想直接在家里吃了就睡吧，这几天忙着四处奔波都把我累傻了，难得偷个懒，我一定要睡个好觉。”她坐在副驾驶席上，抬了抬帽檐，对正在开车的蒋远昭懒洋洋道。

是“家”，而不是“你家”。

看来她已经把他当成男朋友看待了。

蒋远昭注意到了沈温欢口中的这个小细节，不禁唇角微弯，顺着她的话题道：“好啊，正巧我买了小烤箱，我做饭，你负责做饭后甜点，怎么样？”

“行啊，我手都生了，给你尝尝我的手艺。”沈温欢闻言便来了兴致，一想到自己又能吃上甜品了就莫名激动，她搓了搓手，对他笑道，“话说我也好久没见到寿司了呢，你接回来了吗？”

“我这段时间一直住在家里，寿司也早就接过来了。”他答道，又慢条斯理地补充了一句，“一家三口，就差你了。”

“所以我这不就来了嘛。”沈温欢鼓了鼓嘴巴，笑靥粲然，“反正前几天我把部分衣服放你那儿啦，等我最近忙完就跟你同居好不好，别生气啦。”

蒋远昭哑然失笑，将车驶入地下车库：“我可是等你等好久了，宝贝。”

“好啦，今晚给你做好吃的补偿你。”沈温欢伸了个懒腰，停下车后便压低了帽子，轻车熟路走向电梯，率先去了楼上。

她拿出钥匙开了门，果不其然，寿司激动地扑入她怀中，兴奋得直舔她的脸，逗得沈温欢发笑。

她笑着蹭了蹭寿司那毛茸茸的脑袋：“寿司乖，妈妈回来啦。”

在她后面进屋的蒋远昭带上了门，脱下外套后随手挂在衣架上，便将衬衫袖口微挽，走向厨房：“跟寿司玩会儿吧，等准备好了我喊你。”

沈温欢跟寿司闹了会儿，还是跑去厨房帮忙打下手了，帮着蒋远昭切好了菜，她便去准备制作甜点所需的食材了。

冰箱里应有尽有，想必蒋远昭定是费足了心思来布置这些。

二人在厨房中各忙各的，偶尔有几句交流。等沈温欢忙活好后，蒋远昭在一旁轻声唤她：“温欢，过来尝尝合不合口味。”

“做的什么啊？”沈温欢洗了把手，乖巧地凑了过去，顺口问蒋远昭道。

蒋远昭长眉轻挑，用小勺子舀了一勺清粥，细心地吹了吹，试好了温度才递到她唇边：“先尝尝。”

沈温欢乖乖听话，喝了粥，便觉这粥入口即化，米香夹杂着不知名的清香在唇齿间氤氲开来，竟是好喝得很。

蒋远昭见沈温欢的表情便已知道好喝不好喝，不禁唇角微弯，将做好的饭都盛了出来。

沈温欢在旁边帮忙，拿好碗筷顺便将饭菜端上了饭桌，又给寿司倒好了狗粮，正巧蒋远昭也洗了手从厨房出来了。

吃饭时，沈温欢由衷地为自己的胃感到喜悦，美滋滋道：“真是家有一昭，如有一宝啊。”

“是啊，所以请你务必保管好我。”蒋远昭抬眸看她，慢条斯理地吃了口饭菜。

沈温欢挑眉：“那万一手滑把你给弄丢了怎么办？”

蒋远昭回答得倒是挺快：“那你就做好被我死缠烂打的准备吧。”

她扑哧笑出声来，忙挥挥手道：“得了得了，又全能又黏人的影帝，我还是好好留着吧。”

饭后，沈温欢去洗澡了，蒋远昭则坐在电脑前的软椅上刷微博。

谁知刚打开微博，疯狂的消息通知便险些让蒋远昭的手机死机。

他长眉轻蹙，点开那些@他的消息后一愣，立即去翻看微博热搜，点开第一，果真是那个他和沈温欢热吻被偷拍的视频。

蒋远昭未曾料到，这一天会这么快到来。

这大好机会，会这么快光临。

他垂眸翻看着微博，旋即打开了电脑，唇角笑意令人难以捉摸。

随后，他登上网页微博，开启了直播。

正巧此时沈温欢洗完了澡，身上穿着蒋远昭的男友衬衫就从浴室中走出来了。她正到处找着内衣，努力回想着自己到底给放哪里去了。

网友们正讨论得火热，冷不防发现蒋远昭开了直播，当即什么话题都不管了，纷纷挤进了直播间，便见屏幕上赫然是蒋远昭那似笑非笑的俊脸。

蒋远昭似乎还不急不慢的，跟众人打了声招呼：“大家晚上好，好久不见。”

放屁，今天头条不就是你吗？

众人心里吐槽着，却都是在问他关于刚才那曝光视频中女主角的真实身份。这显然是最受关注的一个问题。

“这个……你们总有一天会知道的。”蒋远昭随口回答，摆明了敷衍了事的态度，却更引起了周遭的好奇心。

然而就在此时，惊人的一幕出现了——

只见蒋远昭身后的房间门口，出现了两条白嫩长腿，随即，沈温欢身穿男友衬衫，刚沐浴后的朦胧模样便清晰地出现在屏幕中。

她边走过来边问蒋远昭：“蒋远昭，我的内衣你放哪了？”

众网友一脸蒙，无一人发言，都被此情此景惊呆了。

蒋远昭将直播页面最小化，望着沈温欢唇角微弯，便伸手将身穿宽大衬衫的她揽入怀中，让她坐在自己的腿上。

沈温欢极为自然地将手扶在他腰间，他俯首轻吻她，一寸寸深入，浅尝辄止，深情而温柔。

身处直播间的万千网友，就这么听着蒋远昭低沉含笑的嗓音传入耳中：

“家里只有我们两个，你穿内衣做什么？”

“家里只有我们两个，你穿内衣做什么？”

随着蒋远昭似笑非笑的低沉嗓音落下，沈温欢戳了戳他，笑：“什么啊，快说放哪去了，我前几天过来的时候放衣柜里了啊，怎么没了？”

直播间的网友们彻底炸开了。

“到底什么情况？前几天？！难不成他们两个一直在玩儿地下恋？！”

“地下恋也不能一个多月没互动啊，能藏得这么严实吗？”

“所以刚才蒋远昭说‘你们总有一天会知道的’，难不成就是现在？今天下午那个视频里的神秘妹子其实是沈温欢？”

“快，那赶紧扒一扒沈美人儿今天结束工作后穿了什么衣服！”

半晌，当真有人跑去扒了，回来果断发言：“扒出来了，同款帽子和黑色棒球服！百分之八十的可能是沈温欢！”

“什么百分之八十，明明是百分之百！蒋远昭明显是套路啊，他肯定是故意曝光的，没看沈美人儿完全没有察觉到是在直播吗？我猜老蒋绝对把页面最小化了！”

“我去！老蒋不仅老流氓，居然还给我们玩儿套路！”

“哈哈哈哈哈！只有我觉得能看出老蒋套路的人也是个套路狂吗？”

“呃……嗯，有道理。我去，老蒋你在干什么？放开温欢小妖精，让我来！”

此发言一出，所有人便都停止了讨论，纷纷看向直播屏幕中的蒋远昭和沈温欢——

只见沈温欢身穿蒋远昭那宽大的白衬衫，侧对着屏幕，如玉白皙的修长美腿影影绰绰。她坐在蒋远昭的大腿上，被他揽在怀中，姣好身姿便被蒋远昭有意遮掩。

可把正在看直播的网友给气坏了，都吐槽妻奴晚期不可医。

然而沈温欢香肩半露，刚出浴的朦胧姿态却是无可遮挡的，领口微敞，似乎一直露到了锁骨处。

只是这难得的大好春光，却被蒋远昭沾了光。

只见蒋远昭从沈温欢背后揽过她的腰肢，将下颌靠在她肩上，唇便无声贴在她脖颈处，缓缓下移，顺着她那玉颈的完美线条，落下细密的吻。

暧昧至极。这是明目张胆的偷香。

“太恶劣了！啊啊啊，放开美人儿让我来！”

“我去！老流氓，你们接下来是要做什么了？！”

“开门，扫黄大队来了！”

此情此景引起了民愤，观众气得都开始刷屏，然而仍不能阻止蒋远昭继续光明正大地揩油。

“别闹啦蒋远昭，我去换衣服，一会儿该睡觉了。”沈温欢被他亲得有些发痒，便笑着推了推他道，“还有别的事要做呢，快放开我。”

蒋远昭趁她侧首的机会，在她唇间吻了吻，旋即唇角微弯：“可以啊，叫老公。”

“好好好，老公，赶紧松手啦，我还要去厨房呢。”沈温欢说着，暂时放下了换衣服的事，此时的她仍不知道蒋远昭在直播，只一心想着厨房即将出炉的甜点。

“宝贝真乖。”他低笑，又亲了亲她，便单臂托住沈温欢的臀部，径自起身将她抱了起来。

沈温欢猝不及防，条件反射地揽住了他，蒋远昭便满意地抱着她走出了卧室，逐渐淡出观众的视野。

又是令人目瞪口呆的一幕。

“我去！托臀抱？！”

“蒋氏托臀抱你值得拥有……妈呀，太苏了！我想做蒋远昭的小朋友啊啊啊！”

“我的妈呀，他们秀恩爱嘤嘤嘤！大半夜的太恶劣了！”

“慢着，没人好奇他们干什么去了？”

“对啊，怎么没人了？”

“会不会是去……做一些夜间运动了？”

我去！

一直在窥屏的阮曼舒也忍不住了，当即退出了蒋远昭的直播间，气呼呼关上了手机。

“你猜对了，还真就是沈温欢。我们在这儿这么担心，他们俩倒好，还直播秀恩爱公开交往！”她叉腰，鼓着腮对季风朗愤愤道，“太不像话了蒋远昭，居然把我的小温欢给套路了！”

季风朗一个没忍住，便扑哧笑出声来，有些忍俊不禁地摆了摆手，道：“按他们这进展，说不定最后去民政局扯证都是蒋远昭把沈温欢给套路过去的。”

听起来似乎不切实际，然而阮曼舒当真是觉得，蒋远昭这个套路精真能做得出来。

“不管啦，反正他们迟早要曝光关系，也不在乎早晚。”

阮曼舒说着便大咧咧重新躺回那酥软温暖的沙发里。她侧首看向埋首工作的季风朗，有些不悦地嘟嘴道：“停停停，来休息会儿啦，你都高强度工作好几个小时了，必须给我休息！”

由于参加了《我们在一起》的节目录制，季风朗在国内有许多合作商谈事宜没有解决利索，而这些公事又不是助理可以单方面解决的，于是便堆成了一堆。

从节目结束录制回国到现在，他还在处理剩余的工作，只是因为最近接近尾声，季风朗这才拼了拼，阮曼舒却心疼了。

季风朗念及此，不禁笑叹一声，暂时放下手中的iPad，伸手放轻力道揉了揉阮曼舒的脑袋：“乖啦，我的小可爱，再等我一会儿，我一口气处理好这些就陪你一起放松，好不好？”

阮曼舒虽然还是不太满意，但还是点了点头。

季风朗便轻笑，轻捏了捏她的脸颊，温热柔软的触感直软化在心头。

第六章

此生欢喜

与此同时，沈温欢被蒋远昭抱到厨房，她便从他怀中跳下来，开始处理即将出炉的美食。

套上手套，准备好事先调制好的果酱，她就兴致勃勃地站在小烤箱前面，掐着时间准备拿出甜点。

蒋远昭一动不动地望着沈温欢，见她眉眼温润惊艳，那眸中粲然闪烁的喜悦与期待更是掩盖不住。

他不禁哑然失笑，对她道："就这么喜欢甜食吗？瞧你开心的。"

"甜食是次要的啊，我这么开心又不是为了这个。"沈温欢说着，一边盯着烤箱上的时间，似乎在研究什么，"我只是在高兴，我最喜欢的人能尝到我亲手做的食物，仅此而已啊。"

蒋远昭无声挑眉，唇角无意识微微上扬。他走到她身边，垂眸看她忙碌的模样，不禁好心情地问她道："我理解能力不太好，所以能请教你一下，你刚才这话是什么意思吗？"

他是故意的，就是想听她说那些好听的话。

沈温欢默默翻了个白眼，却忍不住笑出声来，戳戳他的手臂："唯有甜食和影帝深得我心，满意了吧。"

"简直不能更满意。"他嗓音含笑，有些慵懒，正欲开口，却听烤箱叮咚一声，点心烤好了。

沈温欢倒也不急，等着烤箱凉了一会儿，这才不急不慢地打开了烤箱门，扑面而来的便是那香甜诱人的味道，甜蜜蜜地在厨房中氤氲开来，令人食欲大开。

蒋远昭这个本来对甜食不算很感冒的人，都忍不住有些期待了。

只见沈温欢从烤箱中端出那托盘，上面是两块做工精致的小蛋糕，她又拿出果酱进行了后期加工，最后才脱了手套，美滋滋地将小蛋糕拿到了餐桌上。

她和蒋远昭相对而坐，率先尝了口蛋糕，不禁心满意足地扶住了脸颊，喟叹出声："还是我亲手做的好吃！"

紧接着，沈温欢便催促起蒋远昭来："尝尝，你绝对会爱上它。"

蒋远昭颔首，用银叉轻切下一小块蛋糕含入口中，下一瞬，他眸光微动，显然这味道有些出乎他意料。

沈温欢看他眼神就懂了，当即便有几分得意，晃了晃手中的小叉子，道："我说了吧，你会爱上它的。"

"何止是爱上它，我还更爱你了。"蒋远昭垂眸轻笑，忍不住又吃了口，不得不承认沈温欢在西点方面的造诣的确是高深。

吃完收拾好东西后，沈温欢已经困得冒泡了，蒋远昭见她哈欠连天，便让她先回卧室去睡觉了。

而他自己则站在客厅思忖半晌，而后别有意味地扯了扯衬衫领口，营造出衣衫略微凌乱的假象，便去了书房。

直播间的网友们都已经等得昏昏欲睡，都不知道过了多久，然而蒋远昭却冷不防重新出现在众人视野中，立刻把全场的瞌睡虫都赶跑了。

蒋远昭坐到电脑前，重新打开直播页面："不好意思，刚才去办事了。"

立刻有人吐槽："这衣衫不整的，是去办事了还是去办人了？"

蒋远昭唇角微弯："你猜？"

然而就在此时，沈温欢默默出现在书房门口，揉着睡意蒙眬的眼睛，香肩半露："蒋远昭，我刚才太累了，先睡啦。"

蒋远昭淡定地遮住电脑屏幕，回头对她微笑："我一会儿就去陪你，宝贝，晚安。"

沈温欢自然没注意电脑屏幕显示着什么，应了一声便去卧室睡觉了。

众网友却都了然一片。

二人离开了这么久，蒋远昭衣衫不整，沈温欢突然喊累，这两个人果然是……

干坏事去了吧！

于是乎，蒋远昭关上了直播，心满意足地去找沈温欢睡觉去了，无比期待明天的发展。

翌日清晨，沈温欢醒了，拿起充满电的手机刷微博，却发现热搜第一赫然是——

【他们果然有一腿】

沈温欢刚起床，还没彻底清醒过来，她看了看身侧疑似熟睡中的蒋远昭，一个没忍住便打了个哈欠。

她揉了揉睡意蒙眬的双眼，百无聊赖地刷起了微博，一如既往地忽略@和私信消息，直接去刷首页。

手一滑，却滑到了热搜排行榜。

沈温欢简单扫了一眼，发现微博热搜前三分别是——

【他们果然有一腿】

【论心机影帝的成长史】

【老流氓恋情曝光】

沈温欢蹙了蹙眉，条件反射地感觉有阴谋，毕竟每次出现这种标题，都是蒋远昭搞的事情。

呃……为什么迷之有种不好的预感？

恋情曝光？有一腿？

沈温欢没来由地开始心慌，竟然连点开话题的勇气都没有。

最近不都在传她和蒋远昭断了关系吗？而且他们俩也确实一个多月没什么亲密互动，难不成……

难不成，蒋远昭出轨了？

不不不不可能！蒋远昭绝对不是那种人！

但是也不对啊，如果蒋远昭没出轨，那他们的关系也绝对不可能曝光啊！

难不成又是蒋远昭的套路？

沈温欢快速摇头否定自己的想法，放弃了胡乱猜测，她做了个深呼吸，终于点开了“他们果然有一腿”。

点开后，首先入目的便是一条娱乐圈某爆料大V的微博：

> “请叫我圈内大头V：这是一个由于意外失误而引出的悲剧狗粮事件，昨日下午蒋远昭热吻视频中的女主正式曝光，竟然被发现全都是蒋影帝的套路！附赠昨天下午的热吻视频原版，以及昨晚蒋远昭直播始末录屏，请打酱油萌新戳进，另外，前排卖瓜！”

沈温欢下拉微博，果真看到了附在评论区的视频地址，微博正文只附了那所谓的“蒋远昭直播始末录屏”，传说中的热吻视频只附了链接，需要自行点进去观看。

她蹙眉，先是看了看该条微博的各项数据，在数了好几次后，沈温欢目瞪口呆。

这热度……估计是空前绝后了。

她又翻了翻，却见阮曼舒也转发了这条微博，而且还@了她和蒋远昭——

> “季家仙女舒V：好了好了，这下子终于把你们的狗粮品牌昭告天下了，满意了吧你们俩？最后容许我鄙视一下套路蒋@迷人反派妖精欢@蒋远昭”

沈温欢：“……”

她稳了稳心神，心底那不安的情愫越发浓烈几分。她终于忍不住了，上去先点开作为事件开端的“蒋远昭热吻视频”。

视频不过一分钟罢了，沈温欢从头看到尾，竟然越看越瞪眼。

这不就是她全副武装去找蒋远昭时，蒋远昭扑过来就把她按倒的视频吗？！

沈温欢本来还庆幸没人认出来自己，但一想到现在事态似乎已经发展到不对劲的地步了，她便泄了口气。

这视频明显就是狗仔慌忙之间临时偷录的，想来肯定不是蒋远昭的套路，沈温欢便放宽了心，接着去观看蒋远昭昨夜的直播全程录屏。

视频一个多小时，时间的确很长，但沈温欢愣是没想起来他怎么逮着机会直播的。

难不成是趁她昨晚睡觉后直播的？

算了，看看就知道了。

想着，沈温欢便开始播放视频。

只见那直播间中出现了蒋远昭的脸，他似笑非笑地向观众打了声招呼，似乎没什么不对劲。

沈温欢浑身一僵，她清清楚楚地认了出来，这是蒋远昭的书房，他当时是在用电脑直播。

她又看了一眼时间，心里估摸了一下，十分惊讶地发现蒋远昭开始直播的时间正好是她洗完澡出来找衣服的时间。

我去！

沈温欢脑中有了个恐怖的想法，她忙不迭继续看视频，果不其然，蒋远昭开始直播没多久，穿着男友衬衣刚洗完澡的她就出现在镜头中。

随后，耳边传来她自己那熟悉的声音——

“蒋远昭，我的内衣你放哪了？”

随后发生的事便是他抱过她，亲她，回答她说：“家里只有我们两个，你穿内衣做什么？”

做什么？

他这是做什么？！

沈温欢有两个字的脏话哽在喉间，平生第一次，骂人的想法如此之强烈。

后面的事情沈温欢当然是记得清清楚楚，她却还是不死心地看了下去，然而蒋远昭还真就是遮都没遮，直接光明正大地开直播秀恩爱给观众看。

沈温欢明明记得自己进书房找他时，电脑显示屏上是系统桌面。

这家伙居然临时将窗口最小化？！

沈温欢欲哭无泪，她直接疯狂快进，便看到了蒋远昭一个托臀抱把她抱出卧室，随后便没了动静，虽然评论区仍旧火热，直播依旧进行，但两个主角却是不在镜头中了。

当然不在了，他们去吃甜点了啊，还耽误了那么长时间。

沈温欢直接跳过这期间漫长等待的时间，这么一快进，再次有主角出现的时候，竟然已经接近录屏尾声了。

只见蒋远昭轻描淡写地同网友聊了几句，她便也出现在书房门口，探着身子一脸疲倦地对他道晚安，随后便去睡觉了。

她当然累，累了那么久没休息好，又做了美食，还收拾了餐桌，当然累得不行。

沈温欢心情复杂地看着录屏中众网友的评论，果然都是带有鲜明颜色的揣测。

真相只有她和蒋远昭知道，但是此情此景放在这直播中，让毫不知情的观众看了，可就变了味道了。

而且，蒋远昭的衣服真的有这么凌乱？

她可不记得自己对他做了什么，除非是他自己临时扯开的。

沈温欢终于反应过来，她深吸一口气，默默关上了手机。

看这话题的热度，真可以算得上是空前火热了。这箭在弦上，被蒋远昭给强行发出了，她也没办法。

不过她现在的确是已经走红，知名度与原先相比简直是·天壤之别，恋情公布了也不会有什么别的说法，倒也不是不可以的事。

但重点是——

兜了这么久，他们的关系曝光了还是归功于蒋远昭的套路啊！

她居然又中招了？！

沈温欢念及此便气得不行，当即把被子一个抖搂，咬牙切齿道：“蒋远昭，你给我麻利儿地起床！”

蒋远昭其实本就是闭目养神装睡中，就等这一刻了，便佯装刚睡醒的蒙眬模样，长眉轻蹙看向她：“早安宝贝……脸色怎么不太好，出什么事了？”

这家伙故意的！

沈温欢不怒反笑，盘腿坐在床上，抱胸一本正经地对他道：“你给我解释解释为什么要这么做。”

蒋远昭见注定是逃不掉了，便叹了口气，抓了抓有几分凌乱的头发，坐起身来。

不过，看沈温欢这反应，恋情曝光是坐稳了。

“我们已经一个多月没有互动了，我很空虚寂寞冷，你懂我的意思吧？”他与她对视，一本正经道，“你的人气已经达到了你当时说曝光关系的条件，而且我的占有欲也已经快要突破我的容忍限度，所以……如果你怪我，我给你道歉，但我不后悔。”

言之有理，沈温欢简直有气都没处撒了。

其实她也有公开交往的打算，只是突然被蒋远昭以这种被动的形式公开，她多少还是有些生气的。

沈温欢咬了咬牙，低声说了句：“我又不是气你公开关系！”

蒋远昭微怔：“嗯？”

“我说过的吧，你有什么事一定要记得和我商量。”她脸颊微红，咬着唇有些手足无措，眼神游移着，“你这样不商量就自顾自公开，会让我觉得你根本不在乎我啊……”

原来她是在生气这个？

话音落下，蒋远昭眸光微动，他顿了顿，突然低笑一声，不由分说地伸手将她揽入怀中，紧紧拥着她。

“我怎么可能不在乎你，我只是怕你不同意公开罢了。”他在她耳边喃喃开口，言语间是难以掩盖的欣慰与喜悦，“不过……温欢，你这么在乎我，我真的很开心。”

真的，很开心。

他何曾奢望过得到她的芳心，可命运和老天却如此厚爱他，让他做梦都不敢想的事，成了真。

蒋远昭向来不信命，他逆了自己从商的命，逆了退出娱乐圈的命，逆了太多太多。

只有这一次，他希望命运就这么顺下去，别再有任何波澜。

沈温欢终于算是消了气，但碍于面子还是没给他什么好脸色，只气呼呼地回抱住他，不吭声。

蒋远昭轻笑，俯首吻上了她。

与此同时，沈靳恒坐在办公室中，看着本季度的财务报表，又扫了一眼手机上的今日头条，赫然是沈温欢和蒋远昭恋情曝光的事。

他没来由地心烦，不禁推开文件夹，啧了声，打电话通知助理：“小吴，帮我查件事。”

《青史》是由圈内知名青年制片人季风朗监制的一部巨作。

女主凤矜何是将门虎女，却惨遭灭门，然而其惊才绝艳，成为开国第一女将，背负血海深仇而来。

男主莲肆是璇玑当朝太子，为人温润华贵，廉政亲民，受天下人景仰。

电影中围绕他们二人，讲述了一场旷世奇恋，背景磅礴大气，备受外界瞩目。

《青史》中，有驰骋沙场的豪放尽致，有皇室叵测的尔虞我诈，有生离死别的剜心刻骨，也有儿女情长的柔软情丝。

男主莲肆已确定由当红影帝蒋远昭出演，而女主凤矜何的饰演者，却是引起了一番争论。

《青史》女主的人设是铿锵女将，符合这一人设且近期大红大紫的女星，也只有沈温欢和侯悦晗了。

暂且撇开沈温欢和蒋远昭那极强的情侣既视感，沈温欢的武力值设定以及那外柔内刚的人设便已经引粉丝心动无比。

而侯悦晗是靠人品和粉丝的热度脱颖而出。由于她和当红小花旦袁语姗有关系，因此出道后的各种资源都比新人好了太多，从而使她的人气在圈中越发火热。

侯悦晗虽然被扒整容，但也是凭着一张清纯面孔吸粉无数，再加上性格也不错，公众形象正直善良，又有袁语姗顺手推一把，她才能成为《青史》的预定女主角。

只是沈温欢的人气也不容小觑，蒋远昭的粉丝也有站蒋沈情侣档的，帮着沈温欢提高热度。一时间，《青史》女主角更是难以决定。

一切，由她们二人的热度来决一胜负。

林婧为此当真是费劲了心思，开始疯狂给沈温欢接代言和个人专访节目，就连杂志方面也有所准备，跟周焕那边商量着炒一炒热度。

蒋远昭本来就是私心作祟，便借着这个机会，把当下某热销娱乐杂志的封面约拍换成了情侣设定，就这么顺水推舟把沈温欢给推了过来。

沈温欢的经纪公司也是严阵以待，毕竟这个小吉祥物今年突然大火，而且还有越来越火的趋势，自然是要用心培养起来的。

杂志封面拍摄现场，刚录制完代言广告的沈温欢匆忙赶来，听林婧的指示，便去更衣室换了指定衣服，紧接着被造型师按在椅子上开始摆弄起来。

定好妆确认好造型，时间还有空余，沈温欢这才忙里偷闲，咸鱼一般地躺倒在拍摄现场的沙发上，长叹了口气。

刚和负责人谈完话的蒋远昭正欲开口，便见负责人意味深长地笑着指了指他身后。

蒋远昭侧首望去，见沈温欢一身颓废气息地躺在沙发上，仰着脑袋一脸的生无可恋，那精致的小脸上都没什么灵气了。

看来这几天，这小丫头的确是下了不少功夫。

“我家小朋友来了，先走一步。”蒋远昭唇角微弯道，对负责人轻挥了挥手，便迈步走向沈温欢，随即慢条斯理地坐在沙发上，她的身边。

沈温欢半睁着一双眼，不用转头都知道是谁过来了，便有气无力地歪了歪身子，软　　地靠在蒋远昭肩上。

蒋远昭垂眸瞥她，长腿交叠侧了侧身，极其自然地伸手将她揽入怀中，让她靠在自己胸前更舒适一些。

“真是……累死了。”她幽幽道，再度叹了口气，“为了跟你站在同一高度，我容易吗？”

“我们家温欢宝贝最棒了，乖。”他闻言低笑，吻了吻怀中她的额头，眸中的宠溺毫不遮掩，羡煞旁人。

蒋远昭将下颌轻轻靠在她头上，感受着怀中心上人的温软柔和，风轻云淡地开口道：“宝贝，你要知道，你认真起来的样子，是世人皆爱的样子。”

他是最爱。

“哦？”沈温欢眯了眯眼，对他笑得慵懒，“那么你也爱我认真的样子？”

“不。”蒋远昭唇角微弯，一本正经地否定她，感受到沈温欢的难以置信，他这才一字一句地将方才未说完的话道出——

“对于我来说，你的每个样子，我都最爱。”

一直在偷听他们对话的林婧真是快要喜极而泣了，她吸了吸鼻子，突然倍感欣慰。

没想到先前蒋远昭逼那么紧都没把沈温欢给钓上钩，这次不过参加了一个情侣真人秀，就成功上垒了。

不过更让林婧意外的是，沈温欢为了能名正言顺地与蒋远昭比肩站在娱乐圈顶端，居然会这么努力。

若谈起他们交往前，沈温欢对于自己艺人身份的态度，一直是不争不抢可有可无，仿佛自己就算丢了这个饭碗也不急。

然而这一次，她为了成为《青史》女主，第一次如此全面配合公司和林婧的日程安排，每天忙于赶场，休息的时间少得可怜，有时连饭都没时间吃，她也统统无声忍下。

林婧觉得，当年沈温欢高考的时候都没这么拼命，这大概是她认识沈温欢这么多年以来，第一次见她这么努力奋斗。

太好了！

蒋远昭能成为沈温欢的指路明灯，真是太好了！

时间流逝，拍摄终于正式开始。

沈温欢和蒋远昭站在纯白幕布前，听着摄影师的指挥，做出相应的互动。

很意外的是，他们两个人拍摄情侣封面，居然没有一张是摄影师不满意的。

不论是氛围还是神情，都十分到位。摄影师本来还担心这两个人感情没那么深刻，拍摄不出来他需要的感觉，看来是想多了。

镜头前的蒋远昭和沈温欢，身穿素色情侣装，简单大方，却十分般配。

他将她揽在怀中，垂眸温柔地凝视她，她则靠在他胸前，笑意粲然，眉眼间恋爱中小女生的甜蜜姿态尽显。

二人之间，无声胜有声，满满都是爱，真心实意的爱。

他们的情感，就连旁人都能清晰地感受到。

不知怎的，即便这二人没什么实质性的对话互动，也让人有种他们无时无刻不在秀恩爱的既视感。

“这两个人……真的是刚开始交往吗？”摄影师怎么拍怎么满意，不禁啧啧感叹道，指尖再次按下快门。

很幸福啊。

林婧颇为满意地抱胸站在一旁，看着此情此景不禁有些美滋滋。

“我突然有种感觉。”她身旁始终一语不发盯着拍摄现场的周焕却在此时突兀地开口，言语间没什么情绪波动，“我最终没有阻止蒋远昭接近沈温欢，这个决定真是我这辈子做过最正确的。”

林婧闻言微怔，蓦地侧首去打量周焕，却生生望见他那向来不起波澜的眸中，有一种以欣慰为主的复杂感情逐渐涌出，竟然无比真实。

她听到自己轻笑出声，清清落落地道了句：

“是啊，我没有让沈温欢谨慎对待蒋远昭的示好，也是我职业生涯中做过的最正确的一个决定。”

拍摄结束，沈温欢伸了个懒腰，抱住蒋远昭的手臂，看了看他的腕表，发现已经是晚上了。

她已经一天没吃饭了，此时早已饿过了劲，对吃晚饭也没什么特别的执念。

她现在一身疲倦，只想尽快回到家里洗个热水澡，舒舒服服地窝在被窝里睡觉。

蒋远昭和沈温欢现在已经正式开始同居。他拿了车钥匙牵起沈温欢的手同工作人员道别，正准备离开，却被一个记者模样的妹子拦住了。

妹子显然是刚刚赶过来，累得上气不接下气，却还是拿着她那个记录本和签字笔，对二人道：“两位晚上好，我是该杂志的访谈小编，刚才路上堵车了，我跑过来的，请问有时间的话可以接受一个短采访吗？我们要放在杂志首页。”

蒋远昭看了一眼沈温欢，见沈温欢会意，他便颔首答应：“好的，请问吧。”

“谢谢，耽误您的时间真是非常抱歉！”小编闻言，瞬间喜笑颜开，忙不迭打开录音笔，准备好做记录，开始向他们提问。

小编提问的也不过是一些常规的问题，如在一起感受如何，关系意外曝光有何感想，对未来的规划如何，等等。

针对这些问题，官方是给出过答案的，二人便也应答如流。

小编将他们的回答记在本子上，边写边问他们：“那么关于蒋影帝的直播问题，请问影帝，你昨晚真的是故意套路沈小姐，从而达到公开关系的目的吗？”

这个问题可就是私人问题了。

蒋远昭唇角微弯，随即从容不迫地开口：“是啊，毕竟我是老流氓，还是套路之王嘛。”

沈温欢听着他的回答，一个没忍住就翻了个白眼，却没吐槽。

小编似乎在忍笑，问出了最后一个问题：“最后，是大家都好奇的，请问蒋先生，你曾说沈小姐是你的喜欢，你因她进入娱乐圈，但沈小姐是近期才进入娱乐圈的，你这话到底有什么含义？”

这个问题可算是个重磅了。

沈温欢正欲开口，蒋远昭却先她一步，道貌岸然地搂住她，对小编微笑道：

“没什么不对的，我从六年前就见过我家小可爱了，一直在暗中关注她，所以，我暗恋了她六年。”

啪嗒一声。

小编的录音笔给吓掉了。

夜色如水，四下沉寂。

黑色路虎在空旷的公路上急驶而过，留下一串残影，路旁树叶簌簌作响，寒意袭来，终是能让人清晰地感受到——

A市，入秋了。

沈温欢坐在副驾驶的位置，莫名有些发冷。她搓搓手，又给双手呼了几口热气，忍不住按下按钮关上了车窗，开启了车内的暖风空调。

A市本就是个极端城市，这里有最发达的富豪区，也有最贫穷的山村；有最温热的春夏季，也有最寒冷的秋冬季。

这儿的天气和人情，素来都是多变的。

今天上午还艳阳高照的，这会儿就冷风肆意，阴沉了天色。

“喂，你就这么光明正大地曝光了，就不怕惹出什么乱子啊？”沈温欢搓着手，勉强能有些暖意，“如果杂志出来我们又上热门了，周焕肯定要拿你是问吧。”

“他已经同意我们在一起了，公司方面也没有异议，我们随意来，继续秀恩爱。”蒋远昭坐在驾驶席上，握着方向盘，面上没表现出什么特殊情绪，“所以，你就安安稳稳继续你的事业，不要回头，向前走就好。”

沈温欢抬眸，却是打量着他握着方向盘的手，有些出神，也不知看着这美手在想什么。

蒋远昭的手着实是好看，无论什么角度和背景，即便是在这普普通通的灯光照耀下，也是如此修长干净，寻不见半分瑕疵，似是造物主最完美而引以为傲的作品——

一如他这个人一般。

蒋远昭看也未曾看她，一心开着车，声线平淡：“我的星途已经很不易，所以我想让你的努力，最起码回报率能高那么一些。”

他这话音落下，沈温欢没来由地唇角微弯，她这么久以来积累的所有疲倦与烦躁，都好似烟消云散。

“回归重点，听林姐说你今天都没来得及吃饭？”蒋远昭云淡风轻地开口道，语气却明显有几分不悦，摆明了不乐意她的过分努力。

“还真是，你不说我都忘了……”沈温欢这才反应过来，讪笑着摸了摸脑袋，有些心虚，“对不起啦，下次注意。”

蒋远昭瞥了她一眼，终究是对她生不起气来，便无奈地叹了口气，语重心长道：“我能理解你想赶紧追上我的步伐，但是宝贝，你也不能不顾及我的感受吧。你想想，你要是身体出问题了，最心疼的可就是我了。”

沈温欢小小地吐了吐舌，嘿嘿笑道：“好啦我知道的，那我们就去那家希腊餐厅吃晚饭吧，正好那边的保密措施做得不错，不用担心被人打扰。”

蒋远昭打开导航目测了一下距离，颔首应下来，便一路开往餐厅。

从地下停车场停好了车，沈温欢便揽着蒋远昭的臂弯，跟着他乘电梯上楼。

谁知这电梯门刚开，迎面就来了一对中年夫妻，蒋远昭正要牵着沈温欢直接绕开，却在看清男子的那一瞬愣住。

沈温欢显然也认出了来人是谁。

那女子姿态高贵，妆容精致，身穿白色素裙，即便面上已有岁月的痕迹，却也是风韵犹存。

而她身侧的男子，西装革履一板一眼，剑眉星目，眉眼间尽是雷厉风行的凛冽，却在看到蒋远昭和沈温欢时，眸中浮现几分诧异。

这对中年夫妻，就是沈家两位家主——

沈靳恒，以及他的妻子，也就是沈放的生母罗婉。

两人都是与沈温欢有不共戴天之仇的人。

场面一度非常尴尬，无一人开口，都大眼瞪小眼。

终于，罗婉受不了这尴尬，便开口道了句："原来是你们，好久不……"

然而她话未说完，电梯叮咚一声即将关上，蒋远昭按下开门键，神色自若地单手揽过沈温欢，便带她绕过二人径直走向餐厅："走吧，我也饿了。"

罗婉未说完的话便这么生生哽在喉间，咽不下去吐不出来，她面色微僵。

蒋远昭的一言一行，仿佛当沈靳恒和罗婉根本就不存在似的。

沈温欢被他这么一带着走才反应过来，不禁有些好笑，却也没理会那两个人，一声不吭跟着蒋远昭走向餐厅大门。

"温欢，好久不见了，也不打声招呼？"就在此时，沈靳恒突然淡淡开口，嗓音清冷，听不出什么情绪，"你的男朋友，不给我们介绍一下？"

沈温欢蓦地顿住，她侧首扫了一眼脸色恢复如常的罗婉，又直视沈靳恒，这才扯了扯唇角，道："哦，原来是沈先生，好久不见。"

唤得生疏，语气也生疏，问候更是直接无视罗婉。

自从上次沈家那场不欢而散后，他们就再也没见过面，实际上沈温欢也没往心里去。

"沈先生，还有沈夫人，请问我们很熟吗？"蒋远昭不冷不热地开口，明明是笑着问出口的，那言语间却颇为冰冷。

"的确不熟，所以需要热络一下。"沈靳恒微笑，从容不迫地迈步走向他们，"正巧我和夫人也是刚到，不如，就凑一桌？"

话音落下，沈温欢难以置信地盯着他，罗婉也变了脸色。

沈靳恒和蒋远昭对视，他笑意冰冷，眸色深沉。

说真的，沈温欢从来没想过，会以这种形式与沈靳恒和罗婉聚一次餐。

她身边，居然还有蒋远昭旁若无人地坐着。她跟服务员随口点了几份餐，便好整以暇地抱胸靠在椅子上，神色坦然。

“我觉得我还是开门见山比较好。”沈靳恒率先打破这尴尬局面，他双手交叠撑在桌上，对沈温欢笑了笑，“我也不指望我们两个之间能有什么好气氛，有什么事我就直接问你了。”

沈温欢颔首：“这样最好，别浪费时间。”

沈靳恒微眯眸，嗓音有几分冰冷：“沈温欢，之前柳棠的事我就一直存疑，那些机密资料，柳棠是怎么拿到的？”

“你们沈家就三个人，你来问我还不如去问你的宝贝儿子。”

他听着沈温欢语气里明显的不耐烦，却也没生气，只是怀疑道：“我没有把任何资料给沈放，他也仅知道你是他同父异母的妹妹，我也调查了他的通信记录，完全可以排除。”

“那不就是沈夫人办的好事了吗？沈先生怎么怀疑到我家温欢身上来了？”蒋远昭却在此时出声，他拿起咖啡杯浅酌一口，余光果然瞥到罗婉面色微僵，虽然稍纵即逝，但她的确心里有鬼。

“也不能说是怀疑，但是我只是有些疑惑。”沈靳恒唇角微弯，不急不慢地解释道，“为什么整整六年你们都浪费了，却在这时突然公开恋情，又接连翻出一些往事……你们两个都是六年前对沈家秘密有所了解的人，叫我怎么能放心呢？”

沈温欢微怔。

沈靳恒的意思是，他怀疑她和蒋远昭联手，想要把沈家那些不光彩给抖搂出来？

“难道不是吗？”罗婉抚了抚头发，姿态高贵，语气中含了几分不屑，“柳棠那件事居然还有记者在场，如果你们再把六年前相遇的事情曝光，被有心人扒出当年的事，这责任可就难担了……况且，最后还是给你们炒热度。”

被害妄想症吧？！

沈温欢淡了神色，她无声冷笑，正欲发作，蒋远昭却突然将咖啡杯放于桌上，清脆响声异常鲜明刺耳。

他挑眉，似笑非笑地看向罗婉，不急不慢道：“如果你觉得，我们的热度需要靠这种豪门丑闻来炒的话，无所谓你怎么想。”

罗婉的脸色瞬间就冷了下来，她启唇正欲反驳，沈温欢却一巴掌拍在桌上，震得杯中咖啡都飞溅出些许。

她站起身来，睨着沈靳恒和罗婉，冷道：“不好意思，我对你们沈家，没有任何感情。至于你们的阴谋论，我只能说是被害妄想症。究竟是谁给了柳棠资料，希望沈夫人好好调查调查。”

“我对你们沈家，深感唾弃！”一字一句铿锵落下，沈温欢蹙了蹙眉，旋即单手拉起蒋远昭就要走。

“哼，谁知道你是不是想给那个死女人报仇？”罗婉却低声冷笑，嘲讽了一句，轻飘飘入了沈温欢的耳。

蒋远昭挑眉，侧目看向面色阴沉的沈温欢，缄默不语。

话音落下，沈温欢的脚步便蓦地顿住，她回身大步走到罗婉面前站定，拿起咖啡就狠狠扣在她头顶！

罗婉被滚烫的咖啡烫到，当即惊呼：“啊！你干什么？”

沈温欢冷冷道：“这杯是替我妈教训你的。”

沈靳恒的脸色也不太好看，当即就要发作，却见沈温欢拽过服务员，又拿了杯咖啡，泼了罗婉一身，再度迎来一声惊呼。

“这杯是我的。”她俯下身，毫不收劲地拽过罗婉的头发，逼视她，眸光直泛冷意，“罗婉，管好你的嘴，不然下次就是开水。”

话音落下，沈温欢松开她，拍了拍身上并不存在的灰尘，拉着蒋远昭安然离去。

临走前，蒋远昭轻飘飘地道了句：“有你们在，我真为沈放那小子感到悲哀。”

“浑蛋！”罗婉怒极，不禁破口大骂道，“日后肯定没你们好果子吃！”

“闭嘴！”

沈靳恒突然冷喝一声，面色是从未有过的阴森。他气得有些呼吸不畅，握紧拳头狠狠砸在桌面上，吓得罗婉也没了声。

他长眸微眯，冷冷盯着二人离去的方向。

悲哀？

最后到底是谁为谁感到悲哀，谁知道呢？

蒋远昭紧紧握着沈温欢的手，牵着她走。

二人一路乘电梯回到了停车场，无人开口。

沈温欢看了看他们紧握的双手，似乎隐约能感受到彼此的脉搏，在这沁凉的夜色中，传递着源源不断的热流，直涌到了心里。

她垂眸，突然扯了扯他的衣袖，低声道："不好意思啊……我选错地方了，搞得那么不愉快。"

似乎每次场面闹得不愉快，都是因为她面临种种状况，让蒋远昭伸出援手。

沈家的事，蒋远昭明明只是个局外人，却还是因为她，被沈靳恒和罗婉怀疑了，也惹了一身不痛快。

她真的……给他带来太多麻烦了。

沈温欢心下有些复杂，便垂着头没敢看蒋远昭，没来由地有些心虚。

蒋远昭的脚步蓦地顿住，他神色淡然，只颔首看她，长眉轻蹙，半晌才开口道："把我当局外人吗？"

沈温欢微怔，心思被戳破，她一时寻不到合适的借口来搪塞。蒋远昭看着她那手足无措的模样，不禁有些好笑，却还是俯下身来，伸手轻柔地将她颊边的碎发捋至耳后。

旋即，他轻抬起沈温欢的下颌，让她与自己对视，不急不慢地开口道："沈温欢，我都不把你当外人，所以你是不是也该礼尚往来，把我当依靠？"

沈温欢总觉得他这句话的逻辑有点儿迷之套路，但她还是望着蒋远昭，悠悠叹了口气："我知道啊……但是，我也不想给你添麻烦。"

"别忘了我现在是以什么身份牵着你的手。"蒋远昭淡声道，眸微眯，原本停留在她下颌处的指尖，无声游移到她的脸颊，细细摩挲着，意味深长。

他似笑非笑地看着她，云淡风轻地道了句："如果你觉得我们还是关系不到位的话，那就结婚好了。"

那就结婚好了。

结婚……

结婚？！

沈温欢险些被口水给呛着，她冷不防红了脸，忙不迭伸手握住他的手腕，结结巴巴地回他：“什、什、什、什么结婚啊！”

“就是结婚啊，这样我不就可以名正言顺地插手你的事了吗？”蒋远昭倒是理直气壮的，他俯首看她，眉眼含笑，“一见到你，我的占有欲和护短本性就一塌糊涂。”

沈温欢抿唇，突然一把抱住他，窝在他怀中，将脸埋在他胸前，手则紧紧攥着他的衣襟，扒都扒不开。

蒋远昭长眉轻挑，张开手臂环抱住她，温声软语地询问：“宝贝，怎么了？”

沈温欢坚持不抬头，支支吾吾地开口，吐字有些混沌不清：“闭嘴，害羞了不行吗？让我缓缓！”

蒋远昭闻言顿了顿，半晌他低声轻笑，眸光温柔成了一潭春水。

怀中女子是温软的，柔和得他几乎不敢过分触碰，生怕给她造成什么伤害。

那是如此令他珍重的存在，以至于他已经不知该如何怜惜才好。

“我该拿你怎么办啊？”他笑叹一句，紧紧拥住她，喃喃道，“我啊，喜欢你已经胜过任何事物了。我对你的好感停不下来了，你让我怎么办才好？”

沈温欢和蒋远昭最终还是选择回家吃饭，二人走入停车场，吓得一路尾随而来的狗仔忙不迭躲在车后。

他抚了抚胸前，默默叹了口气。

唉，本来以为今天跟着他们俩过来能有什么好新闻，结果白蹲点了。

与此同时，蒋远昭和沈温欢刚进停车场，便迎面撞上一名年轻女子。

这位女子戴着墨镜，身材高挑，气质更是出类拔萃。

她看到他们二人后愣了愣，旋即异常惊喜地挥了挥手，打了个招呼：“蒋老师，温欢姐，怎么在这儿遇上了？”

沈温欢觉得此人有些眼生：“你是……”

“侯小姐？”蒋远昭蹙眉打量女子，突然唤道。

侯悦晗摘下墨镜，对他们二人微微一笑：“是我，我是和家人一起来吃饭的，没想到就遇见你们二位了。”

清秀容颜，简单大方的裸妆，若是排除后期加工因素，这侯悦晗还的确是个美人坯子。

“那真是太巧了。”沈温欢轻笑，对侯悦晗伸出手，示意了一下，“之前打过照面，不过没什么交流，你好，侯小姐。”

“温欢姐真是客气，最近《青史》女主角的风波这么大，我可是关注你很久了呢。”侯悦晗微笑回应，伸手同沈温欢简单握了握，似是反应过来什么，又笑眯眯补充了一句，“啊呀，我没有别的意思哦，温欢姐不要误会，我只是比较喜欢公平竞争而已。”

话音未落，沈温欢便觉得侯悦晗的手暗自发力，紧了几分。

一旁的蒋远昭似乎没察觉出什么，只面色坦然地站在一旁，也不言语。

她不着痕迹地蹙了蹙眉，当即握了回去，果然让侯悦晗面色微僵。

这侯悦晗的说话方式不知是有意还是无意，毕竟是在她们是竞争对手的这个节骨眼儿上碰了面，兴许是关系尴尬的缘故，说话也难免带了些火药味儿。

只是……她又补充的那一句“我只是比较喜欢公平竞争而已”是什么意思？

沈温欢心里有了点儿数，却也不想多做纠缠，便松开了手，对侯悦晗皮笑肉不笑道：“自然是公平竞争了，我们心里都有数就好。”

蒋远昭似乎察觉出二人之间有些不对，正欲开口却来了电话，他蹙眉正要拒接，然而发现来电人居然是周焕。

这大半夜的，难不成有急事？

沈温欢示意他去旁边接电话，他便颔首答应，当即接了电话，逐渐走远。

沈温欢盯着他的背影，直到彻底消失在视野中，她才慢悠悠道：“人也走了，侯小姐，你什么意思？”

侯悦晗笑得无辜，摊了摊手：“没什么呀，只是觉得温欢姐有蒋老师罩着，又与季导的妻子阮小姐是挚友，我觉得似乎有些不公平呢。”

沈温欢心里暗自吐槽：再怎么不公平，也比不上你这个有大佬亲戚的最强新人吧。

她不禁想这侯悦晗也是有事说事的人，居然和当时的柳棠似的没个心眼儿。

“侯小姐，你还是个新人，形象还有很大的塑造空间，有时间想这些，不如多努力，靠自己的能力去争夺角色。”沈温欢甩甩手，只叹了口气，正欲离开去寻蒋远昭，却见一名中年女子气势汹汹地大跨步走向她们，满面的难以置信。

沈温欢只觉得她眼熟，谁知凑近一看，直接就傻眼了。

这女人不就是……她之前在小岛上，因熊孩子问题起过争执的女人吗？！

等等，沈温欢顿住，突然想起方才侯悦晗说的那句“我是和家人一起来吃饭的”。

难不成……

似乎是为了验证沈温欢的猜想，侯悦晗侧首看向中年女子，略微惊讶地唤了声：“妈，你怎么这么快就来了？”

这世界真是太小了。

沈温欢第一次，如此由衷地同意这个观点。

“你认识她？”侯母怒气冲冲而来，也顾不得跟女儿打招呼了，径直问道。

侯悦晗见母亲如此生气，不禁有些疑惑，却还是回答她：“工作上的……同事吧，怎么了？”

“她是谁？”

“妈，你为什么就不看电视多了解娱乐圈呢？她是现在当红的沈温欢。”

“管她什么当不当红？”侯母冷笑一声，颇为不悦地看着沈温欢，“上次把你弟弟和我揍了的人，就是她！”

侯悦晗微怔，诧异地看向沈温欢，紧接着，那眸中便涌现出几分难抑的怒火。

“她后来还找人来给我封口费，还出言不逊，真是……可气坏我了。”侯母气得有些发晕，不禁扶着额头有些喘。

沈温欢刚开始没反应过来，想着沈放身为袁语姗的男朋友，怎么说侯悦晗一家也该认识他，但转念一想，这侯母连这段时间成日霸占头条的她都不认识，想来是真的对娱乐圈的人脸盲。

“若不是您带的那个孩子惹事在先，我犯得着动手？”沈温欢啧了声，本就不耐烦，今晚还接连遇上这么多不想见的人，只觉当真是倒霉了。

“那你就动手打了我妈？”侯悦晗怒极反笑，冲上去就要和她理论，“沈温欢，我本来以为你只是个靠蒋远昭上位的花瓶，没想到你人品居然如此恶劣！”

沈温欢深吸一口气，大概是三观不合，于是强忍住揍人的冲动，冷道：“侯小姐，我承认当时是我冲动了，我可以向你道歉，但是你弟弟惹祸在先，你的母亲先对我动手，你就不能冷静思考一下？”

侯悦晗紧蹙着眉，咬牙切齿对她道：“这就是你不尊老爱幼的理由？”

“对你弟弟来说，我是老，对你母亲来说，我是幼。”沈温欢对她无奈发笑，拍了她的肩膀，却是有些不屑置辩，“侯小姐，我对我的行为感到抱歉，同时，也希望你们能做到尊老爱幼。”

话音未落，她便转身，迈步去寻蒋远昭了，头也不回。

侯悦晗气得跺脚，侯母对于沈温欢的态度也是颇为不悦，冷哼一声，咒骂了一句：“大半夜的真晦气，我们走。这沈温欢为人这么下作，早晚被人踹下来！”

侯悦晗叹了口气，仍有些不忿，却还是被母亲带走吃饭去了。

见人都散尽，那躲在车后目睹全程的狗仔这才敢探出脑袋。

意外掌握了这天大的新闻，他激动不已，手心都出了汗。

他关上录音笔，又保存了录像，这才暗自欢呼一声，偷偷摸摸离开了现场。

明天有好戏看了！

今天大概是诸事不顺。

蒋远昭寻了处比较隐蔽的角落，这才和周焕进入话题。

“挑这种时候打电话，是有什么事？”他淡声问道，不禁抱有怀疑态度。

周焕向来有强迫症，每天晚上九点半必须睡觉，手机必须关机。然而这都已经是深夜了，他从未在这个时辰给别人打过电话，想来定是有什么急事。

似乎也正是应了蒋远昭的想法，周焕的声音听起来似乎很是疲惫，对他道："蒋家人似乎对于你跟沈温欢的关系有些困惑，刚才来找我询问真实情况了……"

虽然早就料到会有这么一天，但蒋远昭的确未曾想过，会是如此之快。

毕竟沈家和蒋家关系还算是不错，六年前蒋家和沈家聚会时，也都见过沈温欢。虽然沈靳恒没有正式说明白沈温欢的身份，但只要将沈温欢和沈靳恒的面孔对比一下，还是能发现这两个人眉眼间些许相似之处的。

大伙儿心里也都清楚，她沈温欢究竟是个什么身份，只是没人提起这件事而已，毕竟这种事情，终究是不光彩的。几人也都心里有数，自然是将这个秘密生生给埋藏了起来。

而沈温欢也是个安稳的主，一心想与沈家脱离干系，终于找到机会，便离开了这个囚笼，这么多年来也不曾闹出过什么大动静。

只是可惜，沈家还是不愿意放过她。

蒋家这种名门也是好面子，虽然就目前来看沈温欢的条件是不错的，但这个秘密一旦意外曝光，对谁都没有半分好处，定会插足蒋远昭和沈温欢之间。

蒋远昭念及此，不禁长眉轻蹙，难得地有些疲惫。他捏了捏眉骨，半晌问周焕，道："蒋家是谁联系你的，那人怎么问的？"

"是你的……父亲。"周焕有些踌躇，似乎也因为这个问题搞得有些烦躁，"就是很普通地关心了一下你的工作，然后提起了这个话题，他似乎只是以为这是我们的炒作而已。"

"嗯，那你怎么回答他的？"

"我说，关于沈温欢的一切事情，都是蒋远昭自己一人做出的选择。"周焕回答道，拿过床头柜上的水杯润了润嗓子，"我只要是觉得蒋远昭做得对，我就让他放手去做。"

摆明了向着蒋远昭的态度。

"我怎么感觉，你自从当了我的经纪人，我就把你从理性化给转成感性化了？"蒋远昭听着他的回答，不禁低声轻笑，叹了口气，悠悠然道，

“你这话说得这么偏心，我爸他是什么个态度，肯定生气了吧？”

“生气倒是没有……虽然有些惊讶，但他似乎做好了心理准备，并没有太大反应，又寒暄了几句，就把电话挂断了。”周焕幽幽叹了口气，刚才一通电话打得他睡意尽失，好好的生物钟被打乱，他也不困了，便下床穿好拖鞋走到窗前，拉开窗帘欣赏窗外那灯火通明的繁华夜景。

周焕用指尖触了触窗户，感受到几分冰凉，风拂过的微冷似乎都能透过玻璃渗入几分。他听着手机听筒中沉默半晌，这才叹道：“说真的，远昭，你和蒋家的关系……其实并不像沈温欢和沈家的关系那般水火不容。”

“我把你一路捧红，也知道你常年不回家，不与家人打电话联系，你们欠缺的，是沟通，而并非更深层的感情羁绊。”他淡淡叙述着自己的内心想法，居然是无比冷静，“你的确应该好好跟家里人谈一谈……如果，我是说如果，你真的和沈温欢走到一起了，也会有人支持你们。沈温欢大概是从小没有感受过家的温暖，这也算是个新的机会……所以，你应该想到这方面。”

蒋远昭淡了淡神色，心绪突然有几分复杂。

他蓦地回想起当年，父母竭力阻止他只身闯入娱乐圈时的坚定不移，他们已经为他铺好了未来的路，也不愿让他在外受尽风雨，以至于后来即使关系闹僵，他们二位却也是忍不住暗地里关心他。

他们二位定是不知道，他们每次给周焕打电话拐弯抹角询问他的情况时，尽管他们不让周焕告诉他，但他却是都知晓的。

兴许有时也会感动，也会有心情复杂的时候，但他心里终究还是有隔阂，不愿去回应他们二老的关心。

但是无论如何，他都是有家的。

这个家，在将来也会成为沈温欢的家。

蒋远昭思忖许久，突然幽幽叹了口气。他开口，嗓音由于沉默太久而变得有几分沙哑：“我知道了，我会考虑好的，你先休息吧。”

周焕也善解人意，知道蒋远昭面对自己真正的想法需要一些时间，便也不继续劝解他，只点了点头，应声道：“好，挂了吧。”

话音落下，话筒中便传来了嘟一声，电话中断。

周焕没来由地有些惆怅，便走到衣架前，从外套中摸出烟盒与打火机来，借着月光点了支烟。

烟无声燃烧着，烟雾徐徐升起，在空气中逐渐淡化消失，化为一腔醉人朦胧的烟草醇香，使人的神经都有了几分醉意。

他站立在窗前，定定望着窗外那夜色繁华的景象，灯红酒绿，在这个城市里，似乎每个人都在为自己的命运而忙碌着。

他无声喟叹，轻吐一口烟，为蒋远昭和沈温欢那注定坎坷的情路感到担忧。

不过，蒋远昭那孩子向来是心里有数，他们二人若当真能一路走一路坚定着心意，说不定，结局当真会是皆大欢喜。

一切，就看命运是怎么安排的了。

香烟燃尽，那微弱火光被摁灭在小型瓷缸中。周焕又困了，打了个哈欠，便老老实实上床睡觉去了。

沈温欢刚找到蒋远昭，便见他打完了电话正侧首看向她，眸色有些许复杂。

沈温欢稳了稳心神，把心里那些乱七八糟的情绪统统抛之脑后，迈步走向他，脚下却冷不丁被什么绊了一下，当即便失去平衡栽倒下去。

我去，平地摔？！

沈温欢心里为自己的不走心点了根蜡烛，下一瞬，她便被蒋远昭稳稳接住，栽入他怀中。

蒋远昭蹙眉看她，轻抚她的额头，还以为她是不舒服："受凉了吗，还是说哪里不舒服？"

"没什么，就是感觉今天好累。"她眨巴眨巴有些酸涩的眼睛，对他苦笑道，"欸，还记得之前我在节目录制期间揍人的事情吗？"

"嗯，不是解决好了吗，怎么了？"

"解决好了是解决好了……"沈温欢笑着叹了口气，扶额，有些愁苦的模样，"关键问题在于，那女人是侯悦晗的母亲，那孩子，似乎是侯悦晗的……弟弟。蒋远昭，你说这世界是不是小得出奇？绕了大半个亚洲都能遇见曾经闹过矛盾的人，真是太奇怪了。"

蒋远昭听闻这个消息似乎也有些惊讶，他揉揉她的脑袋，轻声安慰她几句，随即进入了更为重要的关键问题："既然事情已经解决了，也不过是增加了你和侯悦晗之间的矛盾，这个是无可避免的，总有一日会被发现。但是温欢，你们三个人谈话过程中，你有没有注意到有狗仔在场？”

沈温欢似乎反应过来什么，当即摆脱了心里那些不快。她意识到事情的严重性，不禁也有些紧张，忙不迭细细回想方才在停车场有没有什么异样，想了好久，才舒了口气，摇摇头道：“没有，遇到侯悦晗的母亲纯粹是偶然，周围也没什么人跟随着侯悦晗她们两个。”

“没有就好。”蒋远昭颔首，唇角微弯，他揽过沈温欢，有些疲倦地叹了口气，“好啦，回家吧，今晚我们两个人的运气不太好，说不定睡一觉起来就幸运值飙升了呢。”

“嗯，走吧，回家吃饭去！”沈温欢尽力去忘掉那些不愉快，抬首对蒋远昭展露笑容，脚步轻快地跟他一起走向停车位，“我都快要饿过劲了，今晚吃夜宵，又要减肥失败了。”

“没关系。”蒋远昭摁下车钥匙的开锁钮，替她打开了副驾驶席的车门，对她轻笑道，“你的颜值摆在这里，怎样都是好看的，尤其对于我来说。”

沈温欢笑着拍了拍他的肩膀，便坐进了副驾驶席：“嘴里都是甜话。”

“我的甜话可都是对你说的啊，宝贝。”

他失笑，绕过车身，坐进了驾驶席，关上车门才将车钥匙插好，启动车子。

随着黑色路虎缓缓离开地下停车场，过道长时间没有声响，再次回归了一片黑暗寂静。

这时，才有一辆银色轿车缓缓从暗处驶出，停在原地。

江一铭手握方向盘，眼看着蒋远昭和沈温欢离去，他坐在车中，饶有兴趣地等待着什么。

不一会儿，侯悦晗和她的母亲走出来了，二人去取车，准备离开。

江一铭拉低帽子，戴好口罩，便跟着她们二人的车，也缓缓驶出了停车场。

莫名刮来一阵凛冽冷风，吹得树叶簌簌作响。

似乎，风雨欲来。

翌日清晨，沈温欢一如既往地自然醒，身边的蒋远昭仍在浅眠。

她刚起床，神志尚有些模糊，便侧首看向窗户的方向，却见落地窗为素色窗帘所遮挡，日光只得从缝隙中隐隐若若地透进来，竟是微弱暗淡得很。

她不急不慢地打了个哈欠，揉揉眼睛，却也没有睡个回笼觉的打算，便下床去拉开些许窗帘，想要看看外面。

由于怕光照把蒋远昭给弄醒，沈温欢便小心翼翼地将脑袋探到窗帘后，她抬眸看了看外面的天色，却是愣了愣。

原来不是日光暗淡，只是天气阴沉，仅此而已。

只见那空中乌云密布，云层中有黯然的微光闪烁，整个天空阴沉得可怖。

沈温欢虽然感受不到冷意，但她看着那被风吹得凌乱不堪的树丛和满地飘零的落叶，便也能知道外面的天气究竟有多差劲了。

山雨欲来风满楼。

"真是一天凉过一天啊……"沈温欢轻声叹息，从窗帘后探回身子来，紧了紧领口，莫名有些发冷。

奇怪，怎么总有种……不太好的预感。

沈温欢蹙眉，尽量去忽视那莫名其妙的心悸。她走到床边，正要盘腿坐下，却冷不丁来了电话。

手机调成了振动，再加上沈温欢反应快，瞬间就抓起了手机，因此并没有吵醒蒋远昭。

沈温欢拿起手机一看，见是林婧打来的电话。

大概又是工作上的事吧，这几天的确是太忙了，真该找点时间好好休息。

她想罢，按了接听，回头见蒋远昭并无什么异样，这才舒了口气。

沈温欢轻手轻脚地穿上拖鞋，走出了卧室，反手小心翼翼地带上了门，这才敢开口："喂，林姐，今天怎么还有工作啊？"

她分明记得先前已经问过林婧了，确认这几天任务比较轻松后，这才敢来找蒋远昭，谁知今天林婧就又来了电话。

"温欢吗，你现在在哪里？"林婧难得没有先同她闲聊几句，开门见山就询问她所在的位置，语气中竟然是掩盖不住的焦急。

情况似乎有些特殊。

沈温欢意识到事情不太对劲，便也正儿八经起来，回答林婧道：“我在蒋远昭家里。林姐，是出了什么事情吗？”

“温欢，你先好好听我说，最后再发表感想。”林婧的呼吸有些急促，却还是强行理清了思绪，对沈温欢冷静道，“温欢，你之前在录制《我们在一起》期间是不是把人给揍了？”

“是的，我昨晚才知道那人是侯悦晗的母亲和弟弟。”沈温欢虽然疑惑，却也是乖乖回答林婧的问题，“不过林姐……你怎么会知道这件事？”

她心底突然涌现几分不祥的预感，脑中有个念头钻出，却令她有些不敢置信。

然而林婧沉默半晌，突然泄了口气，用一种极其复杂的语气对沈温欢轻声吩咐道：“温欢，你要提前做好一个心理准备。”

沈温欢微怔，讪笑一声：“什么……心理准备？”

“进入低谷期的准备。”林婧的声音冷静得可怕，言语间尽是一本正经，却也难掩焦急，生生落在沈温欢耳边，“温欢，听我的，接下来不要出门，就待在家里不要乱跑，也不要上网……不对，上网可以，最好别看那些平台，看了也绝对不要评论。总之，一定要等我消息再行动！”

沈温欢有点儿蒙，她总有种还没睡醒的错觉，便麻木地应声，却也不知究竟发生了什么天大的事。

可是明明她听着林婧问出口的那些问题，心里都有个念头的。

只是她不敢相信罢了。

沈温欢明明记得，那天晚上是没有狗仔在现场的啊！

难不成……是跟踪她和蒋远昭过来的，然后正好撞见了她与侯悦晗对话？

“你也不要慌张，事情很快就会处理好的。”林婧听着沈温欢毫不走心的回应，心里也知道她有了数。

这小妮子现在的处境肯定是极其复杂，林婧便好声好气地安抚了几句。

然而，眼下却有更重要的事情需要着手解决。

“啊……我没事，林姐我知道的，在你的消息来之前，我不会在网上轻易发言。”沈温欢突然回神，忙不迭摇了摇头让自己清醒下来，语气有几分复杂。

林婧缓缓吐出一口气，问沈温欢道：“好的，那温欢，蒋远昭在哪儿呢，也在家里吗？”

“对，他还在睡觉……”她乖巧作答，却在下一瞬突然想起什么，忙握紧手机问林婧，“对了，林姐林姐，我的事情牵扯到蒋远昭了吗？”

林婧愣了愣，回答她：“没有，曝光的视频和音频中只有你、侯悦晗，和侯悦晗的母亲，倒是还没有牵扯上蒋远昭。”

话音落下，沈温欢如释重负，靠在墙上长舒了口气，终于安了心。

“太好了。”她低声喃喃道，下意识捂住了唇，唇角笑意苦涩，“太好了，没有给他惹麻烦……太好了。”

“温欢……”林婧听她这语气难免有些不忍，正欲开口，却听话筒中传来一阵刺啦刺啦的混乱声，她一诧，当即便唤道，“温欢，你那边怎么回事？”

话音未落，听筒中的混乱声戛然而止，半晌，传来蒋远昭的声音，语气平淡无奇：“林姐，反而是我该问你怎么回事。”

蒋远昭？

林婧愣了愣，一时没反应过来。

呃，问她？问她什么？

“蒋远昭！”沈温欢扯了扯他，颇为诧异，蹙眉踮起脚尖，伸手想要将手机拿回来，“你这家伙居然在偷听，别闹了，先把手机还给我！”

她方才出了神，连卧室的门被人冷不丁打开都没察觉到，蒋远昭趁她发呆便一把将她的手机自她手中抽出，神色自若地开始同林婧对话。

“到底是谁在闹？”蒋远昭眉间轻拢，从未用过如此神情看她，随即他淡声道，“我和林姐去了解情况，你去卧室用我手机看看各平台的反应，就知道到底是谁在闹了。”

林婧正要跟蒋远昭说明情况，却听沈温欢似乎低声吐槽了一句“我自己也可以的吧”。

林婧当即扶额，心里默叹沈温欢真是……

说好听了是耿直，直白点儿就是傻。

一个打死都要自己揽着所有事的，傻子。

等等，这个设定怎么有点儿熟悉？

林婧眉角一跳，随即反应过来。

哦，对了。

这不是跟蒋远昭一个德行嘛。

林婧正想着，便听蒋远昭啧了声，声音有些远，似乎是对沈温欢道：“你要不是我女人，我还会处处插手你的事吗？”

林婧：“……”

这俩人有毒吧？！

这种紧急情况下还有心思撒狗粮？！

过了几秒，兴许是沈温欢终于肯乖乖去卧室里抱着蒋远昭的手机刷微博了，总之林婧听见蒋远昭的声音自听筒清晰传入耳中：

“好了，林姐，我来了解一下情况。”蒋远昭不急不慢地开口，似乎没什么值得他着急的事情，“视频我也看了，音频我也听了，网友的反应情况我也了解过了，所以说……”

所以说你什么都清楚了你还找我来了解什么情况啊？

林婧在心里默默翻了个白眼，却是嗯了声，耐心等待蒋远昭的下文。

“所以说，”蒋远昭顿了顿道，“处理这件事的最好方法，是不是就是把现场视频调出来？”

“现场视频？”林婧愣了愣，“你是说，温欢打架的视频？”

“嗯。”

“不可能啊，音频里侯悦晗的母亲都说了，给了封口费，而且如果她有证据的话，早就公开了吧？”

“侯悦晗的母亲是动手方，也是被揍方，她的孩子可没怎么挨揍。”蒋远昭淡声道，似乎有了解决问题的方法。

“难不成……你是觉得，那小孩会拍摄下来？”

“只是怀疑，具体的我还要再去找人问，不过我先处理着，如果网上还有什么波动，就麻烦林姐你帮忙摆平了。”

“好的。”林婧颔首应声，便挂断了电话，然而却突然反应过来什么，条件反射地就要开口问蒋远昭，奈何却发现手机已经重新跳回了手机联系人界面。

不过，蒋远昭刚才说找人问？

他能找谁问?

难不成是沈放吗?

林婧当即甩开这个不切实际的想法，转而投入忙碌的工作中。

与此同时，蒋远昭挂断电话后，便翻出沈温欢的联系人列表。

他调出输入法，在联系人搜索栏中打出两个大字——

沈放。

紧接着，搜索栏下果然显示出了一个联系人。

他唇角微弯，毫不犹豫地点开那个联系人。

看到通话记录为零，蒋远昭顿了顿，随即垂眸，按下了拨号键。

嘟嘟嘟几声，冷冰冰的系统音便戛然而止。

电话，打通了。

沈温欢盘腿坐上了床，打开蒋远昭的手机，正准备翻出来微博看看事情始末，谁知她刚打开手机，便显示锁屏密码界面。

她正要去问蒋远昭密码是多少，然后她想了想，毫不犹豫地输入了自己的生日，果然解锁了。

沈温欢心情复杂地看着蒋远昭的手机壁纸。

壁纸是一张照片，照片中的少女衣袂飘飘，长发微绾，身着素色及膝白裙，站在摄影棚幕布前，对着镜头的方向笑意粲然。

那标志性的小虎牙稚嫩无比，为少女平添几分狡黠，精致秀丽的容颜叫人满目惊艳。沈温欢却是格外熟悉此番眉眼。

就连这背景，她都是熟悉的。

这是她年少时做模特的照片。她记得当时她还是蒋远昭的头号迷妹，她走运，接到了一个大品牌的拍摄工作，这张照片正是她在摄影棚工作的照片。

沈温欢也是后来才知道，那天蒋远昭也在摄影棚中，他也是该品牌的特约模特，她为此还惋惜了好久。

天知道，他蒋远昭居然早就发现了她，还趁她拍摄时蹭了摄影师的光，玩起了偷拍。

沈温欢眸色有些复杂，她晃了晃脑袋，当即集中起精神打开微博，直接用蒋远昭的微博账号去翻看今天的消息。

首页推荐的第一条微博，便是“微博爆料号”的，入目的第一句话——

【小花旦之争竟牵涉暴力事件！揭秘沈温欢不为人知的秘密！】

后面不知所云了一大堆文字，沈温欢没仔细翻看，只大概看了几眼，知道不是好话后便直接点开了该条微博附上的视频，果不其然，就是昨晚她和侯家母女二人的对峙视频。

拍摄者是躲在一辆车后，距离不算远，但视频中声音有些模糊。沈温欢是当事人，看视频也没什么意义，便点开了音频。

音频中的声音就是清晰版本的了，三人的对话能听得一清二楚，连字幕都不需要。

沈温欢面色沉重地退出了播放界面，正踌躇着要不要翻到评论区看看，最终她心一横，还是直接一拉屏幕，大概翻看了一下网友的反应，随即陷入了沉默。

果然如林婧所说，她还是不看微博比较好。

沈温欢轻声叹了口气，虽然有些失望，但她听了林婧一番话后便已经做好了心理准备，此时心里倒也没什么特别大的波澜，最多也不过是有些失落罢了。

她点开蒋远昭的微博提示消息，果不其然，有不少人来私信询问蒋远昭“沈温欢揍人事件”的真实性。

由于蒋远昭并没有出现在视频和音频中，录制人也没有提起他，因此蒋远昭并没有被牵连，即便有人怀疑他是侯悦晗母亲口中那个“给封口费”的人，却也立刻被粉丝怒怼了回去。

然而沈温欢那边，却是难以洗白了。大伙儿虽然都不相信这件事的真实性，但自从发现被曝光的音频没有经过任何后期加工后，便都纷纷沉寂了下来。

沈温欢抿唇，莫名感觉很累，她关上手机，重新放回床头柜上，便将整张脸埋在枕头中，长长叹了口气。

与此同时，蒋远昭正站在客厅中，同沈放通着电话。

电话拨通的那一瞬间，没人说话。

两人就这么沉默着，蒋远昭唇角微弯，很是从容不迫地坐到沙发上，长腿交叠，慢条斯理的。

最终，电话那头的沈放啧了一声，总算是愿意打破这片诡异的死寂：“蒋远昭，你女朋友都这样了，你还有心思跟我闹着玩？”

“哦？”他无声挑眉，给自己倒了杯水，不疾不徐地开口问他，“这就知道消息了，这么关心我女朋友？”

“你想多了。”

“我想多了？”蒋远昭抿了抿杯中水，“好啊，那我把封口费还给你？”

“蒋远昭。”沈放似乎有些不耐烦，对他冷道，“这就是你找人办事的态度？”

“看吧，还说不关心，我都没说我要干什么你就知道了，肯定一大早看到了头条就一直等我电话呢。”

沈放：“……”

蒋远昭唇角噙着笑，那笑意却未入他眼底，反而是一片冰冷清淡。

“不说废话了，局势紧张，没那时间耽误。”他对沈放淡声道，语气也终于正经起来，“你当时在剧组说你给了他们封口费，又检查了媒体设备，确认了没有问题，是吗？”

“没错。”沈放也没有用那种不耐烦的语气应付他，又道，“只是可惜，我这里只有路人拍摄的短短几十秒的视频，内容全是打架。”

蒋远昭颔首，问他：“那你检查小孩子身上有没有设备了吗？”

沈放顿了顿，似乎这才想起什么，蹙眉道：“侯悦晗的弟弟……当时脖子上一直挂着一个小型摄像机，不过摔在地上坏掉了，我当时就没看。”

“好，突破点来了。”蒋远昭低声轻笑，“接下来我就需要你帮我个忙了。”

“等等。”沈放却突然冷下了声音，“你凭什么觉得我会帮沈温欢？我和她的关系你是真不清楚？”

“你不讨厌她。”蒋远昭眸光微动，淡声道，“这是我身为沈温欢未来老公的直觉。”

“那真是很遗憾，你的直觉准头太差。”

“差吗？”他挑眉，意味深长地轻声低笑，“你对沈温欢的情感不过是停留在年少阶段而已，现在你也清楚，她和沈靳恒的关系不值得谁去艳羡。至于你现在究竟是怎么看待沈温欢，那可就只有你心里清楚了。”

话音落下，双方便都没了声音，蒋远昭也不着急，静静等候听筒中传来的消息。

沈放沉默半晌，突然长叹一声，语气颇有几分无奈，对蒋远昭道：“好吧，我要帮你什么忙？”

蒋远昭闻言唇角微弯，这才不急不慢地对沈放道：“袁语姗是你女朋友，侯悦晗是袁语姗的表妹，袁语姗和侯悦晗关系很好，那么问题来了，你知道侯悦晗的弟弟在哪儿上学吗？”

沈放总觉得蒋远昭这逻辑很奇怪，袁语姗是他的女朋友的确没错，但他和侯悦晗一家却是生疏的，连面都没见过，因此上次初遇侯母时，都没认出彼此。

不过绕来绕去，最重要的一个问题——

他，知道侯悦晗的弟弟在哪儿上学吗？

虽然很巧，但沈放还真就无意间听袁语姗提起过。

他捏了捏眉骨，对话筒道了句：“知道，在古槐路上，你问这个干什么？”

蒋远昭沉吟半晌，似乎在思忖什么，而后他颔首，似笑非笑地摩挲着手中的瓷杯：“好，那一小时后我们沿海大道东头见吧。”

沈放怔了怔，随即眉间轻拢，突然有点跟不上蒋远昭：“等等，你要做什么？”

“也没什么。”

蒋远昭放下水杯，听瓷制品与桌面相触的脆响琅琅入耳，他的指尖由下颌而上，掠过唇角，意味深长。

他开口，一副道貌岸然的模样：“大概就是，去拐卖儿童吧。”

沈温欢趴在床上百无聊赖地打滚。

林婧让她乖乖等消息，蒋远昭在外面打电话这么长时间，也不知道在谈些什么。

只有她，混乱极了。

沈温欢无精打采地翻过身来，将自己裹在被子里，闷声不响地干瞪眼看着门。

然而就在此时，蒋远昭推门而入。

她抬眸，却见蒋远昭走到衣橱前，挑了套衣服，随即毫不顾忌地解开身上衬衫的衣扣，脱了下来。

沈温欢在看到那修长精瘦的腰身后，本着非礼勿视的优良观念，忙不迭闭上眼，随口问他："你要出门吗？"

蒋远昭一面换着衣服，一面回答她道："嗯，我去找侯悦晗的弟弟，接他放学。"

"哦，去找侯悦晗的弟弟啊……"沈温欢下意识重复了一遍，然而这句话尚未说完，在嘴里反复品味着，怎么着都觉得不对劲。

她一震，吓得从床上弹起来："你说什么？！你去接谁放学？！"

侯悦晗的弟弟？

蒋远昭不会是想抓回来当人质用吧？

"等等，我也去！"沈温欢赶紧下了床，穿上拖鞋就要小跑过去，却被蒋远昭轻轻拦下。

他垂眸看她："你不用去，在家里好好待着，这件事你出面反而会更不好解决。"

"但是我也不能就这么坐以待毙啊，毕竟这是我惹出来的……"

"宝贝儿，"蒋远昭突然俯身与她对视，眸微眯，似笑非笑道，"你如果再说这些有的没的，等我回来了，我就让你连开口的力气都没有。"

沈温欢："……"

她挣扎了一会儿，还是决定不吭声了，只默默问了句："你自己去吗？"

"不啊，和沈放一起，拐卖儿童。"他说着便迈步离开，临走前还笑着对她挥了挥手，"待会儿见。"

关门声响起，也没能将呆站在原地的沈温欢给惊醒。

她不敢置信地回想着蒋远昭方才的话，满脑子都是他那句"和沈放一起，拐卖儿童"。

天啊，疯了，她绝对幻听了。

偌大的卧室中，沈温欢严阵以待地手握蒋远昭的手机，盘腿坐在床上。

她用被子裹紧了自己，却还有一种身处梦境之中的错觉。

沈温欢从昨晚开始，就一直在倒霉，而且霉运连连简直令人不可思议，今早还有如此重大的负面新闻给了她当头一棒，把她给弄得晕头转向。

她一早上都混混沌沌的，不知道自己经历了什么。

不过最重要的是……

蒋远昭和沈放，居然就这么光明正大地跑去抓孩子了？

而且……蒋远昭和沈放？

沈放？！

沈温欢难以置信地摇了摇头，一度怀疑自己是不是耳朵出了问题。

然而方才蒋远昭口中道出的，明明就是那清晰的二字。

难不成是重名了？

沈温欢处于极度纠结之中，半晌，她一拍拳头，决定不再多想了，有这时间还不如去网上看看事情进展得如何了。

这么想着，沈温欢便打开了蒋远昭的手机，谁知刚准备点进微博，手机便振动起来。

沈温欢吓得一激灵，直接把手机给掉床上了。

她定睛一看，发现原来是有人给蒋远昭的手机打电话了，来电人居然是周焕。

周焕是蒋远昭的经纪人，他给蒋远昭打电话，应该是有重要的事吧。

沈温欢想了想，最终还是没有接听，然而周焕却没有放弃，一通不行就打第二通，第二通不行还有第三通。

沈温欢的耐心被周焕那坚持不懈的精神给磨没了，她轻咳一声，这才接起了电话。

谁知她刚开口，还没说明情况，周焕便急慌慌喊了句："蒋远昭！"

沈温欢怔了怔，在她的印象中，周焕从未这般匆忙过，她不禁也严肃起来，道："周先生你好，蒋远昭的手机在我这里，请问有什么事需要转告吗？"

"沈温欢？"周焕猛地一愣，旋即便冷静下来对她沉声道，"蒋远昭在哪里？你千万别让他出门！"

沈温欢："他已经出门了。"

“好吧，那一定不要让他去找侯悦晗的弟弟！”

“……”沈温欢沉默半晌，有些一言难尽，半晌她才道，“他已经……去找了，和沈放一起。”

周焕：“……”

有这么一个不听话的艺人，他真是好生气啊，但还是要保持微笑和冷静！

周焕做了个深呼吸，最终还是顺了口气，心平气和地问沈温欢：“好，那沈小姐，蒋远昭出门的时候还说了什么别的话吗？”

沈温欢仔细回想了一下，一本正经地点点头：“说了。”

周焕大喜，忙不迭追问道：“是吗，他说了什么？”

沈温欢异常认真地回答他：“他说，和沈放一起，拐卖儿童。”

周焕：“……”

什么狗屁心平气和！什么保持微笑和冷静！

他蒋远昭心里根本一点儿数都没有！

“我知道了，谢谢沈小姐提供的消息。”周焕深吸一口气，强行让自己从怒火中清醒过来，“至于今早曝光的事情，真实情况我也从江导那里略有耳闻，一定会尽量帮助你渡过这个难关。”

她似乎总是在不经意间惹下麻烦，最终酿成大祸，给别人带来不便。

她身为罪魁祸首，却好像每次都是最悠闲的那一方。

这种自己惹的祸自己还无能为力的感觉……糟糕透了。

沈温欢抿唇，心下突然有些复杂，低声道：“……十分感谢。”

话音落下，耳边便传来一串忙音，冷冰冰地绕在耳边，久久不散。

与此同时，临海大道，海风扑面而来，夹杂着潮湿的气息及那入秋初寒，应着阴沉可怖的天空，惹人心底发慌。

海浪拍打岸边的声响不绝于耳，却比以往的悠闲自在多了几分冰冷。

沈放站在临海大道东头，头戴棒球帽，身穿深色运动卫衣，双手抄兜，倚靠在栏杆上，望着某个方向不知在思忖什么。

他压低了帽檐，不知怎的，突然怀疑自己来这里的目的。

他大概是被风吹成了傻子。

他居然会答应蒋远昭，带他去学校门口堵侯悦晗的弟弟？

他到底怎么想的?

沈放自我否认地轻摇了摇头，啧了一声，将手臂搭在身后的栏杆上，另一只手则空闲出来，摸了摸口袋，拿出烟盒跟打火机来。

他单手挑开盒盖，顺出半根烟用嘴轻咬而出，随即收好了烟盒，用打火机点燃了口中的烟，不急不慢地抽了起来。

他也不知自己是抽了哪门子的疯，不仅答应了蒋远昭在此地会合，还特意早到了十几分钟。

尤其是他早上看到头条后，心里莫名其妙的焦虑不安。

疯了!

沈放无声叹息，轻吐薄烟，熟悉的烟草醇香在唇齿间氤氲开来，令人迷醉其中。

烟卷徐徐燃烧着，微弱的火光在这片沉寂的阴霾中明灭可见，闪烁着隐隐微光，却终究湮没在黑暗中。

兴许是无聊作祟，沈放回想起了蒋远昭方才在电话中对他所说的一番话——

“你对沈温欢的情感不过是停留在年少阶段而已，现在你也清楚，她和沈靳恒的关系不值得谁去艳羡。”

沈放捏着烟的指尖紧了紧，他长眉轻蹙，眸色沉了沉。

蒋远昭说得对吗?

对。

太对了。

正中他下怀。

“至于你现在究竟是怎么看待沈温欢，那可就只有你心里清楚了。”沈放默念着蒋远昭的这句话，突然有些心烦，便狠狠抽了口烟，想尽量删去心头那些杂念，却是徒劳。

他突然想起那年寒冬，大雪刚好覆盖了庭院中的花草，那个少女随着沈家下人推门而入，载着一身比风雪还凛冽的傲气，走进了沈家，走进了沈放的世界。

从此，沈放便多了个同父异母的妹妹。父母向来不对他述说她的来历，他对她也逐渐从好奇转为麻木。

那时，沈温欢在人群中叛逆得耀眼，早出晚归，有时还夜不归宿，独来独往的自负性格使她在沈家受尽了欺负。

而沈放，始终都是以旁观者的身份参与她的人生。

他曾厌恶她，认为她夺走了沈靳恒对他的注意力，曾一度旁观她的落魄与孤傲，这小姑娘别扭得令人难以置信。

都说不撞南墙不回头，可沈温欢撞了南墙何止是不回头，她还蹲墙头上。

沈放一直觉得，沈温欢只是个不可理喻的小姑娘，心里盛不下那么多故事。

直到那天深夜他起床喝水，看到她蹲坐在门口抱着她母亲的照片无声痛哭，一拳拳无力地砸在地上，卑微而绝望，平日里的傲气都被揉碎在一片夜色中。

那场绝望至极的视觉冲击，沈放至今都难忘。

不过更让他难忘的，却是当年沈家将沈温欢母亲的遗体放在停尸房时沈温欢的反应。

沈温欢面无表情地拒绝了沈靳恒为自己母亲立碑的建议。

沈放当时觉得她傻，便道了句："白给的好处怎么都不要？沈家能给你的，你何必再白费力气自己来？"

然后，沈温欢一声不吭一拳头下去，成了沈温欢和沈放的第一次也是最后一次正面冲突。

现在沈放回想那时，却觉得傻的是自己。

她拼命和沈家划清关系，恨沈家入骨，更不要提让她母亲接受沈家的施舍了——这于她、于她母亲，都会是毕生耻辱。

所幸那时沈温欢有自己的经济来源，便也勉强将母亲埋在了一处偏僻之所，彻底和沈家断了来往。

后来呢？

他对她究竟是同情，还是怜惜，又或者是钦佩？

沈放自己也不知道。

他正出着神，夹着烟的手指却蓦地传来炽热，他被烫得一惊，这才反应过来烟已燃尽。

沈放淡了神色，将烟灭掉，丢进了一旁的垃圾桶。

就在此时，一辆黑色路虎停在他面前，驾驶席的车门被人推开："烟都抽完一根了，看来你来得很早。”

蒋远昭身穿黑色棒球衫，搭配同色系修身运动裤，坐在驾驶席上好整以暇地看着沈放，似笑非笑。

“别废话了。”他冷道，绕过车身坐进了副驾驶的位置，随即关上车门，“时间紧迫，赶紧过去。”

蒋远昭无奈耸肩，当即锁上了车门，重新启动车子，一踩油门便飞驰而出，在临海大道上极速驶过。

远在学校中的侯嘉阳打了个喷嚏，他有些困惑地揉了揉鼻子，心想是谁说了自己的坏话。

他怀中抱着那残破的小摄像机，是上次在去小岛上旅游时，与人发生纠纷意外损坏的。

侯嘉阳对学校的修理师傅道：“叔叔，我的相机坏掉了，帮我重新提一下卡里的媒体文件吧。”

今天的天气异常糟糕，因此侯嘉阳所在的小学临时通知提前放学。

侯嘉阳的母亲和姐姐联系不上，再加上今早出的大新闻，学校老师以为侯嘉阳的家长在忙公事，便将侯嘉阳安顿在学校校舍中。

而侯嘉阳也不是安分的主，他坐在台阶上眼巴巴看着同班同学们走出校园大门，陪他的人越来越少，老师也去忙学校里的事情了，周围越发清冷下来，他不禁感到有些无聊。

他撑着下巴一脸愁苦，抱着书包也不知道做什么好。

上次意外损坏的摄像机已经拿给修理人员去修了，侯嘉阳便等着修理人员把卡中的数据文件提取出来给他。

侯嘉阳等得不耐烦，便偷偷跑出来，结果更是无聊。

他一无聊就起了坏心思，趁老师不在便在黑板上画来画去，觉得不尽兴，又跑去讲台下将桌椅推得乱七八糟。

侯嘉阳作完了闹完了，便心满意足地拿出手机拍了张照，随即坐在讲台上跷起二郎腿，将手机声音开到最大，玩起了手游。

侯嘉阳所处的教室隔壁就是教员办公室，他还开着窗户，因此隔音效果并不是太好。

教员们正埋头工作，有的连饭都还没吃上，本就已经累极倦极集中不了精神，再加上这隔壁教室中噪声太大，众人根本不能静下心来工作。

于是乎便有老师起身去查看情况，走到教室门口，却见是个孩子在玩手游，声音极大，连耳机都不戴。

老师当即就要发作，却见那小孩侧首睨了她一眼，她当即就不吭声了。

侯嘉阳，侯悦晗的弟弟，家里有权有势，是学校里出了名的霸王，一个不折不扣被惯坏了的熊孩子。

果不其然，老师巡视四周，只见黑板被画出了几道印子，粉笔扔得满地都是，被人恶意踩碎在地上，教室里也乱七八糟，有的桌椅甚至倒转了过来。

这一切，都要“归功于”这个坐在讲台上安然无恙玩着手游的小孩子。

每次都是让别人轮番上阵给他侯嘉阳收拾残局。

老师叹了口气，最终还是温声软语地对他道：“嘉阳，我们回校舍去玩好不好？学校本来就不让带手机的。”

“你们管得着我吗？”侯嘉阳蹙眉不悦道，头也不抬打着游戏，“去去去，别打扰我。”

“可是嘉阳，你这样会影响到老师的工作……”

“啊，居然输了！”不等老师说完，侯嘉阳便怒气冲冲地打断她，一把将手机砸在桌上，跳下讲台蛮不讲理地推她，喝道，“你说什么废话啊，我干吗要在意你们这些老阿姨？居然还让我输了游戏，该千刀杀的！”

老师本来心平气和的，也没个准备，冷不防被侯嘉阳大力一推，当即一个趔趄就倒在地上，头还磕到了墙壁，疼得她眼泪就出来了。

她委屈得很，却也不敢作声，只能好脾气地重新起身，正欲开口，却听身后响起了男子礼貌温润的嗓音：

“打扰了，请问是艾老师吗？”

艾老师怔了怔，下意识回头，却见来人是两个男子。

方才开口的人，扯了扯口罩对她微笑。那眉眼是如此熟悉，吓得艾老师怔在原地。

蒋、蒋远昭？！

她难以置信地看向他身后的男子，那男子微抬帽檐，对她礼貌地笑了笑：“艾老师好。”

沈放？！

“什么啊，你们是谁？”然而就在此时，侯嘉阳的声音不悦地传来，阴阳怪气的，“一个个这么神秘地遮住脸，这么猥琐要干什么啊？”

艾老师闻言又有些气，眸中泪光滢滢的，再看看教室里的混乱光景，不难猜测侯嘉阳做了什么事。

沈放无声蹙眉，似乎对这孩子的态度有点儿意见。

蒋远昭轻飘飘瞥了一眼侯嘉阳，对艾老师微笑：“出来说。”

艾老师忙不迭抹了抹泪，迈出教室，勉强勾了勾唇角，“二位……怎么会来这里？”

“由于侯小姐家里有事不能来接侯嘉阳，便让我们来接。”蒋远昭温顺有礼道，唇角微弯，“我旁边这位的身份你也知道，是侯悦晗的表姐夫，平时和侯家关系不错，正巧我们顺路，就来了。”

艾老师本来还有些狐疑，但转念一想蒋远昭最后一番话说得在理，而她也迫不及待想送走侯嘉阳，便点了点头，回到办公室，关上了门。

沈放拍了拍蒋远昭的肩膀，蒋远昭瞥他一眼，便率先踏入教室中，走到重新开局的侯嘉阳身边，饶有兴趣地看着他的手机屏幕。

沈放则慢条斯理地关上门窗，靠在门口抱胸而立。

侯嘉阳正打着游戏，周围冷不防寂静下来，惊得他一个激灵，莫名有种不好的预感。

这么一出神，蒋远昭便从他手中将手机抽了出来，随手放在一旁的桌上，却瞬间引起侯嘉阳的不满。

侯嘉阳当即便怒了，一巴掌拍在桌上就站起身来，伸手要揪蒋远昭的衣领，却被他攥住了手腕，随即便是一阵剧痛，他倒抽一口气，表情扭曲了一瞬。

该死的，这人怎么力气这么大？

“你这浑蛋给我放手！”侯嘉阳怒道，面色阴沉不已，拼命挣扎着想要脱身，蒋远昭却不给他放松的机会，只神色淡然地睨着他，也不言语。

侯嘉阳从未被这般硬碰硬过，毕竟他是被人从手心里捧着长大的，还无人忤逆过他，今天突然被这男人抓住，他一时也不知该如何是好。

蒋远昭挑眉，攥住他手腕的手却又紧了紧，见侯嘉阳的脸色越发差劲，这才不急不慢道：“别怕，我不是什么好人。”

沈放：“……”什么鬼？

侯嘉阳闻言却仿佛被吓破了胆，忙不迭向全程观战的沈放求助：“喂，这人有病吧？你快来帮帮我啊！”

沈放蹙眉抬首，摘下帽子。侯嘉阳这才惊悚地发现，此人正是当时给他和他母亲封口费的那个男人！

难道是来报仇的吗？

侯嘉阳毕竟还是小孩子，眼见着此情此景，心里越发紧张，急得眼眶都红了。他使出吃奶的劲，一把将蒋远昭的手给甩开，快速跃下讲台，飞奔到门口。

然而他却被自己推倒的桌椅给绊了一下，连滚带爬地摔到门口。他面色一喜正要开门，伸手一拧，却是面色微僵。

门，被锁住了。

沈放抱胸靠在门旁，垂眸睨着侯嘉阳，见他脸都吓白了，只觉有几分好笑。

哪里还是方才欺负老师时那嚣张跋扈的小子？

侯嘉阳微微颤抖，听到身后有脚步声不急不慢地逼近，下一瞬，他便被人轻轻松松单手拎起了后领。

“我的确有病，见到熊孩子就想修理的病。”蒋远昭的声音如同噩梦般，在他耳边响起，侯嘉阳当即一声惊叫，剧烈地挣扎起来。

下一瞬，蒋远昭一把将他摔在桌面上，引来侯嘉阳的痛呼声。

蒋远昭不管这些，单手揪起侯嘉阳的衣领。看着侯嘉阳大惊失色的神情，他不禁唇角微弯，带几分慵懒开口道：“你小子，我都说了我不是什么好人，你还怕什么？”

就是因为你不像好人还说自己不是好人，所以才更怕啊！

侯嘉阳差点儿哭出来，却还是死鸭子嘴硬，伸出双手固执地握紧他的手腕，妄想将自己的衣领从他手中解救出来，然而却是徒劳。

他气急，嗓音都含了些许哭腔，冲蒋远昭喊道：“你知道我爸妈是谁吗？你认识我姐吗？你就不怕我找人收拾你吗？”

“好啊，随时恭候。”蒋远昭长眉轻挑，将领口松了几分，随即对侯嘉阳似笑非笑道，“不过，我先收拾收拾你。”

侯嘉阳闻言，彻底被吓破了胆，直接哇的一声哭了出来，一边哭还一边抽抽搭搭地威胁他：“你们两个人是同伙，我要回去告诉老师和我家长，你们这群混账，居然敢打我！”

沈放终于忍不住嗤笑出声，笑着摇了摇头，迈步走向二人。

蒋远昭对这熊孩子无言以对了，他扶额叹息，有些一言难尽，便对沈放挥挥手道：“算了算了，你问吧，看他这反应搞得我跟什么人似的。”

的确，跟社会人似的。

沈放哑然失笑，拎起侯嘉阳，淡声问他：“侯嘉阳，你的摄像机在哪里？”

“什、什么摄像机？你们凭什么问我……”

“想挨揍吗？”他微笑，伸手拍拍侯嘉阳的脸颊，眸光直泛冷意，“我耐心不好，跟上次那个姐姐一样，说揍就是真的揍。”

“所以你给我顺直了气，告诉我，你的摄像机在哪里？”

侯嘉阳抽噎着，当真是不敢再说废话了，委屈巴巴道：“在学校修理师傅那里，我刚放过去……让他提取数据信息。”

“好，乖孩子。”沈放笑着拍拍他的脑袋，又对蒋远昭比了一个手势，便走向门口。

蒋远昭临走前瞥了一眼侯嘉阳，却见他脸色仍旧惨白，便云淡风轻地对他道：“如果让我知道今天的事被传出去了……”

“嗯？”侯嘉阳抬头，满面惊恐。

蒋远昭唇角微弯，迈步走向门口：“我就和这个哥哥一起，把你锁到小黑屋里。”

随着他话音落下，关门的声响使一切声息都戛然而止。

侯嘉阳呆坐在原地，终于一个忍不住，吓得放声大哭出来。

天色越发阴沉，有闪电于云层中若隐若现，空中那片阴霾中，忽明忽暗。

似乎有几滴雨滴落在地上，打湿了大理石地板，但几乎不可见。

蒋远昭和沈放也是办事效率高，知道摄像机所在之处后便找艾老师问了路，也顾不得跟她解释关于侯嘉阳在教室里哭的原因，便立刻赶去了修理处。

所幸二人赶得及时，修理处的工作人员正准备收拾东西下班回家，便被沈放拦了下来。

沈放喘了口气，由于是跑过来的，他简单平复了一下气息，礼貌地对工作人员道：“师傅，请问侯同学的摄像机是不是在您这里？”

修理师傅上了年纪，反应有些许迟缓，便反问：“侯同学……是谁啊？”

“侯嘉阳。”

“哦，侯嘉阳啊。”修理师傅仔细回想了一下，便拍了拍手，一副了然的模样道，“想起来了，他下午刚找完我没多久。他的摄像机都摔得不成样子啦，不过居然还能用，真是奇迹……”

修理师傅絮絮叨叨了一大堆，一旁的蒋远昭没怎么仔细听，只注意到了他口中那三个字——

还能用。

蒋远昭无声挑眉，唇角微弯，事情终于多了几分希望。

还能用，是不是就说明如果当时侯嘉阳开着摄像机，那么沈温欢揍人事件全程都被录下来了？

意识到这一点，沈放和蒋远昭对视一眼，蒋远昭便对修理师傅笑了笑，道：“好的，那么师傅，你把数据都提取出来了吗？”

“哎哟，我刚好把数据提出来存在侯嘉阳的U盘里，不过摄像机我还没修。”修理师傅乐呵呵道，便回身走到工作台前翻了翻，拿出一个小型U盘，递给蒋远昭，“摄像机的话就得等明后天啦，我现在急着回家，先给你们U盘，看来小侯同学很急啊。”

“是啊，毕竟里面有很多重要的东西。”蒋远昭接过U盘，垂眸低笑，说出口的话却是意味深长。

幸好这修理师傅年纪比较大，对于蒋远昭和沈放的身份也没想太多，只以为是朋友或者家长，便打了声招呼，哼着小曲儿下班回家了。

蒋远昭简单环视了一下四周，发现这工作室虽然不怎么大，但是应有尽有，正巧有部电脑，可以直接插U盘查看里面的数据文件。

他对沈放道：“关上门，然后锁上，我们直接在这里看看有没有想要的视频。”而后他薄唇微抿，坐到椅子上，将U盘插入电脑插孔中。

短短几秒的等待系统反应的时间，却如同度过了几个世纪般难熬。

这是最重要的砝码，也是唯一一个砝码了。

到底能不能赌赢，就看这一时刻了。

沈放将门锁上，又拉了窗帘，确认外面不会有人发现屋里的情况后，这才迈步走向蒋远昭。

他见蒋远昭面上那略微紧绷的神色，不禁愣了愣，随即他无声轻笑，心里了然一片。

虽然蒋远昭这家伙，从给他打电话的那一刻起就表现得十分从容不迫，冷静得令人不敢置信，但是现在看来……

他果然，一直都处于高度紧张状态吧。

毕竟是如此重要的一场赌局。

沈放也不禁紧张起来，他站在蒋远昭身侧，紧盯着电脑，双手抄兜，手心不知何时居然都起了层薄汗。

叮咚一声，电脑成功识别出U盘，蒋远昭当即点进了U盘文件夹，只见里面浩浩荡荡一百多个视频文件，只一眼，就让蒋远昭蹙了眉。

他却也没耽误时间，用排除法删除了时间过短的视频，视频时间是否过长他就不知道了。

经过第一轮排除，最后剩下几十个文件，蒋远昭逐一点开观看，快进，然后将不需要的文件一个个删除。

最终，果然发现了一个开头背景为海滩的视频文件。

蒋远昭和沈放对视一眼，却也没敢松懈。他打开视频，视频有十几分钟，前面是琐碎的玩乐，直到几分钟后沈温欢拎着果篮出镜的那一瞬间，二人纷纷舒了口气。

万幸万幸，终于找到了。

以防万一，蒋远昭和沈放还是将视频从头到尾看了一遍。

从事件发生之前，到侯嘉阳主动招惹沈温欢，再到后来侯母与沈温欢发生争执，先对沈温欢动了手，最后二人矛盾激化。

总算是完整的过程，这下子终于完美解决了。

“真是不容易……”沈放瞬间松了口气，倒在一旁的沙发上，一直紧绷的身体突然放松，居然有几分酸痛，他伸手捏了捏肩膀，对蒋远昭笑叹道，“赶紧把视频保存下来，发给公司的人做公关，沈温欢就能安然无恙了。”

话一出口，蒋远昭轻飘飘地瞥了一眼沈放，沈放也是顿了顿。

这欣慰的语气……

他什么时候，这么关心沈温欢的安危了？

上次也是，忍不住管了沈温欢的闲事，他最近是糊涂了还是怎么了？

沈放念及此不禁长眉轻蹙，意识到自己此时的复杂心思，他便不再出声，只垂眸思忖着什么。

蒋远昭心里有数，便也不去主动打扰沈放，打算让他自己一个人想清楚。

他从工具箱翻出一根数据线连接了电脑，掏出手机正准备连接，却发现自己拿的居然是沈温欢的手机。

对了，他的手机还在沈温欢手里呢。

难怪今天周焕一天都没给他打电话，他还好奇怎么太阳从西边出来了，原来如此。

然而时间紧迫，不容蒋远昭考虑别的，他连接上手机，将视频文件传送到手机中，又给林婧打了个电话通知她。

电话没响多久，便被林婧接起了："喂，温欢吗？"

声音有些疲倦，看来现在的情况还是没有缓和。

蒋远昭缓缓吐出口气，淡声道："林姐，是我。"

"远昭？"林婧捏了捏眉骨，强行扯了扯唇角："哦，怎么了吗？"

"我和沈放拿到沈温欢揍人事件始末的视频了，我这就发送给你，你看一下。"

"什么？！"本来死气沉沉的林婧闻言瞬间来了精神，当即拍案而起，兴奋道，"好的好的，传给我文件就行！"

蒋远昭应声，办事效率也是高，不到一分钟，林婧的邮箱就收到一封邮件。她从电脑登录邮箱，点开了那附在邮件中的视频，从头到尾看了一遍。

终于，她舒了口气，一天下来的压力似乎都在这一刻卸下。

有这个视频，就没问题了。

"视频我看了，我这就找人去做公关。"林婧喜笑颜开，当即把视频传给相关工作人员，便下去吩咐任务了，边走边喜滋滋地问蒋远昭，"哎呀我们远昭真是太能干了，你们怎么拿到的……哦对，你刚才说你和谁一起去的？”

“我们去侯嘉阳的学校里找了他，然后拿到了这份视频。”蒋远昭唇角微弯，不急不慢地补充了一句，“我和沈放一起去的。”

林婧唇角的笑容瞬间僵住。

她无意识地张大了嘴巴，惊愕不已，甚至怀疑自己的耳朵出了问题。

蒋远昭……和沈放？

沈放？

不对吧，这妹夫和大舅子之间的诡异关系……

似乎怎么看怎么都是满满的违和感？

沈温欢正待在家中，同寿司并排坐着，也不知道是在等待什么。

也许……是在等待蒋远昭回来吧。

她实在无聊，便再次打开微博刷了刷，却见首页瞬间更换，她没怎么注意，只随便看了一眼就准备翻过去，然而却瞬间反应过来。

等等——

“沈温欢事件真相曝光，都是熊孩子和家长纵容惹的祸！”

这题目，是什么鬼？

沈温欢吓得忙不迭点开这条微博，赶紧观看了视频，居然发现这是以当时侯嘉阳的视角录制的视频，完整记录了事情的真相。

不对，这视角有些奇怪。

沈温欢不禁蹙眉回想着，蓦地想起当时侯嘉阳的脖子上是挂着一个小型摄像机的。这个视频正好就是那个摄像机拍摄下来的，直到视频末尾，沈温欢被侯母推倒在地，反手一击的那一刻，相机落地，视频结束。

真是太巧了。

正好卡在这个关键地方，完美洗白了沈温欢，网友的反应也都是朝好的方向发展。这场闹剧似乎刚刚开始，就已经接近尾声。

那么问题来了……这就是蒋远昭和沈放的功劳？

他们真的去堵侯嘉阳了？

沈温欢早就换好了一身衣服，随时准备出门。她此时又有些急躁，当即一拍拳头就准备出门，然而就在此时，门被人打开了。

“蒋……”她条件反射地开口唤他，然而却在看清楚来人的那一瞬，目瞪口呆。

寿司蹦蹦跳跳地跑到门口迎接，有些疑惑地看着自家主人旁边的男性客人——

咦？为什么这个客人戴着黑色帽子，还一脸震惊地盯着温欢妈妈呢？

外面下着瓢泼大雨，雨滴砸下，落于枝叶，碎于大地。

路上行人稀少，清冷寂寥，只有些许赶着回家的人，举着伞匆忙路过，不留痕迹。

沈温欢将视线从窗外收回，侧首面色复杂地看着对面被淋成了落汤鸡的二人——

蒋远昭和沈放。

奇怪的组合。

今天一天都很奇怪。

沈放坐在一旁的沙发上，慢条斯理地擦拭着湿发，面上没什么特殊表情，而蒋远昭则坐在沈放身边，不急不慢地将淋过雨的外套脱下，挂在身后的小衣架上。

这两个家伙真是……悠闲得让人完全轻松不起来。

沈温欢做了个深呼吸，扶额，有些头疼，对他们道："你们两个怎么回事？"

"什么怎么回事？"沈放淡淡瞥她一眼，将湿发擦得半干，便撩了起来，"我们两个从侯嘉阳那儿回来后一直被雨淋到了停车场，就直接过来了，下车后还一直被淋回来。"

蒋远昭颔首："就是这样。"

沈温欢的眉角跳了跳。

天知道她这个问题根本就不是这个意思。

她却是叹了口气，撑起下巴打量他们二人："所以……你们两个真的去堵侯嘉阳了？"

"何止。"蒋远昭无声挑眉，似笑非笑道，"还顺便修理了一下。"

沈温欢："？？"

他笑得无辜坦然："沈放把门，我威胁。"

话音未落，沈放抬眸扫了蒋远昭一眼，似乎是默认了他的说法，便将毛巾放在一旁。

沈温欢默默翻了个白眼，心里不禁有些好笑。

这种迷之社会头头去堵人的既视感是什么鬼？

不过……

“你们也真是敢做啊。”她扬眉，起身走向后面的餐桌，去倒了两杯温水，“也没老师把你们拦下啊？如果遇上了侯悦晗和她妈妈，不就尴尬死了？”

“有沈放这个亲戚户在这儿，有什么好怕的。”蒋远昭轻飘飘瞥了眼沈放道，“被发现了，大不了就说陪他来关爱儿童健康。”

沈放低声轻笑，冷冷吐出一句话：“可以，反正被发现了都要玩完。”

“那真是厉害坏了。”沈温欢说着，便将两杯水端了过来，一杯放在蒋远昭面前，一杯递给了沈放。

沈放微怔，伸手接过水杯，条件反射道了声“谢谢”。

“不用谢，该道谢的人是我。”沈温欢神色自若，坐回了自己的位置，跷起二郎腿喝了口饮料，看向沈放，终于将那问题问出了口——

“沈放，你为什么帮我？”

沈放闻言淡了神色，敛眸冷淡道：“也没什么，就是善心大发……”

闻言，沈温欢哦了一声。

蒋远昭却在此时出声打断他，神色清浅地揉了揉寿司的脑袋，道：“他大概是个隐形好人吧。”

话音未落，沈放手中的水杯似乎发出一声可怜的龟裂声。他长眉轻蹙，从未有过这般想动手的冲动。

沈温欢一口饮料还没咽下去，闻言当即被狠狠呛了一口，她不停咳嗽着，难以置信地盯着蒋远昭。

我去，隐形好人什么鬼？！

“别当真，我只是随便吐槽一句。”蒋远昭看似平淡地挑眉轻笑，颔首看着寿司，似乎根本没在和他们二人说话，“毕竟你们两个都是很别扭的人。”

不知怎的，沈放总觉得——

今天的蒋远昭，格外一针见血。

他甚至怀疑这蒋远昭早就看穿了一切，直到今天才将他所看透的事情道出。

虽然他真的不是什么隐形好人。

“别不别扭轮不到你操心。”沈放抿了口水，没好气道，“我只在你家避一下雨而已，一会儿雨小了我就离开。”

“你开心就好。”蒋远昭颔首应声，面上并无什么情绪，然而说出的话却是意有所指，成功让沈放沉了脸色。

沈温欢对这两个男人之间的诡异对话感到头晕。

她沉默半晌，侧首对沈放道：“喂，你吃完饭再回去吧，都这个时间了。”

沈放微怔，下意识点头：“好。”

蒋远昭无声轻笑。

果然，这兄妹俩是一个模子刻出来的。

虽然是同父异母，但骨子里的东西，还是有几分相似的。

大抵与他和蒋家的关系是同样道理吧。

该有的亲人，还是要有的。

与此同时，袁语姗今日的工作结束。她异常疲惫，给沈放打电话，却发现手机没电自动关机了，便作罢。

今早出了这么大的新闻，她当时第一反应就是先联系侯悦晗，谁知入耳的竟然是手机关机的提示音。

袁语姗当时就急了，又给侯母打电话询问情况，谁知也是无人接听，联系不上。

她正要找别的人联系，然而工作时间太赶，竟然就一直忙到了现在，一天下来连饭都还没吃，手机也自动关了机。

她瘫倒在沙发上。

关系甚好的表妹出了事，袁语姗此时心急如焚却还联系不上她。

袁语姗的经纪人姜妍走了过来，坐到袁语姗身边，拍了拍她的肩膀，沉吟半晌，问她：“语姗，你是怎么看待沈温欢与侯家这件事的？”

“知人知面不知心。”袁语姗的声音直发冷，她捏了捏眉骨，叹道，“想不到沈温欢居然是这种人……真是太出乎我的意料了，好感度瞬间为负。”

“是啊，不就为了出演《青史》的女主角吗，居然有这么恶劣的行径？人品问题都暴露出来了。”姜妍不禁附和道，一脸愤愤不平的表情，“但是她居然还被洗白了，都这样了还有人能原谅她，真是可怕。”

“什么？沈温欢被洗白了？”袁语姗闻言顿了顿，诧异地看向姜妍，似乎还不明白究竟发生了什么事情，“什么时候的事，我怎么不知道？”

“就在刚才没多久，你没看手机，所以才不知道。”姜妍说着，忙不迭掏出手机，翻出来那个视频给她看，“现在全网都在倒戈给她洗白，也不知道是请了水军还是什么！”

袁语姗柳眉轻蹙，没应声，只一心一意观看着视频，然而越往后看，眉间越是拢着。

直到最后视频结束，她才将手机推回给姜妍，言语间略微僵硬道：“尽管如此，侯嘉阳是小孩子，小孩子难免会犯错，怎么就能归为熊孩子呢？仅仅是这个视频，完全不能成为沈温欢动手揍人的理由。”

“侯母不过是身为母亲护犊心切罢了，即便是动手也情有可原吧，沈温欢的确是太过分了。”袁语姗冷冷道，眸中半分情感色彩也没有，倒是语气有些许鄙夷与不屑，“三观清奇，我终于认清楚沈温欢这个人了，一定要拉黑她。”

“对啊，网友们居然还觉得沈温欢做的没错，现在这热度都被压下去了！”姜妍收起手机，说到这里不禁有些来气，愤愤捶了一下沙发，道，“唉，小悦晗和侯阿姨居然也不出面说明一下，真的是便宜了沈温欢……”

“对了，侯悦晗现在还联系不上，不知道是什么情况。”袁语姗念及此不禁又开始愁了，长叹一口气，幽幽叹道，“侯嘉阳也是……”

对了，侯嘉阳！

“今天嘉阳上课，没人接他放学。”她当即站起身来，这才想起来这件事，忙不迭先拿充电器给手机充上电。

姜妍起身跟着她，道：“别急别急，在学校的话肯定没事。”

袁语姗将手机开机，便给侯嘉阳的学校打了电话，然而接听人却表示不清楚，下午是由艾老师处理的这件事。

袁语姗只得又给艾老师打了电话，幸好电话很快便被接通：“喂？”

袁语姗急忙问她：“我是侯嘉阳的家长，请问嘉阳还在学校吗？”

“啊，就在我旁边呢。”

袁语姗闻言不禁舒了口气，却似乎听到了那边有哭声传来，她不禁紧张起来，问道：“嘉阳怎么哭了？”

“我也不清楚啊，下午来了两个人声称来接嘉阳，我就暂时去工作了，谁知回到教室发现那两个人走了，嘉阳坐在地上哭……”艾老师安抚着侯嘉阳，说到这里也有些困惑，便问袁语姗，

“您是袁小姐吧，今天下午就是您的男朋友沈放和蒋远昭一起来的，说替侯家来接嘉阳，结果就成现在这样了。”

袁语姗蓦地顿住，面色微僵。

沈放和……蒋远昭？

他们怎么会在一起？

袁语姗突然想起，方才她看的视频，似乎是从侯嘉阳的角度录制的。

难不成……他们两个人去找侯嘉阳，就是为了得到这个录像，来帮助沈温欢洗白？

姜妍不知道电话中说了什么，但她从未见过袁语姗这般阴沉可怖的脸色，不禁吓得不敢吭声。

“走，跟我一起去接侯嘉阳。”袁语姗挂了电话，便穿上外套，对姜妍冷道：

“我倒要看看，沈温欢敢反到什么程度！”

她唇角微甜

[下册]

沈南肆——著

青岛出版社
QINGDAO PUBLISHING HOUSE

第七章

来日方长

天色渐晚，侯嘉阳待在学校中，即便身处敞亮灯光下，旁边就是学校老师，却也是止不住颤抖。

侯嘉阳抱着水杯，抽抽搭搭地哭泣着。自从他被艾老师发现并带到办公室后，他的眼泪就没停过。

艾老师刚开始还不停地劝他，问他究竟是怎么回事，但侯嘉阳总是满面惊恐地告诉她说自己不能说，然后就哭得更严重。

那哀戚的模样，简直堪比前段时间侯嘉阳被老师没收手机时的痛苦样。

艾老师虽然对这件事抱有极大的好奇心，但她见侯嘉阳对于她的问题反应如此剧烈，便只得作罢。

后来她觉得这么干看着侯嘉阳哭，也不是个办法，就开始想方设法逗他笑，然而却是徒劳。

艾老师本来就疲惫不堪，现在还要陪着这小祖宗等他家长来接他，更是累上加累。

她便有些不耐烦，索性不理会侯嘉阳了，在一旁趴着开始休息。

侯嘉阳见没人关心自己了，有些失落，委屈巴巴地戳了戳艾老师：“喂，你怎么不安慰我了？”

艾老师叹了口气，道："安慰你有用吗？"

"没用啊。"侯嘉阳抽了抽鼻子，却依旧理直气壮道，"但是，关心我难道不是你应该做的事情吗？"

"……"

艾老师不说话了，只面无表情地翻了个白眼，心里突然有些幸灾乐祸。

这小魔王今天终于在别人手中吃了瘪，而且似乎看来还受了不小的委屈。

虽然身为一名老师，有这种想法是极其错误的，但她还是由衷地认为——

侯嘉阳终于被人教训了，实在是太解气了。

艾老师这么想着，不禁有些出神。侯嘉阳还在一旁不甘心地絮絮叨叨着，她没怎么听，只觉得困。

于是她便真的合上双眼准备小憩一会儿，然而就在此时，教员办公室的大门突然被人推开。

冷风猛地灌进温暖的屋内，瞬间将那走廊中的刺骨寒气带了进来，冻得艾老师一个激灵，瞌睡虫瞬间全走干净了。

真是……怎么偷个小懒都能被人抓到？

艾老师有些不满地揉了揉眼睛，双眼尚未睁开，便听身侧的侯嘉阳惊喜地唤了声："语姗小姐姐！"

话音未落，他便异常激动地越下椅子奔向门口的袁语姗，慌乱间撞开了椅子，椅子直接撞上艾老师的腿，疼得她倒抽一口冷气，却也没等来一句道歉。

果然，熊孩子就是熊孩子。

无论怎么揍怎么修理，还是个熊孩子。

艾老师在心里默默吐槽道，却还是强撑起笑容，对袁语姗笑了笑："来接侯嘉阳啦？"

"嗯，我工作太忙，不小心把嘉阳给忘记了，真是辛苦艾老师您了，大半夜的。"袁语姗对她笑了笑，却难掩眉眼间的阴沉不悦。

"没事……"艾老师第一次见袁语姗这种颠覆人设的神情，不禁有些发怯，便低声道，"这是我应该做的。"

袁语姗颔首应声："好的，那么能请问一下，你确定下午来的两个人是蒋远昭和沈放吗？"

艾老师仔细回想了一番，这才重重点头，肯定道："对，我确定，脸和声音都能对上。请问袁小姐，是发生了什么事吗？"

袁语姗沉默半晌，尽量敛起那几乎快要涌上心头的愤怒，对艾老师扯了扯唇角："没什么，谢谢您了，我先带嘉阳回家，您也早点回去吧。"

话音未落，袁语姗便拉着不明就里的侯嘉阳走出了办公室，还顺手带上了门。

不知怎的，明明已经隔绝了冷空气，艾老师却还是忍不住打了个寒战。

"奇怪了。"她揉了揉鼻尖，蹙眉自言自语道，"难不成是要感冒了……"

教学楼的楼道中响起了似有若无的脚步声，层层递进，声控灯也随之亮起，照亮了前路，却是迷茫微弱不已。

侯嘉阳跟在他的语姗小姐姐身侧，袁语姗牵着他的手，却意外的冰冷不已，有些骇人。

侯嘉阳总觉得今天的袁语姗有些不对劲，以为是天气寒冷的原因，便吸了吸鼻子，问她道："语姗小姐姐，你是不是心情不好？"

"嗯？"袁语姗闻言愣了愣，这才反应过来，轻咳一声道，"还行吧……因为嘉阳你今天出事了啊，姐姐可担心坏了。"

话音落下，侯嘉阳好不容易停止了哭泣，闻言又忍不住红了眼眶，他抹了抹泪，道："姐姐……今天真的把我给吓坏了。"

"嘉阳乖，男子汉不能因为这种小事就哭哦。"袁语姗叹了口气，停下脚步来，在侯嘉阳面前蹲下身，直视着他，温声道，"告诉姐姐发生了什么，姐姐好帮你报仇，好不好？"

侯嘉阳正欲开口，冷不防想起蒋远昭临走前那威胁的话语，不禁白了脸色，抿紧唇摇了摇头。

袁语姗见他如此，就知道蒋远昭和沈放肯定对这孩子说了什么。她虽然有些愤怒，却还是深吸一口气，道："嘉阳，没人会知道的，告诉姐姐，嗯？"

听着袁语姗的话语，侯嘉阳不禁动摇了，最终他嘴角一撇，哭着将事情的来龙去脉叙述给袁语姗听，其中不免添油加醋一番。

袁语姗听完，拳头紧了紧，她起身，拉着侯嘉阳下楼，走向了姜妍的车。

黑暗中，没有任何人能看到，她阴沉的面孔。

侯嘉阳说完，却没等来料想中的回复，还以为是自己添油加醋被袁语姗发现了，不禁有些担忧："姐姐……？"

"嗯，嘉阳？"袁语姗回神，俯首对他唇角微弯，恢复了以往甜美可人的模样，"我知道啦，姐姐一定会帮你报仇的哦，你放心吧。"

"好的。"侯嘉阳瞬间兴奋起来，挥舞着拳头道，"姐姐你可一定要狠狠把他们教训一顿，还有当时揍我的那个女人！"

袁语姗唇角笑意微冷，应了声："好，姐姐说到做到。"

她，说到做到。

然而刚进了车，袁语姗陪侯嘉阳坐在车后座，车门关上，袁语姗的手机便有电话打进来。

由于电量不足，因此袁语姗对于这通电话并没有什么耐心，她扫了一眼来电显示，却瞬间顿住。

是侯悦晗！

"喂，是悦晗吗？你怎么样了？！"袁语姗当即接起电话，急慌慌开口问道。

姜妍一听侯悦晗终于来电了，急忙回头去看，侯嘉阳也是兴致勃勃地等待自家亲姐的声音。

然而，三人却失望了。

他们迎来的不是惊喜，而是——

噩梦。

听筒中传来陌生男子那公式化的声音："是袁小姐吗？病人侯悦晗出了车祸，目前还在抢救中，您……"

袁语姗手一抖，手机电量不足的声音响起，自动关了机。

手机落在座位上，悄无声息。

与此同时，天边凭空一声惊雷，闪电划破了天空，照亮了袁语姗惨白的脸色。

"外面又开始下雨了啊。"

吃过了晚饭，沈温欢收拾着碗筷，听到惊雷声被吓了一跳。

她看向窗外，只见那雨越下越大，似乎还有继续增强力度的趋势。

沈放在厨房帮忙刷碗，毕竟也是蹭了一顿饭，该意思意思的事情还是不可或缺的。

沈放也听到了那陡然增大的雨声，不禁停下手中的动作，长眉轻蹙：“啧……这样我还怎么回去？”

“找经纪人来接你，或者借住一晚，就是这么简单粗暴。”沈温欢看也不看他，径自从冰箱中拿出两份草莓布丁，对他晃了晃，“来一个？”

沈放轻轻摇头，婉拒了她的好意：“不用，我晚上不吃甜食。”

沈温欢颔首应声，便将手中的草莓布丁丢给蒋远昭一盒，这才慢条斯理地开盖吃了起来。

沈放余光瞥见她，却发现不知从何时起，沈温欢以往面对他时眉眼间那份孤傲，无声散去了。

他收回视线，唇角无声上扬。

外面的雨还在下，淅淅沥沥的，不急不慢。

蒋远昭半靠在沙发上，他捏了捏眉骨，看向窝在他身侧的寿司，低声轻笑，伸手宠溺地揉了揉它的头。

他将草莓布丁的盒子打开，拿过小勺挖了一点儿放在盒盖上，给寿司吃了之后，自己才不急不慢地品尝起来。

都忙活完后，三人便百无聊赖地待在客厅看电视。

其间，沈放闲来无事便刷起了微博，却不知看到了什么，脸色骤变，他当即正起身子来，满面严肃地翻看着什么。

“怎么了？”蒋远昭蹙眉看向他，有些不解。

沈温欢也一本正经起来，不禁感到了几分危机气氛。

下一瞬，沈放抿唇，面色复杂地抬首看向蒋沈二人，沉声道：

“侯悦晗和她的母亲，出车祸了。”

“袁小姐，请问您是如何看待侯悦晗车祸事件的？”

“袁小姐，方便透露一下侯悦晗现在情况如何了吗？”

“您好，请问……”

记者把医院大门给挤了个水泄不通，闪光灯频频闪现，在狂风暴雨的黑夜中格外惹人心烦。

袁语姗不去理会那些嘈杂的声音，面色僵硬地跟着保镖和姜妍突出重围。侯嘉阳被此情此景吓得不轻，一声不吭地跟着她。

然而却有记者发现了他，赶紧跑过去问："小朋友你好，你就是侯悦晗的弟弟侯嘉阳吗？"

侯嘉阳受了惊动，忙不迭抿紧了唇，轻轻扯了扯袁语姗的衣襟。

"不要碰嘉阳，谢谢！"袁语姗立刻回神，当即将侯嘉阳护在身后，不悦地看着记者。

"袁小姐，请您正面回答一下吧。"记者却不依不饶，借机追问她道，"网上有人猜测是沈温欢为了报复便出此下策，而且侯悦晗出车祸当天也在地下车库和沈温欢发生了争执，关于这点您作何感想？"

姜妍蹙眉回首，见袁语姗被记者缠住，便要上前去帮她脱身，却听袁语姗对记者冷冷道："我希望某些道德操守低下的女演员，给我好好重塑三观，少做这些让人恶心的小动作！"

如此直接的回应，不仅是姜妍，连记者们都惊呆了，纷纷记下这如同宣战般的重磅回答。

姜妍见机行事，便赶紧小跑过去，带着袁语姗和侯嘉阳迅速脱离人群，挤进了医院，锁上大门，总算是得以脱身。

姜妍长吁一口气，然而还是没能完全放松，她蹙眉，神情有些怪异地侧首，看向袁语姗。

却见袁语姗面色如常，慢条斯理地拍了拍身上未浸入衣服的水滴，在医院灯光下闪着滢滢光辉。

姜妍眉间轻拢，没来由地觉得哪里不太对劲，却又是说不清道不明，只得狐疑地拍了拍袁语姗的肩膀，轻声问她："语姗，你……没事吧？"

"对啊小姐姐，你似乎心情不太好的样子欸。"侯嘉阳也是皱眉，摇了摇她的手，"你到底怎么了？"

"没什么。"袁语姗哑然失笑，轻轻摇了摇头，对他颔首微笑道，"我只是在担心你姐姐和你妈妈啊，嘉阳你不也是很担心吗？"

"我还好吧。"

侯嘉阳闻言却是笑眯眯道，当真是看不出半分担忧的模样："她们两个命大，不需要我们担心吧。"

姜妍顿了顿，无声抿紧了唇，她看着尚不自知的侯嘉阳，心里蓦地有些许复杂。

虽然侯嘉阳是个被家里人娇生惯养宠出来的小少爷，言行举止方面难免幼稚任性，但是——

他这一番话，说得的确是太不像话了。

袁语姗对于侯嘉阳的这副态度显然也不是很满意，却终究没说什么，只是沉默着走向楼梯，上楼去找急救室。

袁语姗当真是幸运，刚上楼来到急救室门前，那大门便敞开，几位医生推出一张病床，她条件反射地让了让。

侯嘉阳却是上前几步看向病床，不禁惊呼出声："姐姐！"

姜妍轻掩住唇，似乎有些于心不忍，便侧首轻轻叹了口气。

袁语姗难以置信地盯着躺在病床上的侯悦晗，见她面色苍白，仿佛一夜间瘦弱了许多，整个人绵软无力，生机尽失。

"悦晗？！"袁语姗猛地缓过神来，被这视觉冲击给惊呆了，忙不迭扑过去握住侯悦晗冰冷的手，颤抖着开口唤她，"悦晗，你睁开眼啊……"

半晌，侯悦晗的指尖，动了动。

沈温欢阴沉着脸色，抱胸盘腿坐在沙发上，心绪紊乱不堪。

刚解决完视频的事情就来了个更严重的，侯悦晗跟她吵架也就算了，这次就干脆直接来了个车祸。联系视频黑料直接造成阴谋论百出，她已经快被黑成了炭。

她这是倒了什么霉？

蒋远昭正在阳台和周焕通电话了解情况，声音若隐若现，被风吹散在空中。

沈放看了看网上关于侯悦晗车祸的猜测，便关上了手机，对沈温欢道："你如果有不在场证明的话就可以了，也不用太担心。"

"我知道的……"她有些心烦，胡乱揉了揉头发，啧了一声道，"但是相比我的名誉问题，我更在意的是侯悦晗怎么可能会出车祸。"

"什么意思？"沈放似乎捕捉到了什么信息，蹙眉看向她，"难道说她不可能出车祸？"

沈温欢捏了捏眉骨，强行理了理思绪，指尖轻叩桌面，这才开口道：“对，我和蒋远昭肯定是先走的，因为侯悦晗和侯悦晗的母亲，她们两个和我发生争执后还需要一段吃饭的时间，按理说这个可以调地下停车场的监控……”

“但是，真的就有这种巧合？”她指骨略微用力，一个不小心便重重磕在桌上，猝不及防的疼痛令她蓦地清醒过来，轻咳一声，“不，我是说……先是我和侯悦晗一家的偷拍视频被曝出，紧接着侯悦晗又出了车祸，会不会是我们当天就被跟踪了，或者说是有人故意搞出这么个事情？”

沈放沉吟半晌，颔首道：“虽然这么想没错，但是怎么可能会有人费尽心思这样害你？”

“我也不知道，但是总感觉哪里不太对劲。”沈温欢越发烦躁，脑子一团乱，根本理不清什么思路，“不行，我不能继续想了，不然迟早要完。”

“那先这样吧，等饭店地下停车场的录像调出来再说别的。”

“网上是不是有人在怀疑是我搞的鬼？”

沈放愣了愣，却还是点了点头。

“果然，怎么老是感觉这人是针对我来的，奇了怪了。”沈温欢苦笑，禁不住泄了口气，怏怏道，“难不成是我无意识招惹了什么仇人，还是说朋友的仇人找上了我？”

后面一句纯粹是猜测，沈温欢话一出口压根就没放在心上，却是让沈放惊了一惊。

朋友的仇人？

阮曼舒和季风朗是不可能，他们二位平日里可安稳得很。

那么，只有蒋远昭了。

沈放眸色微沉，双手交叠撑在桌上，不知在思忖什么。

众人皆知，蒋远昭的仇人只有一个人，那就是江一铭。

江一铭是蒋氏财团有头有脸的人物，只可惜因为前些年犯事太多，将蒋家的财政机密泄露出去，虽然发现及时挽救了回来，却也是损失颇大，甚至还把蒋父给气进了医院。

蒋远昭动了怒，便费了一番力气收集好证据，将江一铭给送进了监狱。

而前段时间江一铭出狱了，在A市当起了情报贩子。虽然知道这消息的人很少，但江一铭是暗地里为沈靳恒服务的，沈放也经常见到他，有时也会同他一起出门。

江一铭有前科，因此沈靳恒也是多了个心眼，只让他接触沈家表层的东西。不过江一铭办事效率高，心思重，沈靳恒便将他安在沈放身边照看着。

然而究竟是监视还是照看，恐怕只有当事人知道了。

不过说来说去，回归到现在的话题上来看，江一铭不能直接抓到蒋远昭的把柄，但借沈温欢来报复蒋远昭，却是行得通的。

意识到这一点，沈放当即抬首，起身正欲走向阳台和蒋远昭谈谈，却见蒋远昭径自拉开阳台的门，面无表情地走进了客厅。

他反手带上门，隔绝了那刺骨的冷空气。

“打电话说了什么？”沈温欢撑起下巴，强打精神看向他。

蒋远昭却是没立刻回答她，只看向沈放，长眉轻蹙道：“江一铭给沈家办事。”

语气平淡，毫无波澜，是分明的陈述语气。

沈放顿了顿，颔首道：“没错。”

“你跟江一铭很熟吗？”

“不，他只是我父亲放在我旁边的人，具体身份和作用我也不清楚。”沈放轻扣指关节，对蒋远昭沉声道，“江一铭出狱后便在暗地里给我父亲办事，他的目的是什么，除了他自己没人知道。”

“倒不如说沈靳恒和他的目的。”蒋远昭垂眸低笑，却是冰冷至极。

只怕是各怀心思，相互利用罢了。

江一铭出狱后一心一意想要报复他，而沈靳恒无时无刻不在担心着沈温欢想要陷害自己，也是想赶紧拔了这根心头刺，这两个人会突然联手，到底是为了做什么，也不难猜测。

蒋远昭本以为沈靳恒只是对沈温欢漠不关心罢了，但自从那晚在饭店相遇后，四人拼桌进行一番对话，蒋远昭是彻底懂了。

这已无关沈靳恒和罗婉，整个沈家，都容不下沈温欢这个有着私生女身份的人。

尤其是沈温欢还和深知沈家秘密的蒋家人有亲密关系。

如此一来，简直就成了个修罗场。

蒋远昭心里有了数，叹了口气，对沈温欢淡淡道：“周焕刚刚通知了我，这件事有关我个人恩怨，牵扯到了你，对不起。”

沈温欢听着蒋远昭和沈放的对话本就一脸蒙，冷不防听见话题扯到自己身上，当即愣了愣：“什么意思？”

沈放一时也有些乱，看着蒋远昭蹙眉不语。

“江一铭搞事情了。”他云淡风轻地略耸肩，似乎没当回事。

证实了自己的猜想，沈放便颔首应声，随口问他：“那接下来呢，你打算怎么办？”

只见蒋远昭手中把玩着手机，慢条斯理地撂下一句话：

“逮住这小子，直接弄死。”

袁语姗站在病房外，透过玻璃窗看着躺在病床上陷入沉睡的侯悦晗，心情复杂。

侯悦晗和侯母都出了车祸，是在开车过程中被人有意从斜下方撞向了路旁围栏。侯母坐在副驾驶席，比较幸运没有从车中跌出去，而向来系安全带意识淡薄的侯悦晗就惨了，车门被撞开，她直接从路旁滑下了陡坡，受了重伤。

因此侯母只是简单的皮肉轻伤，侯悦晗可就是骨折外加大出血，险些闹出人命。

而现在，包扎好伤口的侯母坐在病房前的长椅上轻声啜泣着，侯嘉阳见事态如此严重，有些超出他的意料，便也蔫蔫地站在一旁不敢吭声了。

姜妍坐在侯母身边，温言软语地安慰着她，好容易才平复了侯母的心情，身边都堆了一大堆纸团了。

此时已是深夜，在场众人都很累，又出了这种大事，竟是没人有力气再开口去讨论什么。

场面陷入了诡异的死寂中，只有侯母时不时传来的抽噎声，证明时间还是在流动的。

袁语姗突然长叹一声，伸出手覆在病房的窗户上，指尖触碰到冰冷的透明玻璃，直凉到了心里，她却是有些麻木，没什么特别的反应。

袁语姗和侯悦晗是从小玩到大的，虽然是表亲却如亲生姐妹般亲密，因此侯悦晗突然出了这么大的事，袁语姗当真被气得不轻。

本来得知沈温欢痛揍侯嘉阳和侯母的事情，袁语姗对沈温欢的好感就直降为零，本想着直接拉黑当路人就好了，谁知今天她又整出这种幺蛾子。

还是差点就让侯悦晗命都没了的幺蛾子。

袁语姗突然觉得，自己现在最厌恶的人，大概非沈温欢莫属了。

尤其是沈放还和蒋远昭一起去帮沈温欢……

袁语姗脸色阴沉几分，狠狠攥紧了拳头，无声咬牙。

真是要反了他们了！

想起还没解决沈放的事情，袁语姗便轻轻咬唇，强行让自己摆出来好脸色，暂时放了放深重的心事，转身走到姜妍面前，微微屈膝，轻声道："姜妍姐，借我你的手机用一用，我给沈放打个电话。"

姜妍颔首，便将手机递给了袁语姗，似乎也没多心。

侯嘉阳困得有些不支，姜妍便主动让出来座位，让他靠在椅子上先眯一会儿。

袁语姗拿着手机走到角落，确认没人后才打开了姜妍的手机。她习惯性地去翻通话记录，却发现没有沈放的，她指尖停留在屏幕上，有一瞬间的尴尬。

袁语姗这才发现，自己居然还不知道沈放的电话号码。

袁语姗抿唇，最终还是在姜妍的通信录中翻到了沈放的电话号码，便拨了过去。

没响几声，电话便被人接起，沈放的声音略带几分疑惑传来："语姗？"

"沈放。"袁语姗有意软下声音来，对他道，"我在医院里，悦晗她出事了。"

"我知道，我刚看到了新闻。"沈放颔首，随口提了个建议，"需要我过去陪你吗？"

袁语姗愣了愣，第一个反应居然是不愿意，她轻咳一声道："不用了……我和姜妍姐在这里陪着阿姨呢。"

话音未落，她顿了顿，迟疑着试探沈放："沈放，你今天一天都在忙什么呢？"

沈放蹙眉，对于袁语姗的问题有些措手不及，但他蓦地想到今天下午去找侯嘉阳的事，便敷衍了一句："也没什么，就是工作吧。"

工作？

袁语姗垂眸，没应声，只是转了个话题："是吗……那你现在在哪里呢？"

沈放这回实话实说了："在蒋远昭家里，下午时跟他一起出了趟门，回来时下雨了，就在他家里暂时避了雨。"

"出了趟门，工作吗？"

"语姗？"沈放顿了顿，没来由地觉得有些不对劲，"你怎么了？"

袁语姗无声攥紧了手机，冷道："为什么你要护着沈温欢？你们只是普通朋友吧，难不成是蒋远昭拜托你的？"

原来她知道了。

沈放无声叹息，本来情势就够紧张了，却还忙上加忙："语姗，沈温欢的确是无辜的，侯悦晗的车祸不关……"

"我知道了，可以了。"袁语姗当即打断他，有些咬牙道，"我就看看你们能把一个本来就黑的女人给洗成什么样子。她是给了你们什么好处才让你们这样昧着良心做事？"

沈放向来没见过她这般歇斯底里的模样，不禁有些无措："语姗，你是不是误会了什么？"

"我还是冷静一下比较好。"袁语姗斩钉截铁道，连晚安都没说便挂了电话，直接关机，防止沈放再打回来。

她对着墙壁做了好几次深呼吸，心头那对沈温欢的怨怒却是越发浓厚，几乎要吞没她的理智。

袁语姗抿紧了唇，重新拾起笑容，走向了姜妍。

既然她沈温欢喜欢炒，那她就奉陪好了。

反正日子还长，今夜注定不会安宁。

次日，官方便放出了地下停车场摄像头录像。沈温欢和蒋远昭的的确确是比侯悦晗早离开了至少一个小时，根本没有作案时间，在侯悦晗的车驶出停车场后，便有一辆轿车紧随其后离开，瞬间被警方锁定为肇事车辆。

然而热度一旦炒起来，便是一发不可收拾。

“沈温欢洗白团”“车祸阴谋论”等话题层出不穷，一时在全网掀起了轩然大波。侯悦晗的母亲轻伤，侯悦晗在车祸中受了重伤，此时还在医院休养，肇事司机却还逍遥法外。

警方调查过录像中尾随车辆的车牌，却发现是假的，事件便再度陷入僵局。

还有谁能想起来，这么多连锁事件的源头，不过是《青史》女主角的饰演者问题。

沈温欢现在成了话题中心，虽然比以前更红了，却有了几分黑红的意味。她现在暂时缓了缓工作，听从公司要求在家里待着等通知。

昨日，沈放接完袁语姗的电话后脸色便不是太好，难免有种雪上加霜的感觉。他离开后，蒋远昭也没了以往的从容不迫，一直在阳台通电话，不知在调查什么。

又是什么江一铭，又是什么沈家的，简直让沈温欢的思路如一团乱麻，她干脆放弃多想了。

什么事都不明白的她也不能强行插手，只得安安分分不再惹出乱子，在需要她的时候积极迎上去，能帮就帮，该尽的力尽到，这也是她目前能做的了。

这日早晨，蒋远昭出了门。沈温欢发现家里没食材了，想出门买点必需品，便打电话向林婧询问了一声，乖乖等林婧开车来接她。

二人一路去到比较偏僻的一个小商场。沈温欢戴着墨镜，百无聊赖地靠窗看着沿途的商店。

车缓缓停下，她正要下车去买东西，却被林婧按住。

林婧对她摇了摇手指，慢条斯理道：“你把购物清单给我，我帮你去买，一会儿直接开这辆车回去。”

沈温欢将自己的购物清单递给她：“那你怎么办啊？”

“我来这儿正好办点儿事，办完事我打车回去就行，不用担心我。”林婧接过清单，便下车去购物了，临走前还不忘嘱咐沈温欢一句，“车钥匙我不拔了，你可千万别乱跑啊。”

沈温欢懒懒散散地点头应声，便靠在座椅上刷微博，观看那停车场录像。

看到嫌疑肇事车辆出镜时，沈温欢偏了下脑袋，余光正好瞥到一辆车从她旁边缓缓驶过——

嗯?

沈温欢愣了愣，低头看了眼视频中的车，又抬头对比了一下眼前的。

我去!

一模一样!

沈温欢当即弹了起来，忙不迭坐到驾驶席上，将车启动后就猛地踩下油门追了上去。

居然这么巧，出个门都能撞上重要嫌疑人?!

江一铭今天去找沈靳恒，出来得急就没换车，此时将事情解决完了，就利索地准备走小道回去换车，以防被人发现端倪。

他本就急躁，不经意间瞥了眼后视镜，却见有辆车在尾随自己，而且越发逼近。

江一铭当即谨慎起来，加速想要甩开那辆车，然而对方车技不错，在车流中左拐右拐硬是没被甩开。

难不成是记者?

他蹙眉抿唇，正思忖着该如何应对，那辆车便猛地一加速与他并排行驶。

江一铭蓦地回神，当即在心底骂了声，抬脚就要猛踩油门，然而旁边的车却更快一步，直接一个飘移横在他眼前。

“我去!”江一铭迫不得已只得急刹车，盛怒之下狠狠一拳砸在方向盘上，啐了口。

拦在眼前的车的车主不急不慢地开门，是个女子，戴着墨镜，看不清相貌，下车快步走到他面前。

江一铭眯眸，发觉这女人有些眼熟。

女人停在他车窗前，似乎是在等待他降下车窗。

江一铭冷笑，没理她，倒想看看她能有什么办法。

下一瞬，那女人一拳头砸在车窗上，整个车门都震了震，似乎有可怜的龟裂声响起。

江一铭:“……”

车窗缓缓降下，沈温欢在看到江一铭后无声挑眉，摘下了墨镜。

江一铭自然认出这是沈温欢，他还没反应过来，便被她狠狠揪住了衣领。

日光下，沈温欢笑得粲然，小虎牙泛着微光。

她攥紧他的衣领，眸中怒意汹涌，不疾不徐地开口道：

“小浑蛋，我可逮着你了。”

当林婧买好了东西，回来找沈温欢时，她看着空荡的停车位，眉角跳了跳。

这个臭丫头，果然没听话！

她出门前得知江一铭来了这里，不知道是同谁碰面，便想开车过来碰碰运气。

正巧沈温欢也想买点东西，林婧便捎上了她，还特意嘱咐她不可妄动。

结果这小妮子还是没听话啊！

林婧叹了口气，当即给沈温欢打了电话，有些焦急。

这江一铭是冲着蒋远昭来的，但若是沈温欢将他逮住，难保不会出现什么意外。

手机听筒中传来冰冷的系统音，等待接听。

林婧手心都出了汗，只觉此时时间太过漫长。

没一会儿，电话接通了，传来沈温欢大咧咧的声音：“林姐，你买完东西了？”

“死丫头给我跑哪儿去了？！”林婧当时就松了口气，忙不迭问她。

“我在抓人，刚抓着。”沈温欢眨巴眨巴眼睛，“应该就是你们都认识的江……江什么？”

她蹙眉，扯了扯车内江一铭的衣领：“你叫什么？”

江一铭没了耐心，啧了声便启动车子准备赶紧撤场，谁知沈温欢的动作竟出奇的快准狠，一个手刀切在他手腕处，当即引来他一声闷哼。

下一瞬，沈温欢将车钥匙拔下，快速扣门锁车，一套动作下来行云流水，江一铭还未有所反应，便已经被困在了车里。

“江一铭？！”林婧惊呼一声，不禁又有些担忧，“乖乖，你还真碰见他了，赶紧回来。”

“哦对，江一铭。”沈温欢颔首，了然地点了点头，松开手中的衣领，不急不慢地活动了一下手腕。

她先把定位给林婧发了过去，道："逮住他有什么用吗？"

"其实现在情况很棘手，因为江一铭有沈家护着，不好动他，就算是抓住了也不好处理……"林婧有些头疼，接收到沈温欢的定位后，她叹了口气道，"这种私人恩怨问题牵扯到了你，除非真有知情人士出来，不然真是不好解决。"

"是吗？那发给蒋远昭好了。"沈温欢说着，瞥了一眼江一铭，果不其然，他脸色微变。

果然，这家伙就是蒋远昭的仇人。

虽然不清楚到底什么仇什么怨，不过居然会扯到她身上，沈温欢难免有些躁。

"就算蒋远昭来了，也改变不了什么。"江一铭唇角微弯，对她冷笑道，"沈小姐，你当真是天真过头，难怪沈靳恒会那么容易得逞。现在这种情况下，除非蒋家人出面扯出我和蒋家的恩怨，否则你还是无法改变现状。"

"然而蒋远昭和蒋家的关系僵持不下，怎么可能会有什么转机？"他敲了敲方向盘，"所以沈小姐，听天由命吧，要怪就怪你身份特殊，还偏要靠近蒋远昭。"

"我靠近他干你屁事，你不就是报复不得，就不择手段去动蒋远昭身边的人？"沈温欢也笑，眸中冰冷深沉，"沈靳恒得逞？我告诉你，我沈温欢就算是死，也不会让他有被洗白的那一天！"

江一铭愣了愣，随即低声轻笑，道："勇气可嘉，只可惜是白费力气。"

林婧翻了翻沈温欢发来的定位，联系眼前情况似乎这才想起什么，当真乖乖听话把沈温欢的定位传给了蒋远昭，本以为蒋远昭正忙着别的，无暇去看手机信息，谁知没一会儿，蒋远昭就回复了她：

"我在蒋氏财团，让沈温欢拍下视频确认好车牌和车型，务必保证自己安全。"

林婧："……"

别的先不管，开头几个字是不是不太对劲？

蒋远昭居然会去蒋氏财团？

我去！

林婧吓得连回复都忘了，忙不迭跟沈温欢道："温欢，你先拍下来车牌和车型，这事暂时处理不了，你先回来。”

沈温欢眉间轻拢，意味不明地看了一眼江一铭，半晌对话筒干巴巴地嗯一声，便眸光阴冷地看着江一铭，沉默不语。

江一铭见她这脸色，便知道事情将会向何处发展了，不禁朗声笑了几声，颇有些得意扬扬的意味。他身子略微后仰，靠在车座椅上，对沈温欢挑眉笑道：“沈小姐，看清楚事实了吧，看清楚就请你把我的车钥匙还给我，我很忙，不像你。”

沈温欢抿紧了唇，显然已经动了几分怒气。她将车钥匙狠狠砸在车窗外缘，就走向了自己的车，打开手机开了前置摄像头，对准了身后的江一铭。

趁江一铭抬首欣然拿起钥匙的那一瞬，她按下拍摄键，成功拍下了江一铭待在车中的侧面照。

这个距离和角度刚刚好，车辆的车牌尽显，恰好能让人认出这车是录像中的嫌疑车辆，又能让人看清楚江一铭的侧脸，轻易辨别出来此人身份。

沈温欢微微侧首，余光轻瞥，见他并没发现自己的小动作，便安心收起了手机。

虽然林婧让她赶紧离开现场，她很气不过，但是毕竟事实摆在这里，沈温欢想赖在这儿都没理由。

于是乎，江一铭开着车从她身边疾驶而过，途经她时，似乎还传来一声轻蔑的冷笑。

沈温欢攥着手机的力道紧了几分，她颇为不爽地啧了一声，却还是强压怒火，将照片发给了林婧。

不一会儿，林婧给她发来了回应：“我的乖乖，让你拍车牌和车型，你居然这么高效率地把人都给我拍下来了？！”

沈温欢捏了捏眉骨，没来由地感到有些疲倦，便回她：“有用就好，我回去接你。”

发完信息，她就上了车，径直开回了先前的商场门口，便见林婧站在原地，手上拎着大包小包，正一脸凝重地看着手机。

难不成又出事了？

沈温欢看着林婧的脸色，第一反应就是这个。

没办法，这短短两天内发生的事情和变故太多，她现在已经没什么乐观想法了。

林婧上车后，便将手机递给沈温欢，让她自己看："唉真是，烦心事一波接一波。"

还真出事了。

沈温欢叹了口气，接过手机翻看。本来已经做好了心理准备，然而在看完这条新闻后，她还是忍不住啐了口："什么鬼，袁语姗居然会这么针对我？"

新闻中赫然是昨夜袁语姗在医院门口接受记者采访时的回答，一字不漏地曝光了出来，那昭然若揭的厌恶态度不需要揣摩都能瞧出来。

毕竟袁语姗是同自己有过节目合作的人，又是沈放的女朋友，沈温欢心里便有些复杂。

说不上是伤心失落，大概就是类似于……出人意料。

但是，也没对她造成太大的影响。

只是从此多了个敌人罢了，还是强敌。

"因为侯悦晗是袁语姗的表妹啊，她们两个人关系还特别好，肯定是会迁怒于你。"林婧捏了捏眉骨，眉眼间有几分惆怅，"不过温欢你也是啊，揍人那件事太冲动了。本来是你占理的事情，却演变到了现在的境地，这个教训真是够惨痛的了。"

"我知道错了，不仅我自己受了损失，还给周围的人带来一堆麻烦。"沈温欢垂眸，当真是认识到自己的鲁莽，便趴在方向盘上，对林婧蔫蔫道，"林姐……一定不会有下次了，对不起啊。"

"算了，事已至此还道什么歉。"林婧叹了口气，拍拍她的脑袋，"你能给我发过来照片就是很好的回馈了，正好能把江一铭这个害人精给揪出来。"

沈温欢犹豫半晌，最终还是没把江一铭口中"沈靳恒得逞"的事情说出来，只问她："对了林姐，江一铭是谁？为什么针对我？"

"江一铭之前因为抖搂了蒋家内部信息，被蒋远昭给送进了监狱，前段时间他刚出狱，肯定第一想法就是报仇。"林婧顿了顿道，"而蒋远昭的软肋，只有你。"

沈温欢蓦地怔住，随即抓了抓头发，不吭声了。

她心里复杂一片，说不清道不明的感觉。

“那林姐，这张照片发给蒋远昭处理会不会更好？”她戳了戳林婧，“江一铭说只有蒋家人出面，才有转机，然而我也知道蒋远昭和蒋家关系不太好……但是，这张照片应该也有用处吧？”

“对，你的这张照片很有用，我已经发给蒋远昭了，他还没回我。”林婧点了点头，再次拿过手机看了看蒋远昭是否有所回应，然而却还是没有回音。

不过……蒋远昭既然已经去了蒋氏财团，事情也许会有些转机？

林婧只能这么祈祷了。

与此同时，蒋远昭将沈温欢拍到的照片交给了警方，警方立刻进入调查。这一消息惊动了早已蠢蠢欲动的记者们，等蒋远昭和母亲从财团走出时，记者们便一拥而上，纷纷追问究竟是怎么一回事。

蒋远昭长眉轻蹙，习惯性地侧身护住秦媛，却被她轻轻拦住。

秦媛上前一步，对记者面色坦然道：“车祸事件是江一铭造成的，相信大家也都知道他与远昭的渊源，因此为何会嫁祸给沈温欢，相信大家也都心里有数。”

“但是江一铭事件当时不是被压下了吗，怎么会为了一个沈温欢就重新曝光出来？”有记者疑惑问出声来，同样也是在场众人的疑惑。

自然，也是蒋远昭的疑惑。

秦媛低声轻笑，唇角笑意深远。她从容不迫地开口，只撂下一句话：

“因为沈温欢，是我秦媛认证的准儿媳，谁也动不得。”

蒋母公开为沈温欢发声，称其为“认证儿媳”的消息不胫而走。

蒋家居然当真会插手这件事，这是出乎所有人意料的。

当江一铭被警车拦截，强行被警方带走时，他还处于极度震惊之中没有缓过神来。

何止是江一铭，就连沈靳恒都始料未及。

他面色阴沉地将手机砸在桌上，闷闷地叹了口气，心下郁结不已，指节毫无规律地叩响桌面，处处散发着焦躁的意味。

沈靳恒打电话叫来了助理，特意让他抓紧时间。

不一会儿，助理便匆忙赶来，迈步走进了办公室，反手带上门，几步上前毕恭毕敬地冲沈靳恒鞠了个躬："沈总，有什么吩咐？"

沈靳恒捏了捏眉骨，有些愁苦道："江一铭那件事，现在怎么处理？"

"江一铭进了局子，现在还在调查车辆中，目前还没确认什么。"助理说着，顿了顿，继续道，"不过不出意外的话，如果方向盘上只有江一铭一人的指纹，那事情就不好解决了。"

其实现在来看，基本情况也已经定了下来。

江一铭是肇事司机，还逃逸了，这个罪名是肯定要担下来的了。

沈靳恒千算万算，哪怕是算好了那晚耽误沈温欢和蒋远昭的时间，好让他们能遇到侯悦晗母女从而发生矛盾……

然而现在，功亏一篑。

车祸事件也是他让江一铭制造在这个节骨眼儿上的，为的就是让沈温欢身败名裂乖乖退出娱乐圈，离开蒋远昭，好好保守沈家的秘密。

可最终，哪怕他机关算尽，也未曾料想到沈温欢会捉住江一铭，准确无误地拍下了他的照片。

更出乎他意料的是，蒋家人居然会为了沈温欢，出面来澄清此事。

要知道，财团内部心腹成员中出现了叛徒，向来不是什么光彩的事情，而蒋父心脏本就不好，这江一铭事件一出，就把蒋父给气进了医院，老命险些都丢在了医院里。

最终还是蒋远昭动了狠劲，颇费一番力气把江一铭给送进了监狱，二人由此结下梁子。

碍于种种原因，最终江一铭事件还是销声匿迹，被蒋家有意识遮掩住，大伙儿也都识相，见当事人不想谈，而事情也落下了帷幕，便无人再继续这个话题。

谁知道今天短短一上午的时间，居然就把沈温欢给洗白了，蒋远昭的母亲居然还当众承认了沈温欢准儿媳的身份。

沈温欢这样步步笼络蒋家，沈靳恒是越来越慌，生怕沈家那不为人知的秘密被谁窥探到。

"先送点钱，别暴露身份，看能不能把他从局子里带出来。"沈靳恒沉吟道，半晌他顿了顿，对助理补充了一句，"如果要给案子拟个肇事原因，你就尽量从轻处理好了，总之一定要全力保住江一铭。"

"好的。"助理颔首应声，再次微微鞠躬道，"那沈总还有什么吩咐吗？”

“暂时没了，你先去处理江一铭的事情吧。”沈靳恒捏了捏眉骨，眉间轻拢，心烦气躁得很。

见助理退出了办公室，带上门后，他这才啧了一声，长长叹了口气。

这江一铭知道的事情太多，已经不是他说放就能放的棋子了。

以防万一，江一铭就算是死，也要死在自己手里。

那些秘密，绝对不能让它们流传出去！

沈靳恒的手劲无意识有些发狠，木桌都颤了几分，桌上的瓷制茶杯微动，杯中茶水便起了些许波澜。

与此同时，沈温欢正目瞪口呆地盯着手机中蒋母和蒋远昭公开接受采访的视频。

“因为沈温欢，是我秦媛认证的准儿媳，谁也动不得。”

当蒋母的声音一字一句落于耳边，沈温欢突然有种不认识自己名字的错觉。

由于声音是外放，正在开车的林婧也听清了蒋母这句话，吓得差点儿连方向盘都握不住了。

这……这秦媛身为蒋氏夫人，平日里的公众形象向来是温婉大方的豪门夫人，今日此言一出……

真是，霸气极了。

不过林婧更在意的是，蒋家居然会为了沈温欢公开发声。蒋远昭此行前去蒋氏财团，究竟是说了什么，才能让蒋家人这般……

护短？

林婧好奇着，沈温欢却也是丝毫不能理解现状，她只知道自己前一秒还在担心她的星途会彻底断掉，结果下一瞬，蒋家人就直接把“准蒋太太”的牌子钉在她身上了。

这感觉一言难尽。

大概就是，有种天上掉馅饼但怕馅饼里有炸弹的感觉。

然而就在此时，林婧突然侧首戳了戳沈温欢，道：“温欢，到蒋氏财团了，人可能还在那儿，你要过去吗？”

沈温欢蓦地回神，她瞬间直起身子来看向窗外，入目的果然是那栋大厦。

她忙不迭按住车门，对林婧急慌慌道："林姐，停车，我过去看看！"

她有太多事情想问蒋远昭，有太多心思想同他诉说。

同时……她也想见见蒋远昭的母亲，想知道她究竟为什么，会出面帮她说情。

林婧颔首应声，当即将车驶向蒋氏财团大厦的正门，她余光瞥到沈温欢略带焦急的神情，不禁无声轻笑。

唉，有对象了，担心的东西就是不一样了。

记者们刚刚散去，蒋远昭便垂眸看着母亲，似乎有些欲言又止。

他的疑惑，秦媛自然是知道的。

"没想到我会帮沈家这个小妮子？"秦媛哑然失笑，唇角微弯道，"我多少是看在你的面子上才帮她的，另外……也有些私心。"

蒋远昭眸光微动，面上却还是坦然："怎么？"

"虽然侯悦晗事件沈温欢有不对的地方，这点的确让我有些意外。"秦媛慢条斯理地整了整衣服，言语间含了些许笑意，"不过，我一直都想知道我儿子中意的女子，是如何的优秀，便也始终关注着她。"

"她很努力，虽然还有些意气用事，但是我喜欢她。"秦媛不急不慢道，唇角笑意悠然。

她望着蒋远昭，轻声道："远昭，我们决定尊重你的选择，有空的话，记得一起回家看看。"

一起。

蒋远昭和沈温欢，一起。

随着秦媛这句话缓缓落下，蒋远昭微怔，正欲开口说什么，大门却被人推开。

沈温欢就这么突兀地闯入二人视野中。她轻喘着气，似乎是小跑过来的。

"温欢？"蒋远昭上前一步，单手扶住她，有些惊讶，"你怎么过来了？"

"林、林姐送我过来的。"

沈温欢强憋一口气答道，因为来得急便有些不成声，她做了个深呼吸，先是唤了声"蒋夫人好"，复又看向蒋远昭，似乎想说什么，却最终也没有开口。

“正巧，我刚和远昭说了想见见你。”秦媛率先开口，眉眼含着清浅笑意，看着沈温欢的眼神也是温和的，“看你这么急，是有什么问题？”

“……是的。”沈温欢踌躇半晌，轻咳一声道，“蒋夫人，您为什么帮我？是蒋远昭说了什么吗？”

“远昭今天过来是为了别的事，倒是没有提起你。”秦媛弯了弯唇角道，“我也是刚得到消息没多久，正好看到你拍下的照片，既然已经证据确凿，就不必耽误时间了。”

“蒋家的私人恩怨牵扯到你，本来就是蒋家人需要解决的，况且……说不定我们以后都是一家人呢。”秦媛说着，笑着拍了拍沈温欢的肩膀，力道轻柔，似乎当真把沈温欢当作准儿媳了，“不过，我也只是帮你这一次，准蒋太太的身份暂时交给你，至于剩下的，就看你在《青史》中如何努力了。”

什么意思?

沈温欢傻眼了。

看她在《青史》中如何努力?

“妈，你把票投给温欢了？”蒋远昭闻言也是微怔，蹙眉颔首看着秦媛，半惊喜半狐疑，“什么时候的事？”

“其实我的票一直就在沈温欢那里。”秦媛似笑非笑，“沈小姐，我司也是《青史》投资方，因此选择女主，我手中有一票的。”

沈温欢顿了顿，突然反应过来，眸中都多了些光彩，她忙不迭致谢：“蒋夫人，真的十分感谢！”

“先别急着谢我，毕竟你身为公众人物所犯下的错，还没能正式解决。”秦媛缓缓摇头，“得到公众的原谅，你还需要付出很多的努力，这就要看你自己了。我也会关注你，希望沈小姐能给我惊喜。”

话虽如此，但秦媛眸中却是信任与笑意，沈温欢对上她的双眸，只觉心下微动。

说不出来的感觉。

是温暖，又或许是在这困境中还能受到支持的感动。

这些从未有过的体验，都是蒋远昭带给她的。

“妈，放心吧。”蒋远昭低声轻笑，突然伸手将沈温欢轻轻揽入怀

中，笑着吻了吻她的额头，对秦媛道，

“我蒋远昭喜欢的女人，从来都是最努力、最有光芒的。”

沈温欢和侯悦晗的风波过去之后，刚公开怒怼沈温欢的袁语姗便也没声了。

江一铭的事情被重新翻出，然而最令人感到震惊的是——

蒋母秦媛，居然主动出面为沈温欢正名。

娱乐圈众所周知，蒋远昭出身豪门，蒋家三代经商，到了他这一代偏要跑去混娱乐圈，人生地不熟想自己闯出个天下。

蒋家当时为此可是上下惊动，费了不少力气阻止蒋远昭进入娱乐圈，甚至在蒋远昭已经小有名气有走红趋势的时候，还想要断了他的星途。

当时可把蒋远昭的粉丝给吓坏了，因为蒋父扬言蒋远昭若是再在娱乐圈待着，就与他断绝父子关系。

于是乎……蒋远昭也是干脆。

何止是断了父子关系，简直就是和蒋家断了关系。

分文不带净身出户，就差没改名换姓了，独身一人继续闯荡，总算是让蒋父无话可说。

虽然后来再也没有什么动静，但大家伙儿却也都知道蒋远昭与蒋家那不可描述的复杂关系。

然而这次，先不谈蒋远昭居然和蒋氏夫人秦媛一同出现在蒋氏财团门口，秦媛更是当众说出“她是我认证的儿媳妇”这种表明立场的话，到底是发生了什么？

然而只有猜测，却没人真正知情。

众人现在只清楚地知道一件事——

沈温欢，是蒋家家母认证过的“准蒋太太”。

沈温欢回去后，紧接着便公开向侯悦晗和侯家人致歉，表示为自己先前莽撞的行为感到万分愧疚。

态度诚恳，也没什么好喷。

再加上沈温欢重新开始工作，直接开启了疯狂模式，忙得全国乱跑，沉迷工作不能自拔的认真模样是实实在在地落在了众网友眼里。

刚开始还有人喷她是装模作样，然而过了一段时间沈温欢仍旧是处于高强度工作中，便无人吭声了。

毕竟这沈温欢的努力，是到了众人皆知的地步。

与此同时，江一铭被人赎出来的事情被沈温欢得知，她心里有数是沈靳恒搞出的幺蛾子，却也没打算置之不管。

毕竟她的确欠侯悦晗那么点儿情分，虽然关系可能不太好，但该公办的事情还是不能夹杂私心的。

于是她便让林婧重新找警方慎重处理此事，又给了警方点儿好处，这就又把江一铭给送进了局子，案件也开始正式受理。

江一铭本就罪不可赦，但他来头不小，有人想赎他有人想抓他，警方两头收钱，也是美滋滋。

得知此事的侯悦晗和侯母尚在医院中静养，不禁也有些心情复杂。

侯悦晗对于沈温欢帮她处理江一铭的事情，有些说不清道不明的感觉。

沈温欢诚意满满地公开道歉，又帮她解决了罪魁祸首江一铭，如此看来，即便以前恩怨再怎样，现在姑且也要一笔勾销了。

毕竟打架那件事双方都有责任，也不能任性地将所有责任推到沈温欢身上。

而且这沈温欢……似乎，真的一直都挺努力的，只是她关系圈广，总能让人忽略她的努力。

侯母也表示可以原谅沈温欢并做出道歉，侯悦晗便点了点头，终于对沈温欢的道歉做出了回应，并就侯嘉阳的行为向沈温欢表达歉意。

毕竟有隔阂，不可能有什么更进一步的关系了，也就是陌生人吧。

事情似乎就这么落下帷幕，起时波涛汹涌，结束时风平浪静，悄无声息。

由于侯悦晗在医院休养，因此《青史》电影的女主究竟是谁，大伙儿心里也都有数了，不过就是差一个商讨结果了。

季风朗和阮曼舒刚从法国酒庄回来，尚不清楚国内这短短几天发生了什么事。

了解过后，阮曼舒目瞪口呆。

这才几天时间，就接连冒出这么多事情?

沈温欢当时在节目组打的人是侯悦晗的妈妈和侯悦晗的弟弟，而沈温欢和侯悦晗是竞争对手，地下车库视频曝光后，侯悦晗还出了车祸，沈温欢惹上一身负面新闻。

最后真相大白，居然是江一铭搞的鬼，和蒋家扯上了关系，蒋母秦媛还公开为沈温欢正名……

“我的天，乱七八糟的。”阮曼舒极为混乱地揉了揉头发，很是迷茫，“但是秦媛居然会……什么情况，他们经历了什么？”

“天知道什么情况，出国才多久就出了这么多事。”季风朗将挂在衣架上的外套取下，难免也有些咋舌道，“万幸沈温欢和侯悦晗的事情解决了，江一铭的案子也开始受理，看来都在往好的方向发展。”

“话虽如此……”阮曼舒翻看着这几天的微博，抿唇有些困惑，“但是……袁语姗好像和沈温欢正式树立敌对关系了。”

袁语姗那天晚上在医院对记者的回答，至今还未撤回，看来是铁了心要跟沈温欢横了。

两个当红小花旦之间的爱恨情仇？

季风朗走到阮曼舒身边，蹙着眉看完了该条微博，便叹了口气，道：“袁语姗跟侯悦晗关系这么好，这两件事一闹出来，她多少会迁怒到沈温欢身上。”

“可是侯悦晗明明已经表示接受道歉了啊，这边怎么回事？”

季风朗闻言顿了顿，也有些疑惑了：“也许……有不可告人的私人原因？”

但这个，就不在他们可以窥测的范围内了。

“唉，事已至此，都过去了，也别再提了吧。”阮曼舒无奈耸肩，伸手顺了顺方才被自己抓乱的头发，问他，“不过这么一来，《青史》的女主就是沈温欢了？”

“十有八九是稳住了，具体怎么办，还要看一会儿的会议。”季风朗说着，换好了外套，阮曼舒便照常起身为他打好领带。

“那祝你工作顺利。”她笑着在他唇角落下一吻，狡黠不已。

季风朗吻回去，然而时间不容耽误，他只得浅尝辄止，暂时放开怀中的妙人儿。

送季风朗出门后，阮曼舒便给沈温欢发了条微信——“伙计，在哪儿忙呢，都见不着你了？”

也不知过了多久，直到阮曼舒玩手机玩得眼睛都有些惺忪，沈温欢才回了她一句："在C市这边忙拍摄，这段时间比较忙，可能回不了信息。"

阮曼舒这才想起她刚才从微博看到的，沈温欢最近似乎沉迷工作不能自拔，连日常都没了。

看来小姑娘是要下狠劲啦。

这也要归功于蒋远昭给她的动力吧。

阮曼舒这么想着，不禁唇角微弯。她来了困劲儿，想着反正回信息给沈温欢她也不一定能看见，就不回复了。

正好阮曼舒刚回国，工作什么的都从明天才开始，她便舒舒服服地睡下了。

悠闲得很。

某传媒有限公司会议厅内，所有要参加会议的人员都到齐了。

这次召开会议，是为了决定《青史》女主的饰演者，顺便商讨一下《青史》各种国内外合作渠道问题。

在座的都是界内有头有脸的著名投资人，季风朗身为制片人定是要到场，蒋远昭是主演，蒋家是投资方，蒋家人并未出面，直接由蒋远昭参加会议。

会议开始，暂且将《青史》定角的事情放在一边，他们先简单讨论了一下关于《青史》的前后期宣传问题以及海外版权问题。

最终经过讨论，合同也正式修改拟订出来，打印出来后人手两份，签字后便由制片方收集起来负责保管其中一份。

接下来便是《青史》的女主角饰演者问题了。

总算等到这个环节，蒋远昭第一个毫不犹豫地开口："我投沈温欢一票。"

嗓音慵懒，带着几分坚定。

这会儿倒是积极？

季风朗默默翻了个白眼，却道："我也不说什么了，友情票，自然也是沈温欢的，各位有什么看法？"

一位投资人道："侯悦晗吧，人设很丰满，演技也在线，可以等她康复再开始拍摄啊。”

“沈温欢，最近形象正过来了，热度趋于稳定，我的票给她。”依次类推，剩下的几位也尽数给出了自己的回答。

最终投票选举结果，《青史》女主非沈温欢莫属。

当这个消息曝光时，沈温欢本以为微博上会骂声一片，然而当她浏览微博时，却并没有看到什么黑子的留言。

“我真的觉得自从遇见你之后，我就越来越幸运了。”

沈温欢坐在车中同蒋远昭打电话报喜，她说着，望着车窗外的夕阳，眸中光芒璀璨。

蒋远昭同工作人员告别后，正准备离开剧组，他踏出门，听着手机听筒中传来心上人笑意满满的声音，不禁唇角微弯。

略微凛冽的风无声拂过，却也是有几分柔润温和。

他站定，望着那夕阳，璀璨余晖像极了她眸中的那片粲然。

蒋远昭低声轻笑："我说过了。"他轻启唇，嗓音在这柔和景致中被无限温柔化——

“世人皆爱你认真的样子，尤其是我。”

沈温欢赶完了今天最后一个场，总算是能忙里偷闲伸个懒腰，她收拾收拾东西打算开车回A市了。

“温欢，最近效率很高啊。”投资人满意地打量了一下成品，从沙发上起身，对沈温欢道，“真是难为你了，这段时间这么累，还能保持如此之高的工作效率。”

赞赏是真心的，话也都是实话。

沈温欢闻言，哑然失笑，对他道："还好吧，毕竟新人总要多努力些，才能争取到更多的机会。"

“难道不是为了蒋远昭吗？”投资人笑了，“你们俩啊，现在是越来越般配了。”

沈温欢顿了顿，并没有立刻回答。她看着慢悠悠去取车的林婧，望着天边那残留的几分晕染，不禁回想起，蒋远昭方才那句话——

“世人皆爱你认真的样子，尤其是我。”

对她来说，“尤其”是他，真是太好了。

沈温欢念及此，唇角微弯，眸中突然温柔成一滩软水，她轻声道："是啊，我就是为了追赶上他的步伐，等到有一天，能让别人认为我们是般配的。"

幸好她遇见他后便很幸运，这个愿望，很快就要实现了。

"不过努力归努力，身体才是本钱。"投资人拍拍她的肩膀，对她比了个大拇指，随即笑着指了指不远处道，"赶紧回去休息吧，《青史》是个好机会，加油！"

沈温欢顺着他指尖所向望过去，却见林婧不知何时将车取来了，停在不远处等着她。

"好的，谢谢啦。"她对他笑了笑，随即摆了摆手，"我先走了，再见。"

话音未落，沈温欢便脚步轻快地走向了林婧的车，准备回去。

上了车，沈温欢搓了搓有些发冷的手，不急不慢地喝了口热水暖暖身子。

林婧见她上车了，便拧上车钥匙启动车辆，锁上了车门，侧首问沈温欢："我们去哪？"

现在时辰不早了，从C市回A市大概两小时车程，等到目的地都得晚上七八点了。

林婧是想直接回当地宾馆先住一晚的，然而还是要询问一下沈温欢意下如何。

沈温欢想都没想，便道："回家。"

林婧闻言微怔，突然定定望着沈温欢，眸色复杂。

回家。

这本是平淡无奇的两个字，然而从沈温欢口中道出，却让林婧欣慰得都要流下泪来。

终于有这么一天了。

沈温欢终于，有一个家了。

"怎么这样看着我？"沈温欢有些纳闷，摸了摸脸颊，还以为是自己的形象出了问题。

"没什么，只是突然有些感慨。"林婧笑着摇摇头，眸中的欣慰却是发自肺腑的，她踩下油门，踏上了回A市的路，"我记得你已经很久没有提到过‘家’这个字了，而且你曾经也很厌恶A市这个地方。”

沈温欢似乎也反应过来，她背靠在座椅上，唇角笑意幸福悠然。

是啊，她终于有家了。

自己孤身一人十余年，终于得以找到一个归处，在劳累时有了栖息之地。

“其实，我现在也不喜欢A市。”沈温欢淡声开口，语气清浅地陈述着，“A市很残酷，竞争压力大，人口多，车水马龙，人们每天都在忙碌，嘈杂且让人麻木。”

林婧想反驳，然而却发现她说的似乎都是事实。

“但是，这并不代表一切。”下一瞬，沈温欢便唇角微弯，眸中是粲然温柔。

她指尖搭在温热的杯壁上，笑意盈盈道：“我爱的人在这个城市，即便它再残酷，再使人麻木，它都是我的家，都是我唯一的栖息之地。”

话音未落，林婧握着方向盘的手顿了顿，半晌，她哑然失笑。

太好了。

沈温欢能遇见蒋远昭，真是太好了。

沈温欢被送到家门口，林婧便离开了。

迎着昏暗灯光，沈温欢走在石子小道上，脚步轻快。

走到大门口，沈温欢发现蒋远昭正站在门前，靠墙抱胸而立，垂眸盯着某处，似乎正在等待什么。

听到那熟悉的脚步声，他缓缓抬首，对沈温欢唇角微弯，随即便正了身子，伸出手对她敞开怀抱：

“亲爱的，欢迎回家。”

细碎的星光温柔倾洒，他站在灯火阑珊处，等待着深夜归家的爱人。他眉眼精致英俊，在光辉晕染下柔和至极。

沈温欢当即扑入他怀中，笑嘻嘻地蹭蹭他的胸口，汲取到那最正好的温暖。

“我回来啦。”

寿司慢悠悠走过来，温驯地蹭了蹭沈温欢的腿。

“还没吃晚饭吧，正好我回来没多久，刚刚做好饭。”蒋远昭将她揽在怀中，带着寿司进了房间。

沈温欢有些忍俊不禁，戳戳他："你怎么跟贤妻良母似的？"

"谁让你现在比我还忙呢，肯定要多犒劳你。"蒋远昭失笑，轻点了点她的鼻尖，有几分凉。

她哼了声，却是尾音含笑，进屋后换了鞋，便嗅到了饭菜的香味。她轻轻快快地小跑到餐桌前，发现美味佳肴之外，还有瓶酒。

"这还庆功呢？"她坐到位子上，晃了晃酒瓶，对蒋远昭挑眉，"真是万事俱备了，今晚就拼个酒？"

"如果你有这个自信的话。"蒋远昭唇角微弯，也不急不慢地落座，拿过酒杯，先满上一杯递给她。

紧接着，他又倒了一杯给自己，与她碰杯，道了句"恭喜走红"，便一饮而尽。

这是开头就给了她个下马威啊？

沈温欢失笑，却是不甘示弱，也将杯中酒一饮而尽。

寿司蹲在桌角，就这么眼睁睁看着两位主人不停地举杯喝酒又举杯喝酒，居然连饭都没怎么吃。

然而最终沈温欢微醺，有些不支，便无奈地叹了口气，趴在桌子上有些不悦地嘟起嘴："行行行，喝不过你，我㞞了，不跟你喝了！"

"不是说好的拼酒吗，这就撑不住了？"蒋远昭挑眉轻笑，又是一杯酒入喉道，"喝醉好办事，真的不喝了？"

"办什么事？"沈温欢愣了愣，一开始没反应过来，但当她看到蒋远昭面上那戏谑神情后，当即就红了脸颊，"你满脑子想的都是什么啊？"

"你不是说过吗？我满脑子都是揩油。"他略撑起下巴，饶有兴趣地看向她，紧接着又补充道，"揩你的油。"

果然是个老流氓，再怎么着本性都不会变。

沈温欢默默吐槽一句，没继续这个话题，只问蒋远昭她一直都在疑惑的事："蒋远昭，你去蒋氏财团，究竟做什么去了？"

蒋远昭似乎早就料到她对此心存疑惑，但想不到她会在这种时候问出来，便怔了怔，道："也没做什么，就是……想重新处理一下我与蒋家的关系。"

"那看来结果不错。"沈温欢唇角微勾，对他笑嘻嘻道，"这样的话，你就不用像我一样啦。”

明明是挺沉重的话语，从沈温欢口中道出，却是有些复杂。

蒋远昭闻言沉默半晌，只一语不发地望着她，眸色深沉，其中情绪看不分明。

半晌，他才缓缓启唇，对她轻声道：

“我只是，也想给你一个家。”

话音落下，四下寂静，连寿司的爪子搭在木地板上的声音，都听得分明。

沈温欢怔怔与他对视，那眸中毫无波澜，平静而温和，是那深沉的情愫。

爱一个人，能从他的眼睛里看出来。

当真是如此。

沈温欢心里突然有几分复杂，有些酸楚，却不是悲伤，温暖而酸涩地溢满她整个胸腔，上不去下不来，有些别扭。

有些人啊，也许遇上了，真的就是一辈子的事。

沈温欢本以为她自负多疑，逆反乖戾，活该自己没有家，也没有亲人。

后来遇到了蒋远昭，她发现，这个世界对她，对每个人，还是很温柔的。

因为爱上一个人而爱上整个世界，原来这种事真的存在。

她垂眸，突然轻揉了揉自己的脸颊，然后从座位上起身，走到蒋远昭面前，俯身吻上他。

轻轻柔柔的，却是下定决心般。

蒋远昭有些惊讶，条件反射环住她的腰身，沈温欢就这么直接跨坐在他腿上。

唇齿交缠间，她轻咬他下唇，对他喃喃低声道：“如你所愿，办事。”

蒋远昭闻言微怔，却是蓦地止了动作，长眉轻蹙凝视着她，语气认真不已：“沈温欢，你确定你没喝醉？”

沈温欢抿了抿唇，双手环住他的脖颈，杏目微合，轻声道：“我很清楚我在做什么。”

话音未落，蒋远昭便低声轻笑，一把将她抱起，迈步走向卧室。

被温柔放在床上的那一瞬，沈温欢有些局促不安地屈了屈手指，却稳下心神来，她主动抱住了蒋远昭，轻轻吻上他。

灯火暗下的前一刻，他略带几分沙哑的嗓音，含着清浅笑意落在她耳边——

“一会儿不论你怎么哭，我可都不会停下了。”

次日，季风朗亲自掏腰包请客，庆祝《青史》即将开机。

其实也就算是个让剧组内众人互相熟悉一下的机会。

沈温欢和蒋远昭自然也获邀了。

毕竟是正儿八经的晚会宴席，林婧得知消息后就打电话问了沈温欢的地理位置，给她送去了一套礼服。

沈温欢接过礼服，随手递给身侧的蒋远昭，他也自觉接过，放到了里屋。

蒋远昭将礼服展开，简单打量了一下。

嗯，很好。

露背款的。

他长眸微眯，本来还有些不悦，然而脑中似乎闪现了什么片段，不禁唇角微弯，好心情地将衣服重新叠好挂在椅子上。

“林姐，我们什么时候去？”正站在门口同林婧谈话的沈温欢拢了拢衬衫领口，随口问道。

“这个倒是没说，你打电话问问吧，正巧季风朗和阮曼舒刚回国，你们好久没见了。”林婧说着，却见沈温欢一直扶着腰，便蹙眉问她，“受凉了吗，怎么扶着腰？”

话音未落，沈温欢就蓦地咳嗽出声，当即松开了扶着腰的手，脸颊浮上几抹可疑的红晕。

还不是某人体力太好……她这次可真是实实在在地体验了一回。

真是，她快被折腾哭了。

“没、没什么啊。”沈温欢佯装无事的模样，给自己扇了扇风，眼神闪躲着道，“对，就是着凉了，这几天大幅降温……”

林婧见她这般闪躲模样，反而更加增添了几分怀疑，打量着她，狐疑道：“哦，是吗？”

怎么感觉哪里怪怪的？

她正暗暗思忖着，却见正在扇风的沈温欢，指尖无意间勾到了衬衫衣领，就散开了些许。

本来没什么，林婧只随意瞥了一眼，却吓得浑身血液都仿佛倒流。

我去！

那个是草莓印吧？

是吧？

“温欢你别动！”林婧难以置信地握住沈温欢的手腕，声音无意识抬高，吓得沈温欢当真是一动都不敢动。

这下子林婧是真的看清楚了。

沈温欢锁骨上的，分明就是吻痕！

沈温欢的肤色本就白皙，如此一看，那红晕缀在皮肤上甚为显眼。

“我的天哪……”林婧咋舌，赶紧替尚处在迷茫状态中的沈温欢紧了紧衣领，“小乖乖哟，你可戴个能遮锁骨的项链吧。”

“怎么了？”沈温欢还有些纳闷，不知这话题怎么就扯到自己锁骨上来了。

她眉间轻拢，指尖搭上锁骨抚了抚，紧接着，她便反应过来，紧紧攥起衣领。

我去，吻痕被发现了！

沈温欢的脸瞬间爆红，她满面窘迫，这次当真是半句话都解释不出来了。

“注意身体，注意身体。”林婧啧啧感叹着，一言难尽地拍了拍沈温欢的肩膀道，“毕竟只要看过蒋远昭的腰，就知道……就知道女朋友会多幸福。”

沈温欢下意识问道：“……哪个xing？”

林婧面色复杂：“肯定是竖心旁的。”

沈温欢：“……”默默闭嘴，不吭声了。

“记得遮好啊。我还有工作没处理干净，得先回工作室了。”林婧对她正色道，便将放在一旁桌子上的包包拎起，她眨巴眨巴眼睛，又补充了一句道，“其实也无所谓，反正你们都公开关系了，被拍下来也无妨。”

沈温欢彻底没话说了，扶额靠在桌子上，叹息一声，道：“好了好了，赶紧去忙吧，我打电话问问曼舒他们怎么定的时间。”

“还害羞了？”林婧哑然失笑，意味深长地看了她一眼，便无奈耸肩应了几声，推门离开了。

当关门声响起，沈温欢这才敢泄了口气，暗自从门口柜子中拿出一面小镜子，照了照锁骨。

“怎么这么明显啊……”她看着镜中呈现的景象，不禁啧了声，有些一言难尽。

然而就在此时，蒋远昭的声音传来，不急不慢的：“怎么，被发现了？”

沈温欢余光瞥了瞥，便见他从卧室门口不急不慢地迈步走向她。

他神色从容不迫，一副心安理得的模样。

“你身为罪魁祸首也真是悠闲。”她撇撇唇角，语气中尚有些不忿，“我现在腰还酸疼呢，昨晚就不该那样……”

“我昨晚说了吧，不论你怎么哭，我都不会停下。”蒋远昭在她身前站定，唇角微弯，俯身在她耳边吹了口气，侧首轻咬她的耳垂，暧昧不已，“不过，你哭倒是哭了，就是没求饶，这点比较遗憾。”

遗憾个鬼啊！

沈温欢臊得不行，忙不迭抿紧了唇，伸手抗拒蒋远昭的靠近，然而却是无用。

她半靠在桌沿，蒋远昭如此一逼近，她便有些动弹不能，慌神之下，竟然微微坐上了桌子。

这个行为正好顺了蒋远昭的意，他倾身逼近沈温欢，单手撑在她身侧，另一只手则不安分地在她腰际游移，意味不明。

“你别乱来，吻痕都被看出来了……”沈温欢似是知他想法，便轻蹙着眉，窝在他怀中推了推他的肩膀，却在下一瞬倒抽了口冷气，身子直接就酥软了。

蒋远昭在她脖颈处落下细密的吻，缠绵悱恻，十分撩人，那份暧昧的酥麻勾得沈温欢力气尽失，只有喘息的余地。

听怀中人儿的呼吸声急促起来，蒋远昭靠在她肩窝处，不禁无声轻笑。

真是敏感。

沈温欢抿了抿唇，强行让自己清醒过来，对蒋远昭喏喏道：“不行……我的腰还有点疼。”

“那我这次慢慢来。”蒋远昭余光瞥她，旋即轻咬开她胸前的衣扣，将她托起，抱在怀中，吻上了她的唇。

沈温欢似乎有些不甘心地动了动，最终却还是软了下来，双手环住蒋远昭，回应他的吻。

蒋远昭拥着怀中那香软娇躯，不禁无声喟叹——

她沈温欢，当真是让他狠狠地上了瘾。

寿司自觉回避，乖乖跑回窝里趴着睡觉了。

事后，沈温欢靠在蒋远昭怀中，身上只披了件蒋远昭的衬衫，遮住了那片大好春光。

蒋远昭饱食餍足，裸着上身，神色几分慵懒地环着沈温欢的腰肢，下颌靠在她的肩头上，温热的呼吸似有若无。

淋漓尽致过后，可真是惬意得很。

沈温欢抱胸，模样有些气呼呼的，瓮声瓮气道：“我下次绝对不能被美色迷惑，还说慢慢来……骗谁呢你。”

蒋远昭低声轻笑，轻轻将她的身子侧过来，手顺着她的藕臂下滑，径直握住了她的手，百无聊赖地把玩着。

他开口，嗓音带几分沙哑：“乖，累的话我抱你去休息，别气了，嗯？”

尾音略微上翘，带着些许无奈的宠溺，绕在耳边酥得不行。

她哼了声，撇过头：“有什么用？我现在浑身酸，等会儿还要去饭局。”

“我下次温柔点。”蒋远昭无奈轻笑，执起沈温欢的手，放在唇边轻吻，“宝贝，别生气了好不好？”

沈温欢本来也不是真生气，见差不多了，便轻咳一声见好就收，裹了裹衬衫，对他义正词严道：“这次原谅你，还有，以后少在我容易被看见的地方留痕迹……记住了。”

说着最后一句话，沈温欢似乎有些难以启齿，脸颊都泛红了还是说不出口，只得用一个“记住了”来作为结尾。

种草莓这种事要她怎么说出口啊？

“哦？”蒋远昭闻言却垂眸，似笑非笑着凝望怀中的可人儿，哑着嗓音，沉声问她，“那这么说来，我是不是只能吻你比较隐秘的地方了？”

沈温欢：“……闭嘴！”

这老流氓！

有点机会就揩油！

蒋远昭叹息一声，没再继续调侃她。沈温欢这才想起方才林婧送来的礼服，便慢悠悠起身，去卧室试衣服。

蒋远昭不急不慢地起身，倒也不着急找件衬衫换上，只看着沈温欢进了卧室。

虽然该看的不该看的，他都看过了，但为了保持起码的绅士风度，蒋远昭还是在外面等了五六分钟，这才推门迈进卧室。

沈温欢刚换好礼服，整理着衣服，见他进来了，便抬眸望他，道：“还挺合身的，就是比较清凉。”

“嗯，比较清凉。”蒋远昭眸色深沉地打量着她，淡声附和，“低胸露背，是挺清凉的。”

沈温欢：“……”

这不爽的语气意味太明显了好吗？

“我觉得……还行。”她迟疑着走到全身镜前，打量一下镜中的自己，除了后背偏镂空，领口高度其实还是可以的。

“是吗？”蒋远昭唇角微弯，迈步走到她身后，轻握住她的肩膀，将她的身子转过来，背对镜子，面朝自己。

沈温欢便清晰地看见了那两抹精致锁骨，以及他性感得恰到好处的……喉结。

沈温欢正出神，然而就在此时，她后背一凉，蒋远昭解开了她背后的衣扣。

她惊呼一声，正欲反手挡住，却听蒋远昭云淡风轻道：“你回头看看镜子里，再决定要不要穿这条裙子。”

沈温欢狐疑侧首，只见那全身镜中，蒋远昭环着她，手放在她腰间，带开了衣裳，使她的后背裸露出来。

于是乎，沈温欢杏目微睁，有些发蒙地看着镜中自己的后背——

那片白皙如玉之上，赫然是那斑斑暧昧的痕迹。

第八章
甜上心头

蒋远昭轻抬下颌，示意沈温欢回头看镜中景象，他唇角微弯，神态有几分得意。

沈温欢回首，目瞪口呆地望着镜中景象。

她的后背，还当真是……

没眼看。

说实话，做的时候沈温欢根本没怎么注意这些细节，毕竟被蒋远昭吻得七荤八素了，也就没留心，现在这么看来，她不禁有些无语。

这是有多激烈啊……痕迹居然这么多还这么明显？

她轻咬下唇，眉间轻拢，抬首看向蒋远昭，有些怀疑道：“你刚才是不是故意的？”

“怎么会？”蒋远昭低笑，眸色微沉，俯首轻吻了吻她道，“我可是巴不得见你穿这种裙子的。”

当然，是只穿给他一个人看。

蒋远昭在心底默默做了补充，面上却是不动声色。

沈温欢将信将疑，然而事实摆在眼前，她这样肯定是不能穿这条裙子了，只能再另找件像模像样的衣服穿过去了。

最终她只得从衣柜中翻出件上点档次的高领白裙，勉强充当今天出席饭局时的正式衣装。

将一会儿要穿的衣服准备好后，沈温欢便没好气地对蒋远昭道：“你的手机给我，我的手机正在充电。”

蒋远昭倒也大大方方地将手机给她，连她拿手机的用处都不曾过问，似乎颇为愉悦。

当然愉悦了，怎么可能会不愉悦。

大清早就开了荤，她估计他都要愉悦到飞起。

念及此，沈温欢无声叹息，接过手机便解锁，径直翻出通信录点了进去，翻出了阮曼舒的电话号码，指尖轻点，拨了过去。

蒋远昭见她打起了电话，便也很自觉去换衣服了。他走到衣柜前拿出挂在一侧的西装，便旁若无人地开始换衣服。

沈温欢忙不迭侧身回避，轻咳一声，电话便被人接起。

她正欲开口，阮曼舒的声音便已大咧咧地自听筒中传来：

“这不是蒋大影帝吗，不忙着玩套路和秀恩爱，怎么想起来给我打电话了？”

沈温欢顿了顿，无奈道：“我，沈温欢。”

“啊？”阮曼舒正开着免提，自己用工具做着指甲护理，闻言指尖不经意刮了一下，指甲上便浮现一条白色痕迹，心疼得她直倒抽了口气。

“你怎么想起来用他的手机打电话了，吓我一跳？”阮曼舒吹了吹指甲，柳眉轻蹙，边在灯光下打量指甲，边对手机道，“难道是日常查岗吗？”

“你觉得我是那种宁愿浪费自己玩的时间都要盯着对象不放的人吗？”沈温欢一口气吐槽下来竟是娴熟无比，她挑了挑眉道，“我的手机正在充电，就用他的给你打电话。”

“我说呢，你这种不会谈恋爱的怎么可能会主动碰男朋友的手机。”阮曼舒哑然失笑，合上了护理套装的盒盖，拿起手机将免提关闭，放在耳边，“好嘞回归正题，咱俩晚点儿就见面了，怎么这个时候打电话？”

“就是想问你什么时候去啊，给个准点儿。”

“官方时间是五点半。”阮曼舒乖巧答道，她摸了摸下巴，突然对手机话筒道，“温欢，你现在在干吗？”

“我在家里啊，跟蒋远昭一起。”

“欸，跟蒋远昭一起？”阮曼舒闻言愣了愣，这才想起这两个家伙已经开始同居了，她扶额叹息一声，却还是道，“好吧，你们俩今天还有什么工作吗？”

“我没有啊，等我问问蒋远昭。”沈温欢也没多想，便回头问蒋远昭，“你今天还有工作吗？”

蒋远昭正整理着衣服，抬眸看她：“今天休息一天，怎么了？”

沈温欢负责传话：“他也没工作，怎么了？”

“那就皆大欢喜了。”阮曼舒闻言当即从沙发上坐起，猛地拍了下桌子，美滋滋道，“我无聊在家呢，一会儿季风朗也回来了。家里刚买了一堆植物，要好好收拾一下，要不你们也过来，正好凑一桌午饭？”

沈温欢挑眉，轻声笑道：“可以啊，等我问问蒋……”

话尚未说完，身后便传来蒋远昭的回答：“我听你的，你去哪我就去哪。”

不知何时，蒋远昭已然走到沈温欢身后，将电话中的声音听得一清二楚，就顺口回答了。

“我去！”阮曼舒一个没忍住就吐槽出声，禁不住啐了口，道，“你们俩真是够了，秀恩爱要有个限度啊，不然催婚小队可分分钟就要到场了。”

“好啊，就等你们催婚小队上场了。”不待沈温欢开口，蒋远昭便已率先答道，似笑非笑着把玩她落于肩头的碎发，意味不明。

“你想得倒美啊。”沈温欢反手戳戳他，撇了撇唇角，而后对话筒道，“行吧，我这就去你们家，记得收拾好吃的迎接哈。”

阮曼舒闻言不禁笑出声来，乐呵呵道：“得嘞，您二位过来撒的狗粮可就够我们吃的了。”

话音未落，阮曼舒便听客厅中传来开门的声音，她同沈温欢说了声，这才挂了电话。

她穿上拖鞋小跑出卧室，定睛一看，果然是季风朗。

“总算忙完了，一个月后《青史》就正式开机。”季风朗刚换好鞋，抬首看到阮曼舒，便对她笑了笑，一副如释重负的模样，“终于能好好放松一下了。”

“可喜可贺呀。”阮曼舒唇角微弯，脚步轻快地来到他身前，对他张开双手敞开怀抱，义正词严道，“好的，那为了鼓励你一下，给你个爱的抱抱。”

季风朗微怔，旋即垂眸轻笑，也伸出手轻轻拥住她，如同怀中环着珍宝。

阮曼舒有些得意扬扬，她微微抬首正欲说什么，季风朗却不待她有所反应，便吻上了她的唇。

这吻来得突然，离开得倒也快，阮曼舒刚眨巴眨巴眼睛，唇上那抹温热触感就离开了。

季风朗捧起她的双颊，低声笑道："拥抱作为鼓励，奖励的话，就用这个吻吧。"

"就你心思多。"阮曼舒这才反应过来，笑着嗔怪了一句，"一会儿温欢和蒋远昭过来，正好一起吃午饭啦。"

"嗯？"季风朗顿了顿，却是蹙眉看向门口走廊处堆满的那些盆栽，"那我们要先解决一下这些东西了。"

阮曼舒："呃……嗯。"

这个工程，似乎有些庞大啊。

而阮曼舒的直觉也的确没有错，搬放盆栽的任务当真是吃力，以至于不知过了多久，当门铃响起时，阮曼舒和季风朗还没忙活完毕。

阮曼舒放下袖子叹了口气，忙不迭小跑去开门，便见沈温欢和蒋远昭一前一后出现在眼前，晃了晃手姑且算是打声招呼。

"我的天哪，你们这是行动派吗，这才多久就过来了？"阮曼舒有些意外，不禁啧啧感叹了一句。

沈温欢闻言却是傻了眼，似乎有些难以置信地掏出手机看了下时间，这才对她道："这都……一个小时了啊。"

阮曼舒："……"

好吧，人在忙碌的时候总是会觉得时光如梭。

她微微侧身让出空道。都是大熟人了，客套话什么的也都是累赘，二人便直接进屋了。

蒋远昭反手带上门，便有些敏感地蹙了蹙眉，望向阮曼舒："怎么有股泥土的味道？"

"这你都能闻见？！"阮曼舒惊了一下，伸手指了指阳台的方向，"喏，风朗正忙活着呢。我们刚买了盆栽，想搬到阳台上，不过似乎有点多。"

"正好啊，忙完再吃饭。"沈温欢放下包包，大手大脚地撸起袖子，"走，蒋远昭，帮忙去。"

这副迷之硬汉的模样，成功让蒋远昭惊着了，他轻咳一声，这才颔首应声，跟着阮曼舒走向阳台。

他们二位的家挺大的，这阳台占据了较大面积，有藤蔓秋千、躺椅，以及各种精巧的花丛。

花香四溢，这小花园般的阳台当真是令人赏心悦目。

沈温欢简单感受了一下，便和蒋远昭一同朝弯腰正忙的季风朗打了声招呼，二话不说也开始帮起了忙。

搬东西的搬东西，选位置的选位置，倒没有一个落单的，效率也异常高，没一会儿，就只剩下一个中型盆栽了。

阮曼舒抱起盆栽，正要快步走到相应地点放下，却不小心撞上了蒋远昭的后背。

她不知道疼不疼，但却听蒋远昭似乎倒抽了一口冷气，吓得赶紧放下盆栽："对不起对不起，蒋远昭你没事吧？"

"怎么回事，不要紧吧？"季风朗也蹙眉走过来，见蒋远昭长眉轻蹙，手背于身后似乎正护着背部，还以为有多严重。

"应该没事。"蒋远昭淡声道，脱下外套，反手将衣衫自下而上略微撩起，那精瘦腰身便尽数暴露出来。

沈温欢正在一旁喝水，刚开始听到蒋远昭似乎被撞到了担心了一下，喝完水便侧首，看到蒋远昭正撩起衣服。

沈温欢条件反射地回避，尚且没反应过来什么。

然而下一瞬她杏目微睁，脑中突然闪现一些暧昧片段，当即急慌慌地拍桌望向蒋远昭："等……"

然而那个"等"还没说出来，沈温欢的声音便被阮曼舒的轻呼声给盖下去了：

"我的天哪蒋远昭，你背上的抓痕是怎么回事？！"

当蒋远昭若无其事地反手撩起衣衫时，阮曼舒禁不住掩唇惊呼出声来。

然而就在此时，跑去喝水的沈温欢突然猛一拍桌子，似乎也是被惊吓到了。

只见蒋远昭的腰身精瘦颀长，悦目是悦目，只是他背上那道道抓痕的确是太过招摇，让人想忽视都不能。

抓痕有轻有重，倒也不算很惨，只是看起来有些令人震惊罢了。

季风朗盯了几秒，突然面色有些复杂，他看了看蒋远昭的后背，又看了一眼面色窘迫的沈温欢，心下无声了然。

喀，这两个人……看来挺激烈的。

“嗯？”蒋远昭见三人如此震惊，便一副刚反应过来的恍然模样，云淡风轻地放下了衣衫道，“这些抓痕吗？家里新养了一只猫，容易奓毛，需要多加管教。”

季风朗轻飘飘瞥向沈温欢。

沈温欢险些被口水呛着，只能假装看风景的样子，盯着不远处的绿萝发呆。

“你家里有个寿司宝宝就够了，居然还养猫啊？”阮曼舒刚开始没反应过来，便拢着眉老老实实去给花浇了浇水。

蒋远昭笑而不语。

阮曼舒有些奇怪，但说不上来是哪里不对劲。她心里琢磨着，路过沈温欢身边时，无意中瞥到沈温欢有些异常的神情，便顿了顿脚步。

脑中有什么东西一闪而过。

阮曼舒怎么想的就怎么说，下一瞬，她已经难以置信地问出口：“蒋远昭，你家那只猫是不是叫沈温欢啊？”

这么突然？！

沈温欢这次是真被口水呛着了，她忙不迭拍了拍胸口，咳嗽几声便道：“你想太多……”

“心里有数就好。”不待她说完，蒋远昭便不急不慢地打断她，唇角微弯，似笑非笑道，“这种事，别声张。”

季风朗哑然失笑，终于一个没忍住，有些隐忍着笑意：“老流氓本性……”

阮曼舒目瞪口呆，旋即反应过来，满面震惊地摇了摇头，意味深长地长叹口气，便去给花浇水了，边走还边低声吐槽：“我就说了吧，你们俩别发狗粮，啧啧。”

“这不是狗粮好吧！”沈温欢的脸爆红，臊得连话都说不顺溜了，没好气地看向蒋远昭，“早上刚说完你，真是……你这痞性粉丝要是知道了不得心碎。”

“所以啊，我只对你展露痞性。”蒋远昭笑得无辜，眉眼溢满了温柔，他指尖微挑，勾起她一缕碎发，放在唇边轻吻，“我的所有真实，都是要交与你的。”

阮曼舒连浇水的工具都握不住了，简直差点败给蒋远昭的情话。

不听不听，流氓念经。

她深吸一口气，专心致志地浇花，杜绝身后一切粉红色少女气息。

“行了行了，有秀恩爱的闲工夫不如去看看剧本。”季风朗叹了口气，终于是看不下去了，便从一旁的公文包中拿出两本册子，扔给蒋远昭，“一人一本拿好了，这可是先行的，别的演员还拿不到手呢。”

蒋远昭抬眸，面上没什么表情波动，只随意伸手接过那两本册子，道：“那季大制片人可真是抬爱了。”

“《青史》剧本这就下来了？”沈温欢闻声，忙不迭眨眨眼，迈步凑到蒋远昭身后，踮脚轻扒住他的肩膀，“给我一本，我先看看。”

他侧首瞥她，指尖却示意了一下脸颊，不咸不淡道：“好啊，亲我一口就给你。”

话音落下，阮曼舒的手狠狠一颤。

这蒋远昭有毒吧？

恋爱中的男人难道都是这个样子的？

她刚浇完了花，便将喷水壶放在一旁木桌上，侧首同季风朗对视一眼。

果然，彼此眸中清晰刻印着的，都是无可奈何。

沈温欢见蒋远昭这般无赖模样，不禁笑叹一声，道：“以前怎么没发现你是这种人，黏人精啊？”

“那是因为你以前没有和我谈恋爱。”蒋远昭一本正经地回答她，旋即弯了唇角，微抬下颌，显现出那与脖颈交界处的流畅曲线。

“……”言之有理，无言以对。

他有些慵懒，对沈温欢哑着嗓子道：“所以怎么办，亲还是不亲？”

此时，沈温欢正站在蒋远昭身后，双手虚虚扶在他的双肩上，下颌轻抵在他的背部，有几分暧昧。

蒋远昭背对着她，倒也没回头跟她怎么样，只全程背对她侃侃而谈，感受着极为靠近的那具娇软躯体，散发着温热的微波，撩人心弦。

蒋远昭其实说出这句话来也不过是随口开的一个玩笑，不温不火，连他自己都没当真。

毕竟这《青史》的剧本终究是要交到沈温欢手中的，她根本不用付出什么。

然而却不知道究竟是谁想多了，总之蒋远昭话音落下的下一瞬，沈温欢便轻踮脚尖，双手微撑住他的肩膀，借着力道从他身后探出脑袋，侧首对准他的脸颊就是吧唧一口。

蒋远昭怔住。

沈温欢趁着他出神的空当，忙不迭伸手从他手中抽出一本剧本，好心情地翻看了一下。

剧本有点儿厚实，里面的内容也是满满当当。

“这么看来，《青史》的剧情似乎还挺饱满的？”她挑眉问道，粗略翻了一遍剧本，便合上放在桌上。

“还可以，就是节奏很紧凑。”季风朗看了一眼面色复杂的蒋远昭，不禁唇角微弯，欣然答道，“反正剧本也是迟早要统一发放的，正好现在你们这两个主角在这里，就直接给你们好了。”

沈温欢颔首应声，将剧本放在桌上：“成，我今晚回家就去看。”

“这次的《青史》大概什么水准？”蒋远昭将视线从沈温欢身上收回，看向季风朗，很是直接地问他。

季风朗思忖几秒，旋即笑道：“排好档期的话基本是没问题的，放出预告后的反响也很好，如果不出意外，今年能获奖。”

阮曼舒大咧咧坐到木椅上，跷起了二郎腿，撑着下巴道：“又获奖啊，那今年的颁奖提名估计会有剧组里的演员。”

她的语气平淡，没什么波澜。

沈温欢：“……”

她此时此刻只觉得自己当真是地位不够，获奖和颁奖提名这种事她想都没想过，放在这几位大佬口中却如家常便饭一般。

“对了，这么说起来，过段时间就要公布金狮奖提名了吧？”蒋远昭听阮曼舒这么说，不禁怔了怔，这才反应过来，问道。

“的确是。”季风朗蹙眉看了看手机日历，离日期越发接近，“不过你操心这个做什么，你安心等着提名出来不就好了？”

“金狮奖肯定也还是他的，没什么悬念。”阮曼舒闻言，倒是没忍住先吐槽了一句，便转首看向沈温欢，对她笑眯眯道，“主要是温欢你啊，再怎么样最佳演员提名也会有你，说不定运气好了就是金狮影后了呢？”

“我？”沈温欢愣了愣，“我没怎么关注颁奖的事……不过，会有我吗？”

“之前袁语姗也是这么火过来的，她被评为最佳女主角的时候还没你现在人气高呢。”阮曼舒把玩着头发，似乎完全没当回事，“我觉得今年你很给力，能把她给比下去了。”

说起袁语姗，沈温欢却陷入了沉默。

都忘了她的事了，这么被提起来，沈温欢才想起来袁语姗公开怼她的事情。

只怕是误会大发了，这矛盾已经根深蒂固，而且沈放还不清不楚地帮了沈温欢，因此袁语姗才会在侯悦晗都选择平息事件的时候，仍旧没有撤回那番火药味十足的发言。

袁语姗对沈温欢，只怕以后就是拉黑名单，需要绕道走了。

蒋远昭见沈温欢突然沉了眸色，也想起来这件事，便长眉轻蹙，看向季风朗：“我记得《青史》里，有沈放饰演的角色，他今天下午也会来吗？”

“嗯，他接受邀请了。”季风朗点了点头，有些疑惑，“你问这个做什么？”

阮曼舒猜测：“难不成是为了避免两个人见面？”

“不，只是想确认一下他和袁语姗有没有出什么问题。”蒋远昭垂眸，无声淡了神色道，“总觉得哪里不对劲，到时候再说吧。”

沈温欢抓了抓头发，似乎也有些苦恼：“应该没事，那天晚上他和袁语姗打电话，似乎只是小吵架。”

阮曼舒听着二人的对话却是目瞪口呆，只觉得这信息量有点儿大，她需要一个缓冲时间：“温欢，你什么时候和沈放……和好了？”

沈温欢和蒋远昭对视一眼，她坐下来将事情的来龙去脉详细说了一遍，顺便告知季风朗她与沈放的渊源，季风朗这才知道她之前和沈放一直避着走的原因。

阮曼舒听完一蒙一蒙的，反应过来后她才拍了拍桌子，问：“可是，之前柳棠那个资料，除了沈放还能有谁会知道？”

“这个我也不清楚，不过当时沈靳恒和罗婉就是为了资料的事情来找碴儿。”沈温欢摇了摇头，也不得要领，“我总觉得是罗婉，但是……又有说不上来的感觉。”

“当然说不上来。”蒋远昭突然淡淡出声，侧首看向他们三人，因为——

“罗婉，是借刀杀人。”

“罗婉，是借刀杀人。”

随着蒋远昭这句话缓缓落下，其余三人都纷纷看向他，一动不动，似乎都在等他给出一个合理解释。

而蒋远昭神色清浅，俨然一副从容不迫的模样，双手交叠置于膝上，好不悠闲。

沈温欢终是忍不住蹙了眉，好奇心太重，她便戳戳他，道：“赶紧说说看是怎么回事，什么叫借刀杀人？刀是谁啊？”

沈家上下，除去沈靳恒，知道她是沈家私生女的人也就只有她的继母罗婉和沈放，再不济，加上李姨，然而沈温欢清楚，李姨也是最不可能的一个。

“沈家的确没几个人知道你的身份，但是前段时间，出现了一个特例。”蒋远昭淡声道，没什么特别的情绪波动，“而那个特例，现在正在刑事拘留中。”

“对了！”沈温欢这才反应过来，一拍拳头暗骂了声，“还有江一铭那小子！”

“江一铭……”季风朗顿了顿，这才想起秦媛先前替沈温欢发声的事情，他眉间轻拢道，“的确，你这么一说我才想起来，可江一铭是怎么接近沈家的？”

阮曼舒摸了摸脸颊，有些迟疑地猜测道：“会不会是沈靳恒主动收买的啊？我记得江一铭好像后来做了情报贩子。”

“主动把自己的把柄交给别人，这种事怎么可能会发生在他身上。”季风朗道，却是眸色微沉。

除非……

“除非他找到江一铭时，根本没有料到他会知道那么多机密。”蒋远昭替他将那未说出口的可能给道了出来，轻飘飘地看了一眼沈温欢，“他大概刚开始只是以为江一铭想要报复我，而他也想给你点限制，正好二人联手。”

“但是他没想到自己也被当枪使了？”沈温欢蓦地反应过来，“那么……那些资料，都是出自罗婉之手了？”

“还没有查证，不过最可能的答案就是罗婉。”

“不会吧。”阮曼舒突然开口，也动脑子想了想，但总觉得不太对，便问道，“罗婉牺牲了柳棠，就为了一个成功率极低的陷害事件，而且这件事如果成功了还直接威胁到她的利益，这种百害无一利的事，她会做出来？”

“难免要阴谋论一下。”季风朗扶额，思绪有些乱，“我记得柳棠似乎和侯悦晗抢过资源，最后不知怎的就赢了，毕竟当红的名额有限，难免会起争执，二人私底下关系也不算很好。”

柳棠是当红，侯悦晗是即将被捧红，捧她的人是袁语姗，袁语姗又是沈放的女朋友。

而沈放，是罗婉的儿子。

沈温欢怕收不住脑洞，便没有继续往下想，毕竟现在没什么证据，盲目猜测也是无用。

蒋远昭似有若无地叹了口气，弯了弯唇角，伸手摸摸沈温欢的脑袋：“无论如何，袁语姗似乎对你有什么偏见，不过只要没闹出事来，就不用想那么多。”

“……嗯。”沈温欢垂眸应声，似乎是有些记挂着，她为了不让三人看出自己的不对劲，便强行清空心思，笑了笑道，“我以后安安稳稳绝不惹事，对不起啊，就因为我个人的身世闹出这么一连串的事。”

“还好啦，圈子水深，以后长点儿心就行。”阮曼舒倒是一副大咧咧的模样，满不在乎地挥了挥手，“好了好了，聊什么沉重话题嘛，赶紧收拾好东西吃饭！”

“正好，阳台收拾好了，反正也没有工作，直接去做饭吧。”季风朗也顺着阮曼舒的意思，转移了话题，起身将沾染些许灰尘的外套脱下，挂在一旁。

沈温欢抬首轻笑，应了声：“可以啊，正好都没吃饭呢。”

“我们可是客人，还过来给你们当免费劳工，居然连饭都要自己动手做？”蒋远昭拢眉，佯装一副失望的模样，指骨轻叩桌面，发出声声闷响。

“就你做饭好吃啊，要不高薪聘请你来下厨？”阮曼舒没正经地说了句玩笑话，便脚步轻快地迈向了厨房，似乎是要去准备食材。

沈温欢见此忙不迭起身，迈大步追上前去，唤道：“带我一个，我看看你们家有什么好吃的！”

“什么吃的到你家蒋远昭手里，都是好吃的。”阮曼舒吐槽一句，紧接着便是一通翻找的杂乱声。

厨房的门被带上，季风朗这才正了神色，蹙眉看向蒋远昭，问道：“到底怎么回事，江一铭现在是怎么处理的？”

“刑事拘留中，看来沈家那边还是想尽量把江一铭从这滩浑水中拉出来。”蒋远昭敛了笑意，伸手捏了捏眉骨，眉眼间流露出几分疲倦，“侯悦晗那边也是坚持走法律途径，只要蒋家花点力气，江一铭就能再次吃牢饭。”

“那就去做，省得留着他还成了个祸患。”

“我也想，但是如果江一铭真的入狱了，肯定会对现在的局势造成一定影响。”蒋远昭眸色微沉，面上的表情有些看不分明，他启唇，嗓音有些清冷，“我是不会受到什么波及，但是我怕惊动了暗处的人，会对沈温欢不利。”

难怪。

他蒋远昭办事素来干脆利落，何曾这般踌躇不决。

看眼下局势这么叫人为难，季风朗心里也不太舒服，然而他也想不出别的应对方法，只得叹了口气，拍拍蒋远昭的肩膀，道：“总会好的，见机行事吧。”

蒋远昭颔首，姑且算是做了个回答。

然而就在此时，厨房里传来阮曼舒的呼喊声：“我说你们两个大老爷们儿在外面磨叽什么呢，冰箱里大鱼大肉的，赶紧来帮忙！”

季风朗应声，蒋远昭便垂眸无奈地轻声低笑，想起沈温欢喜欢吃鱼，便起身走向了厨房。

季风朗也跟在他后面，只见蒋远昭推门而入，进厨房后准确无误地走到沈温欢身边。

他俯下身，对她微微一笑：“亲爱的，今天想吃什么口味的鱼？”

沈温欢边忙活手上的食材，边对他道：“清汤或者醋熘吧，我有点儿嘴馋，好久没吃了。”

“好，听你的。”得到了答案，蒋远昭便心情颇好地着手准备需要用到的调料。

季风朗没忍住，便问出口来：“你就不问问我们想吃什么？”

这个问题当真是深合阮曼舒的意，她正欲点头附和，却见蒋远昭眼神清淡地瞥了过来。

下一瞬，他不急不慢地开口，嗓音同他的眼神一般毫无波澜：“老婆只有一个，我关心别人做什么？”

季风朗、阮曼舒：“……”

这妻奴有点儿过分了啊！

“没想到你是这样的，蒋远昭。”阮曼舒捂心口，单手拉过季风朗，幽幽叹道，“风朗，他们俩要是不结婚你就别让他们出演《青史》了，谈恋爱跟耍流氓似的。”

季风朗颔首，当真是一本正经地迎合她，道：“我也觉得他们两个该挑个好日子结婚了。”

这波催婚小分队有点强势啊。

沈温欢有些忍俊不禁，便象征性地揽过蒋远昭：“结婚这种事慢慢来嘛，反正我和蒋远昭都还没这个打算。”

都还没这个打算？

阮曼舒成功捕捉到这句话，挑眉饶有兴趣地看向蒋远昭，却见他似乎有几分无奈，将沈温欢揽入怀中。

他看着怀中那一本正经说瞎话的女朋友，不禁叹了口气，道：“我第一次见你就恨不得把你的名字刻在我的房产证上，你现在居然跟别人说，我不打算跟你结婚？”

沈温欢愣了愣：“你什么时候说有结婚打算的？”

“我上次在车库不就跟你说了？”蒋远昭唇角微弯，“我想名正言顺插手你的人生，所以我们还不如结婚。”

她傻眼，忙不迭捂住脸：“我以为你开玩笑？！”

蒋远昭叹息，俯首轻吻她扶在颊边的手指：“我什么时候跟你开过玩笑？”

阮曼舒实在忍无可忍：“狗粮吃撑了，闭嘴。”

“光是你们这戏外的互动就够甜了，电影的甜度肯定能被撑起来。”季风朗也有些看不下去，便叹了口气开始做饭，“先解决伙食问题，看你们秀恩爱实在吃不消。”

“他们俩的操作，教练都学不来，更何况我们。”阮曼舒也叹气，去给季风朗打下手了。

“好啦好啦，做饭！”沈温欢拍了拍有些发烫的脸颊笑道，戳戳蒋远昭，“未来还长着呢，反正以后都会在一起，有什么好急的？”

语罢，她便美滋滋地去一旁的台子前，开始处理手中的鱼，没望见蒋远昭眸底转瞬即逝的光芒。

反正以后都会在一起。

他垂眸，再度回想起她方才说的话，不禁无声轻笑，旋即走上前去，细心提醒她该如何处理食材。

望见沈温欢眉眼间的认真细致，蒋远昭不知怎的，心下没来由地柔软起来。

反正未来还很长。

反正，他们会一直在一起。

那么，还有什么好担心的？

A市开始冷了。

寒潮将至，今年冷得格外早，大街上已有人穿上了厚厚的棉服，清一色都换上了毛衣。

呵在掌心的气，都是雾蒙蒙的。

侯悦晗的母亲带着侯嘉阳在医院的后花园玩，袁语姗早早结束了行程，来到医院照看侯悦晗。

一踏进病房，她便有种浑身都僵住的感觉。房内开了空调，温暖得很，对上她一身严寒，她的身子竟然都麻得失了知觉。

侯悦晗的伤已经好得差不多了，身上的绷带和石膏已经拆下，伤痕也正在慢慢痊愈，没有什么大碍了，很快就能重新投入到工作之中。

当袁语姗进来时，她正坐在病床上看着窗外出神，听闻病房门口的声响，旋即便感到有几分与房内温暖格格不入的冰冷气息涌来。

她轻轻蹙了蹙眉，还以为是侯嘉阳调皮，侧首正要训人，便见袁语姗关上了门，搓着手小跑过来。

“语姗，你怎么来啦？”侯悦晗当即面露喜色，忙在床边腾出个位置，“快过来坐下，你工作忙完了？”

袁语姗也没客气，径直坐到床边，对着手呵了口热气，啧啧叹息道：“对啊，为了来看你我可是从百忙中抽出来时间。”

“我真是感动死了。”侯悦晗轻声笑道，伸手摸了摸袁语姗的脸颊，当即便被冰得抽开手，面上有些讶异，“我的天，外面这么冷吗？我天天待在病房里也没出去，出院那天还不得感冒啊？”

“个位数的温度，你随意感受一下。”袁语姗苦笑道，把手抄在兜里暖一会儿，“对了，你的伤怎么样了？”

侯悦晗笑眯眯伸胳膊，似乎完全没把自己的伤当回事：“我运气好，都是皮外伤，都好了，就差消除痕迹了。”

“你这语气怎么这么不上心啊？”袁语姗有些没好气，便睨了她一眼，佯装出生气的模样道，“要是江一铭心狠点儿，你可就小命难保了！”

“唉……我是无辜受害者啊。”侯悦晗讪笑着顺了顺头发，“被牵扯进这些豪门之争，我也很无奈啊。”

袁语姗这才叹了口气，手撑下巴问她：“好了好了，回归正题，现在江一铭那件事是怎么处理的？”

“他之前被人偷偷赎回去了，我刚开始不知道，后来还是有人帮我把他重新送进了局子，我才知道这件事。”她笑了笑，“现在已经走法律程序了，而且蒋家也出面了，他肯定不会有什么好果子吃的。”

“蒋家出面了？”袁语姗微怔，刚开始都没反应过来，后来才回想起蒋夫人秦媛替沈温欢发声的事，心情不禁有些复杂。

侯悦晗颔首，唇角微弯，道：“秦女士似乎也想把江一铭给解决掉，这件事上帮了不少忙，所以这次肯定会完美解决的。”

“那就好啦。”袁语姗笑了笑，却突然想起侯悦晗方才的话，便疑惑出声，“对了，你刚才说有人帮你把江一铭送进了局子，是谁啊？”

“对啦，我没跟你说。”侯悦晗一拍拳头，这才想起来，“是沈温欢帮我解决这些事的，虽然我们两个之前有些矛盾，但她后来办事办得的确很不错。”

袁语姗闻言，神色微僵，半晌才轻咳一声，道：“可是你别忘了，她可是对你的母亲和弟弟动过手的人。”

“虽然这件事我还是心存芥蒂，但是毕竟我妈说可以原谅，她又帮了我这么多，道歉也很诚恳，想必人品还是可以的。”侯悦晗无奈耸肩，手指无意识地把玩着垂落在肩头的碎发，“不至于和好，顶多算是有过交集的陌生人吧。”

袁语姗轻启唇，最终还是没有再说什么。

毕竟侯悦晗现在身体情况刚刚有些好转，正是心情好的时候，她若是在这节骨眼儿上说那些糟心事儿，只怕是不太合适。

想罢，袁语姗便乖乖闭了嘴。

侯悦晗却似乎突然想起了什么，侧首看向她，问：“对了，你和沈放是不是还在吵架啊？”

袁语姗微怔：“你怎么知道……”

“微博都传开啦，你对沈放的态度那么明显，谁看不出来啊？”她撇了撇唇角，拍拍袁语姗的肩膀，“沈放那小子虽然比不上之前的王总，但是也不错……”

“嘘！”袁语姗听到“王总”二字，瞬间就变了脸色，忙不迭让侯悦晗噤声，“别提他，隔墙有耳，这种事在外面不能轻易说。”

“放心吧，隔壁几间都是老人。”侯悦晗摆摆手，“看你这反应……没跟王总断了吗？”

袁语姗抿唇，叹了口气：“我怕断了就没这么好的机会了……唉。”

“跟他归跟他，沈放才是你未来可以考虑的选择。”侯悦晗靠在床头，淡声道，“如果不择手段点，你就趁这个机会把王总好好利用起来，最后火了再谈别的。”

袁语姗有些烦躁，她起身整了整衣服，道：“我也不是想跟沈放断了的意思……总之，你好好休息，别操心这些了。”

话音未落，她手机便响起，她看了眼来电人，心想真是说曹操曹操到，便对侯悦晗说了声，走出病房去一个隐蔽的角落接电话。

她清了清嗓子，换上以往那甜美娇柔的嗓音：“王总？”

“终于舍得接电话了？”电话中，王总调侃了一句，却是没有生气的意味。

“这几天忙嘛，有空好好补偿你啦。”

“今晚有空吗？来庄园吃顿饭吧。”

平淡无奇的陈述语气，拒绝不得。

袁语姗咬了咬唇，却还是笑着答应下来：“好呀，那今晚我去找你哦。”

又聊了一会儿，袁语姗才挂断了电话，有些惆怅地走到电梯门口，出了神。

然而就在此时，电梯门开，她抬首，撞见来人的那一瞬却是一怔——

“沈放？”

“开饭开饭！”阮曼舒喊道，一副欢天喜地的模样，将她和季风朗合作完成的成品端上饭桌，美滋滋地分好了碗筷。

一切准备就绪，就差蒋远昭为沈温欢炖的鱼了。

“他们俩还在厨房忙活吗？”阮曼舒看了看时间，都十一点多了，他们俩居然还没解决好。

季风朗刚从厨房走出来，用毛巾擦拭着手上未干的水珠，闻言便对她道：“我看着还欠些火候，蒋远昭也说还要等会儿，先忍一忍吧。”

阮曼舒可怜巴巴地趴在桌上，饥肠辘辘却还是看着美食不能下口，当真是场磨难。

“要不行你先吃点，垫一垫肚子？”季风朗将毛巾放回了杂物间的木柜子中，挽起袖口走向她，“你饿久了会胃疼，别冒这个风险了。”

阮曼舒弯了弯手臂，象征性地表现了一下自己尚有余力，还能再坚持一会儿。

季风朗正欲开口，然而就在此时，沈温欢打开了厨房的门，端着一个较大的瓷碗迈着小碎步走了出来。

她一接近，那鱼肉的鲜美芳香便扑了满面，阮曼舒的肚子当即便不争气地叫唤了一阵。

“来啦，久等了，饿了就赶紧吃吧。”沈温欢说着将瓷碗轻轻放于饭桌中央，直起身子轻拭额前薄汗，总算舒了口气。

“坐下吧，等蒋远昭过来直接开饭。”季风朗对沈温欢道，伸手示意了一下她的位置，便坐在阮曼舒身侧，“大清早让你们赶过来帮忙，还下厨做饭，真是麻烦了。”

“不麻烦，都是朋友客气什么啊。”沈温欢哑然失笑道，她刚乖乖落座，便听身后传来了开门声。

蒋远昭收拾好了厨房的东西，洗了个手便从厨房走出，反手带上了厨房的平拉门，不急不慢地迈步走向餐桌，自觉坐到沈温欢身边。

终于能开动，四人都是半天下来没吃饭的，此时闻见菜香也是食欲大开，阮曼舒对着鱼垂涎欲滴，正要下筷子，却突然顿住。

她眉间轻拢，催促沈温欢：“快吃一口我再吃！”

沈温欢一时没反应过来，她疑惑地啊了一声，还是没懂什么意思。

蒋远昭却明白了，只无声轻笑，对她道：“这是我特意为你下厨炖的鱼，你肯定是吃第一口的人。”

她恍然大悟，这就夹了块干净鱼肉送入口中，香味四溢，味蕾饱受快感，当真是有着令人上瘾的美味。

阮曼舒和季风朗便也尝了口，不禁感叹蒋远昭的好厨艺。

然而蒋大厨却不急着吃饭，只眉眼温柔地望着沈温欢，又是给她端水又是替她挑鱼刺，对她的照顾简直是细致入微。

“你也吃呀，不饿吗？”沈温欢的饿意被唤醒，却还是没忘了蒋远昭，侧首对他眨了眨眼，一副诚挚建议的模样，“你不是也好久没吃肉了吗？”

蒋远昭却唇角微弯，伸手以指尖轻抹去她唇角的碎屑，眸色深沉道：

“今天早起时，我不就开荤了吗，这就忘了？”

“今天早起时，我不就开荤了吗，这就忘了？”

蒋远昭启唇，云淡风轻地来了这么一句，而后饶有兴趣地望着沈温欢，意味不明。

沈温欢立刻反应过来，恨不得把鱼捞起来拍他脸上。

这家伙真是……得寸进尺！

她有些窘迫地轻咳出声，假装没有听懂他在说什么，旋即埋头专心致志地吃起了鱼。

“啊，开过荤了？”阮曼舒没反应过来，很单纯地眨眨眼问他们，“那你们还说没吃过早饭，真是，这种事瞒着干吗？”

季风朗总觉得哪里不对，但是又说不上来，只得作罢。

蒋远昭唇角微弯，随口道：“没瞒着啊，毕竟越吃越饿。”

沈温欢终于忍不住了，瞥他一眼：“闭嘴吃饭。”

“好好好，不说了。”他无奈耸肩，唇角笑意宠溺不已，又替她挑好了一块鲜美的鱼肉，这才慢条斯理地执起筷子开始吃饭。

“奇怪，怎么总感觉你们俩在打哑谜啊？”阮曼舒吹了吹勺中清汤，抬眸有些狐疑地扫视二人。

“没有的事。”沈温欢当即对她展露笑颜，道，“吃饭吧，吃完饭休息会儿，下午一起去饭店。”

阮曼舒柳眉轻蹙，扒拉一口饭：“好吧，怎么总觉得你们两个话里有话？”

蒋远昭笑而不语，并不打算多做解释，一副只可意会不可言说的得意模样。

“不，是你想太多了。”沈温欢心底默叹。

为了不给人留下遐想的时间，她便强行转移话题，开始谈起工作上的事情。

她看向季风朗，问道：“对了，《青史》什么时候开机？”

“一个月之后，先让你们熟悉剧情背景，拍摄倒是不急，高效率就好。”季风朗说着拿过一旁的杯子，喝了口清茶，淡淡道，“这一个月里，最好尽快处理剩下的那些代言和通告，不然《青史》一旦开拍，像你这种当红小新人会很受追捧，只怕到时候你就忙不过来了。”

这大概就是大牌制片人的自信了吧。

沈温欢闻言，不禁在心底感叹了一句，嘴上却还是道：“好的，这次《青史》角色选拔，还是要多谢季大制片人了。”

季风朗哑然失笑，有些揶揄地指了指蒋远昭：“我只是投了一票而已，你主要应该去谢蒋远昭和秦女士，当然，她也是你未来的婆婆。”

“婆媳之间难相处，虽然秦阿姨难得帮了你，不过你们以后会怎么着还未可知。”阮曼舒挑眉看沈温欢，悠闲道，“话说回来，既然蒋远昭已经和蒋家谈妥，那你们这都可以商量着去见家长了吧。”

“其实已经见过了。”蒋远昭突然插来一句话，嗓音平淡，没什么波澜，似乎只是在陈述一件稀松平常的事，“就在那天，我母亲在媒体面前替温欢澄清后，她正好就赶过来了，姑且算是见了一次家长。”

“什么？！”阮曼舒吓得筷子都险些握不住了，忙不迭追问他道，“气氛如何？婆媳见面聊了什么？你在旁边有没有察觉到什么不对劲的地方？”

蒋远昭认真思忖几秒，一本正经地回答她：“还好，正常交流。”

“没你们想的那么复杂啦。”沈温欢忍不住澄清了一下，挥了挥手，“其实就是简单聊了几句，秦女士还是很友好的，帮我解围，但是说要看我以后的表现。”

“……就这样？”不待阮曼舒开口，季风朗却是先忍不住表示怀疑，“难道是我理解错了？”

“我和蒋家的关系……现在比较复杂。”蒋远昭薄唇微抿，不急不慢地解释道，“我们之间的关系比以前好了很多，但是这么多年不联系了总归还是会有些隔阂，不过并不是什么大问题。”

“看来那天你去了一趟蒋氏财团，收获不小啊。”阮曼舒愣了愣，有些失笑，却也是打心眼儿里为蒋远昭和沈温欢感到高兴。

他们总算有个正儿八经的老家了，还是不错的。

“说实话，我曾经都以为你和蒋家会老死不相往来。”季风朗也有些感慨，“没想到都过去这么多年了，看来有些东西，终究还是会淡化的。”

那些年少轻狂的冲劲与莽撞，现在都已基本消失，取而代之的是那份成熟与稳重。

时间，的确能改变很多东西。

“我曾经也以为，蒋家与我不共戴天，我这辈子都不会回去。”蒋远昭无奈耸肩，云淡风轻地开口道，“以至于我对父母的不解已经淡化，却还是没有主动联系过他们。”

“不过后来，我遇见了我家这位小可爱。”蒋远昭说到这里突然顿了顿，唇角微弯，轻执起沈温欢的手，眉眼间温柔无限，“于是我才知道了，家的重要性。”

这波狗粮来得突然，何止是阮曼舒与季风朗，就连当事人沈温欢，都没反应过来话题怎么就转移到自己身上来了。

她闻言失笑，反握住他的手：“好啊，那就是第二个家了，反正有你的地方，就是我的家。”

季风朗长叹一声，终于无力吐槽，默默吃起了饭。

阮曼舒也混混沌沌地扶额，苦笑几声便也放弃了打扰他们。

饭后，沈温欢和蒋远昭帮着收拾桌子和厨房，一切都收拾得井然有序，这才准备休息。

“正好有间客房，一直都是定期清理的，你们如果午睡的话就直接过去吧。”阮曼舒打了个哈欠，在生物钟的催促下，她开始困倦，“我和风朗先去睡觉啦，定好闹钟喊你们噢。”

沈温欢见蒋远昭确定好了客房的位置，便对二人示意：“好，你们先去吧。”

见季阮二人进了卧室，她这才伸了个懒腰，懒洋洋走到蒋远昭身边，习惯性地揽住他的臂弯，拉着他就要去客房休息。

蒋远昭看了看时间，才十二点多，便问她：“这就困了？”

沈温欢不咸不淡地瞥他一眼，旋即撇了撇唇角：“我很累好吗！”

蒋远昭顿了顿，这才想起来今天的晨间运动，不禁扶额失笑，唇角微弯道：“好好好，以后可不能累着你。”

她吐槽：“做的比说的好。”

蒋远昭低笑，眸色深沉：“我行动力比较强，做的当然比说的好。”

沈温欢贫嘴根本贫不过他，只得轻哼一声，推开客房的门就径直躺倒在床上，将自己裹在被窝中：“睡觉睡觉，又困又累的，晚上还要忙。”

蒋远昭上前，替她细心地整理好了被子，这才坐到床边拿出手机：“你先睡，我看一下消息就休息。”

她应了声，也是真的困了，便合上双眼闭目养神，神志蒙眬了没一会儿，就沉沉睡去。

蒋远昭看着她娴静的睡颜，眸中温柔万千，尽化成一腔春水，柔柔泛着涟漪。

他俯身轻吻她的额头，轻手轻脚地上了床，靠在床头例行刷起了睡前微博。

果不其然，那杂志一发刊，就惊呆了不少人。

私信和消息通知已经爆满，他懒得清理，便直接忽略，看了看首页推荐，果然是他当时接受采访时的那句话被曝光了。

【他们早就有一腿！】

【六年暗恋主动曝光，影帝原来是忠犬！】

他看到这个标题的瞬间，长眉轻蹙，总觉得哪里不太舒服，但仔细想了想，似乎也没有什么不对之处。

就目前情况来看，他和沈温欢是很安稳了，步步高升，被越来越多的人所接纳。

尤其是沈温欢，天生的好条件加上后天的努力，最近这段时间也是大红大紫，在圈中变得炙手可热，也终归算是有了出头日。

只要往后安安稳稳不再有什么风波，他们就没有什么可担心的了。

蒋远昭心满意足地收起了手机，垂眸看着身侧熟睡中的人儿，细密纤长的睫毛微敛，精致小巧的鼻子微挺，红唇微启，呵气如兰。

细碎的光晕斑驳在她周身，带来几分温暖。

蒋远昭顿了顿，突然发现他自从遇到了沈温欢之后，便开始对未来有了各种期待。

的确如此。

每每想到他的未来，他的人生中会刻上“沈温欢”三个字，他就感到无比期待。

无比荣幸。

蒋远昭将手机放在床头，躺了下去，还没什么动作，尚在蒙眬状态的沈温欢便无意识地靠近他，单手环住他，身子靠了上来。

感受到了熟悉的温度，她微蹙的秀眉这才舒缓，唇角漾开了清浅笑意。

蒋远昭眸色微沉，许久，他无声轻笑，没来由地有些无奈。

糟了，他真是越来越沉迷于她了。

别的都不管了，什么江一铭，什么袁语姗，什么沈家，既然现在都悄无声息，就不去理会他们好了。

他现在只想，把自家这位小祖宗给护在怀里，宠到天上去。

这就是他简单的心愿了。

这A市，一天凉过一天。

袁语姗将沈放买来的花和水果，送到了侯悦晗房内，拿好了包，准备离开。

侯悦晗光明正大地瞥她，掩唇轻笑，意味深长道：“怎么的，让我猜猜这是谁送来的？”

袁语姗见她这副喜滋滋的模样，就知道她心里有数了，便也有些无奈。

“还能是谁啊，我又出门给你买的，行了吧？”袁语姗随口应付着，整理了一下衣服。

“睁眼说瞎话吧你。”侯悦晗唇角微弯，伸手拉了拉被子，对她道，“看来沈放那小子过来了，你还是赶紧走吧，我一个病号就不打扰你们俩相处了。”

“我还没理他呢。”袁语姗说着柳眉微挑，她打开手机，开了前置摄像头，从包包中掏出粉色的唇蜜，轻轻在唇上抹匀。

她抿了抿唇，看着镜头中那抹鲜妍的色泽，便满意地收起了手机。

侯悦晗望着她，半晌，不禁笑出声来：“真是，你也不怕沈放就在门口等着你，万一被听到了怎么办？”

话虽这么说，她却也是知道，袁语姗敢这么直接暴露本性，周遭肯定就是没有外人的。

“怕什么，我让他在后门停车场等我，我直接去车里找他。”袁语姗轻描淡写道，顺了顺长发，唇角微弯，又道，“再说了，也只有别人怕我的份吧。”

“哟，王总表示害怕。”侯悦晗笑着调侃了一句，“真的是，如果被别人知道你这样子，你得掉粉无数啊，甜美人设都崩塌了。”

袁语姗闻言，扑哧笑出声来，似乎有些啼笑皆非的意味，她侧首看向侯悦晗，不急不慢地启唇道：“卖人设谁不会，不过是手段罢了，在这个圈子里谁能干净？”

只要自己能过好，别人算什么？

“够狠厉的啊……那你还找沈放这种刚火起来的小鲜肉？”侯悦晗手撑下巴，饶有兴趣地问她，心里也的确一直都在疑惑这个问题。

要知道她和袁语姗这小妮子从小一起长大，最清楚袁语姗什么德行，因此袁语姗公开和沈放交往时，她当真是难以置信的。

“沈靳恒是界内大头，罗婉也是个有权有势的女人，沈放看起来成熟稳重，心眼儿也不多。”袁语姗难得有了耐心同侯悦晗说这些门门道道，

“能用就用，等我的位置稳定了，就不需要依傍别人了，你不也能跟着我上去了？”

“也是这么回事。”侯悦晗哑然失笑，便点了点头，对她挥了挥手，“行啦，反正我跟着你混呗，你还是先赶紧去停车场吧，省得把这个没心眼儿的小鲜肉给丢了。”

袁语姗颔首应声，看了一眼时间，见时间差不多了，她便拎起了包包，对侯悦晗挥了挥手便踏出病房，头也不回地离去。

侯悦晗却是坐在病床上发呆，望着自己的双手，还有背景那片纯白。

是不是真的进了这个圈子，初心就会自然而然地消失了？

侯悦晗第一次对自己的未来感到了迷茫，也不知是这几天在医院休息怠惰的缘故，还是听了袁语姗今天一番话的缘故。

她总感觉……

自己的身上越发斑驳，她好像和眼前这些洁白，差距越来越大了。

然而就在此时，侯母带着侯嘉阳推门而入，呵着热气，似乎也冻得不轻。

侯嘉阳终归是小孩子，年轻气盛有活力，来到病房里也是蹦蹦跳跳的，小跑到床边指了指桌上的果篮与鲜花，问侯悦晗：“姐，这是谁送你的啊，医院里都有粉丝？”

侯悦晗本来在发呆，冷不防被他这么一问，才猛地回神，对他微微一笑，道：“是你语姗小姐姐，她刚离开。”

“欸，我没看见语姗呢，坐的不是一个电梯吧。”侯母闻言应了声，语气中难免有些遗憾。

侯嘉阳摆弄着那捧花：“哇，姐这花好好看啊，你要留着吗？”

侯母蹙眉，正欲开口训他没大没小乱动东西，却听侯悦晗嗯了声，道：“你喜欢的话就拿走吧……”

侯母怔住，她突然有些敏感，便问侯悦晗：“你和语姗吵架了？”

侯悦晗实在不能理解母亲的脑回路，顺了顺头发，果断道：“没啊，我们好得很。”

侯母这才舒了口气，心想是自己多心了。

与此同时，停车场。

袁语姗迈着小碎步走了过来，转了一圈，迅速锁定了那辆眼熟的车。

她轻咳一声，清空面部表情，不急不慢地迈步走了过去，叩了叩车窗。

下一瞬，车锁解开，沈放从车内打开了副驾驶座的车门，对她唇角微弯，唤道："忙完了？"

"嗯。"袁语姗故作冷淡的模样，坐进了副驾驶的位置，反手关上车门，"你怎么想起来来这里了？"

沈放顿了顿，这才有些沙哑地开口道："我看你还在生气，也不知道怎么找你，就想看看能不能在侯悦晗住的医院里偶遇你……"

也不怕被侯母和侯嘉阳撞见，被指认出来？

就为了偶遇她？

沈放对自己的上心程度让袁语姗有些好笑，但她面上却是不动声色，只表情舒缓几分："哦，故意来讨好我了？"

沈放见她面色有所缓和，便暗自松了口气，软下声音道："我错了，别生气了好不好？"

袁语姗见好就收，本来也没有真跟他生气的想法，嘟了嘟嘴，抱胸有些气呼呼道："好啊，你知道错了，错哪儿了？"

沈放怔了怔，却是一时不知该如何回答她。

他的确是一心一意想要挽回袁语姗，毕竟从交往以来她从没生过这么大的气，但他挽回归挽回，却是真的没觉得自己帮沈温欢澄清，做错了什么。

虽然他和蒋远昭一起去堵侯嘉阳这件事，是有些冲动了，不过没有什么实质伤害，姑且没有造成恶劣影响。

袁语姗见他这副模样，心里对沈温欢莫名又有些说不上来的复杂感觉，她轻咳一声道："好啦不逼你了，悦晗他们一家子都原谅沈温欢了，我一个局外人也不能老是挂怀对不对？"

"那就好说了。"沈放这才重新笑了出来，似乎当真是相信了她说的话，"今晚《青史》饭局，你跟我一起去吗？"

袁语姗正欲答应，却蓦地想起晚上和王总的约定，便及时改了口："不行噢，下次吧，今晚我剧组有点事。"

沈放虽然有些遗憾，但也没强求，便发动车准备送她回去休息。

袁语姗松了口气，手无意识地攥紧了包包。她略收掌心，这才发现手心不知何时已起了层薄汗。

幸好，沈放没有怀疑她这个借口的真实性。

不过，她的确是该重新处理一下和这两个男人之间的关系了。现在情况复杂，太糟心了，她根本分散不出精力。

沈放也许要留着，毕竟罗婉是个好帮手，是不可或缺的人，况且，罗婉还帮过她不少忙，这个人情摆在这里，也不好轻易撤走。

虽然沈放和沈温欢的关系值得怀疑，但是就目前看来沈放是没有二心的，袁语姗也就放心了。

不过，这沈温欢当真是心头大患……

袁语姗想着，眸色微沉。

阿嚏！

沈温欢结结实实打了个喷嚏，有些困惑地揉了揉鼻子："奇怪，有人骂我了？"

她明明没感冒，怎么睡一觉起来就打喷嚏？

"别着凉了，今天换好裙子后记得披上外套，到场再脱下来也不晚。"反倒是蒋远昭一听沈温欢打了喷嚏就提高了警惕，将来时拿的衣袋递给她，里面装着的便是她今晚要穿的裙子。

"没事，反正一路这么冻过来的。"她随口道了句，便接过衣袋去洗漱间换衣服了。

她来时为了方便，只随便穿了身运动装，这才准备换上正式的衣服，化好妆处理好发型再一同过去。

正巧阮曼舒也过来了，她刚换了身紫色小洋裙，散着头发就过来了，见沈温欢正在梳妆台前研究妆面，便也过去凑了个热闹。

"小姐姐，帮我化个妆呗？"阮曼舒见她基本已经定妆，看着那精致眼妆不禁啧啧几声，"你的技术真是越来越好了。我手残，基本就那样了。"

沈温欢见她来了，边盘着头发边欣然答应下来："行啊，正好我都收拾好了。"

阮曼舒趁她抬臂的间隙，偷偷摸摸从她后背衣衫的缝隙中瞄到了一抹暧昧的红晕。

果然是草莓印！

阮曼舒激动归激动，却没说出声来，只是心里有了底，便安安稳稳让沈温欢给自己化妆了。

客厅，两个早已收拾好的大老爷们，只得无聊地坐在沙发上看手机。

蒋远昭突然想起什么，便抬眸随便问了句："对了，今晚都是什么人物到场？"

"合作商和重要演员。"季风朗打着游戏，头也不抬道，"我还象征性地请了你父亲，不过据说他今天有会议，估计来不了。"

蒋远昭指尖一顿，停留在屏幕上。

不知怎的，总有种不太好的预感。

大概到了时间，沈温欢拎起装着休闲装的衣袋，检查了一下发型和妆容，确认没问题后便大功告成。

阮曼舒托沈温欢的福，难得化了个这么好看的妆，不禁有些美滋滋，边绾着长发边对蒋远昭道："你看你家小可爱多厉害，会化妆会烘焙还会演戏，你得好好珍藏着。"

蒋远昭瞥她一眼，不咸不淡道："除了化妆我不需要，其他的我也会。"

阮曼舒的动作蓦地顿住，似乎在思忖该用什么措辞来回应他。

下一瞬，蒋远昭不急不慢地道了句："不过就算她什么都不会，我也得好好珍藏着她。"

阮曼舒："……"

好好好，她不说话了，行吧。

全世界就你们最恩爱行了吧！

念及此，她便愤愤地哼了声，转身迈着小碎步默默走到季风朗身边，鼓着粉腮，模样有些憋屈。

季风朗垂眸看她，唇角噙着抹温柔的笑意："怎么了？"

说着，他伸出手轻挑起她散落的长发，力道温柔地替她绾发，细致不已。

"他们两个真的该去结婚。"阮曼舒正愁着头发扎不好，此时来了人帮忙便也欣然接受，却还是有些愤然道，"说真的，他们俩相亲相爱，就是最大狗粮生产厂，什么味的都有。"

多年挚友突然被人从身边夺走，虽然是另一种意味上的离开，但难免还是有些不适应。

阮曼舒明明一直都在对沈温欢吐槽：她什么时候才能被男人收走？而

真到了这时候，她心情反而有些复杂。

有种“嫁出去的女儿泼出去的水”的感觉。

“你要理解一个能暗恋别人六年的男人，在如愿以偿后有多开心。”季风朗倒是坦然接受，对于蒋远昭和沈温欢的甜蜜日常已经全然免疫，“就像我每次在外面和人聊天，最值得骄傲的就是，我的夫人是阮曼舒阮小姐。”

阮曼舒唇角微弯，心里浮上几分甜意，那份不适应便消逝了。

沈温欢不经意间侧目，便望见季风朗和阮曼舒那边，不禁愣了愣：“季风朗还会扎头发？”

蒋远昭却没什么情绪波动，只对她解释道：“之前季风朗追到阮曼舒后，因为阮曼舒每次梳头都会梳到发脾气，他就学了好久。”

沈温欢一副了然的模样。她自然是知道阮曼舒的暴躁性子，别说梳头发，就连换衣服都能躁起来。

不过她运气好，摊上了有耐心的季风朗。

正出神，阮曼舒对他们二人招招手，笑眯眯道：“时间差不多了，走吧。”

沈温欢应了声，便拉过蒋远昭的手，紧跟着季风朗和阮曼舒二人走出了屋子。

从车库取了车，季风朗开车载他们过去，条件是蒋远昭今晚替他多喝点酒。

他理直气壮：“开车不喝酒，喝酒不开车，蒋远昭不开车，所以喝酒吧。”

“说得好像你没打过车一样。”蒋远昭干笑几声，却还是应了下来，反正多喝几杯少喝几杯于他来说没什么差别。

沈温欢戳戳他：“别喝太多啊，你胃不好。”

蒋远昭闻言轻笑，颔首看她，方才面上那清冷淡漠瞬间转为满面春风，这差别待遇着实令人咋舌。

“放心，为了你我也会养好身子。”他说着，轻揉了揉她的脑袋，唇角微弯。

沈温欢听着这句话却禁不住反复琢磨。

不知怎么回事，她总觉得蒋远昭这句话似乎有些歧义。

嗯，一定是她想多了。

四人前脚刚到饭店，随后便有不少人也到了。

沈放正坐在椅子上同剧组的工作人员谈笑风生，见主角来了，便打了声招呼。

“好久不见。”蒋远昭颔首，对他淡声道，“怎么样，没出什么问题吧？”

这问题问得突然，大伙儿都没懂什么意思，就连身为半个局内人的沈温欢刚开始也没反应过来，稍作思忖，才明白了蒋远昭的意思。

他是说，沈放和袁语姗之间吧。

毕竟此事与她和蒋远昭有关，袁语姗因此生了气，他们也有责任，如果酿成什么不好的后果，就不太光彩了。

“你说袁语姗？”沈放顿了顿，瞬间就反应过来他是在问什么，便失笑道，“今天和好了，没什么事，她只是有些介怀罢了。”

蒋远昭轻轻颔首，得到了好的答案，心里不禁轻松了几分。

“没出问题就好。”沈温欢闻言不禁舒了口气，还以为自己莫名其妙得罪了袁语姗，现在看来是没什么问题了。

皆大欢喜，这场风波终于落幕，她也能好好处理自己的事情了。

她正想着，耳边便传来阮曼舒欢喜的声音：“我去通知上菜，大家都饿了吧，边吃边聊。”

有人应声说好，阮曼舒便迈着欢快的步伐去找饭店的服务人员了。

房内早已布置好，连杯中酒都已经事先满上，众人各自打了声招呼，便纷纷落了座。

这次饭局分了两个房间，这个房间里主要是《青史》的演员和工作人员，另一个房间则是《青史》的投资商、赞助商等。

两个房间只有一个木屏相隔，基本没有什么距离，蒋远昭和沈温欢此时正在演员房内，季风朗和阮曼舒则先去了另一个房间。

身为主演的蒋远昭和沈温欢待会儿自然也是不能闲着，转完这边的桌，又要去另一桌应酬了。

落座后，一片欢声笑语，饭店服务员的办事效率也是高，悄无声息地上好了菜，便径直走出了房间，顺手带上了门。

觥筹交错间，粲然灯火倾泻而下，众人谈笑风生，十分融洽。

“先提前庆祝一下《青史》开机。”剧组的一位女演员率先举杯，眉眼间尽含笑意，语罢，她将杯中酒饮尽，干脆利落，毫不犹豫。

“酒量不错，不过记得悠着点。”沈温欢笑着对她道，下一瞬，便见这位女演员又满上一小杯酒，这次却是对着她的。

沈温欢刚开始没反应过来，然而身侧的蒋远昭却轻笑出声，她这才回了神。

哦，这是对着她和蒋远昭的。

似乎是印证了蒋远昭心里所预想的，那女演员对着他们二人笑意粲然，道：“顺便，我在这儿祝温欢姐和蒋老师事业顺风顺水，早日订婚，成为圈内的模范夫妻。”

“嗯，百年好合，日常给我们撒狗粮。”有人应和了一声，沈温欢愣了愣，发现这人居然是沈放。

沈放面上没什么多余表情，只对蒋远昭举杯，长眉轻挑，道：“好好的，给我一个交份子钱的机会。”

沈温欢心里突然有几分难以言喻的复杂，说不上欣慰，却也有几分感动。

她正欲举杯敬回去，蒋远昭却轻轻按住她的肩膀，示意她坐在位置上。

“温欢喝醉了就不能照顾我了，还是我来吧。”他慢条斯理地起身，开口解释了一句。

随即，蒋远昭便执起自己的酒杯，干脆利落地将酒一饮而尽：“这杯是我的，庆祝《青史》即将开机之余，也感谢大家的祝福，一定给你们留出来交份子钱的机会。”

话音未落，他将自己的空酒杯放下，拿起了沈温欢的，又是一杯酒下肚。

蒋远昭一口闷了两杯，气息都没有紊乱分毫。

沈温欢默默翻了个白眼——明明说好不喝那么多酒的，结果还是感情深玩一口闷。

蒋远昭喝完酒，便不急不慢道了句：“这杯是替温欢的，四舍五入，就算她也答应了跟我好好的，将来和我一起收大家的份子钱。”

沈温欢蓦地咳嗽出声，禁不住扶额叹了口气。

“这四舍五入真是妙了，怎么不直接到订婚？”有剧组工作人员笑出声来，调侃了一句。

“戒指都没有，这种事总该正式点。”蒋远昭唇角微弯，放下酒杯慢条斯理地重新落座。

“哦——看来蒋老师这是已经有准备了？”

“早就准备好了，就等着我家这位小可爱答应我了。”蒋远昭敛眸低笑，意味深长地看向沈温欢。

沈温欢回以微笑，驳了他一句：“连戒指都没有，正式点我再考虑考虑。”

剧组那工作人员实在看不下去了，便笑叹道：“行吧，这就是变相秀恩爱嘛，还不如祝你们百年好合！”

沈温欢笑了笑，终究还是满上酒敬了一杯。

一桌人又闲侃了会儿，这桌便基本结束了，蒋远昭和沈温欢暂时离开这个房间，直接从木屏处去了隔壁房间。

蒋远昭先行进入，替沈温欢撑着木屏，见她也进来了，这才不急不慢地松手。

这个房间内也是热络一片，不知是谁道了句“主角来啦”，沈温欢便挂上官方笑容，打了声招呼。

阮曼舒和季风朗也在这个房间内，闻声便看向他们二人。

“嗯，来了。”蒋远昭唇角微弯，迈步上前正欲开口，却在看见对面坐着的那人后，顿了顿。

那男子西装革履，眉眼间英气尽显，纵然已是中年，却也难掩那凛然。

他抬眸打量了一眼蒋远昭，没作声。

蒋远昭薄唇轻抿，下一瞬他恢复常态，从容不迫地笑着唤道：

“爸，好久不见。”

“爸，好久不见。”

随着蒋远昭话音落下，场面陷入了刹那的寂静。

众所周知，当红影帝蒋远昭，年少时期出道曾受到自己父亲的百般阻挠。

后来他公开与蒋家谈崩，基本上算是和蒋家断绝了关系，这才正儿八经地进入娱乐圈，打拼出自己的天地。

拥有蒋氏财团的蒋家代代从商，蒋毅洲本来都给儿子铺好了经商之路，谁知他居然执意要去混娱乐圈，蒋毅洲是满满的不乐意。

于是那段时间明眼人都知道蒋毅洲和蒋远昭父子俩严重不合。后来蒋远昭真的红起来了，蒋毅洲便也没有什么动静了，也不知是累了放弃了，还是怎么的。

总之，这父子俩的尴尬关系就这么僵持了多年，有蒋远昭的地方绝对不会有蒋毅洲的身影，相同的，有蒋毅洲在的饭局，蒋远昭也向来都是果断推掉的。

然而今天，却似乎是个意外。

明知道蒋远昭会参加今天的饭局，蒋毅洲居然也会接受邀请前来赴宴。

不对，不应该这么说，真正的意外该是从蒋远昭的母亲秦媛公开支持沈温欢的时候，当时就已经足够让大伙儿都惊掉下巴了。

阮曼舒和季风朗对视一眼，纷纷从彼此的眼底看到了不安。

毕竟蒋远昭与蒋毅洲的关系不像他与秦媛的，他们俩这就是两虎相遇，剑拔弩张，看得别人都跟着一起冒冷汗。

“好久不见，看来你最近事业上倒是顺风顺水。”蒋毅洲面上没什么表情，只淡淡回应了蒋远昭一句。

随即，他便看向沈温欢，唇角噙着抹恰到好处的官方笑容：“这位便是沈小姐？当真是如公众所言，优秀出挑得很。”

看着那和蒋远昭极其相似的眉眼，却是更加成熟冷峻，沈温欢没来由地感到几分压力。

她轻咳一声，颔首特别正儿八经道：“蒋先生好，您谬赞了。”

这么正经的回答引得蒋远昭低声笑了出来，他对上蒋毅洲的视线，轻描淡写地笑了笑，却是对沈温欢道：“那是你未来公公，拘谨什么？”

阮曼舒差点笑出来，她低首敛了神色，这才重新抬首。

沈温欢被他这一点儿都不符场合的话惊了一下，忙不迭扯了他一下。

蒋毅洲闻言也是蹙了蹙眉，却没否认也没动怒，只语气平淡地对他道：“什么场合说什么话，等会儿应酬结束了再谈。”

蒋远昭只略略挑眉，姑且算是给了他一个准确的回应，接下来便开启了办公模式，极为自然地同各位赞助商畅聊起来。

沈温欢舒了口气，便也上前去应酬。

在座各位虽然好奇这蒋家二虎什么时候关系这么正常了，却也都想缓和气氛，便十分配合，酒桌上一片欢声笑语，好不热闹。

阮曼舒和季风朗见此便也放了心，安心加入了这片热络之中。

筵席之上，谈得最多的不过也就是工作和《青史》电影的相关事宜，都是聊得起来的话题，气氛便也越发自然起来。

李总举杯，与季风朗手中的酒杯碰了碰，旋即轻抿了口酒，笑道："这次拍摄《青史》，小季看来是下了血本了，又是海外版权又是天价投资，是要准备冲上金狮奖提名？"

"当成电影收官之作制作的，肯定是要下血本。"季风朗唇角微弯，也喝了口酒，不急不慢道，"游戏和相关小说也正在筹备中，以后决定少做电影了，所以这一部我必须做好。"

"看来电影界少了个强大的竞争对手，不过专走电视的人可就压力大了。"李总闻言不禁哑然失笑，随口调侃了一句。

"话可不能这么说，演员也得有功劳不是？"阮曼舒挑眉道，示意了一下蒋远昭和沈温欢，"这两位领军人物也是不可小觑啊，情侣档热度炒得杠杠的，近期霸占头条，电影的热度都能被带起来。"

"那是当然，虽然这二位刚刚交往没多久，但这恩爱程度，都可以称得上是圈内模范情侣了。"

沈温欢这全程听下来，都怀疑这饭局不是为《青史》而准备，反而是为了她和蒋远昭。

怎么庆祝《青史》即将开机的同时，他们竟祝福她和蒋远昭，搞得就像……

喜宴一样？

"总是谈这些，这场应酬就像我和温欢的喜宴似的。"蒋远昭成功道出沈温欢的心声，他唇角微弯，拿过一个新的酒杯，将酒满上，对诸位敬了一杯，"大家的心意我收到了，不过我还是要祝《青史》这次能荣创票房新高，获奖成名。"

一杯酒下肚，他将酒杯放在桌上，淡声道："就这样，再次感谢在场的各位。"

沈温欢已经放弃数这是第几杯了，毕竟蒋远昭推不开，她这边也比较忙，也腾不出空隙去提醒他。

待忙完了，沈温欢和蒋远昭也干脆直接落座吃饭。饭桌上他们便聊起圈内的一些琐碎趣事，沈温欢安静地做个倾听者，偶尔会说几句，却仍是安安分分的。

蒋远昭身处话题中心，即便同众人聊着天，却也不耽误他给沈温欢夹菜。

沈温欢都纳闷了：蒋远昭这家伙明明在跟别人谈话，怎么就能一心二用，做到她盘子一空就能立刻发现而给她夹菜的?

这个操作她真是学不来。

“欸远昭，就算这是应酬要少提私事，但你这光明正大地秀恩爱存在感可就太强烈了。”季风朗看着蒋远昭一心二用好一会儿了，便随口调笑一句，顺便将杯中酒饮尽。

蒋远昭顿了顿，唇角微弯，笑容清浅且不失礼貌：“不好意思，个人习惯。”

妻奴的习惯?

阮曼舒在心底吐槽一句，面上却没什么动静，只笑着应和了一句。

举杯饮酒间，她余光瞥到蒋毅洲，便多停留了一会儿，却觉得哪里不对劲。

阮曼舒的唇停留在杯壁，她有些难以置信，便猛地眨了眨眼，却见蒋毅洲已经恢复了以往的清冷姿态。

仿佛方才他唇角那抹欣慰的笑意，只是她看走了眼。

然而阮曼舒却是万分肯定她清清楚楚看见，蒋毅洲刚才听到蒋远昭的话笑了。

她有些困惑地揉了揉眼睛，很快便放弃去猜蒋毅洲在想什么。

他们蒋家人的心思向来都是揣测不得，揣测出来了，你也疯了。

饭局结束后，沈温欢简单同剧组人员寒暄几句，便依次目送他们离开。她伸了个懒腰，一身疲惫。

季风朗和阮曼舒正在门口同赞助商不知谈些什么，传来阵阵笑声，似乎挺愉悦的。

沈温欢看了看右侧的蒋远昭，又看了看左侧的蒋毅洲，不禁有种被夹在两只老虎中间的窘迫感，动也不是，沉默也不是。

不知道是不是那些人有意留出来的空间，总之这么大片场地内，目前只有蒋毅洲、蒋远昭、沈温欢三人。

气氛有些诡异。

沈温欢暗自打了个寒战，正思忖着该说什么才能打破这片死寂，蒋远昭却已不慌不忙地开口道："你脾气怎么还是这么硬，就非要逼我第一个开口？"

沈温欢："……"

这话还不如不说呢！

引战吗？

她本以为蒋毅洲会生气，然而似乎二人的交流方式本就如此，他也没好气地冷道："不是你开口难道还是我开口吗？最近发生这么多事，你不该先跟我说说你在想什么吗？"

"好吧，我想再让江一铭吃牢饭，还想考虑一下我的人生大事，另外继续发展巩固我的事业。"蒋远昭平静叙述着，语罢，他又道，"没了，该你回答我了。"

蒋毅洲瞥他，面上依旧没什么表情："我来就是为了听你说上一句话。"

蒋远昭："……"

沈温欢不知怎的，居然有些想偷笑。

好嘛，原来他蒋远昭，也会有吃瘪到无法反驳的时候，论语言功夫，果然是老一辈的更厉害些。

但是他们两个虽然这么对话，却没有半分生疏与冷漠。

"我很正经地在回答你。"蒋远昭顿了顿，憋出这么一句话。

难得吃瘪。

永远是在这个男人面前。

"感受到了。"蒋毅洲唇角似乎上扬些许幅度，在夜色中看不分明，"其实我过来，只是想看一看你和你的……小女朋友。"

蒋远昭和沈温欢闻言皆是一愣，都没料到会是这样。

"我听你妈说，沈小姐很优秀还很努力，你们感情深刻，是非常登对的组合。"蒋毅洲难得说这么多话，面上神情有些许缓和，"所以，正好今天赶上了，我就来了。"

蒋远昭不知怎的，突然想起季风朗下午说，蒋毅洲今晚本来是有事的。

所以说……他还推了工作?

他有些忍俊不禁，的确无法想象，有“蒋家工作机器”之称的父亲，何时变得如此有人情味。

蒋毅洲再度开口：“所以。”

也许这世界上所有“所以”后面跟的句子，都令人大跌眼镜。

他看着蒋远昭和沈温欢二人，淡声道：

“你们打算，什么时候结婚？”

“你们打算，什么时候结婚？”

蒋毅洲不急不慢地开口道，神色坦然自若，似乎当真是正儿八经问出的这个问题。

所以说为什么今天所有人都在催婚啊!

沈温欢险些被呛着，她顺了口气，有些不确定地瞄向蒋远昭，想看看他怎么表态。

蒋远昭面上也有些许惊异，但不过是转瞬即逝的情绪。他敛了神色，双手抄兜，淡声道：“你怎么开始关心我的感情生活了？”

蒋毅洲瞥他，面上没什么情绪：“你不是没大没小的孩子，该安稳的时候就要安稳，我只是想确定一下。”

确定一下?

蒋远昭顿了顿，半晌他垂眸扫了眼沈温欢：“等事业稳定下来吧，至少《青史》结束拍摄之后。”

鬼使神差的，沈温欢抬首看向蒋远昭，见他眸色深沉，显然是有心事。

肯定是有没问出口的话。

她眸微眯，正思忖着要不要提醒蒋远昭有话直说，便听蒋毅洲开了口。

“你们心里有打算就好。”蒋毅洲略略颔首应声，打量着二人道，“也没别的事了，那我就先走了。”

语罢，蒋毅洲便迈步准备离去，沈温欢终于忍不住了，伸手正要扯蒋远昭，他却已唤出声来：“蒋毅洲。”

蒋毅洲脚步微顿，一声不响地站立在原地，他没有转身，似乎是等蒋远昭说什么。

赶紧说赶紧说！

沈温欢看着他们父子俩这般僵持着，心里不禁比当事人都焦急。

蒋远昭沉默半晌，突然再度开口，嗓音有几分沙哑："……爸。"

话音落下，场面归于沉寂。

沈温欢看清楚了。

蒋毅洲那向来挺拔坚毅的背影，在听到蒋远昭唤的那声"爸"后，肉眼可见地动摇了一下。

很快，蒋毅洲反应过来，意识到自己的失态，便迅速敛起神色，轻咳一声问他："还有什么事？"

那言语纵然平淡清冷，沈温欢却能从中察觉出几分复杂情绪。

"你到底在想什么？"蒋远昭长眉轻蹙问他，手无意识地紧了紧，"单纯的公事公办，还是说其他的私人原因？"

蒋毅洲听闻这个问题也没感到惊讶，只颔首略微思忖着，没有立刻回答。

沈温欢都跟着吊着口气，情势之紧张让她连大气都不敢喘一口。

下一瞬，蒋毅洲似有若无地叹息一声，在这片夜色中显得格外惆怅清冷。

他侧身，望向自己的儿子，眸色复杂。

多少年不曾听过他唤一声"爸"，他已记不清。他们针锋相对了太久，以至于岁月流逝，他都不曾仔细打量过这个孩子。

他的眉眼间稚气早已褪尽，取而代之的是那份成熟稳重，从容不迫的模样当真是有了几分蒋毅洲年轻时的傲然。

似乎在这一刻，蒋毅洲才意识到，他的儿子，真是长大了。

从此以后，蒋远昭是蒋远昭，不用再顶着那"蒋家少爷"的帽子，他是靠自己，闯出了一番天地。

时间过了太久，某些东西居然都已经淡忘了。

"也没什么想法。"蒋毅洲与他对视，却是难得弯了唇角，不急不慢道，"只是换个角度想想，你是我的儿子，也是件挺值得我骄傲的事。"

蒋远昭顿住，半晌，他无声轻笑：

"那我就礼尚往来，你是我的父亲，也很值得我骄傲。"

蒋毅洲颔首，对他们二人挥了挥手，这次是真的迈步走入夜色之中，不咸不淡地道了句："我先走了，以后蒋家见。"

沈温欢目送蒋毅洲离去，看他背影颀长，步履稳重，终是忍不住叹了口气："你们还真是父子，一个模子刻出来的。"

"你是说我们两个的别扭性格？"蒋远昭收回目光，恢复以往的慵懒神情，脱下外套罩在沈温欢身上，为她紧了紧衣裳，"我和他太相像，大概八字不合，从小关系就不太好。"

"不是，只是针对你们的情感表达方式而已。"沈温欢任他为自己整理衣服，乖乖抬起两臂，一本正经道，"明明那么深的感情，就是不肯说出来。"

话音落下，蒋远昭的手顿住，搭在她脖颈间的围巾上，没有说话。

"我不是什么喜欢强灌鸡汤的人，不过我也体会过有家的感觉啊，肯定是想让我喜欢的人，能拥有这种温暖的感觉。"沈温欢说着，似乎只是不经意间道出的心里话。她拍了拍衣服，抬首正欲说什么，却被蒋远昭轻轻扣住了下颌。

下一瞬，那温柔至极的吻便落在她唇上，辗转缠绵，不愿休止。

唇齿间清冽的酒香带来几分醉人的温暖，与周身这片冰冷产生鲜明对比，让沈温欢心底浮现几分慵懒的依附感。

她轻踮脚尖，环住他的脖颈，软软糯糯地回应着他的吻。

温热的气息在唇齿间暧昧地交换，越发浓烈的情愫令人产生将要窒息的错觉，情到深处，难以分离。

一吻罢，沈温欢身子有些发软，气喘吁吁地松开了环着他的手。蒋远昭此时伸手搂住她的腰身，将她带入自己怀中。

沈温欢便安安心心地窝在他怀中，抬眸看他，眸中映上了不知名的璀璨光辉，潋滟着，煞是好看。

她唇色染上几分酒红，色泽晶莹，眉眼含笑，竟然是从未有过的动人。

蒋远昭突然有了些许醉意，也不知当真是醉了，还是为别的而醉。

他薄唇轻抿，突然哑然失笑，怀中抱着她，将下颌轻放在她头顶，轻声道："怎么办，我好像越来越喜欢你了。"

沈温欢把脸埋进他的胸膛，闻言蹭了蹭，闷声道："你可能需要一个针对沈温欢的防沉迷系统。”

“算了。”他唇角微弯，心里有什么温软暖意涌现出来，柔软了一腔清寂，醉人不已，“我只想沉迷于你，最好一辈子都栽到你心里，永世不得翻身。”

“这个比喻有点吓人啊，是画地为牢了？”沈温欢唇角微弯，懒洋洋地抱住他的腰，“可别吧，那我就成女性公敌了。”

蒋远昭低声轻笑，指尖挑起她垂落的发丝，缠绕着把玩，心下柔软的情愫细腻不已。

他突然默了默，淡声道：“等你获奖了，我们就结婚吧。”

沈温欢怔住，有那么一瞬间没反应过来，她怔怔抬首望他，他眸中星辰繁华，闪耀着暗芒。

她动了动唇，似乎正要说什么，然而下一瞬，却被横空插入的声音给生生打断：

“哇，你们大庭广众之下做什么呢？”

阮曼舒有些夸张地喊道，然后迈着轻快脚步小跑向二人，季风朗不急不慢地跟在她身后。

沈温欢蓦地松开蒋远昭，脸颊突然滚烫起来。她轻咳一声，挥了挥手：“没什么，就是觉得有点冷。”

阮曼舒翻白眼，摆明了不信：“抱团取暖吗？”

季风朗瞥了眼蒋远昭，见他面色不太好，便有些忍俊不禁。

阮曼舒这小妮子，肯定又坏了蒋远昭的好事了。

“对了。”季风朗突然想起什么，侧首看向蒋远昭，“我刚才看到你父亲了，打了个照面，看不出来他有什么情绪，你们没出什么问题吧？”

“没有，聊得挺愉快。”蒋远昭顿了顿，“大概。”

沈温欢闻言，挑眉看他，道：“什么大概啊，明明都算是和好了，还跟你说下次蒋家见，不就是让你常回家看看？”

蒋远昭揉揉她的脑袋，嗓音含笑：“他不是跟‘我’说的，是跟‘我们’说的。”

“好好好，我们我们。”沈温欢笑着戳戳他，抓住他的手，“哇暖和，给我暖暖手。”

蒋远昭轻笑：“等回了家，全身都能给你暖。”

沈温欢翻了个白眼，骂他没个正形。

阮曼舒心情复杂地看着他们俩。

简直配一脸。

“行了行了，别秀恩爱了，说正经的吧。”季风朗也禁不住叹了口气，与阮曼舒对视一眼，便对他们二人道，“大家都忙了好久了吧，最近都空闲些了，正巧《青史》还有一个月才开机，不如就去玩一玩？”

阮曼舒满面兴奋地点点头：“没错，咱们四个还没单独出去玩一玩呢，正好趁现在有空。”

“这是忙碌前的放松？”沈温欢挑眉，“可以啊，我时间特别宽裕，跟林姐说一声就行了。”

蒋远昭也颔首，道：“我通知一下周焕就好，最近一段时间也是没什么要紧工作，可以推一些。”

“那就行啦，我和风朗都挑好地点了。”阮曼舒美滋滋道，唇角笑意深远。

沈温欢有些兴趣：“什么地方？很好玩吗？”

阮曼舒拿出手机翻看半晌，唇角微弯，语带几分神秘道：

“B市新开发出来一片地，是个私人度假庄园，里面有海滩和温泉，我们就去那里！”

饭局结束后，沈放便找了辆专车，打算回公寓。

他坐到副驾驶的位置上，关上车门隔绝了那冰冷刺骨的寒风。车内有空调的嗡嗡声，虽然细微，却因周遭安静能听得一清二楚。

沈放拿出手机，看了看时间，已经不早了，思忖半晌，最终还是点开了通信录，准确找到了袁语姗的电话号码，拨了过去。

嘀嘀嘀几声，久久环绕在他耳边，经久不散，一声接一声，逐渐磨碎了他的期望。

最终听到无人接听的冰冷的系统提示音，沈放默默收起手机，轻叹了口气，没来由地有些疲惫不堪。

他本来还想打电话问问袁语姗那边忙得怎么样了，需不需要他过去接她，没想到……居然连电话都没打通。

不过都这个时辰了，她也不会忙到这么晚，也许是先睡觉了？

沈放猜测着，姑且算是给了自己一个心理安慰。他将手机重新放回衣袋中，双手抄兜取暖，仍没有从方才的天寒地冻中缓过劲儿来。

“沈哥是累了？”司机是公司的人，和沈放也算是熟人，便侧眸问他，“看你这样子，是在给袁小姐打电话吧？”

“今天忙了一天，的确是有些累了。”沈放略微颔首，应了声，随即便扶额叹道，“我本来是想给她打电话，看需不需要接她，不过她没接，也许是休息了。”

“袁小姐人这么好，生气也只是一时吧，毕竟是你女朋友，好好哄哄就可以，没必要挂着面子。”司机语重心长地劝诫他，似乎还以为沈放和袁语姗此时如网上传的消息那样冷战多日。

“我和她已经和好了，就在今天上午。”沈放意识到他的误会，不禁哑然失笑道，“我们之间没什么别的问题，就是刚才打电话没有打通而已。”

语罢，他顿了顿：“怎么，难道有人说我和袁语姗吵架了？”

司机知道这两个人和好后不禁舒了口气，拍拍胸脯道：“哪儿啊，网上都传开啦！”

沈放愣了愣，似乎没料到，不过稍作思忖，的确如此。

他和袁语姗在娱乐圈都不是什么小人物，平时的互动也挺多，前段时间由于他们吵了架，连同屏的次数都少得可怜，自然是要被人注意到的。

也许是今天太匆忙，他还没来得及公开和好的消息。不过算了，反正已经解决了，其他的就顺其自然吧。

沈放这么想着，几日来心头的大石头便安放了下来。他靠在座椅上，后背柔软而又温暖的触感令他有些困倦。

沈放长眉轻蹙，捏了捏眉骨强打起精神，硬是要把瞌睡虫赶跑。

司机兴许是察觉到了他的不支，便对他老老实实道了句：“沈哥，从这儿到公寓还得好一会儿呢，你要是困就先歇着吧，等到了我就叫你起来。”

话音落下，沈放想了想，最终还是颔首道谢，毕竟自己的身体是真的太累了。

他闭目养神，稍作休憩，耳边是似有若无的机器嗡鸣声，不一会儿，他便沉沉睡去。

与此同时，某私人宅邸。

大厅亮着昏暗的灯光，餐桌上铺着精致的桌布，灯盏安安稳稳立在桌子中央，灯火摇曳着，忽明忽暗，在空中划出破碎的痕迹。

袁语姗与王总相对而坐，趁下人上菜的闲暇，她拿出手机看了看。果不其然，多了个未接来电。

姜妍知道她今晚的行踪，是万不可能打电话来打扰她的，那么，这个未接来电是谁打来的，就很好猜了。

袁语姗眸微眯，正思忖着什么，却冷不防听到一声玻璃相碰的脆响，她顿了顿，抬首笑着看向王总，还没说话，王总便已不急不慢地开了口：

“看来我们语姗是人红了，工作越来越忙了？”

其言下之意再明显不过。

袁语姗唇角微弯，不动声色地将手机扔回了包里，也懒得看到底是谁的未接来电了，掩唇对王总轻笑：“哪儿能啊，陪王总开心才是语姗的工作，别的怎么能比得上呢？”

“丫头，嘴倒是越来越甜了。”王总哑然失笑，眸中却是有暗芒闪过，他意有所指道，“就是不知道嘴甜了，别的方面是不是也好了？”

袁语姗怔了怔，脸颊随即有些泛红，颇为羞赧地抿了抿唇，笑道：“王总真是的，说什么玩笑话呢。”

“好好好，我们语姗害羞了，那就不提。”王总见她此番模样不禁心情大好，便让一旁的下人将方才拿过来的两个高脚杯摆好，用红酒满上。

随即，下人便微微鞠躬，不声不响地退出了房间。

“谢谢王总。”袁语姗伸手接过他递来的高脚杯，红唇微勾，轻抿一口酒，“真是好久不见您了，可让语姗天天想着您呢。”

“是想着我，还是想着工作呢？”王总挑眉，意味深长地笑，心里也清楚这小妮子今晚爽快赴约的目的。

“这么重要的两件事，肯定都是要想着的嘛。”袁语姗眨巴眨巴眼睛，笑得天真无邪，“不过王总，您必须知道，您在我心里可是胜过工作的噢。”

袁语姗当真是会说话，把人哄得简直不能行，心里都乐开了花。

王总欣然举杯，与袁语姗的酒杯虚虚一对，便将杯中酒一饮而尽：“行，就冲你这一句，手上这部《佳人》的女主角就给你吧，等我明天去通知导演那边，你等消息就好。”

袁语姗向来都知道王总的办事效率，知道他既然答应了就肯定是稳住了，便无声轻笑。

第一个目的达成。

“王总对语姗就是好。”她笑眯眯道，却是嘟了嘟唇，有些无辜模样，“可是王总，您看这档期……”

“我都把《佳人》买下来了，别的还用你担心？”王总朗声笑道，当真是自信不已，重新倒了杯酒，“你只需要跟着我就行，好的资源不用你说，我都会给你。”

总目的达成。

袁语姗眉眼弯弯，尽是甜美笑意，她放下酒杯，施施然起身走向王总，坐到他腿上把玩着他的领带。

她轻启唇，呵气如兰，道：“那王总，语姗真是要好好感谢您呢。”

他垂眸轻笑，俯首吻上她。

今夜注定是个不眠夜。

叮咚一声铃响，蒋远昭垂眸拿出手机，看了一眼新消息。

此时，蒋远昭和沈温欢正坐在季风朗的车中。季风朗今天基本没怎么喝酒，因此便由他来开车，阮曼舒坐在副驾驶席昏昏欲睡，小憩着。

蒋远昭和沈温欢坐在车后座。沈温欢吃完了饭也有些累，便靠在蒋远昭怀中闭目养神，冷不防听到这消息声，便睁开眼看他。

她懒得开口，蒋远昭却也知道她是在问发生了什么。

他将手机调成了振动，查看新短信，发现来信人是周焕，不禁愣了愣，看了眼时间。

没看错，十点半了。

周焕的生物钟又被带偏了？

他无声挑眉，点开了短信，页面内只有寥寥一行字，随便略过，却字字都是惊喜——

江一铭这次保释不出来了。

蒋远昭只看了一眼，唇角便不自觉上扬，心情豁然开朗，不禁默默感叹事情当真是都在朝着好的方向发展。

他将短信页面放到沈温欢面前，她眯眼看了看，先是满面震惊，难以置信地揉揉眼睛又重新看了一遍。

没看错!

她当即大喜，伸手紧紧抱住蒋远昭，笑着叹了口气，轻声道："都解决了，太好了。"

是啊，太好了。

终于能安稳下来了。

蒋远昭唇角微弯，伸手轻抚她的额头，沈温欢突然这么抱紧了他，怀中还温暖了不少，正好御寒。

季风朗通过后视镜看到二人的欣喜模样，不禁挑眉，有些好奇："怎么了，高兴成这样?"

"江一铭保释失败，估计又要吃牢饭了。"蒋远昭念及浅睡中的阮曼舒，便轻声回答他道。

季风朗听了，不禁也为这意外之喜感到庆幸，他唇角微弯："那就皆大欢喜了。"

蒋远昭轻笑一声，颔首，算是应了下来。

他给周焕发了条消息："收到，这是沈靳恒打算放弃他了?"

周焕很快就回复："估计是了，蒋家执意插手，沈靳恒如果还继续保释只怕会被人揪出来，索性放弃了。"

"知道了，那你可以安心睡觉了。"

"这么好的消息还睡什么睡，先抽几根烟。"

蒋远昭有些忍俊不禁，指尖在屏幕上轻点着："我明天开始请假一段时间，跟沈温欢和季风朗他们一起去度假，你帮我推掉一部分工作。"

周焕欣然答应下来，这下子万事俱备，毫无后顾之忧了。

"明天就订机票看看吧。"蒋远昭突然抬首对季风朗一本正经道。

沈温欢都没反应过来，季风朗闻言也是愣了愣："这么突然?"

"嗯。"蒋远昭颔首，似笑非笑着把玩沈温欢的碎发，"来场说走就走的蜜月。"

第九章

旅途愉快

次日清晨，微博便有了新的动静。

【震惊！模范夫妇、模范情侣纷纷现身机场，疑似组团度假！】

大清早，就有赶飞机的网友在机场偶遇了沈温欢一行人，四个人两两组合，不急不慢地拎着行李走过来。

兴许是认为这个时候机场没什么人，冷清得很，四人便连口罩和帽子也不戴，被路人拍了个正着，给传到了网上。

然而这照片被传到微博后，网友们却发现根本不是偷拍。

拍照的人显然已经被发现，照片拍得很清晰，能分明辨认出四个人分别是蒋远昭和沈温欢、季风朗和阮曼舒。

两对圈内模范情侣这么正大光明地出现在镜头中，蒋远昭还发现了偷拍者。

一共三张照片。

第一张照片中，四人在候机厅内谈笑风生。

第二张照片没什么变化，只是沈温欢似乎发现了什么，神情有些疑惑地扯了扯蒋远昭。

紧接着，第三张照片中，蒋远昭就似笑非笑着对镜头挥手打招呼。

什么鬼啊！怎么跟炫耀似的？

评论区日常奓毛，开始@四个人——

“每天都在吃狗粮：所以说《青史》就快开拍了，你们几个不务正业居然还组团秀恩爱去了？！制片人你评评理！@阮家金主”

“Emmm：@季风朗的消停消停吧，你看他ID就知道他德行了，Emmm此处应该@蒋远昭@迷人反派妖精欢”

“也甜：论模范CP们的日常行踪曝光……我选择我家阮甜软@季家仙女舒”

评论多得数不胜数，格外火热。

很奇怪，蒋沈和季阮这两对情侣，是圈里鲜少曝光恋情却不怎么掉粉的，国民支持率也很强大，感情路上走得安安稳稳。

就连那几个娱乐微博大佬都不对他们动手，因此黑料记录为零，热度还噌噌往上蹿。

尤其是沈温欢，自从同蒋远昭曝光恋情后，事业便一路飞升，人气狂飙，甚至还得到了蒋家人的认可，给扣上了“准蒋太太”的帽子。

当真是强强联手，组成了强大的狗粮生产厂。

而这边，身处机场候机厅的沈温欢，正垂首翻着微博。

季风朗和阮曼舒坐在椅子上闲侃，他们方才只随意看了眼微博反应，便不去理会了，完全看不出来有什么紧张感，一副看热闹不嫌事儿大的模样。

蒋远昭和沈温欢并排坐在一侧，他长腿交叠，百无聊赖地将下颌放在沈温欢肩头，看着她的手机屏幕。

沈温欢也有些无聊，对于微博这些曝光行踪的事早就习以为常，反正这次也是请了假光明正大地出去玩，不需要避什么嫌。

她正出神想着，便觉颈间温温热热的，蒋远昭的呼吸似有若无地洒在她皮肤敏感处，着实瘙痒万分，有些不太自在。

沈温欢条件反射地缩了缩脖子，便抬抬肩膀，略微侧首用脸颊轻轻碰了碰蒋远昭的额头，道：“你别靠这么近，我脖子很痒欸。”

“好好好。”蒋远昭笑叹一声，乖乖抬起下颌来，下一瞬却是轻咬她的耳朵，低笑，“我家小可爱什么都好，就是太敏感了。”

似乎是为了印证蒋远昭说的话，沈温欢方才被他凑近的耳垂，瞬间就红了起来，闪烁着晶莹的光晕，看起来甜美可口。

沈温欢倒抽了口气，用手臂去轻轻挡开他，脸颊有些泛红，没好气地开口道：“起开起开，没想到你是这样的流氓昭！”

“我是哪样的，你不早就知道了吗？”蒋远昭哑然失笑，却也当真正了正脸色，没再逗她，只伸手将沈温欢揽入怀中，“时间差不多了，收好手机。”

沈温欢颔首，正打算最后看一眼微博，发现特别关注人有了动态。

她眉间轻拢，伸手点了进去，却见是阮曼舒——

“季家仙女舒V：和蒋沈一起出去浪，微博不定时开直播，感兴趣的可以期待一下。”

沈温欢默了默，回头看了眼阮曼舒，她一脸无辜地挥了挥手：“怎么啦，恩爱就是要秀的嘛。”

此言如此有理，沈温欢当真是无言以对。

她收起手机，正欲开口，登机提示音便响起来了，蒋远昭牵着她的手起身，同季风朗和阮曼舒二人打了声招呼，便迈步一同离开了候机厅，登上飞机。

由于四人订的是头等舱，现在时间还早，没什么游客，因此舱内清静得很。

沈温欢一接触到那温暖的气息就软下来了，瘫倒在椅子上，麻利儿地把椅子给调平，随即便躺了下去，满意地喟叹一声。

今早她起了个大早，就是为了路上不被粉丝认出来，以防出什么事耽误时间。谁知还是被网友发现，拍下来传到了网上，不过这个是难以避免的，所幸没有误了时间。

“哎呀真是暖和，要不我们先睡会儿吧？”阮曼舒本来也在外面冻了一身寒气，冷不防这么一暖和，当即就慵懒得不行了。

沈温欢闻言，忙不迭支起身来对她挥了挥手：“来来来凑一起睡，太舒服了。”

“好嘞！”阮曼舒应了声，脚步轻快地蹦跶过去，理直气壮地绕过蒋远昭，走到沈温欢旁边的位置前，放平了椅子也躺了下去。

太舒服了！这大冷天的能在空调房里待着，简直就是享受。

“你们两个躺着休息吧，到了叫你们。”季风朗淡声道，随即与蒋远昭对视一眼，对方无奈耸肩。

“对了，我们的目的地，是不是有温泉？”沈温欢侧首问阮曼舒，眸中有细碎的光，“这么说来，我还没去过温泉呢，之前一直想去，但是太忙了没机会。”

“听朋友说，那个庄园的温泉设施齐全，条件也很好，等到了你就知道啦。”阮曼舒伸了个懒腰，微眯着双眼懒洋洋道，“你啊，真该好好给自已放个假，别成天忙得跟个兔子一样，你已经很努力了，适当放松也是可以有的。”

沈温欢眨巴眨巴眼睛，收回目光，盯着上方有些出神：“我也没什么感觉吧，就是突然忙过去了。因为我一直都想追上你们的步伐，现在快成功了，肯定就要加把劲。”

阮曼舒闻言愣了愣，旋即便有些忍俊不禁，侧身拍了拍沈温欢的肩膀，语重心长道：“温欢，你要知道，爱你的人，会有耐心等你慢慢成长，然后来到他身边的。”

沈温欢双眸微合，余光正好能望见蒋远昭靠窗而坐，细碎的光晕温柔倾泻。

他的侧颜精致清俊，令人满目惊艳，日光落下的那一刹那，美得不可方物。

那是很优秀很努力的人，那是她的蒋远昭。

沈温欢唇角微弯，半晌她轻启唇，喃喃道：“我知道啊。”

那么好的一个人，恨不得把她抱在怀里护在身后，怎么可能会忍心让她受苦受累？

可那么好的一个人，她也只有更加努力，才有足够的资格站在他身旁。

与此同时，袁语姗终于结束了本月最后一个重要的代言录制，当即便松了口气。

她同录制人员打了声招呼，便接过姜妍递来的水，喝了几口，润了润嗓子。

姜妍不着痕迹地打量一下四周，确定没什么人后便低声问道："语姗，昨晚谈得怎么样？"

"谈妥了，《佳人》女主。"袁语姗红唇微弯，将瓶盖拧好，"电视剧也是王总买下来的，后期就不用担心别的了。"

"那就好，既然王总确定下来了，我们就可以放宽心了。"

姜妍闻言便是喜笑颜开，她拍了拍胸脯，正要开口，却突然想起什么，从包包中拿出袁语姗的手机递给她："今天早上沈放给你打了个电话，我接了说你在工作，没提昨晚的事，你要不要给他回个电话？"

袁语姗愣了愣，这才想起昨晚看到未接来电后就没有点开去看，自然是忘了回电话。她颔首接过电话，翻了一下通信记录，果然，昨晚的未接来电就是沈放打的。

袁语姗指尖轻点屏幕，拨了过去，电话还未接通，她脑中突然闪过了什么，便侧首看向姜妍，问道："对了，我最近没什么工作了吧？"

姜妍翻了翻行程，摇摇头："没了，以后会很轻松。"

袁语姗若有所思地点点头，正好电话被接起，她轻咳一声，甜甜道："沈放，我昨晚不小心睡着啦，没接你电话，对不起啊。"

沈放的声音听起来似乎没什么情绪，依旧是含着清浅笑意："没关系。你忙完了？"

"嗯，刚刚结束录制，这个月就没什么工作啦。"袁语姗狡黠地笑着，眸光微动，对话筒道，"沈放沈放，你呢，还忙吗？"

"下个月《青史》开机之前，我可以休息。"

"那就好啦，我们一起去旅游吧。"

话音落下，姜妍吓得矿泉水都险些没拿住，这才反应过来袁语姗刚才问她话的原因。

沈放似乎没想到她会提出这个要求，想了想觉得可以，便欣然应下："行，你想去什么地方玩？"

"嗯……"袁语姗只想起来和沈放一起出去，却还没考虑去哪里。

她想了想，一拍拳，惊喜道：

"听说B市刚建好一个度假庄园，里面有很多好玩的，我们一起去那里吧。"

A市，寒风乍起，挽起阵阵冷意，吹散了空中云层，将日光遮掩，清冷无比。

在这个总是忙碌的城市中，似乎所有事物都是麻木的。

沈放挂了电话便上了车，准备先回沈家，再去看看订机票的事情。

他接上蓝牙耳机，给李姨拨了个电话，便启车上路。没一会儿，李姨那边就把电话接起来了。

沈放先是礼貌唤了声："李姨，我是沈放。"

李姨的声音听起来似乎很是愉悦，"沈放呀，怎么想起来往家里打电话了？"

"这不是忙完了，准备回家看看嘛。"他轻笑，手把着方向盘道，"上次回家吃了一顿饭，就再也没回去过了。"

李姨闻言沉默半晌，却是幽幽叹了口气，道："是啊……你上次回家，难得还赶上了温欢回来，结果还是不欢而散。"

沈放默了默，轻咳一声："毕竟沈温欢和家里的矛盾是日积月累形成的，这个……大概是短期内不能轻易改变的。"

"是啊，可能还是我们欠她一个童年吧。"李姨低声道，声音散在空气里，几乎听不清。

"不说这些了，李姨，家里缺什么东西吗？我买回去。"

"欸，不用不用，你只管回来就好，别的我处理。"

"好，那麻烦李姨你了。"沈放颔首淡声应了句，便挂断了电话，专心致志地开车。

然而方才李姨把话题转移，他现在也不禁出了神，思绪拉都拉不回来。

那天沈放回沈家吃饭不过是一时兴起，当真是没想到会和沈温欢撞在一起。

他在餐桌上看到沈温欢的那一刻，就知道这顿饭注定是吃不好了。

也不是贬义什么的，只是说实话，沈温欢每次碰上沈靳恒和罗婉都会不可避免地碰撞出一些火花，最终不欢而散。

而事实也正如他所想，沈温欢落座还没几分钟，就闹了个不愉快，迅速撤场愤然离去了。

沈放虽然是沈家名正言顺的少爷，但其实他儿时很少见到父亲沈靳恒和母亲罗婉。由于二人工作忙，沈放基本是由李姨带大的，因此和父母的关系并不是太好，自然对沈温欢的事不甚了解。

不过……从各方面来看，这件事都挺复杂的。

沈放长眉轻蹙，轻轻晃了晃脑袋，想要摒弃脑中乱七八糟的念头，不知不觉中已然到达沈家。

他停好车后，拔下车钥匙，听到锁车的声音响起，他便迈步走向电梯，径直到了庄园内部。

有仆人认出了沈放，高兴地同他挥手打招呼，沈放微笑回应，上前询问道："我爸妈在家吗？"

"在呢，大概是在书房吧，少爷你可以过去看一下。"仆人笑盈盈地回答他，却蹙了蹙眉，补充了一句，"不过老爷和夫人似乎在讨论什么事情，都不太高兴，挺严重的。"

沈放无声挑眉，道了谢，便径直进屋上楼，走到书房门前。

房门虚掩着，里面有翻动文件的细碎声响。沈放伸出手正准备叩门，却在下一瞬听到沈靳恒开口，语气阴沉：

"啧，蒋家对这件事非插手不可，我如果暗地里再去保江一铭，只怕会暴露身份，只能先放放他了。"

沈放的手顿在空中，眸微眯，默默收手抄兜，打算先听一会儿。

很快，罗婉略带焦急的声音传来，刻意压低："那怎么办呀，江一铭就这么放着了？万一沈温欢的身份被他抖搂出去呢？他可是那种为达目的不择手段的人！"

沈靳恒的声音听起来已有几分不耐烦："事已至此没办法了，我知道他想报复蒋远昭，谁知道竟然会惊动蒋家……"

"怎么能卡在这里？！"罗婉顾不得别的了，禁不住抬高了声音，难以置信道，"沈靳恒，你就不怕江一铭藏不住我们暗地里干的那些事？万一沈温欢和蒋远昭答应放他，去收买信息怎么办？"

"闭嘴！"沈靳恒勃然大怒，猛一拍桌子，喝道，"柳棠和袁语姗的事情我还没找你算账。要不是我找公司里的人问了，我都不知道柳棠是怎么回事！"

"语姗不是你儿媳吗？她提的要求肯定不能不管啊。柳棠这小丫头在我手底下也是不听话，迟早被人踩，还不如借这个机会让语姗开心……"罗婉自知理亏，说着说着，声音便低了下来，"反正最后没曝光出去，柳棠也被封杀，没人和侯悦晗抢资源了，语姗也开心了……”

门外的沈放怔住，他只觉浑身发冷，突然有些怀疑书房内的人是不是自己的父母。

还有，他们口中的袁语姗……是不是他的袁语姗？

那所谓的“语姗的要求”，和前段时间柳棠被封杀居然扯上了关系，这又究竟是怎么一回事？

他倒抽一口冷气，强行让自己稳下心神，然而就在此时，房内突然传来越发接近的脚步声，很尖锐，似乎是高跟鞋的声音，肯定是罗婉出来了。

沈放忙不迭向后退了几步，退到楼梯口，正了正神色，佯装出刚上楼的模样。

果不其然。罗婉推开门，看见他有些惊讶：“沈放，你怎么回来了？”

沈靳恒的声音也从书房中疑惑地传来：“沈放来了？”

“嗯，刚到这里，听仆人说你们在书房，我就过来了，结果正巧撞上你。”沈放颔首微笑，面上无半分僵硬，从容不迫道，“今晚一起吃顿饭吧，明后天我和袁语姗打算去度假，可能就没空了。”

“和语姗一起，行啊！”罗婉闻言当即面露喜色，一扫方才的不愉快，忙不迭上前揽住沈放，将他带向楼下，“妈今晚让人做好吃的，你喜欢什么就直说。”

这么多年了，她居然连他喜欢吃什么都没记住。

沈放念及此，不禁有些哭笑不得。他轻咳一声，面上却是没表现出来什么，只笑道：“好啊，谢谢妈。”

“没事没事，你爸忙工作，等会儿再叫他。”罗婉笑眯眯摆了摆手，下一瞬却是突然想起什么，眉间轻拢，侧首问他，“对了，沈放，听说你参加了《青史》的拍摄？”

沈放愣了愣，颔首：“对，怎么了？”

“少跟沈温欢同框啊，最近我看她有些忘乎所以，可别干扰你生活。”

沈放蹙眉，却是转瞬即逝，似是漫不经心道：“我知道了，不过妈，你为什么这么讨厌沈温欢？”

罗婉没察觉出什么，只冷哼一声，阴阳怪气道：“她是个小三生的。

当年我和你爸是门当户对，快结婚了我才知道她的存在，那时这死丫头已经足月了，都不能处理掉。”

“给那个女人钱她还硬气不收，活该她最后出车祸，啧！”

沈放听着母亲这尖酸刻薄的话语，突然有些不适，他抿唇，问：“妈，我没别的意思，但按您这么说，沈温欢的母亲连孩子都有了，不应该在你之前就认识爸了吗？”

“要不是她不自爱勾搭你爸，你爸怎么可能看上她那种女人？男人嘛，难免的，幸好也没酿成大祸。”罗婉说着还一副道貌岸然的模样，当真是让沈放心里凉了几分。

男人出轨理所当然，女人出轨就该遭天谴？

沈放活了二十多年，这才发现他与母亲的三观有着天壤之别。

他却是僵硬地扯了扯唇角，敷衍了声。

今天在沈家，收获可真是多。

另一边，沈温欢一行人也到达了B市。阮曼舒有认识的朋友，提前找了人接风。四人出了机场便被人接上车直奔那郊区的私人度假庄园。

沿途也不算无聊，几个人问了一下庄园内的设施和安排，得知由于庄园新建，只有得到入园卡的人才能进入，而阮曼舒的朋友是内部工作人员，直接拿来了四张VIP卡分给他们。

半晌，车缓缓停下，沈温欢看着手中那金灿灿的磁卡，又抬头透过车窗看了看眼前那金碧辉煌的欧式庄园，陷入了沉默。

果然是高端大气上档次的……多功能度假庄园。

下了车后，接风的人便带着他们四人刷卡进入庄园内，雕刻着精致花纹的铁门在身后缓缓关闭。

进了住宿区，分好房间后他们便各自安放行李，他们的房间正好相邻。

一切准备就绪，阮曼舒便兴高采烈地拉过沈温欢，指着不远处那冒着袅袅烟云的日式古楼，道：“快看快看，我刚才问了，那就是温泉，我们先过去玩一趟吧。”

沈温欢也有些期待，却想起什么，便问她：“房间什么的需要现订吧，我们过去问问？”

“不用了，我和季风朗来之前就预约好了，两个私汤，设施和服务套餐都有，直接绑定用户卡号，去前台说下就可以。”蒋远昭和季风朗放好行李后也跟上前来，蒋远昭似笑非笑着对二人解释，该办的事早已办好。

“效率这么高，冲着私汤来的？”阮曼舒瞥他，意味深长。

沈温欢眨巴眨巴眼睛：“私汤是什么意思？”

季风朗不咸不淡地扫了她一眼，淡声道：

“相当于包场一个小温泉，只有包场人和他带来的人可以进入，而且……可男女混浴。”

温泉的人并不多，四人倒是也能落个清闲。

由于四人早已预订好了服务套餐和私汤，便直接取了衣服去淋浴室沐浴更衣。

衣服是庄园内部提供的浴衣，是沐浴过后或者泡完温泉后换上的，泡温泉时主要还是穿客人自带的泳衣，外面提供一条浴巾。

其实私汤一般都是不换泳衣，直接裹着浴巾下温泉，毕竟没有外人。小情侣都喜爱这种私汤形式，也有不少人独自享受。

沈温欢同阮曼舒进了女浴室后，她这才蓦地想起自己忘记拿泳衣了，泳衣正好放在行李箱里，出门太急就给忘了。

场面一度非常尴尬，沈温欢想折回去拿，但如果那样就太麻烦了，一时之间她蹙着眉有些踌躇。

阮曼舒正准备去单间沐浴，察觉出她的不对劲，便退回来问她：“温欢，怎么了？”

“我没把泳衣带过来，怎么办？”沈温欢扶额叹息，紧了紧手中的浴巾，“又不方便回去拿。”

“我的小祖宗，你还想着穿泳衣泡温泉？！”阮曼舒难以置信地看她，上下打量着这小妮子，“这可是私汤欸，私汤，你带泳衣做什么？我的泳衣根本都没拿出来！”

沈温欢正欲开口，却发现无言以对，她呃了半晌，最终还是阮曼舒叹了口气，幽幽道：“反正你们俩该干的不该干的都干了，不就泡个温泉吗，尴尬什么？裹着浴巾眼一闭跳下去不就行了？”

沈温欢想了想，发现好像还真是这么一回事。

“那就这样吧，待会儿见。”她颔首，轻叹了口气，这才拿着浴巾和浴衣进了沐浴单间。

阮曼舒离开前对她喊了个房间号，说是她和蒋远昭订的私汤，凭卡出入即可。

沈温欢应了声，听见她的脚步声渐行渐远，这才脱下衣服放在一旁的柜中，打开了花洒。

温热的水滴落在身上，周身逐渐浮现出些许朦胧水汽。沈温欢将头发浸湿包裹住，便简单冲洗了一下身子。

进入温泉前并不是非要完全清洗一遍，沈温欢冲完便关上了花洒，拿过浴巾将自己裹了起来，又拿出柜中衣物，走出了浴室。

浴巾下缘恰好盖住臀部，刚好遮住身子，却也是清凉无比。她心里默默念叨着方才阮曼舒说的那串房间号，上楼挨个寻找。

不一会儿，她便在拐角处寻见那刻着日式和风精致花纹的木门。木门没有门把手，只有一个小型液晶屏，是刷卡开锁的。

门上方那镀着金边的房间号，正是她和蒋远昭的那间房。

沈温欢翻了翻衣服外侧，摸出自己的磁卡，放在液晶屏上，只听嘀嗒一声，门便缓缓移开。

她深吸一口气，走进房间后发现是一个小回廊，门口是存放衣物的柜子，门在身后重新关闭。她将衣服放入柜中，顺着回廊向里走。

很快，空气中便有那温润舒爽的气息扑面而来，还夹杂着几分不知名的幽香，使人平添几分慵懒，当真是身心愉悦。

沈温欢摸索着路，便来到了温泉边，悄无声息地走到门口，却见蒋远昭已经在温泉中了。

他背对着她，靠在温泉边上，满目尽是朦胧水汽蒸腾而上，沈温欢只能从中隐约看到他那线条流畅精致的背部，其余的便窥探不得。

一个精致瓷盘中摆着一瓶清酒，安安稳稳放在由鹅卵石铺成的地面上，色泽柔和，看起来水光滢滢的。

沈温欢眸微眯，唇角微弯，几步上前欲拍蒋远昭的肩膀，想要吓他一跳。

沈温欢迈步到蒋远昭身侧，小心翼翼地蹲下身来，谁知就在下一瞬她刚伸手准备拍他，手未触碰到蒋远昭的肩膀，便已被他紧紧握住。

蒋远昭侧首看她，面上仍是似笑非笑，不急不慢道：“早就听见你来了，还想吓到我？”

沈温欢不满地撇了撇唇角，她抽手却是无果，只得默默翻了个白眼，叹道：“唉，难得想吓你一下，还被你识破了，就不能好好配合我？”

“你见我什么时候被吓到过？”蒋远昭哑然失笑，唇角微弯，“要不然，你重新来一次，我配合你一下？”

“得了吧，看你这副没诚意的模样。”沈温欢无情拒绝他，还顺带着吐槽了一句。

蒋远昭轻笑，正欲开口说什么，却见她突然俯身逼近他，捧起他的脸，在他唇上落了个清脆响亮的吻。

他这次当真是没反应过来，这个情况完全出乎他意料，蒋远昭一时不知该作何回应。

沈温欢松手，得意扬扬地瞅着蒋远昭略微出神的模样，哼哼笑了声，道：“看吧，还说你没被吓到过，吓到了吧？”

蒋远昭闻言却没有立刻做出回应，他稍稍侧首，下颌微抬，望着沈温欢，眸色微沉。

就连沈温欢自已都没注意到，她此时身上只裹着件浴巾，她一弯腰一俯身间，动作自然是大了些，胸前浴巾便松了几分。

兴许是这个小细节太过细微，以至于沈温欢并没有意识到什么，白白便宜了她身前温泉中的蒋远昭。

沈温欢在岸边蹲着，靠在蒋远昭身侧后方。他还握着她的手，令她不得不微微俯身，如此一来，蒋远昭一抬首便能望见眼前那抹大好春光。

“你盯着我看什么，我有什么不对劲的吗？”沈温欢不知怎的，被他这目光打量得有些心里发虚，便轻咳一声反省原因。

不知道是她的错觉还是什么，她总觉得此时此刻，自己在蒋远昭的目光下就如同不着寸缕一般。

透视感?

“没什么，就是真被你吓到了。”蒋远昭突然沉声低笑。他眸光微动，沈温欢当即觉得不对劲，正要后退然而为时已晚，只见蒋远昭握着她的手突然发力，十指相扣，径直将沈温欢拉入温泉中。

这么突然？！

沈温欢惊呼一声，由于她是蹲在岸边的，因此本就有些重心不稳，蒋远昭这么突然一拉她，她收力不及时，就这么生生栽入温泉之中。

整个身子猛地被温热舒适的泉水包裹，顿时一阵酥麻，说不清道不明的快感，着实是万分舒畅。

沈温欢忙不迭把脑袋冒出来，大口呼吸着，没好气地游过去抓蒋远昭："蒋远昭你居然玩儿偷袭！"

兴许是由于沈温欢的皮肤比较娇嫩，突然接触了泉水，白皙皮肤便无声浮起一层粉潮，娇嫩无比，水光滢滢，格外迷人。

蒋远昭哑然失笑，嘴上不走心地道着歉："对不起对不起，我这不是也想吓你一跳嘛。"

"我亲了你一口你还想吓我？"沈温欢哼了声，重新裹了裹身上的浴巾，心想幸好她方才挣扎间浴巾没有松开，不然就尴尬大发了。

"好好好，那作为补偿我也亲你一口好不好？"蒋远昭唇角微弯，伸手将沈温欢揽入怀中，坐在泉中台阶上，背靠泉边，舒服得很。

他语罢，便俯身在她耳边轻吹了口气，暧昧地轻吻她的耳垂，含在唇齿间轻轻摩挲，低笑："深吻，吻到你腿软的那种。"

沈温欢的脸瞬间就红了，忙不迭伸手抵在他胸前抗拒他的接近，臊得连话都有些说不清楚了："你你你你怎么满嘴骚话了蒋远昭，跟谁学的？"

"遇见你无师自通。"蒋远昭垂眸，看着她娇羞的模样，不禁心情愉悦。他终于决定不再逗她，身子略微后仰，伸手拿过岸边那壶清酒，将盘中两个小瓷杯满上。

他浅酌一口，旋即长眉微挑，垂首看她："味道不错，来一杯？"

沈温欢被温泉的蒸汽这么一熏，身子舒服得不禁有些发软。她待在蒋远昭怀中有些懒洋洋的，便随意挥了挥手，"喂我喝，温泉太舒服了，不想动。"

"行啊，就像你之前喂我吃药的那种？"蒋远昭轻笑，语气有些揶揄，却还是老老实实地将瓷杯放在她唇边，"喏，尝尝。"

"这才听话嘛。"沈温欢有些美滋滋道，侧首就着他手中的瓷杯轻抿一口，含在唇齿间细细品味了一下，当即眸光微动。

泉香酒洌，这酒虽然味薄，意却是浓的，入口便有股不知名的清香，甚至还有丝丝香甜，当真是美味至极。

沈温欢想再来一口，便径直将杯中酒一饮而尽，唇角却有酒滴不慎滑落，她舌尖轻舔，此番风情万种的模样便尽数落入蒋远昭眸中，引得他眸色微沉。

沈温欢尚不自知，下一瞬，下颌被蒋远昭轻轻抬起，她轻启唇正欲开口，却被他以吻封缄。

那吻来势汹汹，瞬间便攻城略地，沈温欢无路可退，只得软软地抵着他的胸膛，却也终归是做无用功。

一吻罢，沈温欢不禁窝在他怀中气喘吁吁，浑身无力，当真是被他亲得软了腿。

蒋远昭轻吻她的脖颈，指尖游移而下，在她耳边哑声道："看来对于我来说，还是你最美味。"

温泉私汤内，水汽氤氲，夹杂着不知名的幽香，使人心旷神怡。

阮曼舒身处温泉之中，背靠泉边，双臂百无聊赖地搭在一旁，心满意足地喟叹一声："虽然是刚开发的庄园，但不得不说这温泉还真是不错。"

前些日子里，她和季风朗各自忙着工作上的事，出国办公之余也没能空出些许娱乐时间。沈温欢和蒋远昭在他们两个人出国期间也是惹了一堆麻烦事儿，短短几天内事件走势起伏颇大，所幸最终得以解决。

她短期内暂时没有过多工作，可以清闲下来休息休息。季风朗的电影收官之作《青史》男女主也确定为蒋远昭和沈温欢，皆大欢喜，一切都在朝好的方向发展。

"真好啊，烦心事都解决干净了，我们四个难得能出来一起玩一次。"她身子略微后仰，似笑非笑着望向一旁坐在温泉石阶上闭目养神的季风朗道，"这次不是工作，简直轻松得不得了嘛。"

"是啊，从情侣档真人秀节目结束录制回国后开始，我们基本就没清闲过了，这还是第一次这么轻松。"身为工作狂魔的季风朗，此时也禁不住舒适地叹了口气，不急不慢地启唇道，"没公事的感觉就是好。"

阮曼舒唇角微弯，俯身凑过来笑眯眯地看他，下颌微抬示意了一下隔壁房间，言语中别有一番意味："咱们出来放松了，也顺便促进隔壁那对小情侣的感情嘛，都是准备过一辈子的人了。"

“就这么期待他们两个人的喜帖？”

“是啊，毕竟是我家温欢宝贝儿。”阮曼舒说着，一副理所应当的模样，抱胸靠在石壁上，眸色微沉。

沈温欢年幼丧母，从此过着寄人篱下的生活，无人疼爱受尽欺负，还摊上了沈家这种家庭。前面二十余年她活得太疲累，难得遇见一个能带她走出深渊的蒋远昭，当真是此生幸运。

他们有个好结局，是再重要不过了。

“不过话说回来，你们怎么会想起来订私汤啊，这么了解这边？”阮曼舒似是刚想起来这件事，画风陡然一转，有些疑惑地看向季风朗，“你们不会偷偷来过了吧？”

话音未落，季风朗便低笑一声，伸手示意了一下隔壁房间，无奈耸肩道：“他说，私汤可陶冶性情。”

阮曼舒：“……”

直接说想找个地方跟沈温欢单独相处不就好了？

她面色复杂地望着那厚重的墙壁，最终幽幽叹了口气。

待沈温欢和蒋远昭好整以暇地从私汤中走出来时，已经是中午了，正好赶上了吃饭的点，沈温欢也有些饿了。

走到门口，沈温欢正欲俯身去拿衣服，蒋远昭却已帮她拿出来放在一旁，然后又打开了旁边的竹筐，拿出两套崭新的衣物，在灯光下泛着荧荧光辉，做工似乎很是精致。

他展开来简单看了看，将其中一件递给她，唇角微弯：“穿上看看？”

沈温欢伸手接过，蹙眉打量着，总感觉这衣服有点儿怪怪的，几分眼熟——

和服。

她这才反应过来，这家温泉是日式的，居然还会提供和服外穿。

和服摸上去手感颇好，应该是丝绸制成，内衬是白色的。将和服展开来看，大体是偏素的淡蓝色，缀上些许深蓝色碎花，简单大方，很是好看。

沈温欢挑眉，倒是有些惊喜：“挺好看的，这里准备的？”

“嗯……找这里的人单独做的。”蒋远昭云淡风轻道，拎起自己的和服，走向房内设置的更衣间，“这边有更衣间，换上吧。”

房内特设了两个更衣间，沈温欢虽然不知道有什么意义，不过似乎还挺方便的。

尽管这个更衣间只是由一个单薄的屏障掩盖。

更衣间内设置了一盏炉火，映在屏障上，有绰绰阴影。沈温欢从屏障外打量着，思忖如果进去换衣服会不会被映出来影子。

蒋远昭没听到身后的动静，便侧首去看，见沈温欢站在原地摸着下巴不知在思考什么，便笑道："怎么，要不然过来一起换？"

沈温欢闻言瞬间回神，白了蒋远昭一眼，便抱着自己的内衬与和服，打算去更衣间换上。

见沈温欢进去了，蒋远昭便无奈地轻耸了耸肩，也去换衣服了。

男士和服没有那么复杂，而且蒋远昭手法熟稔，没几分钟就换好出来了，沈温欢却还在更衣间中。

他无声挑眉，悄无声息地迈步走过去，在沈温欢所处的更衣间前停下脚步，站定，饶有兴趣地盯着屏障，眸色微沉。

那屏障虽是木屏，表面却只是一层薄薄的丝绵纸，平时不点灯，内里的景象也能隐隐显出轮廓，更何况此时此刻里面还点了炉火，影子映在屏障上，更是清晰。

之所以设置成这样，不过是这个房间的情趣所在。

就像——

蒋远昭念及此，眼神便轻飘飘地瞥向门口那个隐蔽的小盒子。

就像他刚来到房间时，发现这个盒子里有套一样。

完全就是情趣酒店级别的服务。

他轻声低笑，坐在正对着更衣间的竹椅上，长腿交叠，双手微扣，饶有兴趣地打量着那屏障上的窈窕身影。

那身影绰约多姿，曲线精致流畅，到那杨柳细腰处便是一个深凹，光是看着这身影，便令人有些心跳加速。沈温欢将浴巾松开，微微一动，那浴巾便散落在地。她略一侧身，蒋远昭望着那屏障上的姣好身影，脑中不自觉逐渐对上了实景。

不知怎的，他想起沈温欢方才在温泉中的娇媚模样，心下难免浮现几分躁动。蒋远昭眸微眯，喉间微动，最终还是垂下眼帘，选择保留些许绅士风格。

她沈温欢于他来说就是毒药。

一沾噬骨，欲罢不能。

而正身处更衣间中的沈温欢却是毫不知情，只一心一意地换着衣服。她方才从温泉中出来的时候还有些发冷，但由于更衣间旁边有火炉，因此还是比较暖和的。

她对于和服的穿法有过了解，因此并没有太纠结，只是背后的腰带无论如何也系不好，她便叹了口气，直接走出了更衣间，打算求助蒋远昭。

蒋远昭坐在门口的竹椅上，长腿交叠放在小石阶上，抱胸垂眸，似乎是在闭目养神。

他身穿与沈温欢同款的男士和服，衬得他的肤色有几分白皙温润，在幽暗灯火下似有荧荧光辉。蒋远昭身材好，标准的宽肩窄腰，穿什么衣服都好看，连和服也不例外。

沈温欢不知怎的，总有种无法名状的骄傲在心底油然而生。她唇角微弯，轻手轻脚地上前，猛地拍下蒋远昭的肩膀："醒啦！"

蒋远昭微动，略一抬眸打量她，旋即便轻笑："吓我一跳。"

沈温欢眨巴眨巴眼，有些狐疑地看他："怎么感觉你这么不走心？"

蒋远昭对她唇角微弯，神情有几分慵懒，似笑非笑道："你不是一直都想吓我吗？现在吓到了，开心吗？"

沈温欢："……"

有点儿气人，但她居然无言以对。

蒋远昭慢条斯理地起身，握着她的肩膀轻轻将她背过身来，而后便垂眸给她系腰带："没穿过？"

沈温欢愣了愣，这才反应过来他是针对她不会系腰带这件事，便撇了撇唇角，道："没有啊，只是知道怎么穿，但是背后系蝴蝶结这种事我无能为力。"

蒋远昭的手法熟稔，三两下便帮她系好了腰带，满意地整了整她的衣服："好了，很漂亮。"

沈温欢闻言忙不迭扭头去看身后的腰带，奈何只能瞄到边缘，却也是不错的样子。

"谢啦。"她唇角微弯，抬首对他笑道，然而却在下一瞬僵了僵，有些狐疑地问蒋远昭，"等等，你是怎么知道我没系腰带的？我好像没转过身子给你看吧？”

蒋远昭微怔，轻咳一声，明显有些敷衍的意味：“直觉而已，我以为你没穿过和服。”

睁眼说什么大瞎话。

沈温欢心里早就有了底，她不怒反笑，凑近他：“蒋远昭你老老实实告诉我，这个屏障加上里面的炉火，是不是在外面就成了透光效果？”

蒋远昭假装看风景的样子，伸手轻轻揽过她，试图转移话题：“走吧，我们去找阮曼舒和季风朗他们，该吃午饭了。”

沈温欢冷哼一声：“转移话题是吧，果然是偷看了。”

“章鱼小丸子吃不吃？”

“……”正中下怀，沈温欢面色微僵，不吭声了，只默默道了个“吃”字。

没办法，有个对你过分了解的男朋友，就是如此无奈。

分分钟被戳中下怀，连气都生不起来，沈温欢也很绝望。

沈温欢同蒋远昭置气过后，便迅速被蒋远昭口中那所谓的“章鱼小丸子”给勾走了魂。

她单是听着这美食的名字便有些饥肠辘辘，舌尖轻抵唇角，迫不及待地伸手挽住蒋远昭的臂弯：“走走走，我好久没吃章鱼小丸子了，我要过去吃两盒！”

蒋远昭见自家小祖宗终于愿意转移话题了，心底便暗松了口气，低声轻笑道：“两盒章鱼小丸子可是总共有十几个呢，你确定能吃得完？”

“能吃得完啊，脂肪的话，反正《青史》还有一个月开机不是吗？”沈温欢大咧咧甩了甩手，似乎完全没把自己的食量放在心上，满面无所畏惧道，“大不了剩下的时间我都用来锻炼减肥嘛，怕什么！”

她当真是洒脱，就连减肥这种十分需要毅力的事说出口来，都没有半分当事人备受压力的模样，反而轻松不已。

其实沈温欢本来也属于那种有着吃不胖体质的女人，只要不是暴饮暴食，她的体重就永远稳定在那个完美数值，不过但凡一碰酒肉大菜，沈温欢就必定会胖。

她对自己还是挺有信心的。

她一边想着日式餐厅还会有什么好吃的，一边挽着蒋远昭走到门口准备出房间。

然而下一瞬，就在沈温欢经过门口架子时，余光无意间瞥到了架子上那个并不是很起眼的小盒子，盒盖微微敞开，似乎已经被人翻找过。

沈温欢的好奇心瞬间就起来了，她习惯性地伸手去翻看里面有什么东西，心里并没有抱什么特殊期待，只是例行公事般习以为常。

蒋远昭发觉她突然停下脚步，还以为她有什么事，结果侧首便见她若有所思地盯着门口架子上的小盒子，他刚开始没在意，后来突然想起了什么，正欲开口却为时已晚——

只见沈温欢满面狐疑地伸出手来，将那小盒子完全打开，顺手拿过里面装着的东西。

沈温欢只见是个连片包装的方形塑料袋，精致小巧，却是如此眼熟。

包装袋上面，印着几个标志性的字母：

Okamoto。

还是超薄的，可不就是蒋远昭刚才用的。

沈温欢："……"

她就说她当时还好奇蒋远昭从哪里找来的套，原来是房间自带……

不得不说，这波操作稳得不行。

蒋远昭薄唇轻启，方才他是想出声告诉她，这下子倒好，沈温欢拿东西的动作太快，他来不及阻止，此时开口也不是不开口也不是。

最终，蒋远昭默叹一声闭上了嘴，掉转眼光随意打量四周。

沈温欢强行平复内心的波涛汹涌，满面平静地将东西放了回去，轻咳一声："刚才什么都没发生，我们去找阮曼舒他们吃饭吧。"

说着，她便拉着他快速走出了屋子。

蒋远昭长眉轻挑，垂眸不着痕迹地打量沈温欢，见她双眸泛着滢滢水光，双颊微红，显然是有些害羞了。

他唇角微弯，不知怎的，心情似乎更好了。

二人走出房间的时候，恰好碰上了刚换好衣服出来的季风朗和阮曼舒二人，他们二人也穿了一套情侣装和服。

见了沈温欢，阮曼舒似乎生怕她看不见他们，挥手唤她："温欢温欢，这里！"

沈温欢挥手示意自己看到了，便加快脚步走了过去："赶得正巧啊，我们直接去吃饭吧。"

"我记得附近好像有家日式餐厅。"蒋远昭垂眸看她，眸中笑意清浅，"有你要的章鱼小丸子。"

"就在楼下。"季风朗善意提醒，便迈步领路去楼梯处，"直接下去就是了，我来之前研究过这边的设施。"

阮曼舒也饿了，便脚步轻快地跟上去，笑眯眯道："好嘞，吃饭去啦！"

与此同时，沈放开着车，缓缓行驶到度假庄园的大门前。

有庄园的工作人员上前来伸手轻叩车窗，他降下车窗，将提前预约的磁卡出示给他。

工作人员颔首示意，从口袋中掏出一个袖珍刷卡器，将两张卡在上面分别一刷，便识别了出来。

显示屏上显示出沈放和袁语姗的个人信息，确认好后，大门打开，工作人员侧身示意他可以开车进去了。

沈放道了声谢，便轻踩油门，将车缓缓开进了度假庄园，铁门在后面缓缓闭合，袁语姗坐在副驾驶席上闭目养神。

沈放盯着前方，开车驶向停车场，淡声道："醒一醒，我们到了。"

袁语姗嗯了一声，揉揉眼睛伸了个懒腰，眯着眼打量起外面的风景。

满目葱绿，红英遍地，看起来清爽怡人，的确是度假的好地方。

袁语姗揉了揉眼睛，拿过包包习惯性地想要摸出手机来看时间，然而这手机刚掏出来，却见屏幕大亮，赫然显示出电话接通页面。

她将手机调成了静音，因此手机来电并没有产生声响，沈放也没有察觉到她这边的不对劲，一心一意握着方向盘开车。

袁语姗只随便瞥了一眼来电人，正准备滑下接听键的指尖瞬间强行顿在空中，她当即做出判断，迅速切断了电话，佯装无事地看了眼时间，将手机放了回去。

她对沈放笑了笑，道："沈放沈放，你看，不知不觉都中午了欸，不如我们先进去吃顿饭再去玩儿吧？"

沈放看了眼时间，发现的确如此，便颔首应下来。他刚把车开到停车场入口处，袁语姗便轻呼一声，指了指手机对他轻轻蹙眉，有些抱歉地笑了笑，道：“我这儿来姜妍姐的电话了，也许是有事，要不然你先去停车，我在门口接完电话等着你吧。”

“好，那我很快就回来。”沈放并没有多心，欣然应下声来，对她轻轻挥手便关上了车窗。

车身逐渐消失在地下停车场的入口处，袁语姗这才放心地翻出方才那打来电话的联系人号码，重新拨了回去。

她有些赶时间，生怕沈放动作快些就回来了，便轻抿着唇，神色有几分急躁不安。

不过电话那头也是给力，嘟嘟嘟几声，电话就被人接起，传来女子温柔的嗓音：“喂，语姗呀？”

“是我，罗阿姨，刚才我在车上正忙着收拾东西呢，就没接你的电话，对不起啦。”袁语姗对她甜甜道，眉眼笑意粲然，空腹说谎话的功力越发深厚，“这不，我刚和沈放吃完饭出来，准备收拾房间去呢。”

袁语姗最后一句话用得极妙，电话那面的罗婉听了，当即便心情大好，她此时正待在沈家大宅的小天台上，坐在小凉亭中喝着清茶。

罗婉听袁语姗这么说，想来沈放和她是彻底和好了。

罗婉轻抿一口茶水，唇齿间茶香四溢，整个人都放松愉悦了起来。她轻启唇，对袁语姗语重心长道：“这才对嘛，语姗你看看，小情侣之间哪有不吵架的呀，彼此都有个磨合期，过了这个磨合期，感情就会越来越深厚了。”

“是呢，我现在就是这么想的，沈放他也很优秀，对我很好。”袁语姗心里虽然有些不耐烦，面上却还是笑着应和了罗婉一句。

然而沈放再好，于她袁语姗来说也未免太过清冷无趣，完全提不起任何兴趣，何谈什么好感？

若不是因为罗婉这边给她的利益这么大，她早就干干脆脆地跟着王总了，哪里还需要现在费那么多心思周旋于各色男人之间，当真是太麻烦了。

沈放这枚棋子有些太好掌控，搞得袁语姗对他提不起丝毫兴趣，只想赶紧把能利用的都利用尽，好方便日后踹开他。

罗婉这女人也是事儿多，不过唯一的好处就是她似乎对沈温欢有着很大的偏见。袁语姗不清楚她们之间的渊源，但是既然罗婉讨厌沈温欢，她就方便日后借刀杀人。

这么想着，袁语姗握着手机的手无意识紧了几分，她抿唇，眸色深沉地盯着某处有些出神，不知在思忖什么，开始处于神游状态。

这沈放千百般护着沈温欢，难不成他们两个也有层不能捅破的关系？

袁语姗念及此，却还是对于沈放的胆色和人品持怀疑态度。她眉间轻拢，沉吟不语。

毕竟给蒋远昭这种有着隐藏狠厉属性的男人扣上绿帽子，不是随便来个人都能做到的。

袁语姗仍在出神，却听听筒中罗婉有些疑惑地唤她：“语姗？”

“不好意思，刚才走了会儿神，我只是有些累。”她说着，不好意思地笑了笑，“怎么了吗？”

“也没什么，就是有件事。”罗婉欣然笑道，丝毫没有生气，只提醒了她一句：

“之前柳棠的事情，麻烦你那边重新确认好有没有留下把柄。”

忙碌而无聊的工作时间，在这午后时光难免有些枯燥无味。

正午的日光无声倾洒而下，在桌面上晕染开来，令人浮现几分蒙眬的睡意。

然而就在此时，似乎是为了调节这片死气沉沉的气氛，微博有了新的动静——

阮曼舒，开直播了。

她这边直播一开，网上的提醒便汹涌而至。毕竟是两对公认的圈内模范情侣，四人的热度还是不容小觑的。

短短的时间内，直播间的观众便已经爆满，而且观众人数还在以肉眼可见的速度迅速增长着，异常火爆，甚至有的人点进去几次都被卡了出来，网速不给力，只得退出后重新进入。

“今天蒋沈结婚了吗：我去我去，总算开始直播了我的曼舒小仙女儿，爱您！比心！”

“沉迷吃粮：我我我我的妈！居然直播了？！幸好我今天吃午饭刷微博了！”

“蒋远昭粉丝后援会V：我来凑个热闹，听说有和服直播，比较期待四个人的和服设定是什么样的。”

直播间屏幕这边还没正式调过来，评论区便已经自顾自地开始讨论起来，聊得热火朝天，一扫先前沉闷无趣的气氛。

“哇，这么多人呀，我还以为大家都睡觉或者吃饭去了呢。”就在此时，阮曼舒将正在用来直播的手机换了个角度，她笑意粲然的小脸便出现在直播间屏幕中，众人的视野里。

只见阮曼舒身穿淡紫色和服，和服的精致布料上还绣了些许起到点缀作用的蝴蝶花纹，华美大方，很是好看。

她身旁露出了半个肩膀，看和服的颜色与她身上的接近，似乎是情侣款，想必此人是季风朗。

季风朗似乎没怎么注意阮曼舒这边开了直播，仍慢条斯理地向前走着。

阮曼舒笑眯眯地揽过他的臂弯，轻踮脚尖，对季风朗唤道：“风朗风朗，我开直播啦。”

“大中午的，这是想直播吃日式料理？”季风朗垂眸轻笑，似乎是为了意思意思，对镜头简单挥了挥手，“嘿，大家好。”

虽然是打了招呼，但由于阮曼舒的身高有限，身高差作祟之下，季风朗无法弯腰出现在直播间屏幕中。

阮曼舒鼓了鼓脸颊，模样有几分正经，大概是在想什么方法。很快，她便将手机镜头略微向上抬了抬，似乎是想让自己和季风朗都能上镜。

季风朗见她如此卖力的模样，不禁轻轻摇头哑然失笑，伸手轻轻松松地从阮曼舒手中拿过她正在直播的手机。

他直接挑了个最好的角度，随即便伸手，单手将阮曼舒揽入怀中，让他们二人的脸都能完全暴露在镜头中。

果然是手臂长腿长的好处啊。

阮曼舒待在季风朗怀中，对此难免有几分难以言说的复杂，她也对镜头眨巴眨巴眼睛，甜甜一笑，道：“嘿大家好，说好的直播我给你们带过来啦，惊不惊喜意不意外？”

“哎哟不行我的妈欸，怎么这么可爱？快来给我抱抱！”

“季阮季阮季阮！高举季阮大旗，刚才老季太暖了！甜甜甜！”

“哇，有身高差就是好啊，太甜了，搞得我都想去谈恋爱了。”

评论区刷起了萌花，看得人手机都险些死机。

季风朗对镜头挥了挥手，唇角微弯，嗓音清淡道：“我是季风朗，直播间的大家，你们好。”

“好好好好好，你和阮宝宝好好的我们大家都好！”

“好，那另外一家狗粮生产厂呢，怎么没见他们俩的影子？”

“我有个大胆的想法……温泉游戏？”

“画风是不是突然黄起来了？”

阮曼舒看到评论区有观众问了起来，便偷偷摸摸地给众人做了个噤声的手势，唇角笑意含了几分神秘。她小心翼翼地移动手机镜头，正好卡在身后不远处不知在谈论着什么的蒋远昭和沈温欢。

他们二人身穿同款素色和服，简单大方，却是别有一番风味，也是令人满目惊艳。

蒋远昭和沈温欢似乎都是天生的衣架子，身材都颀长匀称，再加上外貌上的先天优势，他们两个人穿的衣服基本没有不好看的，都会成为网上的爆款。

穿着情侣装，蒋远昭和沈温欢看起来当真是越发令人觉得般配，俊男靓女，的确给人一番视觉享受。

“他们两个人不知道在直播哦，你们要想看到他们两个人私下里的真实相处模式，就趁现在哦。”阮曼舒压低声音道。

直播间的观众表示声音太低，不放大音量都听不到。

季风朗见她这般小心谨慎的模样不禁失笑，他伸手，手背虚虚抵上了唇，低声轻笑。

然而此时的蒋远昭和沈温欢对于阮曼舒已经开始直播的事情毫不知情。二人还在闲侃，蒋远昭颔首垂眸，问她：“一会儿到了日式料理餐厅，你除了章鱼小丸子还吃什么？”

“再吃就会胖了吧，随便要点清淡的，不用大鱼大肉。”沈温欢正随口应付地说着，脑中自动过滤着各种小吃的昵称，不禁有些饿了，便对他道，“寿司也行啊！”

蒋远昭闻言愣了愣，刚开始还没反应过来她说的是哪个“寿司”，反应过来不禁哑然失笑，伸手揉了揉她的脑袋，眸中的宠溺都要溢出整个屏幕了。

然而就在此时，沈温欢眉间轻拢，不知是想起了什么，她便伸出手来将蒋远昭放在她头顶的手给拿开，打量着他的手：“咦，你的手大小正好欸，挺好看的啊。”

蒋远昭的手并不算大，却也不能说是小，比例适中且指节修长干净，白皙温润，很好看，摆明了是福利。

沈温欢不知哪里来的冲动想法，她将蒋远昭的手翻转过来，与自己的手简单做了个比较。

掌心相对，有几分温暖。

更重要的是，不管他的手的大小是如何设定的，总之当沈温欢进行简单比较的时候，才发现蒋远昭的手恰好能完整包裹住她的手。

真是个有趣的发现。

蒋远昭没将手从她手中抽出来，闻言只垂眸望着她挑眉惊讶的模样，轻笑出声：“怎么了，这么惊讶？”

“我都怀疑你的手是不是为了牵我的手而量身打造的。”沈温欢示意了一下他们二人掌心紧密贴合的手，“啧啧，这巧合不错。”

蒋远昭闻言顿了顿，的确还没注意过这种小细节，便看了一眼，发现当真是如此。他手掌微张，将沈温欢的手包裹住，改为十指相扣。

掌心依旧贴合，却是比方才更加暧昧了不少。

他对她唇角微弯，神色带几分慵懒：“是啊。这巧合不错。”

沈温欢一时没反应过来，她闻言猛地一回神，脸颊有些发烫，条件反射地撤了撤手却是无果，只得抬眸横他一眼。

蒋远昭接收到她那怒气不足撒娇满分的眼神，心下当即便软成一滩春水。他低声轻笑，俯身吻了吻她的额头，十指相扣更紧了几分。

直播间瞬间就炸裂了，评论区的萌花刷得比刚才都要快，一条条评论几乎是以肉眼不可见的速度闪过去。

“啊啊啊啊啊为什么还不结婚啊他们两个家伙？！”

“不结婚只谈恋爱就是耍流氓啊，这两个流氓嘤嘤嘤！！”

“甜死我了，不行撑不住了，老夫的少女心……”

阮曼舒和季风朗对视一眼，都是一副无奈模样。阮曼舒无奈耸肩，只得笑叹一声，对镜头道：“就是这样，你们随意感受一下吧，懂我的感受了吗？”

“强行塞粮，最为致命。”季风朗唇角笑意有几分无奈，也轻叹一声，忍不住吐槽了一句。

这句话妙极，真真是深得众人之心。

“我们四个刚泡了温泉出来，接下来我们要去吃饭啦，暂时先这么直播着哦。”阮曼舒给了观众一个温馨提示，旋即便当作什么都没有发生过一般，侧首唤了声：“温欢，走啦！”

沈温欢忙不迭伸手轻轻扒开蒋远昭：“好的好的！”

蒋远昭被打扰到，虽然心里不太痛快不过也无大碍。他眸微眯，看到阮曼舒似乎是刚开始直播，便带着沈温欢上前几步，对镜头微笑示意：“大家中午好。”

阮曼舒看了眼直播间，果然评论区一大堆原地炸成烟花的。

四人就这么开着直播，一同下楼去日式料理餐厅吃午饭，然而大家都没有注意到的是，他们刚刚下楼梯进了拐角处，他们方才所处的楼层拐角便走出了沈放和袁语姗。

“好像就是在楼下了，从这里直接下去就是餐厅。”沈放对袁语姗示意了一下，淡声道。

袁语姗笑眯眯迈步走向楼梯口，脚步轻快，似乎心情挺愉悦的：“好呀，那我们赶紧下去吃饭吧！”

到达日式料理餐厅后，阮曼舒便将正在直播中的手机扔给了季风朗和蒋远昭，让他们暂时录制一会儿。

随后，她便拉着沈温欢，脚步轻快地蹦跶到柜台前，拿起菜单研究着。

菜单是中日文结合的，因此并不难看懂，柜台的服务员小姐身穿暖橘色和服，面上挂着和煦温柔的笑容，安静等待二人点餐。

“这里吃的东西挺多的啊……”阮曼舒摸了摸下巴，看着菜单不禁轻轻摇头啧啧感叹，戳了戳同样正在扒菜单的沈温欢，道，“怎么样，有没有想吃的？”

“这种问题应该问你吧，你知道我从来都是沉迷章鱼小丸子，寿司也看着来点儿。”沈温欢挑眉瞥她一眼。沈温欢倒是不挑食，怎么吃都随他们的意，只要不缺章鱼小丸子，怎么都好说。

“嗯……有道理，果然还是我比较挑食。”阮曼舒想了想，也的确是这么回事，便摸着下巴道，“那味噌汤怎么样？”

沈温欢沉吟半晌，终究还是没作声。

她不太喜欢味噌汤的味道，因此如果非要点的话，还是省去她的份比较好。

沈温欢念及此，正欲开口婉拒，然而一直在后面同季风朗并排站着的蒋远昭听到“味噌汤”三个字后却不禁长眉轻蹙，插了一句：“味噌汤的话，个人点个人的吧。”

阮曼舒无奈地耸了耸肩，看向季风朗：“这不也挑食嘛。风朗，你要吗？”

见季风朗点头应下来，她便示意知道了，继续看其他的食品。

“怎么，你不喜欢味噌啊？”沈温欢听完蒋远昭那句话，才知道他似乎也不喜欢喝味噌汤，有些惊讶地挑了挑眉，侧首看他，“这么巧？”

“不巧。”蒋远昭颔首看她，眸中的光潋滟几分，在昏黄灯光下没来由地有些醉人。

沈温欢怔住：“嗯？”

他云淡风轻地开口，似乎并没有将此事放在心上：“我不怎么挑食，但是我知道你不喜欢喝味噌汤，所以还是单点比较好。”

“我只是尽量去喜欢你喜欢的，避免你讨厌的，仅此而已。”

话音落下，阮曼舒手一抖，菜单便刺啦一声滑到了柜台桌面，她忙道了声对不起，然而却没有等来回音。

她抬眸一看，却见这服务员小姐听到蒋远昭的话都惊了一惊，也是迅速回神，但刚才根本就没听到阮曼舒说了什么。

沈温欢先是顿了顿，随即便一个没忍住轻笑出声，伸手挽住他的臂弯，唇角上扬，很是愉悦道："好好好，我家的忠心影帝。"

"看到了吗？他们两个平时就是这样的。"季风朗看着此情此景，终于也是忍不住了，微抬起阮曼舒的手机，将直播的镜头转向蒋远昭和沈温欢那边，有几分无奈地开口道，"每天都在发狗粮，点个菜都能点出来情话，这就是你们一直渴求的蒋沈恋爱日常，你们随意体会一下。"

直播间早在蒋远昭说情话的那一刻就开始原地爆炸了，一时间评论区刷得都有残影了，根本看不过来。

"我后悔进这个直播间了，我后悔粉蒋远昭了！高冷禁欲人设崩了，但我越来越喜欢他现在这种忠犬腹黑属性了怎么办？！"

"这份狗粮我们不吃，它有毒！再见！"

"我都准备溜了，老蒋这个老司机又飙情话把我给炸出来了！有没有妹子整理出来蒋远昭情话语录？"

"楼上那位我飙手速抓到你了，这就给你发过去蒋远昭情话集！"

季风朗："……"

"蒋远昭情话集"是什么东西，这种都可以有？

长见识了。

最终，沈温欢和阮曼舒一同点菜，嘴里蹦出菜名时不带一分踌躇，仿佛已经说过无数遍。

看她们两个人这点菜的架势，就知道吃过多少东西了。

眼看着收银台的显示器上，数字迅速增加，简直令人为之目瞪口呆。

蒋远昭也禁不住眉间轻拢，突然侧首对同样面色复杂的季风朗道："……还养得起吗？"

季风朗轻咳一声，强行让自己沉着下来，回答他道："自己找的小祖宗，哭着也要供起来。"

此言如此有理，众人无言以对。

点完菜后，四人便去找了个小包间。包间铺有木地板，上面有榻榻米可以直接席地而坐，一旁也有小圆桌和椅子，可以选择高矮，坐在榻榻米上和坐到椅子上吃都可以。

最终四人都嫌麻烦，便直接把那个小圆桌给转了过来，四人干脆坐在榻榻米上了。

包间不算很大，没有门，只有一个简单的竹栅栏，做工精致，还雕刻着花纹。阮曼舒坐在背对着门的位置。

季风朗坐在她身边，安放好她用来直播的手机，正好正对着门口处。

等着上菜的时间比较漫长，沈温欢便拿出了自己的手机，对蒋远昭道："玩会儿手游？"

他垂眸看她的屏幕："什么手游？"

"没别的能玩了，火什么玩什么。"沈温欢轻笑一声，点开了王者荣耀图标，进入了游戏界面，用微信登录。

"我还以为你不玩这种游戏。"蒋远昭无声挑眉，沈温欢的段位有些出乎他的意料，"玩得还不错。"

"上次排位连跪七次，我给气得不玩了，一直到现在，段位都掉了。"

沈温欢随口敷衍着，指尖随手滑了滑，看到好友排名却是愣了愣："我怎么不记得以前见过你，你居然在第二？！"

"刚玩没多久，可能是在你戒游期间。"蒋远昭身子微微后仰，随意地耸了耸肩道，"之前闲得无聊，就去找沈放打游戏了，打着打着就上来了。"

沈温欢有些一言难尽，实在不知道蒋远昭到底从什么时候跟沈放一起玩耍了。

难不成还是她间接促成了蒋远昭和沈放的友谊？

妹夫与他的大舅子？

这个组合怎么看怎么奇怪。

"他在你好友列表里也是稳拿第一？"蒋远昭扫了一眼排行榜，果不其然，沈放永远稳居榜首，但凡加了他微信好友的人，排行榜第一就没换过。

"是啊，之前微信通信录加好友不小心加上的。"沈温欢摸了摸下巴，"真是奇怪，就算是大神，但毕竟是有女朋友的人，省去工作时间和陪女朋友的时间，他居然还能玩手机！"

“也许他玩手机的时间大于等于陪女朋友的时间。”蒋远昭随口猜了一句，便伸手将沈温欢的手机拿了过来，“我的卸载了，不介意的话，我帮你打排位？”

沈温欢忙不迭点头，眼睛直发亮：“好好好，交给你了！”

于是乎蒋远昭和沈温欢便在位置上玩起了手游，季风朗和阮曼舒正同直播间的网友进行互动，顺便给《青史》带了点儿热度。

毕竟不久后《青史》就开机了，虽然现在是在外面的游乐时间，不过能顺便捎起来的就捎起来好了。

“你们的蒋影帝正在帮小温欢打排位哦，要不然给你们录一下？”阮曼舒指了指某个方向，对镜头笑道。

观众表示务必录制下来。

阮曼舒便笑眯眯抬首去唤：“欸，温欢温欢，介意我们围观一下你老公的操作吗？”

沈温欢正瞅着蒋远昭那骚到不行的操作，半晌她才抬头，面色复杂对阮曼舒道：“那个，这一局已经快赢了。”

阮曼舒：“……”

直播间：“……”

这才多久啊？！居然说这一局快赢了？！

季风朗摸了摸下巴，啧啧叹了声：“推这么快，这操作学都学不来。”

阮曼舒无话可说，也顾不得手机了，自己倒是先去围观蒋远昭的战况了。

直播屏幕只干对着门口，把观众给急得不行。

季风朗见他们都去关注蒋远昭打王者了，便也加入了围观行列。一时间，直播便被暂时晾在一旁，评论区都恨不得要发语音把几个人给叫回来干正经事了，开了直播又沉迷游戏是什么情况？

然而就在此时，一直对着包间门口的镜头中，隐约出现了一对熟悉的身影。他们并没有戴帽子或者口罩等遮掩容貌的东西，并肩从大门处走近，在柜台前站定，似乎是准备点餐。

我去！

观众大惊。

这两个人怎么这么眼熟？

由于包间位置问题，从门口正好能望见柜台，那二人在柜台前点餐，时不时沟通几句，都无比清晰地落入了直播间观众眼中。

而且很显然，这四个沉迷手游的家伙并没有发觉，他们方才刚刚讨论完的王者荣耀中某常年排行第一的大神，带着他的女朋友来了。

直播间评论区终于忍不住叫唤了起来：

“什么情况？沈放和袁语姗怎么也会在这里？”

蒋远昭正游刃有余地帮沈温欢打着排位，指尖在屏幕上轻点、滑动，十分熟稔。

而且这波操作也是骚得给力。

沈温欢目瞪口呆地看着蒋远昭开局就一血，没多久就轻松五杀，一路开挂般直接把塔给推到了人家水晶门口。

“能耐能抗能输出！”沈温欢有些难以置信地摇了摇头，不禁啧啧感叹了句，“你这么逆天还要队友做什么？坦克到这儿都快成辅助了好吗，真委屈了我方肉盾。”

“这不是运气好，没遇上厉害的嘛。”蒋远昭淡声道，带几分慵懒地扯了扯唇角，似乎压根没把这一局放在心上，“要是排位不走运撞上沈放，他推得那才是绝望，别问我是怎么知道的。”

“……”沈温欢默了默，突然换了个问法，“所以这就是你开始练王者荣耀的理由？”

“啊，大概是吧，我不太喜欢‘列表第一是别人’的感觉。”蒋远昭长眉轻挑，随意道了句，便嗯了声，又补充了一句，“毕竟我手机里所有软件的首位，都是固定的。”

沈温欢刚开始也没想太多，只笑眯眯撑着下巴看他：“你这么好强啊，想不到想不到。”

“不是。”蒋远昭说着，指尖在屏幕上利落地一滑，这才不急不慢地开口解释道，“我的手机里，不论是通信录、收件箱，还是各种社交App，置顶的用户都是你。”

沈温欢愣了愣，半晌她有些忍俊不禁，便掩唇轻笑道：“我不也是嘛，在你的每个用户备注前都加一个大写的‘A’，不就相当于另一种置顶了？”

蒋远昭似乎没料到她会这么做，闻言也是有些意外，不过并没有过度惊讶。他唇角微弯，腾出只手揉揉她的脑袋，宠溺万分："好好好，我家小可爱最会宠人了。"

"彼此彼此嘛，你都这么把我宠成了小祖宗，我可不得给你回点儿利润啊？"沈温欢随口调侃了他一句，面上笑意渐深，轻轻挥了挥手，"来啊，互相宠啊。"

"听见了吗？听见了吗？"一直在旁边光明正大看蒋远昭打游戏的阮曼舒，闻言不禁瞬间就回了神，叹出声来。

她愤愤地绕过桌子跑到手机面前，控诉蒋远昭和沈温欢方才的恶劣行径："他们就这么对咱们，还粉什么粉，直接换成大红色，我们就是蒋沈催婚大部队！"

评论区先前还在讨论沈放和袁语姗怎么会出现在这里，谁知蒋远昭冷不防带起一个宠人话题，直播间诸位便好生生地吃了一顿丰盛的狗粮。

"他们两个家伙这叫什么谈恋爱？"季风朗抱胸靠在一旁的墙壁上，唇角微弯，笑意却是含了几分无奈，"分明就是互相比拼谁每天更宠对方一些。"

这句话说得，当真是清清楚楚地道出了蒋远昭和沈温欢现如今的恋爱状态。

黏得腻歪到不行，走到哪里都是粉红色的少女泡泡，蒋远昭和沈温欢简直就是活生生的行走的"狗粮制造机"。

阮曼舒一句"蒋沈催婚大部队"，立刻带起了节奏，评论区开始纷纷附和她。

"蒋沈今天结婚了：看我看我快看我，每天都在巴不得蒋沈结婚！！"

"今天蒋沈也在耍流氓：刚改完用户名的我。"

"蒋远昭粉丝后援会V：官方力挺最为致命。"

众人这么热火朝天地聊着，沈温欢却在此时冷不防轻呼出声："赢了！"

"什么？"阮曼舒咋舌，看了过去，沈温欢将手机屏幕转向她，阮曼舒眸微眯，看清楚了——

哇，分挺高，还MVP。

大概是个被娱乐圈耽误了的大佬。

季风朗怔了怔，看了一眼腕表确认时间，随后便哑然失笑道：“才多久就结束了，菜都还没上来。”

然而话音未落，一份刚出炉的美味的章鱼小丸子便被服务员端上来摆放在桌上。

沈温欢想看蒋远昭给她上分，而且章鱼小丸子又比较烫，于是在她的强烈要求下，蒋远昭便又开了一局。

沈温欢眨巴眨巴眼睛：“你居然这么厉害，我可是捡到宝了。”

他趁加载的间隙，云淡风轻地对她来了句：“作为你的男人，我觉得我的确很厉害，各方面的。”

各方面的。

什么方面?

这话的歧义太过明显，沈温欢瞬间脑补过多，捂脸埋首：“你正经点！”

“我很正经啊。”蒋远昭轻声低笑，略微侧首看着她，神情带几分揶揄，“很正经地在附和你。”

看他这副样子就知道有多不正经了好吗!

阮曼舒啧啧感叹了声，专心致志开着直播，不想再看那对打个游戏都能秀恩爱的小情侣。

然而就在此时，沈放和袁语姗点餐完毕，二人似乎也打算找个小单间，便朝四人的方向走了过来，但并没有注意到四人。

阮曼舒直播时略一侧身，直播间内的观众便清清楚楚地望见了她身后不远处正在寻找单间的沈放和袁语姗，纷纷在评论区发言提醒——

“快看快看，那个被娱乐圈耽误的王者荣耀职业选手来了！”

“这不是传说中的列表常年首位吗？说曹操曹操到啊！红红火火恍恍惚惚！”

“还带着小女朋友一起来欸！”

阮曼舒和季风朗都在盯着手机屏幕，二人看到评论区的动态后便对视一眼，彼此面色皆是复杂一片。

不会这么巧吧……

阮曼舒想着，偷偷摸摸地回头去看，却是不如意——沈放和袁语姗一同走上前来找单间，他余光瞥见眼前那屋中有人转头，便习惯性地看向那人，然而待他看清楚此人，不禁面露惊讶：“阮小姐，你们也在这里？”

看到是沈放还好，阮曼舒内心没什么波澜，然而下一瞬，袁语姗从沈放身后走了出来，似乎是有些疑惑，问道：“遇见熟人……”

她说着便顺着沈放的目光望过去，随即顿住，未说出口的话都被惊得咽回了肚子里。

沈温欢比较敏感，瞬间就察觉到气氛有些不对，迅速抬头看了过去，却正好对上了袁语姗的目光。

她面色微僵，唇角的笑容都无声放下。

阮曼舒扶额，靠在季风朗肩上，只觉得心累，季风朗也掉转眼神，一副假装不尴尬的样子。

观众似乎这时才反应过来——

袁语姗和沈温欢，似乎是敌对关系来着。

当真是隔着屏幕，都能感到丝丝尴尬。

蒋远昭抬眸扫了他们一眼，不动声色地将手机放在桌上，发出一声轻响，引来众人注意。

他看着沈放和袁语姗二人，唇角微弯，似笑非笑道：“真巧。”

不过这个巧合不太受待见就是了。

沈温欢只顿了顿，神情便恢复如常，微微颔首，姑且也算是打了声招呼。

袁语姗抿紧了唇，正要拉着沈放走人，然而就在此时，她手机铃响，正好打破了这眼下的尴尬局面。

袁语姗当即眸光微动，从包包中拿出手机看了一眼来电显示，当即略微侧了侧屏幕，避免让身旁的沈放看见。

她快速拒接了来电，随即便把手机屏幕锁上了，似乎根本就不是什么值得挂在心上的事。

沈放也没怎么注意到她的这个小动作，只是闻声略微侧首看她，似乎是有些疑惑。

怎么情况越复杂，这些烦心事就越多?

袁语姗还想着给自己打来电话的王总，心下难免有几分烦躁，但面上却是不动声色，态度有些敷衍地对几人颔首算是打招呼，随即便收起了手机。

“沈放，不好意思啊，我有点儿私事，家里人打来电话了，我先出去接个电话。”袁语姗对他笑了笑，温言软语道，眸中水光滢滢，当真是带着几分委屈，“一会儿我就来找你啦，你和他们先聊着，或者直接去找个单间吧，我马上就回来。”

沈放长眉轻蹙，面上那抹复杂神色却是转瞬即逝，他最终还是轻点了点头，对她应允道：“好，你去吧，我直接去单间里等你好了。”

袁语姗得到了同意的答复，当即对他展露笑容，背着包包快步走出了餐厅，脚步急切，隐约透露出她的焦躁心情。

沈放收回视线，总觉得袁语姗最近有些古怪，却又不知该如何说出口。

先不说她先前莫名其妙发火，针对沈温欢，现在就连打电话都避着自己了，而且还不是一次两次的事情。

还有之前，那天晚上他给她打电话，她没有接听，后来他却听袁语姗的剧务人员说，剧组当天下午就忙完了。

也就是说，那天夜里袁语姗夜不归宿，但她却找理由搪塞而过，最终也没有解释。

沈放在感情方面不是那种很偏执的人，他虽然心里不太舒服，却也想等她亲自给自己一个解释。

不过现在看来，何止是等不到解释，反而是变本加厉了。

他抿唇，神色有些复杂。

沈温欢察觉出这两个人之间的微妙气氛，正想开口缓解下，然而就在此时，蒋远昭轻抬起手机，对沈放轻轻晃了晃，带几分懒散道：

“恋爱不如打王者，怎么样，一起直播上分吗？”

于是乎，现在场面有些奇怪。

沈温欢坐在蒋远昭身旁，有些发蒙地看着他，季风朗和阮曼舒坐在一旁的桌角处，也有些搞不懂现状。

沈放双手抄兜，表情淡漠地站在他们的单间不远处，仅仅几步的距离。

手机正开着直播，评论区却也难得陷入了安静。

蒋远昭刚才说什么？

这游戏邀请太过于突然，以至于大家伙儿都还没反应过来。明眼人都察觉出方才沈放和袁语姗之间的微妙气氛，稍微迟钝点儿的，也已经后知后觉。

蒋远昭这句话，也不知其用意究竟是什么，是为了缓解气氛还是有其他目的，旁人无从得知，只有他自己知道。

然而就在此时，阮曼舒摸了摸下巴，轻飘飘来了句：“哇，我们的王者大佬来了，如果没事做，过来聊两句怎么样？”

话音落下，直播间的围观群众便瞬间回过神来，纷纷附和阮曼舒。

由于阮曼舒开了直播这件事本就热度非凡，而沈放和袁语姗又意外出镜，早就被人给捅到了网上，因此直播间的观众越来越多，各路粉丝都过来观看直播了。

评论区一时间是从未有过的热闹——

“《青史》两大男性颜值担当出场，来自影帝和当红鲜肉的王者之争是吗？有趣有趣！”

“为我沈放小哥哥疯狂打call不要停！我放最棒，能耐能抗能输出！”

“我昭射手不要太溜，solo不一定谁赢啊，只能说是觉得他们旗鼓相当，总之期待结果。”

“你们怎么满脑子solo？就不能想想万一并肩作战呢？哈哈哈不行，诸君我太兴奋了！”

然而不必过多去看评论区的内容，单是看评论那一条条刷下去的速度，就知道此时有多么火热了。

“哇，沈放你的王者技术不容小觑，这么多人为你哐哐撞大墙？”阮曼舒着实有些惊讶，柳眉轻挑，饶有兴趣道，“怎么样，过来一起玩玩？都是《青史》剧组的人，也都认识。”

“要是袁语姗需要点儿时间处理私事的话，你也是干等着，还不如过来蹭个热度。”沈温欢抬眸看了他一眼，很是随意地轻耸了耸肩，似乎只是无心之言，顺口一个邀请罢了，却没来由地有些傲娇的既视感。

蒋远昭见她此番模样有些忍俊不禁，轻咳一声，便重新打开手机，启动游戏。

沈放想了想，最终也还是无奈地笑叹一声，随即迈步走了过来。他随便找了一个位置坐下，拿出手机登录游戏，查了查“铭文”，便让蒋远昭自行拉人。

蒋远昭毕竟是帮沈温欢上分，他也懒得换号了，直接用沈温欢的微信游戏账号，开了间房邀请沈放打双排。

沈放干脆利落地接受了邀请，紧接着便出现在了游戏房间内，房主是沈温欢的游戏账号。

“就当饭前练练手。”蒋远昭抬眸看他，唇角微弯，似乎并没有太在意这场游戏，“这次难得直播，不妨给直播间的小迷妹们展露一下你的技术。”

沈放瞥他一眼：“你也是。”

沈温欢拿过自己的手机，开启了蓝牙，和阮曼舒的手机蓝牙配对后便点开了手机内的屏幕共享App，开小屏导入到阮曼舒手机中，显示在直播间屏幕上。

这个屏幕共享App她基本没怎么用过，幸好没删除，没想到在这时候派上用场了。

准备就绪，沈温欢便重新调回了游戏界面，将手机递回给蒋远昭。

直播屏幕中赫然显示着蒋远昭的游戏界面。在线观众见蒋远昭和沈放两个人居然打算一起打双排，瞬间都兴奋起来，纷纷刷起了屏——

“首次直播啊，居然是蒋远昭和沈放打双排！幸好我不吃午饭也看了直播！”

“简直年度大戏！！论两个圈内颜值担当的合作！”

“不行我太兴奋了，两个偶像要合作直播打团，我要录屏！录屏！！”

在快速刷新的评论条上，屏幕界面转换，一切准备就绪，系统开始自动匹配。

开局后，沈放法师中单，蒋远昭ADC去下路，二人基本没什么交集，却有种配合默契的熟悉感。

沈温欢摸了摸下巴，突然感觉——

这妹夫和大舅子“情侣档”，好像还挺好玩的。

沈放开头就拿了一血，蒋远昭不甘落后，也拿了一个人头。

队友去反野，发育也是给力，蒋远昭象征般从下路推了推塔，便去随机辅佐小团体战了，偶尔有余力，就去推塔逼对方回防。

战线逐渐拉开，节奏越发紧张了起来。

袁语姗走到一处偏僻角落，确认没有人后，这才敢重新拨通王总方才打来的电话。

电话响了几声便被接起，她笑眯眯开口，唤道："王总，您找我有事？"

王总的声音有几分低沉，听起来没什么情感："这话说的，难道我没事就不能找你了？"

袁语姗单是听他这语气就知道不对劲，想必是她方才一声不吭就挂电话的缘故。

她虽然有些疲累，却还是道："哪里的话，我还想着您找我呢。"

"是吗？那真是挺好。"王总声音平淡，不起波澜，听着却是能清晰察觉出几分不悦，"你难得休息这么长时间，也没什么声响，这是忙了还是把我忘了？"

袁语姗微怔，她最近忙完就只想着拉拢沈放了，当真是忽略了另一边。她赔笑道："我在和朋友度假……"

"和你的小男朋友沈放？"

她默了默，突然有些哑口无言。

"语姗啊，我早就跟你说过了。"手机听筒中传来瓷器相碰的细碎声响，兴许是杯子相碰的声响，他幽幽叹了口气，说出口的话语无疑是冰冷的，"要跟着我，你就好好跟着，别耍什么小心眼儿。而你也答应过我，会尽快和沈放断掉，不知道你现在想怎么解释？"

袁语姗的手逐渐冰冷，许久，她牵了牵唇角，僵硬地笑道："经纪人要求慢慢冷落再断，王总，这怪不得语姗啊，要不然明天我就回去找您？"

话音落下，他的心情这才晴朗了些许："好，看你自己安排，别让我等太久，沈放的事情也是。"

袁语姗连连赔笑，最终才得以让王总挂了电话。

沈放始终保持爆炸输出，轻松五杀，一路推到了人家水晶门口，眼看着这一局就要获胜了，又是场极干脆利落的胜局。

方才蒋远昭单打独斗，获胜的速度便已很快，此时沈放来了，二人合作，获胜的速度更是快得惊人。

两个人从头到尾一句交流都没有，但团战节奏带得却是很好，配合极佳。

沈温欢的面色有些复杂，她看着手机屏幕中的战况，默默捏了捏眉骨，道了句：“你们两个配合这么好，背地里到底玩了多少局？”

“有时在剧组工作后有休息时间，但是不够聊天或者回去，就抽空打几局。”沈放眼也不抬道，只见他在手机屏幕上轻点滑动，很是从容不迫，“总之，大概是无聊就一起玩玩。”

蒋远昭略微颔首，姑且算是应声。

沈温欢愣了愣，旋即便哑然失笑，无奈地摇了摇头，道：“你们两个什么时候这么好了？”

不是疑问，只是随意调侃。

蒋远昭抬眸看了她一眼，轻笑一声：“全都靠你。”

沈温欢：“……”

好吧，好。

看来她上次闹出的那场风波，不仅是把自己的热度给带起来了，还顺带着促进了蒋远昭和沈放的友谊。

“我的天，圈内清流吧……”阮曼舒有些感慨，一言难尽地啧啧感叹着，“这两个人都快要浪到飞起了。”

“这还是沈放首次直播打游戏吧，之前拍《我们在一起》的时候也没有拍到屏幕。”季风朗出声，指尖轻抚眉间，带几分闲散，“看观众的反应，这热度真是不同凡响。”

正说着，敌方水晶炸裂，成功取胜。

不过这次，MVP是沈放，蒋远昭的评分比他低了点儿，有些差距。

“看来还是不行。”蒋远昭哑然失笑，将手机放于桌上，无奈道，“拼不过，看来我还是比较平庸的。”

“得了吧，你这技术我练一年都不一定赶上。”沈温欢闻言，不禁吐槽了一句。

沈放拍拍他的肩膀，唇角挂着鼓励的笑容，也不知是真心还是调侃：

“仍需努力。”

话音未落，服务员便端着食物过来了，整齐地摆放在桌上，沈放便要起身：“你们吃，我先出去了。”

阮曼舒暂时将直播间开了静音，总感觉吃饭时说的话不能外放。

沈温欢却在此时抬眸，开口对他缓缓道，声音听不出情绪：“袁小姐也说了，她可能会晚点过来，多个人也无所谓，你与其出去等，不如就留下来拼一桌。”

沈放撑在身边的手，蓦地顿住。

他看向沈温欢，第一次打量起这个同父异母的妹妹。

沈温欢与他对视，轻轻落落地撂下一句：

“该过去的总得过去，矫情那么久，也差不多了不是？”

“嘿，直播间的小可爱们。”

阮曼舒凑到镜头前，对观众笑着挥了挥手，眉眼弯弯，笑容惬意。

直播正在顺利进行着，已经是中午时分，菜也已上齐，直播是时候进入尾声了。

念及此，阮曼舒伸手示意了一下旁边桌上的美味佳肴，对镜头笑道：“接下来我们就要吃饭啦，所以直播即将终止，大家该上课的上课，该工作的工作，我们下次再约哦。”

众人这才想起来看时间，不知不觉都过去那么久了，兴许是这场直播带给大家的惊喜太多，因此便都觉得时间流逝得太快。

当红花旦、小生们齐聚一堂，还有影帝和圈内大制片人在场，蒋远昭和沈放还一起打了场王者双排赛，这次拼桌当真是太过难得，让人不舍得结束。

直播间的观众虽然难免有些不舍，但毕竟时间已经不早，午休时间所剩无几，都到了该忙的时候。

阮曼舒关了直播后，便心满意足地收起了手机，随后用湿巾擦干净手，轻轻从盘中取了一块什锦寿司塞入口中。

只一口，果汁溢出，满口留香。她眸光微微一亮，边吃边对寿司赞不绝口道：“好吃好吃，味道特别正！”

沈温欢闻言不禁也来了兴趣。她想去拿块寿司尝尝，奈何座位距离盘子有些远，坐着是够不到的，便有些尴尬。

她轻咳一声，正欲起身去拿，蒋远昭却早就察觉到她的想法，仗着手臂比她长的优势，便伸手替她拿来一块什锦寿司。

他将寿司放到她唇边，神色平淡，似是不经意间道了声："啊。"

沈温欢一时没反应过来，条件反射便也顺从了他，微微启唇："啊。"

下一瞬，什锦寿司被轻送入口中。

她下意识咬了一口，香甜美味的水果味充满口腔，一时间口中果香四溢，搭配着米粒的柔软清香，当真是美味至极。

见沈温欢一副人生得到升华般的满足样子，蒋远昭不禁唇角微弯："很好吃？"

沈温欢忙不迭点头，由于口中还含着寿司，说话难免有些含糊不清："特别好吃，你也尝尝！"

说着，她略微起身，伸手去拿了块寿司，送到蒋远昭唇边，满面期待地看着他，眼睛里似乎都冒着星星。

蒋远昭被沈温欢这表情萌得不轻，心头微动，却被他强行压制下来。他轻咬一口那什锦寿司，果然是异常美味，香甜可口。

不过，他却不知道是因为沈温欢才觉得这寿司好吃，还是因为它是真的好吃。

"味道的确不错。"他略有几分闲散地轻舔唇角，对她似笑非笑道，"你如果喜欢吃，我有空可以学一学。"

沈放突然后悔自己答应和他们共进午餐了。这对情侣的恩爱光芒太过耀眼，坐在他们两个旁边简直就是遭罪。

阮曼舒撑着下巴，和季风朗对视一眼，幽幽叹了口气，一切尽在不言中。

季风朗捏了捏眉骨，哑然失笑，有些无奈地轻轻摇头，笑叹道："唉，上得厅堂下得厨房，还能王者带飞，厉害了。"

"欸，要说王者带飞就不用怕了，这不，圈内王者大佬在这儿呢。"阮曼舒说着笑眯眯地伸手示意了一下沈放。

沈放轻笑，轻摆了摆手，谦虚道："我也就打打游戏比较厉害，但是论'下得厨房'，我当真是比不上蒋远昭。"

"哦？"阮曼舒闻言，不禁来了兴致，凑过去撑着下巴看他，"这句话怎么讲啊？你见识过蒋远昭的厨艺？"

“之前在《我们在一起》节目录制的时候就感受到了，不过后来有一次偶然的机会，我在他家里蹭了一顿饭，味道的确不错。”

“你们什么时候这么熟的，居然连家里都去了？！”阮曼舒撇了撇唇角，笑着调侃沈放道，“妹夫和大舅子的组合，似乎还挺有趣的。”

沈放颔首，单是看神色看不出来什么，他开口，淡声道：

“朋友关系而已。”

与此同时，袁语姗正在给姜妍打着电话，沉声道：“我是这么给王总说的，但他明显不太开心，看来是急了。”

电话那边的姜妍本来正看着合同和行程表，接到袁语姗的来电后，便听她将来龙去脉讲述了一遍。姜妍不禁惊掉了下巴，难以想象短短时间内袁语姗居然遇到了那么多事情。

她当即连工作的心情都没了，扔开笔和眼前的文件资料，便蹙眉问袁语姗：“沈放没察觉出什么吧？”

“没有。”袁语姗下意识道，但她突然想起方才沈放那一瞬间的古怪神色，心里不禁也有些没底了，“不……我也不能确定了。”

虽然沈放性情寡淡，没什么心眼儿，但这次她还真的不太确定。

姜妍沉吟半晌，道：“总之，要不然你先稳住看看，实在不行，最后再和沈放分手，毕竟罗婉那边帮了你挺多的。”

袁语姗抿唇，心下烦躁不堪，道：“嗯，但是我明天就要回去，不然王总生气了，我怕事情会一发不可收拾。”

“明天就回去？可是你们今天才到啊！”姜妍扶额，也有些无语凝噎，但没别的好办法了，只能先把沈放晾在一边，“你就找借口说家里有事要回去吧，沈放这个人心眼儿不多，应该不会察觉出什么。”

袁语姗表情凝重地点了点头，她轻轻抿唇，似乎想说什么，最终却还是摇了摇头，挂断了电话。

听着手机中那短暂划过的忙音，袁语姗蹲在原地，无比烦躁地揉了揉头发，狠狠啧了一声。

太烦了，最近怎么那么多事情？

身边的人太多，她没那么多心思周旋。先不说王总那边逼得越来越紧，根本不给她选择的余地，现在沈放也不确定到底是不是还喜欢她，他那么关心沈温欢，谁知道是不是另有隐情。

但袁语姗太累了，根本不想去关注这些东西。她长叹一声，给沈放打了电话。

没多久，电话便被他接起："袁语姗？"

他尾音略微上挑，似乎很是愉悦。袁语姗不禁愣了愣，突然发现她已经很久没有见过沈放如此情绪外露了。

他那边有些嘈乱，似乎有欢笑声响起。

袁语姗心思敏感，当即便问他："沈放，你在和他们一起吃饭？"

"嗯，你也要过来吗？"

果然如此。

难怪他这么开心，是因为跟那些人在一起啊。

袁语姗抿紧了唇，干巴巴地笑了几声，道："是吗？那你们尽兴，我就不过去了，有些事情需要处理。"

沈放显然没有料到她会这么说，当即愣了愣，语气有些认真："怎么回事，你家里出什么事了吗？"

"嗯……家里有些私人的事情需要我去做，所以我今晚就要订好票，明天回去，对不起啦沈放。"袁语姗的声音听起来当真是像极了遗憾的样子，她叹了口气，幽幽道，"难得能找到机会和你一起出来玩，结果还遇到这么多事情。"

沈放虽然有些遗憾，却也没太介意，便轻笑一声，安慰她道："没关系，你忙你的去吧，家里的事情要紧，至于别的，等以后有空再说。"

"好的。"袁语姗微笑应声，"那我挂电话啦，你先吃饭吧。"

沈放刚嗯了一声，袁语姗便果断挂断了电话，似乎当真是有急事，需要赶时间。

但不知道怎么回事，他总觉得怪怪的。

袁语姗这个态度……像是不耐烦一样。

他垂眸，眸中情绪不明，最终他薄唇轻抿，将手机放回衣兜内，也没有多想什么。

又或许是不愿再去多想什么。

蒋远昭察觉到沈放面上转瞬即逝的复杂情绪，便抬眸看他："怎么了？"

“袁语姗家里有急事，今晚订机票，明天就飞回去。”沈放也不遮遮掩掩的，直截了当道了出来，随即便无奈地笑了笑道，“看来是我比较倒霉吧，时间不赶巧。”

“等有机会吧，毕竟意外在所难免。”沈温欢劝了一句，不过见沈放一副很看得开的模样，便也没有过多安慰他，“反正这次玩得尽兴就好，主要是不久后大家都要开始忙了，借这个机会放松一下。”

“也的确是这样。”沈放颔首，心里着实是这么个想法，因此袁语姗并没有给他造成过多情绪负担。

“好嘞，那咱们就直接开吃吧，来来来！”阮曼舒笑眯眯道，对着鲜美可口的食物早就蠢蠢欲动了，她拍了拍沈放的肩膀，语重心长道，“小情侣嘛，难免有点儿什么乱七八糟的事，不用太计较！”

话音落下，她又接上一句，眸中光彩熠熠：“蒋远昭不是也说了嘛，谈恋爱不如打游戏，赶紧吃饭，吃完饭我们几个正好组团！”

季风朗默默插了个章鱼小丸子放入口中，闻言吐槽了一句：“你难道不是因为连跪太厉害，想被带飞吗？”

沈温欢一个没忍住，扑哧笑出声来，这才想起前段时间她和阮曼舒时常打双排，然而打一局跪一局，二人发挥不定，基本互相坑。

那天跪得太惨，她气得险些卸载游戏，最终又舍不得，还是默默放到了文件夹中，眼不见为净。

阮曼舒听季风朗无情揭穿自己，忙不迭对他示意，不悦道：“嘘，揭穿我做什么，你又不怎么玩，就让我躺赢一次不行吗？”

沈放有些忍俊不禁，颔首应了下来：“好，等吃完饭就一起开一局，时间够的话，多玩几局也可以。”

沈温欢和阮曼舒瞬间击了个掌，为自己即将被拯救的段位感到欣慰不已。

这顿饭吃下来，全程欢声笑语，其乐融融，丝毫没有半分过往的生疏。

由于几人闲谈玩乐的时间有些长，因此这午饭结束后都已经是下午了。

几人都是今天刚刚来到庄园，一身旅途的疲惫，便暂时空下了今天下午和晚上的行程，各自回房休息。

阮曼舒让明早集合，去庄园内的游乐区玩，其他人无异议，沈放由于时间的不确定性，便婉拒了。

安排妥当后，几个人各自回房，沈放同袁语姗打了电话，知道位置后也同众人道别，迈步离去了。

沈温欢回房后便有些犯困，毕竟一个上午没睡觉，又到处跑。她一向不能缺了午觉，这次直接错过了最佳休息时间，她整个人都轻飘飘的。

“累的话就休息一下吧，反正今天也没有别的事了。”蒋远昭替她脱下外套，挂在一旁的衣架之上，道，“毕竟是自己出来玩，时间安排上比较随意，比之前轻松多了。”

沈温欢打了个哈欠，揉着惺忪睡眼看向他，无奈地耸肩笑了笑：“虽然难得出来玩一次，不过我的确有点累了，等我睡醒了再说别的吧。”

“早上没怎么睡，中午吃完饭又打了饭后游戏，怎么可能不累。”蒋远昭哑然失笑，伸手轻轻揉了揉她的脑袋，唇角微弯道，“好好休息吧，趁这一个月的时间，好好放松放松。”

“是啊，一个月后《青史》开机，估计会比以前都要忙。”沈温欢伸了个小懒腰，松了口气，懒洋洋道，“圈内各种奖项的入选名单也要开始准备了吧，我想尽量争取一下，回去后肯定天天到处跑。”

“也别太累，尽力就好。”蒋远昭颔首，认可了她的努力，“你本来就很优秀，态度也认真，该得到的，都会如愿以偿的。”

沈温欢笑着点了点头，然而兴许是疲倦的原因，太阳穴痛了一瞬，她伸手揉了揉，撇撇唇角，叹了口气。

一上午都没正儿八经地沾到床，看来身体的确是有些吃不消了。

念及此，沈温欢便懒懒散散地走到桌前倒了杯水，却还是有些疑惑，自言自语了一句：“奇怪，难道是泡温泉的缘故吗……怎么今天这么累？”

如蒋远昭所说，她不过是清晨起了个大早赶飞机，然后泡了温泉，吃完午饭后又组团打了几局游戏，怎么会这么累？

想想前段时间她沉迷工作的时候，每天只睡短短几个小时都觉得没什么大不了，今天放松了一次，却是身子和精神都放松下来了。

沈温欢不禁叹了口气，幽幽道：“明明今天还没做什么事，怎么就这么累了？”

蒋远昭闻言，眸光微动，他低声轻笑，突然出声道：“你今天的确没做什么事，但是我做了，你多少也会受累。”

沈温欢喝了口水，刚开始听他这么说还有些纳闷，然而下一瞬，她脑中闪过那温泉中的回忆片段，握着水杯的手当即一紧，水还没咽下去险些就要喷出来。

她匆忙将水咽了下去，然而还是被呛到，扶着桌子咳嗽个不停，脸都有些涨红，也不知道是被水呛的，还是被蒋远昭的话给臊的。

蒋远昭扫了她一眼，眉眼含笑，似乎有几分愉悦。他将外套慢条斯理地脱下，反手搭在衣架上，便不急不慢地将腕表摘下，悠闲不已。

沈温欢见他这副从容不迫的模样，再简单联系了一下他方才说的那句极具暗示性的话语，不禁由衷觉得——

他蒋远昭的本性，在她面前当真是日益暴露了。

沈温欢对此不知是该喜还是该忧。

她叹了口气，象征性地随手轻拍了他一下：“你正经一点。”

蒋远昭唇角微弯，故意逗她：“都单独相处了，还正经什么？”

沈温欢略窘，脸颊微微浮上两抹红晕，气得哼了一声，对他道：“不跟你贫了，贫嘴比不过你，我去洗澡！”

她一副气鼓鼓的模样，双手叉腰底气十足，气势汹汹的，在蒋远昭看来却有些可爱。

他难免有些忍俊不禁，便俯身凑近沈温欢，轻轻在她额前落下一吻，无奈低笑着对她道歉：“别生气别生气，我错了，再也不跟你贫嘴了好不好，嗯？”

沈温欢撇了撇唇角，正儿八经地对他道：“下次再没个正形，我就让你跪地板了啊。”

蒋远昭长眉轻挑，眸光微动，唇角笑容有几分无辜：“跪地板的话，是不是有点罚得太重了？”

沈温欢对他微笑，意味深长道：“可以啊，不让你上床也行，只要你愿意……”

话音未落，蒋远昭便果断做出了选择：“还是跪地板吧，都听你的。”

沈温欢本来就绷着表情，这下子一个没忍住，不小心笑出声来，忙不迭点了点头，似乎对他这个回答心满意足：“这还差不多嘛。”

她说着，看了一下时间，眉间轻拢，道：“不说了，我去洗个澡睡觉，明天还要跟阮曼舒他们一起出去浪，今晚好好休息吧。”

“好，你先去，我收拾一下房间和行李。”蒋远昭闻言微微颔首道。经他这么一说，沈温欢才蓦地想起来，他们来到这里就只安放了行李，还没收拾。

她正想着，蒋远昭便已迈步走到卧室内。她跟了上去，只见蒋远昭打开其中一个行李箱后，便准确地从一侧翻出了浴袍，递给了沈温欢。

沈温欢默默接过浴袍，没忍住就问了句：“你怎么这么清楚衣服放在哪里了？”

蒋远昭收拾着行李，头也不抬道：“我有强迫症，行李这种东西我都知道怎么摆的，衣服的件数也有要求。”

沈温欢：“……”

简直难以置信。

她一言难尽地摇了摇头，便跑去从自己的行李箱中翻出内衣，抱着浴袍就跑去洗澡了，临走前还不忘提醒蒋远昭：“你别收拾我的行李箱啊，我自己来就可以。”

毕竟里面贴身衣服比较多，而且她的行李箱又是胡乱塞的……

不敢想象，蒋远昭如果看了会作何感想。

沈温欢话音落下，蒋远昭抬眸扫了她一眼，意味不明，对她似笑非笑道：“该看的都看过了，还在意这种小细节做什么？”

沈温欢：“……”

行，厉害，她竟无言以对。

有人帮自己整理衣服和行李箱还是不错的，有个免费劳工，沈温欢这么安慰着自己，便去浴室了。

待她冲完热水澡，穿着宽大浴袍走出浴室时，蒋远昭刚好将房间收拾整洁，长腿交叠坐在沙发上，百无聊赖地玩着手机。

这天气已经彻底凉了起来，即便是室内开着空调作用也不太大，沈温欢刚洗完澡从浴室中出来，结结实实地打了个寒战。

身上和面上未干的水珠瞬间冰冷，沈温欢的指尖已经开始泛冷意，她有些委屈巴巴地抽了抽鼻子，快步走到客厅门口。

电视正开着，播放着寻常的娱乐节目，声音不大，刚刚好。

明亮灯光倾泻，温柔地洒在蒋远昭周身，如镀了层微光。他眉眼精致俊朗，神色有几分慵懒，却是闲散而温暖的。

沈温欢看得有些发怔，本来是想出声唤蒋远昭，然而这一刻她却将未出口的话全然忘记了，站在原地，一声不响。

她现在的心情，很奇怪。

不知怎的，她明明清楚地知道他们是身处宾馆之中，看了此情此景，她却有一种奇妙的归属感。

像是，在家里一样轻松自在，气氛温馨，让人舒坦得很。

沈温欢怔怔的，指尖悄无声息地搭在额前，让视野中只有蒋远昭一个人。

半晌，她无声轻笑，唇角噙着一抹欣慰。

看来啊，她当时跟林婧说的话，果然是正确的。

有蒋远昭在的地方，就是她的家。

沈温欢当真是无比庆幸自己能遇见一个这么美好的人，救赎了她，将她从深渊中拉出。

沈温欢正站在原地出神，蒋远昭便发现了她，略微侧首看向她，见她身上只穿着一件单薄的浴袍，不禁长眉轻蹙。

他伸手摸向身侧，似乎是拿起了什么东西，沈温欢上前几步好奇地去看，才发现原来是件棉马甲。

那是蒋远昭非要给她带上的，说是要御寒，沈温欢当时称自己身子硬朗不需要这个，然而蒋远昭执意如此，她便作罢。

蒋远昭放下交叠着的腿，将手机放在桌上，拿着那件棉马甲迈步走向她。

沈温欢正有些疑惑，下一瞬，蒋远昭便在她面前站定，摸了摸她的手，感受到冰冷的温度，他眉间更拢了几分，二话不说将马甲给她套上。

沈温欢疑惑了一声，抬眸看他。

蒋远昭语气有些不悦，却是无奈更甚，边为她整理衣服，边道："让你多穿点你不听，手都这么凉了。"

沈温欢讪笑几声，没想到这马甲真能派上用场，她正欲开口，却听蒋远昭道：

"对了，刚才林姐给你打电话了。"

第十章

何止钟情

“林姐刚才给你打电话了，我看你还在浴室，就没有接，你看是不是有什么事。”蒋远昭对沈温欢道。

他伸手将她的手机递给她：“在度假期间打电话，别是什么急事。”

沈温欢正拿毛巾擦着湿发，闻言，不禁也有些紧张起来。她接过手机便打开了页面，却发现未接的是林婧打来的微信视频通话。

视频通话?

沈温欢有那么一瞬间，以为林婧只是单纯地想她了，想见见她的人。

不，应该不可能吧。

沈温欢就这么怀着忐忑的心情，将视频电话给重新拨了回去，然而没一会儿，便被林婧接起来了。

与此同时，摄像头开启，林婧的脸出现在手机屏幕中，看她那边的背景，应该是在家里。

沈温欢简单调了一下角度，以便林婧能看到自己。

林婧那边显然是看清了她，便笑眯眯冲她挥了挥手：“晚上好啊小温欢，玩儿得怎么样？”

沈温欢见她这般从容不迫的轻松模样，心想应该是没什么大事，只是例行检查，便点了点头：“还行，这儿的温泉和日式餐厅强烈推荐，你有空也该过来逛一逛。”

而且……

房间里的设施还挺齐全的。

沈温欢内心不禁再度吐槽起这个点。她想短期内恐怕忘不了那温泉房中半遮半掩的更衣间，以及那放在门口架子上的小木盒了。

回忆太过羞耻，她简直不忍直视。

话音未落，沈温欢顿了顿，又补充了一句：“带着男朋友一起，这里简直就是度蜜月的好地方。”

沈温欢想了想，林婧身为她的经纪人，她们已经认识了很多年，陪她从青葱少年时代，一直走到了现在，不知不觉已经过去了这么久。

林婧现在已经是三十岁的人了，然而她从刚认识沈温欢的时候起，就一直是个职场女强人的形象，整日沉迷工作不能自拔，四处奔波。

她事业有成了，但沈温欢无论怎么仔细回想，都挑拣不出半分有关于林婧感情方面的回忆。

似乎，沈温欢从来都没有见过林婧谈恋爱，或者出去约会。也许因为家里人不催，林婧就这么一直稳稳当当地工作，直到现在被评为了“金牌经纪人”。

不过，当年一直同林婧说要陪她一辈子单身的沈温欢，现在都有蒋远昭了，林婧也的确该有点儿想法了。

沈温欢这么想着，然而林婧下一秒给出的回应，却是让她心下惊了一惊。

只见屏幕中，林婧听沈温欢说到“男朋友”三个字后，面色似乎变了变，沈温欢没捕捉到是什么情绪，却瞬间警觉了起来。

果不其然，林婧轻咳一声，笑道：“大概快了吧，我尽量。”

沈温欢吓得手机差点儿都给摔了，她难以置信地看着屏幕中的林婧：“等等，林姐，你刚才说什么？”

林婧笑而不语，眸中的意味深长早就无声暗示了什么。

蒋远昭闻声，本来正刷着微博，便侧目扫了一眼屏幕，不知怎的，突然就联想到了自家那个万年单身的面瘫经纪人。

他曾听沈温欢说过，林婧是个工作狂，还是个不折不扣的不婚主义者，当时他听到这个设定，瞬间就想到了周焕。

周焕当年接他的时候，正是身为“金牌经纪人”混得风生水起之时，然而却选了风险性极大的蒋远昭，外界不禁议论纷纷。

不过所幸，后来蒋远昭还是留在了娱乐圈，也成功地迅速走红全网，证明了周焕的选择是正确的，更为他的事业添了把火。

然而周焕的事业就这么一路顺风顺水地走过来，蒋远昭却也不曾见他有过什么感情生活，三十岁出头的人了，对这方面还不急不躁的。

如今一看，同为不婚主义者的林婧，都有成家立业的打算了，蒋远昭不禁有些为周焕考虑起来。

正想着，他便听沈温欢似乎是有些疑惑地问林婧道：“这才多长时间，你就有男朋友了，难道你之前都在地下恋吗？”

“其实还不算是男朋友吧。”林婧随口敷衍了一句，沉吟半晌，道，“怎么说呢……其实是，我还在追他。”

追追追他？！

追谁？！

沈温欢给惊掉了下巴，就连蒋远昭闻言都不禁为之侧目。沈温欢这次手一抖，手机一歪就要从手中滑落下去，然而却被身旁的蒋远昭手疾眼快地接住。

“咦，蒋远昭也在旁边呢？”林婧挑眉笑道，似乎完全没有察觉到自己这句话带给别人多大的震撼，“你们两个进展不错啊，我今天打电话就是想问问你们玩得怎么样来着。”

语罢，她顿了顿，不自觉地笑着补充了一句：“顺便物色一下以后有空约那个人一起出去玩的地方。”

沈温欢摇了摇头，心情复杂不已，她同蒋远昭对视一眼，果不其然，都是震惊不已。

想不到一向情感淡漠的林婧，一旦正儿八经追起人来，居然会如此颠覆人设。

“那你可要锁定这个度假庄园了，来了绝对不会后悔。”沈温欢信誓旦旦地握拳道，却是唇角微弯，禁不住八卦地问林婧，“那林姐，你稍微透露一下那个男人的身份，怎么样？”

林婧略加思忖，随后对她微笑：“不行，我还没追到呢，提前曝光的话，要是最后没追上不就尴尬了？”

睁眼说瞎话。

这是沈温欢听到林婧回答后的第一反应。

单是看你这暧昧的态度和势在必得的势头就知道你们已经快成了好吗?

沈温欢撇了撇唇角，可怜巴巴地眨眨眼睛，试图卖可怜：“真的不行吗？我和蒋远昭又不说出去。”

“这个绝对不行，可能等你们两个回来开始工作了，那个人的身份就可以曝光了。”

沈温欢只得作罢：“好吧好吧，那我就不过问这么多了，先祝你能早日心想事成……”

她叹了口气，正说着，这才认真打量起手机屏幕中的林婧——

妆容精致，红唇微弯，长发高绾，一看便知道是精心打理过的发型，脸颊两侧的碎发略微上卷，居然很是减龄。

林婧本来就姿色不错，只是平常疏于打扮，如今这么细致地打扮了一次，当真是让沈温欢倍感惊艳。

方才她只顾着为林婧那个神秘的正在追求的男人好奇，都没怎么注意林婧的外表，现下这么打量起来，真是有种年轻了好几岁的感觉。

有情况!

“林姐你等等！”沈温欢敏感地察觉到了什么，她当即抬高声音道，“你怎么突然打扮得这么漂亮，要去做什么啊？”

蒋远昭听她这么说，便也打量了一眼林婧，的确是变化颇大。

林婧闻言，佯装出不悦的模样，道：“你这是什么话，说得好像我平时打扮得不漂亮一样。”

“难道不是吗？”

“……”林婧默了默，最终她轻咳一声，终于承认了自己今天打扮得比平时都要上心，“好吧，今天是特殊情况，所以就特殊打扮。”

沈温欢的好奇心又被激起来了：“什么特殊情况？”

“第一次约他出来吃饭，我总该好好准备吧。”

这进度真是厉害了!

沈温欢不禁从心里感叹：林婧就是林婧，工作上雷厉风行，感情上也是如此。

“好啦，那我就不打扰你了，你赶紧去吧。”沈温欢捂心口叹息一声，佯装黯然神伤的模样，“我的林姐要被别人收走了，有点伤心。”

“还不一定成不成呢。”林婧笑着安慰她，正欲开口，另一个私人手机却响起来了，她摸出手机，看到来电人愣了愣。

蒋远昭轻按沈温欢的肩膀，二人无声对视一眼。

这个来电人，肯定是那个男人。

果不其然，林婧接了电话后当即起身去同那人通话。然而她估计错了声音传递范围，走出去了几步，她的声音还是模糊地落入了沈温欢和蒋远昭的耳中：

“喂，周焕，你这么快就到楼下了？”

沈温欢唇角的笑意瞬间僵住，她难以置信地瞪大了眼睛，连该有什么反应都不知道了。

就连蒋远昭听到她这句话，也有些怀疑，他沉吟半晌，接过沈温欢的手机，蹙眉问她：“刚才，林姐叫的是谁的名字？”

沈温欢闻声瞬间回神，然而却还是处于极大的震惊之中：“周……周焕？”

是吧？

应该没听错吧？

蒋远昭突然无话可说，当真到了这个时候，他心情却复杂一片。

最终，沈温欢退出了视频通话，在微信聊天界面点出了输入法，打了一行字，发给林婧，作为这次通话的结束语：

“林姐，祝长长久久。”

“到底什么情况？”沈温欢喃喃道。

沈温欢和蒋远昭并排坐在沙发上。她仍有些愣怔，当真是对林婧的感情生活感到无比吃惊。

林婧，和周焕？

怎么说呢……这个组合，有点儿恐怖，两个同是不婚主义者的工作狂，还都是金牌经纪人，他们两个人之间竟然还能擦出爱的火花？

沈温欢念及此，再度难以置信地摇了摇头，揽过蒋远昭的手臂，道：“细思恐极，他们两个人背着我们到底做了什么？”

“不知道他们什么时候谈到一起去的。”蒋远昭眉间轻拢，对这个突发事件显然也有些惊讶，但他最终还是叹了口气道，“不过周焕做事稳当，不拖拖拉拉的，估计很快就该有个结果了。”

所以说，这就是一场两个雷厉风行的工作狂的爱情拉锯战？

沈温欢有了这个想法，难免有些忍俊不禁。她低笑一声，戳了戳蒋远昭，还是有些不放心：“难不成这么多年了，周焕一直都没有谈过女朋友？”

蒋远昭摇摇头，果断否认，道：“在遇见我之前，我不清楚周焕有没有感情史，但自从他做了我的经纪人，这么多年我从来没有听说过他有女朋友，而他的表现也不像是有女朋友的人。”

沈温欢似懂非懂地点了点头：“这样啊……原来也是个情商低的，这么看来我家林婧还是比较给力的了，居然会主动去追求他。”

“是啊，这两个人从某些方面来讲还是很般配的。”蒋远昭略微颔首，表示沈温欢这句话真真是说中了真谛，便道，“不过我还真是从来都没有想过，周焕和林婧居然会走到今天这一步，他们两个人性格太相像，说是朋友我还相信……”

但现在他们二人的进度都已经上升到了约会，眼看着进度越来越快，就该到合适的火候了。

就连蒋远昭都未曾想过，自家各方面都冷淡的经纪人周焕，和沈温欢家漠然的工作狂经纪人林婧，这两个人居然会好上。

简直不可置信，怪事年年有，今年似乎有点儿多。

蒋远昭笑叹一声，捏了捏眉骨，对沈温欢道：“算了，不想这么多了，顺其自然吧。”

“也是。”沈温欢揉揉脸，指尖这会儿因为方才的激动，便有了些许温暖，她伸了个懒腰，起身对蒋远昭道，“被林姐这么一吓，我都不怎么困了，一起看看电视怎么样？”

正好，蒋远昭玩手机玩得有些无聊，刚把手机放在桌上，便听她提出了这个建议。他唇角微弯，也觉得这个主意不错：“好啊，反正闲着也是闲着。”

沈温欢闻言，便立刻迈着轻快的脚步，跑去卧室里抱着随行李一同带过来的空调毯出来了。

她顺手关上了客厅的灯。灯光暗下，客厅陷入一片昏暗之中，似要与外界的黑夜融为一体，室内只有电视屏幕散发出的光芒。

房内也是静谧的，唯有娱乐节目中的对话，时断时续地传入沈温欢耳中。

她对此时的温馨氛围感到十分满意，便轻快地走上前去，坐到蒋远昭身边，把空调毯一把铺开，严严实实盖在二人身上，温暖不已。

这个房间内的沙发是长款沙发，都够人直接躺着看电视的，因此舒适宽敞得很。

“好了好了，这样就舒服啦！”沈温欢笑眯眯道，身子一歪便轻轻靠在蒋远昭肩头，下颌蹭了蹭，看着他，“我们难不成就看这些娱乐节目吗，会不会太无聊了？”

蒋远昭并没有立刻回答，只是顺手将沈温欢带入怀中，手环住她，搭在她肩上。

他垂眸打量她，见她干净清秀的眉眼温柔无限，一双杏目中泛着柔润的光，悄无声息地潋滟开来，引得人心下微动。

她唇角微弯，噙着抹恰到好处的懒散笑意，满足而略含倦意，竟是动人得很。

完全就是个为人妻的温柔模样。

蒋远昭喉间微动，面上却是不动声色。半晌，他念及沈温欢方才问他的问题，便伸手将她耳边的碎发捋至耳后，似笑非笑道：“既然你觉得这种娱乐节目无聊，那你是想看一些有趣的东西？”

也不知道是不是沈温欢的错觉，她总觉得蒋远昭说这句话的时候，似乎特意在“有趣”两个字上加重了语气。

似乎在暗示强调着什么歧义，摆明了戏谑的态度，分明就是在不正经地调侃。

沈温欢：“不，你可能理解错我的意思了。”

“嗯？”蒋远昭唇角笑意更甚几分，“那你倒是说说，你觉得我把你的意思理解成什么了？”

沈温欢窘，她没好气地伸手轻推了推他，哼了声，道：“蒋远昭你正经点啊，适可而止就行，别一个劲得寸进尺。”

蒋远昭笑得无辜，似乎还有几分无奈，他轻叹了口气，悠悠道：“我的意思是，我们要不要看一些评分比较高的有趣的电影，你是理解成什么意思了？”

说完，他意味不明地扫了她一眼，笑而不语，却是让人感觉奸计得逞一般。

沈温欢的脸颊有些发烫，一时无言以对，被噎了好久才憋出句话来：“我我我就是这么理解的啊，那我们赶紧找找电影看吧。”

蒋远昭有些忍俊不禁，终于没再逗她，拿起遥控器调出了浏览器页面，点进了影视大全，问她道：“好，你想看什么类型的？”

“嗯……都行吧，我看电影不怎么挑的，你来决定吧。”沈温苦思冥想半天，也没能从脑袋里翻出什么让她记忆犹新的电影，便把这个艰巨的任务交给了蒋远昭，又补充了一句，“只要不是天雷滚滚的狗血电影就好。”

于是乎，蒋远昭颔首应声，很是干脆利落地切换到了欧美电影栏，紧接着，点进了“恐怖惊悚”这一标签内。

他面上没什么表情，似乎料想到沈温欢肯定会问他怎么回事，便道：“不好意思，容我走一次套路，在和你独处的时候一起看恐怖电影。”

沈温欢：“……”

还真是意外的直截了当啊……

第一次，蒋远昭玩儿套路直接说出口来，她还有些不习惯。

不过沈温欢对于这些都是抱着平常心，没有害怕，却也是看到惊悚画面会有点尿的。

但是既然蒋远昭就在她身边陪她一起看电影，那她就没什么好尿的了。

沈温欢表示随他开心，她没什么异议。

蒋远昭果断点开了排行榜，很快，他的视线锁定了一部电影。

沈放看着天色已晚，便直接从餐厅中点了几份小吃，打算带回去。

以防万一，当夜宵也好。

他回到宾馆房间后，见客厅没有人影，便迈步走到了卧室。果不其然，沈放看到袁语姗正盘腿坐在床边，在她随身携带的手提电脑上不知在看什么，笑容满面。

也许是喜剧片吧，看她这副模样，似乎她现在的心情比早上是好太多了。

沈放想着，将捎回来的小吃放在桌上，对袁语姗轻唤了声：“先过来吃饭，我帮你带回来了一点吃的，你要是没吃饭的话可以垫一垫肚子。”

“好的，放那里吧，谢谢啦。”袁语姗随口敷衍了他一句，指尖在键盘上跃动，咯咯笑着，不知是在同谁聊天，但看得出来，她心情十分愉悦。

沈放也不知道自己是多心了，还是因为前段时间工作太累，导致他神经高度紧张了，他总觉得袁语姗和以前越来越不一样了。

慢慢的，有些偏离他曾对她有好感的人设了。

虽然有些奇怪，但沈放终究还是没有多想。他轻轻摇了摇头，应声后便将小吃的塑料袋拆下，去客厅扔到了垃圾桶中，把饭放在餐桌上，还颇为细心地将筷子和勺子整齐摆放在一旁的餐巾纸上。

“你先玩着吧，累了一天，记得早点休息。”沈放淡声嘱咐了她一句，习惯性地去关心她，“对了，千万别忘了吃饭。”

“好好好我都知道啦，心里很清楚的。”随着沈放话音落下，袁语姗的语气便更加敷衍，仔细去听，居然还能听出几分冷漠和不耐烦。

沈放愣了愣，长眉轻蹙，最终还是没作声。

看来，奇怪的人不是他了。

想罢，他便薄唇轻抿，去一旁的行李箱中找出了自己的浴袍和家居服，拿着便去浴室洗澡了。

袁语姗根本没怎么注意沈放，她正用电脑登录着微信，同王总聊着天，好容易把这个大金主给哄了回来，她可高兴坏了。

然而她想从电脑上看电视剧，便将微信最小化，边看电视剧，边用手机跟他聊天。

要不是浴室中传来淅沥的水声，她都没发现沈放去洗澡了。

不知过了多久，袁语姗觉得有些饿，想起沈放方才买的吃的，便跟王总说了一声，谨慎地将手机拿在手中，去客厅吃饭了。

与此同时，浴室门却正巧打开，沈放穿着浴袍走出来，正擦着湿发，看到空无一人的卧室，怔了怔。

见电脑还开着，他便走过去不经意地扫了一眼，却无意间瞥到电脑右下角，有微信消息提示。

沈放恍惚间似乎是看到了“王总”二字。

他长眉轻蹙，突然将毛巾放在一旁，伸手握住鼠标，毫不犹豫地点开了那条未读消息。

袁语姗丝毫没有注意到卧室中的情况。她拎着小吃，走到客厅内放到餐桌上，便落座开吃。

她边吃，还边打开手机，在微信中同王总聊着天，十分愉悦，时不时勾起唇角。

然而就在此时，王总给她发来了一条信息：

“你和沈放的事情处理得怎么样了？你答应过我的，可别忘了。”

她叹了口气，捏捏眉骨有些发愁，打出一行字发送过去：“好啦好啦别生气嘛，我其实就是为了罗婉和沈家的背景才跟他好的，很快就会断的。”

“好，你尽快处理这件事，别让我等太久，你是明天早上的飞机吗？”

袁语姗不急不慢地塞了口章鱼小丸子，这才腾出手来打字：“对，刚刚订好了，明天中午大概就可以到了，到时候我去找你啦，瞧你这火气。”

“行吧，直接来我龙城那边的房子里，别引过来记者，小心点儿。”

她笑了笑，迅速做出了回应：“知道啦知道啦，肯定万无一失。”

“那就好，我直接在这里等你。”

“行呀。”袁语姗唇角微弯，指尖饶有兴趣地轻搭在颊边，点了点。她沉吟半晌，将手机重新拿起，指尖快速从屏幕上点过：

“那王总，你看我不惜花费这么大的代价都要来找你，你是不是也应该好好犒劳我一下呀？”

屏幕那边的王总正同朋友们在包间内，灯红酒绿，人声嘈杂，男人女人的身姿在这晃眼的灯光中影影绰绰。

他刚开始没注意到袁语姗回复他的消息，抱着怀中的妙人儿正悠哉地喝着酒，经身旁人提示他才反应过来，眯眸拿起手机查看消息。

看完袁语姗发过来的话，他不禁哑然失笑，带着几分嘲讽几分冷漠道："唉，这小妮子，真是个人精。"

"瞧我们时坤这脸色，怎么的，是袁语姗？"怀中的妙人儿把玩着他的领口，媚眼如丝道，很是慵懒。

王时坤没答，只同袁语姗回复了一条："最近那个珠宝代言，我帮你谈妥，这个怎么样？"

袁语姗很快发了条信息："好呀，真是不能更满意了。"

他垂眸，将手机随手放在一旁的桌上，不打算继续同她周旋。

"怎么，不理你的小美人儿了？"怀中女子娇俏轻笑，红唇微弯，呵气如兰，"也不怕人家伤心啊？"

"我更怕你伤心。"王时坤低笑，俯首凑近她，低声道，"毕竟，你才是我的小美人儿。"

"得了吧您哪。"女子嗤笑一声，眉眼间却依旧是妩媚至极，葱指轻搭上他的领口，暧昧地摩挲着，"那袁语姗也不是什么好货色呢，一边勾着你，一边搭着沈家少爷沈放，真是吃尽了好处，还真不是什么简单人物。"

"管她那么多做什么，反正迟早都是要扔掉的。"王时坤啧了声，没来由地觉得有些扫兴，便搂紧了怀中的她，俯首索吻。

女子娇笑出声，一双藕臂悄无声息地环住了他的脖颈，热烈回应起他的吻。

在这片嘈杂糜乱中，没有任何人注意到，那孤零零放在酒瓶堆中的手机，就在此时无声亮起了屏幕，显示出微信的几条未读消息。

最终，却还是无人去理会。

这个陷阱，环环相扣。

沈放站在卧室内，他的双眸有些难以置信地微眯，眉间紧紧拢着。

他浑身冰冷，不知何时，手中本拿着的毛巾已经悄然无声地落到了地上，安安静静地躺着。

电脑屏幕上，赫然显示着手机和PC端同时登录，而方才沈放从浴室中走出来，刚好看到电脑右下角显示有新的消息，他便点开来看了。

那是袁语姗的微信号。

页面正好停留在她和王总的聊天框中，一条条地往下看过来，沈放的心逐渐冷了下来。

就连眼神，都暗淡了些许。

他薄唇微抿，强行让自己镇定下来，去将那些极具暗示性的聊天记录给消化掉。

然而，却是徒劳。

沈放从来没有这么冷静过，他做了个深呼吸，突然有些搞不懂自己此时心里所念所想。

不是伤心，不是惊讶，不是失落。

沈放垂眸，面无表情地俯身，将毛巾捡了起来，拍了拍上面的灰尘。

他的第一反应，是厌恶与失望。

沈放自然是知道圈内有些女星走红的内幕，但他无论如何都没有将袁语姗代入其中。

也不知道是她袁语姗伪装得太好，还是他沈放太过天真。

为了罗婉和沈家的背景，才跟他好？

可以。

她袁语姗，当真是太厉害了。

沈放长眉紧蹙，此时心情实在是令人作呕。他紧闭上双眼，再次强行让自己稳下心来，便拿了衣服去浴室更换。

他突然想起之前不小心偷听到了沈靳恒和罗婉的谈话，罗婉说的那句“语姗的要求”。

看来骗人的可不只是袁语姗，就连他的母亲都成了同伙。

沈放缓缓吐出口气，将换下的浴袍挂在一旁，走出了浴室。经过那手提电脑时，他心烦意乱，便重重合上了，发出砰的一声闷响。

这下子倒好，袁语姗正坐在客厅安然无恙地吃着饭，听到声音吓得她一激灵，当即就起身小跑到卧室里查看情况。

见沈放面无表情地站在她的手提电脑前，指尖搭着电脑，袁语姗便知道方才那声音是他制造出来的。

她还不知道发生了什么，只悠悠吐出口气，有些嗔怪道：“沈放你做什么呀，吓我一跳呢？”

沈放冷冷瞥她一眼，见她这副模样，估计是还没反应过来自己的秘密已经被他发现。他不怒反笑，道：“吓你一跳，有什么能吓到你？”

沈放这突然略含怒气的声音着实让袁语姗愣了愣，她当真是从来都没见过沈放发脾气，一直都觉得他性格温暾淡漠，现在这是怎么回事？

“你、你怎么突然生气了啊？”她眉间轻拢，有些乱了手脚，视线扫过她的手提电脑，突然想起了什么，脸瞬间就白了。

等等，她刚才看电视剧之前，在电脑上登录了微信，忘记退出登录了！

糟糕！

沈放长眉轻挑，见袁语姗突然惨白的脸色，便知道她反应过来了，当即垂眸嗤笑一声，冷道："怎么，袁小姐，不打算解释一下？"

怎么解释？

“不是的沈放，我……我是迫不得已的！”袁语姗彻底乱了手脚，她从来没想过她和王总的事情会有败露的一天，就算想过，也绝对没有想过是这样。

如今真真实实地发生了，她反而开始不知所措了，脑子里一团乱，她觉得自己该说些什么挽回一下沈放。

但紧接着，袁语姗回想起自己同王总的聊天记录，她发出去的每一字每一句，无疑都是清晰明了摆在眼前的罪证。

她悲哀地发现，自己并没有什么好解释的。

袁语姗支吾了半天也没能说出来什么，懊恼地垂首，紧紧咬牙。

沈放无声冷笑，扫了一眼袁语姗紧握着的双拳，最终还是叹了口气，似是累极倦极，道："……算了，可以了。"

袁语姗愣愣抬首："什么……什么可以了？沈放，你什么意思？"

“我再去单独开一间房吧，以后别再见面了，好好跟着你的王总，绝对比在沈家混得风生水起。”沈放说着，已经利落地拎起了自己躺在地上尚未收拾的行李箱，对她淡声道，话语里没什么情绪，甚至连愤怒都没有。

袁语姗是真的怕了，她瞬间就哭了出来，事态已经完全脱离了她的掌控。她忙不迭上前想要拦住沈放，却被他不着痕迹地避开。

“袁小姐，请你自重。”沈放冷道，似乎是厌恶，冷漠地拍了拍身上并不存在的灰尘，仿佛是在嫌弃袁语姗。

这个动作深深刺痛了她，她摇摇头，哭着对他道："沈放我错了，大不了我和王总断掉……”

“我说了，可以了。”沈放似乎终于失去了耐心，薄唇紧抿，难免动了怒，对她道，“离我远点，我有洁癖。”

袁语姗的脸更惨白了几分，她正要继续挽留，沈放却已经头也不回地拎着行李箱走出了房间。

房门被重重摔上，袁语姗浑身力气尽失，她跌倒在地，最终痛哭出声。

门外的沈放更是糟心不已，他拎着行李箱，却是径直走出了这栋宾馆，想去寻找别的住处。

然而他此时烦躁不堪，便随便找了处小饭馆，要了瓶酒，坐在角落里打开手机。

他眉间轻拢，也不知道自己究竟要做什么。他漫无目的地翻看着微信，最终，目光落到了“蒋远昭”三字上。

他看了看时间，还好，便轻抿唇，给他发过去一条消息：“有空吗，打局王者？”

没一两分钟，蒋远昭便回复了他：

“沈温欢刚睡，你现在在哪？我去找你。”

沈温欢睡眼蒙眬间，似乎是看到了蒋远昭穿上了外套，正在扣着腰带。

由于双眼惺忪，因此沈温欢看到的景象都是有些重影的，模模糊糊，让人更加困倦。

她露出半个脑袋，小声支吾了一声，从温暖的被窝中动了动，活动了一下脖子，这才恍然回神，自己不知何时已经到了被窝里。

兴许是方才她看电影的时候困意席卷，再加上又是坐在毛绒沙发上，躺在蒋远昭怀里，温暖舒适得很，便不小心睡着了。

如此一想，还是蒋远昭将她抱了过来。

沈温欢很是慵懒地半眯着眸，仔细倾听周围的声音，果然没有电视播放中的嘈杂声响了，一片寂静，只有蒋远昭整理衣服传来的窸窸窣窣的声响。

他动作极轻，似乎是不想吵醒陷入熟睡中的她，然而沈温欢的睡眠一向很浅，稍有什么风吹草动，她就会醒过来。

揉了揉太阳穴，沈温欢脑袋仍有些混沌，却还是强打精神看向蒋远昭，略微哑着嗓子问他："你要出去吗？"

蒋远昭怔了怔，似乎是没想到她居然会醒过来，很快，他便嗯了一声，道："我出门一趟，很快就回来，你要是困了就先睡吧，我看你今天似乎挺累的。"

"哦，行吧……"她揉了揉眼睛，抱紧被子，只露出半张脸，从被子里传出的声音有些呜呜噜噜的，"大半夜的这个点儿了，你出去做什么啊？"

倒也不是不信任，只是现在时间的确是已经晚了，蒋远昭从来没有这个时间出去过，沈温欢难免有些好奇。

"沈放那边可能有点事，我单独过去找他谈谈。"蒋远昭低声道，单膝蹲下身来，边系鞋带边轻声回答她，"也许是和袁语姗有关吧，我有些不确定的想法，也不知道对不对。"

袁语姗的事情？

沈温欢脑子有些发蒙，她没反应过来沈放和袁语姗会出什么情况，但转念一想他们二人中午时的怪异气氛，便也默了默，不再多言。

"这样啊，希望没什么大事吧。"沈温欢揉揉眼睛，困得哈欠连天，却还是要坚持问个清楚再睡觉，"再等一下，你刚才说什么'不确定的想法'，是什么意思啊？"

"听圈内朋友无意中讨论过一些事情，是有关于袁语姗的私人生活的，我觉得这种事没证据之前不好妄下定论，便当作没听见了。"蒋远昭说着，已经将鞋带系好，起身对她道，"等我处理好了再告诉你吧，乖，先睡觉。"

沈温欢撇了撇嘴，最终，还是有些不甘心地嗯了声，将半张脸埋进了被子里，鼻尖处有些发冷，她呵了口热气，想要去温暖一下。

蒋远昭见沈温欢这般模样，心里清楚她是有些憋屈的，不过情况摆在这里，他之前听说的有关于袁语姗的事情可不是什么小事，在没有确凿证据之前，还是先不透露出来为好。

不过，该有的安慰还是要有的。

念及此，蒋远昭迈步走到床前，在她跟前站定，随后，他伸手，力道温柔地将她遮挡在脸上的被角抬了抬，露出了她的面孔。

沈温欢抬眸，还没正眼看到他，便见蒋远昭俯身，接近了她。

沈温欢条件反射地闭上了双眼，下一瞬，蒋远昭的吻轻极柔极地落在了她的额前。

他哑声低笑，似乎有些无奈，在她头顶上方悄然道："乖，你只要睡一觉，这些事就都处理好了，晚安。"

沈温欢有些释怀，虽然他这哄人的方式像哄小孩子一般。她有些忍俊不禁，轻咳一声，从被窝中伸出手来，轻轻拍了拍蒋远昭的脑袋："好好好，你赶紧去吧，别让沈放等太久了，晚安。"

蒋远昭唇角微弯，心满意足地直起身来，随即便冲她挥了挥手，迈步离开了房间。

当门被人关上的那一刻，沈温欢安静了一会儿，试图去思考一下现在可能会出现的状况，然而她脑子里空空荡荡的，总是下意识断片。

今天中午的时候，沈放和袁语姗之间怪怪的，但又不像是吵架，她总感觉这其中是另有隐情。

难不成……偷偷分手了?

沈温欢叹了口气，多少有些烦躁，偏偏此时困意席卷而来，她打了个哈欠，终究还是放弃了思考。

既然蒋远昭说了，他会把这些事情处理好，那她就没什么可担心的了。

毕竟，那可是他蒋远昭啊。

沈温欢伸了个懒腰，重新美滋滋地钻回了被窝，她将床头灯调成了暗黄色，又调低了亮度，这才满意地合上了双眼，开始闭目养神。

很快，她重新陷入了沉睡之中。

窗外，繁星璀璨，夜色澄澈。

与此同时，沈放正在小饭馆内一人饮酒，漫无目的地打量着四周，时不时眺望窗外夜景，内心却还是无比沉寂。

握着酒杯的手有些僵硬，搭在杯壁上的指尖微微泛着冷意，顺着手臂寸寸游走，沈放却也是了无知觉。

奇了怪了，他都头顶呼伦贝尔大草原了，居然还能这么镇静，真是个奇迹。

沈放还以为自己这个暴脾气，肯定是要和袁语姗公开撕的，然而当真到了那一刻，却只有心寒和厌恶，根本不想和她有过多牵扯了。

沈放从来没有像这一次一样觉得自己眼瞎缺心眼儿过。

知人知面不知心，他这次托了袁语姗的福，算是长见识了。

沈放细不可闻地叹了口气，抬手捏了捏眉骨，重新伸手，正要拿过酒瓶给酒杯满上，却被人抢先了一步。

突然被人打扰，他啧了声，冷冷抬眸，面上有些不耐烦，却见来人是蒋远昭。

蒋远昭慢条斯理地落座，见手中酒瓶还有不过四分之一的酒，又看了一眼沈放面前的酒杯，意味不明地牵了牵唇角，直接对瓶吹，将瓶中酒一饮而尽。

他喝完，气都不带喘一下的，将空酒瓶放在一旁，对服务员轻挥了挥手："麻烦再拿来一瓶，谢谢了。"

沈放揉了揉太阳穴，眉眼间有几分疲倦："你怎么会答应过来找我？"

"我要是不找你，只怕你会在这里喝一晚上的酒。"蒋远昭轻飘飘地瞥了他一眼，轻声低笑道，"而且，还是你自己一个人。"

沈放沉默半晌，最终他轻咳一声，道："行吧，就是这样，袁语姗明天早上的飞机，我过几天也挑个时间回去工作。"

"怎么回事，不打算说说？"

"虽然不知道为什么，但我的直觉告诉我，你既然已经过来了，心里肯定就有底了。"

"那看来你的直觉还挺准的。"蒋远昭饶有兴趣地挑了挑眉，他喟叹一声，回答沈放道，"所以，袁语姗真的和那个王时坤关系不错？"

"关系不错，说得真好听。"沈放自嘲地笑了笑，"看他们那聊天记录，估计这段关系都已经很久了，绝对比我的久。"

"人设崩坏，被戴绿帽，这些东西看开点就好，毕竟袁语姗的人设放在那里，谁也想不到真相会是这样。"蒋远昭一时也不知道该说什么好，毕竟袁语姗行径暴露之前，谁也不会想到她居然会是王时坤的人。

得到了准确的答案，蒋远昭心里有了谱，也没再继续揭人家的伤疤。

“已经看得很开了，只是多少有点失望吧，日后公开分手后尽量避免见面就好了。”沈放淡声道，见服务生拿着酒瓶走过来替他们二人满上了酒，他轻声道了声谢，然后执杯轻酌一口，“对我虽然有些不可忽视的影响，但也不会太大，其实真到了这种时候，也没什么好担心的了。”

沈放的心态不错，虽然不知道是真心还是伪装，不过事已至此，已经没什么好再多想的了。

蒋远昭倒也爽快，颔首对他道：“那我就不陪你打王者了，陪你喝几杯吧。”

正提着这个建议，蒋远昭便已充分表现了自己的行动力，将酒杯拿过来一饮而尽。

沈放见蒋远昭如此，随即点了点头喝了口酒，半晌他突然想起了什么，不急不慢地拿出了手机。

他从手机通信录中翻出了袁语姗的电话号码，指尖停留在页面上，一时竟然有些感叹。

这几个月来，自己到底在和一个什么样的女人在一起?

终究是他心眼儿太少，不幸看错了人。

袁语姗在他的通信录中，是唯一一个名字前面有“A”的联系人，然而，这个名字即将成为曾经。

沈放果断地将那电话号码删除，也去微博取消了关注。他随手翻阅了一下关注列表，只有寥寥数十位并不算太熟的圈内朋友。

他眸光微动，默默笑叹一声，这时他才意识到——

自己从现在起，可就是真真正正的孤家寡人了。

一晚上，袁语姗几乎是给沈放打了上百个电话，然而每次不是被拒接就是无人接听，最后沈放干脆关了机。

袁语姗慌了，忙不迭又去微信里找沈放，谁知沈放把她给删除了。她咬唇，从通信录中复制了沈放的电话号码，顽强不屈地厚着脸皮从微信搜索出他的账号，重新添加。

一连串地，她申请了好几条。

紧接着，袁语姗为了以防万一，又点开了手机中的微博，她从账号关注人中翻出了沈放的微博账号，然而却发现最底排显示着的，赫然是“+关注”。

沈放居然，取消对她的关注了……

袁语姗好不容易止住的眼泪又因为焦急而涌出眼眶。她气得跺脚，却对眼前的情况无能为力，只能眼睁睁看着事态发展越发偏离她设计好的轨道。

沈放这么一取消对她的关注，万一被粉丝或者有心人士发现了，可怎么是好？

到时候万一事情闹大了，沈放把这件事给捅出来，那她又该怎么办？

袁语姗颤抖着手，勉强能握住手机，从来没有如此失魂落魄过。她心里乱作一团，却还是抱有期待。

她相信沈放会心软的，一定会回头的，他只是一时生气而已。

袁语姗的冷汗都下来了，她紧抿着唇，毫无规律地呼吸着，呼吸声都是颤抖的。她的指尖在屏幕上点过，手速竟是快得出奇，瞬间就给沈放的微博私信过去几条消息——

"沈放，我求求你原谅我这一次好不好，我真的知道错了。"

"我和王总之间的事情并不是你情我愿的，我真的是被迫的，我说的所有话都只是为了附和他而已。"

"我喜欢的人是你啊沈放，你不要轻易相信我和他的聊天记录，都是假的……"

她陆陆续续发了好多条解释的消息，然而字句混乱，就连袁语姗自己都不知道解释了什么东西，完全不成篇幅。

但是她能做的事情太少了，眼下这种情况，她唯一能做的事情就是等待沈放的正面回应，以及担心他们之间的事情会不会被人发现。

袁语姗坐在地上，也顾不得什么形象什么地上干不干净了，她怔怔地望着手机屏幕出神，脑子里只余一片空白，还有几条凌乱的线。

怎么办，她能怎么办？

袁语姗发着呆，手机却在此时振动了起来，她欣喜若狂，还以为是沈放打来的电话，然而定睛一看，却发现是姜妍。

她瞬间泄了口气，接起电话，快快地应了一声："喂？"

姜妍虽然有急事，但还是敏感地听出了袁语姗那沙哑得惊人的嗓音，当即便眉间轻拢，问她道："语姗，你那边怎么回事？是和沈放出什么问题了吗？"

“你怎么知道我和沈放出了问题？”袁语姗虽然失神，却依旧能够抓住姜妍话中的重点，她强打精神，忙不迭反问回去，“谁告诉你的，难不成是沈放联系你了吗？”

“你和沈放到底怎么回事？！”话题终于转移了过来，姜妍急了，没想到这两个人之间当真是出了大问题，“沈放倒是没联系我，但是微博现在有人发现沈放取关你了，什么情况啊语姗？”

袁语姗如坠冰窖，她动了动唇，却发现短时间内她因此时的惊慌失措有些失声。

什么?

微博已经有人发现了?

“姜姐，我、我该怎么办啊？”袁语姗的情绪彻底崩溃了，心中那仅存的一份希望都已经破灭，她哭出声来，抽噎着道，“我和王总的事情被沈放发现了，现在我们分手了……怎么办啊？”

“什么？！”姜妍惊掉了下巴，真是想不到这才短短一天时间内，居然发生了这么多的事，她也有些手足无措，但较袁语姗还是好些的，她瞬间冷静了下来，“语姗你先冷静冷静，事态还能控制，你就好好回想一下然后告诉我，沈放发现了你和王总的事情，那证据呢？他有吗？”

袁语姗抽了抽鼻子，仔细想了想，摇摇头道：“没有，他当时太生气了，也没有做什么，只是看到了我和王总的聊天记录而已。”

姜妍不禁松了口气，拍拍胸脯，悬着的心总算是放低了些许，随即，她安慰袁语姗道：“语姗，我们这样，不管以后怎么样，我先去把事情给稳下来，以后的事情以后再说。你好好待着别乱动，微博不要有任何风声，等我消息！”

袁语姗此时却已经忍不住点开了微博，被如潮的质疑与私信吓呆了，她只得答应姜妍的话，尽管她并不知道姜妍究竟在打什么主意。

姜妍收到了袁语姗确定的回答，便果断挂了电话，立刻翻出来一串电话号码，拨了过去，找人立刻在官方微博发公告。

“好的，姜姐，那分手的事情要是被粉丝问起来怎么办？”电话那边的人毕恭毕敬，也是严阵以待。

对了，如果这事儿没个交代的话，粉丝们肯定不会善罢甘休，到时候如果有人深扒，扒出来什么不好的东西就糟糕了。

不过，沈放那边既然没有实质证据，口说无凭也是无用。袁语姗的人设摆在那里，即便他将王总和她的事情抖搂出来也不会有什么人相信，那如此看来就有办法了……

事到如今已经没有别的办法了，姜妍咬了咬牙道："到时候就说，是沈放单方面提出的分手！"

不知过了多久。

袁语姗还在抱着手机发呆，等待着姜妍的好消息，来拯救她最后的一份希望。

她虽然有些心虚，但多少还是好奇，忍不住点进去查看与她和沈放有关的微博，却发现就在刚刚，她的工作室发布了一条公告——

> "袁语姗工作室V：今日大家也都看到了，沈放取关袁语姗，现在就来给大家一个解释。袁语姗和沈放已经确认分手，由沈放单方面提出，原因未知，请不要做无谓猜测，另外，请双方粉丝冷静接受。"

袁语姗愣了愣，只紧紧盯着那一行"由沈放单方面提出"，她紧紧抿着唇，有些出神。

袁语姗刚开始还有些没反应过来，不能理解姜妍这么做是为了什么，然而下一瞬她便反应了过来。

是啊，沈放什么证据也没有，他根本不可能曝光什么，就算罗婉问起来，他也不好将这件事说出去，所以他们只是分了个手而已，她根本没有任何的损失！

袁语姗当即大喜，她兴奋地跳了起来，立刻去翻看评论，果不其然，都是安慰她和怀疑沈放的粉丝，局势已经完全扭转了过来。

好极了！

袁语姗长舒了口气，给姜妍打过去电话，没多久便被接通，她不等姜妍开口，就已经兴奋道："姜姐你看评论了吗？基本都是倒向我这边的欸！"

"现在情况算是暂时稳定下来了。"姜妍显然对此很是满意，她单手抱臂，对着手机话筒处笑吟吟道，"不过啊，还是不能掉以轻心，毕竟这事咱们是摆了沈放一道。沈放那边的工作室实力也不容小觑，如果是发现了什么端倪，我们可能还会被掐回来。”

然而虽是这么说着，姜妍语气中那得意扬扬已经暴露了她的欣喜自满。

“好好好，那我明天赶紧去找王总，赶紧稳定下来再说。”袁语姗连连点头。事情突然解决得这么顺利，有些出人意料，她当真是喜出望外，高兴得有些不能自已。

挂断了电话，她便去收拾行李了，收拾好便放在门口处。她洗漱完毕后，躺在床上美滋滋地翻了个身，闭上眼睛准备睡觉。

然而与此同时，蒋远昭看着手机微博中的消息，长眉轻蹙。

沈放抬眼看他：“怎么这副表情？难不成你看到我和袁语姗的分手公告了？”

蒋远昭正眼看他，面色有些复杂：“何止是看到了公告，还是对你不太有利的那种。”

沈放：“……”

他不过是出来喝了瓶酒的工夫，因为烦袁语姗的电话骚扰便关了机，到底发生了什么？

蒋远昭直接将手机放在他眼前，沈放看完袁语姗工作室的官方微博后，面色微冷。

半晌，他冷笑，扶额叹了口气：“行，她袁语姗，手段真是高。”

“说你单方面提出的分手，箭头可就直接指着你了，也不知道你究竟发现了什么，她会选择这么做。”蒋远昭无奈耸肩，却似乎并没有当回事，收起手机，撑着下巴有些慵懒地看着沈放，“我之前听说了一些事，不过不知道你发现的是不是关于那些的？”

沈放抬眸，语调有些冰冷，道：“王总？”

蒋远昭打了个响指，一副了然模样：“出人意料。”

“还有更出人意料的，既然她都做到这一步了，我也就不帮忙藏着掖着了。”

沈放吐出一口气，喝了口酒，这才启唇，不急不慢道：

“之前我回家时，无意中听到了我父亲和母亲的对话。”

“那天我回沈家，上楼时听到了他们两个人的谈话。”

沈放捏了捏眉骨，眉眼间有几分疲倦，轻声道：“我当时觉得这种不确定的事情就暂时放一放吧，不过现在看来，告诉你的话，你也许会知道些什么。”

“沈家已经打算把江一铭这颗棋子抛弃了，现在局势似乎很紧迫，还有……之前那个小花旦突然陨落的事情，似乎和袁语姗有关。”

蒋远昭听到他口中“那个小花旦突然陨落”，瞬间就对上了号，他长眉轻挑，问：“柳棠？”

“对，就是她。”沈放经蒋远昭提醒，便想起来了，颔首应声，继续补充道，“不过关于柳棠的事情，我只听到我母亲说，那‘是语姗的要求’，所以我也不太确信，我母亲和袁语姗暗地里是否有什么联系。”

蒋远昭眉间轻拢：“你们已经见过家长了？”

“所以，这才是我感到奇怪的地方。”沈放看着话题终于转到重点，便扶额叹了口气，啧了声，道，“天知道，我根本就连我母亲的名字都没跟袁语姗提起过。她们现在却不仅知道了彼此，而且她们之间的来往似乎我全然不知。”

“看来事情没这么简单。”蒋远昭虽然这么说着，面上却还是似笑非笑着的，“不过柳棠的事情居然和袁语姗有关，幸好我今晚过来了，才能知道这么好的消息。”

“你知道内幕？”

蒋远昭垂眸，指尖别有意味地摩挲着杯口：“算是知道一点吧。”

沈放无声挑眉，轻酌了口酒，示意他说来听听。

蒋远昭略微颔首，指关节叩了叩桌子，不急不慢地开口道：“之前侯悦晗和柳棠有过矛盾，柳棠抢了侯悦晗的资源，也许是惊动了袁语姗，就同你母亲诉苦去了。”

“可是，柳棠是我母亲那边经纪公司名下的艺人吧？”

“的确是，不过圈内都知道柳棠虽然当红，却因为脾性不好惹上一堆仇人，迟早都会有被踩下去的一天。”蒋远昭唇角微弯，带几分无奈道，“那你不妨想一想，一边是自己的准儿媳妇，一边是随时可能招黑惹事的艺人，似乎前者更值得拉拢。”

如此一看，还的确就是这么个道理。

沈放愣了愣，叹了口气，苦笑道："看来只有我什么都不知道了。"

"虽然是事实，不过也不能这么说。"蒋远昭抬眸扫了他一眼，"毕竟你是沈家少爷，各方面肯定都被要求干干净净的。"

"行吧。"沈放无奈耸肩道，"那现在事态如何发展就听天由命吧。"

"那可不行，被人黑了就得加倍黑回去。"蒋远昭的指尖似有若无地掠过下颌，意味深长。

他唇角微弯，淡声道，"正愁找不到理由搞事，现在好了，新仇旧怨一起报。"

沈放："……"

这才是他的最终目的吧？

"这么说来，袁语姗的确莫名其妙地针对沈温欢。"沈放念及此，眉间轻拢道，"可如果是因为侯悦晗的事情也不应该吧，又不是都怪沈温欢。"

蒋远昭一副漫不经心的模样，把玩着手中酒杯："因为你啊。"

沈放闻言，不禁愣了愣："因为我？"

"袁语姗那种女人是骄傲惯了的，控制欲强，喜欢独占某些事物，而你和沈温欢'非亲非故'就对她伸出援手，袁语姗肯定会记恨在心。"

看着蒋远昭云淡风轻的模样，沈放从来没有像这一刻一样觉得自己缺心眼儿过。

他只得叹了口气，轻轻颔首，默认了这个说法："好吧，看来是我想得太简单。"

蒋远昭望着杯中酒，在灯光下闪烁着粼粼的光辉，淡声道："没什么，总比满腔阴谋论要来得好。"

沈放饶有兴趣地挑眉："你这是变相自嘲？"

"谁知道呢。"蒋远昭将杯中酒饮尽，晃了晃空酒瓶，唇角微弯，"不过至少在以前，我的这句话你可以认为是自嘲。"

"怎么说？"

他哑然失笑，看向窗外，眸色深沉道："阴谋论可以用来保护身边的人，也不能不算是个好东西。"

沈放打量着他，眸微眯。

半晌，他垂眸低笑出声。

沈温欢能和蒋远昭相遇，可以说是很幸运了，不过这句话即使两个名字互换过来，也是如此。

挺好的。

沈放正出神，便见蒋远昭慢条斯理地拿过手机，指尖在屏幕上滑动轻点，几下就拨出去了一串电话号码，不急不慢地将手机放在耳边等待接听。

沈放看了眼时间，现在已经是深夜，蒋远昭这是要给谁打电话？

他虽然心下有些疑惑，但还是没有作声，只面色平静地看着窗外夜景，不知在思忖什么。

电话响了没几声，便被人接起。

紧接着，蒋远昭便听手机听筒中传来了周焕明显没睡醒的不悦声音：“蒋远昭？”

蒋远昭倒是笑吟吟的，指尖轻搭在手机上，似有若无地叩击了一下，道：“今晚约会怎么样？”

周焕那边沉默半晌，似乎是还没清醒过来，然而很快，他有些难以置信地反问他：“你怎么知道的？”

“今天下午的时候，沈温欢正好和林婧视频聊天，不小心听到了你们的电话。”蒋远昭似乎很是无奈，“我们也不是有意的，总之，先祝你们长长久久吧。”

“行了吧，说正经事。”周焕捏了捏眉骨，叹了口气，正色道，“这么晚了给我打电话，是不是出什么事了？”

“的确有那么一些私事想要拜托你。”蒋远昭淡声道，突然看了一眼沈放，惹来沈放困惑不解的回望，他启唇，慢条斯理地开口，“就是，想让你帮忙找点儿人，蹲点袁语姗。”

沈放闻言顿了顿，怔怔看向蒋远昭，似乎是在奇怪他心里打着什么如意算盘。

周焕那边还没应声，蒋远昭便随口问沈放道：“怎么样，同不同意？毕竟这事也需要你帮忙。”

沈放颔首，面上没什么表情波动，唇角却几乎不可见地微微上扬：

“求之不得。”

“成了。”蒋远昭单手打了个响指，似乎对此感到十分满意，便对电话那头的周焕道，“行吧，这几天别忙着约会谈恋爱了，等这波过去你们随意去浪。”

“我还没答应你。”周焕蹙眉，“为什么要蹲点袁语姗？还有，她不是今天才跟你们撞上吗？”

蒋远昭长话短说，言简意赅地将事情的来龙去脉述说给周焕听。说完，他便安静等待周焕的回应。

只听那边隐约一声打火机的声响，周焕兴许是点燃了一支烟。过了会儿，他清了清嗓子，对蒋远昭道：“知道了，那我找人处理好，明天早上就让人去几个机场蹲点。”

“那就交给你了，希望我们回去前，能收到一些不错的消息。”蒋远昭唇角微弯，却在此时岔开话题，“所以你不妨说一说，你和林婧的情感进度如何了？”

“闭嘴，我要睡觉了。”周焕冷冷回答他，紧接着，便干脆利落地挂断了电话。

蒋远昭哑然失笑，收起手机，看向沈放：“等结果吧，你呢？”

沈放看了他一眼，神色清淡：“随便在市里玩一玩吧，在这边正好有朋友，你们玩得尽兴就好。”

蒋远昭颔首，意味不明地道了句：“别太在意，没必要。”

“知道，我只是有些失望而已，走到这一步，没办法的事。”沈放说着，却当真是满不在乎的模样，起身重新拎起行李箱，“那我先去刷卡，刚才联系了朋友，刷完卡我就直接走了，过段时间A市见吧。”

蒋远昭颔首，也起身，随他一同走到了门口，背对着沈放挥了挥手姑且算是道别。

他迈步，正欲回去，却听身后传来沈放那清冷的声音：“今天的事，还是谢谢了。”

蒋远昭脚步顿了顿，半晌，他低笑，道：

“都是一家人了，客气什么。”

次日清晨，阮曼舒和季风朗便在楼下的早餐店边等早餐边等着蒋远昭和沈温欢二人。

他们四人约好了今天一起去东边的大型海底世界。那里是开放的，很热闹，各种活动和创意层出不穷，值得一去。

阮曼舒见早餐都上来了，不禁有些疑惑，正欲起身去问问二人怎么还没下来，便见沈温欢和蒋远昭穿着一身黑白情侣装，顺着楼梯走了下来。

沈温欢还打着哈欠，蒋远昭站在她身旁，牵着她的手带她走了过来。

“早，昨晚睡得太舒服了，没起来。”沈温欢和蒋远昭落座，她伸了个懒腰，便对阮曼舒歉意地笑了笑。

阮曼舒笑眯眯摆摆手：“没事，正好吃早饭啊，刚端上来。”

季风朗却在此时看向蒋远昭，低声问他：“蒋远昭，微博上沈放和袁语姗怎么回事？”

“沈放和袁语姗分手了，微博现在闹着呢。”

蒋远昭抬眸扫了一眼季风朗，扯了扯唇角，“我昨晚刚和沈放谈妥，袁语姗估计现在已经在飞机上了，沈放还在市内，不过是去找朋友了。”

“咦，怎么这么突然？”阮曼舒闻言愣了愣，拿着面包的手顿在空中，“我虽然觉得他们两个早晚都会分开，但是……怎么会是在这个时候？”

“嗯……”沈温欢脑中回想着蒋远昭昨晚同她说的那些事情，不禁沉吟半晌，道，“怎么说呢，内幕比较多，挺烦心的，不过也许很快就能解决了吧。”

阮曼舒眨巴眨巴眼睛，吃了口面包：“那就行，希望沈放那小子别太伤心。”

“沈放伤心？”沈温欢闻言，饶有兴趣地挑眉看她，“你怎么会觉得是沈放伤心啊，万一是沈放提出的分手呢？”

“得了吧，袁语姗那女人一看就知道表里不一，肯定有什么高超手段，不然傻白甜人设的热度不会这么久。”阮曼舒嘴里嚼着面包，有些口齿不清，对沈温欢撇嘴道，“沈放没什么心眼儿，性子稳重事儿少，就是个清冷礼貌的好青年，肯定是被耍得团团转的那个。”

沈温欢和蒋远昭对视一眼：“……”

不得不说，沈放这个人啊，真是好揣测。

季风朗的指尖轻抚过下颌，似乎不甚在意："不过沈放的工作室也不是吃素的，要是沈放真的被袁语姗的事情影响了事业，袁语姗肯定不会有好果子吃。"

"她的下场基本已成定局，就看沈放了。"蒋远昭唇角微弯，似笑非笑，意味深长。

"那就行啦，就是可惜他难得出来一次还这么糟心。"阮曼舒耸了耸肩，便继续拿起下一个面包，准备塞入口中，"我们一会儿坐车去东边的海底世界吧。那里面有海洋主题餐馆，据说获得了一致好评，我们在那里吃了午饭，再决定去玩什么。"

沈温欢忙不迭点了点头，表示同意："好啊，反正我不分东南西北，跟着你们走就好。"

"今天正好是活动日，人多热闹，就是可能会被认出来。"阮曼舒喝了口草莓牛奶，抬眸眨眨眼睛，"不过也无所谓啦，反正我们是光明正大地出来玩儿。"

吃过早饭后，四人便乘专车前往海底世界。一路上不过十几分钟，蒋远昭同司机询问了一下海底世界的今日活动时间段，便已经到了目的地。

四人在门口下了车，便看到眼前的建筑物是海蓝色风格，门口摆放着一个小海豚的雕像，刻画得栩栩如生。来往的游客虽然络绎不绝，却也不至于拥挤。

司机将车窗缓缓降下，善意地提醒了一句："先进入园内，直走右拐就是售票处了，具体的事情工作人员会告知你们。"

"好的，谢谢了。"蒋远昭对他略微颔首，示意自己明白了，便侧首同其余三人说明了大概情况。

清楚目的地后，四人便走向了园子门口。进入园子后，沈温欢这才发现原来这个海底世界的外围是个小型公园，碧草红英，空气中弥散开来阵阵不知名的芬芳。

有的游客进入海底世界之前，会先在外面的小公园里找一片草坪，将餐布铺在草地上，把早饭摆到上面，不急不慢地吃。

氛围很好，也没有乱扔垃圾的人，因此草地上永远都是干净翠绿的。

"这里的环境就是好啊，比我们那边的好多了。"沈温欢不禁啧啧赞叹，"完全不像外面那样乌烟瘴气的。"

阮曼舒站在沈温欢身侧，也来了兴致："感觉很好玩的样子欸，赶紧进去吧。"

季风朗唇角微弯，伸手轻揉了揉她的脑袋，淡声道："好了，一会儿我们也能去玩了，现在先去售票处看一看怎么走流程。"

"我看游客基本都是刷卡进入的，你们都把卡随身带着了吗？"蒋远昭随意打量了一下四周，沉吟半晌，看向三人，问道。

沈温欢摸了摸口袋，颔首："随身带着的，没问题。"

阮曼舒从包包里摸出两张卡，唇角微弯，晃了晃，表示他们也带了。

于是乎，四人拿好了各自的磁卡，便准备一同去售票处申请购票了。

然而到了售票处，人似乎有点儿多，蒋远昭眉间轻拢，侧首对三人道："要不然你们先去看看今天海底世界有什么活动吧，这边人比较多，我直接拿着卡一起去买票好了，不然一起排队太浪费时间。"

沈温欢看了一眼那边的人群，如果他们四个人一起挤进去的话的确是不太方便，而且人多也比较嘈乱，蒋远昭去的话，应该是可以应付的。

她略微颔首，将磁卡递给蒋远昭，却还是嘱咐了他一句："小心点啊，不怕一万就怕万一，有粉丝的话记得尽快脱身。"

蒋远昭低声轻笑，伸手轻揉了揉她的脑袋，淡声道："知道了。"

"那我和风朗的也交给你啦。"阮曼舒也觉得这个办法不错，便同季风朗对视了一眼，正欲将两张卡递给蒋远昭，便见季风朗轻轻拦住她，伸手拿过了两张卡。

沈温欢和阮曼舒都有些疑惑地看向他，季风朗却是不急不慢地微抬下颌，同蒋远昭道："让她们两个先在这里玩一会儿吧，我陪你一起去。"

蒋远昭没什么异议，颔首表示同意。

阮曼舒倒也无所谓，能和沈温欢一起玩儿她就很开心了，便欢欢喜喜地蹦到了沈温欢旁边，揽住她的臂弯："行吧，那你们两个记得动作快点哦，我和温欢在这儿等你们，顺便了解一下今天一天的活动安排。"

"好，马上就回来，找不到的话记得电话联系就好。"蒋远昭比了个OK的手势，便同季风朗并肩走向了售票处。那人群之中，很快，她们的身影便消失不见。

沈温欢眉间轻拢，摸了摸下巴："啧……我总感觉他们是不是要谈什么事情？"

明眼人看了，就知道季风朗和蒋远昭一同去了售票处，肯定是因为有想单独谈谈的事情。

“反正不是谈恋爱就行，估计是关于沈放的事情吧。”阮曼舒虽然没说什么，心里却也是有数的，但她当真是不为这件事担心，便耸了耸肩，“不过蒋远昭的办事效率，再加上沈放，袁语姗肯定没跑了。”

沈温欢愣了愣，经阮曼舒这么一说，她这才反应过来：“对欸，话说蒋远昭为什么会帮沈放，插手袁语姗的事情啊？”

阮曼舒不禁翻了个白眼，只默默吐出八个字：“护妻心切，睚眦必报。”

沈温欢：“……”

似乎，是这么个道理来着。

“好啦好啦，我们先了解一下今天的活动吧，毕竟是出来玩的，不要总带着心事啦。”阮曼舒释然地拍了拍沈温欢的肩膀，从一旁的木制海报箱中抽出了一张海报，简略地看了看，了解了一下今天一天之内海底世界举办的活动。

今天一天，这边举办的活动似乎都排得满满当当，一串看下去的话几乎没有休息的时间。

阮曼舒看到某处，眼睛一亮，忙不迭拉过沈温欢，指着那行字兴冲冲道：“温欢温欢，你看看这个，下午有水族馆表演欸，似乎很精彩的样子。”

阮曼舒以前就喜欢海洋生物，她和沈温欢二人年少时经常一起去海洋馆溜达，只是后来彼此都开始工作后，聚少离多，便很少再一起去了。

没想到时至今日，又有了这么个机会，阮曼舒也依旧沉迷于海洋主题。

沈温欢略微凑近，定睛一看，饶有兴趣地挑了挑眉：“真的是，好多年没一起去过了，那等我们吃完饭正好一起去看看吧！”

“行啊，那我们再看看有没有其他好玩的！”阮曼舒来了兴致，便和沈温欢一起研究起了海报。

另一边，季风朗和蒋远昭排着队，二人都戴着帽子，乍一看并不能看清楚容貌，因此也没有什么情况发生。

“袁语姗和沈放分手，是不是另有隐情？”季风朗开门见山，直接问他。

蒋远昭颔首：“你也知道的，界内出了名的干爹老王。”

季风朗闻言，却是眉间略微舒展开来：“确定了吗？”

“确定了，怎么？”

“其实，我之前有收到过一份匿名音频，是关于袁语姗的，不过我也没有找人鉴定是否后期加工过，现在应该能用上。”

蒋远昭微怔，想不到季风朗居然会被牵扯进来：“什么音频？”

季风朗长眉轻蹙，似乎在细细回想些什么，半晌，他一拍拳头，笃定道：

“是在一个单间里，袁语姗和侯悦晗的对话。”

“音频？”蒋远昭闻言，长眉轻蹙，“查地址了吗，从哪发过来的？”

季风朗略微颔首，道：“查过了，就是在侯悦晗所在的医院，不知道是狗仔还是粉丝，不过既然会把这种音频发给我，也可能是黑粉。”

“好，这件事回去之后再详谈吧。”蒋远昭拍拍他的肩膀，将自己和沈温欢的磁卡放入口袋，“难得出来一次，先好好放松一下，暂时不考虑那么多。”

季风朗应了声，便收好了两张磁卡，安安静静排起了队。周边人声嘈杂，身侧是购票后离开售票处的通道，人来人往好不热闹。

就在此时，有个少年经过蒋远昭身边时脚步微顿，他双手抄兜，略微侧首，从帽底打量蒋远昭，长眉轻挑：“蒋远昭？”

这声音低沉悦耳，有几分耳熟，似乎很久以前听过。

蒋远昭垂眸看向来人，也是怔了怔：“祁南骁，你怎么在这？”

季风朗听这名字有几分耳熟，他侧目而视，见那少年身材颀长，身穿黑色棒球服，头戴黑红拼色棒球帽，略微遮住了容貌。

从季风朗的角度看，只能看到他帽檐下露出的那精致白皙的下颌，线条流畅惊艳，有几分冷冽。

祁南骁，祁家财团的少爷，以前经常在各大宴席见到，季风朗对他只能说是眼熟。

不过蒋家和祁家都是商界大头，因此蒋远昭和祁南骁姑且算是熟识。

季风朗对他就没什么印象了，自然而然微微后撤，回避一下。

“放心，不是逃学。”祁南骁见蒋远昭有些怀疑，不禁哑然失笑，不急不慢地伸手，修长指尖搭上帽檐抬了抬，淡声道，“今天学校放假，和朋友一起来的。”

蒋远昭无声挑眉：“难怪，不然你父亲早就追过来了。”

祁南骁无谓耸肩，转而揶揄他：“怎么，和女朋友一起来的？”

蒋远昭自动默认了他的说法：“还在排队买票。”

祁南骁侧首看了眼前面的队伍，随即拍拍蒋远昭的肩膀，唇角微弯，带几分懒散：“那你继续，我朋友还在等着，先走了。”

蒋远昭随意摆了摆手，祁南骁便双手抄兜，朝着一个方向走了过去，步履稳重。

那里有人对他挥手示意，背头夹克牛仔裤，叼着根烟。

蒋远昭不着痕迹地收回视线。这聊天的空当过去，很快便轮到蒋远昭和季风朗了，二人顺利买了票，将信息录入了磁卡，便可直接从大门处刷卡进入了。

与此同时，沈温欢和阮曼舒正兴致勃勃地研究着园内的海报，东指指西指指，似乎是在辨认方位。

“这个海底世界怎么这么大啊……分馆那么多，我们一天能逛得下来？”沈温欢用指尖轻抵着唇，有些怀疑地嗯了一声，“感觉玩不过来。要不然只挑出来感兴趣的先逛一圈，最后再考虑别的？”

阮曼舒闻言，抬眸想了想，便满面正经地重重点头，对沈温欢提出的建议表示认可：“行吧，这占地面积的确是有些大，我们择优去玩好了。”

沈温欢唇角微弯，伸手指了指地图中那条红色的路线：“那就先这么定下来啦，待会儿我们先跟着B路线走一圈。”

阮曼舒颔首，正要应声，便听头顶传来季风朗似笑非笑的声音：“我们只是去买了几张票，你们这是连接下来的活动都安排好了？”

“那是肯定的嘛，出来玩就要万事俱备，没有计划怎么能玩得开心？”阮曼舒笑着哼哼了一声，随即便收起了海报。

沈温欢轻笑，侧首看向蒋远昭，问他：“怎么，票买好了？”

“嗯，直接用磁卡去录入信息就可以。”蒋远昭颔首应声，将她的卡递给她，“收好，进出海底世界都要用到的。”

“稳了！”期待了这么久，终于能进去了，沈温欢难免有些兴奋。她忙不迭拉上阮曼舒，脚步轻快地一同走向了海底世界的大门。

蒋远昭和季风朗对视了一眼，皆是无奈轻笑。

有个爱玩的女朋友，出门的时候难免要好生看管着，不然按她们两个这蹦蹦跳跳的，随时都有可能看丢了。

二人紧随她们之后，防止人潮冲淡了视野。沈温欢和阮曼舒在前面蹦跶，刷卡后便顺利进入了海底世界室内。

“高投资庄园就是不一样啊……”阮曼舒环视着四周，不禁啧啧称赞着这海底世界的建筑风格。

海底世界内，整个格调都是深浅不一的蓝色，有全息投影投射，使人仿佛身处大海中遨游。

沈温欢看到如此装潢也不禁满目惊艳，她有些难以置信地笑了笑，轻轻摇头：“太好看了……这次真是来对地方了。”

“你们两个都很喜欢海洋主题？”蒋远昭无声挑眉，略微倾身，饶有兴趣地询问了她们二人一句。

“是啊，我和曼舒从以前上学的时候就经常跑去海洋主题场所。”沈温欢看着全息投影投射出的空中鱼儿，有些出神，“不过对我来说其实什么都还好，我这么喜欢来这种地方，是因为别的啦。”

蒋远昭闻言微怔，他下意识侧首去观察沈温欢的神情，然而却见她唇角噙着抹温柔至极的笑，双眸在暗蓝辉映下漾开水光，楚楚动人。

也不知是因为光线问题还是别的什么，沈温欢的模样从未有过的柔和，她望着某处思忖，唇角微弯。

蒋远昭甚至有些看呆了。

然而就在此时，阮曼舒有些疑惑地拍了拍他的肩膀：“蒋远昭，你看什么呢？”

这下成功让蒋远昭回过神来，他不着痕迹地收回了视线，轻咳一声：“没什么，只是在想里面会不会更有趣。”

“对欸，还没进去呢，这才只是门口。”阮曼舒拍了拍拳头，笑眯眯伸手揽住沈温欢的臂弯，带着她就向里面走去，“温欢我们走吧，开始玩啦！”

沈温欢蓦地反应过来，她见阮曼舒此番兴奋激动的模样不禁有些忍俊不禁，便附和阮曼舒道：“好好好，我们赶紧进去。”

正说着，四人便已经踏入了馆内。这个馆是海豹馆，工作人员特意设置了一个平台，可以下去申请为小海豹投食，饲料定量。

沈温欢和阮曼舒自然是不能错过这种好机会。沈温欢一直对圆软可爱的小海豹抱有好感，她一马当先拉着阮曼舒便小跑了下去。

蒋远昭和季风朗闲来无事正聊着天，冷不防见前面两个小姑娘小跑了起来，便也只得跟着加快了脚步，一同跑了下去，前往投食平台。

由于环境设置问题，平台处明显比上面冷多了，沈温欢紧了紧外套，有些小期待地上前询问工作人员：“你好，请问为小海豹投食有什么条件吗？”

工作人员正同小海豹互动着，一起扔着球好不欢乐，闻言便对沈温欢爽朗笑道：“没什么要求，只要找我拿定量的饲料就可以了。”

沈温欢和阮曼舒对视一眼，大喜过望。于是乎，沈温欢和阮曼舒拿了一小包饲料，决定一同来投食。

小海豹正在几米外的池中不亦乐乎地玩着球，根本没有注意到这边的情况，还是工作人员吹了声口哨才让它不情不愿地过来。

然而下一瞬，沈温欢笑眯眯地轻挥了挥抓着饲料的手，那小海豹当即乐颠乐颠地用嘴拱了拱沈温欢的手。

它一双眼睛黝黑浑圆，闪烁着荧荧光辉，表情有点像是在笑，看起来憨态可掬，直戳沈温欢的萌点。

阮曼舒第一个蹲下身来，嘤嘤嘤地激动出声来：“不行我撑不住了，这也太可爱了吧！”

沈温欢也被萌得有些手抖。她伸手，似乎只是想试探一下，谁知小海豹挺了一下身子，用脑袋蹭了蹭她的手，一脸享受的样子。

沈温欢有些惊喜，便试探着摸了摸小海豹的脑袋，手感颇好。小海豹也是一脸受用。

太可爱了，想抱抱！

沈温欢不禁笑出声来，腾出只手去给它喂吃的，小海豹忙不迭去吃，舔得她手心有些发痒。

沈温欢眉眼弯弯，尽含笑意，看着小海豹的目光温和至极。

就在此时，蒋远昭无声按下了手机相机中的拍摄按钮，成功将照片定格在沈温欢看着小海豹时的温柔笑意。

她身穿白色卫衣，耳边有几缕碎发垂落，室内的荧荧微光环绕她周身，美不胜收。

这世界上总有那么一些人，拍照完全不需要后期处理。

他唇角微弯，满意地调出微博界面，将图片贴上，并附了一句话，顺便@了一下沈温欢，随即便发送出去——

“蒋远昭V：偶尔也会想成为你喜欢的事物，独享你此时的温柔神情@迷人反派妖精欢”

“蒋远昭V：偶尔也会想成为你喜欢的事物，独享你此时的温柔神情@迷人反派妖精欢”

蒋远昭这条微博一经发出，便是一袋新的狗粮，瞬间撒满整个微博，都是甜蜜蜜的少女气息。

蒋远昭的这条微博，所附图片正是站在池前给小海豹投食的沈温欢。细碎灯光下她神色温柔，娴静姣好，被柔和的光晕所包围，美得不可方物。

沈温欢大概就是那种拍照自带滤镜效果的人了吧。

很显然，这并不是个别网友的想法，而是集体群众的共同想法——

“蒋远昭家小娇妻：我的帽子越来越绿……但是怎么办，我好像喜欢上了我的情敌？”

“起名好痛苦噢：喜欢上了我的情敌+1！这颜值、这人品、这……妈妈，你告诉我怎么讨厌她！”

“今天蒋沈结婚了吗：我觉得我有必要过来刷一发存在感了，结婚结婚，日常催婚小分队打卡（1/1）！”

“蒋远昭粉丝后援会V：哈哈哈哈，今天份的情话已经到账，请注意查收#蒋远昭情话大全#”

然而当事人却早已收起了手机，正十分轻松愉悦地陪着沈温欢跟小海豹一起玩儿。

季风朗和阮曼舒被另一只游过来的小海豹吸引了注意力，便过去同它玩耍嬉闹。

沈温欢这边，小海豹很快便将她手中的饲料吃尽，似乎有些意犹未尽地用嘴拱了拱她的手，一双水灵灵的大眼睛就这么睁着看她，还让人感觉可怜巴巴的。

沈温欢当真是对这种特别有灵性的小动物喜欢得不得了。她笑眯眯地伸出双手来，虚虚放在小海豹头顶，引导它拱。

小海豹也是十分给她面子，当即便挺了挺身子，用脑袋触碰到沈温欢的手心，还温顺地蹭了蹭，竟然意外地听话。

沈温欢见此情此景，不禁有些惊喜地笑了笑。她摸了摸小海豹的头，唇角笑意渐深："它真乖啊，好可爱噢，还会主动蹭我的手。"

蒋远昭无声挑眉，本来他对这种互动并不是非常感兴趣，便站在一旁围观，但他现在见沈温欢笑得如此开心，而小海豹又这么机灵乖巧，不禁也有些来了兴致。

蒋远昭念及此，便迈步走近她，也伸手想要摸一摸小海豹的脑袋，唇角微弯道："我也来试试吧。"

沈温欢当即略微侧了侧身子，让他过来，谁知蒋远昭这手刚伸过去，小海豹便顶开了他的手，一脸不情愿地看着他。

场面一度非常尴尬，连空气都为之寂静下来。

蒋远昭："……"

沈温欢："不是，它可能，只是被吓到了。"

蒋远昭默了默，轻咳一声，便打算重新试一次，然而这次他还没有伸出手来，小海豹似乎就知道了他的想法，当即摆了摆身子凑到沈温欢手边上，探着脑袋拱了拱她的手。

小海豹一副意犹未尽的模样，似乎还是想让沈温欢给它摸摸头。

沈温欢有些料想不到，当即笑开了花，忙不迭伸手揉揉它的小脑袋："你这么喜欢我呀，都不让别人碰的？"

小海豹笑得眼睛都眯成了一条缝，看起来憨态可掬，可爱极了，特别巴结地蹭了蹭沈温欢的手心。

再看看旁边被它无情冷落的蒋远昭，当真是太过分明的区别对待。

念及此，一旁的工作人员也一个没忍住，便扑哧笑出声来，以手背掩唇，强行轻咳一声缓解心情。

蒋远昭再度陷入沉默之中，不知怎的，他突然有点儿无言以对。

现在这什么世道，怎么海底世界的动物都要看颜值来决定让不让人摸了?

或者说，是性别?

一想到这个可能性，蒋远昭眸微眯，当即便侧首看向工作人员，笑了笑，颇为礼貌地问了句：“打扰一下，请问这只海豹是公的还是母的?”

工作人员仔细回想了一番，最后一拍拳头，笃定道：“公的！”

果然如此。

蒋远昭更是无言以对，只得对工作人员道了声谢，便心情复杂地去陪沈温欢了。

几人游玩过后，沈温欢便恋恋不舍地告别了小海豹，小海豹也是一脸可怜巴巴的表情，蒋远昭却长眉轻蹙，一把将沈温欢揽入怀中，带着她迈步向前走去。

工作人员见此，不禁有些发笑，轻咳一声，然而确实没忍住，最终还是扑哧笑出声来。

连小动物的醋都吃……真是厉害了。

沈温欢还蒙着，尚且不明白蒋远昭这是怎么回事，然而旁边的阮曼舒却是不厚道地偷笑出声，攥着季风朗的衣服笑道：“蒋远昭不仅是老流氓，还是老醋王。”

季风朗深以为然地点了点头：“大概是专业制醋的。”

蒋远昭听不下去了，啧了声，眉间轻拢侧首看了二人一眼：“只可意会，不可言传。”

季风朗伸手做OK状，有些忍俊不禁：“可以可以，你开心就好。”

沈温欢：“……”

他们到底在说什么?

四人正闲侃，便已走到了另一个馆中。这个馆占地面积较大，整体装修呈星空蓝色。

有投影洒在地板上和墙壁上，柔和不已，透过玻璃折射入水中，荡漾开水光，其中鱼儿仿佛畅游于星河之中，好不惊艳。

暗淡的蓝色光晕温柔倾泻，沈温欢放轻了脚步，同阮曼舒一起走到一个水箱前，看着那色彩鲜妍的鱼儿游过来。

沈温欢下意识伸出手，不知怎的总有种虚无缥缈的梦幻感。她指尖触碰到微凉的玻璃壁，那鱼儿摆着尾巴游了过来，居然对着她的手指，啄了一啄。

沈温欢扬眉轻笑，有些欣喜，便将手指在鱼缸的玻璃壁上轻轻滑动，鱼儿居然也就跟着她一路游走，格外有趣。

沈温欢饶有兴趣地勾起唇角，带着鱼儿在水中打着圈圈，玩得不亦乐乎。

"温欢以前就是这样。"阮曼舒唇角微弯，看着沈温欢的背影，不禁有些感慨，轻声道，"也许是她特有的体质吧，总之，温欢一直都很吸引小动物。"

"都说小动物会主动亲近纯净美好的人，也许真的就是如此吧。"

阮曼舒说着，无谓地耸了耸肩，便扔下季风朗和蒋远昭，扑上前去紧紧揽住沈温欢的臂弯，同她一起玩了起来。

季风朗看了一眼蒋远昭，却见他眸色深沉地望着沈温欢，薄唇轻抿，不知是在思忖什么。

他默默叹了口气，只在心里心疼蒋远昭一秒钟。

蒋远昭和沈温欢之间，还有不少东西隔着。

不过路还长，慢慢来吧。

总会有个好结局的。

想罢，季风朗颔首轻笑，手指微动，无名指上的戒指闪烁着暗芒。

四人玩了一上午，当真是累得不轻。阮曼舒四处打听，总算是找到了这个海底世界的招牌——鲸鱼主题餐厅。

一步入餐厅，不论是谁，都会禁不住发出一声赞叹。

餐厅顶部是透明的玻璃罩，围绕着一圈弧形，在里面畅游的，便是那些可爱的鲸鱼宝宝。客人落座后，一抬头便能望见那似乎总含着笑意的小鲸鱼。

而地板，也是透明的加厚玻璃，里面是各色鱼儿。它们盘旋在脚底，偶尔向上轻啄，十分有趣，让人都有些不忍心踩在地上。

随便点了些三明治和比萨，又各自挑选了饮品，四人便去寻了个靠着玻璃的位置坐下了。

阮曼舒和季风朗去要牌号，暂时离开了一会儿，只留下了蒋远昭和沈温欢。

沈温欢却没怎么在意，只双手搭在玻璃上，看着憨态可掬的鲸鱼宝宝。望见它们总是上扬的嘴角，她不禁也心情愉悦起来。

沈温欢唇角微弯，望着小鲸鱼笑意悠然。她眸中倒映着星河璀璨，水光潋滟，闪耀着星辉。只一眼望进去，蒋远昭便有些发怔。

很奇怪。

沈温欢看这些鲸鱼的眼神，似乎不纯粹是喜欢，还有其他更深层更复杂的情愫暗含其中。

蒋远昭这么想着，也就直接问她："你喜欢鲸鱼，是有别的原因吧？"

虽然是疑问，但是他语气中的笃定却占了更多的比例。

沈温欢闻言怔了怔，她眸光微动，半晌才哑然失笑，侧首对蒋远昭道："这都能看出来吗？"

蒋远昭略微颔首，却是难得的一脸正色："你看鲸鱼时，你的眼睛里特别有光彩。"

"是吗？也对，毕竟睹物思人。"沈温欢正过来身子，讪笑着顺了顺头发，她侧首望着与自己一壁之隔的鲸鱼们，眉眼弯弯，轻声道，"蒋远昭，我妈她生前最喜欢的动物就是鲸鱼。"

"知道鲸落吗？那是鲸鱼给它所爱之物，最后的温柔。"

"母亲她很温柔，也喜欢温柔的事物，鲸鱼一直是她的最爱。"

沈温欢说着，唇角微弯，似乎是念及什么，神色温柔且带着几分怀念，轻启唇道："我的所有喜好与厌恶，多少都是受她影响的。之前我就一直说要带她去水族馆看鲸鱼来着，不过后来也没机会了，今天看到鲸鱼，难免有些睹物思人。"

她那时和母亲相依为命，一直过着清贫日子，倒也没什么磨难与困扰，日子平静如流水。

某天，沈温欢放学回家看到母亲盯着老旧电视中的鲸鱼，笑意盈盈的，似乎很是喜爱，沈温欢便知道母亲喜欢鲸鱼。

那时的她年纪尚小，还兴致勃勃地同母亲约定，以后一定会带她去水族馆看一次鲸鱼。

只可惜天灾人祸在所难免，沈温欢还没来得及履行约定，母亲便离开了。

对于那时的沈温欢来说，母亲的意外去世无疑是沉重打击。不过时间已久，沈温欢现在再想起来，悲痛倒也被冲淡了些许。

只是母亲辛苦了半辈子，到头来还没能享福就走了，多少还是有些惋惜。

蒋远昭顿了顿，见沈温欢回忆起了她的母亲，不知怎的，他突然有些踌躇了。

他深知沈温欢的母亲对于她来说，就是个不可跨越的心结，他生怕说错一句话，便让她回忆起那些不好的事情。

沈温欢见蒋远昭欲言又止的模样，有些忍俊不禁，当即便轻摆了摆手，对他道："你不用这么小心翼翼，我又不是那么矫情的人，没什么跨不过去的坎儿。"

蒋远昭闻言，眉间轻拢，他捏了捏眉骨，薄唇微抿，难得有几分纠结模样。

沈温欢好奇了，凑过去打量他："怎么啦？"

"也没怎么，就是有点生自己的气。"蒋远昭沉声开口，言语间竟然有些难以掩盖的懊恼，"气自己为什么不早些到你身边，气自己没能参与你的过去。"

"我只是觉得，你的所有脆弱，我都应该保护好。"

随着蒋远昭话音落下，沈温欢蓦地怔住，呼吸都窒了一瞬。

沈温欢心头有什么东西动了动，蕴藏着的心动与希望破土而出，迎着朝阳，灿烂满目。

半晌，她无声轻笑，指尖轻划过桌面，留下淡淡的痕迹。

沈温欢终于开口，轻飘飘地撂下一句："蒋远昭，日子快到了，回去后有时间的话，我们一起去看望一趟我的母亲吧。"

语罢，不待蒋远昭回应，沈温欢又嗯了一声，补充道："也可以先去拜访一下蒋家二老，毕竟他们两位上次不都暗示常回家看看嘛。"

沈温欢如是说着，似乎只是做出了一个稀松平常的决定。倒是蒋远昭闻言有几分狐疑，有些难以置信地问她："你刚才……说什么？"

沈温欢佯装不耐烦的模样，扔给他一个白眼，却是笑着道："不说了，那么长一段话，我可懒得再重复一遍，没听见就算了，那是你的损失。"

蒋远昭顿了顿，轻笑出声，伸手揉了揉她的脑袋，眸中的宠溺溢了出来："我怎么舍得听不见？"

沈温欢笑着哼了声，撑着下巴，伸出手也想去摸蒋远昭的头，然而手臂太短，条件不足，只得尴尬地停在空中。

蒋远昭看着沈温欢一脸憋屈的模样，不禁哑然失笑，调侃她道："你就算了吧，老天给你的条件不好，碰不到我。"

沈温欢没好气地撇了撇唇角，道："嘁，我多想点办法不就行了，老天管不了这个。"

说着，她便打算探身过去，谁知蒋远昭却在此时不急不慢地握住了她的手腕，略微倾身颔首，让她的手正好能触碰到自己的头部。

他似有若无地叹了口气，对她轻声笑道："如果我们之间不能平等，那还是让我来低头让步吧。"

蒋远昭说出这句话的时候，正同沈温欢对视着，她便无可避免地坠入他深情的眸中，悄无声息地，直蔓延到了她心里。

沈温欢一时失语，她的脸突然有些发烫，忙不迭十分敷衍地揉了几下他的脑袋，一副燥热模样，单手给自己扇着风。

然而蒋远昭却还是似笑非笑地望着她，沈温欢被他看得有些窘迫，便侧首转移注意力去看鲸鱼，手上还是扇着风："欸，阮曼舒和季风朗怎么还不回来啊，都多久了？"

突然被点名的阮曼舒吓了一跳，还以为自己暗中观察被沈温欢发现了，还是季风朗轻轻按住她的肩膀，示意她没什么大事。

阮曼舒这才舒了口气，对季风朗啧啧道："他们两个完全不用我们操心啊，说实话，我刚才还担心温欢会不会睹物思人，想起什么不好的事情呢，没想到蒋远昭……这么用心。"

最后四个字阮曼舒酝酿了一会儿，然而实在是找不出合适的词语，只得用了个"用心"。

“其实也称不上是用心。”季风朗沉默半晌，突然轻声道，神色清浅，“大概就是成熟的恋爱吧，彼此之间有的只是主动去磨合去体谅的过程，分歧在所难免，但两个人总能开诚布公地讨论。”

阮曼舒闻言愣了愣，不禁仔细回想了一番，发现当真是如季风朗所说的那样。蒋远昭和沈温欢自从交往后，从来没有过争吵与冷战，两个人都是以极为成熟的心态去对待这份爱情。

难怪，他们能成为羡煞旁人的一对。

“真是的，这不是挺好的嘛，看来还是我多心了。”阮曼舒笑叹一声，终于彻底放下心来，心里不禁浮现几分欣慰之情，“蒋远昭和沈温欢的感情，真让人放心啊。”

季风朗闻言，侧首看着那边气氛正好的二人，不禁唇角微弯，道：“是啊，这两个人从最开始的时候，就完全不需要别人担心。”

他们本就是极为登对的一对。

与此同时，A市某机场。

袁语姗终于一身疲倦地从飞机中走出，穿着黑色风衣，戴着口罩和帽子全副武装，生怕别人认出自己。

她左顾右盼着，有些做贼心虚的既视感。

确认现场没有记者后，她便舒了口气，拎着行李箱溜向了机场后门，以防被路人认出了身份。

袁语姗压低了帽檐，快步走了出去，然而就在此时，不远处几个便衣记者就发现了袁语姗的踪迹。

其中一人暗暗使了个眼神，另外几个人当即会意，忙不迭去开车了，准备待会儿偷偷跟踪过去。

留在原地的那个便衣记者掏出手机，从通信录中翻出了一个电话号码，不急不慢地拨了过去。

周焕此时刚吃过午饭，正准备睡觉，平时这个时间里，林婧早就打电话来日常骚扰他了，然而今天却迟迟没有电话过来。

莫名其妙，他居然会感到有些心焦。

周焕也搞不懂自己到底在纠结什么。就因为一通电话，他中午饭都吃得不走心，从未如此潦草过，完全打乱了他的生活习惯。

吃完饭后，他还安慰自己林婧肯定是有事没打来电话，便特意将午睡时间延后了些，就这么站在餐台前面踱着步子，越发急躁。

然而就在此时，突然来了电话，周焕心头一喜，却还是要故作镇定，轻咳一声，连来电人都忘了看，便接起电话，语气不悦道："怎么挑这个时候打电话？"

电话那边的人闻言愣了愣，老老实实回答他道："不好意思啊焕哥，我不知道你在休息。"

周焕："……"

怎么是个男人的声音？

他眉间轻拢："你是谁来着？"

对方沉默半晌，这才开口提醒他："焕哥……那个，发现袁语姗了，正准备跟踪过去。"

"哦，不好意思，刚才走神了。"周焕蓦地清醒过来，当即轻咳一声，恢复了以往的冷静，道，"那就麻烦你们了，继续跟踪她过去，最好能抓到一些猛料，价格什么的都好商量。"

"好，那我现在就过去了，等我给你好消息吧。"

周焕颔首应了一声，便伸手扣死了电话，他点开手机通信录，想给蒋远昭打个电话，却蓦地想起他们还在旅游中，这种事情还是先不要打扰他们。

周焕念及此，便放弃了给蒋远昭打电话的想法，想着直接等消息出来报喜讯就好。

然而眼下，还是有件比较重要的事情——

周焕蹙眉抿唇，看了一眼时间，发现林婧的骚扰电话已经比平时晚了一个多小时了。

是太忙了，还是说忘记了？难不成——出了意外？

第十一章
唇角微甜

周焕眉间轻拢，正盯着手机有些出神，思忖着到底该不该主动出击去给林婧打电话。

毕竟林婧已经雷打不动两个星期，每天中午午饭时给他打“骚扰电话”来各种闲侃。每次他们二人侃完，基本上饭也都做好盛出来了，便各自挂了电话去吃饭，随后午休。

只是今天是怎么回事，林婧的电话居然迟到了一个多小时，而且连短信也没发，甚至微信也一片沉寂……

她不会是，出什么事了吧？

周焕念及这个可能性，不禁捏了捏眉骨有些发愁。他叹了口气，终于从通信录中翻出了林婧的电话号码，正要毅然决然地拨电话过去，然而就在此时，手机铃声蓦地响了起来，吓了他一跳。

周焕因为这突如其来的来电吓得手机没拿稳，险些掉在地上。

他舒了口气，眉间轻拢，正想看看到底是谁这么不合时宜地来了电话，然而他定睛一看来电显示，不禁受到了惊吓。

周焕条件反射之下，. 手一抖，本停留在手机屏幕上僵住的指尖无声滑动，居然就这么阴错阳差地挂断了林婧的来电。

周焕蓦地回过神来，然而通话拒接的嘟声却已然在耳边响起，他有些懊恼地叹了口气，便安安静静等着林婧再打来一通电话。

既然林婧方才已经给他打过来电话了，那么她肯定就没什么事，估计只是因为别的事才耽误了时间的。

林婧打过来一次电话，被人莫名其妙地挂断了，肯定不会善罢甘休，一定会再打，他只需要等着就好了。

然而周焕等了好些时候，却都没有等来林婧的回拨电话。

他忍无可忍了，本来一中午时间就等得有些不耐烦，此时林婧好像还吊着他胃口一般。

周焕直接干脆利落地给林婧打了电话过去，嘟嘟几声，也很干脆利落地被人接了起来。

林婧那有几分慵懒的嗓音，这才从手机听筒中不急不慢地传了过来：“喂，你怎么又打过来了？”

周焕没好气道：“手滑了而已。我正在午睡，你给我打电话做什么？”

林婧佯装什么都不知道，疑惑了一声：“咦，我平时不都是这个时间给你打电话吗？”

话音落下，落在周焕耳边缓缓消散，他怔住，久久没有回神，一时竟无言以对。

她居然……根本就没有放在心上？

也就是说，今天只有他一个人在这里像傻瓜一样担心了整整一个半小时，甚至连午睡时间都推迟了？

周焕的指尖有些冰凉，他突然啧了声，语气有些复杂地开口，问道：“林婧，你是真的不记得，还是在装傻？”

林婧没听过他这样的语气，虽然愣了愣，却还是继续装无辜：“我没有装傻啊，我是真的不知情，你在说什么呢？”

“你今天给我打电话的时间，比以前都晚了一个半小时！”

成功，他上钩了。

“是吗？那不好意思了，我以前没怎么注意过……”林婧若有所思地长哦一声，唇角不由自主地上翘，对周焕似笑非笑道，“所以说，你根本就没有睡觉，等了我一个半小时啊？”

周焕顿住，才意识到自己被她绕进去了，忙冷静下来，轻咳一声，道："你想太多了，我只是刚才被手机铃声吵醒后看了一眼时间而已。"

然而林婧永远记得，周焕曾一本正经地告诉过她，他的生物钟从来不变，睡觉必定关闭所有电子产品，手机即使不关机也要开静音放在床头而不是枕头下面。

可今天呢，周焕却异常迅速地挂断了电话，明明根本没有静音，也没睡觉。

这可不就是自己打自己的脸吗?

林婧无声撇了撇唇角，却还是忍不住揭穿了他："周焕你撒谎能不能有点儿水准啊？一看就知道你不常撒谎，你睡觉时明明手机会开静音的好吧？"

周焕一时被她堵得哑口无言，他欲言又止，却发现根本无法解释什么。

节奏完全被林婧带着走了。

"还有啊。"林婧还嫌不够，便又轻飘飘地开口，补充了一句话，"你既然能算出来是我晚了一个半小时，不就从侧面说明了，你已经下意识记住了我的来电时间？"

周焕平生第一次，有了这种心慌到无以复加的感受。

他开口，正要强行解释些什么，却听林婧轻笑一声，对他淡声道：

"承认吧周焕，你担心我。"

与此同时，A市某郊区小路。

袁语姗已经开车驶上了去往王总私人住宅的道路。

毕竟是别墅区，因此一路上人迹罕至，只有几辆车不急不慢地同路开着。

袁语姗有些敏感地观察了一番，发现几辆车都没什么不对劲的地方，便稍稍安下心来。

在下一个岔路口，几辆车都岔开了，只有一辆车还在她车后与她同路，袁语姗放松之余，却还是没有掉以轻心。

她刻意放慢了速度，让那辆车开到前面，不过事实证明是她多心了，那辆车很快就走了另一条道路。

现在整条道路上就只剩下她的车在行驶了，袁语姗这才彻底安下心来，专心致志研究着手机中的导航，开着车前往王总的私人住宅。

袁语姗现在脑袋里乱七八糟的，开着车也不能完全做到专心致志，毕竟她和王总的事情被沈放发现了，无疑是最致命的把柄被人握住。

而现在，她和沈放公开分手还闹得这么大，一盆脏水泼给了沈放。虽然沈放那边没有确凿证据，但还是让人提心吊胆。

袁语姗这么出着神，竟是全然没有注意到后面不远处，不急不慢跟着她的车辆。

她很快便到了王总的私人住宅门口，停好车后便整理了一番仪表，调整笑容，走向了大门。

这一幕被人清晰地拍下，直到王总开门，二人在门前笑谈几句，王总搂着袁语姗进屋时，他们二人的每个动作与表情细节都清清楚楚地保留到了照相机中。

铁证如山，这袁语姗没跑了。

来蹲点的记者也着实有些惊讶，起初他接到这个任务还以为是假的，毕竟袁语姗的人设摆在那里，谁知今天一看……

这无疑是可以置她于死地的黑料。

记者做了个深呼吸，确认门关好后，他才小心翼翼地回到车中，将照片发给了一个主顾，不过对方收到照片后并没有立即回应，他也不急，准备将照片发给另一个主顾。

也不知道这袁语姗是得罪了谁，居然会有两个人想要买她的黑料，估计这一次，袁语姗是在劫难逃了。

记者叹了口气，从手机中翻出那位姓沈的主顾，将所有清晰照片都传了过去。

沈放本来正在朋友家等着消息，长腿交叠，百无聊赖地玩着手机。这时突然来了消息，他点开，随意翻了翻收到的图片，唇角微弯。

好极了，A市狗仔就是给力。

恰好这时，朋友打完电话走了过来，将一张纸条递给他，蹙眉道："这是老王妻子的私人电话号码，我帮你要过来了，你要做什么？"

"等过段时间你就知道了。"沈放笑了笑，拿出早就准备好的备用手机，将照片用蓝牙传送过去。

传送完毕，他在备用手机中输入了王总妻子的电话号码，挑了几张最显眼的照片，编辑发送了过去——

天干物燥，小心绿帽。

发送完毕，沈放只需要安心等待她接收信息了。他眸色深沉地活动了几下手腕，背靠躺椅，好不舒服。

他本就不是什么包子，本来打算公开分手后就就事论事，谁知她袁语姗反咬他一口，声称是他因故无情分手，还顺便给他泼了渣男的脏水，一气呵成，毫不拖泥带水。

那他也不需要顾及什么情分了，就用点手段，让袁语姗加倍偿还。

正想着，沈放闭目养神，打算睡一觉起来再看看消息，谁知此时，他收到了一条短信。

提示声响，手机震了震，沈放眉间轻拢，拿起手机解开锁屏，看了一眼消息发送人。

嗯，果然是王总的妻子。

短信回复仅仅一个空格，似乎是在示意她已经看到了。

这一个空格并不能看出来什么，沈放看了却是唇角微弯。

众所周知，王总的妻子李氏是圈内的风云人物，以雷厉风行闻名，向来爱憎分明，睚眦必报，还是个暴脾气。

可以，挺好的。

不知道这件事，她会怎么处理。

沈放轻笑一声，将手机开了静音放在一旁，合上双目打算小憩一会儿。

后面会发生什么，他拭目以待。

袁语姗进房后，便笑眯眯伸手揽住了王时坤的脖颈，轻踮脚尖就给了他一个吻。

“等急了吧，我是不是来得有些晚了呀？”袁语姗红唇微弯，眸光微动，十分勾人。

“当然，我可是一直在等你过来。”王时坤轻笑，伸手揽过她的纤腰，将那温香软玉带入怀中，“那么长时间不见了，也不知道我们语姗想不想我？”

袁语姗来之前，还担心王时坤会因为之前的电话不愉快，然而现在看来是她想多了。对于这个金主，自己还是能稳稳抱住的。

她想罢，眨眨眼笑道："怎么可能不想呀？这几天没见面，语姗可是每天都在想你呢。"

"得了吧，旁边有你那个沈放小男朋友，你还有心思顾虑我？"王时坤意味不明地笑了笑，有些分不出喜怒，"只怕是早就快忘记我了。"

袁语姗听着他这句话，怎么听怎么不顺耳，总感觉冷嘲热讽的，听起来异常怪异，有些惹人反感。

她暗暗蹙眉，难免有些心慌与不耐烦，但面上却还是笑意盈盈，道："不是这样的呀，语姗可是很听你话的，我和沈放分手了才来找你的。王总放心吧，语姗以后好好跟着你。"

话音落下，王时坤面色一喜，然而下一瞬却是谨慎起来，问她："怎么突然就分手了，谁提出的？"

这个问题问得猝不及防，袁语姗条件反射地愣了愣。

沈放知道他们秘密的事情绝对不能告诉王时坤，幸好她提前料想到他会这么问，打好了腹稿，现在也是轻松应对。

念及此，袁语姗轻咳一声，乖巧答道："分手肯定是我提出来的啊，不然呢？"

王时坤闻言也没有对她的话产生半分怀疑，他终于舒了心，颔首道："那就好，我还以为你被沈放发现了什么。这件事一定要保密，被人知道了对谁都不好。"

袁语姗点了点头，面上笑眯眯的："我知道啦，你放心就好，我和沈放分手绝对没有后患。要让沈放对我放手可不是那么容易的事情，我还费了不少力气呢。"

"好，我们语姗的人气就是高。"王时坤笑了笑，眸色微沉，揽在她腰上的手紧了紧，"那言归正传，多日不见，后患已除，我们是不是该办点正事了？"

袁语姗怔了怔，旋即垂眸轻笑，脸颊浮上一层红晕："怎么能在这里啊……"

"哪里不都一样吗？"王时坤笑道，已经迫不及待地俯首吻了下去。

二人正热吻着，王时坤坐在沙发上，袁语姗跨坐在他腿上吻着他。眼看着气氛越发暧昧，二人正准备进行下一步时，便听大门被人大力打开。

门由于受到来自外界的　力过大，当即砰一声弹在墙上，异常响亮，瞬间断绝了室内一切温存暧昧。

门被推开时，二人正在沙发上，姿势暧昧，衣衫不整。王时坤面上和衣衫间的口红印，立刻出卖了二人的卑劣行径。

袁语姗受了惊，吓得当即松手，回头看向门口，想看看是谁赶在这个时候回来了。

然而能有王时坤私人住宅钥匙的人，只有仆人和那个女人。这个结果未免太过清晰明了，但袁语姗仍是心存侥幸，希望情况并没有自己想象的那么糟糕。

然而，王时坤在看到门口来人后，当即脸色一白，难以置信地盯着那人。

他心中警铃大作，此情此景摆在眼前，竟是半句解释都说不出口，也无话可说。

袁语姗的脸色也惨白。她动了动唇，最终却还是失声，只能怔怔望着门口那气场凛然的女子走上前几步，用那清冷至极的目光扫视他们二人，眸中的厌恶与不屑直影射到了心里。

“想不到，我这辈子还有机会见到捉奸现场？”女子冷冷嘲讽二人，紧接着，她将包里那份刚打印好的文件扔在桌上，对他们冷笑道，“别的东西我一会儿找你们算账，我们先说正事。”

王时坤这才回过神来，忙不迭推开了身上的袁语姗，正要开口对她解释，却被女人狠狠瞪了一眼：“闭嘴，我不需要解释，我只相信我看到的。”

“接下来，我们谈正经事。”她微笑，将一根黑色签字笔放在那份文件上，一字一句道，“王时坤，你利索点儿，给我签离婚协议！”

吃过午饭后，四人便优哉游哉地又随便逛了逛，最后去看了下午场的海豚表演。

表演精彩绝伦，气氛成功调动了起来，叫人忍不住拍手叫好。

表演结束后，时间尚早，阮曼舒伸了个懒腰，看了看季风朗的手表，便沉吟了一会儿，似乎是在思考接下来该去做什么。

门口处的游客络绎不绝，忙碌不已。

阮曼舒望着周围，眼看着也没什么有趣的东西了，她指尖轻抚着下巴，难免有些惆怅与纠结。

接下来到底去玩什么好呢……

沈温欢也翻看着海底世界的地图，却没发现什么新奇有趣的场所，难免有些无趣。

然而就在此时，身边有刚从表演馆中走出来的游客，其中一对正讨论着什么，二人的对话不经意落入阮曼舒耳中——

“欸，海底世界没好玩的了，你知道庄园外围那个乐园吗？”

“乐园——哦我知道那个，也是新建出来的吧，我没进去过，看着挺好玩的。”

“对啊，据说特别好玩，我们一起过去看一圈怎么样，反正也是无聊。”

“行啊……”

二人讨论着，声音越来越小，最终就连身形都逐渐淡出了阮曼舒的视野。

阮曼舒眼睛一亮，猛一拍拳头，侧首兴致勃勃地看向沈温欢。

然而沈温欢的表情也很愉快，显然她方才也听清楚了那两个游客的谈话，便和阮曼舒对视一眼，眼神交流了一番，最终二人愉快达成共识，勾肩搭背地转向了蒋远昭和季风朗。

蒋远昭和季风朗正百无聊赖地玩着手机，冷不防见两个小姑娘脚步轻盈地蹦跶过来，二人同时放下了手机，以为她们是有什么事要说。

阮曼舒小跑过来，眨巴眨巴眼睛，笑眯眯道：“我们一会儿去庄园外围的那个乐园吧，似乎挺好玩的，正好刚才也有游客讨论，要不我们也去看看？”

虽然是疑问句，但摆明了非去不可的态度，问出这个问题也不过是意思意思。

沈温欢也点了点头，附和阮曼舒道：“对，听别人说那里挺好玩的，正好这海底世界我们也逛得差不多了，不如就过去玩一玩。”

这两个小丫头，这次是打算敞开了玩？

蒋远昭和季风朗对视一眼，均是无奈轻笑，季风朗颔首应声算是同意，蒋远昭见沈温欢一脸的小期待，肯定也是欣然应下。

能玩就玩，反正她沈温欢若是能开心，他也就跟着开心了。

“好嘞，那我们赶紧走吧，再等一会儿人就多啦！”阮曼舒和沈温欢见他们两个人也同意过去了，便兴奋地击了个掌，阮曼舒忙不迭带路，道，“走走走，事不宜迟及时行乐，我们先出去再说。”

季风朗见她这般欣喜模样，难免有些忍俊不禁，上前一步揽过她的肩膀，提醒她道：“可以是可以，不过你先别急，小心着点人。”

阮曼舒嗯了声：“知道啦，这不是有你在吗？”

沈温欢和蒋远昭紧跟其后，并排走着，蒋远昭也是将沈温欢半个身子护在怀中，压低了帽檐，小心翼翼地带着她在人群中行走，防止被人认出的同时还要注意着沈温欢的安全。

沈温欢扯了扯他的衣袖，走路的时候略微踮起脚尖靠近他：“你不用这么费心思啦，我跟着你就好，不用担心我。”

“不行，我摸不到你就没有安全感。”蒋远昭说着，眉间轻拢，揽着她的手紧了紧，“我总是怕你走丢，毕竟你不分东西南北还路痴。”

沈温欢摸了摸下巴，有些疑惑：“我不分东西南北是众所周知的嘛……不过，你怎么知道我路痴的？”

“之前在试镜处初次见面，你在大楼里都能迷路，连拐角都认不清，可不就是路痴？”蒋远昭不禁哑然失笑，轻声道，“和你相处的每个细节，我都记得一清二楚。”

沈温欢忍俊不禁，拉着他的衣襟失笑道：“行吧，但是缺点你不要记住啊，记住我的优点就好。”

蒋远昭伸手揉揉她的脑袋，唇角微弯：“你哪有缺点？”

宠得不行，糖都要被甜化了。

阮曼舒看了一眼二人，随即啧啧叹了口气，挽紧了季风朗的臂弯。

四人走出了海底世界后，便径直乘坐庄园内的专车前往乐园。

在车上的时候，开车送他们的司机师傅得知他们的目的地后，便贴心地告知他们注意事项以及里面的游乐项目。

这一通介绍听了下来，他们才发现这乐园其实就是个游乐园，占地五十多万平方米，游乐设施齐全，在当地备受瞩目。

由于乐园坐落在城市最东头，因此他们来庄园的时候并没看见它。

四人走程序买了入园票，便一同走了进去，刚迈进去，门口处有个穿着卡通人物装的人小跑过来，给了他们一份乐园地图。

由于带着头套不便说话，这人便晃了晃手中的地图，似乎是在询问他们是否还需要几份。

蒋远昭轻轻摆手示意不需要，并对这名工作人员道了声谢，工作人员忙不迭点点头，继续跑去工作了。

“来来来，我们先研究一下地图，这边的建筑面积太大了，不做好计划都不一定能逛完。”阮曼舒说着，将地图展开来研究，发现一共有两条线路，就在眼前这个岔路口决定。

乐园的地图上都清楚标着游乐设施昵称，然而也只是昵称，没有标明是什么类型的设施，游客只能凭猜测或者走过去看一看。

四人讨论过后，意见统一下来，都觉得A路线比较有趣，便收好地图，直接选择了A通道，走了进去。

走进去后，先是一条小型通道，道旁有干冰，升华出了缭绕水汽，让人走在其中仿佛是在云端之中，仙云缭绕，好不梦幻。

路旁都是葱郁树林，正前方通道出口是个转折处，完全窥不到内里半分光景，却是更让人期待不已。

四人走过这通道，经过转折处，总算是真正进入了乐园内部——

豪华璀璨的装潢，金灿灿的，夺人眼球，时不时传来一片欢声笑语，眼前人来人往好不繁忙，却是梦幻如童话世界一般。

“我感觉……这次我们真是来对地方了。”沈温欢啧啧赞叹道。这边的每个细节都太用心，挑不出半分瑕疵来。

就连整体色调的安排，也是搭配得当极为顺眼，怎么看怎么舒服，由此可见，这开发团队当真是用了不少的心思。

难怪口碑这么好，人人都买账。

阮曼舒四处看了看，就在此时她眼睛一亮，伸手指着一个方向道：“看那个看那个！”

沈温欢率先侧首看过去，却在下一瞬面色微僵：“你……认真的？”

蒋远昭顺着阮曼舒手指的方向望了过去，长眉轻挑，饶有兴趣地勾起唇角。

阮曼舒指着的那个游乐设施，高数十米，中间有个方形圈供人坐下。

设施现在正运行着，方形圈顺着柱子上下颠簸，时不时还转个圈，引得上面的乘客声声尖叫。

看起来十分刺激。

季风朗看了看，没觉得有什么，便颔首："我随便吧，毕竟我不恐高，都可以。"

蒋远昭也揽着沈温欢，似笑非笑道："我觉得顶端风景应该不错，要不然我们去欣赏一下？"

沈温欢虽然不恐高，看了这个却也难免有些心悸，然而这三个人都敢上，她也不能㞞，便轻咳一声道："行啊，那我们去吧！"

于是乎，上了贼船就不能轻易下去了。

几人商量了一下就打算去排队了，偏偏就在此时，旁边的游乐设施结束了一轮，大门敞开，游客纷纷涌出。

四人还恰好就站在大门口处，被人群突然这么一挤，险些被挤散开来。季风朗当即揽住阮曼舒，防止走散，人群拥挤，他被推着向前，也不知自己走了多少步。

好不容易稳下来，季风朗蹙眉向四周看了看，在不远处看到了蒋远昭，蒋远昭对他摆了下手算是示意，他这才放了心。

这边人比较多，两个人不方便并排走，蒋远昭长眉轻蹙，牵起沈温欢的手，淡声道："这会儿人比较多，你抓紧我的手。"

沈温欢失笑："你怎么像看小孩子一样，放心吧，都是成年人了，还用担心这些？"

"以防万一。"蒋远昭说着，便牵着她去找季风朗和阮曼舒他们，在人群中穿梭。

人群拥挤，沈温欢一个没注意便被挤了一下，身子歪了歪，再加上方才没将蒋远昭的话放在心上，手没抓紧，居然就这么松开了。

手中一空，沈温欢当即便慌了，视线被人遮挡，完全看不到蒋远昭的身影，周围人来人往，她却是手足无措。

冷汗立刻就出来了，沈温欢不敢动弹，却也不知道自己该做什么，心跳如鼓，心慌不已。

——她最怕的便是自己孤身一人，待在人多的地方。

蒋远昭突然觉得手中那抹温软抽离，他下意识握紧了手想要挽留住，却是无用。

沈温欢的手抽离得太快了，令人猝不及防，根本没有时间能够反应过来。

蒋远昭长眉轻蹙，当即回首去寻找沈温欢的身影，入目的却是一片游人，哪里能寻见半分踪影？

然而这是公共场合，蒋远昭又不能喊沈温欢的名字，不然又要成明日头条了。

他眉间轻拢，目光细致地扫过人群，最终，迅速锁定了一个娇小身影。即使那只是抹隐隐约约的轮廓，却也让蒋远昭瞬间笃定。

总算找到她了。

他捏了捏眉骨，苦笑着叹了口气，悬着的心终于松了几分，忙迈开步子，穿越重重人群去寻找沈温欢。

沈温欢正待在原地手足无措，在蒋远昭找到她之前她也不敢乱动，以免制造出更多的麻烦，于是她现在只能在原地乖乖等着。

沈温欢轻咬着唇，有些慌了神，为自己之前没有听话抓紧蒋远昭的手而感到万分后悔。若不是自己一时疏忽大意，怎么会落到现在这个尴尬境地？

她正自责，颔首低眉的失落模样便落入蒋远昭眼中，让他脚步都顿了顿。

他刚赶过来，再好的脾气也有了些许急躁，正打算上前去训沈温欢，然而看到她这般委屈害怕的模样，瞬间就没脾气了。

知道她在原地乖乖等待自己过来，却还在为陌生的环境感到不安，蒋远昭的心不禁软了几分，心里的怒气早就被温柔给无情碾灭，被怜惜与无奈取而代之。

他完全拿她没办法。

蒋远昭眸色微沉，为自已的没出息笑叹一声，终于走过去伸出手，将沈温欢的手紧紧握在手中，十指相扣。

瞬间心安。

熟悉的温度与触感重新回到掌间，沈温欢微怔，就连耳边的人声嘈杂都被冲淡了几分。

耳边终于安静了，心跳也逐渐平稳下来了。

她眨眨眼睛，抬眸去看蒋远昭，果不其然，他面色不太好，显然是生气了。

沈温欢撇了撇唇角，晃了晃二人紧握着的手："你来啦？"

蒋远昭看也不看她，神情冷淡地打量着她所处的位置。

看吧，就是生气了。

虽然说她的确是让他担心了……

沈温欢鼓了鼓两颊，有些委屈巴巴地用另一只手去轻扯他的衣襟，喏喏道："对不起嘛，我错了，以后出门在外一定都握紧你的手，绝对不松开！"

沈温欢说着，还一副信誓旦旦的模样。她话音落下，蒋远昭的脸色这才稍缓和了些。

他叹了口气，垂眸看她，无奈道："以后注意点，出门在外那么乱，你方向感还不好，万一我真的找不到你了怎么办？"

"对啊，所以幸好你这次找到我啦。"沈温欢笑眯眯看他，得到原谅后心里畅快多了。

下一瞬，沈温欢突然想起了什么，有些疑惑地问蒋远昭："对了，人这么多，你是怎么找到我的啊？"

蒋远昭看着她，长眉轻挑，漫不经心道："也许是你没注意过，总有那么一个人，你们相隔再远，周围再嘈乱，你也能从人海中找到那个人，即使只是轮廓，你也能笃定就是对方。"

"大概就是，所有真爱之间共有的超能力。"他淡声道，神色清浅，"而且这个超能力只对一人有效。"

随着他话音落下，沈温欢怔住，猝不及防红了脸颊，她轻咳一声，忙不迭略微低首，想暂时先让脸降降温。

虽然沈温欢早就习惯了蒋远昭的满口情话，但他总有那么几句情话，是能甜到人心里的。

她抿唇，心蓦地再次加速跳动，怦怦怦地撞在耳边，荡开回响。

糟糕了。

她怎么，越来越觉得自己好幸运了？

能遇见他蒋远昭，她当真是幸运至极。

有资格站在他身边，她更是满心欣喜。

王家私宅中，女人正收拾着行李，干脆利落地准备离开。

“怡婷，你别这么冲动啊！”王时坤向来都是拦不住她，此时此刻也只能挡在门口。

李怡婷雷厉风行惯了，不是个听话的主儿。王时坤当年同她结婚就是因为利益关系，所以即便二人关系再不和，他也要尽量维持好这段婚姻。

谁知这次突然失了手，也不知道为什么，李怡婷竟然会突然回家来，正好撞破了他和袁语姗的事情，甚至还准备好了离婚协议。

虽然他刚开始坚决不肯签字，但最终在李怡婷的证据逼迫下，他只能在离婚协议上签上了自己的名字。

王时坤心烦意乱得很，早就把袁语姗给打发走了，现在情况紧急，他也不知道该如何是好。

“开什么玩笑呢，谁冲动我也不可能冲动吧。”李怡婷正收拾着行李，闻言不禁冷笑出声，讥讽地看向他，道，“王时坤，我本来就忍你好久了，只是一直都没有亲眼见到过什么，但你真以为你那些不光彩的事儿我不知道？”

王时坤闻言，面色微僵，他讪笑着上前，正要去触碰李怡婷，却被她有些反感地避开：“别碰我，我们已经离婚了，谢谢！”

“怡婷！”王时坤有些急了，见她当真是下定决心要离婚，一时也没什么阻止的办法，“怡婷，我们离婚的话对谁都没好处，你想好了？”

“首先，我有钱，其次，我家里有钱。”李怡婷冷冷睨他，笑道，“我李怡婷从未依靠过家庭和男人，你问我好处？”

“王时坤，我劝你清醒清醒，离了婚的话，死得最惨的是你才对。”李怡婷不急不慢地开口道，拎着行李已经快步走向门口，仿佛多待一秒都是痛苦。

王时坤气急，然而他却也真的无言以对，只得道：“李怡婷，你说你要多少钱才不曝光这件事！”

李怡婷闻言，脚步蓦地顿住，她深吸一口气，突然有些心冷。

好歹也是结婚多年的老夫老妻了，他王时坤先是出轨被抓，如今他对她撂下这么一句话，反倒是像她有错在先似的。

她当真是看清楚了。

李怡婷轻笑出声来，她略微侧首，对他开口，声音不大不小，却是正好能让王时坤清楚听到：

“王时坤，等我把离婚的事处理好，你就等着我搜集证据，让你和你的语姗一起身败名裂吧。”

话音未落，她便步履稳重地离开了这个讽刺的地方，背影坚毅，不容拒绝。

她这次是下定了决心，要将这件事曝光了。

王时坤这才清楚意识到了什么，然而他后悔也为时已晚，只能呆呆站在门口处，不知道该作何反应。

阳光灿烂，然而迎面刮来的风，却是冰冷刺骨。

季风朗正和阮曼舒在原地等候着。阮曼舒有些焦急地踱着步子，她叹了口气，顺了顺头发，却也是无计可施。

方才她明明都看到沈温欢和蒋远昭了，谁知道这人潮涌动，这会儿又见不到人影了。

季风朗也有些不放心，拿出手机正准备给二人打个电话，见不远处有两个人正赶过来，定睛一看，可不就是蒋远昭和沈温欢。

“你们可吓死我了！”阮曼舒悬了许久的心终于放了下来，她笑出声来，吓得不轻，拍了拍胸脯。

季风朗见二人平安无事地走了过来，这才松了口气，上前问他们：“怎么回事，刚才怎么没人了？”

沈温欢不好意思地摸了摸脑袋：“抱歉，刚才我和蒋远昭不小心走丢了，耽误了一点儿时间。”

“行吧，现在没事就好了。”阮曼舒见二人没什么事便也没计较那么多，指了指方才决定去玩的那个游乐设施，“我问啦，那个叫‘青蛙跳’，挺刺激的，我们去排队吧？”

由于早就商量好了，因此四人直接去排队区等候了。人不是太多，再等一轮就能到他们四个了。

沈温欢在排队过程中，眼睁睁看着那“青蛙跳”上的游客随着设施运转上下颠簸，听着他们惊声尖叫。

沈温欢默了默，她突然有些后悔上了这贼船，然而现在后悔为时已晚。

这青蛙……跳得是不是有点儿高，而且怎么还会旋转着跳跃的?

她正想着，便已经轮到他们四个，工作人员规定好了人数，打开大门让他们进入。

四人并排而坐。沈温欢老老实实坐在座位上，检查好了安全带和扶手，正襟危坐。

蒋远昭侧首打量她，分明察觉出她是强作镇定，不禁有些好笑，伸手轻揉了揉她的脑袋，低声安慰她道："一会儿升上去后不会有什么事，只是下落的时候会有失重感，要是感觉害怕就抓紧我的手。"

沈温欢轻咳一声，还是死鸭子嘴硬，道："我又不恐高，完全无所谓的啊！"

蒋远昭无奈耸肩，似笑非笑地瞥了她一眼："好吧，既然我们温欢这么勇猛无畏，我待会儿就不腾出来手给你了，还不如抓紧护栏。"

沈温欢闻言窘迫，冷哼一声，自然是知道蒋远昭这是在故意逗她，她一把抓住蒋远昭的手，故意偏过头去不看他："那我还就是不想给你抓紧护栏的机会呢。"

真是傲娇。

蒋远昭有些忍俊不禁，实在是觉得她太可爱，便轻声唤她："温欢？"

沈温欢不理，面无表情。

蒋远昭无声挑眉，握着她的手："小可爱？"

沈温欢还是不理，只是表情松动了些许。

蒋远昭哑然失笑，略微倾了倾身子，对她笑道："宝贝，理我一下？"

沈温欢终于忍不住了，侧首去看他："你想说什么啊？"

话音未落，沈温欢便发现自己和蒋远昭的距离当真是极近，她脸颊微微发烫，忙不迭伸手要推他："你怎么突然靠这么……"

然而下一瞬，沈温欢口中那个"近"字尚未出口，蒋远昭便已伸手轻握住她的手腕，倾身在她额间落下一吻。

怎么这么突然？！

这可是公众场合啊！

沈温欢瞬间就炸了，她倒抽一口气，难以置信地抽手捂住自己的额头，红着一张脸，嗔怪地看着蒋远昭，压着声音喝他："大庭广众的你干吗？"

蒋远昭唇角微弯，笑容有几分得逞的餍足，对她低声道："我是个连面子都不要的人，比起那些东西，我更在乎的是我想亲你。"

沈温欢哑口无言，蒋远昭这句话当真是让她无言以对。

他想亲她了，那她还真没办法拒绝，毕竟即使她拒绝了，蒋远昭也会像刚才那样套路她。

沈温欢只庆幸没有人发现他们，偏偏就在此时，她听见有少女惊呼出声：

"不对啊，那对秀恩爱的不就是蒋远昭和沈温欢吗？"

被人认出来了？

阮曼舒偷笑着戳了戳季风朗："唉，这就是当众秀恩爱的后果。"

"等等，他们旁边的是不是季风朗和阮曼舒？"

沈温欢颔首，对季阮二人笑了笑："看来我们是同道中人。"

阮曼舒、季风朗："……"

有点儿尴尬。

然而就在此时，护栏突然扣紧，检查完毕后，设施蓦地启动，吓了沈温欢一跳。

她忙不迭握紧了蒋远昭的手，闭上双眼感受着身体随着座椅缓缓上升，腾空感越发强烈，也不知是心理作用还是什么。

直到上升速度慢了下来，沈温欢这才敢睁开眼。

入目的便是那碧蓝天空，青山绿水间，炊烟袅袅。

沈温欢被此番美景震撼得有些出神，紧接着，座椅顿住，停止上升。

她也顿住。

下一个反应便是：

完了，要落下去了。

有害怕的女生叫出声来，惹得人心慌。

阮曼舒也有些紧张，轻咳了一声，侧首自我催眠地对沈温欢道："没关系没关系，就当睡觉做了个下坠的梦！"

沈温欢忙不迭点头附和她："对，就是这样，我们不如睁开眼趁机看一看风景如何！”

说着，沈温欢便率先睁开了眼看向远方，却被那片葱郁朦胧的视觉冲击给惊得怔了怔神。

沈温欢望着远方那青山绿水，其中还坐落着小村庄和集市，还能隐约看到来往的村民与商贩，似乎很是热闹。

那便是这庄园之外的世界，沈温欢不禁来了兴致，忙不迭伸手轻扯了扯阮曼舒的衣袖：“阮曼舒你睁开眼看一看，那边好漂亮啊！”

阮曼舒说着要玩这个“青蛙跳”的时候，丝毫看不出认怂，然而此时她坐上来到空中了，却是有些怂了。

阮曼舒抿唇，便意识到沈温欢此时已经睁开眼去看风景了，她想了想，也是不忍心错过这些，便试探性地睁开双眼。

果不其然，她望见这山间美景也是忍不住啧啧赞叹：“真的欸，那里风景真好，等我们从庄园出去后，看看能不能进山玩一玩。”

蒋远昭听着二人的对话，也正眼打量起她们所说的地方：“的确挺好看的，这么自然的景区很难找到了。”

“之前我们录制节目时去的那个小岛，其实风土人情也不错。”季风朗也加入了对话，这设施在空中悬停的时间有些长，不禁有些无趣。

然而偏偏就是在众人都已经完全放松警惕的时候，“青蛙跳”蓦地动了一下，当即把人给颠了一下。

沈温欢呼吸一窒，突然有些不好的预感。

座椅猛地坠落，连缓冲都没有，让人的身子都有些腾空。

沈温欢咬紧牙关没让自己叫出声来，条件反射伸手握紧了蒋远昭的手。

她确信，她听见蒋远昭笑了。

至于他到底在笑什么，沈温欢心里有数，就憋着了。

好吧，她怂！

又是几轮升降，“青蛙跳”猝不及防地停了下来，猛一停顿，随后便缓缓降了下去。

总算平静了下来，沈温欢不禁舒了口气，这才发现不知何时自己的额头上已经浮上了一层冷汗。

蒋远昭倒是没什么特别的反应，表情依旧从容不迫，被她紧握着的手也丝毫没有紧张，他侧首看她，似笑非笑道：“这不还是害怕吗？”

“条件反射懂吧，条件反射。”沈温欢轻咳一声，嘴硬道，当即松开了他的手，“我刚才是手滑，不小心握住你的手了。”

然而话音未落，她的手刚刚离开蒋远昭的掌心，就连那余温都尚未撤离，便被蒋远昭重新握住。

这次，她是被动方。

沈温欢抿唇，无奈地笑叹一声，握紧了蒋远昭的手。

一局游戏结束，座椅终于成功落下。

脚得以触碰到地面，安全带自动松开，扶手抬起，沈温欢当即舒了口气，站起身来。

她除了刚才被失重感吓了一跳以外，倒是没什么其他的反应了，而一旁的阮曼舒脚都软了，搅着季风朗起身，直拍胸脯。

沈温欢白她一眼：“说好的不尿呢，你看看我。”

阮曼舒顺了顺气儿，闻言哼了声，强行找理由解释道：“我只是比较耿直，不喜欢玩刺激项目的时候闭上眼睛而已。”

季风朗扫了阮曼舒一眼，唇角微弯，意味不明地摸了摸她的脑袋：“对，就是这样。”

那刚才抱紧他的手臂，也只是因为她太耿直了吧。

“总之没事就好。”季风朗说着，示意了一下门外，“都中午了，一会儿去吃点东西再玩？”

蒋远昭颔首：“门口有一家热冰激凌，我去买四份过来垫一垫。”

“欸带我一个，我要挑味道的。”沈温欢忙不迭起身拉着蒋远昭，又侧首对季风朗道，“你好好陪着阮曼舒，我们去去就回。”

季风朗点了点头，目送蒋远昭和沈温欢离去，便坐在阮曼舒身边等待着。

阮曼舒本有些不适，但她缓过劲来倒也快，就是少了些精神，等待着热冰激凌来补充能量。

沈温欢跟着蒋远昭来到了那个卖热冰激凌的小铺子前。这铺子是个小花车，装饰精致，很是好看，车前已经有两个少女在等候了。

蒋远昭看了看牌子，颔首问她：“两份巧克力味的，一份原味的，另一份呢？”

两份巧克力味是她和蒋远昭的，原味是季风朗的，现在就只剩下阮曼舒的了。

“草莓味的。”沈温欢自然是知道阮曼舒的口味，便抬脚走到铺子前。

园内彩旗飘飘，人声鼎沸，好不热闹。

路边有身穿卡通服装的工作人员发着相关海报，沈温欢跑去买冰激凌了，蒋远昭便拿了一张来看。

海报设计得简单精致，主要就是说今晚六点过后，乐园会开展美食节活动，会有各项表演节目，还有灯会活动。

夜间内容丰富多彩，蒋远昭大概扫了一眼，觉得还不错，便侧首问那名工作人员道：“打扰一下，请问这个是所有人都有资格参加吗？”

工作人员点了点头：“是的，拿卡去服务前台兑换入场券，晚上开园的时候就可以直接使用了。”

蒋远昭颔首，又清楚询问了服务前台的位置，得到回答后他便道了谢，打算去兑换一下入场券。

沈温欢的卡在他这里，他需要再回去找季风朗和阮曼舒的卡。由于这时间也许会长一些，蒋远昭便迈步走到沈温欢身边，将情况简单同她说了说。

“行啊，听起来挺热闹的，你去兑换吧，我在这里等你。”沈温欢听完，不禁来了兴致，忙点头答应下来。

蒋远昭这才放了心，去找季风朗他们拿卡了。

目送他离开，沈温欢刚回头，便见老板过来了，忙不迭挥了挥手：“老板，两份巧克力味，一份原味一份草莓味，麻烦啦。”

见老板记下了单子，她便继续美滋滋地等待冰激凌。

旁边两个少女的冰激凌已经快做好了，很快就能轮到她。

沈温欢突然想起，方才身旁的那个女生看了她一眼，虽然并没有说什么，但沈温欢还是有些疑惑。

她余光打量着那两个少女，都是高中生模样，二人眉眼间有几分相似，似乎是姐妹。

那位化着淡妆，风格成熟的兴许是姐姐，而她身边的这个少女则是一身中性风格的黑色棒球服，年纪看上去也偏小一些。

沈温欢本来没打算多看，但是这姐妹两个生得实在是精致，二人长大后定是美人坯子。

然而就在此时，身旁的少女顿了顿，突然侧首看向沈温欢：“国民妖精？”

沈温欢愣住，这才发现原来自己的身份暴露了，她轻咳一声，对她笑了笑：“嗯，你好。”

“真的是啊，我还以为认错人了，没想到居然偶遇当红小花旦。”少女唇角微弯，微微抬首看她，而少女漂亮精致的下颌骨线条流畅，看得沈温欢都有些觉得惊艳。

然而就在此时，老板笑眯眯拿着两个冰激凌递了过来。那个较成熟的少女接过冰激凌，唤她：“悦悦，冰激凌好了。”

傅悦应了声，启唇正欲与沈温欢道别，便听头顶上方咔嚓一声，似乎是金属断裂的声音。

她尚未反应过来，姐姐傅淑媛便已惊呼出声，下一瞬，身侧的沈温欢迅速将她往后拉！

铺子上突然下坠的广告牌就这么停顿在空中，险些就要砸下来。

沈温欢舒了口气，偏偏就在此时上方又是狠狠的咔嚓一声，惹来场外人士的惊呼。

傅悦眸光一凛，情况紧急下已经没有时间后退，她便单手拉过沈温欢，向旁边的某个空荡位置迈了过去。

这个位置正好处于广告牌倒下的轨迹旁，因此二人刚刚站稳，那广告牌便砸了下来，激起一片尘埃，很是呛人。

虽然方才广告牌已是摇摇欲坠，距离地面不算很高，砸下来也不会出什么事，但多少还是有些危险的。

“怎么回事啊老板？”傅淑媛眉间轻拢，有些动怒，“这事要和园里有关部门反映一下吧，万一真出事了怎么办？”

老板显然也没料想到会有这种情况，忙不迭道歉：“对不起对不起，我一定承担责任。”

见老板态度还不错，傅悦便对傅淑媛摆了摆手，侧首看向老板：“愿意承担责任就好，把这残局收拾一下吧。幸好这次没事，但这件事我还是要写到投诉箱里，以后注意这些安全隐患。”

老板格外感激地点了点头，赶紧出来打扫这满地狼藉。

“刚才谢谢你了。”沈温欢拍了拍身上的灰尘，不禁舒了口气。

幸好是虚惊一场，要是真砸到了身上，无论如何也难免被砸伤。

“不用，刚才你不是也拉了我一把吗？”傅悦倒是爽快，侧首看向她，眉目间笑意盈盈，道，“再说，能帮上你的忙我还该高兴呢。”

沈温欢闻言有些忍俊不禁，她看到傅悦衣服上染了不少灰尘便道：“你的衣服有点脏了，要不然去卫生间用水擦一擦？”

傅悦愣了愣，低头一看衣服当真是落了层灰，正巧她也打算去洗把脸。傅悦正要和傅淑媛说一声，却见她似乎是遇到了熟人，正和两个少年交谈着什么。

其中有个身材颀长的少年似乎是侧首看了她一眼，傅悦近视眼看不清楚，便也作罢。

她只唤了声傅淑媛，见傅淑媛看过来便道：“我去清理一下衣服，等会儿来。”

傅淑媛应了一声，傅悦便笑眯眯同沈温欢道了别，顺着路牌去卫生间了。

“那是你妹妹？”祁南骁收回视线，面上没什么表情波动，只不咸不淡地问了傅淑媛一句。

傅淑媛对祁南骁的问题有些警惕：“干吗？祁南骁我告诉你啊，别想着打我妹主意。”

祁南骁没理她的威胁：“以前怎么没见过？”

“废话，她比我小两岁，今年寒假才转来咱们学校上高二，你怎么可能见过？”

祁南骁眉间轻拢：“她小我一岁，还跟我同级？”

傅淑媛嗤笑一声：“我妹是我们老傅家学习最好的。”

祁南骁扫她一眼，扯了扯唇角：“那是，整个老傅家现在就你们姐妹两个。”

他旁边正叼着烟的少年闻言，不禁偷笑一声，口中的烟都险些掉在地上。

沈温欢正站在原地拍着衣服，蒋远昭就过来了，上来就按住她的肩膀，上下仔仔细细地打量了她一番。

见她没什么事，蒋远昭这才松了口气，眉间轻拢道：“怎么回事，我听说这边出意外了？”

“啊，我没事，就是广告牌突然掉了，已经有人去跟相关部门反映了。”沈温欢摆了摆手，“在我旁边的女孩拉了我一把，幸好没事，不然真要好好追究一下责任。”

蒋远昭松了口气：“没事就好，我还担心我离开这一会儿你就出什么事了。”

沈温欢唇角微弯，将事情的来龙去脉讲述给他。

与此同时，傅淑媛面对着贫嘴的祁南骁，不禁翻了个白眼：“没法聊了，你们赶紧走，别打扰我好心情。”

“成，就一件事。”祁南骁长眉轻挑，干脆利落道，“既然你妹是个学霸，我想找她探讨学习，顺便交流一下感情，联系方式给我一个？”

当真是道貌岸然极了。

“放屁。”傅淑媛一个没忍住便骂道，“别祸害我家悦宝，你就是想勾搭她，还扯什么学习！”

“行吧，那我觉得你妹妹长得漂亮想勾搭她，这个理由可以？”

傅淑媛要不是因为手里有冰激凌，早就拍他了，然而现在行动不便，她只能给他个白眼：“你自个儿浪去吧，别想了，我绝对不可能给你机会。”

祁南骁颔首，也不知是不是故意气她：“行，那等开学。”

傅淑媛强忍住爆粗口的欲望，冷道：“你小子给我安分点，开学后我天天去高二部看着。”

旁边那男生哑然失笑，拿出打火机就要点烟：“得，骁爷要不然就好好学习，要不然就可劲儿把妹。”

然而话音未落，火还没打出来，就被祁南骁冷喝：“你就非要现在抽？”

男生这才想起祁南骁嗓子发炎的事，默默掐了烟，却还是低声吐槽：“还不是因为你宁愿感冒，都不愿意穿秋裤……”

傅淑媛闻言，可算是抓住了祁南骁的槽点，便无情嗤笑他：“成天不穿秋衣秋裤，嗓子发炎了吧，还浪不浪？”

祁南骁没理她，自知关于秋裤这个话题他没什么好犟的，便也没出声，随便扫视一下四周。

这不扫视还好，祁南骁的目光随便一扫，便望见了不远处正在交谈的蒋远昭和沈温欢二人。

他不关注娱乐圈那些东西，知道蒋远昭和他的女朋友沈温欢，只是因为他和蒋远昭认识。

祁南骁便迈步走近他们二人，见他们似乎是刚谈完话，便颔首道：“又见面了。这位是嫂子？”

摆明了是对蒋远昭说的。

沈温欢方才就见这清俊少年朝他们走了过来，她还不知道是怎么回事，原来是蒋远昭认识的人。

“嗯，她就是沈温欢。”蒋远昭见是他，略挑了挑眉，“你也来乐园玩了？”

祁南骁颔首应声，示意了一下后方：“正好偶遇同学。”

几个人也没聊太久，只不过闲侃了几句，毕竟都有事在身，便很快就道了别。

沈温欢最终还是从别处买到了热冰激凌，拿小盒子装在袋子中，拎在手里也算轻巧。

“刚才那个男生是你的熟人？”沈温欢随口问了一句，侧首看向蒋远昭，“看不出来啊，你的人际圈已经广到连高中生都不放过了吗？”

“不算很熟，就是见面次数比较多吧。”蒋远昭淡声答道，说着便将她手中的几个小袋子接了过来，牵起她的手，“祁南骁，祁家独子，挺受争议的一个孩子。因为祁家和蒋家都是商界大头，所以我以前经常在各种宴会上见到他。”

“挺受争议？”沈温欢愣了愣，不禁回想了一下那个少年。

相貌上乘，身材一流，声音好听，唯一令人说不清道不明的便是他身上那似有若无的傲然痞气。

看一眼就知道，他定是个不可一世的豪门骄子。

蒋远昭颔首，淡声道：“他和家里闹得不可开交，在学校还是个霸王，不过学习却是数一数二，所以很难评说他。”

沈温欢闻言不禁叹了口气，按了按脖颈，无奈笑道：“唉，年轻就是好啊。”

“我和他今天偶遇了两次，挺巧的。”蒋远昭垂眸看她，唇角微弯，“不说这个了，我兑换到今晚的园会入场券了。我看了一下活动内容挺精彩的，期待一下吧。”

沈温欢挑眉，不禁来了兴致：“行啊，那你跟我透露一下都有什么。”

“有美食街和表演，还有灯会活动，别的小型活动也会有，看上去内容很丰富，就在今天下午六点之后。”

“居然还有美食街？！”沈温欢最看中这三个字，当即开始期待这场园会。她看了看时间，距离六点有四个多小时，还遥遥无期。

她叹了口气，显然是已经对园会有些迫不及待：“吃完这个我们休息会儿吧，等待的时间太漫长了。”

蒋远昭唇角微弯，当真是怎么看怎么觉得她可爱至极：“好，听你的。”

二人很快便回去找到了季风朗和阮曼舒。阮曼舒本来还怏怏的，吃了草莓热冰激凌后瞬间就满血复活，有些意犹未尽地表示还想再吃。

季风朗怕她吃多了胃凉，便将自己的分给她三分之一，算是让她过了把瘾。

然而就在此时，蒋远昭的手机铃声响起。他眉间轻拢，拿出手机看了一眼来电显示，却见是周焕。

沈温欢见他面露疑惑，便也凑过去看了一眼，不禁愣了愣：“周焕怎么会在这个时候打电话？”

“别是结婚请柬什么的。”蒋远昭无声挑眉，接起了电话，“怎么了？”

周焕的语气没什么波澜：“你还玩着呢吗？”

“嗯，有事？”

周焕似有若无地叹了口气，道：“有个国际性的公益活动邀请你参加，这个推不开，所以你尽量安排一下时间吧，地点在美国那边，明早的飞机，我给你订好了。”

蒋远昭啧了声，难得放松一次还被工作扫兴，自然是不太愉快的：

“时间这么紧吗？大概要去那边待多久？”

“对，后天活动就开始了，我们的时间很紧迫，活动一共七天。其实就是签个字回来，和国际大咖以及界内大头们吃几天饭，最后有个发布会挺重要。”周焕也不废话，简单明了地几句给他说明清楚。

既然是国际性的公益活动，看来这个是不能推了。

蒋远昭捏了捏眉骨，终究是无奈接受了这个事实：“那就这样吧，不过你现在在A市，我们怎么会面？”

周焕嗯了一声，道：“我大概明早就能到你那里了，一起坐飞机过去。”

“嗯，就这么定了。”蒋远昭轻叹了口气，突然想起什么，淡声问他道，“对了，你和林婧怎么样了？”

周焕当即沉默了几秒，半晌才组织好语言，开口却也是干巴巴的：“什么怎么样了？我们能怎么样？”

蒋远昭闻言，长眉微挑：“不对劲啊，你的反应很有问题，难不成被追到手后就被甩了？”

话音未落，周焕仿佛被戳到了痛点，当即有些敷衍道：“怎么可能，我们两个什么事都没发生，你别担心这些了。”

蒋远昭无谓耸肩，轻笑：“好吧，你迟早被你的傲娇坑到注孤生（网络用语，意思是注定孤独一生）。”

周焕险些摔手机，他平复了一下心情，冷哼一声，突然正儿八经地对蒋远昭道：“对了蒋远昭，袁语姗的事情有进展了。”

“哦？”蒋远昭总算是听到了他近期比较感兴趣的事情，尾音略微上扬，“怎么回事，她暴露了？”

周焕颔首，声线平淡：“嗯，我找人蹲点了，蹲到袁语姗去王时坤的私人住宅了，拍下了不少照片，都是高清铁证。”

“那还不错，曝光了吗？”

“没有，这就是关于另一件事了。”周焕语罢，理了理思路，这才不急不慢道，“是这样的，收到照片后以防万一我又问了一下蹲点人，结果得知沈放也找他蹲点袁语姗，我就先把照片收着了，还没公开。”

蒋远昭闻言不禁愣了愣：“沈放也动手了？”

这个的确是令人始料未及的，蒋远昭还以为沈放心软，会轻饶袁语姗，没想到也是个睚眦必报的主儿。

“行，我打电话问问他吧，我们明早见。”

周焕应了声，蒋远昭便挂断了电话，从通信录中翻找沈放的电话号码。

见蒋远昭打完电话了，沈温欢这才出声问他：“怎么回事？我看你脸色似乎一直不太好。”

蒋远昭轻抿唇，有些歉意地摸了摸她的脑袋：“抱歉，后天我有个七天的公益活动，要去美国那边，明早的飞机，不能陪你们玩了。”

“七天？！”

沈温欢还没说什么，阮曼舒听闻蒋远昭的话，就已经惊掉了下巴：“这么长时间啊，你回来后都能直接开始工作了。”

季风朗也蹙眉：“时间这么紧张，看来剩下的时间也不能玩了。”

沈温欢听到蒋远昭说“七天”后，也有些难以置信，但她沉吟半晌，还是体谅道：“意外总是在所难免，反正我们已经玩过了，也算是放松了一次。”

蒋远昭的面色有些复杂，正欲开口道歉，阮曼舒却挥了挥手：“对，反正你是明早的飞机，怕什么！”

“等《青史》拍摄完毕，处理完颁奖提名的事情，我们有的是时间。”季风朗颔首附和，也没太把这件事放心上。

蒋远昭这才放了心，对三人比了个手势，给沈放拨了电话：“我去打个电话，马上回来。”

见沈温欢点了点头，他这才不急不慢地迈步走出去些许，恰好沈放也接起了电话：“喂？”

蒋远昭开门见山：“你现在还在B市？”

沈放似乎是刚睡醒，声音有些低沉：“我过几天再回A市，怎么了？”

“袁语姗的事情比较巧，我们都找了同一个人蹲点。”

沈放默了默：“这事我处理得差不多了，这几天就能有结果，不过还是谢谢你了。”

蒋远昭闻言不禁哑然失笑，道：“看不出来你还挺厉害的，那这件事我就不用操心了？”

“嗯，袁语姗的事我自己解决就好，基本处理得差不多了，等着一起爆料。”电话那头的沈放捏了捏眉骨，淡声道，“你看看沈温欢，就知道沈家人什么脾性了。”

可不是，睚眦必报。

蒋远昭唇角微弯，略微颔首：“行，那就没别的事情了，你好好玩儿。”

“同乐。”

蒋远昭嗯了声，便挂断了电话，二人的交谈很是简单，却是个无形的定心丸。

沈放将手机放到床头。他刚睡醒，现在却是清醒了大半，完全睡不着了，便起身去客厅倒了杯水喝。

坐在沙发上的男子也是刚打完电话，闻声兴致勃勃地看向他，道：“沈放，你看在我帮了你大忙的分上，再多留几天怎么样？”

沈放眉间轻拢，放下水杯：“什么意思？”

“我妹妹要回国了。她一直是你的死忠粉，听说你暂住我这儿激动得不行，要不然见个面再走？”

沈放想了想，觉得也没什么好拒绝的，自己又的确没什么事，便答应下来：“可以是可以，不过我怎么没见过你妹妹，叫什么？”

“她啊，苏子婉，小丫头一年到头满世界乱跑，别说你了，我都不常见她。”苏少爷跷着二郎腿坐在沙发上喝可乐，优哉游哉道，“这次，估计是看在你的面子上才肯回来的。”

沈放也没太过在意，当时的他尚且没有将此事放在心上，只当是和粉丝见面。

然而直到后来，沈放才恍然大悟——

从他答应见苏子婉的那一刻开始，那小魔王，就要赖在他身边不走了。

由于时辰尚早，距离园会开始还有一段时间，四人稍作休息之后，又去玩儿了几个项目。

看了6D电影，参观了粉色主题公园，沈温欢和阮曼舒还很意外地各自获得了一个粉红豹玩偶，便直接交给蒋远昭和季风朗二人拿着。

两个在娱乐圈都有头有脸的人物，此时跟在两个小姑娘身后，还各自抱着一个少女心满满的粉红豹玩偶，若是被人拍了下来，当真是要成为经典一幕。

蒋远昭正这么想着，谁知怕什么来什么，没走几步便有几个游客认出了他们四个人，忙不迭掏出手机兴致勃勃地拍下照片，也顾不得偷拍了，直接光明正大地喊名字看镜头。

沈温欢和阮曼舒完全没有偶像包袱，直接侧首看向镜头打招呼，蒋远昭和季风朗也是无奈，便默默掉转眼光。

这下好了，他们四个来B市新开发庄园的事情全网皆知，算是给这庄园打了个广告。

蒋远昭无奈弯唇，见前方两个小姑娘突然驻足看着某个方向，他便也顺着看了过去，却见是位老太太在卖棉花糖，棉花糖很是精致，形状多变，看上去美味可口。

季风朗早就察觉到她们二人的心思，已经上前去买棉花糖了，路过蒋远昭身边还问了他一句："你要这个？"

虽然是疑问句，说出口却似乎只是意思意思而已。

毕竟他们做了多年朋友，都知道彼此对过甜的食物无感，这种问题不过是走个形式。

蒋远昭闻言无声挑眉，轻耸了耸肩："我不吃这种甜的，给她们两个买就好。"

季风朗比了个OK的手势，便走了过去，侧首对二人笑了笑："你们两个过来看看口味和形状，这是最后一次吃甜食，别忘了回去后还有《青史》的拍摄，杀青后随便你们吃。"

"我要草莓味的，温欢要巧克力味的，如果没有巧克力味的就再要一个草莓味的！"阮曼舒闻言，忙不迭点了点头，笑眯眯道，"趁现在在外面，就小小地放纵一下嘛。"

沈温欢唇角微弯，偏了偏脑袋："我怎么觉得我们吃得都有些放飞自我了。"

"嘘。"阮曼舒用食指轻抵住沈温欢的唇，满面高深莫测道，"有些事，看破不说破。"

沈温欢没忍住，扑哧笑出声来，拨开她的手：“得，不说破不说破，回去看体重秤就行。”

阮曼舒抚了抚胸脯，面色复杂地看着她：“不不不，小可爱，你这句话更扎心了。”

她俩正闲侃着，季风朗已经去买棉花糖了。老太太启动了棉花糖机，没一会儿就做好了。季风朗拿着两个心形棉花糖走了过来：“没有巧克力味的，就给你们草莓味的吧。”

沈温欢和阮曼舒拿着各自的棉花糖，又跑去园内转了转，参加了不少零碎的小活动，也算是有些收获。

四人在园内兜兜转转了一下午，不知不觉天色渐渐暗下，园会即将开始，不打算参加园会的人也已经早早退出，不过也只是少数。

园会举办区在园内最东头，四人乘观光车过去，持卡提前入会。

虽然是提前，但是园会早就已经布置好了。美食街传来食物的阵阵芳香，饰品街上人声鼎沸，还偶尔有歌舞声传来，好不热闹。

此时天色渐晚，夕阳西下。园会内的各个商家便纷纷打开了灯笼，一时间灯火璀璨，夺人眼球。

“好漂亮啊……”阮曼舒看着此情此景，不禁有些咋舌，忙拿出手机拍了下来。

拍完照，她摸了摸肚子，有些委屈地鼓了鼓腮，道：“不行，我没吃正餐就会饿，我想先去美食街逛一逛。”

沈温欢有些为难了，摸了摸下巴：“可是我不太饿了，要不然你和季风朗先去吃点东西，等会儿园会开始后我们电话联系？”

阮曼舒和季风朗对视一眼，觉得这样也行，先暂时分开玩儿，让那对小情侣也有独处的机会，她便点了点头：“好，那一会儿我们打电话吧。”

确认好集合方式后，四人便兵分两路，季风朗和阮曼舒去美食街了，蒋远昭和沈温欢则是不急不慢地在饰品街闲逛。

一路上琳琅满目、灯火通明的长街仿佛望不见尽头，不知何时天色已经悄然暗淡，空中浮上若隐若现的几许繁星，缀在空中轻轻摇曳。

蒋远昭此时却侧首看向沈温欢，不着痕迹地打量着她。

她神情中略有几分好奇，似乎也很是欣喜，眸中映着眼前的灯火通明，星光璀璨被她尽收眼底，整个人都似在光彩熠熠，美得不可方物。

沈温欢当真是生得好，眉眼精致温柔，叫人百看不厌，反而越看越是喜欢。

那是他的沈温欢。

蒋远昭不知怎的，见她此番模样竟忍不住唇角微扬。本来今天下午因为周焕的临时通知还有些扫兴，但此时他一见她的笑容，心情瞬间就明朗起来。

那是他的小太阳。

沈温欢此时察觉到了他的视线，便收回了打量着四周的目光，眉间轻拢，有些困惑地看向他："你看着我傻笑什么呢？"

"也没什么。"蒋远昭也不避嫌，对她笑了笑，伸手温柔地将她颊边的碎发捋至耳后，轻声道，"就是看着你，我突然有了个想法而已。"

沈温欢眨巴眨巴眼睛，没能猜透他的心思："什么想法？"

他唇角微弯，眸光微敛，背着那灯笼散发出的暖橙火光，整个人似乎都镀了层光晕。

她听他低沉道："我由衷地希望，我遇见你，就是一生。"

沈温欢怔住，抿了抿唇，不知怎的就突然想起不久前那场《青史》剧组的饭局。他们两个在目送蒋父离开后，蒋远昭对她说："等你获奖了，我们就结婚吧。"

只可惜当时她尚未反应过来，阮曼舒便不小心打扰了他们，这件事也就不了了之，蒋远昭也没有再提起过。

但是沈温欢想，这事是该有个结果了。

"蒋远昭。"她突然开口唤他，语气不知怎的，突然一本正经。

蒋远昭听到沈温欢这正经语气，不禁侧首看她，还以为她是有什么要事，也认真起来："怎么了？"

沈温欢深吸一口气，握着他的手一字一句道："等今年颁奖结束了，我们就结婚吧！"

话音落下，没了回音。

蒋远昭难得露出了一次震惊的神情，要知道他向来情绪不外露。这次沈温欢变相求婚如此突然，当真是令他猝不及防。

明明周围人声嘈杂，游人络绎不绝，但蒋远昭此时此刻，眼里偏偏就是只有沈温欢的身影，耳畔只余她的声音。

沈温欢见蒋远昭这副模样，不禁被逗笑了，她用手在他眼前晃了晃，好心提醒他回神："怎么了？我的话是有多吓人啊，求婚你都不答应了吗？"

"宝贝，你等等。"蒋远昭这才迅速回过神来，伸手轻轻握住她的手腕，俯首神色认真地与她对视，问她，"你刚才说的话……你确定不是为了吓我吗？"

沈温欢一时无奈，不禁翻了个白眼以表不屑："我怎么可能用这种话吓你啊？那我不也成流氓了？"

得到沈温欢肯定的答案，蒋远昭当即轻笑一声，伸手将她拥在怀中，竟然一时不知道说什么才好。

多年心愿逐个实现，他与她携手共进，一同努力着，最终获得了大众的一致认可，事业顺风顺水，感情也是安稳甜蜜。这一切的一切，都是蒋远昭未曾奢望过的美好。

他蒋远昭是何其幸运，能拥有她沈温欢。

"好，我答应你。"蒋远昭俯首在她额前落下一吻，唇角噙着一抹温柔的笑意，"等一切都安稳下来了，我们就结婚。"

沈温欢将脸埋在蒋远昭胸前，鼻间围绕着他身上的清淡香气，温暖不已。

她唇角微弯，伸手懒洋洋地环住他的腰身，笑眯眯看他："这么说来，就算是我求婚啦。"

"哦？"蒋远昭闻言无声挑眉，轻笑道，"戒指和聘礼都不要了？"

沈温欢愣了愣，随即便哑然失笑，推了推他，道："这样可不行，求婚还是你来吧，方便以后我跟着你混。"

"那你可要好好珍惜我这个金主了。"

"啊，说好的我最大呢？"

"行。"蒋远昭唇角微弯，抬手轻揉了揉她的脑袋，"你是我们家的宝贝，你最大。"

沈温欢这才美滋滋牵起了他的手，正欲拉着他一同去逛街，然而此时钟声响起，引得所有人都停下了动作，纷纷看向声音发出地。

刹那间，只见天边绽开无数朵烟花，缓缓划过天际，复又接上了星辉，美至极致，叫人满目粲然，令在场所有人都看呆了。

沈温欢侧首看向蒋远昭，眉眼弯弯漾着笑意，眸中映上了万千璀璨，对他笑："园会开始啦。"

蒋远昭望进她眸中的那一瞬，有些怔神，半晌他回过神来，与沈温欢十指相扣，紧紧握住了她的手。

烟花声轰鸣，再加上游人的嘈杂声，让人有些听不清彼此的话语。

蒋远昭却是唇角微弯，突然俯身凑到她耳边，轻启唇，缓缓落下了三个字。

话音模糊落在耳畔，沈温欢微怔，下一瞬，她唇角笑意渐深，眸光温柔，如缀星光。

——我爱你。

她勾唇，无声启唇：

"嗯，我也是。"

园会正式开始，入园的游人越发多了起来，人声鼎沸，热闹万分。

小商贩们也在摊位前忙碌着，来往的游客络绎不绝，令人满目繁华，却也不至于嘈乱。

沈温欢透过小商贩的摊子，去看隔壁的美食街，却见美食街更是挤得水泄不通，看来那边的食物着实是美味，竟然吸引了这么多人都过去。

不过沈温欢还是在心中默默心疼了季风朗和阮曼舒一番，希望他们二人能排队顺利，赶紧买到心仪的美食。

虽然就目前情况来看，他们二人能排上队的概率不太大。

"难得来一次这边，买点小东西再回去吧。"蒋远昭随意打量了一下四周，看着饰品街两侧的摊铺，上面琳琅满目，甚至有些看不过来。

沈温欢点了点头，虽说A市和B市距离不远，但毕竟他们身为庄园第一批游客，以后也不确定会不会再来，留点念想也不错。

想罢，她便牵着蒋远昭的手，兴致勃勃地挨个逛起了摊铺。

虽说逛街是女人的天性，沈温欢却是多年来不曾逛过街，难得放纵一次，定是要玩个畅快的。

她和蒋远昭在各个摊铺前走过，偶尔有喜欢的小东西，沈温欢也会拿过来看看，不过终究是没有特别中意的。

二人正逛着，沈温欢却见身侧有对夫妇经过，他们的孩子尚小，在父母之间蹦跳着走，追问着父母灯会的开始时间，一双眸子水灵水灵的，似含着星星。

沈温欢不禁轻笑出声，心想这孩子可爱的同时，也想起了灯会的事情，便侧首看向蒋远昭："对了，灯会是什么时候开始？"

蒋远昭还在摊铺前浏览着，闻言他思忖半晌，答道："七点半八点吧，待会儿我们去活动现场问一下。"

沈温欢正乖巧地点头，却见蒋远昭看着摊铺某处眸光微动，他唇角微弯，伸手轻捻起那头饰，开口唤她："温欢，你过来一下。"

沈温欢当即凑了过去，见蒋远昭手中正拿着一枚发夹，发夹上别着一颗小星星，压着一条深蓝色蕾丝带，上面缀了些许淡色的碎钻，在灯光下闪烁着光辉。

沈温欢一眼便喜欢上了这个发夹，她正欲拿过来戴在头上试一试效果，蒋远昭便已略微倾身，将那发夹夹上了她的发丝。

末了，他为她整理了一下方才太过活跃而有些凌乱的碎发，力道温柔，神色清浅。

沈温欢竟然一时觉得，要是这发夹很复杂就好了。

拜托了，让这一刻停留的时间再长些吧。

沈温欢突然再次想起蒋远昭那通知得猝不及防的公益活动，活动整整举办七天，再加上来回的路程和公事，也就十天半个月的了。

沈温欢念及此，不禁在心里默默吐槽自己操心太多。她抬手轻抚了抚那精致的发夹，上面温温热热的，似乎还保留着些许余温。

买了头饰后，四人便集合去赏灯，从现场领了许愿签。许愿签有三面，首面用于署名，第二面是今年总结，第三面是明年计划与心愿。

毕竟是官方活动，沈温欢便正儿八经地签了自己的字，又分别写好了自己的总结与计划。

这次蒋远昭也认真写了，然而沈温欢尚且没有凑过去看到他写了什么，蒋远昭便侧首对她道："写好了吗？我帮你挂上去。"

沈温欢一愣，反应过来忙不迭点头，将自己的许愿签交给他，还不忘打听着蒋远昭的明年计划："蒋远昭，你明年的计划和愿望是什么呀？"

蒋远昭唇角微弯，先找了根树枝，将她的许愿签用红绳绑了上去：

“你不妨猜猜看。愿望这种东西，说出来就没意思了。”

沈温欢的好奇心难免被他激发了出来，她哼了声，还是有些不死心地轻扯了扯他的衣襟：“真的不给我看吗？”

“不行。”蒋远昭好心情道，语气中不乏笑意，“等愿望实现了，我就告诉你。”

“还这么有神秘感呢？”沈温欢哑然失笑，闻言也便作罢，她本来也不是什么特别执着于这种小事的人，“那就算了吧，我等着你愿望成真的那一天。”

蒋远昭轻笑，眸光微动，唇角笑意温柔，淡声道：“快了。”

沈温欢兴许是没听到，仍在研究眼前这棵许愿树。

蒋远昭收回视线，也将自己的许愿签轻轻挂在了沈温欢的许愿签旁边，两个许愿签用红绳连在了一起，缠绵不已。

他伸手，指尖轻搭上自己的许愿签，掩住了那最后一面上的文字——

@小可爱：

我的愿望：垄断你。

园会终于落下帷幕，游客们各自回房休息，灯火逐渐黯然，繁华喧嚣归于平寂。

四人乘车来到了住宿区的不远处，下了车后便边走边聊地散步过去。

沈温欢一到固定的时间就犯困，她刚打了个哈欠，就见蒋远昭同季风朗走到一边，似乎是在说着什么。

她眉间轻拢，有些疑惑。她与阮曼舒交换了一个眼神，伸手指了指他们两个，似乎是在询问什么情况。

阮曼舒一直在偷听，然而她没太明白，便只得无奈地撇了撇唇角，耸肩示意自己也不清楚。

蒋远昭和季风朗正在交谈中，自然是没有发现旁边二人的小动作。

蒋远昭拿出手机，在季风朗面前示意了一下，道：“我明天的飞机，去工作的话可能没有太多闲暇时间，你把之前那份袁语姗在病房里的匿名录音传给我，这个东西很有用。”

季风朗思忖半晌，点了点头，当即便拿出手机打开了蓝牙，一边翻找着文件一边对他淡声道：“对了，那个匿名发件人找到了，是个狗仔，一路跟着袁语姗的，很凑巧就听到了她们两个的对话。”

蒋远昭挑眉，哑然失笑道：“那看来还真是天时地利人和。”

季风朗成功找到了音频文件，和蒋远昭的手机蓝牙配对成功后，便将文件传送了过去：“你要这个做什么，难不成打算动手了？”

“算是帮别人一个忙吧，正好我也有私心在里面。”蒋远昭接收文件后便果断转发给了沈放，也懒得说明什么了，反正沈放肯定会看情况处理。

“搞不懂你们这些天天沉迷于搞事情的人。”季风朗笑着调侃了一句。他对于袁语姗的事情早就有了预料，只是看这个预料成为现实的速度罢了。

不过现在看来，袁语姗这次怕是在劫难逃了。

“你们说什么呢，看你们讨论好久了？”就在此时，阮曼舒实在是憋不住自己的好奇心了，忙不迭凑过来询问二人，“说来听听怎么样？”

见沈温欢也看了过来，蒋远昭便略微颔首：“是关于袁语姗的事情。你们这两天没怎么关注微博，应该是不知道袁语姗给沈放泼黑水的事情。”

阮曼舒尚且没有反应过来，沈温欢已经难以置信地迈步上前来，拿过蒋远昭的手机就打开微博：“什么泼黑水？”

她正困惑着该怎么寻找话题，然而不经意间她便望见热搜上的某条——

＃沈放渣男＃

阮曼舒显然也是看见了，当即蹙眉，伸手点了进去，看到袁语姗工作室那边发布的通知后，二人不禁都有些茫然。

沈温欢眉间轻拢，指着手机屏幕中的这条通知，看向蒋远昭：“什么情况，我看这日期，好像是之前你晚上出去找沈放的那天？”

蒋远昭叹了口气，只得将事情的来龙去脉讲述了一遍，尽量长话短说，言简意赅。

了解之后，沈温欢面色不算很好，阮曼舒也被袁语姗这反泼黑水的卑劣行径给惊得发指。

然而她也当真是想不到，袁语姗那清纯可人的人设下，居然是被王时坤包着的女人。

沈温欢轻蹙着眉，显然也对这爆炸性的信息感到有些吃不消，然而她迅速冷静了下来，问蒋远昭道："那现在怎么处理？"

"沈放亲自动手，我觉得他办事挺稳当的，就没多操心，顶多也就是帮他些小忙。"蒋远昭谈及此事，神色并不算沉重，他捏了捏眉骨道，"不过也许等你们回去后，就会发现有惊喜了。"

"希望如此吧，真是不安宁。"阮曼舒撇着唇角，在心里默默心疼了一下沈放，却还是言归正传，"那沈放那边具体怎么说的，总不能让袁语姗就这么把沈放黑下去吧？"

蒋远昭颔首："他应该给自己留了一手，这个就不用担心了。"

"今天都累了，就到这儿吧，蒋远昭明天就要走了，我们三个也趁早回去吧。"季风朗打了个圆场，道。

沈温欢点头，没有蒋远昭在的话，三个人的确是不好玩什么了，正好回去也处理一下琐碎工作，顺便了解沈放那边的情况。

这么大的事情，也不知道沈靳恒和罗婉那边会怎么处理。

"好，那就都回房间休息吧，明早见哦。"阮曼舒揽着季风朗的臂弯道。四个人不知不觉便已经走到了宾馆门口，各自道了晚安，回了自己的房间。

沈温欢和蒋远昭坐电梯的时候，她才拿出自己的手机，好好翻看了一下微博上面的情况。在看到评论区一边倒的沈放渣男理论，她当真是哭笑不得。

沈温欢不想看得生气，便退出了页面，转为看一些时尚博主的微博，分散一下精力。

蒋远昭自然是知道沈温欢这些小情绪的，他笑叹一声，伸手轻揽过她，道："乖，会没事的，相信我，也相信沈放。"

"沈放就是缺心眼儿，从以前就是。"沈温欢默默叹了口气，"袁语姗这次真是过分了，光我们手上这些黑料也能让她身败名裂吧，她心里没点儿数？"

"她伪装了这么多年，也许是因为最近沈放和王时坤两边情势紧张，她也力不从心，才会一口气暴露了这么多致命弱点，还被人抓住了。"

蒋远昭说着，电梯门打开，他牵着她走出电梯，淡声道："不过幸好现在已经能解决掉这些事情了，以后我们就可以安安稳稳的。”

沈温欢闻言，这才有些释怀，她嗯了声，对沈放的办事效率终究还是放心的，便稍微安了些心。

进房后，蒋远昭要先去收拾自己的行李，沈温欢没什么好帮忙的，便坐在床边不碍事的地方默默刷着微博。

她闲来无事看着手机中的时尚博主的微博，一条条翻阅下去，似乎也没有什么能让她特别关注的事物。

沈温欢正觉得有些无聊，指尖尤为随意地从手机屏幕上滑过，然而下一瞬，她的目光稳稳锁定到一张图片上。

沈温欢眸光微动，忍不住点开了那张图片，想要多看几眼。

图片中是一枚躺在天鹅绒上的钻戒。钻戒设计简单大方，上面有着精致花纹，显得十分典雅。

钻石被两条交错银线包围，指环上还缀着些许小巧精致的小钻石，在灯光下光彩熠熠，煞是好看。

沈温欢忍不住多看了这张图一会儿，当真是一眼便看中了这枚戒指。她点进去看详情，得知这是个国外珠宝大牌，是要亲自过去定制的。

她抿唇，一想到蒋远昭要出差，回来后就要开始忙一段时间的工作，根本没有时间去考虑这些，她难免觉得有些可惜。

蒋远昭此时已经收拾好了行李，侧首见沈温欢看着手机坐在床边发呆，便也过去看了一眼她的屏幕。

见是一枚设计精美的钻戒，他顿了顿，便细细记下了这钻戒的模样，看了个大概，知道这是某海外珠宝大牌的设计风格。

蒋远昭轻咳一声，唤她："宝贝？"

沈温欢蓦地回神，见蒋远昭过来了，忙不迭退出了微博界面："嗯，怎么了？"

蒋远昭无声挑眉，慢条斯理地坐在她身边："你想买戒指？"

沈温欢不知怎的，总有种小心思被人窥探到的窘迫，她脸颊有些发烫，忙否认道："不是啊，我就是随便看了看首页推送而已！"

蒋远昭见她这别扭的模样有些忍俊不禁，他将她揽入怀中，温言软语地对她道："等我回来后，我们就去挑戒指好不好？"

"没事啦，工作第一，等我们忙完之后再说这些，我们说好了的。"

蒋远昭眉间轻拢，似乎有些无奈：“但是你刚才看中的那枚戒指，似乎是限量款。”

所以才觉得遗憾啊。

沈温欢心里这么想着，却终究没任性一回，轻轻摇头道：“没关系，只要是和你一起买的，我都很喜欢啊。”

蒋远昭见她这般执着的模样便也不好说什么了，只能是希望他回国之后还能买到这款限量版的钻戒。

沈温欢侧了侧身子，窝在他怀中提醒他：“你收拾完了就睡觉吧，明天不是还要早起吗，周焕过来接你？”

蒋远昭正欲应声，垂眸却见她唇色鲜妍，眸光潋滟，在昏暗的床头灯下，清媚得很。

他难免有些口干舌燥。

蒋远昭有了这个想法，便也直接就做了出来——他含住沈温欢的耳垂，顺着她的下颌骨，一路吻到了她的脖颈处。

落在颈间的呼吸越发炽热，沈温欢意识到了什么，却也没有反抗，而是略微侧首，主动吻上了蒋远昭。

明日即将分离，难免情难自抑。

衣衫落地的簌簌声响，夹杂着似有若无的喘息声，隐没在这黑夜中。

啪嗒一声。

房内灯光暗了下来。

与此同时，沈放正待在房间里安心地看着电影，他有些犯困，手拿过电视遥控器，准备关电视睡觉。

关闭电视后，他睡前例行查看一下手机的未读消息，晚上的时候他一向是将手机设置成静音或者振动。

这几天在这边住得舒坦，手机一直都开着静音都没有取消过，沈放也没怎么关注微博上的动静。

反正情况即将扭转，他也无所谓这些眼前的小事。

袁语姗欠他的，他总会让她加倍偿还。

沈放想起先前王时坤妻子出面回应的事情，只怕是这些真相，距离曝光的那一天已经不远了。

沈放倒是清闲得很，只在朋友房子里借住着，也不愁吃穿玩乐，等着那苏小姐回国后见个面就好。

沈放捏了捏眉骨，随便浏览了一下微博中的信息，粗略感受了一下广大网友的一边倒，他无奈地叹了口气，心情多少还是有些复杂。

想着眼不见为净，沈放便退出了微博，正欲直接去睡觉，却发现居然有一条未读的手机短信。

他眉间轻拢，径直点开那短信，却发现短信中半句留言都没有，只有一个音频文件。

沈放有些狐疑，他看了一眼来信人，却发现居然是蒋远昭。

难不成又是什么爆料？

沈放对于这些东西已经感受不到什么冲击了。他有了这个想法，便直接从床头柜上拿过自己的耳机，插入手机插孔中，下载并播放了这段音频。

沈放起初听着这录音内容，内心没有半分波动，然而他终究是受不了袁语姗那卑劣至极的话语，禁不住无声蹙起了眉。

他从这段录音中能够识别出袁语姗的声音，至于另一个女人的，他想了想，从脑中简单做了几组对比，最终确认是侯悦晗。

肯定了这段音频中两个人的身份，沈放又根据这两个人谈话的时间线推了推，心里当即就冷了几分。

袁语姗和侯悦晗这是单独对话，而她们的谈话既然能被人偷偷录下来，就说明是公共场所。

除了医院，还能有什么地方？

原来那时候，她袁语姗就已经有了甩开他的想法了，却没想到这次由她主动提出的旅游坑害了她自己。

沈放简直不忍直视当时的自己，还傻乎乎地以为袁语姗在跟自己冷战，他还想着怎么把袁语姗给哄回来。

如今一看，当真是嘲讽至极。

不过自嘲归自嘲，沈放虽然有些感慨自己瞎了眼，但也不得不承认这段录音也是个好证据，再搭配上即将爆出的猛料……

当真是再好不过了。

他唇角微弯，终究还是抵不过困意，给蒋远昭回了谢谢两个字，便将手机放到床头去充电了。

沈放看了一眼时间，已经是深夜时分。他有些懒散地活动了一下脖颈，伸手关上了床头灯，安心睡觉去了。

次日，蒋远昭给了沈温欢一个早安吻，姑且算是道别。

沈温欢蒙蒙眬眬地醒过来，最后捏了捏蒋远昭的脸，对他嘟囔了句“一路平安”，便去睡回笼觉了。

蒋远昭见她这副睡意蒙眬的模样，心都软成了一滩春水。然而时间催人，他只得最后吻了吻她，便拎着行李箱，轻手轻脚地离开了。

之后，沈温欢、阮曼舒和季风朗三人一同吃了顿早饭，便早早订了回去的机票，预计下午就能回到A市。

三人简单收拾了一番，少了一个蒋远昭，倒是也没有什么可玩的了，沈温欢和阮曼舒随便在庄园内逛了逛，欣赏了一下风景，便一同去机场了。

一早上的行程下来仿佛流水账一般平淡，沈温欢坐在飞机上打了个哈欠，望着窗外流云有些出神，不知怎的，她总觉得回去后会有什么大事发生。

阮曼舒显然是看出了她的不对劲，便问她：“温欢，没休息好吗？”

沈温欢摇了摇头，心里还是有些不踏实的感觉：

“不是，就是觉得……有种说不上来的预感，要出事一样。”

“现在什么都不好说，万一我们下了飞机就发现有什么惊喜了呢？”

阮曼舒哑然失笑，意有所指地调侃沈温欢道：“好啦，别想太多，现在出现的那些麻烦，肯定都会解决的。”

沈温欢颔首，对她笑了笑：“也对，不想那么多了。”

然而事实证明，沈温欢的预感就是准得离谱。

三人从机场出来后，看着那大街小巷都传播开来的娱乐头条，不禁通通在原地傻眼了。

阮曼舒看着娱乐头条上那一行大字，有些目瞪口呆——

【清纯小花旦袁语姗人设崩塌，竟然被界内王氏总裁秘密圈养！】

阮曼舒啧啧感叹着，目光下移，却见又是一个猛料——

【王时坤出轨离婚，袁语姗录音曝光，沈放竟然是被泼脏水！】

季风朗看着这一条比一条劲爆的消息，这才知道蒋远昭找他要那录音，是有何作用。

“温欢啊……”阮曼舒当真是无言以对了，她只得默默拍了拍沈温欢的肩膀，“厉害了，以后找你占卜。”

沈温欢研究着这娱乐头条，有些没缓过劲儿来，她本来以为自己只是担心太多，谁知道居然真的就出事了。

王时坤出轨袁语姗被他的妻子李怡婷撞破，二人现已离婚。如此一来真相大白，袁语姗与王时坤的秘密关系被发现，她不但没有庆幸沈放没有立刻揭发她，反而一盆脏水泼到沈放头上。

现如今，沈放的渣男名号被摘了下来，袁语姗的人设全方位崩塌，全网都开始黑起了袁语姗，各大平台皆是骂声一片。

袁语姗起初的人设就是清纯可人，谁知突然被爆这种黑料，摔得如此惨烈，以至于仿佛全世界都在唾弃她的行为一般。

全网公敌，不过如此。

一时间，微博连连曝光了有关于袁语姗的黑料，网上的骂声层出不穷。袁语姗的微博已经全部沦陷，甚至在浏览器中搜索她的名字，首先跳跃出来的关键词也是“金主”“包养”“绿茶”等一系列不好的词汇。

这次，网友们也是一边倒，只不过，是全部倒向了袁语姗的相反方向。

这些消息一经放出，袁语姗瞬间脱粉无数，毕竟她出道时就是玉女形象，这次原形毕露，自然是让粉丝们难以接受。

而且，袁语姗这次被曝光的也不是什么小黑料，而是被圈内金主包养的黑料。这种消息一旦被曝光，袁语姗基本就只有身败名裂的份了。

更何况，她还反踩沈放，这个行为更是激怒了沈放的粉丝和广大网友，他们纷纷去围攻袁语姗的个人微博和她的工作室微博。

然而袁语姗的工作室微博平时挺能说会道的，真到了这种时候，却也只能是禁止评论，不敢吭声。

王时坤的人品也被人严重质疑，李怡婷已经从个人微博放出了签好字的离婚协议照片，并附上了一句话：

“李怡婷V：我有幸撞破了真相，谢谢大家关心。渣男没有任何可以洗白的地方，不过某女星也该自爱一点，这里只针对某位当红袁姓小花旦。”

意思再明显不过，就连身为当事人王时坤妻子的李怡婷都如此表态了，那么袁语姗当真就是永无翻身之日了。

紧接着，网上又有娱乐大V放出一组照片，高清大图，上面赫然就是袁语姗与王时坤在门前拥吻的照片，清清楚楚地将这两个人的卑劣行径给曝光了出来。

证据确凿，令人愤怒。

似乎是有人看热闹不嫌事大，又抛出一段猛料——

那是一段音频。

确认没有任何后期加工。

网友们正怒火中烧，又被这丢过来的音频猛料给惊动了！

音频的内容被网友细心地用文字版贴了出来，还辨认出了音频中的两个主角就是袁语姗和侯悦晗，二人的谈话内容令人发指，无疑是给这场大火再度添了一把柴。

袁语姗方面，所有通告与活动都停止，公司的电话源源不断，不用想都知道是哪些群众打过来的，电话线已经被人掐断，公司上下愁眉苦脸。

姜妍也不知道该如何是好了，现在袁语姗完全可以说是没有任何翻身的余地了。姜妍未曾想过，自己当时临时想出来的“泼黑水”，居然会给她们带来如此大的反噬。

姜妍也被人质疑起了人品问题，网上甚至有人阴谋论，说姜妍身为经纪人，让手下艺人走红的方法就是送她们上别人的床，一时间附和声满满当当。

袁语姗躲在家中，她透过窗帘缝隙去看楼下那挤得水泄不通的小区门口。尽管她如此偷偷摸摸的，却还是被记者发现了，当即指着她的窗户，似乎在喊着什么。

那一瞬间，似乎所有人都抬起了头，不约而同地看向了袁语姗。

那群记者紧紧盯着她，齐刷刷的，目不斜视，仿佛是在盯着即将入口的猎物一般。

袁语姗被他们吓得惊声尖叫，忙不迭扯紧了窗帘，起身踉踉跄跄地去锁上屋门，把屋里所有的大型物体都推过去，用来挡住了门。

屋里的所有窗帘和窗户都已经被袁语姗关得死死的，就连客厅的灯都是暗着的，生怕有半分光亮，她就会被外人所发现。

她浑身冷汗，瞬间瘫倒在地上，惊慌失措地哭泣着。她不敢开手机，也关上了家里一切能用来联络外界的电器，就是怕有骚扰电话打过来。

袁语姗今早起床的时候就接到了一个电话，她那时还没反应过来发生了什么，接通电话后被人劈头盖脸骂了一堆难听的话，吓得她当即就挂断电话，拿出了电话卡。

她又上网了解了情况后，才得知自己已经沦为全网公敌了。

她所有的秘密与不为人知的一面，都被人曝光了，这下子彻底玩完了。

袁语姗怔怔呆坐在地板上，泪水止不住地涌出眼眶，她对现在的情况无能为力，只能干巴巴等着最终结局。

然而她现在已经身败名裂，别说在娱乐圈了，在国内都不一定能受人待见，就算她去国外，说不定也会被人追着骂。

有些骂名，一背就是一辈子。

就算她真的能等到她的最终结局，也一定不会是好的。

袁语姗清楚地意识到了这一点，她终于歪靠在墙壁上，失声痛哭。

“沈放，袁语姗那边是怎么回事？”

电话中传来罗婉难以置信的声音。沈放长腿交叠，坐在客厅的沙发上，他眉间轻拢，莫名有些不耐烦。

每当想到母亲与袁语姗暗地里有来往的事情，沈放就觉得排斥。

然而他终究还是耐着性子，对罗婉解释道：“就是网上说的那样，我们已经分手了，分手原因你肯定也知道。”

“语姗她竟然是这样的孩子……”罗婉咋舌，一时竟然也不知道说什么好。

她蓦地想起自己以前是如何夸赞袁语姗的，今天这些曝光后，她不禁有些被打脸。

“那沈放，你先回家吧，别太伤心。”

沈放闻言挑眉，不清不楚地道了句：“妈，你也是，别太伤心。”

罗婉瞬间就愣住，没反应过来他在说什么：“我伤心什么？”

“虽然我不清楚你和袁语姗究竟有过什么来往，不过事已至此，毕竟您是我的母亲，我也不追究什么了，以免让我了解到什么不好的事情。”沈放淡声道，从未如此冷静过，“这次的事情，您让我很失望。”

随着沈放话音落下，罗婉慌了。

沈放是怎么知道她和袁语姗有来往的？

不过想一想，她和袁语姗之间的秘密，也就柳棠那件事是说不出口的。当时袁语姗怕柳棠抢资源，她本来就看柳棠不顺眼，正好找到了借口，就来暗示罗婉。

罗婉心知柳棠再作妖下去，迟早会被人黑惨，她又心向着袁语姗，肯定是帮着她，借机把柳棠给解决掉了。

但是这些事，沈放又是怎么知道的？

罗婉抿唇，决定装傻一次：“沈放，妈不懂你在说什么？”

沈放轻笑一声，心里也清楚她是在装傻，却也不想再继续追究下去：“行吧，您就当我什么都没说。不过妈，以后我的事情，您还是别插手比较好。”

能听出来，沈放这次当真是动了怒。

罗婉从来没听过沈放用这种语气说话，她现在听着手机听筒中的声音，甚至都可以想象到沈放面无表情的冰冷模样。

在罗婉的印象里，沈放一直是个好脾气的孩子。

她从未见过他动怒，或者有其他鲜明的情绪流露，然而这次突然一个转变，罗婉都不知道该作何反应。

她支吾了几声也不知该说什么才好，沈放却也在此时疲于与母亲交谈，便捏了捏眉骨，轻声道：“算了妈，挂电话吧，我有些累。”

罗婉连连应声，还没开口，便被挂断了电话。

沈放这次，是真的动了怒。

罗婉终于意识到了这一点，她怔怔望着屏幕黑下的手机，有些手足无措。

沈放甚为疲惫地将手机放在一旁，他轻叹一声，背靠沙发坐着，望着窗外有些出神。

窗外万里无云，阳光明媚，远处青山绿水风景正好，单是这么看着，便叫人稳下了心神。

沈放望着这美景的眸中，却是空旷不已。

苏子晨去机场接他的妹妹苏子婉了，估计不一会儿就能到这里，他和苏子婉见上一面后，也就该回A市去收拾残局了。

真是麻烦。

沈放默了默，不急不慢地起身，迈步走到那落地窗前，细碎光晕温和地笼罩下来，他眸微眯，抬手触了触窗，指尖传来几分冰凉，清晰地蔓延至手臂。

这下倒好，被人戴了绿帽子，也和家里人吵了架，后面还有一堆琐碎的事情需要他亲自解决。

虽然袁语姗的事情已经圆满解决了，但他肯定会被记者采访相关问题，到时候麻烦事又要接踵而来。洗白很快，但花费的心思却也多。

沈放念及此，难免有些不耐烦。他轻叹一声，抚了抚眉间，将那冰凉的指尖覆了上去，算是让自己清醒。

然而这气氛正安谧的时刻，大门却突然被人打开，传来女子略微不满的声音：“哥你别拦我，沈放绿了又如何，只能说明他眼光不好，这不还有我呢吗？”

一语中的。

沈放闻言，眉间轻拢，他双手抄兜，侧首看向来人，只见门口站着位娇小精致的美人儿，栗色长卷发配上小洋裙，漂亮得像个洋娃娃。

她看到他，也是怔住。

想必她就是苏子婉。

沈放意识到这一点，正欲开口，下一瞬，苏子婉却眸光微动，当即扑了过来，十分欣喜地喊道：

“亲爱的！”

第十二章
一生所爱

现在，网上有关沈放和袁语姗的言论已经满天飞了。

不过沈放本人并不在A市，沈温欢想了想，估摸着他应该还是待在B市里。不知道蒋远昭和沈放是什么时候搞的这些小动作，把袁语姗给整得这么凄惨。

不过总归是大快人心的，就是不知道沈放作何感想。

沈温欢叹了口气，拿着手机放下也不是，翻看也不是，坐在阮曼舒家里的沙发上，如坐针毡。

季风朗去了解现在娱乐头条的风向了，阮曼舒就陪着沈温欢坐在沙发上，她不慌不忙地刷着微博，随便浏览着首页的最新消息。

然而余光总能瞥到沈温欢的纠结模样，阮曼舒不禁哑然失笑，轻拍了拍她的肩膀，道：“你呀，有什么好纠结的，都说了过去的事就过去了，你们两个现在可是全新的兄妹关系。”

沈温欢顿了顿，心思被阮曼舒窥探到，她叹了口气：“行吧，那我还是给他打个电话问问吧。”

阮曼舒颔首，一本正经地给她比了个大拇指：“做得好！”

沈温欢唇角微弯，从通信录中翻出了沈放的电话号码，拨了过去。

没一会儿，电话就被他接起来了。

沈放的声音没什么情绪，一如既往的平淡："怎么了？"

"袁语姗算是彻底崩盘了，你那边没什么意外情况吧？"沈温欢清了清嗓子，满不在乎地问他，似乎只是随口问了一句。

"好得很，就是回去后可能要收拾一些残局。"

"也对，现在记者正在满世界找你做采访。"沈温欢抿唇，不免有些无奈，她捏了捏眉骨道，"现在是风口浪尖上，你想好了吗，什么时候回来？"

沈放沉吟半晌，道："可以的话我今晚之前到那里，就看有没有机票了。"

她闻言，眉间轻拢："这么快就回来吗？"

"有些事越早处理干净越好，拖着就没意思了。"

沈温欢想了想，也是这么回事，毕竟沈放迟早都要公开他自己对于袁语姗事件的态度。

她转念一想，却突然想起了一个很重要的问题，便认真问他："对了，今天出了这么严重的事情，沈家人有什么反应吗？"

"给我打电话了，别的也没什么，毕竟这是我的事情，也没必要让他们插手。"沈放淡声答道，蓦地有些口干舌燥，他正欲伸手拿水杯去接水，一旁就已经有人乖巧送上。

那白皙柔润的指尖搭在乳白色水杯上，似要与杯壁融为一体，泛着莹莹光辉，好看得很。

沈放眉间轻拢，扫了一眼身旁满面乖巧的苏子婉，最终还是将手机微微移开，对她道了声谢谢。

喝了口水润润嗓子，他这才对沈温欢道："不论如何，事情很快就会解决的，你不用太担心。"

他说最后一句话的时候，声音略微柔和下来，仿佛是在安慰沈温欢一般，让她稍微安下心来。

沈温欢应了一声，正欲开口，却听沈放那边清晰地传来一个女声：

"为什么突然这么温柔呀？"

那声音娇软悦耳，有些糯糯的俏皮，含着几分委屈巴巴的意味，又似乎不敢太大声，落在耳边挠人得很。

沈温欢目瞪口呆。

沈放那边什么情况？！

沈放侧首看向苏子婉，见她一副委屈巴巴的模样，敢怒不敢言一般，一双眸子水灵水灵的，让人看得心都软了。

“虽然这么直接不太好。”他叹了口气，开口道，“但是苏小姐……”

然而他话未出口，苏子婉便伸出食指，轻轻搭在他唇角，好脾气地纠正他：“婉婉。”

沈放默了默，并没有屈服：“苏子婉。”

苏子婉瞬间泄气，缩到沙发角落里黯然神伤，幽幽道：“虽然还是有点遗憾，不过我已经很满意了。”

沈放不知怎的，见她这般模样竟然觉得有些可爱，他抬手轻揉了揉太阳穴，心道自己真是魔怔了。

沈温欢在电话那头啧啧感叹，道：“第二春啊第二春，这大冬天的居然也能开出来桃花。”

“得了吧你。”沈放被她打趣得有些发笑，他唇角微弯，“挂了吧，也许我晚上就回去了，到时候再处理这些事情。”

沈温欢应了一声，便干脆利落地挂断了电话，她将手机放在一旁，伸了个懒腰，心情还不错。

知道沈放并没有受袁语姗事件的影响后，她悬着的心总算是能舒缓些许，不过这通电话下来，似乎还有个意外之喜。

沈温欢再度回想起方才那电话中的女声，她唇角微弯，啧啧感叹了一声。

阮曼舒看向她，见沈温欢一副心情甚好的模样，她便问：“怎么，你是听到什么了这么开心？”

沈温欢没有立即应声，她指尖覆上唇角，感受着那上扬的弧度。

半晌，她轻声笑道：“也没什么，就是觉得所有事都在朝好的方向发展了，挺好的。”

“我绝对不会善罢甘休的。”与此同时，袁语姗躲在家中，同姜妍打着电话，恶狠狠道。

她模样憔悴，已经临近崩溃。此时此刻，她满脑子想的都是找个人共死。

姜妍听袁语姗这歇斯底里的语气，不禁叹了口气：“语姗……”

“我就算是死，我也要拉着沈温欢下水，凭什么她就能站在高处光彩耀人？！”袁语姗冷笑，捏紧了手机，看着散落满地的鉴定资料，“沈温欢的把柄就在我手里，姜姐，你帮我最后一次，好不好？”

“沈温欢的把柄？”姜妍闻言，不禁微怔，“什么意思？”

“哈哈，想不到吧。”袁语姗已经有些恍惚，她撑着额头低笑，冷道，“沈温欢居然是沈靳恒的私生女！”

“什么？！”姜妍吓得手机都险些摔落在地，她噤声，低声问袁语姗，“语姗你冷静一下，这种事情不是随便说说就可以的，你没有证据就别再这样了。”

“我怎么没有证据？”她呆呆望着自己的手，多日未进行护理，皮肤已经有些发干，“我从柳棠经纪人那里要来了证据，也就是柳棠被雪藏的真相，清清楚楚的DNA鉴定。沈温欢得罪了多少人，只怕她还不知道！”

姜妍心下微动，想到沈温欢将来很可能会意气风发，不禁抿了抿唇，道：

“好，你把资料发给我，我们这次一定要让沈温欢身败名裂！”

次日，界内大头沈靳恒名下公司的财政部门出现矛盾的谣言传开了。

有人讽刺他贪污受贿、腐败不已，迟早会被人揭发。沈靳恒的话题甚至还上了热搜，然而沈靳恒那边反应也迅速，直接将话题撤下，禁止一切相关讨论。

也不知是谁爆出来的小道消息，声称沈靳恒公司的财政部门发现账簿被人窃取复制，沈靳恒是个贪污无数的罪人。

不过这种事情未免太过机密，因此没有确凿的证据曝光，网友们还是选择抱着怀疑的态度观望此事。

沈靳恒方面已经在官方放出了澄清谣言的说明，声称公司运转一切正常，只是有小人造谣。

网友们也是墙头草，一有什么风吹草动就一边倒了，纷纷阴谋论地猜测是袁语姗为了转移话题热度才炒出来此事，一时间，对她的骂声更甚。

沈靳恒此时正在办公室中，同海外的合作人打着电话，他好声好气地道过歉后才挂断电话，叹了口气。

他本来是要作为特邀嘉宾，去参加海外的一场公益活动，还能借此机会巩固一下公司的合作关系。

谁知突然出了这么大个娄子，财政部门的人声称账簿似乎有些问题，沈靳恒刚开始还胆战心惊的，没想到紧接着就被网上给挑出来事端了。

这下子倒好，本来他还有意谈拢那跨国合作，但是这些乱七八糟的事情出来后就耽误了他的时间，现在坐飞机已经赶不上了，一切计划都泡汤了。

肯定是有人故意为之。

沈靳恒不知道是谁，他心里只隐约有个猜测，终究也是不敢肯定的。

江一铭如此深入了解沈家的秘密，手里掌握着的东西也许沈靳恒都未曾料想过。

只是江一铭的人脉再广，也不至于会动到他沈靳恒的身边来。

沈靳恒念及此，手却顿了顿，他突然发现自己对于江一铭这枚棋子，没有任何的掌控能力。

江一铭现在究竟是什么情况？他究竟想做什么？沈靳恒已经无从得知了。

而沈靳恒毕竟是公众人物，不方便亲自去找江一铭，让别人去处理这么隐私的事情他又不放心，局势便这么僵持着了。

沈靳恒现在当真是烦躁不已，他叹了口气，狠狠将手中的财政报表摔在桌上，翻了翻手机，要不然是自家儿子被戴绿帽的消息，要不然是他这边的谣言。

简直没一件好事了。

沈靳恒紧蹙着眉，他伸手捏了捏眉骨，没来由地有些心悸。

也不知道是怎么回事，他居然觉得事情还没结束，似乎有什么更大的风浪，还在后面等着。

他啧了声，平生第一次产生了无力感。

若不是他为了解决沈温欢，冒险与别有用心的江一铭合作，定是不会造成现在这种复杂局面。

他明知道江一铭是为了报复蒋远昭才会回来，却还自以为能将江一铭控制住。然而江一铭毕竟是有过前科的人，当真是令人捉摸不透，沈靳恒就这么眼睁睁看着计划逐渐偏离轨道。

如今，这事态究竟会如何发展，没人知道。

与此同时，蒋远昭正坐在转班的飞机上，研究着周焕递给他的活动参与人名单。

他们二人先是回A市做了些必要的准备，好容易处理妥当了，这才登上了前往美国参加活动的飞机。

蒋远昭扫视了一下受邀人的姓名，都是圈内有头有脸的当红明星，以及界内著名投资商，并没有什么眼生的名字。

估计又是一次比较无聊的商业性质会晤。

蒋远昭想着，默默叹了口气，下意识在名单上寻找一个名字，却并没有意料之内的收获。

他眉间轻拢，将这份名单晃了晃："是不是有印刷错误？"

周焕正在一旁看着资料，一时没反应过来蒋远昭这句话是什么意思，便抬首蹙眉看向他："没有啊，这是活动举办方发过来的，我打印后还进行了二次核对，没什么问题，怎么了？"

"这么重要的大型活动，没有邀请沈靳恒？"蒋远昭有些难以置信，又重新看了一遍名单，奈何的确没有沈靳恒三个字，他只得作罢。

周焕这才反应过来蒋远昭的用意，他摇了摇头，也知道他在想什么："没有，我拿到名单的时候也好奇怎么没有沈靳恒，但这次活动，沈靳恒的确是推掉了的。"

难不成沈家出什么事了？

蒋远昭闻言，不禁蹙了蹙眉，却还是保持着怀疑态度。

这种国际性活动很不好推，驳了举办方的面子对谁都没好处。沈靳恒虽然不是什么简单角色，却也不会这么大牌，除非真的是有什么事让他脱不开身。

蒋远昭摸了摸下巴，也不知怎的，他就想起了江一铭的事情，便随口问周焕道："对了，江一铭那边判下来了吗？"

"前不久刚宣布罪名成立，肯定是要再吃牢饭的。"周焕轻耸了耸肩，似乎有些不以为然，"宣布罪名成立的那天，江一铭才知道自己被沈靳恒放弃了，他还气得不行，声称死也要拉着垫背的，也不知道是真的有一手，还是随口说的。"

蒋远昭难免有些感慨，他摇了摇头，叹息一声，道："贵圈真乱，沈靳恒和江一铭这种亡命之徒合作，总有一天会被反噬。"

周焕边整理资料，边对蒋远昭道："谁知道呢，不过你们去度假的这段时间，江一铭事件的确是让人提心吊胆的，事实证明沈家也真的出问题了。"

“什么意思，难不成出事了？”

“也不能说是出事，毕竟没闹出来什么动静。”周焕眉间轻拢，他不急不慢地将资料分类整理着，整理好后，才道：

“今天早上A市闹了件事儿，只是有外界传言，沈家公司财政那边出了点问题，似乎是账簿泄露还有什么内部人员产生矛盾，不过消息很快就被人为压下去了，估计是沈靳恒那边的人，所以也不知道是真是假。”

“不过我觉得，沈靳恒都这么紧张舆论走向了，这件事即使不是真的，沈家也十有八九出了点问题。”周焕说着，无谓地耸了耸肩，将资料分好类装订起来，“反正和我们没关系，就暂时观望着吧。”

蒋远昭闻言，不禁对接下来的事态发展有了些许好奇，不知道在今年的尾声前，还能发生些什么大事。

他指尖轻点下颌，顺着线条似有若无地划过唇角，意味深长道：“要我说，迟早都是要自吞苦果的。”

周焕思忖半晌，似乎还嫌惊喜不够多，道：“对了，袁语姗目前在娱乐圈中已经彻底被拉黑了，王时坤潜规则女明星的事情也不知道怎么回事，居然被李怡婷发现了，闹得特别大。”

“李怡婷？”蒋远昭顿了顿，刚开始还有些奇怪李怡婷那边是怎么回事，但他一想到沈放当时那高深莫测的模样，瞬间就了然是沈放的作为。

都知道李依婷那火暴脾气，王时坤和袁语姗在她手里肯定没有好果子吃。想不到沈放狠起来，还真是一点儿情分都不留。

就这么发展下去，似乎也挺有趣的。

蒋远昭念及此，唇角微弯，对目前状况感到十分满意。他伸手拿过周焕整理好的资料，随意地翻阅了一下，为这次参加的公益活动做准备。

蒋远昭随意扫了一眼活动举办地点，本来只是无意之举，他的视线却蓦地停留在那地点昵称上。

可真是眼熟得很。

这个巧合未免太过巧妙，蒋远昭都有些怀疑老天是否在眷顾他。

若是他没记错的话，先前沈温欢看中的那款戒指，它的供应总部似乎就是资料中的这个活动举办地点。

“怎么了，资料有什么问题？”一旁的周焕见蒋远昭面色复杂，还以为他是有什么不理解的地方，便开口询问他道，“有问题一定问我，这个活动挺重要的，事关你以后的相关海外合作，必须把握住这个机会。”

蒋远昭漫不经心地嗯了一声，却对他说出一个品牌，问了周焕与此次活动完全不相关的问题：“这个珠宝品牌的总部，是不是就在这里？”

周焕愣了愣，他对这些东西还是有了解的，便点了点头：“对，不过你问这个做什么，这次活动又和珠宝没关系。”

“没什么，突然想起来了，随口一问而已。”得到了肯定的答案，蒋远昭无声轻笑，侧首看向窗外，心情甚好。

他正在挂念着远方的那个人儿，只是不知道，对方是否也记挂着他。

蒋远昭敛眸，倚靠在座位上稍作休憩，然而他却未曾料想到，此时的A市，正掀起另一场热议。

袁语姗事件过后四天，仍旧是热度不退，网友们这次难得站在统一战线上。

A市机场中，沈放身穿一身黑色运动服低调出场，戴着帽子和口罩，却还是被人发现了。

记者们瞬间拥上前去，相继追问着沈放对于袁语姗的看法——

“沈放，请问你对于前女友袁语姗人设崩塌的事情是怎么看的？”

“你们分手是不是因为你发现了袁语姗的秘密呢？”

“请问为什么袁语姗给你泼脏水的时候，你没有站出来呢？”

场面乱作一团，早就在机场等待沈放出来的保镖们瞬间冲上前去维持秩序，防止发生意外。

果不其然，正如他所料，回A市后还有一堆事情等着他处理。

沈放在心底叹了口气，抬手将口罩扯到下颌处，随便挑了一个话筒，统一做出了回答：“我对袁小姐的行为感到十分惊讶与失望，但事已至此，我也会尽量不让感情方面的事耽误我的个人生活与工作，先在这里感谢粉丝和网友们的维护与安慰，我会继续努力的。”

这个回答十分官方，很是巧妙，和没有回答没什么区别，但又不能说是没回答。

场面寂静了一瞬，又嘈乱起来。

记者们定是对沈放的这个回答不满意，纷纷伸着话筒要继续追问，而沈放却是淡了淡神色，抬手压低了帽檐，摆明了不愿意继续回答的态度。

紧接着，他便在保镖的拥护下，快步离开现场，正要就此脱身，却听有人高喊："那你对于沈温欢的事情又是作何感想？"

话音落下，沈放脚步顿住，蹙眉侧首，一时没反应过来："你说什么？"

怎么能突然扯上沈温欢？

那名记者高举起自己的手机，异常兴奋道："你们看浏览器首页，有人爆了一个大料！"

话音未落，所有人都顾不上抢话题了，闻言纷纷拿出手机来看，瞬间全场震惊，爆发出惊呼声。

"不会吧，谁曝光的？！"

"不会是伪造的证明吧。我去，难怪没见过沈温欢的爸妈！"

"沈温欢居然还有这身份，不知道沈放和罗婉知不知道……"

沈放听着众人的讨论声，蓦地顿住，心头瞬间一冷，脑中便有了个不太现实的猜测。

说是不太现实，也许只是因为他不愿意去相信这个可能。

沈放狠狠啧了声，显然已经不耐烦，当即便拿过一名记者的手机，去翻看他们所说的首页大料。

那大写加粗的标题，就这么生生映入沈放眼中——

【DNA鉴定曝光！当红小花旦沈温欢身份成谜，竟是界内大头沈靳恒的私生女！】

怎么可能会曝光出来？！

沈放难以置信地轻摇了摇头，当即点进去查看详情，然而白纸黑字都是清清楚楚打印上去的，鉴定结果清晰明了。

上面的条条框框都是极其精准的数据，这究竟代表了什么，已经不用再细说，只看一眼，便让人明白了这之间的关系。

沈温欢是沈靳恒的私生女，而其生母究竟是谁？沈温欢这么多年来又是如何过活？沈家是怎样将这个秘密隐藏多年的？众人不禁对此浮想联翩。

有人倒推了一下时间，发现蒋远昭曾提起过，他和沈温欢在六年前就已经见过面。这个重要的时间差被人发现后，不禁让人浮想联翩。

难不成，蒋远昭是这件事的知情人？

察觉到这个可能性，场面瞬间混乱起来，机场被堵了个水泄不通，沈放被记者们围在中间，耳边是嘈杂人声，嗡嗡得惹人烦躁。

他啧了声，这几天本就因为袁语姗和家里的事情满心烦躁，此时事情又莫名其妙牵扯到了沈温欢，更是让他不耐烦。

袁语姗前脚被曝光，沈温欢后脚就出了事，这其中有什么门道，沈放不需要阴谋论也能知道。

无论如何，这件事和袁语姗脱不了干系，是可以确定的。

沈放叹息一声，已经有些疲惫了。

他不想再继续与这些事情周旋，也懒得思考后果，平生第一次冲动，直接拿过一名记者的话筒，一字一句道："关于沈温欢这件事，我不清楚是何人造谣，但我可以告诉你们，沈温欢和我只不过是朋友关系，某些人即使要迁怒，也得想想后果。"

沈温欢的身份绝不能曝光。

先不说这件事如果闹大了会让事态严重，况且到那时就不仅仅是沈温欢被拖下水了，沈家和周围的知情人都要惹上一身麻烦。

这幕后之人还有完没完了？

沈放把话筒还给记者后，便重新戴上了口罩，一言不发地快步离开现场。

记者们还要继续追上前去，然而保镖拦着，他们只能眼睁睁看着沈放的背影迅速消失在视野中。

沈放正要找个隐蔽的地方给沈温欢打个电话，便见一辆银色小轿车停在不远处，有个人从驾驶席钻出来，对他挥手示意："看我看我！"

沈放闻声有几分耳熟，当真看向那人，却是愣了愣——

苏子婉。

虽然沈放好奇她是如何做到第一时间赶到现场的，但时间紧迫，他便快步走过去上了车，坐到副驾驶席上。

苏子婉也不废话，干脆利落地钻回车里，关紧车门后，她侧首蹙眉看他："沈放，我们现在怎么办？"

"什么怎么办？"沈放笑了声，却是没什么感情，他摘下口罩放到一旁，有些疲惫道，"该怎么办就怎么办，要赶紧找人把消息压下去。"

苏子婉闻言瞬间傻眼，不禁目瞪口呆，她倒抽一口冷气，掩唇有些惊讶："什么意思，难不成沈温欢真的是……"

她还以为这消息不过是袁语姗为了转移热度而耍的手段，看沈温欢和沈放同姓才出此下策，谁知这件事居然是真的？！

沈放没理她，拿出手机就给沈温欢打了个电话，没响几声就被接起，他不等沈温欢开口，便道："沈温欢，你别出门，等着事情的热度退下去。"

"等不了，这事越早解决越好。"沈温欢正准备出门，她将手机开成免提放在桌子上，蹲下身去系鞋带。

她的声音听起来毫无波澜，似乎很是冷静，完全没有身陷风波中的无措。

沈放愣了愣，突然也没那么急了，问她："蒋远昭呢？"

"不清楚。"沈温欢想了想，然而弄不清他的行程，便也作罢，"也许在飞机上，也许已经到活动举办地点了。"

她冷静得出奇，哪里还有半分在蒋远昭身边时的小女人模样。

"你怎么突然这么冷静？"沈放终于忍不住了，不禁眉间轻拢问她道。他还以为她是太受打击，放弃了反抗。

沈温欢听他这么问，嗯了声，哑然失笑道："沈放，看来是这场旅行太长了，让我们都懈怠了不少。"

沈放微怔，突然找回了几分熟悉感。

似乎又看到多年前，那个张扬肆意的少女，一副天不怕地不怕独当一面的模样。

"我不露出点锋芒就让人以为我是软柿子，我只在蒋远昭身边才安稳，他走了，我就自己解决，而且说不定效率更快些。"沈温欢说着，不急不慢地扣上衣扣，通过手机听筒，字字落在沈放的耳畔——

"这才是我沈温欢的本色，只是生活安逸，我想从良做个平淡的人，但是总有人不给我机会。"

沈温欢言罢，低笑一声，嗓音微冷道："敢搞我，我弄死她。"

沈放当真是什么话都说不出口了，甚至还有点发笑的念头。他笑叹一声，摇了摇头，心想难怪沈温欢在蒋远昭面前这么乖。

若是这副模样被蒋远昭尽知，他的男友力可就没什么用处了。

沈放本来还担心会出什么事，不过照现在看来，基本可以稳稳心神了。

"对了，听你这语气，似乎是已经有办法了。"他开口，随意问了句，"那你打算怎么解决？"

“哦这个啊。”沈温欢已经打算出门了，便准备结束这场通话，答道，“找你妈谈谈呗，反正都是要面子的人。”

沈放闻言不禁有些难以置信，但他还是迅速做出回应，道：“别闹了，你又不是不知道她那脾气，万一不给你开门怎么办？”

沈温欢倒是干脆利落：“踹开不就行了，只要她不嫌弃上头条，我就敢闹一闹。”

话音未落，不等沈放反应过来，她便道了声再见，径自挂断了电话。

沈放听着耳畔传来的忙音：“……”

等等，沈温欢刚才说，她打算怎么开门？

车内，沈放收起手机，略微后仰靠在车座上，正闭目养神。

苏子婉正襟危坐，明明她才是车主，而面对旁边副驾驶席上的沈放，她却紧张得不知该如何是好。

沈放似有若无地叹了口气，落在苏子婉耳边，吓得她一激灵，当即挺直了腰板，如同犯了错心虚一般。

“该知道的不该知道的，你现在都清楚了，怎么还一副想问什么的样子？”沈放捏了捏眉骨，有几分疲惫，言语间没什么特殊情绪，“想问什么就问，你这么憋着，大家都不痛快。”

他这次回来准备处理干净袁语姗的事情，苏子婉已经不合时宜地跟了过来，这次沈温欢又被拖下水，他正是忙的时候，苏子婉又好巧不巧地撞见了他。

虽然没挑明，但沈放觉得，单是看他上车后给沈温欢打电话的态度，就能让人猜出来这次曝光事件的真实性了。

乱七八糟的事情和压力沉沉压下，沈放有些喘不过来气，因此语气也难免不算很好。

苏子婉闻言愣了愣，从沈放这句话里清晰听出了他的倦意。她没有见过沈放这副模样，也不知该怎么安慰他，又怕提及什么敏感之处，她一时纠结不已，手足无措。

半晌，她绞了绞手指，小声嘟囔了一句：“别人怎样跟我没关系，我只想问问你有没有事啊……”

明显的底气不足，沈放若是没仔细听，都不知道她在说什么。

然而她的话音落在耳边，软软糯糯的，还含着几分委屈，却让沈放的心情渐渐平静了下来。

当真是没脾气了。

沈放此时也不知是该叹气还是该笑了。他见苏子婉低垂着头，一副失魂落魄的模样，最终犹豫了一会儿，便抬手轻摸了摸她的脑袋。

说是摸了摸，其实并没有太过暧昧，沈放还是坚持保持距离，只是掌心触碰了一下她，满满都是安慰的意味。

苏子婉蓦地怔住，沈放突如其来的安慰让她措手不及，不知道该如何回应他。

“对不起。”沈放对她沉声道，“刚才心情不太好，说话有点冲，抱歉。我没什么事，谢谢你的关心。”

诚心诚意地道了歉，又给了苏子婉一颗定心丸，沈放见她敛了失落神色，便放了心。

他正准备将手移开，然而却被苏子婉握住。

沈放因为方才在外面待的时间久，所以指尖冰凉，有些僵硬，不过他也没在意。

只是此时此刻，苏子婉突然握住了他的手，那温暖便生生裹住了他的满手冰冷，逐渐暖化了他的僵硬，柔软而温热。

同时暖化的，似乎还有心头的某处。

沈放指尖微动，察觉到自己心态的转变，他有过瞬间的逃离她的想法。

“沈放，你不用为了外界去改变你自己。”苏子婉紧握着他的手，直视着他，一字一句道，“无论事情有多复杂，我也相信你能处理好，遇事不慌不忙，那才是沈放。”

语罢，苏子婉唇角微弯，对沈放展露笑容，小虎牙的光辉流转而过，让沈放微微眯眸。

她笑道：“沈放，我最喜欢你从容不迫的样子。”

车窗微敞，日光恰好溜进车内，带来几分暖意。她逆着光，整个人镀了层粲然光晕，映得她眉眼精致。她唇角上扬，带得眸中水光潋滟。

沈放与她对视，能清晰望见她眸中，只有自己一人。

只一刹那，沈放喉间微动，有什么情愫不可遏制地在心田生根发芽，心跳都为之停滞了一瞬。

紧接着，心跳骤然加速，怦怦的声响撞上胸腔，撞上耳畔，一步步催促他深陷。

沈放突然觉得——

自己完了。

与此同时，蒋远昭到了活动举办方安排的住处。

今天不算很忙，安放好行李后就可以休息一会儿。活动尚未到忙碌的时段，时间目前还算充裕。

蒋远昭收拾好房间后，一时无聊，他便把玩了一会儿手机，思忖半晌，决定给沈温欢打个电话。

谁知刚打开手机，通知栏就推送了一条新闻，他隐约间似乎看到沈温欢的名字，起初并没有在意，只随意点了进去。

下一瞬，他望见标题，蓦地顿住。

紧接着，蒋远昭指尖迅速下滑，点开这头条中的附图，果然不出所料，就是沈温欢和沈靳恒的DNA鉴定。

这份资料，按理来说当时已经被他销毁了才对，怎么可能被曝光出来?

蒋远昭抿唇，心里已经有了猜测。

最有可能的情况就是，袁语姗不择手段拉沈温欢下水，从柳棠或者柳棠的经纪人那里得到了这份机密资料。毕竟沈家绝对不可能把这种事情曝光，唯一的有心人，便只有袁语姗了。

只是这招未免用得太不巧妙，若真的是袁语姗将这鉴定结果曝光出来的，这行为会直接得罪沈家，那她就真是毫无翻身的余地了。

看来此时的袁语姗，已经歇斯底里了。

蒋远昭长眉轻蹙，给沈温欢打了个电话，沈温欢那边倒也迅速，立刻就接起了电话："蒋远昭？"

蒋远昭终于听到了沈温欢的声音，不禁松了口气，温声道："宝贝，你那边先稳住情况，我尽快赶回去处理。"

"不用耽误你时间啦，我自己会处理好的。"沈温欢的声音听起来毫无波澜，完全没有半分紧张感，反而安慰他道，"你就好好忙你的，这次活动是国际性的，挺重要，你别因为我这些事情分散精力。”

“可这件事比较棘手，要和沈家人沟通，真的不需要我回去？”蒋远昭啧了声，还是不能完全放心沈温欢，“如果事态真的不受控制了，我可以回去的。”

沈温欢见他这么担心不禁哑然失笑，开口调侃他道：“看来我是在你身边待久了，你们一个个都觉得我没主见了啊？”

“放心，我自己心里有数，这件事我可以自己处理好，你放心吧。”

沈温欢话音落下，蒋远昭微怔，听她这笃定的语气不禁莞尔，突然也没那么担心了。

他在身边的时候，她就安安稳稳做他的宝贝，而他不在的时候，她就做回了沈温欢。

他怎么忘了，她可是沈温欢。

此时此刻没什么需要再谈，一切尽在不言中。蒋远昭唇角微弯，由衷道：“那，祝你顺利。”

沈温欢含笑的声音从手机听筒中传来：“嗯，都会好的，我等你回国。”

蒋远昭应声，沈温欢便挂断了电话，似乎是去忙了。

周焕刚得知国内的消息，急忙来找蒋远昭，推开门却见他一副没事人的模样，便几步上前道：“远昭，沈温欢出事了！”

“知道了，我刚和她打完电话。”

周焕见他这副从容不迫的模样不禁愣了愣，没反应过来：“你就这么放心？”

蒋远昭闻言长眉轻挑，不急不慢地将手机收好，抬眸看向周焕，唇角微弯，笃定道：

“那是我蒋远昭的女人，我担心什么？”

沈温欢挂了电话后，便老老实实戴好了帽子和口罩，从电梯直接溜到了地下停车场，去找林婧会合。

毕竟现在她正处于风口浪尖，该躲的还是要躲的。

她小跑到停车场，一早就看见了林婧的车，当即快步上前拉开车门，坐进了副驾驶席。

车门关上的那一瞬间，沈温欢舒了口气，略微扯了扯口罩：“好了，我们赶紧走。”

林婧拧下车钥匙，却还是有些犹豫，侧首看她：“温欢，你真的要亲自去？”

“嗯，这么多年了，也该有个了结了。”沈温欢颔首，眸光清冷，毫无波澜，开口道，“就让这个秘密石沉大海吧，该好好为自己而活了。”

林婧眸色复杂地望着沈温欢，见她神色坚定毋庸置疑，她不禁哑然失笑，摇了摇头。

沈温欢办事，果然还是比较特立独行的，认定一个结果，就死也不会放过。

林婧也不再多言，直接把握好方向盘，抬脚踩下油门，将车驶出了停车场，前往沈家。

此时此刻，沈家上下也是不得安宁。

罗婉正和沈靳恒通着电话，商量对策。

沈靳恒的声音落在耳边，严肃不已：“无论如何，要把这个消息压下去，一定别让沈温欢公开表态。”

“你让我跟沈温欢沟通？”罗婉倒抽一口冷气，“怎么可能？！”

“你是要面子还是要名声？”沈靳恒显然也不耐烦了，“我这边的财政部还有漏洞没有处理好，你给我把沈温欢摆平！”

话音未落，他便挂断了电话。

罗婉咬了咬牙，狠狠将手机摔在沙发上，然而只得想方设法联络沈温欢。

偏偏就在此时，有个下人快步小跑过来，带着几分难以置信道：“夫人，沈小姐来找您了！”

沈放打开手机，调出定位系统锁定了一个地方，便将手机固定在支架上。

苏子婉眨巴眨巴眼睛，也搞不清楚他的意图，便老老实实问他：“我们是要去哪里吗？”

沈放颔首，面上没什么特殊情绪：“沈家。”

苏子婉吓得一蹬腿站起身来，头砰地撞上了车顶，疼得她倒抽一口冷气，摸了摸脑袋又乖乖坐了回来。

接收到沈放异样的目光，她撇了撇唇角：“去沈家做什么啊，见家长吗？”

沈放眉间轻拢：“想什么呢，你帮忙把我送到这个地址，然后我回沈家找我爸妈谈一谈，顺便防止有意外事件发生。”

“哦，这样啊。”苏子婉一副恍然大悟的模样，当即将车启动，边研究定位地址边问沈放，“话说回来，什么叫‘防止有意外事件发生’？”

“你刚才也听到了，我和沈温欢打了电话。”沈放说着，叹了口气，捏了捏眉骨苦笑道，“怎么说呢，沈家的情况和矛盾……比较复杂，沈温欢和沈家人直接接触，容易出事。”

苏子婉闻言不禁蹙眉看向他，对此有些质疑：“沈温欢的性格挺好啊，给人温温柔柔的感觉，能出什么事？”

沈放凉凉地看了她一眼，意味不明：“那你是没见过蒋远昭不在她身边时的模样。”

苏子婉踩下油门，握了握方向盘，指尖轻轻叩击，默了默，问他：“什么模样？”

沈放撑着下巴看向窗外，神色平淡：“社会大佬。”

苏子婉：“……”

好的，静如处子，动如大佬。

“你来沈家做什么？”

沈家大宅的客厅中，沈温欢和罗婉相对而坐。

面对罗婉针锋相对的言论，沈温欢只是无谓地耸了耸肩，道：“别，您这说得跟我想来似的。”

“那你直接走不就好了，你不是说再也不会踏进沈家大门吗？”罗婉冷笑一声，言语间尽是嘲讽，“你以为，我们沈家就欢迎你？”

罗婉轻抿了口清茶，而后将茶杯放于茶几上，发出清脆的相撞声，似乎是试图释放威压。

然而这些东西对于沈温欢来说，根本没有在意的必要。

“那行啊，我可以走，就怕你还不敢让我走。”沈温欢笑眯眯看她，眸光微动，“罗婉，这事你可做不了主，沈靳恒现在都得坐下来跟我协商解决，你还在这里狐假虎威，有意思吗？”

“你……”罗婉闻言脸色微变，她咬牙正欲还口，却发现并没有什么可以反驳之处，只得抿紧了唇，半晌冷冰冰道，“沈温欢我告诉你，你别得寸进尺，以为这场风波过去了，你就能进沈家！”

“我说了，我嫌脏。”沈温欢叹了口气，有些不耐烦地笑了笑，似乎好脾气已经快被磨干净，“罗婉啊罗婉，你什么时候能不这么脑补太多？我过来只是为了谈把消息压下去的事情，不是来跟你废话的。”

罗婉不甘示弱，当即冷哼道：“我跟你谈话也是浪费我的时间……”

“行吧，那我走，反正私生女的事情终归是你沈家不干净。”沈温欢啧了声，眉间轻拢，说着就要起身走人，当真有就此了结的念头。

“你等等！”罗婉见她这次是真要走了，不禁急了，开口就要留下她，却碍于面子，没有将慌张表现出来。

沈温欢理都不理她，起身就打算走人，神色未改，从容不迫，似乎当真是对这件事毫不上心。

仿佛她来沈家，是降低了身段来帮助他们，沈家反而不领情似的。

罗婉气得握紧了拳头，当即起身怒道：“沈温欢你给我站住，过来坐下！”

沈温欢脚步缓了缓，却还是没停；“就不能好好说话？”

罗婉被她逼得不行，只得放软了声音，对她道：“行，刚才是我的不对，我们坐下来好好谈谈怎么解决这件事，行不行？”

话音落下，罗婉便见沈温欢背影一顿，她的脚步终于停了下来。

“早这样不就好了。”沈温欢嗤笑一声，迈步重新走了回来，坐到沙发上，模样很是悠闲，“来谈谈，这件事我们怎么解决？”

罗婉强行压着心头的火气，耐着性子对她道：“你这边先别对媒体做出正面回应，这件事的公关由我这边全权负责，一定不会让这个秘密透露出去的，行不行？”

“行什么行，不行。”沈温欢说着，指尖轻划过下颌，“你当我傻，我怎么知道你用什么理由来把消息压下去，万一对我不利呢？”

说着，她将手机拿了出来，打开了录音，对罗婉晃了晃：“说吧，来商量个比较公平的法子，我手上也不能没有把柄不是？”

罗婉的脸色变了变，然而她自知理亏，只得忍气吞声，好脾气道：“行，那你觉得用什么借口好？”

“你觉得这事儿是谁曝光的，你就说是谁不就好了。”沈温欢不冷不热地笑了声，“又不是没心眼儿，都知道是谁干的。”

“……行，那就用袁语姗当噱头，我马上就去找人做公关，这样行了吧？”

“早这么痛快不就早解决完了。”沈温欢耸了耸肩，停止录音，将手机收好，“这份录音我留着，等事件平息了我就自行删除，就当这事没发生过，可以？”

罗婉蹙眉：“我怎么知道你会不会把录音放出去？”

“你真以为我傻？”沈温欢懒得和她解释那么多，既然事情已经解决，便准备回去，“曝光这事对谁都没好处，心里都有点数吧。”

语罢，她便要起身，然而就在此时，大门被人打开，急促的脚步声响起。

沈温欢和罗婉同时看了过去，都是愣了愣。

“你怎么过来了？”沈温欢眉间轻拢，还是起身走了过去，“已经处理妥当了，不用担心。”

沈放看了她一眼，见沈温欢和罗婉之间的气氛似乎没有想象中那么剑拔弩张，便松了口气：“怎么说的？”

“把锅扣回到袁语姗脑袋上，皆大欢喜。”沈温欢说着，示意了一下头部，似乎很是轻松，“具体的你问问你妈吧，我先回去了，要是被什么人拍下来就麻烦了。”

沈放颔首应声，沈温欢便径直与他擦肩而过，头也不回地离开了沈家。

沈放和罗婉之前已经在电话里闹了不愉快，此时他也只是轻叹了口气，问她：“怎么处理的？”

“还能怎么处理？”罗婉坐在沙发上格外疲倦，拿出手机来联系公司的人，“把那个发布账号的地址查出来，看看究竟是谁吧。”

沈放便点了点头，上楼去了。

罗婉打了几个电话确认过后，便将查出来的地址核对了一下，发现当真是袁语姗所处的小区。

看来也不是甩锅给她了，这件事还真就是袁语姗干出来的。

罗婉头都大了，然而此时容不得她想那么多，当即给公司相关人员发通知，发出了澄清消息——

“沈温欢是沈靳恒私生女的事情是假的，DNA证书是伪造的，而散布谣言的用户地址经查后，发现是袁语姗。”

所谓“真相大白”后，群众还是更相信权威，之前有人猜测的袁语姗阴谋论得以证实，袁语姗那边便被围攻得更惨了。

袁语姗接到姜妍的电话时已经情绪崩溃。她是无论如何也不会想到，罗婉居然会对自己动手，还把自己整治得如此凄惨。

全网公敌，朋友离散，事业尽毁，以后她只能躲在别处默默度过余生。一失足成千古恨，莫过于此。

现在好了，一切都完了。

“语姗，我们现在是真的待不下去了。”姜妍的声音听起来似乎要急哭了，她对袁语姗道，“网友现在已经开始进行人肉了，不仅是你，我也被扒出来了。”

“那能怎么办？”袁语姗恍恍惚惚的，蹲坐在地上也不知该做什么，“听天由命吧，我输得太彻底了。”

姜妍叹了口气，此时也是急得不行，便无奈道：“这样，我们逃到国外吧，去一个没什么人认识的地方先躲一躲风头，大不了……以后就不回来了！”

话音落下，袁语姗怔怔抬首，她条件反射想要再望一望这A市的天空，却发现屋内阴暗不已，哪有半分光亮。

如同她的余生一般。

这是她长大的地方，是她一步步高升的地方，也是她被摧毁的地方。

纵然残酷，然而却也没有别的办法了，事已至此，她和姜妍只能找个人烟稀少的地方躲起来。

袁语姗喉间微动，泪水夺眶而出，她不可遏制地哽咽着哭出声来，半晌，低声道：

“好，我们走吧，再也不要回来了。”

事件的热度逐渐消退，沈放正式开始投入工作，沈温欢这边也没有受到先前舆论的影响，一切如常。

起先，沈放接受了多家平台的采访，发表了自己对此次袁语姗事件的态度和以后的打算。后来沈放发了一条态度十分官方的微博，表明了自己的不忘初心后，这才算是落下了尾声。

袁语姗现在所在地不明，她已经和影视公司解约。袁语姗的经纪人姜妍因为被人肉，所以现在也是下落不明。据说这两个人跑到了国外，但沈温欢没再去求证这个。

王时坤那边，由于是家族联姻，因此他名下的公司中大部分股份是李家的。王时坤和李怡婷一离婚，李家当即撤资，直接将王时坤的公司给收购过去了。

如此看来王时坤的下场也是凄惨，不过现在这样，却是最大快人心的结局。

先前一直同警方僵持着的江一铭，前不久也被正式宣布了罪名成立，只等判决下来送他入狱。

一切似乎都皆大欢喜，但总有些不稳定因素在其中。

沈温欢这几日落得个悠闲，目前没通告，离《青史》开机也还有段时间，她闲来无事便在林婧家中蹭吃蹭喝蹭网，有时候玩累了，就抽空看看剧本。

小日子活得很是滋润，只是也许因为没有蒋远昭的关系，沈温欢总少了些活力。

而林婧那边，倒是过得丰富多彩，天天挂在脸上的好心情就连沈温欢都奇怪：她为什么会这么开心？

这一日，沈温欢正窝在沙发上，怀中抱着爆米花看着电视，极为舒坦。

林婧美滋滋地走过来陪她一起看，沈温欢瞥了她一眼，终于忍不住问她："林姐，周焕这不都出差了吗，你还这么高兴？"

沈温欢将之前在视频聊天时不小心听到她打电话的事告诉了林婧，林婧表示无所畏惧，被发现了也无所谓。

林婧一边吃着爆米花一边云淡风轻道："对啊，周焕那个死傲娇不在我才开心。"

这是出现矛盾了？

沈温欢默默叹了口气，拿过电视机遥控器，随意换着台，偏偏就在此时，不知道是切换到了哪个频道，只听电视中传来播报员字正腔圆的声音——

“前日，界内知名企业家沈靳恒被曝贪污百万，账目已对比核实，我台记者正在跟进调查中。”

沈温欢愣住，林婧也愣住。

抓在手中的爆米花猝不及防地掉落在地，还是沈温欢先回过神来，然而已经错过了这条新闻播报，她便匆忙上浏览器去搜索关键词。

然而了解情况后，证据确凿，那些本来是公司财政部的机密，竟然都被人曝光了，沈靳恒贪污已经是铁打的事实。

林婧难以置信地盯着那条新闻，喃喃道：“不可能吧，江一铭居然真的要拉人垫背……”

沈温欢蹙眉：“什么意思？”

“江一铭罪名成立的那天，他说死也要拉着垫背的，我当时没当真，结果现在看来……”

沈温欢顿住，这才想起来沈靳恒之前是和江一铭合作过的，然而任谁也没想到，沈靳恒废棋的同时，也被自己的棋子摆了一道。

这个反噬，当真是狠厉极了。

沈温欢咋舌，心里有些复杂，她第一反应便是同沈放打电话，然而却听到了关机的系统提示音。

她正为难，林婧却突然将手机放在她眼前：“温欢你看看这个，沈放正在接受采访！”

沈温欢定睛一看，原来是微博某娱乐官方大V正在直播采访沈放，问题便是关于沈靳恒贪污的事情。

镜头中，沈放眉间轻拢，显然是有些烦躁。面对记者的追问，他刚开始缄默不语，最终实在不耐烦，便道：“真相自由心证，即使是我的父亲，我也不会有任何私心，只是这种事情太过私人，麻烦你们不要再来问我。”

评论区倒是和谐，在批判沈靳恒的声音前，更多的是责怪记者采访方式的不当，毕竟沈放前些天刚经历了袁语姗事件，此时他的父亲又被曝贪污，无疑是雪上加霜。

与此同时，远在海外的蒋远昭也听闻了此事，便让周焕盯紧了那边的情况。

今年上演的大戏太多，让群众有些措手不及，吃瓜都不知道该吃哪一家的。袁语姗事件的热度还没有下去，沈靳恒贪污入狱的事情便又出来了。

沈温欢联系不上沈放，也不清楚情况究竟如何，林婧让她等结果出来后，再下定论。

几日后，沈靳恒的判决书下来，被判有期徒刑十五年，沈放这才正式露面，和沈靳恒见了面。

有期徒刑十五年，其实已经算是很轻了，民众虽然有不少非议，但这也已经是无从更改的结果。

短短几天内，先是袁语姗事件，现在又是沈靳恒入狱，这接二连三的麻烦过后，沈放首次露面。

地点，却是在沈靳恒的看押地。

沈放的气质似乎比以往更加清冷了，同沈靳恒见面的时候，他也没有什么感情波动，只是很平静地问他："爸，这么多年了，你后悔过吗？"

话音落下，却是意有所指。

沈靳恒穿着宽大的囚衣，昔日意气风发的模样早已消失殆尽。

他闻言，不禁怔住。

这么多年了？

沈放所说的事情，自然不单是他贪污受贿的事，还暗指了……

沈温欢。

时间都过了这么久，沈靳恒这才恍然反应过来，他最初的最初，就是因为沈温欢，才走上了与江一铭合作的不归路。

但是他后悔吗？

沈靳恒没有作声，他怔怔望着沈放。经过这几日，他面上的沧桑越发明显。半晌，他自嘲地笑了声，对沈放道："做都做了，后悔又有什么用？"

语罢，他干脆利落地起身，主动结束了父子二人在余下十五年内的最后一场对话。

寥寥两句话罢了，却仿佛道破了沈靳恒的一生。

沈放略微颔首，神色清浅地凝视着杯中茶水，无人能看出他此时究竟在想什么。

沈放见这茶色渐深，单是看着，喉间便已不觉涌上了几分苦涩，却也不知这苦涩，究竟是从何而来。

他敛眸，掩住眸中那风云涌动，遮住心头那清冷孤寂。他唇角微弯，笑意闲然，如同释怀一般。

只有他自己知道，他现在是如何的孑然一身。

沈放念及此，难免有几分说不清道不明的无奈。他起身，有些疲倦地对摄像师摆了摆手，连开口的欲望都没有，示意他可以收工了。

摄像师心知沈放不自在，却也不知道该如何安慰他，便利落地收拾好东西离开了。

现在空旷场地中，只剩下沈放一个人。

气氛压抑，冰冷的风带着凉意入骨，今天A市气温骤降到零下。沈放由于出门匆忙没注意天气，此时浑身冰凉，不过他倒也无所谓了。

他不急不慢地走向大门，一路上空旷无人，十分寂静。

然而就在此时，目之所及出现了一抹熟悉的娇小身影，在寒风中坚定不移地等待着。

沈放的脚步蓦地顿住，他眉间轻拢，有些难以置信地盯着门口处等待着他的苏子婉。

苏子婉裹着毛呢外套，她本就娇小，此时低着头站在门口，手中捏着围在脖颈上的毛绒围巾，看上去像个没人来接的委屈的小孩子。

听到脚步声，她知道是沈放来了，却没有抬头，而是闷声不响地走上前去，在他面前站定。

沈放懒懒挑眉，正好奇苏子婉想做什么，便见她慢悠悠将已暖热乎的围巾摘了下来。

他察觉到她的意图，正欲开口拒绝，哪知苏子婉根本没打算询问他的意见，直接踮起脚尖扯住他的衣襟，迫使他俯下身来。

沈放尚且没有反应过来，温暖的围巾便搭上了脖颈。他微怔，却不是为了这围巾，而是为这怀中更为温暖的人儿。

苏子婉窝在他怀中，揪着围巾，气呼呼地抬首，沈放这才发现她眼眶微红，显然是哭过的，难怪方才不肯抬头。

该哭的是他才对吧。

沈放心底苦笑，然而就在此时，苏子婉突然伸手紧紧环住了他的腰身。怀中从未体验过的温软让沈放措手不及，只得轻拍了拍她："……我没事，你不用这么安慰我。"

苏子婉闻言，却从他胸前抬首，定定地凝视着他。她眸中分明还泪光滢滢，却是沈放从未见过的坚毅。

沈放正出神，便听苏子婉用那尚且含着哭腔的软糯嗓音，字字铿锵道：“沈放，你还有我。”

后来，沈放觉得，那是他此生听过最动人的情话。

数月后。

《青史》即将上映，海外版权协议成功签订，一切都如常进行着。

袁语姗事件已经平息，她被彻底拉黑，至今不敢光明正大地出现在众人视野中。王时坤自从公司被收购后也已经落魄，沦为平庸。

沈靳恒入狱后便也毫无音讯，罗婉总算是吃了苦头，不敢再多事。

沈靳恒入狱，她孤家寡人的，对于公司却也不能坐视不管，只得临时代替沈靳恒料理公司事务。沈放有意息影从商，最终却被罗婉否决了。

所幸有董事会扶持，沈家上下，总归是相安无事。

过往的嘈杂随着时间淡去，沈放的事业也步入正轨，在圈内越发红火起来。他和蒋远昭的关系也是越来越铁。沈温欢看着这妹夫和大舅子的组合，从最初的针锋相对到现在的和睦融洽，当真是欣慰不已。

只是再有记者采访提及感情问题时，沈放要么闭口不谈，要么用忙于事业来作为借口。外界都在猜测沈放是否还没能从先前袁语姗的事情里走出来。

然而真相如何，只有身为当事人的沈放心里清楚。

所幸，这周围的一切都在往好的方向发展，生活安稳了下来，事业顺风顺水。

今日就要举办《青史》的首映式，沈温欢大清早就在准备要穿的衣服了。毕竟《青史》这部电影对于沈温欢来说意义非凡，因此她格外用心。

蒋远昭对于首映式早已是驾轻就熟，对于沈温欢的精心准备，他不禁有些不能理解：“对这个这么上心？”

“当然了，这可是我和你演对手戏的第一部电影。”沈温欢边挑着衣服边道，她扫了一眼他，又道，“而且，金狮奖提名快出炉了，我再怎么样，也要抱点念想。”

“肯定会有你的。”蒋远昭倒是不甚在意，毕竟是连续多年当选影帝的人，这些奖项于他来说已经是家常便饭。他把玩着手机，漫不经心道，“而且，明明有更重要的事情吧？”

沈温欢眨巴眨巴眼睛，一时没反应过来，便坐在床边看向他：“还能有什么事？”

蒋远昭默了默，见沈温欢当真是一本正经地问他，不禁有些心情复杂——

论有个工作狂的女朋友是怎样一种体验。

她居然……连她自己的生日都能忘掉？

蒋远昭叹了口气，突然伸手轻轻将她揽入怀中，道：“宝贝，你马上就要生日了，你难道忘了吗？”

他将下颌放在沈温欢锁骨处，脸颊略微靠上她的脖颈，有些暧昧，却也是温馨如水。

沈温欢闻言不禁顿了顿，她思忖几秒，经过蒋远昭的提醒这才想起，自己已经快要二十六岁了。

这一年经历了太多事情，有惊喜有意外，但终归是圆满落幕。

“的确是欸，我都把这件事给忘了。”沈温欢揉了揉头发，讪笑几声，“这段时间沉迷工作，没怎么注意这些，对不起啊。”

蒋远昭无奈地笑叹一声，轻吻了她一下：“你把你的生日忘了，跟我道歉做什么？”

沈温欢想了想，发现的确是这么回事。她这道歉莫名其妙，然而又不能收回了，她便挥了挥手：“反正最操心我的就是你了，不跟你道歉跟谁道歉？”

他哑然失笑：“原来你也知道啊。”

“一直都知道啊，我心里可是很有数的。”沈温欢说着，打了个小哈欠，揉了揉眼睛，毕竟刚起床没多久，还有些没缓过神来。

她沉吟半晌，盯着某处发呆，就在蒋远昭想要提醒她回神的时候，沈温欢却主动开口了：“蒋远昭，我有点紧张。”

蒋远昭眉间轻拢：“嗯？”

“你说，我的运气真的有那么好，能入选金狮奖最佳女主角的提名？”沈温欢踌躇着开口，终于将那堵在心头许久的不安倾诉出来。

毕竟，她的事业线基本可以说是在后半年才正式展开。虽然一路上顺风顺水，她现在也正当红，但沈温欢终究还是心里没底，自己究竟能不能比得过那些前辈。

蒋远昭听沈温欢这么问了，这才知道她始终在担心颁奖提名的事。他不禁唇角微弯，抬手轻揉了揉她的脑袋，似乎是在安慰她："放心，一切都会如愿的，我们经历了那么多的大起大落，也该迎来好运气了。"

"相信自己，也相信我。"他在她耳畔轻笑，从背后拥着她，侧首轻贴着她的脸颊，淡声道，"你可别忘了，我还等着你跟我一起站在颁奖台上秀恩爱呢。"

明明只是几句不咸不淡的话语，但从蒋远昭口中道出，沈温欢不知怎的，就莫名觉得十分安心。

她颔首应声，突然想起了二人之前的约定，便笑道："对了，等颁奖后，我们还要准备结婚的事情呢。"

"是啊。"蒋远昭无声挑眉，一提起这件事他就心情甚好，"所以这么多年来，我就没有如此期待过颁奖典礼的来临。"

沈温欢心满意足地点了点头："不论如何，先处理好眼前的事情吧。"

"嗯，还记得江澄蔓吗？"

"江导啊，我记得，怎么了？"

蒋远昭唇角微弯，耐心地同她解释道："之前在《我们在一起》节目组，我们获得了成为《Fall in love》首期特邀嘉宾的资格。这个综艺节目已经着手准备了，就在电影上映后，我们过去正好带一带热度。"

"没问题，正好给《青史》再添一把火。"沈温欢倒是畅快，当即就应了下来，她想了想，似乎是发现了什么，侧首看向蒋远昭，"这么说来，我们两个已经很久没有一起出现在公众视野中了？"

沈温欢不提还好，这么一提起这件事，蒋远昭就有些憋屈。

他叹了口气："你才发现吗？"

每次忙于工作而忽略感情问题的人，都是沈温欢，蒋远昭虽然不想做个黏人的男朋友，却也是心里不好受。

沈温欢讪笑几声，心知自己那隐藏工作狂的属性得罪了蒋远昭，她正欲开口，便听蒋远昭不急不慢道："所以这次参加节目，宣传《青史》是次要的，我们首要任务，就是全网发狗粮。"

他云淡风轻道："毕竟身为圈内模范情侣，我们两个要起到带头作用，让所有人都知道，我们有多相亲相爱。"

蒋远昭话音落下，沈温欢便有些忍俊不禁，她戳了戳他，失笑道："好，让所有人都知道，我们相亲相爱得很。"

《青史》正式在全国各大影院上映后，反响异常热烈，在各个平台的评分都接近满分，几乎没有差评。

短短几天时间，《青史》的票房便轻而易举地创下国内新高，甚至还有持续猛进的劲头。

蒋远昭和沈温欢主演，自然是狠狠地火了一把。

蒋远昭的人气向来便旺，已经没有什么可突破的，沈温欢却是凭着在《青史》中的出色演技，以及与蒋远昭那过于显而易见的情侣档，正式踏入了一线巨星行列。

而沈放在《青史》中饰演的角色虽然是配角，却备受广大人民群众的喜爱，在圈内也是大红大紫。

几日后，《Fall in love》综艺节目录制现场。

江澄蔓的节目永远是直播，不含任何水分，蒋远昭和沈温欢身为首期特邀嘉宾，二人的互动便清清楚楚地被播放到各大平台。

公事公办，蒋远昭和沈温欢正式出场后，便简单宣传了《青史》电影。

二人身穿同色系情侣装，俊男靓女十分登对，主持人看见他们十指相扣的手，意味深长地哦了声，道："说是剧组宣传，其实最主要的目的，还是来秀恩爱吧？"

"嗯？"蒋远昭长眉轻挑，佯装惊讶，眉眼却是笑意满满，"居然被你看出来了，明明我们还什么都没做呢。"

沈温欢笑得甜美，无声握紧了蒋远昭的手，道："是呀，回归正题，我们两个在很认真地工作呢。"

"算了吧，你们二位一出场，就感觉是在秀恩爱了。"主持人打趣道，却也是说出了实话。

接下来，便是节目的互动环节，亮点虽多，然而观众最为期待的，却是节目的最后环节。

在众人盼望下，《Fall in love》迎来了最重要的环节——在线提问。

由大屏幕选取微博投票中得票数最多的前两个问题，然后对蒋远昭和沈温欢二人进行提问。

这个环节看似简单，却是要求不含水分，开诚布公地回答问题。

抽取问题完毕，主持人便问出了排名第二的问题：“请问，你们二人打算什么时候不对群众耍流氓，正式开始合法秀恩爱？”

直接问什么时候结婚不就好了。

沈温欢哑然失笑，却也没躲避这个问题，对镜头如是答道：“我们已经有了这个想法，具体日期呢，可以确定是在半年之内的。”

“终于能修成正果了，我先在此祝福你们长长久久。”主持人笑意盈盈道，看向蒋远昭，问出了得票数第一的问题，“那么请问蒋影帝，你暗恋六年终于如愿以偿，有没有什么感想？”

蒋远昭思忖几秒，便拿起话筒，颔首轻笑道：“其实，我并没有如愿以偿。”

主持人饶有兴趣地追问他：“此话怎讲？”

蒋远昭侧首看着沈温欢，他唇角微弯，眸光微动，一字一句道：

“我毕生的愿望，便是有朝一日，能够垄断你。”

《青史》上映大火后，蒋远昭和沈温欢便又开启了事业忙碌的按钮。

不过这次和以往不同，以往都是个人忙碌，现如今，二人凭借在《青史》中的极强情侣档，已经开始组团工作了。

情侣档杂志封面、情侣专访节目，两个人在接下来的日子里，每天稳定向网友们推送不同口味的狗粮，而且甜而不腻，令众人纷纷高喊被甜齁到。

手底下的艺人越来越顺风顺水，身为经纪人的林婧自然是满心欢喜，巴不得天天给沈温欢这小宝贝端茶送水，好生照看着……

本来，应该是这样的。

然而现在情况却大有不同，蒋远昭和沈温欢总是组团出现在众人视野中，双方的经纪人总是难以避免会见面。

蒋远昭的经纪人是周焕，林婧肯定是要极力避开的，毕竟她还在生周焕的气，别说见面了，话都不想跟他说几句。

上次，她在电话中暗示了她的真实想法，本来以为周焕这榆木脑袋会开窍，谁知道不仅是没开窍，反而更冥顽不灵了。

他居然直接甩给她一句“你想太多了”，就干脆利落地挂断了电话！

就这样草率地把她给敷衍了？！

林婧实在受不了周焕这过分傲娇的设定了，她很是干脆地拉黑了周焕。虽然后来又有些不甘心地将他从黑名单中给拖了出来，但林婧还是很生气。

以至于后来，在周焕和蒋远昭出国工作的那么长一段时间内，她都没有同周焕有任何的联系。

两个人仿佛把彼此的联系方式互相删除，你不开口，我也不开口，就这么耗着，看谁先忍不住凑过来。

林婧念及此，不禁有些感慨——

她和周焕，感情方面的事情倒是分歧很大，障碍重重，但是冷战这方面……居然是意外地有默契，也不知道是好还是坏。

林婧快被自己给愁死了，她本来就办事干脆，不喜欢拖泥带水的，周焕这么不急不慢地耗着，林婧都怀疑他敢跟她耗一辈子。

虽然说，耗一辈子也是个不错的选择，但林婧终究还是想要周焕一个准确的回答，是让她死心还是让她重生，也没个准信儿。

此时，林婧正坐在驾驶席上，开车带着沈温欢前去杂志封面的拍摄场地。她一路上都在出神，满脑子都是周焕那家伙，根本就扫不干净。

林婧觉得，也许她还没被周焕给耗到没脾气，就先被自己这纠结的小心思给绕得晕头转向了。

她叹了口气，身旁那恋爱中的小女人全然察觉不出异常，林婧不禁怀疑她们二人这么多年的好感情都跑到哪里去了。

不知不觉，二人已经到了拍摄场地，林婧清醒了一下，带着沈温欢下车，然而正好撞上了迎面而来的蒋远昭。

林婧的目光扫过蒋远昭身边的人，撇了撇唇角。

嗯，还有周焕。

她这两天都快看周焕看烦了，毕竟二人虽然天天打照面，但就是无人说话，气氛尴尬得很，多待一秒都是煎熬。

沈温欢一副完全没察觉出异样的模样，笑眯眯地走上前去，挽住了蒋远昭的臂弯，道："好啦，我们先进去工作吧。"

蒋远昭唇角微弯，颔首习以为常地在沈温欢额前落下一吻，他垂眸看她，眸光微动："你啊，最近是不是太活跃了？"

"能不活跃吗？"沈温欢倒是理直气壮，眉眼弯弯地看着他道，"以前我努力工作，是为了能够早日站在你身边，而现在我努力工作，是为了和你一起努力走向未来。"

"好好好，我们家宝贝能有这份心，我已经很开心了。"蒋远昭闻言，不禁哑然失笑，望着她的眸中溢出几分宠溺，"现在我们唯一的要紧事，就是等着结婚了。"

沈温欢一副美滋滋的模样，同蒋远昭打趣着，二人离开了车库，走进了拍摄场地的通道，隐约传来的欢笑声清清楚楚落在林婧耳中。

现在只剩下周焕和林婧二人，难免有些尴尬，林婧轻咳一声，正准备离开，却在与周焕擦肩而过的瞬间，被他握住了手腕。

天知道那一瞬间林婧的心里仿佛噼里啪啦炸开了满天的烟花。

她内心波澜壮阔，面上却是不动声色，蹙眉看向他："你有什么事？"

周焕没什么表情，只是眉间轻拢，不答反问："你为什么躲着我？"

林婧咋舌，再次对周焕的情商感到难过："到底是谁躲谁，周焕，你心里真的没点儿数？"

周焕闻言微微怔住，面上终于有些松动，似乎是在自我怀疑，面色复杂，犹豫着什么。

"我年纪不小了，大概也就喜欢过你这一个了，如果不结婚就是确定的，所以你能不能，给我个准话？"

林婧鼓起勇气，终于将话摊开来说，她一面担忧，一面又期待着周焕会怎么回答。

然而过了许久，周焕还是在犹豫不决，缄默不语。

林婧默了默，她终于累极倦极，打算彻底放弃了。她轻摆了摆手，有气无力道："我明白了，这段时间打扰了。"

话音未落，周焕却突然伸手攥紧她的手腕，他啧了声，也不知哪来的冲动，直接将林婧揽入怀中，俯首便吻了下去。

肉麻的话他说不出口，那就用行动来表明他的真实态度。

林婧彻底蒙圈了，她双手撑在周焕胸膛上，接受着他突如其来的吻，被这惊喜给冲击得有些晕头转向。

一直躲在后面偷看的沈温欢见此情此景，高兴得险些要尖叫出声。

她激动地攥紧蒋远昭的衣襟，然而不能大声说话，只得低声道："你看看，我就说了他们两个人有一腿吧！"

蒋远昭本来不信周焕会开什么窍，然而就在方才，周焕果断颠覆了他的认知。

蒋远昭不禁啧啧感叹出声，怀中揽着沈温欢，道："想不到继我们有一腿后，他们两个也有一腿了。"

"耳濡目染，我们疯狂撒狗粮还是有用的。"沈温欢心里当真是美滋滋，她唯一担心的事情终于解决了，便心情舒畅地拉着蒋远昭，准备去拍摄照片了。

门口挂着电子表，沈温欢随意扫了一眼，在看见日期的那一瞬间，她顿了顿，眸色微沉。

蒋远昭敏感地察觉出她的变化，便垂眸看向她。

沈温欢沉吟半晌，突然抬首唇角微弯，对蒋远昭道：

"蒋远昭，今天工作结束后，一起去看我母亲吧。"

一个小时的车程，二人来到了A市边缘处的山林。蒋远昭根据沈温欢的指示，将车停在了一座山下。

蒋远昭其实有想过这么一天，但真当它如此突然地到来了，他还有些不知所措。

毕竟这个"见家长"的方式，还是比较少见的。

沈温欢驾轻就熟地带着蒋远昭踏上了一条小路，二人一路上缄默不言。大概有十分钟，他们从小道走上了山顶，来到了一座墓碑前。

碑前开出了花，星星点点，简单而干净。

山顶的风很是凛冽，沈温欢有个揉鼻子的小动作被蒋远昭捕捉到，他便将外套脱下，披在了沈温欢身上。

沈温欢颔首，单膝蹲下身来，指尖拂过墓碑，上面刻印着风雨的痕迹，清晰地告诉来人，这墓碑时间已久。

指尖细细触摸到了灰尘的粗糙感，沈温欢抿唇，将母亲的名字从墓碑上擦拭出来，她终于开口，轻声唤：“妈，我们来看你了。”

蒋远昭看着她，眸光微动。

沈温欢方才口中道出的，不是“我”，而是“我们”。

“你的愿望实现啦，我真的遇见了一个很优秀的人，而且即将与他共度一生。”沈温欢轻声说着，神色温柔至极，仿佛当真是在同母亲说着话。

她默了默，半晌，唇角微弯，道：“妈，这次我要对你说的是，我很幸福。”

不再是以往絮絮叨叨的心事与思念，她这次带蒋远昭过来，为的就是告诉母亲一句，她很幸福。

母亲终于如愿以偿，在天之灵，想必也会安心。

蒋远昭看着沈温欢，蓦地，他开口道：“阿姨，她会越来越幸福的。”

沈温欢顿了顿，抬眸，有些始料未及地看向他，却见蒋远昭也蹲下身来，目不斜视地望着墓碑，他神色认真，仿佛是在许下重要的承诺。

“沈温欢这辈子都放心交到我手里，您不用担心，我绝对见不得她受半分委屈。”蒋远昭淡声道，神色从未如此认真，“我在这里，向您保证。”

沈温欢心绪有些复杂，她抿唇，心头的感动涌上喉间，竟然有些哽咽。

“您看我这么诚心诚意的分上，能不能听我一个请求？”蒋远昭说着，不急不慢地将墓碑上的灰尘细细擦净，轻声道，“拜托您了，托个梦给温欢吧，她很想念您。”

话音落下，沈温欢眸中的泪水猝不及防地滴落，她忙不迭低下头去，也不知怎的，泪水止不住地涌出眼眶。

明明，她是笑着的。

沈温欢启唇，心头酸涩与欢喜一齐涌上前来，让她瞬间失声。

太好了。

她能遇见蒋远昭，实在是太好了。

天色渐晚，沈温欢将买好的花束摆放在墓碑前，便慢悠悠起身，伸手对墓碑小幅度地挥了挥，在心底同母亲无声道别。

希望母亲能够看到她，能够看到蒋远昭，亦能够看到她活出了母亲最希望她活出来的美好姿态。

有蒋远昭在身边，有朋友在身边，她很幸福啊。

沈温欢唇角微弯，眸中晶莹闪烁，泛着些许暗淡的光晕，她敛眸，侧身挽住了蒋远昭的臂弯。

这山顶的风依旧冷冽，但有了蒋远昭的外套，算是好了很多。蒋远昭的外套罩在她身上很宽大，也十分挡风，只是蒋远昭现在只穿了一件单薄毛衣，叫人看了都觉得有些寒意。

沈温欢沉吟几秒，果断将蒋远昭的外套褪下，然后踮起脚，将外套重新披在蒋远昭肩头，自己则钻进他敞开的外套中，笑眯眯道："这样才暖和。"

蒋远昭不禁笑出声来，便顺了她的意，将她拥在怀中，一同踏上了下山的路。

天边染上残红，霞光晕染开来，无限美好。

几日后，金狮奖入围名单公布，《青史》毫无疑问入选最佳影片，蒋远昭依旧被提名最佳男主角，这个是意料之内的事情。

然而另一件事情，可以说虽然是在意料之内，但真实发生后，还是让人们感到有些惊讶——

沈温欢与界内两位前辈，共同提名金狮奖最佳女主角。

全网震惊，即使已经有人在之前就预料过这件事，但没想到沈温欢真的会被提名。

得知这个消息的沈温欢也是没反应过来。她当时正窝在家里的沙发上，同蒋远昭一起看着电视剧，冷不防电话声响起。

她眉间轻拢，也不知道是谁会在这个时候打过来电话，定睛一看，来电人竟然是林婧。沈温欢不禁有些疑惑，接起了电话："林姐，怎么了？"

"你这小丫头还问我怎么了！"林婧在那边高兴得快要哭出来，还是周焕在一旁稳定好了她的情绪，她这才深吸一口气，对沈温欢道，"温欢，金狮奖提名出来了！"

沈温欢愣了愣，脑子一时转不过弯来："什么？"

"你被提名最佳女主角了！"

"什么？！"沈温欢震惊，被这突如其来的惊喜吓得一个激灵，条件反射地握住了蒋远昭的手腕，对着手机话筒无比激动道，"是我听错了还是什么，我不可能吧，林姐你在开玩笑吗？"

蒋远昭虽然不清楚发生了什么事情，却还是轻拍了拍沈温欢的肩膀，让她的情绪稍微稳定了下来。

“没开玩笑！”林婧险些喜极而泣，她紧紧握着周焕的手，刚刚得知确切消息的她也是惊喜不已，忙不迭对沈温欢道，“《青史》被提名最佳影片，蒋远昭还是最佳男主角，但是名单上最佳女主角的提名栏，清清楚楚地印着你的名字啊温欢！”

太棒了！

沈温欢禁不住拍手叫好，她大喜过望，对准蒋远昭的脸颊就是一个响亮的吻，倒把蒋远昭给弄得不明就里，他笑叹一声，摸了摸脸颊：“怎么了这是，听到什么消息了居然这么开心？”

“金狮奖提名出来了，我被提名最佳女主角了！”沈温欢激动得不能自已，双手掩面，惊喜地笑出声来，道，“我不是在做梦吧蒋远昭？”

蒋远昭唇角微弯，伸手揽过她的腰身，云淡风轻地道了句：“我早就说过的吧，霉运过后，就是加倍的好运气了。”

“再说了，我们家宝贝这么努力，都是有目共睹的，如果你没有被提名才奇怪。”

沈温欢听蒋远昭说着，便点了点头，虽然惊喜，但她也没忘了正事，对电话那边的林婧道：“对了林姐，那和我一起被提名的人呢？”

“是两位圈内前辈了，都是拿过视后影后的人，自带粉丝和热度。不过这个不重要，你既然被提名了，就说明你的努力已经被承认了，所以不论最后获没获奖，我们都很优秀了！”林婧说着，也不忘记给沈温欢好好打气一番，她侧首，见身侧的周焕正看着金狮奖此次的提名名单，不禁唇角微弯。

爱情与事业双赢，今年不止是沈温欢，她也跟着一起走了大运。

太好了。

林婧心里感叹着，对着手机话筒不急不慢地开口道：“温欢，面对这两位前辈，你也不要有什么压力，平常心就好。我们现在已经很厉害了，成就和努力是成正比的，所以你的努力，绝对不会愧对你。”

沈温欢能被提名就已经很高兴了，虽然她也对金狮奖最佳女主角的这个名号有些向往，但毕竟同她一起入选的是界内前辈，赢的概率不大。

沈温欢已经尽量去看清自己的实力了，然而被告知提名最佳女主角后，她难免有些过度欣喜，以至于她现在都抱有侥幸心理。

只怕是太在乎结果，当评选结果真的出来的时候，她避免不了要伤心一番。毕竟自己的资历太浅，能被提名就已经是万幸，至于赢过两位前辈，夺得影后桂冠这件事，沈温欢更是认清了结局。

她已经，很满足了。

二零一七年金狮奖颁奖典礼现场。

沈温欢坐在被提名女星中，林婧只能从后台看着她，虽然心里没谱，却总归是对沈温欢抱有期望的。

万一，就获奖了呢？

小姑娘如此努力，能被提名就已经不错了，但林婧身为经纪人，还是想让她再多拥有一份荣耀。

嘉宾席上的沈温欢尚且神色自若，林婧却已经紧张得手心都有些黏。身旁的周焕察觉到她的紧张，便伸手揽过她，轻拍了拍她，算是无声的安慰。

林婧做了个深呼吸，对周焕摇了摇头，示意自己没关系。

眼看着颁奖典礼就要开始，主持人已经在着手准备了，沈温欢抿了抿唇，心里起了几分波澜。

她低声笑叹一声，侧首看向坐在她旁边的蒋远昭，问：“你说，我真的有希望被评为最佳女主角吗？”

“宝贝，你被提名这件事，就已经能证明你的优秀了，其他的还有什么好担心？”蒋远昭温言软语地安慰她，与她对视，眸中的信任与宽慰在灯光下蒙上一层光辉，朦胧不清。

沈温欢看着他，这才安下心来，点了点头。

事到如今，听天由命吧。

“况且……”蒋远昭突然不急不慢地开口，他唇角微弯，执起她的手放在唇边轻吻，轻声道，“不论结果如何，你都是我心中的最佳女主角。”

沈温欢哑然失笑，正欲开口，主持人便上台，宣布颁奖典礼正式开始。

先是简单宣布了其余奖项的获奖得主，其次便是最佳男主角得主，毫无疑问是蒋远昭。

在如潮的掌声中，蒋远昭神色清淡地起身，迈步上台领奖。偌大舞台只有他一人，他接过金狮像，按照流程走，发表获奖感言。

明明是至高无上的奖项，他却习以为常，举手投足间尽是从容不迫，犹如神祇，站在顶峰俯瞰众生。

沈温欢骄傲之余，却也越发紧张接下来即将揭晓的最佳女主角得主。

蒋远昭发表完感言后，便退到了舞台左侧，对沈温欢笑了笑。

与此同时，主持人上台，宣布今年的最佳女主角得主，他看着手中的获奖名单，道："获得二零一七年金狮奖最佳女主角的是——"

在场众人纷纷屏息，等待着结果。

下一瞬，主持人开口，一字一句道：

"《青史》女主饰演者，沈温欢！"

"我的天哪！"林婧欢呼，喜极而泣，抱紧了身侧的周焕，激动得有些语无伦次，"温欢她做到了，她居然做到了！"

周焕对此也是惊讶，他有些惊喜地笑出声来："居然真的被评上了！"

沈温欢被这大礼惊得不知该如何是好，还是前辈祝贺她获奖时，她才反应过来，忙不迭道谢。

前辈笑着摆了摆手："上台领奖吧，继续加油。"

沈温欢颔首，简单平复了一下心情，便上台去了，经过蒋远昭身边时，二人相视一笑，蒋远昭唇角微弯，道："看吧，众人皆爱你认真的样子。"

沈温欢笑着应声，上台后，她从颁奖人手中接过金狮像，拿着话筒发表了一下感受，将朋友与合作伙伴都感谢了一遍。

最终只剩下一个人没有提及，沈温欢顿了顿，轻笑道："最后，我要感谢我的爱人。"

蒋远昭凝视着沈温欢，见她站在舞台之上，耀眼灯光倾泻而下，衬得她眉眼越发精致柔和，整个人光芒万丈。

"感谢他始终没有放弃我，感谢他有耐心去等我追上他的步伐。"她不急不慢地开口，温柔悦耳的声音静静落于众人耳畔，"何其有幸，我能遇见你。"

金狮奖获奖者公布后，《青史》成为二零一七年金狮奖最佳影片，影帝依旧是蒋远昭，沈温欢荣得影后桂冠，全网祝贺。

《青史》在海外正式上映后，也是口碑极佳，蒋沈这对情侣已经彻底走进了众人的视野中，热度一路飙升。

蒋远昭和沈温欢在《青史》中饰演的“莲凤情侣”，将门虎女和温润骄子的组合深受广大群众的喜爱，一时间，全网各大平台都在疯传二人的同人作品。

全网都在说，剧中和现实中都这么美好了，这两个人也该有个结果了。

催婚小分队已经变成了催婚大部队，天天都有人在微博发出沈温欢曾在《Fall in love》中关于结婚问题做出的回答，并且@沈温欢和蒋远昭两个人。

阮曼舒和季风朗也催着他们，然而这两个人就是不慌不忙的，成天忙着秀恩爱和事业。

至于沈放那边，一直有传闻说他有个圈外女友，但这个说法不得求证，也没人能捕捉到任何蛛丝马迹。

一切都落下帷幕，日子一天天过去，不知不觉，就到了沈温欢的生日。

当天，微博满屏幕的生日祝福晃晕了眼，零点时分，蒋远昭微博@沈温欢，深情献上祝福。

生日聚会定在了蒋远昭的私人住宅中，时间是下午五点过后，邀请了圈内诸多当红明星。

阮曼舒在楼上翻看邀请名单的时候，不禁感叹道：“这么一看才反应过来，我们温欢真的是火了啊。”

“都是影后级别的人了，能不火吗？”季风朗哑然失笑，正刷着微博。

“二十五岁就成为影后，还是不错的，虽然今天就二十六岁了，不过我们温欢还是很年轻的。”阮曼舒说着，拍了拍沈温欢的肩膀，“不过话说回来，我好久没见到林姐了，人呢？”

沈温欢闻言，唇角笑意渐深，她还没开口，一旁的蒋远昭就轻描淡写地反问回去：“你难道没有发现，周焕也很久没露面了吗？”

季风朗似乎明白了什么，满面愕然地抬首，有些难以置信。

阮曼舒却还没反应过来，她摸了摸下巴：“的确是欸，你们两个的经纪人怎么啦？”

“度蜜月去了。”沈温欢淡声道，指尖划过唇角，她轻笑，“两个人刚扯证没多久，甜蜜得很，我和蒋远昭就给他们放假了。”

“什么？！”

阮曼舒一拍桌子，自我怀疑地揉了揉耳朵：“林婧和周焕，这两个不婚主义的工作狂？”

“是的，你没听错，这两个人就是有一腿了。”沈温欢说着，耸了耸肩道，“情侣档这东西，是会传染的。”

阮曼舒和季风朗对视了一眼，都有些一言难尽，她便摇了摇头：“今年的好事儿还真是多。”

“可不是吗？”沈温欢起身看了看时间，“差不多了，我们下去迎接。”

四人目前是在二楼的某个小房间中稍作休息，眼看着就要开始忙活了，便都起身收拾了一番。

下楼的时候，蒋远昭牵着沈温欢的手，她侧首看他，见他唇角微弯，似乎心情很好的模样。

沈温欢不禁哑然失笑，问他道：“我过个生日老了一岁，你就这么开心啊？”

“因为你老去的这一年里，我都参与了啊。”蒋远昭答得倒是巧妙，他无声握紧了沈温欢的手，二人十指相扣，“一想到以后你的每个生日都有我陪伴，我就满心无可名状的欢喜。”

“情话说得还是这么顺口。”沈温欢说着，对他眨了眨眼睛，神情有几分俏皮，“不过说和做可不一样哦，能表现你诚意的生日礼物呢？”

“等一会儿你就知道了，绝对是个大礼。”

“这么神秘？”沈温欢挑眉，“如果到时候我不惊喜的话，不就很尴尬吗？”

蒋远昭垂眸看她：“不一定，这是个能让你惊喜到哭出来的礼物。”

沈温欢不置可否。

蒋远昭见她这般模样，不禁挑眉轻笑，低声道：“你想想，我说会让你哭的时候，你哪次没哭过？”

沈温欢：“……”

她的脸有些烫，忙不迭挥了挥手，快步下楼去门口迎接来宾。

楼下已经来了不少人了，沈温欢依次打了招呼，便看到门口处的沈放，他正同一个身高不高的女子说着什么，长眉轻蹙，似乎有些无奈。

沈温欢走上前打了声招呼："沈放，这位是？"

沈放见她来了，便轻叹一声，哪知尚未开口，便被苏子婉给打断："小姐姐你好，我是沈放的女……"

"她是苏子婉，苏家千金，今天跟过来想凑个热闹。"沈放果断拦住她，淡声解释道，神色未改。

苏子婉嘟了嘟嘴，气呼呼地戳了戳他。

沈温欢听着苏子婉那娇软的声音，瞬间就对上了号。她想起先前同沈放打电话时，对面传来的女声似乎就是这个小姑娘的。

她心里有数，面上却是不动声色，道："行啊，多一个人也能热闹些，随便玩。"

跟着一同走下楼来的蒋远昭，见到沈放后便同他打了个招呼，而后侧首对沈温欢道："宝贝，蛋糕和菜都到了，正在安排着，你过去看一下。"

沈温欢应声，忙不迭去布置东西。

派对开始后，厅堂中人声鼎沸，酒桌上觥筹交错，祝贺声与笑谈声交织在一起，好不热闹。

最终，身为寿星的沈温欢被众人围住，也不知道是被谁扣上了寿星帽，她笑着将帽子扶正："居然还准备了这个。"

沈温欢看着精致美味的蛋糕被推到了眼前，在众人的催促下，她双手合十，在心中默默许下了生日愿望——

一切顺心如意，所有人都健康，以及她和蒋远昭能够修成正果。

许完愿望，她正欲吹灭蜡烛，然而就在此时，厅堂的灯瞬间灭掉！

尽管蛋糕上的蜡烛层层闪耀，但瞬间的昏暗还是令人短暂失明。众人尚且没有反应过来，厅堂里的灯光便再次亮起，只是换成了温馨梦幻的暖色光。

灯光亮起的前一刻，沈温欢似乎听到了什么盒子打开的声音。

下一瞬，众人终于得以看清了周围，却纷纷爆发出惊呼声——

只见蒋远昭单膝跪地，将那安静躺在盒中的戒指略微上倾，他唇角微弯，温柔地凝视着沈温欢。

沈温欢掩唇，在看清戒指的那一瞬间，她眸中有泪光闪烁，竟然一时失语。

那戒指，是她当时在无意间，对蒋远昭提起过的。

时隔多日，她居然能见到蒋远昭拿着这枚戒指，对她跪地求婚的情景。

蒋远昭对她笑了笑，眸光微动，神色温柔而深情，轻声道："沈小姐，愿意让我做你的生日礼物吗？终生私有的那种哦。"

阮曼舒带头，第一个起哄出声："别说了，快嫁！"她话音落下，瞬间带起了节奏，圈内好友们纷纷开始起哄让沈温欢接受。

沈温欢唇角笑意渐深，最终，在欢呼声与掌声中，她对蒋远昭伸出手，一字一句道：

"我愿意。"

话音未落，蒋远昭欣喜地笑出声来，当即直起身来拥紧了她，轻吻她的额头，在她耳畔低声道："能与你共度此生，我荣幸之至。"

沈温欢踮足，在蒋远昭唇上落下一吻，狡黠笑道："彼此彼此。"

祝贺声外，站在控灯处的沈放唇角微弯，显然对这个结果非常满意。

苏子婉有些忍俊不禁："影帝求婚，哥们儿拉闸，这配合真是妙极了！"

"那是当然。"沈放极为自然地接过她这句话，随后他垂眸，与苏子婉相视一笑。

有情人终成眷属，可喜可贺。

当晚，蒋远昭的求婚视频便被在场的某位嘉宾给传了出去，圈内好友纷纷转载，感叹终于可以吃合法狗粮了。全网祝贺，热搜前三赫然都是关于蒋远昭和沈温欢二人的。

次日，蒋远昭和沈温欢受邀，全平台直播交流自己的心路历程，此次直播备受群众期待。

而身为当事人的沈温欢早就已经美滋滋地戴上了戒指，不大不小，套在无名指上刚刚好。

她唇角微弯，将自己的戒指与蒋远昭无名指上的同款情侣对戒比较了一下，果然很是满意。

"你这次给我的惊喜，可真是能让我哭出来的那种。"沈温欢哑然失笑，与蒋远昭坐在幕后的沙发上，等待直播开始。

“我的存在，不就是为了给你制造惊喜吗？”蒋远昭唇角微弯，单手揽着她。

“对对对，我家远昭真是费尽了心思想要讨我欢心啊。”沈温欢侧首看他，无奈地叹了口气，“直播要开始了，记得认真点。”

“在此之前，我先收点奖励。”蒋远昭闻言却是不置可否，他俯身逼近她，轻抬起她下颌，而后便深深吻了下去。

沈温欢无奈，就在此时，有脚步声逼近，直播即将开始，肯定是主持人来了。

她忙不迭要推开蒋远昭，然而蒋远昭却已自觉抬首，意犹未尽地轻舔唇角，对她轻笑道：“很甜。”

沈温欢抿唇，正欲开口，主持人果然进入了房间，摄像师也准备就绪，直播正式开始。

她只得作罢，开始认真接受采访，无疑是分享这一路走来的感受，和当时的获奖感言没有太大区别。

直播进入尾声时，主持人采访他们最后一个问题：“请问你们二人终于修成正果，有什么想对彼此说的吗？”

彼时，全国上下都在注视着他们二人，偌大的中央广场之上，也在播放着这场直播，行人纷纷驻足观看，饶有兴趣。

镜头中，蒋远昭和沈温欢二人的手无声握紧，十指相扣，戒指尚在闪闪发光。

沈温欢凝视着蒋远昭，眸光坚定而温柔，她启唇，道：“我何其有幸，能遇到你。”

蒋远昭握紧了她的手，闻言低声轻笑，回应她道：“最后，共度此生。”

情到深处，不过如此。

观众的掌声他们听不到，主持人感叹的声音他们听不到，此时此刻，他们的世界坠入爱河，只有彼此。

沈温欢与蒋远昭相视而笑，幸福而安稳。

这一路走走停停，感谢你最终还能等在原地。

何其有幸遇见你，在我们最美好的时光里。

番外一

百分百心动

“早安沈放，今天的我也很喜欢你哦。”

手机听筒中传来软糯女声，轻灵俏皮得很，在这晨间静谧中缓缓漾开，听了很是舒心。

又是来自苏子婉的每日早安。

沈放关闭了微信中正在播放的语音消息。他捏了捏眉骨，刚刚醒来，尚有些倦意。

昨夜回来已是凌晨，沈放睡眠不足，难免不在状态，他起身去洗漱间换了身衣服，正欲去吃饭，便听见了敲门声。

沈放眉间轻拢，迈步走到门口，打开门后映入眼帘的，果然是苏子婉那笑意盈盈的娇俏模样。

她不等沈放开口，便自顾自地侧身从他身边小跑进屋，手中拎着提前买好的早饭，对他得意地笑了笑。

那小虎牙迎着光，有些晃眼。

沈放叹了口气，带上门，面色复杂地看向她，道：“苏子婉，你以后不用买饭来了。”

苏子婉唇角一撇，双手在塑料袋上纠结着：“为什么啊，你这是在赶我走吗？”

“我的意思是，我会做饭，你不用这么费心。”

“可是我不会啊，我在国外的时候就是天天在外面吃。”苏子婉眨巴眨巴眼睛，“我也学过，不过我在厨房的话，危险系数比较高，所以我哥就不让我进厨房啦。”

沈放：“……”

他扶额叹息，对此屈服了，只得坐到餐桌前，默默拆开了早饭的包装袋。

苏子婉见他没话说了，便笑眯眯地凑了过去，坐在他身边道：“沈放，要不然我以后就来你家蹭饭吧，这样我就不用看国内美食大全了。”

沈放目不斜视，先将她的那份早餐准备出来，推到她面前，这才不急不慢道：“你为什么一定要跟着我？”

苏子婉对他笑了笑，眸光微动：“还用问吗？因为我喜欢你呀。”

沈放闻言微怔，他侧首看她，见她眉眼弯弯，笑意粲然，一双明眸光辉涌动，叫人满目惊艳。

不得不说，苏子婉这小妮子，长得当真是精致。

单是看着她，都能让人迷了心神。

察觉到心底的异常，沈放啧了声，敛眸对她道：“你以后早点过来。”

苏子婉没反应过来：“什么？”

沈放扫了她一眼，长眉轻蹙：“蹭饭。”

苏子婉呆滞了几秒，下一瞬，她激动地扑了过去，抱住沈放就在他脸颊上吧唧一口：“小放放，我真是爱死你啦！”

这吻和这表白来得猝不及防，沈放尚未反应过来，那片柔软馨香便离开了脸颊，留下些许余温令人回味无穷。

“苏子婉，别把你在国外的习惯带过来。”沈放无奈叹息，虽是训话却无怒气。他不着痕迹地偏了偏身子，和苏子婉拉开了些距离。

苏子婉意识到自己方才做了什么，忙不迭退回去：“抱歉抱歉，太激动了没克制住。”

说完，她又在美滋滋地回想沈放方才的允诺，心里的喜悦似要溢出胸腔，甜得很。

吃过饭后，苏子婉就回去了。她最近正在国内寻找一个最好的落脚点，毕竟是大牌设计师，她还是有资本去挑饭碗的。

只是她始终寻不到称心如意，还能和沈放他们圈子有联系的工作岗位，因此就这么拖着了。

沈放送走苏子婉后，便同经纪人打了个电话，确认接下来一段时间的工作内容。

了解过后，沈放接下来的时间还算充裕，除了几个必要的代言和专访，就只剩下一个比较重要的跨年晚会了。

后来的几天内，苏子婉当真是毫不客气地顿顿来蹭饭，沈放搬起石头砸自己的脚，也拿她没办法。

今日的苏子婉来得格外晚，沈放由于今晚还受邀参加跨年晚会，需要提早过去准备，因此他就先下厨了。

由于沈放习惯性地为苏子婉敞开家门，因此苏子婉来的时候，他毫不知情，只觉腰身被人从背后环住，紧接着便落下一抹温热。

苏子婉闷闷的，只将脸埋在他后背上，没有作声，似乎是不太开心。

沈放眉间轻拢，想什么就问什么："不高兴？"

"还好啦，也没什么事。"苏子婉答道，声音有些轻飘飘的，"沈放，我今天不太有胃口，有点累，能不能借给我一个房间睡觉？"

"这里只有我的房间有床。"

"那沙发……"

"你去我的房间吧，好好休息。"沈放突然淡声道，背对着她，苏子婉望不见他的神情。

苏子婉有点蒙。

他刚才……说什么？

沈放不急不慢地关上煤气灶："今晚是全明星跨年晚会，我下午要早点走，你自己看着时间。"

苏子婉忙不迭抬首道："你走的时候记得喊我，我也要去！"

"你受邀了？"

"我身为服装设计师代表回国，你以为呢？"

"哦？"沈放听她尾音上扬，不禁唇角微弯，"那还挺厉害的。"

"当然啦，你今晚要穿的衣服就是我亲手设计的，设计图还在官博露过面呢。"苏子婉说着，得意扬扬地哼了声，不等沈放反应过来，便去他屋里休息了。

沈放正要详细问她衣服的事情，然而看她今天似乎状态不佳，便也作罢。

他走到阳台，带上门，拿出手机给苏子晨打了个电话，没响几声便被接起。

他开门见山："你妹妹今天怎么了？"

苏子晨没料到他会问这个问题，愣了愣，道："爸妈催她回去工作，不让她在国内闲着。怎么，小丫头受委屈找你去了？"

沈放默了默，眉间轻拢："……不是。"

"沈放。"苏子晨捏了捏眉骨，突然正经唤他，"感情的事情，你自己心里最清楚，婉婉压力挺大的，我希望你能尽快给她一个答案。"

沈放薄唇轻抿，半晌，他侧眸看向卧室的方向，眸色微沉。

当晚全明星跨年晚会，沈放受邀出席，同海归设计师代表苏子婉一同登场，身穿的服装正是苏子婉不久前在官博放出的作品。

只是，苏子婉的作品昵称为"所爱"，再联系沈放圈外女友的传言，不禁令人浮想联翩。

晚会结束后，沈放和苏子婉被如潮的记者堵在休息室。面对着嘈杂人声和刺目灯光，沈放眉间轻拢，只将苏子婉护在身后，并不多言。

苏子婉方才因为这混乱场面慌了手脚，然而沈放伸手轻轻将她带到身后，她不禁愣了愣，抬首看向他。

那一瞬间灯光洒下，从未如此温柔，苏子婉怔怔望着沈放那清俊侧颜，没来由地喉间微动。

这是她深深喜欢着的男人啊。

从他尚未出道时，她就一直关注着他，这么长时间过去了，她竟然已经站在了他身边。

怎么可以在这里放弃？

苏子婉垂眸抿唇，突然有了一股冲动。

已经走到这一步了，她怎么可能轻易就听话回去？

念及此，她深吸一口气，换上从容不迫的笑容，绕开沈放径直对上了那闪光灯。记者见她似乎有回答的意图，忙不迭涌上前去。

沈放啧了声，正欲唤她，便听苏子婉不急不慢地开口，悦耳温婉的嗓音悠然落下：

“我所爱的男人，穿着我的作品，有什么不对？”

话音落下，有人惊呼出声。这句话无疑是个爆点，瞬间点燃全场热情，记者们更加兴奋，忙挤过来采访他们二人。

所幸此时到了全民直播跨年的时刻，安保人员便迅速地将记者赶了出去。苏子婉见机行事，当即拉着沈放就从后门跑了出去。

后门直通花园，是待会儿要放烟花全民跨年的地方。此时尚没有人前来，只有苏子婉和沈放二人。

苏子婉始终没有松开握紧他的手，却是背对着他，不知在发什么呆。

沈放蹙眉，对她方才那句不负责任的话有些头疼：“苏子婉，你刚才那句话……”

“还有几分钟，今年就结束了。”苏子婉突然打断他，声音有些不稳，道，“沈放，我爸妈一直在催我回去，你懂我的意思吗？”

沈放蓦地怔住。

“已经那么久了，可以给我一个答复了吗？”苏子婉深吸一口气，终于回身看向他，紧盯着他的双眸，心跳如雷鸣，击在耳边。

“只要你一句话，沈放，我就不回去了。”她说完，便抿紧了唇，颇为紧张地等待着沈放的反应。

她握着沈放的那只手，在微微颤抖。

好奇怪。

苏子婉紧张之余，有些茫然。

明明不是第一次表白了，为什么这次会这么紧张？

时间一分一秒流逝，沈放依旧缄默不语。

苏子婉怔怔望着他，突然了然自己紧张的缘由——

是害怕，他的沉默。

苏子婉不知怎的，突然就有一腔委屈涌上心头，无法遏制。她不禁松开了手，眼泪就这么生生从眼眶中滚落，将她吓了一跳。

她没想到自己会哭出来。沈放见她哭了也是一顿，长眉轻蹙就要开口说什么，却被苏子婉轻声打断：“不用了。”

苏子婉抹着眼泪，泪水止不住，她却又不想对沈放哭丧着脸，只得强颜欢笑道："沈放你知道吗？我从你还没出道的时候就喜欢你，我这么努力生活，就是为了追赶你的步伐。"

"可我就是追不上啊。"苏子婉笑出声来，泪珠顺着下颌滑落在地，碎裂开来，心酸不已，"好不甘心啊……"

她微合双目，终是笑不出来，哑着嗓子，不甘心地哭道："为什么啊沈放，为什么我永远都追不上你呢？"

沈放启唇，望着苏子婉从未有过的失落模样，心下微动。

他心里有什么念想，变得越发清晰起来。

苏子婉正用泪水宣泄着情绪，只听沈放淡声道："因为你追得太慢，赶不上我。"

苏子婉抽了抽鼻子，正欲开口，却听他不急不慢地补充了一句：

"所以这次，换我走向你。"

话音落下，苏子婉怔住。

她泪眼婆娑地看向沈放，还没反应过来，唇上便落了一抹温热，伴着那人的温柔，不愿休止。

不远处有人惊喜出声，也不知是看到了这边的沈放和苏子婉，还是有其他情况发生。

与此同时，烟花在天边尽情绽放，漫天绚烂中，零点的钟声响起，彻底结束了今夜迷醉。

新的一年，开始了。

新的人生，也将启程。

番外二
此间长情

蒋远昭和沈温欢举办婚礼的那天，异常热闹。

林婧小腹微隆，在周焕寸步不离的照看下，来到了婚礼现场的准备室。

阮曼舒正在准备室中同沈温欢闲侃着，见林婧和周焕来了，不禁调侃道：“哎哟，周妻奴来啦？”

沈温欢尚在化妆，闻言瞥了一眼，便有些忍俊不禁：“想不到啊，周焕的隐藏属性居然是妻奴。”

“不就是闷骚吗？经纪人和他手底下的艺人都是一个模子出来的。”林婧嗤笑一声，对周焕无奈道，“拜托，我的肚子还没大起来呢，你不用这么紧张我。”

周焕义正词严地拒绝：“不行，我必须看着。”

林婧没脾气了，翻了个白眼便不再理会他，而是笑眯眯凑过去看沈温欢。

沈温欢本就生得精致，因此不需要怎么化妆。她长发微绾，眉眼含笑，尽是极致温柔，面上那幸福的笑意更衬她几分惊艳。

都说结婚时的女人最美，果然不假。

林婧欣慰地笑了笑，轻声道：“总算也陪你到出嫁了，我怎么总有种嫁女儿的感觉？”

沈温欢化好了妆，便对化妆师道了谢，而后对林婧笑道：“行吧，当年说好一起单身一辈子，结果现在都结婚了。”

“可不是嘛，林姐连孩子都有了。”阮曼舒轻笑道，走到沈温欢身后，帮她整理一下婚纱，“我帮你整理一下啊，别动。”

“我感觉挺好的，身边一对对都终成眷属了。”沈温欢说着，唇角微弯，“对了，婚纱就是婉婉帮我设计的。”

“这么说来，沈放和苏子婉跨年夜的接吻照被曝光后，这两个人就开始虐狗了欸。”林婧闻言，不禁啧啧感叹几声。

周焕在一旁颔首应声：“他们两个前几天也领证了，婚礼估计快了。”

正说着，房门便被推开，沈温欢侧目而视，眸光微动。

只见蒋远昭身穿深色西装，领口处一丝不苟，腰身处蓦地一收，勾勒出精致诱人的线条。

他眉眼含着清浅笑意，眸中是从未有过的光彩，视野中只有沈温欢一人的身影。

沈温欢当即迎上前去，满心欢喜地问他：“怎么样，满不满意？”

蒋远昭垂眸轻笑，轻抵了抵她的额头，柔声道：“宝贝，现在是你最美的样子。”

季风朗从蒋远昭身后绕进屋中，不急不慢地走到阮曼舒身边，叹了口气：“又秀了。”

阮曼舒也叹气：“又秀了。”

“哇，都要结婚了还这么撒狗粮！”就在此时，蒋远昭身后传来那熟悉的娇软女声。几人望过去，果不其然，是沈放和苏子婉站在门口。

二人十指相扣的手微微换了个角度，那无名指上的光辉便映入眸中。

沈温欢和蒋远昭对视一眼，她不禁哑然失笑，道：“算了吧，你们两个才是撒狗粮。”

沈放略微颔首，唇角微弯：“低调。”

“新婚快乐啦！”苏子婉蹦蹦跳跳地凑过来，心满意足地打量着蒋远昭和沈温欢，“我的作品就是好看嘛，搭配美人刚刚好。”

蒋远昭也颔首：“低调。”

话音落下，众人不禁笑出声来，室内气氛愉悦，聊得火热。然而就在此时，主持人敲门走进来提醒：“嘉宾都到齐了哦，准备一下吧。”

沈温欢忙不迭应声，其余几人便自觉出去各自归位，房间里只剩下蒋沈二人。

蒋远昭垂眸看她，眸光温柔至极：“紧张吗？”

沈温欢轻吐一口气，牵住蒋远昭的手，抬首对他笑道：“我这辈子就交到你手里了，绝对不后悔的那种，可别嫌弃我。”

蒋远昭轻笑，反握住她的手：“求之不得。”

婚礼流程一切顺利。娱乐圈内的模范情侣们都在场，自是吸引了无数闪光灯与话题。

蒋远昭和沈温欢二人，影帝影后终成眷属，季风朗和阮曼舒是圈内公认的模范夫妻，而一旁的沈放和苏子婉更是恩爱不已，即将大婚。

一切都是美满的。

牧师慢条斯理地念诵着誓言，声音轻飘飘的，沈温欢神志有些模糊。

只听蒋远昭言语坚定地道了句“我愿意”，她瞬间回神，便见牧师温柔凝视着她，轻声道：

“你愿意嫁给这个男人吗？爱他、忠诚于他，无论他贫困、患病或者残疾，直至死亡，你愿意吗？”

沈温欢抬眸看向蒋远昭。

日光熹微，倾泻而下，衬得他眉眼温柔无限。

时光仿佛就此放慢，缓缓倒流，又似乎回到了很久很久以前那日清晨，同样灿烂的日光下，她与他跨越时光，终得相遇。

从此，便是一生。

沈温欢与蒋远昭相视一笑，她轻启唇，一字一句道：

“我愿意。”

有幸遇你，遂伴一生。

纵使人潮拥挤，但有你在侧，边走边爱，又有何妨。